LA CASA EN SILENCIO

Alberto Anido Pacheco

Edición comentada a cargo de
Yaikel Águila Camacho

Le invitamos a visitar la fabulosa historia de este libro a través de la galería audiovisual creada por *Obrador Ediciones,* que complementa y muestra la vastedad simbólica en la obra del autor. Al escanear el código QR aquí mostrado podrá acceder a ese espacio donde concurren imágenes, sonidos y palabras de un mundo que ha servido de inspiración para editar esta obra.

TEATRO MÁGICO
MISERICORDIA
DIOS
TOLERANCIA
PAZ
IGUALDAD
PERDÓN
?

Primera edición: La casa en silencio, 1995 / *Un mundo de sábados azules,* 2002 / *El hilo del silencio,* 2008 / *Más que el polvo,* 2017 (Ediciones Capiro)
Segunda edición: Obrador Ediciones, octubre de 2021

Primera edición: Los espejos del silencio / Andrés y la sonata de la tarde /
Espectadores de las sombras / Veranos
Obrador Ediciones, octubre de 2021

Edición: María de Jesús Chávez Vilorio
Edición comentada: Yaikel Águila Camacho
Ilustraciones: Alberto Anido Pacheco
Diseño, diagramación y galería audiovisual: Ariel Pérez Rodríguez
Corrección: Miriam Artiles Castro

ISBN: 978-1-990396-00-7
Depósito legal: octubre de 2021

© Alberto Anido Pacheco, 2021
© Del prólogo: Yaikel Águila Camacho, 2021
© Sobre la presente edición: Obrador Ediciones, 2021

9425 Boulevard LaSalle
Montreal Quebec H8R 2M8
Canadá
info@obradorediciones.com
obradorediciones.com

Impreso en Estados Unidos - *Printed in United States*

Una *Casa* que nunca más estará en silencio

Prólogo a la edición de *La Casa en silencio*

Iberto Adolfo Anido Pacheco, nació en esta *Casa en silencio*, morada de magia y humanismo, el 10 de mayo de 1938. A su llegada a la ciudad cubana de Santa Clara, escenario de su nacimiento y de esta historia, trajo consigo el legado de su amplio patrimonio cultural.

> Disiparme, confundiéndome en polvo de nubes por donde pueda ver al Capiro iluminado, parecido, en la lejanía, a un castillo en el aire sembrado de estrellas, casi pardo y pelado en la estación de la seca, pero siempre verde. El Capiro, en la ciudad. En la casa... Soy la casa. También soy su silencio...

Con su creatividad y talento, traspasaría el propio camino que el ambiente familiar, la sociedad y la educación religiosa, depararon para su porvenir. Su linaje, desde antaño hasta la actualidad, ha sido morada de gran sensibilidad hacia las artes y ha estado provisto de personas muy dedicadas que han dotado a la ciudad pilonga, y al mundo, de auténtico talento artístico, y de magníficos seres humanos. En el decursar de la niñez, su familia le marcó y fortificó al educarlo en valores importantes para el futuro desarrollo de su espiritualidad. A sus capacidades innatas, se sumaron los resultados de esta influencia , que comparte a través de su persona y como creador a través de toda su obra.

Les presento a un auténtico amigo, un caballero que, con sinceridad apasionada, voz siempre dulce, tierna y pausada, se deleita en el diálogo sencillo, asombrándonos con su humildad y modestia. La sensibilidad hacia el arte y la naturaleza, su humanismo, solidaridad, su concepto de la amistad vienen a complementar su espíritu creador que comenzaría a desarrollar con escasamente seis años, tocando al piano acordes y melodías de oído. En su juventud, los campos cubanos le estremecen por la belleza de sus paisajes y vegetación. Es entonces cuando decide estudiar ingeniería agrónoma, influencia que se desbordaría luego a través de toda su obra.

Anido se forma desde muy joven como dibujante popular con la guía de José Seoane Gallo y Samuel Feijóo insertándose en el grupo *Signos*, cimentado en la ciudad de Santa Clara, cual suceso único en el espectro de las artes plásticas cubanas y que agrupó importantes dibujantes de la región central del país que también fueron marcados por esta impronta. En gran parte de la obra plástica de Anido se refleja una estética manifiesta amparada por este inicio profesional, y su obra, altamente valorada por ello, forma parte del crisol caribeño. Podemos encontrar obras suyas ilustrando, entre otras, las revistas *Islas* y *Signos*, o formando parte de importantes catálogos internacionales que le describen como un pintor surrealista. En sus dibujos, con prolífera magia y espontaneidad, transmite profundo carácter simbólico con su colorido y personal trazo —que en ocasiones llega a ser barroco— rompiendo con los cánones establecidos, en aquel entonces, para el «arte popular», definiéndose con un estilo único reconocible. Su hogar, la ciudad y sus espacios, las tradiciones orales y populares, la religión, el folclor afrocubano, la naturaleza, los temas campestres, se convierten en motivos fundamentales que trata en su obra toda.

Desarrolla su fantasía en una mitología propia y certera que es, en su línea, la fusión con otras facetas de su creación artística hasta la actualidad. Los temas de sus dibujos, entre tintas, acuarelas y temperas, son también personajes teatrales que narran su historia, rumbean entre disfraces carnavalescos, danzan entre coloridos fondos en escenas cinematográficas, y contienen el movimiento de sus creaciones musicales, mientras develan el don de su poesía.

Su creación plástica también conlleva importantes vuelcos inesperados. Es el caso de varias de las obras que ilustran este libro —creadas especialmente para él— y que nos aportan un estilo completamente diferente. Son dibujos que transmiten nuevos bríos en el colorido, al tiempo que dan una nueva visión al significado de sus trazos, en el que Anido experimenta con el vanguardismo, recreando escenas que le aportan este entorno, donde la figura humana y el gran contenido erótico y social también pasan a tener gran importancia. De esta moderna manera, Anido revitaliza su llegada al grupo *Signos* y ofrece nuevas lecturas sobre el arte popular contemporáneo en la isla.

Como parte de su versatilidad artística, Anido desarrolla otras facetas… es pianista y compone música con un estilo muy original y muy propio, y por ello ha recibido importantes premios. Entre sus disímiles creaciones podemos citar música para concierto, música infantil para teatro, y también compone para el cine. En la música popular, sus obras han sido interpretadas por Omara Portuondo, Farah María, Ela Calvo, Elena Burke y Miriam Ramos, todas importantes figuras de la música cubana. Durante varios años escribió para el periódico *Vanguardia* en la sección dedicada a la crítica musical, con la agudeza que lo caracteriza, compaginándolo con su trabajo en la fototeca de la emisora de radio provincial. Entre tanto, cofunda el grupo de teatro para niños del Guiñol de Santa Clara. Y como parte de su faz teatral, compone música para las tablas, mientras se desarrolla como actor y dramaturgo con gran aporte como autor e intérprete.

El cine se erige como una de sus grandes pasiones. A él le ha dedicado gran parte de su vida, impulsando el quehacer cinematográfico de la región a través de su trabajo con los cineclubes. Durante largos años fungió como crítico de cine en una sección habitual del programa radial «Hablemos», de la emisora local. La crítica de cine la ejerce con reconocimiento de la Federación Internacional de la Prensa Cinematográfica, de la que es miembro.

Su otra esencia viene de la mano de su obra literaria y para ello, debo aludir a su obra poética, que, aunque poco conocida, también destaca. Escribe también poesía Anido cuando se vierte, en honda compenetración de sentimientos a través de todo su multifacético legado y su vida cotidiana... poesía se escucha en sus manos al tocar el piano mientras tomamos el té en familia y nos preparamos para subir al Capiro en una especial tarde en la que no cesa de llover... poesía hay en su publicación parisina de 1968 del cuento «La ausente»... poesía hay en la visualidad de sus dibujos, o cuando rebosa en ímpetu comentando un filme o cuando, en las tardes, nos cuenta sobre su infancia y tantas otras historias mientras tomamos tisanas de jengibre en la Casa Obrador, en su natal Santa Clara.

Alberto ha sido un creador autodidacta, que obra con versatilidad y empirismo, expresándose armoniosamente en toda la fluidez de su creación a través de las artes. Debido a su creatividad, Alberto es miembro de la Unión Nacional de Escritores y Artistas de Cuba (UNEAC), siendo uno de los pocos artistas cubanos que pertencen a las cinco secciones de esta organización.

Y de tanto andar por lo que es Anido, llegamos a la... *Casa en silencio.*

Con la inocencia de un niño grande y la profundidad de un hombre sabio, nos regala en este volumen la presencia de la vida y sus pasiones tan marcadas por los procesos culturales, históricos y cognitivos no solo de una ciudad, sino también de una nación. El libro que tiene en sus manos, le va a sorprender...

Anido, sin dudas, usted lo logra. Su novela, es todo un símbolo y rompe los esquemas posibles. Recoge y trasciende en estas páginas el resultado de una formación, de una época de pasión y entrega siendo creador de mágicos sueños. En ella, usted esparce un sentido espiritual de vida y esperanza. Imagino que la concepción de su libro debe haber sido para usted, sin duda alguna, un acto doloroso, visionario, místico.

La Casa en silencio es una ficción en la que abundan los matices sobre la existencia misma, acompañados de una siempre posible doble lectura. La primera de ellas, la del decurso simple que bordea la historia de vida y amor con enrevesados pasajes donde las dimensiones humanas, históricas, místicas y temporales, se intercambian. La segunda, la que le añade a la erudita lectura un carácter más profundo, espiritual y cultural, lleno de las emociones de un hombre arraigado al saber y el conocimiento, además de situarse muy bien en la realidad que lo circunda... todo un místico y enorme recorrido por las profundidades del saber mágico de un autor, que nos hace disfrutar, al mismo tiempo, de la vida mundana y cotidiana, trastocada en esperanza a través de la lectura profunda de un hombre versado en muchas artes... el lector decidirá cuál de estos caminos transitar...

En sus páginas está...

...la casa como personaje

Allí está la casa, durante la tarde, durante la noche, introvertida y fugaz, como quien desea volver, viajar, irse volando hacia otra parte si no fuera una mole triste de piedras y ladrillos.

que cobra vida y habla por sí misma...

Parece que llueve», murmura la casa, «y se ha formado niebla en el agua de los espejos. Un buche de calor golpea mi espalda y el tiempo lo hace adrede. Quieren interrumpir mi juego con las sombras. Luego mis muros altísimos donde rebotaba el vapor caliente. Me da miedo, y me veo en el centro de todo. Y me da miedo. El aire se burla de mí. No lo resisto. Mi altivez parece irse para dejarme humillada en el calor. El calor es un pañuelo que cierra mis ojos, y de esa manera puedo ver a cuantos vivieron bajo mi techo. Vivos. Sonrientes. Amargados a veces. No sienten pena por el desgajamiento que me consume la vida. Mi vida. Esto me hace llorar.

Mi casa es un lugar de desamparo naufragado. La casa me pide que le diga en qué pienso. Le digo que pienso en nada por lo cual debería pensar. Miento. La casa hace un esfuerzo por estar enmudecida ahora, cuando más falta hace que me hable, que me diga algo, aunque sea mentira. Pero no responde.

… el culto sublime a la familia como cimiento fundacional, el hogar, la Casa con sus pasos existenciales, de vida y cultura. Más allá se mezclan con otros modos muy peculiares, entre otras, la familia territorial que es su ciudad y la familia de las almas que convergen a lo largo de la trama. La presencia de la familia en la novela pasa a ser una realidad única muy particular…

de vuelta constante a la infancia… el sonido lejano del cobo deambulando por la casa

Mi casa. Mi ciudad. Mi país. Se condensan en nubes de cenizas lanzados por el tragaluz, donde, en cuyas paredes la mano del niño que entonces era yo, pegó estampitas religiosas para el disfrute devocional de Nena, criada antigua manejadora en mis primeros años.

…con la ciudad, más allá de su existencia física y los detalles que la describen, guarda un entrañable lazo. También es un personaje, una corriente de emociones y pensamiento a la que le rinde culto y nos regala su presencia, tan marcada por los procesos culturales y cognitivos de una nación.

Y veo la ciudad irreal que acompaña mis pasos, clara y luciente como jamás había visto otra alguna. Mi ciudad, magnífica ciudad que es la mía.

Sueño con mi ciudad tendida de sueños al borde del Capiro, con los espesos fulgores de una mañana en que un niño imaginó desde su cima alcanzar el sol.

Ciudad abierta a todos los soles del mundo, sostenida en un polvillo de oro, y la luz, nacida de mis manos, va hacia la entraña donde los hombres se creían vivos al comer fuego y astucia.

…la arquitectura, tanto de la casa como de la ciudad que la acoge, son elementos imprescindibles de la historia. La representación de edificaciones, la remembranza a través de ellas para encontrar los precedentes de antaño —los olvidados lavaderos de Marta Abreu, el teatro, parques, portales—, los elementos decorativos que los acompañan… aprendemos a conocer, a través de esta lectura de rejas y liras, a respirar el aire de ciudad aun en la distancia. La descripción detallada de la decoración de interiores, los estilos, las influencias artísticas, los materiales con los que convive, son un amasijo de elementos que nos acercan a la Casa al describir como siente verse en…

…un vestíbulo Art Déco con pisos de mármol en dos tonos de rosa, paredes estucadas del mismo color y cuatro apliques de alabastro como los vasos mortuorios del antiguo Egipto.

…la ciudad que traspasa su limitado espacio físico para convertirse en la cubanía que se desborda y navega como un río en el texto. Sus afluentes se diluyen de múltiples maneras a través de los personajes y el refranero popular, sus tradiciones, religiones y costumbres… para de paso introducirnos magistralmente en el mundo de los aromas, circundándonos de emociones que nos transmiten los sentidos y la recurrente nostalgia cotidiana.

Olores de caminos donde los hierbazales son algo parecido a los misterios de la vida.

…el uso de los colores, tan tropicales, tan nuestros, los describe como quien dibuja… y vuelan difundiéndose hacia las luces y sombras de la casa…

Los colores forman grietas rojas, de un rojo fuego, vivo, espléndido, y tal parece que el monte ha llegado hasta ella.

El calor asfixiante del mediodía, sin embargo, trata de abrirse en un crepúsculo impregnado de morados enormes, apaciguadores.

…los olores de las plantas, los inciensos, el agua de colonia, los colores de atardeceres, los sabores, el sonido de la lluvia, de la música, los carros en la calle…

No estoy triste. No puedo contestarle la pregunta. Impetuosa calma fortalecedora. Vacilación. Y todos los colores, los sabores, los aromas, las costumbres, rodeados de la misteriosa emanación de esa noche, se envuelven en la soñadora niebla de una acción perdida, extravío de una dicha irrecobrable y los precisos recuerdos de un tiempo imaginario.

Y ahora intento regresar allá, hacia aquel otro instante para contarme las mil maneras de mantenerme a salvo. Sin las huellas del aire. De los olores. De los sonidos de la calle muerta en aquel primer encuentro.

…las costumbres y tradiciones propias de nuestro país, maneras muy particulares de fiestas populares, comidas, la representación del habla, creencias, mitos, ritos religiosos… A través de la historia —como lo hace a través de toda su obra— Anido se convierte en portavoz de la preservación de nuestra memoria histórica y transmite, de una generación a otra, estas maneras de adentrarse en lo más profundo de nuestra idiosincrasia tan particular…

En lo referente a la muerte de un familiar, aunque no viviera en la casa de sus parientes, se debían cerrar puertas y ventanas durante ocho días tras el fallecimiento.

…y también la muerte nos acoge con su presencia continua.

Será morir al ingresar en estos infiernos vitalicios, pero a fuerza de medir, centímetro a centímetro, la dimensión de las muertes de los demás, se llega también a despojarse del volcán de la conciencia, de las ideas y proyectos, adquieriendo así otro lenguaje, caótico, violento, pero vivo, a mi conciencia y me pregunto, ¿no es acaso eso lo que hay que hacer, revivir la conciencia? Pero nada me responde. Todo permanece dormido, recostado alrededor de mi bruma interior.

…luego, el hilar de la memoria, el olvido…

Y el ambiente total es donde se recrudece mi recuerdo para evitar se mezcle con el olvido…

Y lo peor del caso es el olvido de todo cuanto aquí he narrado. El olvido, es más tenaz que la memoria…

…la nostalgia que retorna continuamente en el bregar del recuerdo de aquellos que ya no están, volviendo como regresos constantes de un pasado.

Paisajes cuyos ecos son la muestra de los secretos guardados por mí con celo, batidos por la opacidad de los años idos.

Y en cada verano el patio y el jardín dormían sumidos en la sombra, siempre, aunque no recuerdo la raíz de tantos veranos y me pregunto si acaso los personajes descritos por mí constituyen una especulación de mis fabulaciones y no son reales. ¿Qué fuerza oculta me lleva a ellos, quizás, la semilla dorada de un tiempo ido que jamás regresará?

…la destrucción, el caos, la desidia, que describe y lo lleva al abatimiento. Pero ahí está siempre Anido de regreso con la ilusión del mago, a llenar nuestros sombreros de esperanzas y colores… así es su quehacer.

…el único lugar posible, la naturaleza y sus símbolos, en la que se resguarda, y a la que describe y le rinde culto. El amado Capiro, las plantas, la lluvia, el viento, la noche, la luz del atardecer, las noches invernales, el calor… El cobo, también las imágenes…

Cual si estuvieran anunciando los aromas de los galanes-de-noche y de los jazmines, a deshora.

…la presencia continua del amor, sus certezas, sus tormentos, los misterios del espíritu humano, el sexo desmedido, la soledad, que tejen entre todos una amalgama de sucesos que conducen la lectura y nos conciben una historia de amores y martirio, de pasiones y realidad, de felicidad añorada, también de decadencia y enigma desnudando el espíritu del lector.

Porque es fuerte el amor como la muerte, y la pasión, tenaz como el infierno.

…el atisbo de personajes que danzan y hacen giros en el tiempo donde entran y salen en diferentes planos temporales, como si el tiempo también fuese su Casa, su ciudad. El tiempo…

Como en definitiva El Autor seré yo, por tal razón comenzaré a escribir las novelas, y ya me he preparado para tan difícil tarea. En ellas, el tiempo y el espacio no existirán, el espacio penetrará al tiempo y lo destruirá, y a la vez crearé un tiempo propio donde se apoderen en instantes el expresionismo, el gótico moderno, el reino de la luz y de las sombras, ¿enmarcadas a veces en algo parecido al espécimen del barroco?
El realismo no existe, ya que realismo y realidad son cosas bien diferentes. Lo repito: intentaré destruir el espacio y crearlo de nuevo. Y dentro de mí repica la misma pregunta de siempre: ¿quién soy?

…el aprendizaje de tantas materias… los matices de la savia humana, de la historia de nuestros antepasados, de tradiciones, de naufragios y sectas, de personajes históricos y un sinfín de detalles que cohabitan con la narración para enriquecerla y disfrutarla.

… las artes todas que se entrelazan con la majestuosidad de quien convive con ellas y las representa como forma natural de vida. En ellas van de la mano la música clásica y la popular, los clásicos de las artes plásticas. Y aparecen los paisajes descritos desde la óptica del cine y vivimos imágenes cinematográficas, cual puesta en escena que con deleite y maestría nos acompañan.

…el teatro como estructura narrativa, como diapositivas artísticas conformando personajes que desfilan para ser actrices y actores, cada cual representando sus roles en escenas desperdigadas a lo largo del relato… y allí juega entre la realidad y la fantasía, aunque esta palabra no le guste… el teatro, siempre regresa, con la simbiosis entre ficción y realidad, y, sentados en la luneta, asistimos a su representación…

Me falta el trabajo de luces en la escena, es como si quisiera encajar en el espacio escénico la luz de Santa Clara, la amarga soledad de esos tejados que con benevolencia despiden lentamente el paso de los rayos solares que, si pudiésemos tocarlos con los dedos, una crema sutil se atravesara en detalles desperdigados por cualquier lugar en ciertos momentos del atardecer.

y…

…mientras que yo me sumergía en el mundo de la abstracción artística…

…los pasajes cinematográficos, la glorificación de *Lo que el viento se llevó* y nos lleva de la mano a la sala…

Años antes de presenciar por primera vez la proyección del filme en el Teatro La Caridad a mis catorce años, la anaranjada luz que entraba por los cristales de opalina en la ventana, hacía brillar el piso de la saleta de mi casa en suspiros de color, como solía suceder a esas horas antes de morir la tarde, en la decoración cinematográfica.

…la presencia religiosa y mística que marca el presente como muestra de sus creencias …

La paciencia es una virtud, y cuando alguien o un pueblo niega a Dios y lo excluye de su cultura, cae en un proceso de autodestrucción y los valores morales y personales se pierden.

…los mitos locales y el recuerdo de nuestras historias que llegan como pinceladas a complementar y reforzar la historia.

…la comprensión y el entendimiento de su tiempo, cual hombre consecuente cercano a su centenario… crea, actúa y aborda temáticas que reflejan el acontecer social de nuestro país a lo largo de la historia, los tiempos que le ha tocado vivir.

…los eventos que le son tan cercanos como la muerte de su querido primo Chiqui Gómez-Lubián, para quien compuso una extraordinaria obra musical; o la toma de Santa Clara, por mencionar otro de los sucesos que más le han impactado. Luego, el decursar de la realidad cotidiana de una nación en crisis.

…la batalla interna entre la contraposición de su angustia y su positividad.

Todo ello lo podemos encontrar en esta *Casa*, en la que la historia pasa frecuente e imperceptible de la expresión popular a la alta poesía narrativa del mayor lirismo, y nos seduce cuando …

…el tapiz de la luna se ha roto sobre el patio.

o…

…la charca de tinieblas de una esquina se ha llenado de luceros…

estando…

…apresados por mi edificación anochecida.

Y en los momentos en que también…

hacía calor y la atmósfera era densa, como cargada de irradiaciones eléctricas, al descubrir que mi patio en verdad se transformaba en el mar, y me dice: He visto ahora una estrella errante pasar por el cielo, y el agua de mar parecía estar tibia, impregnada aún de aquel día tan largo y ardoroso. Como si en ella no acabara de derretirse el sol del reciente crepúsculo, allá, a lo lejos, entre las oquedades del poniente, puedo distinguir la playa negra con más tristeza vegetal.

Llevando el hilo conductor con una estructura bien edificada y haciendo uso de varios recursos narrativos, Anido plasma el universo que lleva dentro, construyendo un relato único a lo largo de las novelas que componen este volumen y que desembocan en una emotiva historia. La rebelión de las expectativas contradice, en ocasiones, lo que se espera de la progresión natural de la trama y asistimos a un rompimiento del patrón que el lector aguarda. La historia pasa entonces a la omnipresencia de símbolos narrativos que fluyen de manera constante y enriquecen la obra a través de las experiencias vividas y las emociones sensoriales. La *Casa* discurre. En ella, guarda en su memoria, el recuerdo constante de la infancia, la nostalgia de un pasado transformado en la historia de un hombre, de una ciudad, de una nación.

La evolución interna de los personajes a lo largo de la historia es sutil y profunda, experimentando cambios como consecuencia de la trama, inevitable por su progreso y crecimiento. Los personajes secundarios se equilibran y tienen gran relevancia en la historia que se nos cuenta. Son esos interlocutores los que encuentran mesura aun en los mundos paralelos imaginados a los que transporta al lector. El fluir pareciese una secuencia cinematográfica o un acto teatral a través del que se nos descubren eventos y personajes del pasado contados en el presente, cual narración temporal que nos ubica en un contexto trascendental. Anido construye, a la par que reproduce, un mundo lleno de sortilegios, y comparte las normas cotidianas que lo conducen. Transporta a los personajes a su contexto citadino, y convierte cada diálogo, cada pasaje, en elemento crucial para comprender los elementos que rodean la historia. Las subtramas, secuencias narrativas temporales que añaden complejidad a la estructura de la obra, tienen valor por sí mismas y ayudan a enaltecer a la Casa como protagonista. Y el fin se convierte en bitácora para conducir la trama.

La Casa en silencio constituye una recopilación del quehacer novelístico de Alberto Anido, que abarca un período de tres décadas. Tal compendio y obra de vida ha sido la inspiración para dar inicio a la colección Sindo de esta casa editorial, y con ello le rendimos homenaje a todas aquellas personas y creadores que cuentan una historia que nos vincula con Cuba y sus más profundas vivencias y emociones. Esta publicación en un tomo único, es el resultado editorial de la publicación de ocho novelas, cuatro de ellas ya publicadas en Cuba (*La casa en silencio*, 1995), *Un mundo de sábados azules* (2002), *El hilo del silencio* (2008) y *Más que el polvo* (2017), y otras tantas que dan continuidad a la historia y que aparecen aquí publicadas por primera vez. Cuenta con una edición comentada y está apoyada por un trabajo digital que invitará al lector a pasearse por la historia que se nos cuenta. En ese espacio podrán encontrar música, arte, imágenes y sonidos que han sido motivos de inspiración para recrear esta obra.

Extendemos nuestro agradecimiento a su autor Alberto Anido Pacheco, por habernos confiado su creación y darnos el placentero obrar de interpretar sus sueños a través de estas páginas. Asimismo a Adriana Apolinaire Concepción, Gabriel Apolinaire Águila y Carlos Alé Mauri, por el apoyo en la realización de este volumen.

Lector, te invito a que formes parte de esta historia, que es la historia de un Hombre, de un País y de una Casa, que después de estas páginas, nunca más estarán en silencio.

Yaikel Águila Camacho

La Casa en silencio

A la memoria de mis padres Luisa y Alberto.
A la memoria de mi abuelo Adolfo Pacheco.
A Freyda, José Alberto, José Raúl, Marlén y Mary.

¿Quién soy?
ANDRÉ BRETON

CASA SILENCIO

Has vuelto a soñar con aquel lugar lejano en el mundo, tan tenue y obscuro, tan vacío.

Has vuelto a soñar con una Casa. Una Casa confinada en las comisuras de la noche, interminable, cerrada en sí misma.

Una Casa y una noche. Una noche particular de tu existencia. Una casa, que pudiese ser como un recuerdo.

oy la casa. También soy su silencio…

La casa suele ser el escenario donde desfilan las imágenes que me acompañan y justifican mi presencia, la razón para existir en esa galería de espacios tediosos, arruinados de penumbras.

El silencio rodea la casa, la penetra, traspasa esos espacios hacia atrás, hacia adelante, bajo un cielo quieto, de madera, horadado por los años. Y sobre los muebles de diferentes estilos, sobre las paredes y los desvencijados adornos, tras las rejas y persianas llenas de polvo.

La casa y el silencio se llevan las horas. Las he dejado ir como se abandona el recuerdo de un amor que se resiste a refugiarse en la nada.

El silencio ahora es mi casa, como lo fuera una vez el chalet de mis abuelos antes de yo nacer, y su arboleda circundante o, como lo ha sido mucho más, la Casa, aquella casa arrebujada entre montes, malezas y jardines. Aquella Casa dibujada por la Eternidad.

Pudiera haber sido la presencia de esa fuerza hilvanada por la casa y el silencio lo que alejó definitivamente a mis padres de esta tierra hacia lugares desconocidos que nunca desearon habitar (esa fuerza extraña, posesiva, que hoy evito admitir. Esa fuerza…).

En esta noche sin estrellas me pregunto si ahora nos amamos mejor, lejos, dispersos del aire enrarecido de esta casa.

Las tensiones están agotadas. Las inseguridades. Las ansiosas maniobras para protegernos de los inevitables reveses. Todo ha quedado atrás. Todo se ha marchado, menos el silencio.

Quisiera llegar a lo más hondo de mí, a lo más hondo de lo demás y de las cosas para aspirarlo mejor. El silencio y la casa, saturada de blancos reflejos que transitan, que atraviesan puertas y ventanas como si yo fuera uno más entre ellos, desgrana mis sueños.

Desde un sillón en el patio observo el cielo en una noche sin brillos, y la foto entre mis manos donde Carlos y yo somos parte ya del abrazo inmóvil de Miriam. Miriam, cristal deslustrado lleno de sol. Inventándola, para olvidarme de mí mismo. Y a Carlos, para olvidarla a ella…

Carlos. Mi hermano Carlos. *The noble and impressive first movement. Moderato…* ¿Lo único salvable en el desastre? ¿Aquel concierto que ahora hago sonar? ¿Aquella casa del sueño que Carlos sueña?

¿Nuestra casa ha sido el origen de su desvarío, de su derrota, atrapándolo en la madeja de sus elucubraciones? ¿Qué será de él a partir de hoy, de mañana, en esta angustia que gravita al calor de los últimos acontecimientos...?

La despedida de Teresa introduce sus dedos en mi sombra, cada vez más...

Había perdido (halladas hoy, quizás demasiado tarde) aquellas fotos hechas por mi padre, puestas en un álbum y comentadas por mi madre al pie de cada una, con señalamientos alusivos y amorosos del humor familiar, intraducible a quienes no perteneciesen a nuestro círculo de hogar cerrado.

He perdido, para siempre, secuencias de noches de luna. Aquellas noches de estrellas... Aquellas de fuegos de artificios que llenaban de luceros al vuelo el cielo del patio, al celebrar la Iglesia del Buen Viaje un día señalado...

Cielos de invierno, cielos de verano, visitando nuestro patio en fechas precisas.

Mi padre solía mostrarme un eclipse lunar, o algún otro fenómeno celeste, del cual me trasmitía la emoción de proporcionarlo a su hijo más querido... Y no he sido en ningún momento culpable de ese amor. El cielo y la noche lo saben...

El cielo y mi padre eran fundamentos inseparables de la penumbra, y absorbo el callado fluir de esa penumbra.

La madrugada ciñe un invierno más. Me niego a descifrar esa masa de cielo que flota aún callada sobre el patio.

Nada tengo. Solo los recuerdos. ¿Buscaré su rostro en lo olvidado?

Soy la casa. Su silencio. Las palabras que nunca decidí pronunciar. El depredador de mi memoria, de mis secretos. La substancia corregida, persistente en cada secreto. El narrador que jamás se atrevió a concluir una novela...

¿Será mi destino engendrar esa fuerza de perder siempre lo que amo?

Quizás las estrellas lo sepan.

Las estrellas...

as estrellas se ocultaron para no dejarte ver.

En ese cielo que abriga el patio. En la casa...

Soy la casa, su silencio. También tu silencio... la foto entre las manos donde Carlos y yo participamos de tu abrazo.

Soy el sueño soñado desde siempre. ¿Lo supiste alguna vez? Te lo advierto, pude adivinarte al callar de un atardecer, sentirte alguna vez dentro de esa antigua hambre tuya de mí, de mis palabras, en las fronteras del pensamiento, de ese manojo de estrellas que ya esta noche no podré ver.

Estoy ante las estrellas.

Hasta el patio me llegan sus murmullos, desde el pasillo. La nada a mi alrededor.

Estoy ante las estrellas y todo queda lejos, lejos... La sonrisa de Miriam al despedirse y el sabor a azucenas de su conversación, la penumbra en el zaguán del adiós a su regreso a La Habana en el penúltimo viaje, la carta de mis padres que no llega, el telegrama de Carlos anunciando pronta visita...

Carlos, al filo del regreso, postergado desde su segundo matrimonio en La Habana... Carlos, ¿tras múltiples respuestas? Carlos...

Algunos tramos de luz ruedan ociosos por los rincones, caen, nada dicen, nada traen.

El débil monólogo del viento cruza sobre los tejados dejando una sensación de bienestar y melancolía. Se aleja el verano. Va debilitándose lento entre las pétreas serpentinas, las peseticas, las lluvias de oro, las cubalibre, las mejoranas, las diez del día, en cada cantero desbordado por especies ornamentales y medicinales, o en las macetas suspendidas del pasillo o en la pared, o rodeando la fuente.

Desde un lugar lejano la música se acerca... Un tema, tierno y sensible, preludiando los créditos en pantalla para *Té y simpatía* compuesto por Adolph Deutsch, y a este otro se adhiere hasta hacerlo gastar cuando las cuerdas de Paul Weston en *Jenny's song* lo asfixian en temblor de nostalgias... Y sorpresivamente nuevos temas se entrecruzan, dialogan, se disuelven unos a otros, creados por George Duning y Leonard Rosenman; temas conmovedores, extraviados en su propia luz discretamente emotiva, discretamente evocadora, desfallecida. Desordeno al andar las fibras musicales. Desordeno el tiempo en aquella ráfaga a lo Stravinsky, en los violines de Rosenman que rajan el aire y se pierden, encandilan el paisaje hasta volcar en él toda voluntad atormentada. Caleb-James Dean en *Al este del paraíso* es, como yo creí ser entonces, aquel joven incomprendido por un padre rígido y austero, un joven rebelde por no haber sido amado nunca ni atreverse a amar.

Y avanzo a través de la música hasta hacer girar el tiempo, hasta hacer girar aquellos tonos naranja y azul elevándose en los días, detenidos en los días... ¿Qué tonos, qué azul? Inmóvil, invisible, embriagado, aferrándome a desconocidos instantes...

La música recordada me había traído los modernos y pretenciosos chalets bordeando la avenida rodeada de arbustos, la Rotonda de la Doble Vía casi a obscuras.

La noche va borrando aquella noche. La luna se retira del paisaje. Desaparecen aquellas estrellas, aquel aire. Desaparecen...

El estruendo desvanece todo a mi alrededor. Metálico y circular, se acerca, penetra otro zaguán sitiado por la noche. Al volverme, la puerta de la calle se ha cerrado con el viento, impulsada por el chorro de aire del ómnibus al pasar calle abajo escandalosamente. Otro patio me recibe, me ofrece aquella sombra manchada por la luz de un candelabro. La sombra sugiere me siente sobre un baúl rodeado de objetos de arte diseminados por el patio.

—Estos apagones desquician a cualquiera —dice y sonríe, deja el candelabro sobre el piso y ocupa una silla cercana.

Me observa tensa, desconfiada, en su cuerpo delgado, trigueño, de transparente vitalidad. Luego, bondadosa, indefensa... siempre triste.

Muebles de estilos diferentes, utensilios personales museables, estantes con finos adornos, búcaros, jarrones... en cualquier lugar de aquella densa arquitectura que trasuda, calurosa, brotes ornamentales en la pesantez del aire.

Habla despacio, analizándome. Continúan aquellas historias acerca de gente desconocida, y escucho...

La última de ellas, la más importante de todas desde su punto de vista, la de una mujer que ha perdido al marido y al hijo en un accidente; la cual al cabo del tiempo se atreve a llamar por teléfono, de incógnito e insistentemente, a hombres localizados al azar cada noche. Les ofrece jugosos proyectos eróticos pronunciando obscenidades. La insultan en cada comunicación. Se les entrega en un contacto aséptico y distante, morboso, ahogada en un lodazal de ofensas recibidas, de proposiciones para encuentros sexuales imposibles y descripciones amatorias inventadas entre dos.

La sombra, incorporándose, tiende la mano bruscamente al despedirse.

Teresa ha escrito su dirección en un papel donde solicita le dé un personaje en mi obra teatral con aficionados; fue la razón para citarme allí a través del teléfono.

Se vuelve al alejarse hacia el fondo de la casa, como un transparente insecto en llamas, mientras deja escapar con su voz áspera y afilada:

—En esa última historia te he contado algo de mi vida.

Estoy ante las estrellas y el silencio, humedecido, azota mi cuerpo.

A lo lejos, el cantío de los gallos taladra la noche.

De nuevo el silencio palpitante, omnisciente. La humedad que crece...

Sin esperarlo, percibo el cimbrar impetuoso de la proximidad de Carlos, su carácter dominante, irritable y en constante conmoción, que siempre atraía lo imprevisible para destrozar esa armonía en la cual todos nos sentíamos en nuestra razón de ser.

Hostil y variable, su fuerza solo era una proyección de sus caprichos.

Su sitial era el peligro, la emanación de ese peligro que de él solía alejarme. Mis padres lo habían tolerado para desentenderse de esa fiebre seca y amarga que no podían encauzar.

El temor, el silencio y la noche respiran autoritarios, poderosos.

El humo de un cigarrillo me acompaña en sus formas caprichosas y se levanta, se desvanece. Es el último hilillo de vida a mi alcance.

Sobre el piso agoniza el ojo enrojecido del cigarrillo a medio fumar, y la brisa se descorre sobre el patio.

Las estrellas se asoman mudas al vacío.

La noche va quedando atrás, y con ella la voz de Teresa al borde de la distancia.

El pasillo de su casa es la noche derramada sobre mi patio, la modorra del patio paralizado por el rocío tenaz de la penumbra.

Teresa deja escapar una risilla impúdica. Se sabe observada por mí desde la puerta entreabierta de su cuarto. Su voz retoza, reclama solapadamente el batir de mi sensualidad.

Las risas desanudan el silencio, un silencio que escarba el chirriar de los grillos y las cigarras, y que ahoga el golpear de la lluvia sobre los tejados.

Teresa jadea, reclama, sofoca carcajadas.

Su cuerpo va moviéndose desde la breve expansión que culmina sus senos, inclinados hacia las caderas. El pelo tan corto asimila el óvalo de aquel rostro.

Brinda, el brazo en alto. La distancia en los espejos. La mirada en vilo.

Los espejos repiten el repertorio de sus movimientos embrutecidos, cabalgando al trote de sus caderas al viento. Y las manos repasan una y otra vez partes íntimas.

Su risa me rechaza, precipita un insulto, y su abrazo me aferra hasta caer apretados a un abismo.

La voz se derrumba como inesperada cortina, esa voz del asistente de dirección del espectáculo, y las luces de trabajo del Teatro La Caridad se han encendido.

El ensayo ha terminado.

El escenario a medio cubrir, con el reguero de ropas y utilerías que son como restos de otras vidas, me muestra otra vez esa aurora en el cielo raso en que El Genio incita a la lucha contra el dominio español en un gesto de su brazo en alto. El otro brazo enarbola la antorcha encendida, símbolo plástico de los días de la Comuna de París.

Teresa se queja del mal estado de la escenografía y el sonido (los grillos y las cigarras a veces no se escuchan, y el percutir de la lluvia sobre las tejas se confunde en murmullo de violines incorporados por mí a la banda sonora de la pieza teatral en la cual también actúo y donde le he dado a Teresa un personaje), del diseño del vestuario y la incorporación del desnudo, elementos demasiado atrevidos para una ciudad tan pacata como la nuestra.

Teresa deja la cama, opina: «se necesitan ensayos y más ensayos para poderla estrenar», y reconoce mi esfuerzo a pesar de tantas dificultades... Otro ya se hubiera arrepentido.

Entonces culpa a viva voz a los hipócritas que determinan mi vida social y laboral, a los vecinos oportunistas de mi barrio apoyados a los cargos y posiciones políticas donde ejercen formas de poder.

Alguien intenta detenerla, mas continúa su diatriba contra el medio capaz de incinerarme.

Teresa ha tomado el personaje demasiado en serio. La historia le enreda la existencia fuera de la escena, y por ello discutimos a veces hasta llevar las diferencias a nuestra recién estrenada intimidad.

Cuando abandono el teatro reflexiono en mi trabajo de oficina. Son simplemente esas horas tras aquel buró. Esas horas donde no existe nada más que la jarana, el cuento picante que alguien trae a mi departamento en el receso de la diaria labor, en el bostezo a destiempo, en la odiosa desidia.

El agobio se hunde ante mis verdaderas tareas. Escribir. Una novela. El trabajo en la pintura. La composición musical. Estudiar la música. Presentar al fin mi obra teatral... Tareas marginadas por la rutina. Tareas, tareas, tareas...

Había dejado ir una vez en la infancia la oportunidad de ser pianista. El piano, lujo exclusivo de la mujer según mi padre. Esperaba él de su hijo mayor un profesional exitoso y no un concertista de fama, y al final no alcancé ni una cosa ni otra, y mi sueño más querido desapareció.

Los rumores de una ciudad desfallecida oscilan en pálidas calles, en casas y parques, en los puentes numerosos, aun en lugares distantes que recogen el eco de mis pasos.

Una aguja vibrante y vertical se infiltra en mi nuca. De inmediato baja a mi espalda. Obstruye todo movimiento muscular, impulsa el latir del corazón al conocer que alguien me observa... Desde las sombras de un parquecito en el que no se ve a nadie, alguien observa. Y espero... El silencio confirma la incertidumbre de tal apreciación. Frente a él, no hay indicios de vida en esa lasitud inquietante. Nada en él parece moverse. Ya otras veces había aspirado tal presentimiento... De inmediato, un roce de zapatos contra el suelo tras unos arbustos. Y el escaso alumbrado público deja ver unas piernas ceñidas por un pantalón de mezclilla, calzadas con zapatos negros moviéndose sin rostro, cautelosamente, hacia mí... Abandono el lugar, llevándome el rápido golpear de aquellas pisadas que desgarran la espalda y cuartean la piel, obscureciéndolo todo con su aliento.

Corro hacia la casa. Y la calle es un monte de tiras de hierro que cierran caminos. Duras, verticales, inflexibles. Y voy abriéndolas mientras la noche palpita al impulso de la prisa.

Y al cesar mis pasos todo se detiene. No respira ya el peligro. Ya no me mira. Reaparecen las distancias. Reaparece la calma. Solo yo existo. Un obscuro augurio de desdicha y de muerte se me había subido al corazón.

Camino, camino… y el fragmento de una calle sin luz difumina al final los contornos de mi casa.

El roce fugaz de aquella mano sobre mi brazo desordena la quietud. Me extravío en la inclemencia de un estrecho, incierto camino. Al final, se abre a una certeza: ¡Carlos pronto va llegar! Y me olvido de mí y de Teresa, alejándome. Solo, me he quedado en el sillón donde contemplaba las estrellas.

Como aquel ensayo, como aquel experimento puramente teatral. Y el escenario y los espejos y el patio con la fuente y las macetas y el viejo sillón y las luces programadas… Un nuevo ensayo y todo estará a mi alcance. Como aquel ensayo viejo.

Cada visita suya es un ritual. Y se repiten los gestos. Las claves de su cuerpo se han quedado en el esbozo de sus intenciones.

Agotados, nos sorprenden desavenencias, ironías, la creciente planicie que invade el piso y las paredes, y el aire, como rapaz animalucho concentrándolo todo entre sus fauces. «Soy agresiva, informal, y esta casa me resulta irrespirable, me anula, me hace dócil, increíblemente… Permútala». Aquel tenaz repetir y repetir. No quiero oírla una vez más.

La paz consume sus pasos y el recuerdo de lo que fue su juventud; la Amada de la novela *La esfinge* de Miguel de Carrión, así se definía. La paz, olvidándola…

La paz, a disposición de la soledad de los portales que rodean al parque. La paz…

En las madrugadas, los portales perfuman intimidades de hogar, y pienso ahora en Teresa, la joven Teresa vigilada hasta el mínimo detalle por los padres, conforme sin remedio con las normas de la vida a la que le obligaban. Teresa, una cinta gris repetida en los días iguales.

Camino. La Glorieta del Parque va girando lenta, muy lenta, en un cilindro de luz. Y se desvanece, y solo queda un charco tembloroso en las paredes de la noche.

De nuevo los portales, las adecuadas respuestas a mis padres para no abandonar el país (aún argumentan, me persuaden).

Aquel matrimonio de Teresa y su vida mediocre y vulgar junto al esposo, aquellas tentativas de suicidio escondidas en una caja de música, que nadie puede escuchar, la muerte accidental del esposo y del hijo. Aquel matrimonio de Teresa... «Todo matrimonio resulta ser la asfixia, una dolorosa ruptura con la identidad de cada cual. Simple hipocresía», dice.

Excepto el caso de Miriam, aunque... Desde el primer momento de nuestro trato, el acuerdo fraternal, tácito... Es mi única espera, mi única afirmación a esa espera. Después de conocerla se ha marchado a La Habana buscando mejores oportunidades de vida y trabajo. Se ha ido independiente, presurosa, inconforme y decidida, como bebiéndose la vida a corto plazo y desprendiéndose de la otra que fue para olvidarlo.

Guardo con celo el instante en que un amigo común nos presentara. Aquella piel de rosa abrillantado en sus pómulos, repetida en el espejo la primera vez de nuestro encuentro, en aquella tarde atrapada ante mí, fuera y dentro del cristal, entre muebles, adornos y jarrones con ramilletes de variados perfumes en menudos guiños de flor. Miriam... Intensa, cordial, provinciana y común, que hablaba feliz de su amor al cine, a los animalitos indefensos, a nuestra ciudad, a la nostalgia de los años cincuenta de mi juventud y sus primeras vivencias infantiles. Miriam, la intocable, una gaviota agitándose en la garganta del mar. Serena, amistosa, distanciándose para siempre, quizás, entre polvos de azogue y marco labrado a punta de oro.

¿En aquel encuentro enmarcado en el espejo, Miriam era otra vez Esther? ¿Eran aquellos años en que silbaba *Love is a many splendored thing* o *An affair to remember*, cuando Esther invadió mi sentimiento encontrado de evitar el matrimonio con el deseo de vivir a su lado? ¿Escapándome junto a ella de la mediocre nulidad, felizmente triste de no perder ese espacio entre los dos?

¿Esther, que regresa aquella noche en la Rotonda de la Doble Vía conversando con Miriam, a la mano mis ensueños de tiempos pasados de peligro, de encanto con las melodías evocadas inevitablemente en aquel lugar abierto, viviendo con Miriam la porción de Esther que allí no había podido materializar? ¿Allí, o en cualquier otro lugar jamás visitado con Esther? Mi imposible Esther...

Y leo incansablemente algunos fragmentos de las primeras y numerosas cartas de Miriam... Al leer las mías ella comprendió que después de haberme conocido veía las cosas de la naturaleza de otro modo, como si hubiera encontrado de repente los lentes necesarios. Se sorprendía a sí misma admirando un atardecer, descubriendo también, en las cosas que la rodeaban aspectos antes ignorados.

«¿Qué hubiera sido de mí sin contar con tu amistad?»

Si admiraba alguna película acompañada por su pareja del momento, si asistían a un concierto, solo yo faltaba... Extrañaba también aquellas caminatas de los domingos después de oír misa en la Iglesia del Carmen, aquellas caminatas tan importantes para mí que pensé pudiesen pasarle inadvertidas, cuando discurría otro sol en otras calles, cuando la gente no era entonces la misma que habitualmente había sido.

Aquellas caminatas, para mi secreta satisfacción, que nunca me atreví comunicarle. Aquellas caminatas...

Siempre hallaba dentro de los sobres agradables sorpresas que tanto apreciaba precisamente por su procedencia, pero eran mis palabras el mejor regalo. Se extasiaba leyéndolas sucesivamente, sin cansarse.

Le encantaba mi letra menuda y apretada y disfrutaba doblemente mis cartas. Cada palabra, cada letra, cada frase, reflejaban la emoción con que las había escrito.

Al visitar nuevamente Santa Clara quería verme sentado frente al piano, para interpretarle a ella sola ese tema mío inspirado en nuestra amistad.

Miriam me comparaba con la elevación del Capiro, y venían sus brisas a llevarse esa melodía al percutirla en el teclado suavemente, a golpecitos de evocación y añoranzas, como queriendo desparramar la implacable distancia que nos separaba y traerla conmigo, hiriéndola de frases tristes.

Me alejo de aquellos papeles en busca de mayores espacios, nuevos espacios donde hacerlos vibrar.

Una y otra vez atravieso los espacios sin prisa, y la casa guarda para mí suaves delirios.

El timbre del teléfono interfiere mi paseo. Urgente. Irritado. Repetido. Entorpeciendo el estremecimiento de saberme tan vivo. Al fin la voz que pregunta por Carlos, una voz reflexiva y de inflexión inteligente y profunda, una voz hecha de la materia del abismo. Respondo negativamente y se identifica como hermano suyo mientras ríe amable. Y al terminar nuestro breve dialogar, sospecho que fue solo una broma.

Teresa deja caer su mano sobre mi brazo otra vez.

Sus dedos despejan la negrura aferrada a mi piel como si limpiase un cristal manchado de estrellas.

La imagen de Carlos irrumpe entre los dos. En breve, dará a conocer la fecha de su llegada, y Teresa se contempla en mi silencio.

La noche se ha enredado en su pelo. Teresa, enmudecida, medita, henchida de tinieblas, suspendida en el silencio.

Luego, comenta que la costumbre la hace imposible al amor, y ahora mi cuerpo se hace cristal manchado de estrellas, espacio de odios que nacen de su afán por ganar nuevas amistades en el mundo del arte.

—Tus obras teatrales, tus canciones, tu literatura, Teresa, no sirven, no sirven —el éxito artístico la alejaría de mí y no lo deseo. También, espero ver pasar su juventud rápidamente—. Mi origen proletario es una ventaja. Con el tuyo, pequeñoburgués, sucumbirás.

Escucho esa desesperanza oculta en la rendija de un temporal. Escucho sus deseos de éxito social y en el arte, y el éxito convencional de un nuevo hogar.

No he podido colmar sus apetencias más profundas, y de nuevo la noche inerte, desvaída, va cayendo sobre nuestra desnudez.

La carta de Clara Josefina, la madre de Andrés, hace saltar ante mí su complacencia al comprobar que no he olvidado a su hijo, y los deseos de leer esa novela en la cual lo incluiré, y me hace viajar hacia un sol de cumpleaños y vacaciones de niño ocioso, malcriado, tallando con filosas carcajadas una piñata acampanada y azul.

Andrés. La novela... No dejaría pasar la descripción de aquella primera y última vez que subí la loma del Capiro con mi padre y mi pequeño sobrino, y las impresiones del momento, mientras el muchacho contemplaba el paisaje en todas las direcciones, simultáneamente, como arrancándolo hacia sí para llevárselo, para cuidarlo mejor, haciendo girar su cuerpecito en intentos comunicativos con el abuelo, entre palabras y gestos emocionados, entrecortados, rápidos y nerviosos al recibir la luz, cayendo desde lo alto hasta exaltar el círculo avispado de su sorpresa.

No dejaría a un lado aquella noche en que mi padre y él disfrutaron desde el patio un eclipse lunar que pensé entonces, algo triste, podía ser en realidad el último para verlo juntos.

Mi padre me había contado que el propietario de los terrenos donde está el Capiro, don Cristóbal de Moya, comparaba a la lomita con una semejante, vista por él, durante un viaje por América del Sur, entre los cerros que circundan a Portobelo camino a Panamá. «Ese nombre, Monte Capiro, está posiblemente corrompido y puede derivarse de Capillo o Bonete del Monte», había explicado él. Aquel lugar, lo intuyo en la actualidad, es un eslabón más del puente étnico y geográfico, prodigioso y fascinante, entre nuestra isla y el continente americano. Aquel lugar de inmóvil mañana sobre la ciudad, sobre mi casa, sobre el mundo…

Y otra vez se perfila el pesar: Carlos anunció al fin la fecha exacta de su próxima llegada. Se demora en mí esa agitación que no escapa, y recorro la casa, insisto, debo apresar algo dispuesto a desaparecer al conjuro de esa llegada. Es algo indescriptible, expuesto al exterminio.

Y el vapor obscurecido de la calle, vista a través de las persianas, alivia aquel dolor, y las luces de un auto al pasar definen al vuelo la presencia de quien frente a la casa observa, espera, conteniendo su mirar contra la fachada.

stás al alcance de mi mano. Oculta. Infiltrada en mi cuarto. Al tacto de esa mano que no se atreve a saber de ti, que no quiere saber de tu impaciencia, sometida al rechazo del contacto indeseado.

Estás tendida al borde de la cama, como de prisa, formando parte de lo que no puedo ver al saberte subordinada de la noche, igual a lo impreciso en lo oscuro.

Tendida y ausente, arrepentida. Ya me habían advertido. No es nuevo para mí, y no quise escuchar advertencias inoportunas. La tenacidad se impuso entre nosotros y no quise oír nada. Nada.

Al fin estás tendida al alcance de mi mano y no sabemos bien por qué ha sucedido.

El viento extiende sus lamentos por el patio. Es una bestia herida raspando las venas de la noche, resuena, resuena... ¿No lo escuchas? Fustigado de relámpagos y truenos que se borran al regreso hacia el lugar del cual salieron, desde lo profundo de aquel espejo de marco dorado donde pude rescatarte convertida en vapor de azogue.

Pero ya no importa nada. Estás desnuda y tendida al alcance de mi mano.

Algo se desprende, a la deriva, contra mi voluntad. Algo... Mi cuarto, que he abandonado. Mi cuarto se desprende en ese estar allí bajo esa luz, bajo la profunda reverencia a sus recuerdos. Carlos llegará de vacaciones. Carlos. Allí permanecerá. Allí, ya una vez trasladado con lo mío al primer cuarto de la casa, el que da a la saleta. Carlos, con otra llave, podrá entrar a cualquier hora de la noche.

En la madrugada, extraños sonidos circulan desde el comedor, apoderándose de todo con hostilidad. Bajo mi sien escarban, introduciéndose en la raíz de los huesos hasta convertirlos en haces de polvo blanco.

Destellos nunca vistos escapan al asomarse al pasillo, escrutando las apretadas sombras. Líneas de fuego que dibujan conchas de luz, corren hasta no dejarse ver. Nada quiero saber. Lo incomprensible está ocurriendo en las entrañas de la casa y nada quiero saber. Quizás mi hermano esté instalándose, alborotándolo todo, quizás, pero no lo sé.

Se incrementa el bullicio. Huye hacia todas partes y regresa, rasga la noche, se escabulle al borde de una risilla socarrona, arrastra la noche con cautela y la esfuma. Reflexiono, apenas respiro.

Cesa la estridencia, resucita el vacío. La calma se extiende a los rincones. Mi cuerpo es de tela y serrín, vaciándose en cada paso dado. Se agita sobre sí mismo. Vaciándome, hacia el final. Camino... Se mueve el silencio. Férreo, acompasado. Se escucha mejor el silencio. Ahora. Se escucha mejor, con su sombra húmeda, como al final de un túnel.

Carlos duerme. Observo su sueño dócil, vegetal y enorme, arrojándose en la semiobscuridad, floreciendo desmesuradamente en la espesura de sus sueños.

Vuelvo a mi cuarto y de nuevo, regreso hacia Carlos. Y dudo. Su sueño, ¿aquel sueño espeso en la longitud de un letargo omnisciente? Desnudo en la duda, en el sueño, en la muerte... la duda, el sueño, la muerte...

En mi cama, el silencio mantiene en pie la vigilia, irritada, confusa, y también me imbrica la duda y las ideas, y pienso, abotargado de perplejidad. Todo está lleno del estupor imaginado. Y sueño: sueño que Carlos sueña que descubre por vez primera una casa singular tras largo tiempo de haberla buscado, una casa de imposible trayecto para conocerla en su totalidad, en el breve período de la existencia. Su patio, de una amplitud exagerada, es la absurda propuesta de un parque monstruoso con jardines rodeados de pasillos tras pasillos. Cada cuarto es una galería poblada por camas y muebles inmensos y lúgubres escaparates con lúgubres lunas que nada pueden mostrar, y lo llevan a esas puertas tan altas, demasiado altas, demasiado profundas, que conducen a ninguna parte, sugerentes de nuevas dimensiones para dudar y temer, cuyo aire espesa el polvo, parecidas a las de mi casa donde se transforman, en la obscuridad que he mantenido para no verlas, en irreconocibles siluetas, insensibles, en el palpitar de sus esencias. ¿Aquella casa guarda un secreto? Aquella casa...

Al despertar, sigo soñando el sueño del silencio obscuro, seco, de una casa que no existe.

Y sigo soñando, despierto al desaliento.

Carlos reposa desnudo al sol del traspatio, esculpido por la fría luz de las mañanas. Permanece allí largas horas de meditación y reposo. El tono de su piel excesivamente blanco se dilata para recibir el calor en la extensión de las mañanas. Es cierto gusto el de absorber el sol, cierto gusto ceremonioso, inevitable, que al apañar tanta blancura pudiese transformar así su identidad. Luego posa ante el espejo de algún escaparate, estudia con sutil detenimiento cada tramo de aquel cuerpo macizo, tratando de reconocerlo en otra piel.

Por las noches logra ser el solitario caminante de las tinieblas, cuando su mirar rebosa inapetencias, monotonías...

Si camino por ellas en las horas de paz, es para encontrármelo y saber el modo en que emplea el tiempo muerto.

A veces cruza a mi lado sin hacerse ver, evadiendo cualquier sugerencia en la idea de formar parte del mundo de los vivos, y se incorpora alucinado a nuestra periferia claustral.

Si le hablo de cosas insulsas y pregunto, sus respuestas no tienen edad, no tienen raíces. Lo escucho sin hablar, esperando algo que no sé.

Parece un adolescente en los razonamientos e intereses a pesar de sus cuarenta años.

Una noche, instala en uno de los cuartos una sala de video y la disfruta con escasas amistades, y las fiestas se prolongan hasta la madrugada.

Se ha vuelto más sociable y conversador. Algunos dicen en el barrio que aquel hombre, joven aún, es traficante, vago, especulador. Que es amable, encantador, dice María Petrona cuando viene buscando favores de vecino.

Apenas logro dormir. Las madrugadas levantan nuevos sonidos imposibles de reconocer, entremezclándose al lejano cantar de los gallos, rebullendo dentro de mí.

El sol se aleja hacia un invierno prematuro, excesivamente prolongado, tamizado por cortinas opacas de aire. Niebla y noche es la casa. Nubes en cielos metálicos que van dejando humedades de antiguos mausoleos. Premoniciones...

La casa va haciéndose de ruidos, los mismos que recaban mis sentidos. Deslizándome hacia ellos vivo como si nunca hubiese existido fuera de su entorno. Solo recuerdo en días similares aquellos gallos de pelea de mi padre alborotando el traspatio. Nada más compone esos recuerdos.

Y comprendo que no han sobrevivido, quizás, fotos de mi pasado.

Vivo en un hogar sin fotos, sin testimonios que patenticen otros tiempos.

Busco en viejos escaparates. En escritorios llenos de polvo. En el chiforrobe de mi padre... Solo la ausencia responde.

Por todas partes proliferan las ratas y las cucarachas, otros insectos, los alacranes y las salamandras, las arañas y los ratones, las hormigas bravas...

La noche se hace papel estriado entre mis manos.

La noche...

La noche parece ser la substancia de mi odio hacia Carlos, y aprovecho su desplome alcohólico para hablarle. Averiguaré a través de él asuntos de familia que desconozco. Le preguntaré por dudosos parentescos, servidumbres, allegados que tuvieron que ver con nuestros antepasados.

Pese a su edad, indago.

Mi memoria es una piedra rodando bajo las estrellas. La huella omitida de un remoto legajo.

Carlos, desde su cama, observa:

—¡Llegaban tantos visitantes a la casa cuando yo era niño!

Personajes humildes, encumbrados, demasiada gente para resquebrajar una casa inerme en el centro de su bucólica serenidad, gente de la cual nada entonces me importaba y rehuía su presencia retirándome a cualquier apartado lugar cuajado en la inmovilidad. Deja entrever que aún vive Dionisia, antigua cocinera de la familia.

—¿No te acuerdas de ella? Está a cargo de la casona donde vivió papá su infancia y adolescencia —anuncia con develado orgullo, casi feliz.

Me da la dirección suplicándome lo deje descansar, y me ruega no aproveche la ocasión para persuadirlo, como suelo hacer últimamente, rectificando su conducta y hablándole sobre moral y espíritu, sobre la certeza de Dios.

¿Sabrá Dionisia de mis orígenes, del niño que una vez fui?

Mi memoria es ahora un bulto de ruidos y silencios.

La casa donde encuentro a Dionisia es un despojo rezumado del reminiscente *art noveau* de fin de siglo, que se delata en alguna mampara, en alguna lámpara, en la silla vacía del zaguán, como quien espera a alguien de un tiempo ido...

Nunca había notado el cascarón de aquella fachada en la calle Máximo Gómez. Nunca, ni al cruzar frente a ella en diferentes trajines.

Un matiz rancio, esmerilado, llega desde cada rincón, cada mueble y adorno. Matiz de tinta metálica que atraviesa mi cuerpo, cada rincón, los muebles, los adornos, y cuelga desde los techos hasta olvidar su razón de ser, razón fuera de sí y enganchada en jirones grises entre las ramas secas de las cosas idas.

Una cómoda vencida exhibe en sus restos de azul celeste, el esplendor extraviado y elegante del mobiliario del chalet de mis abuelos, perdido hace ya muchos años; y su espejo, empañado a fuerza de reflejar tantos muertos, devuelve una imagen rescatada, de ultratumba, desmembrándose en los desperdicios de la descomposición.

Al verme lejos de la vida y consagrado al abismo insondable de la nada, el mismo miedo impide continuar reflejándome en aquellas aguas muertas.

Y el chalet de mis abuelos, empapado en azul de recuerdos, resucita de nuevo en el eco de las palabras de Miriam cuando al enseñarle una foto de él, una vez, lo describiese: «Es una casa de madera de finales del siglo xix o principios del xx influenciada por la arquitectura norteamericana. Puedes ver su portal corrido, hacia la fachada principal en el lado mayor del rectángulo, en la porción lateral, y en la posterior, ese portal con baranda y horcones de hierro, con ménsulas caladas en su capitel. La cubierta es a dos aguas. A la derecha de la fachada principal se alza un mirador de madera, también con cubierta a dos aguas, para aislar a los hijos varones de las hijas hembras como en la novela *Cecilia Valdés*, mirador utilizado además para la recreación y privacidad del jefe familiar, o como cuarto de estudio, o un lugar donde a veces toda la familia podía escuchar música, o jugar. La viguetería es de madera calada. El lado más corto de la planta presenta hastiales de madera con un óculo cuadrifoliado y calado».

Y me veo frente a ella, de pie ante su portada en madera pintada de ese azul, y en aquel caminillo de piedras entre los flamboyanes primero, y después, rodeado por los «negrobueno» de mi abuela, que lo abandonaban al llegar al jardín. Y los cocoteros, la arboleda de frutales, aquella cañada atravesando la arboleda...

Dionisia no deja a un lado su sonrisa, observándome con cariñoso estupor mientras balancea su cuerpo exageradamente grueso. Me había recibido amable y paciente al pedirle que me mostrase esa casa donde mi padre viviera los primeros años del siglo, con su mobiliario más reciente encargado a principios de los años veinte a un famoso ebanista local, tan parecido al de mi casa, con esa mezcla estilística en cada uno de sus juegos ubicados en las distintas instalaciones y un amaneramiento de buen gusto en general.

Un cuarto cerrado al cual no tengo acceso detiene mi pregunta; ¿será el de guardar los tarecos, al decir de mi madre? Y apenas sin comprenderlo, el tiempo me precipita en otro tiempo, más gris y en la transparencia tenebrosa de otras casas sin abrir completamente, donde un tono de venenosa adversidad hace que ruede hacia mi cuerpo de niño alguna queja, algún grito moribundo, simulado con categórica elegancia, y de prisa, por los moradores de aquellas mansiones. «En ese cuarto Lazarito duerme casi todo el día, pobrecito, nunca quiero molestarlo». Y no se refiere a un determinado niño a quien desconozco e ignoro de qué forma está en relación con ella. ¿Será posiblemente algún pariente cercano aquel prisionero de sus excesivos cuidados? «¿Y no podremos entrar a esa habitación en otra oportunidad?», le pregunto. Pero sonríe, sonríe con nostalgia al transgredir el pasado en su agónico sueño, donde pretende colocarme frente a las palabras de mi abuela cuando les dijera a sus hijos, al retratarse casi recostados a la tapia del patio, que parecían condenados al paredón de fusilamiento en espera de la orden de ejecución.

Y rememora a papá. Lo habían llevado de madrugada al patio de la casa vecina a los tres años de edad, empinándolo hacia el cielo para mostrarle al Cometa Halley.

La familia, exiliada en Cayo Hueso durante la guerra... todo lo recuerda Dionisia, y su regreso a principios de siglo donde la habitaron de nuevo hasta el desfile de bodas, viajes y muertes que dejó vacío el caserón.

La puerta de un recinto clausurado la obliga a explicarme, como volcada en otras noches que hacen temblar el sueño del olvido. Vivió allí una mujer igual a ella en el color de la piel, unida a uno de mis tíos, cuyos hermanos tampoco estaban de acuerdo con tan absurda alianza. La esposa, sofocada en el encierro, fue languideciendo en el umbral de una noche demasiado fragmentada en el rigor de los años. Al morir él, la viuda se convirtió en nubes de talco y perfumes baratos, en vapores de cocimientos, en aire húmedo estancado. Y mucho más: no se dejó ver, hasta el día en que la muerte le dio un nombre inexistente, incapaz de relucir en las conversaciones de visitas y amistades de la casa.

—Fue la huella de una sombra —me explica Dionisia—. Como tu tía abuela doña Gertrudis, de la que nunca diré nada, Jorgito. Almas en pena que no volvieron a ver jamás la luz del sol.

Las estrellas continúan su monótono susurrar...

El viento lo riega en polvo platinado por el firmamento. Grumos de estrellas se esparcen hacia todas partes, y el viento levanta el humo brillante de una herida de luz.

El breve paso del silencio va cayendo sobre el patio, sobre la casa, sobre mi silencio en el sillón que es peso muerto en el suelo seco del patio.

Una franja refulgente se acomoda, flotando, en la negrura. La puerta del cuarto de Carlos está abierta.

—La puerta del infierno —digo muy bajo, y a mi lado Teresa mece otro sillón, absorta en sí misma.

Desde la llegada de Carlos es un vestigio ausente, ácido, meditativo. ¿No le agrada su presencia, a pesar de sorprenderle aquella mirada donde el odio se funde con las demarcaciones del placer, disolviéndose el rencor al desaparecer en el mismo punto afectivo donde va naciendo otro sentimiento dichoso, acaparador?

La puerta, aún abierta, continúa derramando la quietud. La luna muestra sus fríos indicios a la entrada del cuarto, tímidamente, dibujándose en la obscuridad.

Teresa evoca su adolescencia, su vocación de religiosa en una vida dedicada al servicio de Dios. Las burlas de las amigas ante su rareza de no enamorarse como ellas, el haberse unido más tarde a un joven de carácter opuesto al suyo y el noviazgo breve, tormentoso, y su decisión de casarse con el primero que le hiciera la propuesta. Interrumpe su relato al contemplar sorprendida que una figura empapada de sombras invade el pasillo.

Reconoce a Julián. Nos saludamos rodeados de un chispazo súbito y cordial.

—Conversaba con Carlos... Lo conocí hace poco, una noche en el parque.

Carlos avanza en su paso difuminado hacia la saleta y Julián lo advierte, le hace una seña y se despide hasta que desaparecen en la gracia tenue de sus pisadas.

Teresa fuma y se estrecha con desdén ante la noche. Sugiere, inquisitiva y arrugada:

—Buenas piezas son los dos.

Según ella, deben andar en líos con mujeres dadas las señas del monstruo libidinoso que es Julián, confundido ante el amor porque en definitiva nada sabrá de lo bello de nada, ni de las necesidades y ensueños del alma femenina. Y enfatiza que debo evitar su tráfico de mujeres en la casa, para no verme involucrado indirectamente en infidelidades y cambios de pareja, algo sucio en las normas morales de Teresa... Sobre Carlos prefiere no hablar, «es cruel», subraya sin mirarme.

Compro cigarrillos en una cafetería cercana, y cuando regreso me expresa contrariada:

—Llamó por teléfono tu sobrino preguntando por ti y por Carlos, aunque tú has sido más padre para él que tu hermano, según me has contado.

Insiste en que lo llame, pero las líneas resultan repentinamente interrumpidas.

Y brota impaciente aquel anochecer cuando mi sobrino y yo paseábamos ante el cielo distante que lanzaba su llamarada al poniente contra los perfiles de las casas, y en lo más lejos de nuestro camino le había hecho ver a su apreciación infantil, pero despierta, aquellos edificios públicos del primer cuarto de siglo y sus ridículos ornamentos semejantes a dulces de merengues estridentes, con sus azoteas y balcones como ruinas en pie tras una catástrofe nuclear.

En su juventud insiste a menudo que vaya a vivir con él y su madre, pero en La Habana la vieja casa no resurgirá jamás, se habrá ido apagando para aquellas risas y juegos, para aquellas tardes de sumergirse en viajes de trenes y barcos imaginarios, en peligrosas aventuras... No existirá mi lomita para subirla hasta la cima. No existirá el desengaño por haberla soñado tanto que, al llegar con el abuelo a su cima, sea ella misma el retrato del fin de la inocencia, de la primera niñez, sobre aquella cima desbaratada una vez poseída, trastocada entonces por el hada mala de un sueño. La cima del Capiro.

Fustiga a Teresa mi cansancio. Fustiga a Teresa mi malhumor por no haber logrado comunicarme con mi sobrino. Parezco tener aún esa disposición al maltrato de mis seres queridos, injustamente, ante las desilusiones. Parezco aún el niño aborrecible que cabalga una presurosa ansiedad. Y Teresa decide marcharse exprimiendo la noche sobre mí.

Ya por los acostumbrados portales vacíos donde se ve el parque llevándose la noche, reconozco la imposibilidad de desprenderme de la casa, la casa de la infancia de mi padre, donde él y mamá habían bailado en reuniones familiares siendo amigos, aún sin pensar posiblemente en comprometerse, fiestas como otras fiestas donde mi madre era, en opinión de sus numerosos admiradores, la más bella del baile.

Y no puedo desprenderme de aquella misma casa en que mi abuelo paterno y sus compañeros del Club Revolucionario Juan Bruno Zayas guardaran los necesarios implementos para un intento por cortar el fluido eléctrico de la ciudad, una noche señalada, y tomar Santa Clara en los primeros meses de 1898, desmembrando la resistencia del dominio español.

No puedo desasirme de esa casa de la infancia de mi padre, y mientras camino, la ciudad entera la llevo conmigo.

Carlos cruza la calle y alarga sus pasos en las inmediaciones del Teatro La Caridad en un gesto inconcluso y volátil, hasta desaparecer por uno de los costados del antiguo coliseo. La sombra de una sombra se había licuado en ondas sobre el aire y ya no se ve.

La Banda Municipal había ofrecido uno de sus habituales conciertos, y la Glorieta vacía va tejiendo en sus inmediaciones un halo plateado, como de niebla. Teresa y Damaris, una amiga de Carlos, abandonan presurosas el local esquinado en el teatro, donde venden infusiones y bebidas, tratando de alcanzar la pista de sus pasos, afanosas quizás por darle alcance.

Vestido con exagerada elegancia, Carlos suelta cada noche, al pasar ante mi cuarto, un humazo de perfumes diferentes para cada ocasión.

Decido regresar ante el piano a media luz e improvisar conocidos temas de telenovelas o los de recientes estrenos cinematográficos disfrutados en la televisión en mi cuarto o en alguna sala de cine. Danzan a mi alcance imágenes sueltas, enloquecidas, en la iniciación definitiva de otras noches y, al amparo de un relámpago, se quiebran en diminutos cristales de aire y sonidos.

Ensayo nuevos timbres para incorporarlos a una música compleja con raíces nacionales. Los cristales encendidos han regado un fulgor de ensueños y quimeras. Dentro de ellos, el paisaje cobra nueva vida en cadenas sonoras. Las callecitas, los parques, los puentes, los patios coloniales enrevesados entre el verdor de las plantas, flotando en una corriente de tejas rojizas, las filigranas de los enrejados, los ventanales, hasta los retazos de los sembrados campesinos en la tierra parda, cruda, el melodioso punto guajiro y el misterio de los rituales negros con aquellos ñáñigos de mi niñez, llevándose los corazones de los niños blancos y rubios para ofrendar a sus santos.

La ignorancia para leer y escribir los valores musicales en el pentagrama me restringe de llevar hasta el papel tales figuraciones. Solo toco el piano de oído.

En el reguero de sonidos recordados transito la casa, y observo tras la persiana la obscuridad de la calle y el juego de luces de los carros que parecen figuras salidas del proyector de cine que me obsequiaron mis padres un Día de Reyes. El Gato Félix, Canillitas…

Ordenadas figuras que absorben dos espectros silenciosos frente a la casa, inmóviles y conversando a media voz.

—Mamá no te lo va a permitir. No tomes más… Esas mujeres no sirven, no las dejes compartir con nosotros, lo contarían a cualquiera para desprestigiarnos —y luego, la misma voz en un tono dulce y regañón—. Mi niño grandote, si no te cuido yo, ¿quién lo hará?

Y la de Carlos, acatando la presión de la primera, se excusa ahora, desarmada:

—Siempre haré lo que tú digas.

La silueta de un joven corpulento va alejándose en susurros con la botella en una mano. Carlos se acerca cauteloso hacia la casa y aborda el zaguán estéril de luz. Va, tambaleante, hacia su cuarto.

Algunos jóvenes preguntan por Carlos. Muchachos de hablar bajo y aspecto agradable. Bien vestidos, amables. Al avisarle, Carlos los recibe para hacerlos pasar a donde está el video.

Regreso al sillón junto a Teresa.

—Tu espíritu aristocrático niega toda relación extensa.

Según ella, soy el Oliverio de la novela *Juan Cristóbal* o el idealista Ashley Wilkes de *Lo que el viento se llevó* y suelo alimentarme de sombras y sueños, y me hieren las gentes y las situaciones demasiado vitales.

—Tu mundo, demasiado íntimo, donde te bastan unos pocos amigos cuidadosamente seleccionados para mitigar ese temor que la gente te inspira.

Y señala que tampoco es mi deseo el tener excesivo dinero, solo anhelo vivir en paz y no ser hostigado por los que me disgustan ni verme obligado a hacer lo que no quiero, y que evito la promiscuidad física y moral, además de preferir los tiempos pasados.

Teresa profundiza su mirada en la mía. Teresa, definitoria y certera:

—¿El miedo te hace hipócrita para sobrevivir?

La noche uniformemente descolorida, se descorre sobre el patio, nos entrega una porción de cielo y tejas, y el aura de la casa que se propala, penetrándonos con su mano azul y olorosa a jazmín, a azucena, a lirio en flor, a piscuala...

Y las horas, los días, amortiguados, circunspectos, se cierran sobre sí mismo saciados de tedio.

El tiempo ha ido desgranando lentamente los días y está lejano, muy lejano, el momento en que Carlos partirá. Carlos, que ha hecho de mí alguien que no soy, un trillo de residuos cuya faz nunca se ve. Carlos, que me acepta mejor, lejos de ese otro yo más auténtico. Ese otro yo, a fuerza de desaparecer.

En su infancia era astuto y solapado. Lograba de mis padres lo deseado, solo con mostrarles sus ojos lacrimosos, o una actitud rebelde, terca, agresiva. Trataba de guiarlo entonces, pero fue inútil. Mucho lo aconsejaba, pero todo fue inútil. Huraño ante todos, iba apoderándose de la voluntad familiar con sus caprichos y volubles deseos. Temían sus excesos de mal humor y solían complacerlo sin detenerse a pensar.

Carlos es aún la insolente altivez. Aún, el son de mando y poder. Aún, el egocentrismo adolescente; y esa otra cualidad de joven alegre, inteligente, normal, la faceta más frecuente para contrastar con mis acostumbradas «rarezas».

Mi madre a veces se desentendía de él. Lo inventaba. Lo hacía ver como un juego de aire, como un sueño de aire. Y yo, preparándome para partir hacia muy lejos, hacia una casa remolcada por la lluvia de alas de los negritos que en puñados de a mil invadían los árboles del parque al atardecer. Y Carlos y mamá y el parque se iban flotando con alas de lluvia para el caserón de mis sueños, mientras en el tiempo latían las gotas doradas de un torbellino de sol de mediodía.

Otras veces, mi madre decía bajito a papá, tan bajito, que su voz rozaba el sembrado de violetas rusas del patio a la hora más alta de las noches, para repetirlo cada día en la mañana: «Allá tú, que es tu hijo, el hijo sin excusas que me has querido hacer ver, imponiéndolo siempre, más allá de los hechos».

Eran esas otras veces cuando mamá, tan incomprensible y desesperada en su tono conminatorio, parecía ser otra mujer más vertiginosa y locuaz, un eco salpicado por las rocas, un pez verde como los lagartos del patio.

Eran otras voces las que habitaban su garganta hasta salir en empellones contra mi padre, contra mi paciencia silenciosa y ordenada. Otras voces...

Un racismo evidente lo hacía parecer desagradable y brutal con quienes iba dirigido. A veces lloraba a solas sobre su cama y sin razón aparente, y todos lo sentíamos prisionero de alguna desconocida contrariedad.

Cada vez más, y sin poderlo evitar, Carlos va apoderándose de la casa, de la tranquilidad tan necesaria. En todo está su mano, esa voluntad que a cada acción suya marca la fuerza de un carácter oportunista y especulador. Teresa lo ha dejado entrever, sentados otra noche, transparentes, bajo un firmamento recortado por las tejas.

Varios aldabonazos en la puerta hacen escapar mis pensamientos, y al abrirla, una muchacha alta y delgada, de unos treinta años, sonríe remota, sin dejar de mirarme. Dulce, esplendorosa. Miriam saluda feliz desde su regreso.

—Aquí estoy de nuevo... ¿Cómo estás?

Desde lo más profundo de la casa pienso en Miriam.

Miriam, al rincón del anochecer. Rincón ramificado. Extenso. Más cerca de mí. Dispersa entre los canteros, entre las columnas del aire ensombrecido.

¿Será coqueta, vanidosa, socarrona y engreída?

¿Será algo frívola y pagada de sí misma, una niña mimada, fácilmente impresionable ante el asedio de otros?

Hay algo valioso, diferente y abarcador, atractivo en exclusividad.

Miriam, más cerca de mí.

Me desembarazo de su aureola, y la dejo ocupar el círculo de la sensualidad de mis solitarias divagaciones eróticas.

A veces permanece inflexible, bajo mi piel, aquella tarde primera en que me visitó, cuando todo lo había dispuesto para halagarla. Los discos alucinaban, las escogidas interpretaciones mías al piano, la discreta retirada de mis padres para dejarme dueño y señor de la saleta y así poder revestir de aire climatizado a la delicadeza.

Y ya al anochecer, dejó al marcharse un espacio íntimo y melancólico.

Es en la casa de su madrina Rosaura cuando sucede. Miriam me deja ver la colección pictórica heredada del Barón de Breteuville.

Va mostrándome, feliz, aquellos óleos españoles de los siglos XVIII y XIX que dan esa visión romántica, naturalista, académica e idealizada del entorno que retrataron los autores en su línea costumbrista.

—Necesito darte una sorpresa una de estas tardes —dice, y se marcha con la casa a cuestas por entre las rendijas de sol que apuñalan el bulevar.

Y reaparece otra tarde, perfumada por el vitral de una iglesia donde nos detenemos, protegidos por el canto antiguo de la noche que llega. Allí sus antepasados habían hecho grabar lo que ella lee en un tono perdido, como de inviernos: «En memoria de nuestros padres Marina de Oña de G. Abreu, Eduardo G. Abreu y Mora, sus hijos Ofelia G. Abreu y de Oña, Marquesa de Valle Siciliana, Eduardo G. Abreu y de Oña».

Y otra tarde, al cruzar cerca del portón del cementerio, sonrío dichoso. Estoy junto a Raquel ante la tumba de mi abuelo, donde habíamos jurado en silencio la fidelidad de nuestra naciente amistad y su eterna realización. Y rezamos brevemente por esa amistad, por el alma del difunto.

—Te he querido presentar al abuelo. Es importante para mí. Te aseguro que él, desde el Cielo, puede vernos y ya está sonriéndonos al aprobar nuestra relación. Lo sé.

A lo lejos las nubes rasgaban la tarde veteada del ocaso, y caminábamos sin hablar mientras el cielo se esfumaba en el umbral de la noche.

Al salir, bajo el arco con la inscripción *MORS ULTIMA RATIO*, Raquel había expresado entusiasmada:

—Me siento triste y a la vez feliz, no esperaba esto. Lo bello siempre me hace llorar.

Miriam y yo, paseándonos, cruzamos ya muy cerca del portón del cementerio, otra tarde...

Desnudos sobre la cama, la noche es un amasijo de penumbras y quietud, un desierto curtido de negruras, húmedo, atezado, sobrecogido en el letargo. Una lamparilla sostiene la obscuridad. Contempla Teresa las vigas del techo, las tablas azules, las monótonas líneas de las maderas.

—Le llevas dieciocho años a Miriam —y precisa—. Por ley de la vida, tienes menos tiempo por vivir.

Y, al referirse a nuestra relación, que es amistad con sexo, tal como ella la ha definido:

—Me llevas diez años. No son pocos, pero es menos riesgoso.

¿Le resulto amoral? ¿Un caso? ¿Lo imposible? Y desde nuestra intimidad puedo acercarme al ideal, al mío, al suyo...

—Lo importante es vivir, y lo hemos hecho intensamente —se explica distraída.

Teresa insiste en que Miriam no es como espero sea ella, que en La Habana se ha relacionado con esnobistas medio cínicos, pragmáticos...

—Tiene más mundo que tú y es histérica a veces, y a veces malcriada.

No le creo. Está deshecha en la filigrana de sus momentos menos felices. Releo aún aquellas primeras cartas de Miriam en la etapa de la luna de miel de la amistad, pero ya no lo comento con Teresa. Sonidos lejanos que tiran los puntos más intrincados de mi hogar, llegan a mí tersos, vitales, rozando nuestros cuerpos. Ella hace silencio. Levanta a su alrededor una cortina de brumas, y continúa:

—Nunca dejaré de verte si alguna vez estuviera con otro, y, sin embargo, lo nuestro sería entonces diferente.

La acaricio sin mirarla. Pienso que también haría yo lo mismo.

—Somos excepcionales como pareja —le indico complacido, pero responde airosa:

—Te equivocas. No constituimos una pareja, aunque nuestra relación es única, especial.

La lujuria de un canto a Ochún va rompiéndose a través del pasillo. La grabadora de Carlos evade el sopor con cantos a coro, con ritmos y melodías de negros. No es la primera vez que sucede. No es la primera vez. Hay noches de obsesiva audición de esa música, y Teresa se marcha evitando aquel relente sonoro que a veces me integraba al corazón de las sombras.

Desde la puerta de mi cuarto voy acechando la obscura danza, y un bombillo enrojecido lanza su pulpa ardiente sobre ella. Y Miriam, Miriam que se despide de Carlos frente a la puerta de él. Y me oculto. No han notado mi presencia. Con paso frágil, distraído, ella se lleva su silueta sin luz hacia la calle.

Y después, desde la casa, los ruidos son reconocibles. Golpes de martillo. Muebles rodados. Puertas que se cierran. Percusión en las paredes.

La noche estridente se recupera. Los sonidos zambullen sus gamas destempladas en la madrugada, y al fin, languidece el arrítmico golpear del estruendo... Una voz da una orden. Desaparecen las pisadas por el pasillo hacia lo profundo de la noche, y oscila en todas partes la sórdida sospecha.

El dejo rítmico de la música afrocubana regresa. Agudo, mi cuerpo va derramándose sobre sí mismo en fragoroso arabesco. Puebla los aires grises que tiemblan escondidos en las calles. Rueda, licuado, en la osamenta de las tejas. Y de pronto, se precipita el silencio.

A pie ligero atravieso la negrura del pasillo. Atravieso aquella puerta entornada. La habitación de Carlos es el rojo fulgor de una lamparilla que despedaza sus rayos contra los cajones en desorden y la cama a medio tender. Es el caos donde lo moderno y lo tradicional se complican. Grabadoras sobre una vieja mesa. Un remedo de bar fabricado con restos de un escaparate colonial. Algunas lámparas de mesa se contraen apagadas. Cuelgan los adornos de cobre (mariposas, lechuzas...). Un maletín abierto sobre la antigua consola muestra orgulloso la extensa variedad de sus perfumes, y una vitrina ardiendo en lenguas de plata absorbe el turbio mirar del cuarto. Las exóticas fragancias riegan con astucia la habitación.

Al volverme, el rostro petrificado de Carlos interroga desde el pasillo. Soy el invitado de su intimidad.

El receptor rapaz de su conversación. Y habla, habla acerca del fracaso, de su vida, del último divorcio, del trabajo en La Habana donde era subalterno de la última mujer.

—Me sacó de una nada para otra, tratándome a cuerpo de rey, convertido en alguien de importancia en la empresa. Y para zafarme, ¿qué hice? Regresé a esta casa, mi verdadero hogar.

Un vaso de ron sale de su mano hacia la mía, y le aconsejo, preocupado. Consejos, consejos...

—En esta aldea me casé la primera vez —continúa—, y fiestando y fiestando no pude atender a mi hijo, y tú y mis padres se hicieron cargo de él. Soy malo, realmente malo. Muchos sermones me diste y no te quise oír.

Y piensa, piensa midiéndose, midiéndome...

—¿No has pensado en irte del país? —indago, y responde:

—No voy a dejar aquí a mi madre.

Y no comprendo su respuesta. No le pregunto, encerrado en esa respuesta, pero Carlos coloca otro tema y sonríe nervioso.

—Tengo aquí un negocito, hice algunas modificaciones. El cuarto de al lado voy a alquilarlo a parejas —y ruega lo ayude a salir del mal momento. Ruega, conmovido y secreto.

Permanecerá un tiempo en Santa Clara para luego regresar a La Habana, sin tener que rendirle cuentas a una mujer autoritaria y celosa.

—Jorge, permuta este caserón por una, dos casitas quizás, haz algo para vivir mejor, en algo más moderno —risueño entonces, se refiere a Miriam—. Vino a verme buscando artículos en falta, porque con su sueldo de arquitecta puede vivir mejor que muchos. Yo no envidio a nadie y disfruto al ver a la gente feliz. Si el mundo, en su diversidad, pudiera al menos unirse, solidario, en paz...

Y piensa, piensa... pero las palabras parecen habérsele agotado.

—Una casita más pequeña, eso es lo que te conviene, y yo...

Pregunto entonces si conoce a quien dice ser su hermano, recordando aquella llamada telefónica antes de su llegada. Lo niega rotundo, molesto, vigilante, con la desconfianza paseándole el rostro, e indaga la razón de tal cuestionamiento y sonrío para restarle importancia.

Los actores se retiran en silencio. Sudorosos, cansados, se retiran; y el escenario, entumecido y vacío, es algo igual a esos deseos perdidos de continuar ensayando mi obra teatral: lívido, con el dolor del silencio.

Teresa y yo habíamos reñido delante de todos. En su trabajo del sectorial de cultura se distanció, con disgusto, de algunos dirigentes. Estalla en todas partes, y ahora conversa con Miguel, el escenógrafo del grupo, un joven aficionado a la pintura con el que acaba de salir.

Los portales vacíos escapan; huyen, diligentes, hacia lejanos esbozos de lluvia en el horizonte.

Algunos jóvenes conversan por cualquier lugar, y una faja de luz llega a definir, en los contenes del parque, el rostro tenso y alegre de Julián, en la irradiación de ese encanto y halago que le provoca el encuentro, posiblemente casual, con una muchacha delgada, de peinado escueto, de una rigidez casi viril. Su expresión se suspende en el ánimo de la súplica sensual y abarcadora, hace surgir de Julián hacia ella un cimbrar evanescente y deleitoso. Él, que no me ha visto, convence al fin a su pareja, quien es en realidad un tímido y vistoso jovenzuelo, según puedo definir cuando hago girar mi ángulo visual y la distancia. Continúo caminando mientras se van calle abajo con el viento, volando distancias en la moto que el mejor amigo de Carlos maneja rajando la noche y los espacios.

El zaguán a media luz saluda a una joven pareja que entra. Sonríe el zaguán, los invita a pasar, y se van felices hacia el cuarto que Carlos ha preparado al desvirtuar, en sitio de placer, el lugar donde habían muerto algunos miembros de la familia. Y el abuelo.

Carlos no es indiferente a esa mueca en mi rostro y me empuja a su habitación. Recibo de él un vaso de ron.

—Caramba, Jorge, no podemos juzgarnos tan mal si queremos sobrevivir.

Carlos, comprensivo ante las represiones morales, familiares y de religión mal entendida de su segunda mujer, que lo catalogó como objeto absoluto de su propiedad. La lucidez de Carlos lo dignifica en la media luz, en su empaque feliz desde que llegó a la casa, en la ahora aletargada nobleza de su expresión que me conmueve. Carlos, tan satisfecho en el vórtice de su nulidad.

La media luz se pliega. Y se pliegan los minutos, los segundos. Y la media luz y los minutos y los segundos se han hundido junto a mí, tendido en la abombada decrepitud de la cama de Carlos. Ya se hace tarde, y recupero los deseos de no seguir escuchándolo. Me levanto aturdido.

—¿Qué será de nosotros en el futuro? —es su pregunta mientras tomo lentamente el pasillo, envuelto en su expresión tensa.

Se demora la llegada de esa tarde, de esa tarde de la sorpresa que Miriam me va a dar. Esa tarde argumentada de posibles grandezas, de infinitas revelaciones... Esa tarde, ¿para mostrarme su amor?

Fueron muchas las tardes perdidas en que busqué en ella la palabra precisa, la palabra que jamás escucharé, y por la cual he aguardado siempre. Si hubiese olvidado esa palabra, esa tarde, posiblemente nada sería igual. Nada, como tampoco sería esa tarde.

Y puedo sentirla lejos, tenue, vacía, tan obscura como el resoplar del viento en azoteas y tejados en noches de invierno, acelerando el golpe de mi corazón contra el pecho de una ciudad perdida, una ciudad como ella, como yo, como una casa.

Una casa particular de mi existencia. Una casa semejante a una ciudad que permanece en el olvido, suspendida, sin aliento, de espaldas al tiempo y al espacio. Un rostro en la imprecisión de mi ansiedad. Un rostro para mi ansiedad.

Y la tarde, demorada siempre, desaparece entre las fisuras del sueño soñado por el niño que jamás la ha dejado escapar.

Una tarde para un niño, con los acordes de un piano ciego que un loco hace sonar, escarbando inmisericorde entre las cenizas de otra melodía multicolor e indomable.

Una tarde que ya no es, que ya no será, que se me va.

Una tarde para siempre del otoño descendido sobre el bulevar.

Una tarde para un noviembre, para el otoño de un piano ciego, de un piano loco percutido con ingenuidad por un inexperimentado e intrépido adolescente.

Una tarde, enferma, en las comisuras de una noche agigantada y hostil.

Una tarde de nunca llegar para Miriam, que jamás conoció, para olvidar la otra tarde suya de sonido banal, infantil, intrascendente, de la que ya no me acuerdo.

Una tarde sin nombre, sin señal alguna. Una tarde marchita, agotada, que arrastra su fría y milenaria sonrisa, vacilante.

Una tarde que pudiese ser como un recuerdo.

Esa tarde....

Y Damaris se despide brevemente: «Jorge, ya hablaremos».

Y sobre la acera, es la gema sin pulir, el ocio, la puerta de la calle que voy cerrando. Y por eso, incremento en Damaris la práctica de mis buenas acciones, igual que con Teresa, mis cuidados y advertencias para darle a otros y a ellas parte de mi felicidad.

Carlos me la había presentado, y Miriam, que regresó a La Habana, siente celos de ella al anunciarle en mi correspondencia esta nueva relación.

Damaris aún no ha desprendido de mí esa aureola de misterio que le doy. Me había visto cruzar los portales frente al parque, arrollado por la expansión de un haz rutilante, que como fugaz meteoro iba perdiéndome en la distancia en la lumbre de mi andar hacia incógnitos parajes.

—Eres un hombre mayor, pero interesante. Distinguido y corpulento. Pareces un alemán. Cualquiera diría que andas por los treintitantos años. Y ese carácter tuyo tan de niño, ese no sé qué tan atractivo... Pero no te amas, y por ser así, no esperas recibir amor.

Y me habla de enfermedades y calamidades, de muertes de familiares y conocidos, y convive con las tragedias. Es por eso su interés en aprovecharlo todo, y se sonríe cuando tomo precauciones por temor a contraer el sida, pero luego apoya mis cuidados, impresionada por mis palabras.

Vestida, ella no deja entrever todo lo que hay en su desnudez.

Escribe aceptables poemas de amor, estudia a fondo a quienes conoce para una futura novela con temas actuales como la religión y la homosexualidad, actuó en teatro con aficionados y frecuenta nocturnos grupitos en el parque.

—Carlos es feliz como es, no lo atosigues —dice—. Tú no eres Jesucristo. Lo irritas, y entonces lo haces sentir inferior.

Y Damaris se despide brevemente:

—Jorge, ya hablaremos.

Los ensayos se suspenden otra vez. El tiempo entreabre sus párpados cerrados y entre ellos queda guardado mi entusiasmo. No continuaré perfeccionando la obra teatral.

El tiempo, que cruza inadvertido cada día, cada noche, escondido en la epidermis de mis gestos sobre el sillón que arrastro hacia el patio bajo las estrellas. El tiempo...

Ya es muy tarde y Carlos aún no ha regresado.

Damaris y Teresa van alejándose por un túnel largo, sin regreso, para siempre.

Y las noches quedan bloqueadas por el tierno alivio que me ofrece libertades, despreocupación, el utilizarlas a mi antojo.

Cuatro siluetas de voces bajas se mueven por el pasillo, y se hacen de luz en el recinto de Carlos cuando entra él junto a una muchacha, acompañado por Julián y otra joven, la cantante Madonna, pienso, ¡tanto se le parece! Y todos, iluminados en su plática, y la puerta abierta dejando escapar la paciencia aletargada, lúbrica, nuevas dudas cuando tras ella desaparecen.

Mis padres aún insisten en reunirme con ellos, incluyendo a Carlos y a su hijo para que me acompañen en el viaje. El temor a la llegada de Carlos se ha ido disipando a pesar de su vida tan activa. El temor se quiebra hacia la ribera de una nueva luz.

Ese aspecto ligero de Carlos, tan suyo, deportivo y delincuencial, ya me marca los días. De alguna forma está unido al resto familiar no desparramado, cálido, domesticable, de antiguos momentos.

La noche desbordada sobre el patio, sin estrellas y con una luna arrugada que cuelga en el vacío, me revela a Teresa y sus empeños en agradarme cuando, completamente desnuda, se deja puesto el collar de perlas falsas. Y ese collar, sobre su piel y al tacto de mis manos, comunica a mis sentidos una corriente tensa, enervante, para recorrer todo mi cuerpo. Y mis dedos lo oprimen siempre contra la carne aún suave, tan suave como la vidriosa superficie de esas cuentas.

Descorcho una botella. Me sirvo en el vaso cercano al sillón. No han sido pocas las veces en que finalizo la noche embriagado, suspendido en mí, más extenso y distante, más profundo. «No voy a dejar aquí a mi madre». De Carlos, a partir de esa frase imprecisa, su existencia se modifica en las más absurdas conjeturas. Con los sucesivos regalos de Carlos soy asiduo a la embriaguez, y a veces lo recuerdo joven, cuando era el centro de diferentes grupos del parque, llamando la atención de todos por su forma de vestir y actuar. El parque, el escenario perfecto de su excentricidad.

«No voy a dejar aquí a mi madre».

«No voy a dejar...»

«A mi madre a mi madre a mi madre...»

Dando tumbos y abrazados, Carlos, Julián, van hacia un rincón del patio, juntos, en un solo molde como bestia informe. Y se sientan sobre las losas disfrutando del hervidero de alcohol. Y deseo herir a esa mole sombría, irracional. Hundirla para siempre bajo la tierra parda de los canteros.

Luego ascienden cansados hasta el mirador, ayudados por la raquítica lumbre de un candelabro. Consumo la bebida sin demora, incómodo, sin saber por qué.

Existe una realidad existencial y cotidiana que no comprendo a plenitud. «Acéptalo todo cuando no hay remedio. ¿Eres apolítico? ¿Casi siempre lo eres? Olvida el pasado y el futuro. Nada importa, solo el presente». Son palabras usuales en Teresa. Quizás, ella le temía a la vida. Al presente. Al futuro. «A veces trato de refugiarme en tu Dios». Reconocía no poder amar jamás. «No he vivido lo necesario para cada edad, y pago hoy las consecuencias. También, desearía tener la piel muy blanca y los ojos azules».

Casi al amanecer se va Julián con la pareja de Carlos, y el cantío de los gallos domina las distancias, y a través de ellas, juegan a acercarse o no en la expansión de su señorío, perturbando las horas.

La Madonna de Julián se abraza a Carlos en el umbral del cuarto, y luego entran cerrando la puerta.

Tengo catorce, quince años, y son aquellas callecitas poco frecuentadas las que sustentan mi amistad con Andrés.

Y son aquellas aceras tan estrechas y rotas...

Y es la música de Mozart, Bach, Paul Hindemith... Son sus libros de cabecera y las novelas de Hermann Hesse, Panait Istrati, y La Biblia y *El pequeño príncipe*...

Todo fue y será Andrés.

«Lejos de asfixiar al hombre, Los Diez Mandamientos lo liberan, lo dignifican, lo hacen más pleno. La cuarta dimensión es el silencio, que nos da la talla de la imagen de Cristo en nosotros», sentenciaba Andrés entre sus libros, sus discos, sus apuntes... «Hay que renacer de nuevo, le dijo Jesús a Nicodemo».

Y sus antepasados mambises se confunden entre sus libros, les dan un raro brillo a sus discos, a sus apuntes... Antepasados... La Condesa de Merlín, el Obispo de Cuba Agustín Morell de Santa Cruz… Sus antepasados… y otros… Y las callecitas y las aceras, y la música de Mozart, y sus apuntes, le hacen levantar el arduo deber de hacer poesía, de hacer deportes, de continuar con su enérgica defensa al campesino explotado y la necesidad de una Reforma Agraria.

Andrés, improvisando representaciones teatrales y circenses en su ancha casa ante vecinos y amigos, casa cuyos adornos y empaque no cierran su camino en pugna, pleno.

Andrés, confeccionando la maqueta del escenario de un teatro, con bambalinas y telones. Cada elemento indispensable para asestar el mágico golpe de su inventiva.

Andrés, el inseparable de la primaria escolar en las aulas de un colegio religioso.

Al abuelo le agradaba Andrés. El abuelo, buen conocedor de la vida y la gente, llevándome a la estación de ferrocarril a ver la llegada y la salida de los trenes, disfrutando con él una tarde en el Teatro La Caridad (ante la embocadura parecida a otra en París por su elegancia y clásica sencillez, la del *Théatre Lyrique Impériale*) del famoso animado de Walt Disney, *Pinocho*, en su cuadrada pantalla. Esa bondad del abuelo y la ilimitada paciencia conmigo, aparece en su canción tema *When you wish upon a star*, y así también en su presencia en la gran mesa de la Cena de Nochebuena y en las casitas de cartón fabricadas por él para el Nacimiento en la sala, casitas más cercanas a la nostalgia de la aldea natal que a la realidad arquitectónica de rango histórico y religioso allí representada.

Y ahora las calles transcurren rápidas, saltando a mi memoria.

Y los portales, y otras calles…

Y es aquella aborrecible impresión la que irrumpe en mis pasos, como queriendo tragárselos de un solo gesto. Clavado al extremo de la calle, la escasa iluminación va definiendo su alta y robusta estatura, su bronceado agresivo… Pero ya es muy tarde y avanzo sin la esperanza de un retroceso salvador ante alguna acción de violencia. El dolor, el temor, el hambre, a veces son tan intensos, que no se pueden sentir. Y me acerco a su inteligente sonrisa. «¿Has sentido miedo alguna vez? El miedo, la fuerza, el poder, se parecen». Y me escapo en la audacia de sus reflexiones y a cierta distancia, cuando su figura desaparece al doblar una esquina, me pregunto dónde había escuchado aquella voz.

Hay una señal abierta en el aire. Sangrante. Una señal, un atardecer cualquiera.

Un atardecer para la sospecha, para la inquietud. ¿Conjura el patio su mejor sonrisa?

Escucho... la señal de un presagio me impide descubrir el patio. ¡Llegar al mirador! La señal es un balbuceo desapacible. Y me empuja a subir la escalera. Los escalones van torciendo la agigantada osamenta metálica en el aire de la tarde. Y subo. Llego temiendo escarbar en el olvido de los muertos (ese pequeño objeto sucio, insignificante y desgastado que nadie quiere ver). Y me acerco despacio, muy despacio, escarbando la entreabierta pupila de la penumbra. El quinqué tiembla en mi mano. Tiembla la penumbra. Las paredes. El techo. Tiembla la tarde desigual en inútil gesto de no quererse ir. Evito avivar tanto polvo dormido. Y ya, frente al baúl, escucho el indeciso latir del silencio. Vibra la negrura, y busco la húmeda mancha en la pared, pero no la puedo ver. No puedo encontrar la huella que marcó en la pared aquel cuerpo al caer abrasado al suelo, la silueta en el gesto contraído, doloroso... En la muerte. En la sombra. En los restos de una pasión dibujada por el fuego de quien enloqueció en la incomprensión y el abandono. Dionisia había evitado contar aquel suceso perdido en nuestro acontecer familiar. ¿Un antepasado? ¿Un gran amigo de la casa? ¿Una muchacha? ¿Un hombre joven? Alguien, devorado por las llamas, entre aquellas paredes.

Decidido, voy abriéndolo, despertándolo entre mis dedos, y un aliento de olvidos se inflama desde el fondo del baúl en húmedo auspicio, como si el alma de toda la casa se hubiera volcado dentro de él, suspendida ahora, pérfida y callada ante mí. De su vientre de madera fina escucho la cansada conversación de los documentos oficiales, de las propiedades y los derechos legales hoy invalidados, de la Biblia del abuelo, para dar paso al triste monólogo del oro viejo de un sobre grande que, al tomarlo, nunca hubiese deseado oír. De aquel sobre, ¿lo había visto antes?, extraigo a la escueta luz aquella foto ampliada que se empapa del aire mugriento y destejido del instante. Es la forma de un grupo humano en el cual mi padre niño, muy niño aún junto a sus hermanos en un patio, ha sido acorralado por las demarcaciones de la cartulina nublada, maloliente, casi indescifrable por el tiempo.

Apartado de todos, se adivina una figura singular; la de un adolescente junto al abuelo rejuvenecido, o algún otro familiar que se le parece, un hombre cuyo rostro es imposible definir, destrozado en imprecisas grietas de sombra que perturban inquietos y anárquicos filamentos de plata, quien posa como marchándose de prisa para no dejarse ver, como si evitase testimoniar su presencia en el patio de la casa donde vivió papá los primeros años de este siglo. La parte posterior de aquel cartón descubre el fragmento bíblico: «Por ti estoy apenado, Jonatán, hermano mío, por ti, a quien tanto yo quería. Tu amistad es para mí más maravillosa que el amor de las mujeres». Al final, no hay firma ni fecha. Y aquella letra de rasgos similares marca con firmeza la sombreada llanura de otro papel: «¿Habrá alguna relación determinante, mi querido Jorge, amigo, entre la obra de Mozart y el Himno Nacional Cubano? Perucho Figueredo parece inspirarse en una canción de la famosa ópera revolucionaria *Las bodas de Fígaro* llamada *Non piu andrai, farfalone amoroso*». ¿Era Jorge un nombre de los hombres de la familia?

El fragmento de la última hoja, en idéntica letra, me hace distinguir: «Y era lejos, tan lejos, muy lejos ya, el paisaje tenue, obscuro, vacío, por donde deambulaba, en eterna e impaciente búsqueda, aquel dios intrépido y excepcional, emancipador, innovador, cuyo manto encendido en colores se involucraba cautelosamente entre las ramadas figurativas engalanando el ropaje, entre ornamentos vegetales y animales, rematados por signos de una arquitectura desquiciada, esbozando con timidez absoluta restos vivos de civilizaciones aborígenes: símbolos todos del sedimento espiritual de un pueblo, de una cultura ancestral y olvidada. La testa multicolor, que corona una cornucopia, se alzaba altiva y serena entre destellos del solitario semblante salpicado de estrellas, en la conformación como al descuido de escasos contornos semejantes a esas nubes que ocultan la membrana de la luna. Aquel dios bienintencionado y hermético, que se transforma a veces en alimaña para escapar de sus enemigos, iba en pos de hallar una singular y legendaria casa en silencio, tapizada de espejos con marcos de oro, tan blanca como sus pisos de mármol, fecunda en tinieblas desde siempre como el extremo de lo desconocido, como el final de las cosas que se han ido olvidando...»

El resto, ilegible, son nerviaciones de un grafismo caótico, que va desapareciendo en aquella carne, indiferente, arrasada por los estragos de un herpe seco y voraz. Solo distingo en un fragmento claro de otra hoja en la misma letra: «...y mi adorada Gertrudis, querido amigo y hermano, no es culp...», que cae, pulverizado, al primer roce de los dedos.

La luz, asfixiada por la brevedad del aire inmóvil, me obliga a buscar el clima apacible de mi habitación, y sobre mi cama recuerdo el fragmento de un poema que había copiado varias veces de un libro viejo: «La muerte es ese amigo que aparece en las fotografías de la familia, discretamente a un lado, y al que nadie acertó nunca reconocer. La muerte, en fin, es esa mancha en el muro que una tarde hemos mirado, sin saberlo, con un poco de terror...»

La *fuerza* que no puedo ver está en cualquier lugar. Viene de cualquier lugar...

Si tuviera rostro andaría desdibujada en el tiempo.

El aliento del abuelo joven pudiese ser parecido a ese impulso que no puedo ordenar. La casa toma su figura sin rostro. La casa. Fuerte. Sabia.

El rostro de esa fuerza.

En el mirador, y puede ser posible, resultaría convincente su figura. Allí, se desarrollaría hasta iniciar el trazo primero de su inexorable camino. Allí...

Sus manos dibujan el aire, la luz estancada y rugosa, la luz de espesor en la fiereza. La luz. Y todo está dentro de esa luz que da miedo.

Mis padres habían logrado zafarse de su acción concatenada, interrumpir el ciclo, cada diseño de su caprichosa estructura. Olvidar...

Ser libre sería poder olvidar. Olvidarla, sin temores ni remordimientos. Ser libre, permanecer indiferente y arrancármela para no escuchar su voz antigua que, vencido a ella, me impide huir, abandonar la casa.

Y el miedo regresa. Se ha quedado ante la puerta, más allá del patio y el silencio en esta noche sin estrellas.

Mi sillón es la piel del silencio. Una calle. La obscuridad del silencio. En la calle vacía. En el parque.

Y en los medios punto en los portales a su alrededor, siempre. Esos medios punto, apoyados en austeras columnas, despiadadas columnas inclementes. Siempre.

Las monumentales columnas del edificio de la biblioteca se doran en una visión de mármol con el sol del amanecer, calladas, sin benevolencia, y la *fuerza* desconoce esas columnas y todo se le olvida, todo, menos ese afán.

Teresa me ha visitado hoy. Y debes saberlo: ¿acaso no forma parte ella de la reiteración de Raquel, de aquellos tiempos en que descubrí las maravillas del cine europeo de los años cincuenta y sesenta? Todo eso fue Raquel.

Raquel, la amiga de largos paseos demasiadas noches, de obsequios entregados a ella en su onomástico sentados en la baranda de algún puente alejado, clandestino. Raquel, de crianza monacal como Teresa, otra de tantas Amada de provincia.

Veinte años después de su boda volvimos a vernos casualmente en una tienda, sin tomar en cuenta las dos o tres palabras intercambiadas en breves encuentros en que ella mostraba su agradecimiento por aquella amistad, palabras presurosas y asustadas en la calle casual, en la esquina casual, siempre de prisa. Veinte años después era ya otra Raquel, llevando la carga del matrimonio convencional, con hijos también convencionales, entregándoseme ansiosa por desatar aquel tiempo perdido, desanudándose en la intimidad para luego contactar la inconstancia, el temor desencadenado y los remordimientos del adulterio que la alejaban de mí. Nada andaba bien en la noble y dulce Raquel, a su pesar. Nada andaba bien. Mucho la amé como amigo, siempre aconsejándola, deseándole su bien antes que el mío. Y mucho la amé como amante. Mucho la amé por ser una premonición anticipada de ti.

Y hoy, la otra Teresa que es la otra Raquel, después de preguntar si no hay alguna esperándome en mi cuarto, atraviesa decidida el zaguán, como redescubriéndome de consabidas virtudes.

Nuestras noches, las de Raquel veinte años después y las de Teresa, siempre fueron tan singulares y fugaces como fina migaja de olvido reducida a simple irrealidad.

Teresa ha elogiado una tarde, por primera vez (¿no le oí decirlo en los preliminares encuentros?), el movimiento de mis manos al hablar, la fuerza con que agreden el vacío, el gesto de permanecer agazapadas casi, sobre el brazo del sillón. Mis manos, que adora y ha tocado con respeto, sin provocación. Manos de las que no sabe. «Son de artista», dice, «de demiurgo de la noche», dice después. «Manos hechas para expresar todo aquello que no pueden hacer las palabras».

Ceremoniosamente ha soltado mis manos, ha mirado al aire con nostalgia haciéndome saber con sinceridad del placer de convivir alguna vez juntos (ella, en los quehaceres de la cocina que me son indiferentes, cargantes; yo, de tan ordenado, colocando cada cosa en su lugar, porque Teresa forma parte de todos los desórdenes). ¿Su visita solo obedece al resplandor de un día tropical de anticipada primavera, hasta cegarnos en un hervidero de sol fuera de estación?

Y me he sentido feliz, muy feliz, y pienso que he tenido que olvidarte un poco. Nada me ha traído tanta plenitud como ese grupito de frases humildes y tontas, sinceras y sin pretensiones, para hacerme renacer en mi quietud.

No escuches seriamente esta reseña de infidelidad pasajera con Teresa, con Raquel. No te la mereces, y evito ser indiferente a ese resquicio de hogar ofrecido por Teresa sin pensarlo. De calor de hogar. No puedo. Te he sido infiel ahora en la esperanza, en la ilusión del porvenir al lado de otra, de ser feliz, mucho más feliz que al abrazarme con ellas en el lecho fortuito, y eso no me lo perdonaré jamás; aunque al decir de nosotros los hombres, somos el miembro más inconsistente de la pareja; pero contigo, en esencia, no he sido nunca inconsistente. Eres la verdad más noble que me sostiene y recompensa, mi otra religión.

El haberte sido infiel es un fardo pesado a mi escrupulosidad. Soy en exceso exigente de mí mismo.

El pequeño paréntesis de olvido de ti no puede socavar mis aspiraciones, no puede transformarte en simple condición pasajera. Es toda la verdad.

Aquella música desde un lugar lejano, vuela hacia mí otra vez. Aquella música... ¿Será el prólogo a la Primera Sinfonía de Brahms? ¿Será, al final de un tapiz imaginado de bellísimo sonar entre aquellos chalets que bordean la avenida rodeada de arbustos hacia la Rotonda mal iluminada de la Doble Vía, el cuerpo diminuto e inapreciable de la dicha?

El cuerpo singular de la felicidad, va olvidándose del lienzo armonioso de los temas del cine para sobresalir de su fondo platinado y lunar. La escueta figura se quiebra, toma la delantera desintegrándose para mostrarme aquellos tonos que hace girar graciosamente: el naranja y el azul, y surca veloz el aire nocturno que ha dejado atrás la claridad de una tarde, una tarde inolvidable y familiar, de una tarde perdida entre otras tardes.

Va bajando, bajando, la metálica escalera de caracol del mirador. El abuelo desabotonando las flores de aire de una tarde.

La tarde azul lo deja, lo olvida...

Y el brillar anaranjado del ocaso.

Y una gran noticia llega a su hora, al cruzar diligente sobre las tejas calaminadas del viejo teatro.

Una voz me llama al piano, una voz, y corro hacia él vestido como aquel niño que caza el fugaz revolar de una canción.

Los afiches que rodean al teatro entre aquellos olores a caballo sudado, a pegamento y cartón húmedo guardado, a betún y tinta de limpiar zapatos, se precipitan en río turbio contra el patio. Y una voz, la de mi madre, sorprende la tarde.

La luna detalla el pasillo. Detalla la pálida secuela de su presencia alta, sobre el piso y las paredes, más allá de los tejados.

El silencio estropea las ondas de la neblina marchándose al vacío. Retrocede el silencio, se acomoda ya en la brumosa proporción de un cantero, mientras Carlos se acerca lento, como mordido por un ensombrecido pesar.

La luna se había infiltrado por entre la masa de aire coagulado por la ausencia del fluido eléctrico, suavizando de blanco fulgor el patio, el pasillo, los tejados...

Carlos me anima a seguirlo al comedor. Un viejo quinqué nos circunscribe de la amplitud de las sombras, y se queja de sus escasos deseos de vivir, de la muerte, del tedio enmohecido de los días, de la cárcel de sonidos que los cubre, del cansancio. Los fantasmas familiares parecen surgir de sus tumbas para acompañarnos. Luego sonríe.

—Este apagón pone mal a cualquiera, y maldigo a este país, a su Período Especial y hasta al mismísimo bloqueo yanqui. Pero tengo para ti una agradable sorpresa para reírnos de todo lo que nos ahoga.

Me da un poco de vino de una botella que ha traído. Las copas de bacará ostentan en su vientre veteado filigranas de un porte antiguo y solemne como en las grandes cenas de antaño. Carlos deja escuchar aquella grabación preferida de nuestros padres: el *Concierto número dos de Rachmaninoff*, interpretado por Arthur Rubinstein.

Algunos pasos se aproximan, y Carlos, sin dejar de observar la botella, indaga a los que vienen si les había sido grato el baño en una de las descomunales bañaderas de la casa. Julián, y una joven de pelo muy corto teñido de un rubio rabioso, asienten, abrazados en su andar hasta nosotros. Es la misma Madonna de otra noche. La misma, más delgada, más atractiva.

Todos sentados a la gran mesa, entre labios sobre bordes de copas de reflejos punteados, murmullos y risas, chirridos de sillas al moverlas, balanceándonos en el tiempo, en esa inquietante modorra que abarca mi cuerpo y lo inflama, lo deja, y corre a intimidar los rincones.

Irrumpen estridentes, sorpresivas, las palmadas de Carlos que preceden su anuncio:

—¡Ya se acerca la gran sorpresa de la noche!

Y bajo el brillo de un candelabro de plata en mano, Julián se deja ver, enfundado en un traje de novia de raso y ostentoso velo de tul, raído y manchado, que despide el típico olor de lo guardado. Y a los acordes de la marcha nupcial que hace escapar el tono de chanza de Carlos, avanza, con fingida gravedad, en aquel traje deshecho y maloliente, hacia la mesa.

Mi sorpresa queda trunca en una tenue sonrisa que luego da paso al estupor. ¡Aquel traje de novia es el de mi madre, reconocido en una de las fotos del que fuera su cuarto, en un marco de plata sobre el tocador! Me incorporo a protestar. Un repentino gesto de risa sacude mi cuerpo levemente, y sin saber cómo, Julián, después de dar unos pasos de vals, vuela hacia los brazos de Carlos en gracioso gesto danzario, quien lo levanta y lleva por el obscuro pasillo, dejando sobre las losas fragmentos retorcidos de raso y de tul, mientras señala moviendo la cabeza hacia la muchacha que aplaude con frenesí.

—¡Agárrala, que es tuya!

Y ella, mareada de vapores alcohólicos y al cumplimiento de aquel inesperado mandato, se precipita alborotada para hurgarme el sexo sobre el pantalón, al ritmo en que su boca busca la mía.

La sostengo en brazos, firmemente, tarareo la marcha nupcial recién iniciada por Carlos y la llevo de prisa a mi cuarto, donde, entre risas y jaranas nos desnudamos, tratando de adivinar en la negrura cada porción significativa del cuerpo del otro. Juguetones, vamos corriendo de inmediato por el pasillo y el resto de los espacios de la penumbra, ella delante y yo tratando de agarrarla.

El cuerpo de baja estatura de Julián recostado contra el marco de la puerta de una de las habitaciones, deja entrever su desnudez entre jirones del vestido, exhibiéndose con placer y desparpajo. Al instante, se desembaraza de un tirón de la tela, en un gesto grosero, lanzando sobre las losas del pasillo aquel ripio de piel de luna.

La muchacha se había perdido ya en la profundidad de la casa, y sin moverme, aguardo algún indicio suyo. Julián avanza hacia mí, retozón, acariciándose distraído la barba y el pecho, prepotente, despectivo.

—La muy puta se te fue... déjala, vamos a tomarnos unos tragos.

Un grito despedaza la espera, y la noche se precipita aún más sobre nosotros. El grito, placentero y amuchachado de Madonna, la descubre a la entrada del comedor, alejándose espantada del rostro acechante de Carlos, iluminado por una linterna apoyada a la base de su barbilla, completamente cubierto por una sábana. El amortajado la persigue a todas partes, guía su hábil carrera cabalgándola en pisadas locas que se evaden al calor de otro grito. Han cesado de correr, y en un rincón cercano a un cantero y a la pajarera vacía, los dos cuerpos se funden en un beso que permiten los rayos lunares derrochados sobre el patio, hasta que desaparecen en la quietud, abrazados, por el obscuro pasillo.

La luna se arropa en una nube. Me desprendo de Julián, que intenta retenerme agarrándome una mano. Inesperadamente, toma frenético, jadeando, su garrote enhiesto y repugnante que me había enfilado, y lo incita, paso a paso, sin dejar de mirarme, con su mano cerrada hasta que al fin se ablanda al golpe del orgasmo mientras suelta al vuelo del susurro un nombre: «Carlos». Y al volverme y caminar a tientas hasta la saleta, me reclino en un sofá. El sueño y el aborrecimiento estremecen mi reciente ingravidez.

El silencio se ha regado por toda la casa. Sin tiempo. Sin prisa...

Mis ojos que no ven se abren al silencio. Me levanto amodorrado y me muevo cauteloso por el patio, traspasando la quietud, el patio aturdido en la espera.

Julián, seguido por Carlos, abandona presuroso una de las habitaciones. Contentos y desnudos van hacia el baño, llevando toallas escarlatas sobre los hombros.

En el comedor, la luz de un quinqué destaca el cuerpo desplomado de la muchacha en una silla. Un cuerpo de cera, espeso de sueño, que apoya la cabeza sobre los brazos cruzados contra la mesa. Lo profundo la fusiona en el letargo, en la serenidad omnipresente, desnuda y vencida, como marioneta olvidada en la trastienda de un teatro.

La contemplo una vez más, abochornado y confuso, antes de marcharme hacia mi cuarto.

Recorro toda la casa. Es tarde, y el sol es diferente, un hueso seco pudriéndose en el patio.

Inquieto, recorro toda la casa.

No se mueve la tarde. No se mueve la casa. Ni las horas, ni el silencio. No se mueve nada. En días semejantes, siempre un sol nuevo deslumbra la ciudad, y sus destellos más tiernos ofrecen indiferentes su abandono.

Es la tarde de un domingo cuando recorro toda la casa. Busco lo que no sé. De día, aquellos espacios se hacían más pequeños, henchidos de un parloteo de sol capaz de mostrarme innovadoras posibilidades. Inquieto, recorro toda la casa.

En la pieza que había sido de mis padres contemplo el escaparate vacío de mamá. Abierto. Vacío, con su osamenta de madera al aire gris, al reposo del patio esa tarde.

Y busco a Carlos. Sin demora, busco a Carlos, el depositario de todas las preguntas. En el traspatio ordena sus desechos, limpia, olvida las cajas vacías.

Al verme no me deja hablar:

—Espérame en tu cuarto, enseguida voy.

Y al observarlo mientras se acerca, abotonándose la camisa, tomo de prisa un rosario, el libro de oraciones, al tiempo que empuja la puerta entreabierta:

—Perdóname, ¿te interrumpo? ¿Querías hablarme?

Mi pregunta hacia aquella habitación cerrada en el recuerdo de nuestros padres. El escaparate. Las cosas de nuestra madre... Y Carlos primero duda, duda, y contesta displicente que ha tenido que venderlo todo. ¿De dónde salía la comida que entraba a esta casa?

—No la pasas mal en la mesa, gracias a mí.

Por ello lo admiro, y Carlos no lo sabe, y olvidaré las leyes y la moral para sobrevivir, como hace él.

—Te estoy agradecido —respondo—. Siempre reconozco el valor de la verdad. Siento mucho que se vendieran los discos de sinfonías y conciertos, y los libros, para poder comer, aunque a veces haces recordar a los demás el bienestar que le brindas, no tan desinteresadamente, y chantajeas, amenazas, cuando te acorralan con la certeza de tus fallas y mentiras.

Carlos enmudece y deja escapar, como en otros momentos, aquel tema que evito recordar, arrepentido, cuando en su presencia agredí física y moralmente a mis padres bajo los efectos del alcohol.

—No estás limpio, Jorge, y ese vicio, que incluye beber lo peor cuando no hay otra cosa, y otros asunticos parecidos, podrían conocerlos, por mí, ciertas personas, y no te conviene que hable.

Y comprendo al instante: he sido comprado por él al aceptar sus obsequios, atenciones. Nada puedo reclamarle.

Ya en mi cuarto, retumba entre las paredes un temblor frío. En algunas ocasiones había deseado entregarle a Teresa no pocos vestidos de mi madre y algo de sus pertenencias, pero no lo había hecho al resultarme improcedente repartirlas a quien no fuese miembro de nuestra familia.

«No voy a dejar aquí a mi madre».

Carlos, ¿podré definirte alguna vez?

Y una voz, la voz de mi madre, sorprende la tarde…

La voz, el tema *Jennie's song* de Bernard Herrmann para el filme *Portrait of Jennie…* Y Jennifer Jones abarca en su sonrisa triste, como la de mamá, la noche azulada sobre la Rotonda mal iluminada de la Doble Vía.

Desde algún lugar de la casa, mi padre silba el tema de Herrmann.

Jennie's song hace llegar la luna al paisaje de silencios. Y a Miriam, y a Esther, y a otra noche…

Las estrellas se riegan aquí, allá.

Miriam, Esther, y la otra noche, desfallecen cansadas a mi alrededor, y el aire, debilitado y confuso, se desmigaja en negruras, se sublima en resplandores lejanos.

En la casa, la escalera metálica del mirador se ha quedado sola.

En la casa, el abuelo se empeña en supervisar desde el comedor iluminado, los últimos detalles de la Cena de Nochebuena, y para la de último día del año no sabe aún lo que se va a hacer.

El abuelo y Andrés, inmóviles en el patio, no saben qué hacer.

De repente, se quiebra lo obscuro y aquel tono naranja, aquel tono de azul, se multiplican jubilosos por el patio.

La alegría va desdoblándose en el pasillo sin luz.

Se va la noche. Se marchan los días, unos tras otros, y una voz, la voz de mi madre, sorprende la tarde.

Julián grita a viva voz una canción. Grita, mientras se baña. Y luego recibe la improvisada merienda que Carlos le ha preparado.

Cerca de mí, ahora, Julián ronda la saleta.

Afuera, la tarde del patio permanece a tono con el mal llamado «otoño cubano» que está en el aire. Atraviesan mi silencio Julián, la tarde del patio, el otoño del patio... y sorprenden mi silencio. Julián, se deja caer sobre un sillón a mi lado. Dispuesto estoy a escucharlo, aparentando interés en lo que me va a decir.

—Ten paciencia con tu hermano. Deben comprenderse más. Ayúdalo a planificar su futuro, sus intentos para hacer que esta casa sobreviva.

La sobriedad de los muebles en aquella saleta, y en la sala, que siempre esquivó dejarse suplantar por la inoperante y engañosa invasión de los *living room*, contrasta con las paredes sin cuadros ni repisas, sin las acostumbradas cortinas en las puertas según la moda de los días de mi infancia. Solo el viejo radio permanece echado como perro fiel en un rincón, envuelto en las telarañas de un sueño respetable y sereno en su función de inutilidad.

—Y no lo culpes si mañana...

Me niego a participar en su conversación, a tratar de entenderla, a desentrañarla... Y sueño, sueño con aquellas noches veraniegas cuando las puertas comunicantes de un cuarto a otro permanecían abiertas, mostrando desde las primeras horas de la tarde los mosquiteros armados sobre las camas, parecidos a las velas alineadas de ligeras barcazas dispuestas a salir, mientras algunos familiares esperaban en el patio su turno para sintonizar en aquel aparatoso mueble el programa favorito, o el de todos: la novela *El derecho de nacer,* de Félix B. Caignet, que nos seducía, sentados a su alrededor sin pronunciar palabra en aquel horario sagrado.

—Hay que agarrarse bien duro a lo que vale —recalca Julián, y explica que, a pesar de tener relaciones fugaces con jovencitas diferentes, nunca dejaría a su mujer por ninguna de ellas, pues su mujer sí haría por él lo que en el momento preciso ninguna otra sería capaz de hacer.

Enciendo un cigarrillo. Me entretengo observando el humo en ascenso hacia el alto techo azul. Fragmentos de neblinas se deshacen, y duele la tarde, duelen los segundos...

Intenta hacerme ver de nuevo, en la pirueta del énfasis teatral, la conveniencia de llevarme bien con Carlos en lo actual, preparando el futuro. Los dos nos necesitaríamos mucho más que ahora y no debíamos abrirle brecha a la distancia.

—Ayúdense en estos difíciles y duros momentos, ayúdense.

Y es luego Teresa quien nunca se casará conmigo porque no le gusta lavar ropa interior de hombre, y si una vez se casó nunca más volverá a hacerlo, y, además, Teresa la de los dobleces, la enferma de ingreso una vez en el hospital bajo tratamiento siquiátrico. Teresa, la peligrosa.

—Carlos y yo anduvimos con ella hace un tiempo, y es demasiado inteligente para la maldad porque piensa mucho en lo malo, siempre en lo malo.

Pero no puedo creer en sus palabras. Julián exagera. Y según mi costumbre, evito discutir y defender ante la gente mis opiniones y puntos de vista.

Julián recibe una seña de Carlos para partir, desde el patio, y asevera antes de irse:

—Un hermano es un hermano, mi socio, no lo olvides nunca.

En mi cuarto pienso en las razones por las cuales Carlos envió a Julián para hablarme. Algún problema se acerca.

Lo olvido para conversar con Dionisia, quien no sabe a ciencia cierta si hubo otro llamado como yo en la familia, y me cuenta entusiasmada sobre aquellas palabras de origen africano que siempre utilizara mi madre en sus conversaciones familiares, palabras que la hija de una esclava le enseñara primero a mi abuela y luego a mamá: *endonao* (encaminado), *maguao* (decepcionado), *abacorá* (abrazada), *ensurronao* (bravo), *atagañao* (congestión en fosas nasales), *estutanao* (extenuado), *babirén* (moverse intranquilamente), *esculao* (cansado), *entresijos* (pliegues del fondillo), *apuchunchao* (apertrechado), *cundunguear* (chiquear), *pojao* (ajado), *enfunchao* (serio), *muñendo* (demorándose), *no dar pendolá* (no dar señales), *embetunao* (saturado), *mal entangulao* (mal encavado), *apergollao* (apretado al cuello), *coger soleta* (irse), *bololaco* (confusión), *hacerle la jangá* (dejar plantado), *dar cacalotazos* (muestras de arterioesclerosis), *enmayarse* (complicarse), *enguiringuinchao* (engrifado), *estricote* (tomar algo para caminar), *guasa mayeta* (la boca), *fambá* (las nalgas), *escuarejingao* (andar como quiera, desarreglado), y una más conocida, *endingao* (embullado)... Voces todas de un matiz seductor que encienden en la sensible mirada de Dionisia tiernas nostalgias hacia sus ancestros, y en mí, la amarga lejanía de mi madre. Ya más allá de haber pasado una hora, decido marcharme, y me entrega un viejo juguete que guardó al intentar uno de mis primos quitármelo una vez. Es un Ratón Mickey de madera tocando un tambor mayor de lata, regalado por mis padres un Día de Reyes. Desde entonces lo conservaba para devolvérmelo en cualquier oportunidad. Al despedirnos en el zaguán, me ofrece un enigmático consejo: «Los sueños no son más que experiencias vividas en un pasado tan viejo que nadie recuerda. Los sueños, son casi siempre esas realidades de otras vidas anteriores. Atrápalos, nunca te separes de ellos».

Y a partir de esa noche, aquel juguete va comunicándome inusitadas alegrías que el ocaso introduce en la casa, dejando en cada rincón un color de objetos perdidos... Son del color del pregón del tamalero y del vendedor de maní cuando era niño, respaldados por el extenuado ladrido de los perros en la distancia, el resoplar del tren de caña desordenando la noche de la arboleda de frutales, con su paso fatigado en las postrimerías de las líneas del chalet, en las madrugadas; el color de la casa acogedora y colonial de mi otra abuela a quien llamábamos Mamía, la que va desbordándose de visitas en el patio, visitas de sus numerosos ahijados, de aquellas animosas señoras que a su alrededor gestionaban y hacían junto a ellas diferentes trajines caritativos, como subordinadas a un comportamiento de verdadera realeza. Todos, todos, con problemas a resolver bajo su influencia y amistades. Todos, bañados por el intenso batir de las alas de seda del vuelo de sus palomas cubriendo el cielo de la tarde sobre su patio. Mamía, el centro de gravedad donde todos girábamos, unidos siempre hasta su muerte, sepultada en una fosa rodeada por una cerquita de hierro con una lira, a donde había llegado vestida con tela blanca estampada de flores negras dentro del ataúd.

Y ahora, el Ratón Mickey entreabre una sonrisilla tierna y comprensiva en la media luz del cuarto.

Una paz de insospechados matices me llega desde el comedor.

Una paz donde se han apagado todos los sonidos.

Una paz para apagar el aire, el patio, el pasillo... Y percibo el discreto andar de los pasos, que noches atrás he podido escuchar, surgidos del comedor. Pasos para cruzar por el pasillo que mueren en el mirador. Pasos. Pasos en la casa, pasos sin nombre, como si fueran regazos de otra vida humana que pasa aún a mi alrededor.

Y cerca de la fuente donde un amorcillo inclina hacia abajo una cornucopia pequeña, ennegrecida, surge Miriam de entre los canteros, transfigurada en mí, en imagen imaginada como el recuerdo de alguien que la estuviera olvidando, lejana a quien la imagina, hincada a la masa derretida de mis pensamientos, vacía de formas. La presencia de mis seres queridos los despoja de ese encanto al recordarlos, y Miriam está allí destruyendo la espera, mi espera en ella y todo lo que no es cuando está. Y va destruyendo sus cartas, sus recuerdos juveniles, y ese vacuo perfume de retener algunos gestos, algunas sonrisas que componen el eco perdido de su entonación.

Y la fuente se ha disuelto en polvo que confunde el patio, las pétreas, las peseticas, las lluvias de oro... Que confunde toda la casa.

Miriam ha venido a quedarse con mi hermano, quien bien se conoce y sabe lo que quiere, tan operativo, envolviéndola en su resguardada media luz.

—Carlos admira tu estoicismo —Carlos, el de los ojos de remota niñez—. Necesito tanto que me necesiten, Jorge.

Y pudiera muy bien suplicarle que yo la necesito más que él.

Miro sus ojos de aire, pero no le digo nada.

Algunas motas de luz se posan sobre la pared... Una pared.

Los dedos de Teresa son motas de luz sobre la sábana, gotas del alma perfumada de las rosas que Julián ha traído a la casa en celebración de una fecha. Un mes donde Carlos y Miriam se han amado.

Rosas, rosas... para siempre.

Y no puedo conocer a Miriam, ni a Teresa, ni a quienes se repiten a mi alrededor. No puedo definir esta casa, esta ciudad.

Cada personaje de un libro, de una ficción cinematográfica, es el certero definir de la realidad que a mí han destinado.

Miriam y Carlos, en el puño de esa felicidad de la cual estoy excluido.

Excluido en otra casa, otra ciudad, en otra gente. En otro ramo de rosas de un aniversario que no existe.

En otra casa.

Un reflejo distante se deshace en penumbras, y reflexiono, indago el color de ese reflejo, cortado al vuelo en tenue esbozo de encajes.

«Contigo hablo de mis gustos sexuales, de mis fantasías y mis vicios, de mis errores, y me cuentas de esas mujeres que querías traer a la cama». Amable, tajante, la rechazo. «Te necesito. Miguel me hace daño, ¿no te das cuenta?» Se arregla el pelo y se desliza lentamente hacia el patio donde puedo verla desnuda, salpicada por el sordo crepitar de las estrellas.

El atardecer se inclina hacia la cama, y se levanta, soberbio y extenso, hasta el recuerdo aquel, resplandeciente, otoñal, de la primera despedida de Miriam cuando nos conocimos. Aquel atardecer nuestro, de nuevo... Y ya una vez extendido, se abrió con violencia al cielo en que se perdía el ómnibus que se la iba llevando apacible, de espaldas a la noche.

Y escuchaba aquel vapor de sol. En mi grabadora, los instrumentales, las canciones que he preferido, mientras me sumía en la noche de la ciudad aletargada por el desgarramiento del sol poniente. Una tinta se derramaba sobre el aire. Aquella tarde inmóvil sobre el mundo.

Y la ciudad, observándome, rezumada de tinieblas, perdiéndome en ella, en ella...

Miriam me advierte desde el pasillo, entumecida por las paredes del aire entre ribazos de fuego. Hay en su mirar un nudillo licuado y borroso que la ilumina, que crece en espléndido tallo dorado sobre las paredes y el aire. Miriam, aquel atardecer, la noche sumergida al fondo del espejo donde nos conocimos, reconociéndonos aun sin habernos visto jamás.

Elogia las canciones, los instrumentales elegidos por mí, la indecisa palabra que evito pronunciar y cae al piso como frágil rama, hasta incorporarse para incrementar el nudillo luminoso del mirar de Miriam.

—Me siento bien al oír tu voz, Jorge.

Y recuerda aquel placer experimentado cuando leía mis cartas donde le contaba de la casa, del recuerdo de mi sobrino en la infancia y los paseos junto a él.

Disfrutamos, como en los primeros momentos, una bondad apasionada. La ternura de abandonarse suavemente al deleite, en su alegre y lento mirar al hablarnos, ¿no constituye acaso una entrega total a los sentimientos que le provoco?

La luna desvanece las paredes. Borra esta única tarde. Nuestra última tarde solos. La luz de una lamparilla gotea breve, y el cuarto adquiere la lucidez del mar, como en un lugar subterráneo, silencioso.

El gesto de Miriam se hace inolvidable, espléndido.

—La vida es bella, imprevista, reveladora... Confías demasiado en los demás, sin ver los defectos de aquellos a quienes amas.

En una de sus cartas primeras expuso complacida que si le pidiesen definir nuestra relación no podría hacerlo, y que la gente tampoco sería capaz de comprenderla porque nuestra amistad era algo sublime.

Me confundo en su mirar, en sus silencios, en el aviso de ese mirar que se le escapa hacia los paisajes inimaginados.

—A veces sentía celos de tus afectos, pero comprendí que tienes mucho amor para dar y no puedes cambiar —rememora.

Un largo manojo de luz resbala por su pelo y desaparece en la vaga reverberación de la obscuridad, remota, inalcanzable.

—Carlos me regala lo mejor, pero no es capaz de darme la tarjeta más sencilla al conmemorarse una fecha de estar juntos, que es lo más importante para mí.

La deseo tenue, tiernamente, y me embriaga esa paz tan anhelada, ese receso de todo, ese olvido.

Le digo que se siente a mi lado en la cama para tocar su pelo y sentirla quebrada en mí. Con decisión lo rechaza.

—No te preocupes —insisto.

—Es a mí a quien temo —dice.

emos llegado a la cima del Capiro. ¡Tanto lo había deseado! Es un lugar histórico, sagrado para los dos. El Capiro soñándonos en tarde ancha, libre. El monumento conmemorativo de la hazaña de un diciembre viejo, único, nos ha visto llegar. Los escalones abriéndonos camino hacia la cumbre han quedado atrás, cayéndose en la tarde, descendiéndola... Y estamos juntos aquí, junto a todas las cosas importantes.

El horizonte, desgarrando neblinas y palmares, borrosas maniguas, insinúa palidez de firmamento, línea presentida y azulosa de mar, espejismo y aliento de mar.

Nuestras manos unidas están hechas de sal, de roca costera, de espuma y línea de mar, oleadas en cintas de sol quebradas de tanto moverse el mar, de caracolas removidas.

¿Permites al fin que acaricie tus cabellos, que sueñe desde mi mano con ese caer de hebras lacias sobre tu nuca? ¿Quieres dejarte mecer acurrucada de vientos?

El instrumental de nuestra canción favorita, The way we were, roza subrepticiamente tu mirar, alejando melancólicas las distancias hacia la inmensidad. La radiograbadora, como animalillo fiel esperándome a mi lado sobre la hierba, modifica el paisaje en la melodía.

Hemos venido también a ver el mar, adivinándolo tan lejos tan lejos que es la absurda propuesta a mis reprimidos deseos.

Ofrezco mi libertad por un pedazo de mar. Por un pedazo de ti.

«Tu amistad es algo muy valioso, como joya nunca devaluada que crece cualitativamente con el tiempo», escribiste en tu última carta.

Y recuerdo que alguien expresó: «Felices los amigos que se aman lo suficiente como para saber hablarse en silencio». ¿No te acuerdas? Te lo hice saber en otra, en respuesta a la tuya.

Seamos ya simplemente amigos. No nos queda otra razón y me conformo. El Capiro se ha quedado en mi cuarto en una piedrecilla recogida una tarde al azar, en mi última visita para pensar en ti, para verte formando parte de esa luna que desvanece las paredes de mi habitación, delineada en cada destello desmembrado en la penumbra. La noche de ayer, la de anteayer, ¿no lo has comprendido? es precisamente esta noche también...

Solo aquí existes más integralmente en horas como estas, en ese Capiro descendido que se ha quedado dentro de una piedrecilla recogida al azar, allí, una tarde...

Julián nos hace una foto a los tres: Carlos y yo a un extremo, y Miriam, en medio de ambos, estrechándonos en franco abrazo en la mañana de un domingo. El tiempo será largo para verla, será largo…

—Estamos ya inmortalizados para la posteridad —observa aparte en tono de chanza—. Tú y yo juntos, Jorge, en un recuerdo verdaderamente importante para alumbrar las penumbras de la vida.

Luego, los amigos se retratan en poses de atletas, uno junto al otro, en idénticas trusas de color escarlata, en idénticas poses (en el traspatio se ejercitan con instrumentos traídos por Julián).

El resto de ese día lo consumo en la agradable ingravidez, en la somnolencia que me traslada al amparo de la nulidad. Miriam, Miriam, Miriam… Una respuesta afirmativa conmueve mi decisión de hablarle. Y fumo, y continúo sirviéndome de aquella botella, ya casi vacía, y las horas se escapan. Una urgente respuesta se me hace necesaria. Una respuesta. ¡Aceptaré a Carlos, y todas sus cosas, para sobrevivir!

El humo y el alcohol levantan una barrera, obscurecen mis pensamientos, y más allá percibo una hondonada luminosa. Es la valentía, aquella abnegación de mis padres frente a una grave enfermedad padecida por ellos antes de partir. «Si se lucha con valor siempre se vence», observaba mamá en los malos momentos.

Intento mirar al cielo desde una ventana. Quizás hoy no aparezcan esas estrellas… Y mi duda se rompe en la luz de un destello feliz. Ya saldrán mañana, otro día… Ya saldrán…

Van cayendo sobre el patio las estrellas en sus fibras azules. La luna reposa sobre las losas del pasillo. Es la bandeja de plata que con tanto celo siempre ha guardado mi madre. Y mis brazos se alargan hasta tocar su metal, donde deposito las estrellas. Y las voy colocando una a una sobre la sábana que cubre mi piel carbonizada y ardiente.

En el pasillo, distraída, meditabunda, Miriam guarda entre las páginas de un libro la nota que Julián le entregó urgente, como ocultando aquel acto incomprensible.

Y las estrellas continúan cayendo sobre el patio, deslizándose en sus filamentos azules.

Se agudizan en mi empresa, y a mi alrededor, los problemas laborales. Tratan a puerta cerrada mi conducta indiferente, hipócrita y tramposa, esa conducta para llenar papeles que alguien exhibirá en los murales, en las puertas, en las paredes. Soy el centro de la envidia. Me vigilan. Siento el absurdo de las horas insomnes, de las preguntas malsanas para preservar mi supuesta identidad. Siento el vértigo de las horas que ruedan por la pendiente del fracaso, de la desesperación.

Soy un extraño en el pasillo de mi casa, en espera del momento preciso en que podré tener a Miriam, esa certeza que jamás llegará para enriquecer el exilio de mí mismo en una casa ajena donde intento vivir. Paso deslumbrado por las sombras, los espejos, por una ciudad desconocida, de lluvias y vientos de mar. Me conformo con ser la pupila de una tempestad de sensaciones coloreadas por el pincel otoñal de su silencio, de su indecisión, de su melancolía.

Y la última visita de Teresa propone nuevos aciertos al mirarme, al dejar la blusa abierta a sus senos, y la noche suele formar parte de su piel, incesantemente.

Y las noches se aturden entre sí, desmigajadas, imperturbables, y Teresa vuelve siempre a sus quejas. «Miguel me acaba, Jorge. Trátame bien, eres mi único amigo».

Otras noches, más serenos, somos un viejo matrimonio filtrado por los años. «Carlos siempre tiene miedo que se aprovechen de sus regalos, siempre, y su relación con Miriam parece convertirse en el centro de su rencor».

No he leído aún el diario de Teresa escrito a una tía suicida, ese diario que deja al alcance de mi curiosidad en mi escaparate, bajo el imperativo jurado de no leerlo jamás; pero su conducta irregular, que deja traslucir en sus confidencias a medias, tiene entre esas páginas las respuestas que busco, angustiado, decidido a todo, irremisiblemente celoso, una noche. En él detalla descabelladamente aventuras eróticas con otros que no me ha dicho, la malsana descripción de mis inadvertidos defectos, inexistentes defectos enumerados también en nuestras conversaciones. Y los defectos de mis padres a quienes no conoció, los de Miriam... El odio ha empujado su mano, ese intolerante frenesí que aplasta cualquier asomo de conmiseración y benevolencia.

La ciudad parece caer estremecida sobre mi cuarto, y escucho en el fluir de mi sangre, el alarido de sus escombros que corren por ella para hacerme gritar, para hacerme caer en los estertores de un sueño de inutilidad y de muerte.

Cuando decido preguntarle acerca de alguien allí leído y me descubro sin escrúpulos, resentido, sabiendo como al principio de la inconveniencia de nuestra relación, se enfurece, pierde la noción de todo pudor. Me insulta. Amenaza. Denigra mi mundo, mi familia, mi antigua posición social. Le ordeno marcharse, terminar para siempre, pero su alegría triunfal me anuncia que ha ganado, paciente y planificada en exceso, esta pelea larga. El despreciable, el inmoral, he sido yo, y no Teresa. Y sonríe gozosa a mi pesar, implacable, porque he caído en la trampa con la cual ha ganado la pelea.

Pasó la crisis laboral, y en cada oficina, en cada pasillo indiferente, nada parece suceder.

Y una noche, el parque va animándose a través de los portales.

Alguien aparece detrás de una columna, repentinamente, tímido, en amable sonrisa. Es mi perseguidor, quien me hace esperar… El parque se hace de cintas de plata que abrazan las columnas de los portales. El parque, hecho trizas, asfixiando mi mudez. Como leyendo la página ilícita del libro que no ha podido olvidar, sentencia en tono confidencial:

—No nos damos cuenta a tiempo, y eso que siempre somos testigos, de cómo llega y trabaja el deterioro en el hombre, en las cosas, en las ideas y modos de vida. Y solo al final, cuando ya es demasiado tarde y se confunde con la muerte, es que podemos reconocer completamente sus estragos.

Me despido sacudiendo la desagradable impresión de un mirar resbaladizo y evasivo, casi taimado.

—Otro día vamos a hablar claro. Conozco bien a Carlos, y te pareces tanto a él. ¡Qué bueno! —y sus ojos me recorren lentamente (¿analiza, me interroga?)—. Vamos a hablar mucho de algo tuyo y mío, vamos a hablar… Sé que estás dispuesto a todo por sobrevivir, y me gustan más los solitarios, son más confiables para quienes, atados, esperamos el momento de liberarnos en otra casa. Te prefiero a Carlos.

Y ya a las afueras, al disfrutar de la soledad en una callejuela poco frecuentada por mí, una sombra presurosa se evade, se asusta al verme, y saluda. Frío, aturdido. Julián, sin la constante apoyatura de su moto, solo es la huella de una silueta desafortunada que se empeña en no dejarse ver.

—Tu hermano tomará el mando de esta casa, te cree un inútil.

Miriam, apesadumbrada y temerosa, sugiere esas nuevas intenciones de Carlos. ¿Dividirá la casa, la permutará, querrá apropiarse de lo que él estima le pertenece dentro de ella? Miriam no lo sabe.

Las losas del piso nos observan, iluminadas por la espuma del sol otoñal.

—Cuando tenga resuelto lo fundamental me iré sola para La Habana.

Y reconoce que le había encantado deslumbrar a Carlos, dejarse amar por él cómodamente, y llora en silencio sobre una butaca mientras confiesa que comprende lo que para ella y para mí representa esta casa, que es mucho más que una casa.

—No puedo convivir con quien es tan insensible —dice, y abandona sin tardar la habitación.

—Carlos no me aplastará —afirmo por lo bajo—. Ni él ni nadie.

Y al conocer que de un momento a otro se irá para siempre (y estas dos palabras, «para siempre», son portadoras de una dolorosa certeza) decido observarla sin ser visto, aprehendiendo el misterio de sus posibilidades. ¿Acaso espera que mi amor la salve, rescatándola de ese marasmo en el cual parece estar atrapada? La indecisión acrecienta la angustia de no saber. El recuerdo de nuestros paseos, conversaciones, de nuestra correspondencia, hacen bullir mi sangre en rasgos de silencio que hieren el clima de la casa. Ignoro el momento adecuado para hablarle, y la contemplo a veces en cualquier acto banal, cotidiano, cual si fuese una ceremonia importante y vital. Algo triste.

Cada matiz de su voz, cada gesto, su andar, quedan suspendidos en el reflejo de los rincones de la casa. «Debo hablarle pronto», me acerco a su sonrisa, que dibuja una mueca de dudas en el pasillo, en el patio, en la espera, y se desvanece entre vapores de azogue por donde camina hacia lo infinito. Y pienso que ha llegado el momento de sugestionarla a mi favor, alejándola de Carlos y aprovechando su crisis.

A veces se niega a saludarme, a saber de mí, orientada hacia un malestar secreto, parecido a esos rasgos de malhumor ostentado cuando no lograba alcanzar lo deseado en los comienzos de nuestra amistad.

Una noche me entrega un paquetito atado por una cinta azul, recomendándome abrirlo un mes después de su partida, cuando los recuerdos fuesen solo una sonrisa.

—Miriam, si existe entre tú y yo un amor de amigos, dejemos todo esto, vayamos a Europa, a cualquier país más civilizado y tranquilo.

Ella, sin inmutarse siquiera, observa convencida:

—Tu fuerza proviene únicamente de esta casa, de esta tierra… cuídalas mucho —y se aleja en las tinieblas.

A la media noche se va sin despedirse, con un golpe en la puerta que es el anuncio del fin de una era que ha cedido su lugar a otra, indudablemente mucho más dispuesta a sacar de mi ánimo mayor dureza y disciplina.

Carlos es la sombra en las inmensidades de la casa.

Lejos de mi hogar, y al recordar donde vivo, se me hace más accesible a los ensueños. Escribo.

Mi casa tiene la fría reserva de un museo, impersonal, aislada cada vez más, erguida frente a la noche del mirador, que escamotea a la vida, al tiempo, un nombre como el mío otorgado a un antepasado de quien no existe alguna foto, alguna huella reveladora; un nombre indisolublemente cohesionado, estarcido, a lo más íntimo del alma de mi hogar.

Como un enorme pozo negro guarda los recuerdos familiares y amigos, de viejos amores olvidados. Escribo…

¿Los sueños que yo veo no son solo sueños, sino recuerdos de otras vidas, igual a esos pasos que nacen de lo profundo del comedor algunas noches para morir en el obscuro mirador, pasos escuchados por mí únicamente y que nadie hace sonar?

Y Miriam había sido quien, a petición personal, describiera a su modo, tan escueta y oficial, la arquitectura de mi casa: «Data del último cuarto del siglo XIX, con la saleta separada del patio por una galería de pie derecho de madera y persianería francesa, coronada con lucetas con cristales policromados, que es la solución más común que difunden los constructores en esta ciudad (soslayando su aparición más apagada en otros pueblos cercanos o no a Santa Clara) donde tiene aquí su fuerza mayor. La sala y la saleta se distinguen por sus pisos de mármol, y el del patio (con sus losas de piedra de Bremen de tonos rosado carne o palo rosa) es el que nos lleva a esas típicas paredes del comedor que son las persianas, y más allá de él, el traspatio y los restos de una antiquísima cochera que sale a la calle posterior y paralela a la del frente. Las volutas del enrejado en los ventanales de la fachada, repiten hasta la saciedad, y ocurre en toda esta ciudad, las formas de una lira como motivo central en la ornamentación».

Escribo. Jorge es el suicida en la obsesión de un amor imposible. Jorge. El Mirador... Descubro aquel suicidio, y la noche del fuego en el mirador. Me descubro. Descubro la noche, el mirador, aquel amor imposible.

Las palabras reposan en instantes de noches de música y poesía, en reuniones de artistas que visitaban al tío Antonio, médico de fama, notable científico y poeta del piano en sus encantadores ratos libres, demiurgo de los sueños de arte y del calor de toda conversación intelectual, a quien el gran Enrico Caruso quiso llevarse, como haciéndole girar la Tierra bajo sus zapatos de muchacho, para escoger estrellas en el piano, tras haberlo escuchado casualmente en su visita a nuestra ciudad en los comienzos del siglo. El tío Antonio solía acompañar a mi padre al violín recreando aquel al piano las desventuras de *Manon Lescaut*, y de Mimí en *La Bohemia* de Puccini.

Y escribo...

Escribo. Ocultando esas rachas de lucidez a los ojos paganos. Rodeado de burócratas y envidiosos funcionarios, pero también de gente noble y laboriosa, voy revolviendo los futuros cimientos de un edificio clandestino de palabras, tallándolas amorosamente como única alternativa por sobrevivir: el trabajo, ante todo, más allá de la fama o el dinero.

Y escribo...

Soy responsable de un equilibrio, del alcance de mis empeños y posibilidades, y me autoabastezco de ellos mientras dejo salir la esencia elucubrada que los sostiene.

Escribo. Escribo también por las noches, incansablemente. Escribo. Y cuando asoma el desencanto, miro al cielo, busco, en los rincones más secretos, esas estrellas, esos lagos de brillo duro, de frescura en la explanada desierta de la noche, que reconfortan mi espíritu. Pero un velo opaco, inmutable y sin olor, se ha instalado allí en su lugar. «Ya saldrán», susurro convencido, «ya saldrán…»

No puedo creer que sea yo quien soy cuando las estrellas van cayendo sobre el patio y lo abrazan en sus filamentos, lo modifican a su antojo en la brecha pastosa de la penumbra. Pacientemente, las recojo, las estrecho en mis manos, acariciándolas en la recia humedad de mis puños cerrados. Al abrirlos, la epidermis agonizante de las estrellas se rompe en breves quejidos de humo, en chispas desolladas contra las paredes del mirador.

Coloco en mi dedo el anillo, recientemente descubierto (y desconocido) en el baúl del mirador con mis iniciales grabadas, lo único que sobrevive dentro del sobre, que nunca antes había logrado ver, y donde parecen haberlo creado para el abandono, los desaparecidos papeles, hundidos en la media luz del quinqué, y la foto que tanto me hubiera gustado detallar.

Las lenguas azules que fulminan las estrellas lamen ociosas el lustre pulimentado de la fronda ornamental del patio.

Miriam y Carlos, como emanación de la noche en cada gota de agua de la fuente viva, se apuran a recibir nuevas visitas arrastradas por la nueva sonrisa de la casa.

Y desde el patio, las estrellas sueñan en mi puño cerrado, derraman por entre las grietas de mis manos, a flor de piel de los dedos, el jugo argentado del agua del surtidor incandescente.

Dudo. Sueño. Vivo. Escribo…

Entre las páginas de la Biblia del abuelo, que había guardado ya en mi cuarto, una hoja reluciente y actual, como recién puesta allí, parece concluir aquel relato perdido del sobre dorado en el mirador: «… y fue la lluvia de estrellas, cayendo desde la inmensidad, el chorro refulgente que abrasó, para derrotar ante la muerte, al dios aquel revolucionario y emancipador, bienintencionado y hermético, incomprendido, envidiado, descuartizado por el impacto en mil fragmentos encendidos que rodaron hacia los abismos de la tierra, en el instante mismo en el cual descubría, en la quieta claridad de la manigua, aquella legendaria casa tapizada de espejos con marcos de oro y pisos de mármol. Su huella de dolor fue la herencia de su raza a quienes soñaran sus sueños, como un angustioso deber imposible de evitar, imposible de olvidar por quienes debían continuar la secreta misión de amor y libertad en todos los rincones del mundo».

El grito de Carlos es el patio que aplasta su cuerpo contra las losas del pasillo, y, empapado en la ardiente locura del terror, irrumpe desde el baño, desnudo y salpicando los triturados espejos de la ducha barboteante, hasta lanzarse sobre mí en el pasillo y abrazarme en moribundo gesto para caer muy despacio a mis pies, como fulminado por la imprevista aspereza de una ráfaga astral.

Y esta imprevista conmoción suya bajo la ducha abierta, había sido portadora de la conclusión del relato que hallara en esos instantes dentro del sobre dorado, dormido tanto tiempo dentro del baúl del mirador, como si el eco de aquella mitológica historia, leída por mí en alta voz desde la soledad de mi cuarto, surgiese en el caer de las gotas de agua, convertidas ahora en afiladas cuchillas que, al herirlo, le hiciesen gritar sin receso, hasta apretarse contra mi cuerpo tras presurosa carrera de quien busca salvarse de un inminente peligro cuyo influjo fuese el mensajero de lo desconocido, o de cuanto se anhelaba no saberlo otra vez.

En diversos horarios del día o de la noche, fantasmal, inadvertido, y tratando de iluminar a mi alrededor una corriente de excitación, suelo pasar y pasar ante la fachada de la casa donde vive Ramona, gruesa sesentona de bondadosos ojos azules y piel pálida y lisa como chorreada de marfil, cuya vivienda frecuentaba Miriam en su juventud para entrenarse la voz en la disciplina interpretativa de baladas y canciones, cercana al lugar donde resplandecía hace años la residencia de doña Lucía, tía lejana de mi madre, quien guardara en un suspiro seco la gloria familiar de su ostentosa cama laminada en oro que nunca usó; era el caro presente del esposo llegado allí casualmente días después de su muerte inesperada.

Doña Lucía tenía un san Lázaro de yeso, algunas piedrecillas del Cobre dentro de un vaso blanco con agua fresca sobre antiquísimos billetes de la Lotería Nacional. En el mármol del velador del cuarto donde en realidad dormía, en el cual se mantenía agazapada en su vergüenza, aquella cortina manufacturada por su desconsuelo con las cápsulas vacías de la droga que mitigara el dolor de haber perdido al único hijo de once años, cuando le pagaba a una criada de confianza con la idea de hacerle llegar al sepulturero las cartas recién escritas por ella al hijo, y algún juguete de su preferencia para alcanzárselo dentro del ataúd.

En la sala de aquella mansión provinciana, el mobiliario al estilo Luis XVI y los murales con burdas imitaciones, también locales, de los lienzos de Watteau, la miraban gentilmente, sonreían, sintiéndose en lugar seguro cerca de ella, acallando sin lograrlo toda murmuración acerca del mal gusto y la ignorancia cultural de doña Lucía.

A través de las entornadas persianas a la caída de la tarde, absorbo con dulce indulgencia el alma de la recargada saleta y la sala de la casita de Ramona, del patiecillo modesto sofocado por la pulpa verde de las plantas, cargadas de una densidad misteriosa, sensual. Todo lo absorbo, ávido, incansablemente, desde la acera, recogiendo en aislados pedazos aquellos sentimientos tan suyos que no quiero dejar, en esa sed de adivinarla incorporada a diferentes instantes de aquel clima.

Una tarde asisto a una consulta de Ramona, a quien acude numerosa clientela buscando su clarividencia y gracia espiritual, tras informarme una vecina sobre el bulto hallado en la acera bajo la ventana de mi cuarto. «Jorge, eso es un daño que te echaron, brujería». Y no espero otra oportunidad mejor.

«Tus ángeles de la guarda son Ochún, Changó y Babalú», y su voz confundiéndose con la nebulosa de aquella casa por momentos muy obscura, impregnada fuertemente de la añoranza de Miriam.

Entre recomendaciones de despojos para contrarrestar ese daño a mí dirigido por la mala voluntad de alguien, sigo escuchando: «y debes decir: en nombre de Obatalá Aísa, yo me quito lo que yo tengo», pero no puedo asimilar aún ese desfile de frases invocantes, de amoniaco, de arroz hervido junto a otras súplicas para decir, dejándome caer sobre el pelo el agua de coco: «yo entrego mi cabeza a Obatalá», porque Miriam cada vez más se interpone a cortar el aire delicadamente con el fino escalpelo de su mirada triste, interpolándose tenaz a la enumeración de las hierbas blancas (anón, guayaba, chirimoya, guanábana, almendra, algodón, salvadera, campana blanca... gajos de ellas...), las tiras de tela, los centavos, el cartucho, el agua bendita, el perfume, el vino seco y la vela y un tabaco, todo para echar después del exorcismo al yerbazal camino al cementerio. Instrucciones de seguimiento indispensable como voy siguiendo paso a paso los senderos de Miriam, quien también, por boca de Ramona, iba ella a verla en consultas espirituales.

Mucho recuerdo esa casa, y las instrucciones, húmedas y tibias, dadas por Ramona, para llevarlas a cabo sin dejar a un lado la ausencia presente de Miriam.

Y la noche acelera mi impaciencia, los deseos urgentes de huir y desaparecer. La noche, un telón sucio y gastado que hiede...

Y busco entre mis cosas sin saber qué hallar... Busco, busco... y entre mis manos puedo verla: es una libretica azul con la inscripción en la carátula en letras doradas, *LA CALLE DE LA PAZ*, carnet que Andrés nos entregara a mí y a otro amigo para constituir una hermandad infantil con el propósito de luchar unidos por mejorar la vida. Éramos tres los iniciadores, y luego, ya incorporaríamos a un grupo mayor. Una cuadra, un barrio, una ciudad, el mundo entero por la paz, la justicia, la amistad y el amor universal.

El fulgor de aquella relación fraternal no se había extinguido jamás, ni siquiera bajo el peso de su muerte en el tiempo del tirano Batista. En el tiempo se apagaba, se encendía, para avergonzarme de lo que ya había llegado a ser. Era como un hilo dorado y vibrante que nunca se rompió.

Llueve, y en el bulevar, las líneas irisadas del agua al caer se llevan el tornasol de los anuncios lumínicos, zarandean el de las vidrieras, aceleran el de las edificaciones y humedecen, como en toda ciudad, esa mezcolanza de estilos abigarrados y conformes. Las construcciones sin estilo sorprenden las acostumbradas caminatas. Ese ajiaco arquitectónico me ha traído calles, parquecitos, puentes, diferentes barriadas, y desordena ahora la variedad de refracciones cromáticas que pinta el aire de lluvia.

En uno de los portales, Ramona, vestida de blanco junto a Julián y su Madonna, esperan la escampada, intercambian gestos y palabras. Una rareza enturbia el fraterno enlace. No puedo precisar con claridad aquellas formas humanas materializadas en fuegos fatuos de humedad. La Madonna comienza a ensayar movimientos de danza española. Julián propone concentraciones y actitudes de las prácticas yoga. Ramona los contempla envuelta en inteligente sonrisa. El brote de una discusión callejera cerca de mí desvía mi atención solo unos segundos, y al acercarme ya al portal de la escampada y abordarlo con premura, es muy distinto de lo percibido a cierta distancia. No hay nadie allí, y busco mirando a todas partes. Detrás de mí, y recostada a una pared junto al toldo de un merendero cerrado, Ramona, toda de luto, se fija atentamente en las páginas del libro que hojea entre las manos. «Ansías el conocimiento de la verdad, del absoluto. Tus males, ya lo dijeron aquel día las barajas, son de origen kármico. No luches contra ellos y resígnate. Mañana no faltaré a la iglesia de Buen Viaje, tengo una promesa que cumplir», me dice dejando correr las palabras y se va bajo la lluvia.

Al llegar a la próxima esquina hace un giro como de danza hacia donde estoy, y la contemplo inmóvil, incrédulo, porque aquel cuerpo de virgen pagana, que ya no es el suyo, relumbra de estrellas asomadas a su estructura. El rostro no es el mismo, arrasado, como el resto de su presencia, por figuraciones trocadas en la cabeza de un esqueleto vacuno al cual surcaran listones en diferentes racimos de colores vivos, repartiéndose a la totalidad, cuyos cuernos insuflan raíces de palmeras enanas rodeadas de mameyes, piñas, de arabescos y volutas de rejas de ventanales caseros, tejas ordenadas y polícromas, truncas columnatas dispersas en la superficie de un fino tejido de línea obscura a lo largo de aquella lisura enardecida por los trazos negroides de un folclor imaginario, recreado y nuevo, auténtico y sin copia alguna de la realidad, pujante, primitivo, vital. Güiros, maracas, bongoes y cencerros, bichos inimaginables de febril locura, invaden aquel ropaje de deidad no adscripta a religión alguna donde se reproducen restos de ídolos precolombinos y de antiguas civilizaciones aborígenes, entre bejuqueras que trasladan la exuberancia tropical de los elementos naturales del paisaje campestre, al cristal alucinante de los secretos plásticos en gestación creadora.

El humo de lluvia desvanece la tibieza húmeda y obscura en que se eleva aquella figura iluminada.

Dejó de llover.

Julián, sin aliento, resquebraja el silencio cuando introduce en la casa la noticia: ha muerto Miriam en un accidente de tránsito en La Habana.

La lejanía de Miriam es un sentimiento reciente, impulsado por el desacuerdo entre la costumbre y el impacto del suceso inesperado. Esta ausencia, esta falta, no tiene sitio. Siento que vigila, cercano o distante a veces, desde todas partes, y gasta mi cuerpo, lo inutiliza.

Busco un tiempo de encerrarme a dividir esa partida. Busco, y cada noche se muda en mí alguien desconocido que surge del sopor alcohólico que los obsequios de Carlos proporcionan en su preocupación por aliviarme. Carlos, conformado por la materia del silencio. Ningún sonido o signo revelador de su presencia es evidente en esos días, en esas horas...

Solo una noche, en la semipenumbra del comedor, mientras afuera la lluvia redobla sin cesar, repitiendo incansable los mismos vocablos, ya muy tarde y sentados a la mesa, puedo observar sus ojos llenos de sombra:

—Se nos fue Miriam, Jorge, ¡qué mierda es todo! Otra vez estamos acorralados.

No comprendo sus palabras, emergidas al parecer de una caverna, y me inclino a no seguir siendo la discreción ante los remordimientos para mostrarle lo que no conoce, algo importante y susceptible de abrirle futuros caminos, pero no me atrevo. Al preguntarle acerca de los pasos en la casa que mueren en el mirador algunas noches, y sobre la existencia de un sobre dorado dentro de un baúl antiguo que allí reposa, responde seguro y asombrado no saber nada de ellos.

—¿Dices de un baúl allí? —interroga en su sorpresa—. Ese lugar está vacío como esta casa, aunque todo esto forma parte suya en alguna forma, no debes preocuparte.

Y desconcertado e inseguro, elogio la variedad de valiosas amistades que últimamente rodearan a Miriam y a él: ateos, creyentes, artistas, gentes de distintas razas (como antes sucedía en mi casa), personas respetuosas de las diferentes opciones sexuales, marxistas, idealistas... y sugiero, para animarlo, dar nuevo porte a la casa con veladas culturales donde se reúnan personas opuestas, pero solidarias en la tolerancia, la comprensión humana y la individualidad, y él responde inviolable:

—No sé de quiénes hablas, pero has tenido deseos de que eso suceda y estás soñando despierto, mi hermano, soñando despierto. Es un sueño hermoso, pero hoy en día, imposible. Y en esta casa, más.

Y se va para desaparecer en el silencio.

Y las noches se hacen lentas, monótonas, y las mañanas huyen al dormir el sueño reparador de las vigilias.

El patio y los alrededores despiertan un acento fúnebre, y el viento compone los lugares donde aún Miriam parece estar.

La fragancia de los muertos se riega por toda la casa, impidiéndome acopiar la fuerza necesaria para escapar y desmentir la supremacía del recuerdo.

La pena de perder a Miriam se aleja a ratos, deja un espacio inerte entre ella y su regreso, y se desvanece en agitación imperiosa, involuntaria, en mi sensibilidad, acompañada de una imagen suya, de una frase cualquiera relativa a los momentos transcurridos a su lado.

Pero la mayor fuerza de todas está ya en la imposibilidad de recibir sus cartas.

¿Miriam sabía que la amaba? ¿Su unión con Carlos obedeció a su egoísmo, unido a una falta de tacto en la vehemencia de sus impulsos? ¿En realidad pensaba que siempre le tuve solamente amistad?

Es posible que para Miriam fuese el amor la única y notable expansión de la sensualidad y el erotismo, unidos a una porción afectiva, o quizás morbosa, pero más cotidiana y familiar entre los miembros de una pareja y la costumbre... Nunca lo sabré...

En sus cartas me comunicaba sentirme como algo suyo, y a su vez se enorgullecía de mis triunfos artísticos y no deseaba un cambio en mi personalidad. Tal y como era entonces, representaba el prototipo de la perfección, lo que ella había deseado siempre ser.

Se acostumbró a recibir mis cartas, y el día que no le llegaba alguna se sentía rara, como si algo le faltase. «Tengo hambre de ti, de tus palabras». Expansiones sentimentales inscritas en las tardes, en los sueños, en mi cómplice callar disimulado y avaro, yo, el vigilante celoso de mis tesoros de palabras, de papeles, de aquellos sueños nuevos incapaces de inventar o de reproducir, de comunicar ni a mis pertenencias más allegadas. En cada una de esas cartas estaba agazapado el peligro de perderla, de que se desvaneciese como bruma recién amanecida.

Y solía sentirse bien al escribirme, era como si conversara consigo misma... «Tengo hambre de ti, de tus palabras». ¿De lo que no se atrevía a reconocer, a decir?

Saberme dichoso contribuía mucho a su felicidad. Del mismo modo se alegraba cuando le describí el acto de entrega de una distinción por mi labor periodística sobre el cine que, según ella, tanto merecía. Miriam estaba en los aplausos del teatro, abarrotado y de pie, y mientras subía hacia el escenario junto a su llegar invisible.

A los dos nos había aplaudido con frenesí aquel teatro al recibir el diploma en mis nerviosas manos. «Créeme que, aunque no estuve allí físicamente, en cambio estaba unida a ti en espíritu. El día que se otorgue la medalla al mejor amigo, tú serás el primero en disfrutarla».

Le agradaba mucho sentirse protegida por mí como si fuese su ángel de la guarda. En ocasiones le parecía sentir esa influencia, incluso desde distintos lugares, y en las cartas apreciaba esos sabios consejos que le daba apoyado a la experiencia y el cariño.

Miriam se ha convertido en el tema melódico de la canción *You and I*, de Leslie Bricusse para el *remake* del filme *Adiós Mr. Chips*. Cada fibra sonora de esa música es la descripción de un gesto suyo, de algún silencio, de su forma de ser en ese mundo interior de carácter melancólico retratado en su mirar como solo hoy, a pesar de todo, puedo sentirla.

Un mes ha transcurrido desde aquel día. ¿Un mes? ¿Qué puedo saber? Escondido, desollado y muy dentro, el tiempo ha transcurrido en la agitación de su nostalgia, latiendo acelerado unas veces, y otras, defendiéndose del olvido que lo descarna en gestos fríos. ¿Un mes?

Todo parece igual, esbozado al final de aquel día en que llegó la noticia, y aquel juego de sol sobre los canteros no es el mismo hoy.

Todo no es más que un imposible, el resultado de una mentira, de una equivocación sin importancia que alguien trajo a la casa.

El tapiz de la luna se ha roto sobre el patio. Carlos lo atraviesa desnudo, digno, al austero destello de un candelabro en mano, para subir al mirador, transportando el eco vago de sus pasos a los acordes de la música de Rachmaninoff, el único disco de la colección de la casa que no ha querido vender. Y espero. Es la segunda vez que visita el mirador desde su regreso. La obscuridad, la perenne obscuridad, no se lo impide. Paralizado, espero su retorno desde el comedor.

Cierro los ojos, y dentro de ellos siento sonar aquella mañana levantando la cima del Capiro, organizando en un velo de luz la algazara de aquel niño junto a mí, junto al abuelo, frente a una distancia infinita de horizontes de pájaros y de mariposas.

Y la noche lo olvida, olvida a Carlos cuando amanece en su indiferente regreso a la habitación. El libro de Miriam sobre la vitrina, en el brillar del comedor, me hace más aislado, me extravía. Un libro que jamás Miriam terminó de leer. Un libro, olvidado, sin importancia, como puesto allí de prisa, entre cuyas páginas Julián, en letras ríspidas, confusas y torpes, le suplica verla en una sala de cine para esclarecer lo que ha quedado pendiente en los orígenes de una esperada respuesta. En realidad, ¿quién era Miriam?

El sol se ha deshojado en lo más obscuro de la memoria. Sucio, casi marchito, paralizado, corroborando la noticia. El sol, la luz todo, resulta incomprensible. La vida, la muerte, todo resulta incomprensible.

Y la sorpresiva muerte de mi padre, irreal, que trastorna un tropel de evocaciones.

Y una mañana, casi a mediodía, voy hacia Carlos con aquel papel dado a Miriam por Julián. Y al leerlo, lo guarda en un bolsillo, tembloroso, como al comienzo de un rencor.

Al anochecer, alguien atraviesa el pasillo, atraviesa los silencios, en un grito congelado que no es siquiera un gesto, con sus grumos de sombras. Y las puertas se abren y se cierran como si el abrirlas y cerrarlas solo fuese la señal de algo importante. Alguien se va. Y en su andar opaco y absorto, alguien, cargando todo el resto de su juventud, apoyándose (aspira trabajosamente la bocanada de aire que se le escapa) contra los marcos de las puertas del pasillo donde se desmayan, olvidadas, las marcas a lápiz trazadas por papá años atrás, con fechas y medidas exactas que puntualizan edades y estaturas de cada hijo suyo en los diferentes estadíos de la infancia. Alguien, va llevándose el patio en una maleta cerrada y obscura. Alguien... disolviéndose en la penumbra. El patio es una llanura metálica de rebrillos que hincan mis pupilas. Y Carlos, y el patio que parte, Carlos, para nunca más volver.

Ese silencio da miedo mirarlo. El silencio marchándose dentro de aquella maleta cerrada. Y el patio se desdibuja en una neblina que da al jardín la apariencia de una colección de plantas y piedras. Flamea un reflejo hostil, persistente, que me hace buscar todo lo olvidado.

Intacto, aquel cuarto de Carlos con sus rincones perdidos, llenos de polvo. Inmóvil, en su pozo de lamparillas y luces falsas, de falsos perfumes. Intacto. Todo lo falso, todo lo triste. Carlos... Fosforescente. Distante de la vida. Una confusión de aromas. Frío. Salta sobre mí, toma la puerta y se infiltra por todos los cuartos hasta dejar el caserón oliendo a flores indefinidamente. El aire, en argamasa de olores, es la presencia invisible de todo lo ausente y de lo presente en aquella casa.

Intacto, el televisor. Y los cajones inmóviles, en podredumbre unos sobre otros en el traspatio, por donde se asoman las botellas vacías y las latas abiertas de productos de exportación e importación, y los envases de artículos extranjeros, húmedos, sin aire, y los pomos que guardaron colonias y perfumes... Inmersos todos. Inmersos. Haciéndome palidecer hasta los huesos, absorto en el ciego y natural silencio de las cosas.

Sobre una mesita agazapada dentro de mi cuarto reposa indolente aquel obsequio de Miriam al partir. Y mis manos lo desatan, rompen su preciosa envoltura de papel y recibo en callar de muerte dos casetes nuevos con la película *Lo que el viento se llevó.* La interrogo en el tiempo. ¿Lo que el viento se llevó?

A la hora exacta de apagar equipos y luces y de guardar casetes, a esa hora exacta, la sensación de un motivo feliz que brotó, sedimentándose desde las primeras escenas del filme con su encanto en el viejo *technicolor*, se descubre en aquellos tonos, ahora definidos en su raíz, tonos azul celestes, naranja, que se amplifican a una variación cromática de sepias, rojizos, dorados, que alcanzan tiempos de cumpleaños y Nochebuenas y fiestas del Día de Reyes.

Colores realistas, naturales, apastelados... la iluminación que brota entre precisas texturas. Todo vuelve. Aquellas escenas de *Pinocho*, de *Blancanieves y los siete enanos*. Aquellos animados de Walt Disney con el Ratón Mickey... Y resucita el amarillo cremoso en la pared del comedor en las tardes de los meses finales del año, y la pátina de la luz turbia de la vieja lámpara de la saleta va estampando en el aire el eco antiguo de los bombillos que laminan el gris de las paredes en la sobriedad del recogimiento amigo.

Vuelve entre las tardes aquel solemne entierro de un veterano de la Guerra de Independencia, tras la Banda Municipal («abuelo, cuando sea grande yo quiero ser también veterano»), y mi abuelo y yo vamos violentando aquel relámpago de oro y plata que arde detenido ante el carro de bomberos de 1911, de robusta y rechoncha chimenea que empuja a borbotones aquel humo negrísimo al final del desfile escolar del veintiocho de enero frente al parque , con su placa, también de bronce: «Débase este aparato a las gestiones hechas en las Cámaras por el Sr. Representante Hermenegildo Ponvert D'Lisle, siendo primero y segundo jefes del Cuerpo, Sres. Froilán Álvarez y Luis Valdés».

Y aquel humo intenso, inmenso, transmudándose en el aire azul purísimo de los atardeceres de Tara, el mismo azul celeste acogiendo al niño en el patio techado por la vid del abuelo cuando las voces sonríen de tardes de octubres. «Miren a Jorgito. ¡Mi hijo será escritor, y sobre todo un gran músico!» La aclamación de mamá es esa voz que escucha mi padre y el abuelo, y la que escucha Andrés al terminar de interpretarles al piano el Tema de Tara de Max Steiner para *Lo que el viento se llevó*, al regreso junto a ellos de aquel histórico teatro donde por primera vez me ha sorprendido, en los ojos, en la sonrisa, en el rostro de Vivien Leigh que es la expresión de Miriam, filtrándose por la pantalla, un argumento y sus imágenes que eran efluvios de luces y sombras y color, en la larga y fulminante variación musical de temas y motivos sonoros, de composición escenográfica para portentosos instantes en interiores, en inolvidables paisajes.

Una idea surge del aire, se deshiela, previsora, abarcando la longitud de la casa. ¿Existirá aquella caja, sobre el chiforrobe de mi padre?

La abro. Y tomo dos álbumes repletos de fotos de mi infancia con sus remotas noticias, heladas, intensas noticias. En el espacio destinado a una foto de doña Gertrudis y yo, según se describe bajo el lugar vacío, aparece, en su retiro, el resultado de un secreto castigo.

Puedo atravesar calles en la lluvia. Me veo correr y correr… Goticas de espejos en que voy refractándome, perdiéndome hacia Dionisia, el último eslabón de los viejos tiempos. ¡Dionisia! La llamo, y la abordo, y averiguo dónde está Carlos. Ella bajo las mantas y con olor a sueño, me observa bondadosa, cansada.

—Mi niño está conmigo, que es con quien debe estar —y no soy capaz de derribar el silencio—. Carlitos no está bien. Tendré que llevarlo al hospital. No está bien de su cabeza, y tiene el cuerpo enfermo, muy enfermo.

Y la cerca sin demora mi sincero abrazo. Y llora suavemente… ¿Dionisia? ¿Papá? No es tiempo de definiciones y el tiempo es un nudo vibrátil e invisible en mis manos, como el color de aquellas fotos de niño.

—Se va a morir. Es tan sensible, ¿sabes? Se va a morir de amor.

Golpea mi rostro aquella sonrisa, entre humos de alcohol y madrugadas que lanza, mi perseguidor en todas partes, desde la entrada del zaguán, en gestual repetición de Carlos asediando bondades. Aquel mulato alto, con su mirada ansiosa. Dionisia se vuelve a contemplarlo.

—Es Lazarito, el otro hijo mío. Su padre nos abandonó hace treinta años, y ya tú ves, Jorge, he pasado no pocos ciclones en la vida, y ahora este, con Carlos.

Decido marcharme cuando Dionisia me asegura que Carlos duerme.

 s solo una foto entre mis manos, o el sonar de tus pasos alejándose?

¿Quién eres? ¿Quién eres tú, en el tiempo?

Al abrir la puerta ella está allí. Desplomada, silenciosa. Toda de negro.

Teresa está allí, respirando la noche, respirando el zaguán.

—¡Dios, ayúdame!

Se apoya a la pared del zaguán.

—Me dejaron. Fui buena con él... fui buena.

Se deja caer en un sillón, y llora otra vez.

Y soy el prisionero de otros tiempos.

La luna ha desgarrado la noche, se precipita contra la sala, y las conversaciones destacan los vestidos a la moda francesa de mis amigas que todos los muchachos allí admiramos. Sus maquillajes y cortas melenas. Hablo y escucho en la sala algunas noches, o en las madrugadas del parque, sorprendido por las maravillas del cine francés, por las canciones filin de moda, siempre rodeado de amistades con quienes sufría y hacía proyectos culturales, bordeando el tema del arte, del amor, de la incomunicación en los filmes de Antonioni, y lo desagradable de la vida aún estaba lejos, muy lejos... Mi vida entonces era solamente una canción. Teresa fuma en silencio.

—Es horrible no poder tener otro hijo, no dejar huellas en el mundo.

Y abandona el sillón con rencor y se despide. Su paso determinante raja el zaguán. Al final se detiene para recoger en el piso ante la puerta un sobre cerrado que alguien deslizó, y me lo entrega indiferente. En el sobrecito, mi nombre a lápiz.

—Miriam solo vio en ti una proyección material de su espíritu, no de su materia, como quien separa lo material de lo espiritual. Damaris lo decía, una antigua vecina de Miriam que Carlos te presentó... Carlos está muriéndose, el corazón, algo grande le ocurrió de repente y nadie sabe lo que fue. Dionisia lo ingresará, él no mejora.

Y se distrae con amarga desconfianza, desmenuzando alerta la negrura del pasillo, del patio, la sospechosa tranquilidad de la casa.

—Vine para decirte que me voy para La Habana y no vuelvo más —y abre la puerta sacudiendo la desgajada sonrisa que la impulsa—. Nunca me tomaste en serio.

El odio la empuja hasta hundirse en las sombras y cierro la puerta. Y la casa me espera, rezumante de noche, enorme, en silencioso pavor.

Interrumpo el silencio con aquel concierto. Me deslizo hacia el sillón en el patio, dejándolo sonar, sonar… *The noble and impressive firts movement. Moderato.* Y la luz, de tan frágil, pretende transformarme en un ser desamparado. El sobre tiembla entre mis manos. Intento en vano reconocer esa letra rústica, y al abrirlo, una foto, un papel: «Jorge, intenté dártela personalmente y no pude, no estabas en la casa cuando pasé por aquí, y por suerte vine preparado para hacerte esta nota. Te dejo este recuerdo, ya que al fin hoy me las entregaron muy tarde. Estoy desorientado». Y lo firma Julián. En la foto estamos Carlos, Miriam y yo. Ella, sonriendo a la cámara en gesto de bondad y esperanza. ¿Esperaba acaso verla alguna vez al igual que yo, o quizás ya mucho antes la había olvidado? Junto a Carlos, iré alejándome irremisiblemente de esa foto y del instante que para los dos ha representado en nuestros sentimientos. Cada cual, para alejarnos, con el rostro del olvido. Cada cual.

Y pienso en disiparme, confundiéndome ahora entre aquellas fachadas de las casas de la calle Marta Abreu, con blancos quicios de mármol donde mamá solía sentarse a descansar de sus juegos infantiles por los alrededores, junto a la casona en la cual mis padres se habían casado. Disiparme, confundiéndome como vapor de estrellas frente al antiguo teatro en cuya pantalla mi madre adolescente se horrorizara con el *Drácula* español protagonizado por Lupita Tovar y Carlos Villarías, y donde, en la acera que alcanza su fachada ochocentista, por última vez pasó papá, sin nunca saber el lugar exacto del cual venía con su rápido andar aquella mañana que antecedió a su partida. Disiparme, confundiéndome en polvo de nubes por donde pueda ver al Capiro iluminado, parecido, en la lejanía, a un castillo en el aire sembrado de estrellas, casi pardo y pelado en la estación de la seca, pero siempre verde. El Capiro, en la ciudad. En la casa… Soy la casa. También soy su silencio…

Las estrellas…

Y medito en la casa. En su silencio. En la cuarta dimensión para medir las almas. Y el silencio, y Andrés, y el silencio… Y en Jesús y Nicodemo… Renacer. Mañana, mañana al fin terminaré mi novela. Mañana…

Pienso en las estrellas que hoy podré ver.

En el silencio, inmóvil, poderoso.

En la noble y sufrida Raquel, la temerosa e inexperta Raquel y su ingenua maldad, irradiando claridades entre podredumbres, muerta para la vida como ahora está Miriam. Inasibles, lejanas... Miriam. Raquel. Papá...

¿El cabal significado de la muerte extiende mi cariño hacia la gente? ¿Ahora crece? ¿La angustia de mi infancia, aquella angustia al abrigo en la certeza de perder siempre lo que amo, se aleja en espiral hacia el amor a los que estuvieron o no cerca de mí, como elemento catalizador para su definitiva desaparición?

Agotado, me apoyo en el respaldo del sillón, bajo la fiebre escurridiza de lo impalpable, de lo imposible... Y me veo soñar el mismo sueño que otra vez sueña Carlos al transitar entre las habitaciones, una noche sin par, ahora vacías, de una casa tan grande e inagotable que resulta imposible recorrer en el soplo fugaz de la existencia. Y puedo verme, dentro de mí, soñando con Carlos, vestido igual a un dios quimérico y desconocido, todo de blanco, y expoliado por los variantes reflejos de los matices del iris, magnífico y feliz en aquella casa. Él se afirma en la refulgencia de su blancura, transparente, descubriéndole al lugar sus pisos de mármol y las paredes con espejos que encienden el oro de sus marcos, profundos espejos a los que no se les conoce medida, en ese silencio abstracto, que se repite y prolonga en el de mi casa. Y Carlos y su hijo van abriendo puertas y ventanas de aquel caserón, cerradas desde siempre, hasta hacerlas brotar más allá del sol y del tiempo.

Andrés, levitando bajo un asedio de luz, se incorpora a la verdadera refulgencia vital emanada por la presencia de Carlos, y la de mi sobrino, y en sus manos rebrilla el cristal, la vistosa cubierta de una libretica azul, apacible y sonriente.

Al resurgir a los pasajes finales del Concierto, reaparezco en otro, en la pupila de un ente irreconocible, reverdecido.

Y percibo, a través de la puerta abierta del cuarto donde Miriam y Carlos habían gozado del amor, el parpadeo de un destello pálido como eco sideral.

Aquel espejismo intruso me hace hurgar cada porción del cuarto, y la única señal viva allí, ahora, resulta ser aquella mariposa negra, grande y sin aliento, apagada al borde del cristal mayor de todos los espejos.

Al abandonarla, queda postergado en sus paredes el aroma ya muerto de las flores.

Subo iluminando mis pasos, apoyado en la lumbre de un quinqué, al obscuro mirador. El baúl aún testimonia en su presencia la desaparición de lo que creí ver dentro de él alguna vez, y al buscar entre las páginas de la Biblia del abuelo, nada puedo hallar; ni siquiera, guardado en mi cuarto, aquel anillo viejo con mis iniciales.

Desde el patio observo el cielo, ansioso, impotente y confundido, casi dudando. ¿No saldrían más tarde las estrellas? «Las estrellas de febrero son las más lindas del año», había dicho Miriam una vez, y mientras trato aún más, con insistencia obsesiva, esperanzadora, por desentrañar aquella masa alta, demasiado alta y obscura, comprendo que esta noche ya no podré ver ninguna.

Me sorprendo mirando hacia lo alto. Como si esperara por mí la silueta del mirador, envuelto en la sombra, hecho de sombra, altivo e inexpugnable en su porte de guerrero inmemorial, protector de todos los secretos. Es parte de todo lo que de mí desconozco. El mirador...

¿Sabrá él cuál de aquellos hombres en la desaparecida foto es la imagen del gran amigo de Jorge, o Jorge mismo, confundidos en aquel grupito familiar donde un cuerpo indefinible parece evadirse, no querer estar en lo que en verdad desea estar? ¿Sabrá él quién de ellos volcó, con nervioso pulso, certero, en aquellos papeles inconclusos y rotos, fermentados, la firme voluntad de la amistad viril y sin igual, constante en su virtud, valiente en su trascendente virtud?

¿Quién de ellos olvidó la muerte, temprano y sin aviso, muriéndose de amor? ¿O acaso fue una tía lejana, o bisabuela, desaparecida intencionalmente, por una mano austera, de las fotos de la casa, a consecuencia de un error antiguo? Aquel abandono indiferente, adverso, define un asombro nuevo que ahoga en mí, sin clemencia, todo valor.

Lloro en silencio para no dejarme invadir por el fracaso, para alejar el llanto en su intención mezquina de impedirme ver esas fronteras donde habita, en espera de sorprender otra vez mi descuidado espíritu.

Sueño con mi ciudad tendida de sueños al borde del Capiro, con los espesos fulgores de una mañana en que un niño imaginó desde su cima alcanzar el sol. Y vuelvo a verlo subir la cumbre junto a mi padre, junto a mí, llevando con redoblado cariño en una mano el frágil caballito de tela regalado por Carlos desde su primer año. Y puedo observarme, observarlos, ya en el pináculo encallado del Capiro, frente al horizonte de pájaros y mariposas, un horizonte cortado por la cálida llovizna de los rayos del sol y una mañana, en el instante aquel en que cada cual, y en estricto secreto, intentaría retenerlo cada día para no olvidarlo jamás.

Un chispazo de alegre verdor me atrapa de repente, y se eleva, decidido, desde cada fragmento de mi cuerpo hasta prender en la nostalgia. Y unidos, ambos sentimientos se expansionan, crecidos en exceso, hacia todas partes, como tratando de alcanzar el rincón más alejado del mundo.

¡Ya saldrán esas estrellas, y será otra noche!

Ya saldrán, después de todo, para mí, para Miriam y Teresa, para Esther y Raquel dondequiera que estén, para mis padres, Andrés, el abuelo y mi sobrino, para Carlos...

Saldrán, no me cabe duda. ¡Si no es hoy, será mañana!

Has vuelto a soñar con aquel lugar tenue, silencioso y lejano en el mundo.

Has vuelto a soñar con un lugar en el tiempo, tan obscuro, tan vacío, en la afelpada obstinación de las estrellas, esparcido en la conciencia de las sombras…

Una Casa, con pisos de mármol y la presencia inquietante de los espejos, donde por primera y última vez Carlos y tú habrían podido coincidir posiblemente, tan solo en unos instantes, en el resplandor de un ideal de unidad que juntaría lo diverso de cada quien hasta hacer triunfar el espíritu.

Una Casa, la Casa en silencio, en la que nunca te atreverás a despertar.

Un mundo de sábados azules

A mis hijos José Alberto, Mary y Marlén.
A mi pequeño José Raúl.

... porque siempre conocí que un hecho de esa totalidad
engendraría un obscuro que tendría que ser aclarado
en la transfiguración que exhala la costumbre
de intentar lo más difícil...
JOSÉ LEZAMA LIMA
Paradiso

Obertura

Dde entre todos los silencios, cuando desates en ti mismo el hilo del silencio, adivinarás el eterno principio de todas las cosas…

Y de entre todos los silencios, solo el de ese silencio…

Soñé de nuevo que había regresado a la casa después de un largo viaje; había escuchado, al soñar, cruzando el aire salitroso y obscuro, palabras confusas cuyo significado se me escaparon…

Y ya ante mi casa, mientras intenté traerla hacia mí, todo de ella, y ella misma, era una extraña huida de muebles y paredes que fueron arrastrados por manos invisibles, depredadoras, donde solo se quedaba un suceso de aire en el ambiente vacío; y, en torno de ese vacío y en su centro, todo aquello vivía a la deriva, disperso en el tiempo y agitándose en la desolación.

Y desde él mi regreso fue un peregrinar en el cual un río de años serpenteaba hacia una orilla desconocida o dejada atrás en una época remota…

Solo pude palpar, como un eco en mis sentidos, una frase por alguien siempre repetida: «nudo de aguas»…

Y, en el sueño, aquel regreso era como una invasión de sombras petrificadas y de luces en aguas de espejos empañados en las nueve campanadas del reloj de pie del comedor (tirado en el suelo encontré un ejemplar del *North China Daily News* con fecha del 21 de enero de 1901): esas campanadas en fuga se colaron en los residuos de la casa como un fantasma presuroso, en acompasado sonar de recibimiento o despedida, cual si la casa desease, impaciente, y a través de sus restos, deshacerse de mí…

Querían quitarme la casa, y ella ya no estaba…

Implacablemente, y en completo desamor, se la llevaron…

1

Una bruma mineral deja su piel sobre mi cama. Se mueve bajo mis párpados. Riega de líneas obscuras el halo plateado de luz que abarca mis sentidos.

Y abro los ojos. Y un reflejo se ordena desde la raíz de las paredes y declina, azul, hacia un nuevo matiz de obscuridad.

¿He inventado aquellas sombras, aquellos sucesos deshilados en la casa...? ¿He inventado mis recuerdos...?

¿Soy un punto de conciencia que fluye de la casa... una intuición...?

Imagino ser aquella silueta sobre una pared del mirador.

Invisible. Quizás desdibujada... Y me recuerdo allí, y en la silueta que jamás pude hallar... Y mis ojos, débiles trazos de forma y color, se suman a todo el vago entorno...

Y a la silueta que me han contado...

Y al estupor de su silencio...

Y el boceto de ese silencio es la muerte de mi madre, después de la de papá en los Estados Unidos. Esa muerte.

La señal de un silencio nuevo. Silencio que trasciende sigiloso por el corazón de cada espacio...

Y así ha quedado la casa. Con el encanto de las cosas olvidadas que tienen la poesía de las cosas junto a las que han vivido los que ya no viven.

Aún en medio de la sala, una lámpara de lágrimas pende sobre un salón de baile donde a veces se celebraron banquetes y bodas, reuniones, acontecimientos familiares y sociales, y se velaron los muertos...

Y un leve olor a flores marchitas llega en un susurro de mi padre, infiltrándose en las primitivas formas de las sombras: «Hijo, debo revelarte algo importante a través de la música cuando llegue el momento oportuno, cuando estés preparado para comprenderme, para perdonarme, en medio de una amenaza inminente que aún no conoces...»

Y el acento de mi padre, que es el callar junto a la fuente del patio, se transforma en el ligero azul de las pequeñas tardes del tío Antonio al descubrirme al piano los misterios de Chopin, al devolverme la imaginaria primavera de pasajeras y cálidas lluvias e intempestivos floreceres de los rosados duraznos en el paisaje de Tara creado por Florence Yock para *Lo que el viento se llevó*, donde ahora se derrama la sensual sonrisa de Raquel, entre frases y atmósferas sonoras de los estudios o de los preludios de Chopin, y sobre todo, la del *Estudio número nueve en fa menor, Opus diez*, tema para rememorar también el último día de clases en el Instituto de Segunda Enseñanza de esta ciudad...

(Y también al edificio de ese centro de estudios que emana ese halo de plata, luminoso, que abarca mis sentidos y los acerca a la duda, al temor de no querer recordar esos recios, violentos y agresivos golpes a deshora contra la puerta de mi casa, cuando, al abrirla, nadie está... O cuando el teléfono llama y al descolgarlo no me da la certeza de una voz, en esas madrugadas en las cuales alguien parece solicitar, quizás, la respuesta a una pregunta jamás formulada. Y entonces, cualquier especulación de mi parte sacude mis sentidos que buscan el origen de tales agresiones a mi intimidad...)

El último día de clases en el Instituto...

«Descubrí entonces que me enamoré de ella... recordándola...»

Sobre aquel puente solitario la imagen que flota dentro de mí, gira delante del anochecer como una persona grave, cuyas palabras sin decir cruzan a esa hora...

Palabras de madera sobre el río inclinado bajo un callejón de piedras en nubes que se van sobre nosotros.

«Era muy mayor para ti, y te deslumbró con esa forma que tenía de andar y de vestir, y el dejo sensual al cantar boleros... No fue amor. Tan joven, y no lo sabías...»

Y las aguas se agrietan sobre el pecho del río.

Grietas de color naranja y rojo sangre.

Húmedas...

Violáceas...

Azules...

Cristales que se mueven al compás de mi respiración.

¡Ojalá supiéramos en qué piedra nace este río, y en qué mar se desangra!

«La había visto, con un traje rojo fuego, en la casa de mi tío abuelo don Rafael... La primera vez yo era solo un niño, y después el tiempo se llevó aquella figura hasta hacérmela ver en la puerta de su casa, atrayéndome con sus gestos, con su mirada...»

Luciano sonríe con cierta malicia, melancólicamente, cosechando silencios que se rompen en la media luz.

«Pero una tarde encontré la foto de mi padre dentro de una gaveta, o quizás sobre el velador de Zoraida, junto a su cama...»

Su fuerza se prende del brazo que me tiende encima de los hombros, mientras allá lejos busca el viento que trae en su garganta la voz de las mareas...

«Zoraida se aprovechó de tu incipiente juventud y te hizo ilusionarte con ella...»

Y Luciano, al verlo de perfil, me recuerda a una moneda antigua, a una imagen esculpida en mármol cuya realización se pierde en los tiempos... o a uno de los personajes que en un óleo milenario se estampó bajo la fuerza creativa de un viejo y olvidado pintor.

Semejante a un horizonte desgarrado, Luciano, casi en sueños, murmura a mi lado: «Me hubiera gustado conocernos entonces para haberte podido ayudar...»

Y me abraza con fuerza, brevemente.

«Alguien de muy lejos vendrá alguna vez para darte esa ayuda que nunca te pude dar... esa luz interior que conocí en otro. Constante y tenaz como un hermano del alma... Eran tiempos distintos a los de hoy...»

Tiempos...

¿El Tiempo es ese sonar de pasos desgranados que ahora recuerdo en la duda, a través del pasillo, y que luego se dirigen hacia la penumbra secreta del mirador...?

Cómo una esencia intranquila que escucha el eterno dialogar de las aguas con la vida, de las cuales se escapará una frase que no sé de dónde viene: *el amor es más fuerte que la muerte...?*

Ese brillo de aguas que me hace saber la imposibilidad de mi forma, de no poder salir del todo de mi fondo.

¿Mi forma es esencia a la sombra de una palabra iluminada?

¿Y solo al final de esa palabra hallaré la paz?

¿Y al final del silencio hay una sombra entre el tiempo y yo?

«El último día de clases... También Esther y yo nos despedimos sin la certeza de volvernos a ver...»

«Eres muy noble, y por eso quisiera morir primero que tú, porque, de lo contrario, no podría soportarlo... aunque jamás te abandonaré;

siempre estaré en tu casa, aunque haya salido de ella… Ya ni sé dónde termino yo y dónde empiezas tú… Sé que el peligro que tienes de perder tu casa te ha puesto nervioso y sentimental; quizás todo se arregle, quizás…»

2

Y el tiempo se había quedado entre mis manos…

Y había escapado de mí…

Y el tiempo había devuelto a mi casa a Raquel, treinta años después de conocernos, con su bondad de siempre y esa delicadeza interior semejante a la de Miriam.

Raquel se acostumbró a despedirse con un beso…

Beso de amiga… Luego, de amante…

Un beso para dejarlo en la quietud, tendido en aquellas tardes de nuestros encuentros…

Un beso atado a mi indiferencia…

Una de aquellas tardes lo hice brotar sobre mi cama, y Raquel, escurridiza y asustada, infeliz, volvió a desaparecer…

Y otra tarde, a finales de noviembre, el cielo era una cima muy alta en sorpresa de otoño cuando Raquel dejó llevarse por mí, otra vez, a la más profunda presencia de los besos…

Vencida ya la pulcra lasitud de Amada, aquel personaje de una de las novelas de Miguel de Carrión, el aire arrojaba en sus manos una brizna de sol.

—Eres demasiado bueno conmigo… Paciente… Servicial… Contigo es con quien mejor me siento, y jamás he olvidado nuestros antiguos martes por las noches, a escondidas de mi esposo, al regresar a ti después de aquellos veinte años, cuando fuimos solo amigos, de soltera, y solíamos caminar casi todas las noches durante dos años visitando lugares inadvertidos en Santa Clara, con sus rincones y románticos parquecitos, lejos siempre de las miradas de la gente…

Es otra cosa la vida de noche. Algo sucede a pesar de la calma, y es el deambular de otros seres más sonámbulos, más solos. Pueden ellos imaginarse más lejos de lo que están. Las ranas, un pájaro despierto, y los que no pueden dormirse nunca… Los grillos. Las calles que pierden su figura en las esquinas. El tren que pita. El llanto de un niño que no sabe otra forma de reclamar su alimento, subiendo por las cimas del silencio a través de algún ventanal abierto…

Algo dentro de mi cabeza se aprieta y se afloja. Se estira y tiembla como si fuera a derramarse. Y se derrama en el calor de un diciembre de disparos y ráfagas de ametralladoras y bombas de aviones B-26 contra Santa Clara en pie de guerra…

—¿Qué te pasa? Estás en otro mundo…

Ahora, nuestro silencio puede ser sonrisa, y Raquel lo empuja sutilmente, hacia un rincón de mi cuarto. El rincón más obscuro de mi cuarto, donde algún grillo canta en las noches.

—Ay, Jorge, tengo deseos de esperar la llegada de todos los inviernos siempre contigo, sentados en el parque del Carmen, donde se concentra mucho mejor la esencia y el significado de esta ciudad…

—¿Qué has hecho tú por mí?, ¿qué ha hecho nadie por mí…? Claro que no sabes, y por eso te pregunto, porque no quiero saberlo…

Raquel apenas respira. Inmóvil. Como tratando de entender esa zona de mi intimidad tan difícil para ella, para todo el mundo.

Ella es de arena. Un títere que se rompe. Y no deseo saberla en mí, tan ajena siempre… Y no me gusta mirarla, con sus ojos de reloj en cuyo interior el tiempo es la sangre esparcida en los linderos de la vida, igual a aquellos besos suyos de amiga para dejarlos en la quietud, atados a mi indiferencia…

3

Esás tenso, preocupado… Jorge, ¿qué te pasa?

Después de conocernos ante uno de mis cuadros en una exposición, Luciano había entrado por primera vez una tarde de abril en la casa.

Y se había detenido en la saleta ante una acuarela: figura con aristas de expresión precolombina parecida a un quelonio erguido, en sus tonalidades verdosas, sobre sus patas traseras.

—Véndelo. ¿Nunca comercializaste tus trabajos? Dame algunos para probar suerte…

Y Luciano se llevó algunas de mis obras pictóricas a su casa, rodeándolas de todos sus manejos para engrosar la insuficiencia económica reportada por su carrera de ingeniería, la cual perfeccionara con notas brillantes en lejanas tierras y de la que para nada pudo sacar provecho en las limitaciones de nuestro país.

Y Luciano propuso sin descanso mis trabajos dentro y fuera de la ciudad, cargando el aliento de una casa abierta a las fantasías del arte que en ella solía yo gestar... Y pese a tales esfuerzos, nada se vendió.

—¿Qué te preocupa? —insiste.

Y observo distraído la copa de los árboles del parque Vidal. Y escucho mi callar dando horas lejanas, y acerco una calle larga donde los relojes son gestos de humo salidos de una grieta enorme, obscura, abierta en un temblor de adoquines y casas de estilo *art déco*, neoclásico tardío, colonial y *art nouveau*, envuelta en vapores de estructuras indefinibles, sin rostro, como un puente que no tiene fin.

—Raquel... —respondo—. Siempre viene y se pierde.

—Me hablas mucho de ella. Quisiera conocerla.

Y al llegar a mi casa pongo en el tocadiscos *La chanson de matin, Opus quince,* número dos, de Edward Elgar, que me recuerda a Esther, mi juventud, el amor imposible...

—Puedo quedar excedente pronto... En mi centro de trabajo hay una lucha feroz de unos contra otros. Nadie quiere parecer menos que nadie, y tratan de no perder prestigio ante los jefes para no quedar en la calle.

Pero oigo unos pasos leves que solo puedo escuchar yo en las cercanías del cuarto, y son los de mi padre: «Ten paciencia, mi hijo, tendrás esa señal muy pronto...»

Y otra tarde en mi casa, Raquel observa:

—Ese nuevo amigo tuyo me resulta atractivo... Gracias a mi experiencia, ahora no caería otra vez en lo mismo que pensé entre él y yo cuando me lo presentaste.

La casa parece sentir unos deseos de correr, y de estar muda donde sea. La casa... La casa que tiene frío, que está sola. Pero se me acerca más para brindarme ayuda. Está aquí. Luego allá. Y me parece verla colgada de una de sus ventanas diciéndome adiós. La casa...

Raquel se impacienta, y los hilos de oro en los cuales se convierte el sol forjan en su pelo un reguero de hebras confusas, que ella al moverse extiende por el cuarto como una neblina dorada.

El sol, taladrando los agujeros de los cristales de opalina y las junturas de las persianas...

Raquel me sonríe. Su cuerpo se llena de luz. Y la tomo por un brazo y hacemos el amor sobre el reguero de sol en mi cuarto.

Y vuelan los papeles de mi mesa, de mi cama.

Raquel cierra los ojos como invocando fantasías soñadas en la soledad.

Raquel quiere vivir sus fantasías…

Y no quiere oír nada. Ni siquiera sus propias palabras, ni sus propios susurros y evocaciones y me pide silencio. No desea hurgar en mí un sentimiento de poesía, o de belleza… No le interesa nada ahora, solo el disfrute de su placer…

Al despedirse en la acera, me mira tiernamente:

—A veces, soy un poco trágica…

Al anochecer, en uno de los portales alrededor del parque, Ramona, aquella clarividente de las consultas espirituales a quien visitara una vez, intercepta mis pasos.

—Tengo que advertirle acerca de una mujer que pronto conocerá… Ahora no es el momento indicado para hablarle de ella. Si más adelante usted va por mi casa o nos encontramos por la calle, debo hacerlo por el bien suyo. Esa no conoció a su padre, pero adora a su mamá…

Y se aleja de prisa hasta confundirse entre la gente.

Y continúo mi paseo sin perder el optimismo con el cual dejé momentos antes mi casa.

Y en la zona más obscura de una calle, como arrancada de una sala a media luz, se me queda cerca la canción *Veinte años*, de María Teresa Vera, que canta Barbarito Diez.

Y la carne de mis sueños se desgarra al sentirme evocando a Esther en el comedor vacío, mientras un claro destello eleva mi espíritu hacia el paisaje de un campo soleado de atardecer, donde, con las entonces recientes noticias de la invasión del ejército rebelde, ya en nuestra provincia, me figuro llevar a una novela lo que nadie en aquellos momentos quizás hubiese podido imaginar: el sitio y la batalla de nuestra ciudad para liberarla del ejército batistiano… Mi ciudad, formando parte de la historia del país…

Una historia con el afiche del beso por llegar entre Rhett Butler y Scarlett O'Hara, ambos de perfil, y ante los edificios en llamas de la ciudad de Atlanta, que ocupan un segundo plano en la composición…

Desde su primera visita a mi casa, Luciano insinuó arreglarla para aprovechar su ubicación y sus espacios en asuntos de negocios. Y mi rajante negativa lo hizo reír: «Eres un eterno alucinado niño grande y no vas a cambiar... Tu bondad y tu generosidad y complacencia hoy día no se usan».

Y ahora Luciano, en las tempranas horas de la noche, me habla de esos ingenuos intentos poéticos de la adolescencia, cuando también uno de sus maestros lo incluyera en el coro de la escuela.

—Esos sueños tuyos de ser artista son una basura. De eso no vas a vivir, con lo dura que está la vida en este país... Sigue, sigue soñando, que yo pongo mi mente en los negocios y en cosas más productivas, porque, al final de la jornada, veremos quién de los dos triunfa y se hace gente, y quién termina hecho leña.

Y recuerdas las ilustres visitas de artistas, de intelectuales a su casa y aquellos combatientes del 26 de Julio durmiendo sobre el piso del zaguán, envueltos en pequeñas colchas que les suministrara tu madre durante la batalla, exponiendo todos la vida al dejar la puerta de la calle abierta para, si fuera preciso, convertido en improvisado cuartel, luchar contra las tanquetas que por algunos barrios iban sembrando la destrucción y la muerte bajo el empuje de la metralla dirigida contra las casas y la población...

4

Desde el fondo del pasillo va cayendo la noche.

Cae, y lentamente...

Y en la penumbra, la luz no ha cambiado, y el cuerpo de Raquel es la sombra de un pesar.

Y cae la noche lentamente...

Raquel, durante toda la tarde, había ido tejiendo aquel dibujo que sus manos bordaron a su antojo.

Raquel y yo somos líneas de colores que se fijan al papel. Líneas que se enredan entre sí, salen y suben hacia el techo y lo perforan bajo el cielo donde se convierten, en la penumbra, en rayos de luz azul, en esferas girando, girando...

Va cambiando la luz.

Y las sombras.

Y la casas, desde sus cimientos de brumas...

Las palabras de Raquel prometen los trámites de una permuta cerca de mí. Y esas palabras no anuncian el diario bregar de nuestra miseria de amor: «Podrás ser parte de la familia y visitarnos con frecuencia, y tomarás café y comerás con nosotros…»

Pero aquella promesa, al recordársela otra tarde en presencia de Luciano, se estampa en su mirar rasgado de dudas, como si hubiese olvidado las propuestas de estrechar en la proximidad material los contornos de nuestro mundo secreto al amparo de mi casa.

Sus sueños sin cumplir se enlazan a su mirada grave, dando vueltas sobre ella, pulidos por la noche.

—Olvida sus promesas y es sincera —le dije luego a Luciano.

Y por primera vez, solo Raquel es el resultado de su mundo interior que no puedo explicar, que no puedo ver uno en su constante desamor…

—Inconsistente, imposible de guardar para siempre —comenté luego con Luciano.

Y él me respondió:

—Raquel es transparente, y a la vez un enigma…

Sus variables intereses en el arte cambian mis dudas hacia una actitud de índole camaraderil…

Su independencia, semejante a la mía, carece de esa pasión por lo independiente, y, sin embargo, su presencia alienta aún la idea de no alejarnos. Esa presencia escueta y cerrada para no recordarla después…

«Jorge, siento una rara inquietud en esta casa, como si alguien nos vigilara desde algún lugar… Quizás, cuando vuelvas a hablar con Luciano podrías averiguar alguna buena permuta… Él conoce a muchísima gente y es tan activo…», dijo, cuando desde el fondo del pasillo iba cayendo la noche…

Raquel se deja estrechar por las brillanteces de esa luna que viaja en un mar de arena de estrellas, alejándose hasta donde ella es un reflejo amarillo, un cielo verde, un bosque de árboles azules entre dos lunas aferradas al respaldo de aquel banco que levanta la noche del parque, de la luna atada ahora al paisaje hecho añicos que difumina la obscuridad.

—No me has dado todavía respuesta…

—No insistas… soy una mujer débil… triste… Alguna vez hablaremos…

Y al aferrarse a la estructura de aquel banco, la luna lo impulsa a un asidero, arrastrándolo contra los adoquines de la noche mientras el parque es un coágulo de luz, otra luna…

—Jorge, me encantaría, ¡ay, sí!, escucharte tocar esas canciones e instrumentales tuyos en un gran piano de cola en la cima del Capiro en las noches de fin de año, aunque, por estar casada, jamás podría hacerlo… Soy una pobre mujer, llena de sueños tontos por la culpa de esas novelas sentimentales —sonríe.

Y Raquel y el parque se confunden, con esos temas melódicos evocados en mi juventud en la rotonda de la Doble Vía, recordando a Esther y muchos años más tarde a Miriam.

Y pienso sea Raquel otra mujer, recluida en su soledades y olvidos en una casa llena de sonrisas fingidas.

Y le hablo de Miriam, a quien ella conoció en la primaria escolar.

—Miriam… —recuerda— tan caprichosa y neurasténica. Introvertida y exigente por momentos… orgullosa… con ínfulas de someter a quien fuese algún día su novio, incapaz de permitirse demostrarle un afecto sincero y de verdadera entrega…

Y Raquel, que en su profunda indiferencia ocupa a mi lado un banco del parque, se sumerge en esa luna que se aleja en un mar de arena de estrellas…

(Pero, como últimamente suele suceder, dos aldabonazos ligeros en la puerta a las nueve en punto de ciertas noches, tropiezan con el amplio callar de la casa. Y, como siempre ocurre, al abrir la puerta hacia la calle puedo sentir sobre mi piel esa masa negra, aromática, ávida y sepulcral, una masa húmeda y murmuradora que crece en la noche… Y la noche deja en mis sienes un color de cenizas…)

5

La noche es el espejo donde Raquel deja caer su mirada en silencio.

Y toma el control de los espacios que la acompañan al reunimos entre amigos en la casa, cuando interpreta para ellos una canción que le acompaño al piano.

Entre Raquel y yo la soledad se borra, y suelo perderme de nuevo en su sonrisa de mirar fijo y penetrante sobre mí.

Al marcharnos todos, solos ya en la calle, observa a media voz:

—Mi soledad busca la tuya siempre… Te gusto tanto… Me lo has dicho, y algún día te daré mi respuesta… Debes ser paciente —sonríe con tristeza—. A veces miento y digo la verdad, porque no sé decir mentiras.

Y comprendo lo tarde que es para planificar algún suceso importante. Y el cristal de la noche se quiebra, nos circunda, estremece las estrellas y se sumerge en neblina de astros.

—El primer paso sería divorciarme, pero pienso en mis hijos y en mi marido; mis murallas protectoras… No sé, no sé, no puedo definir nada ahora…

—Me conformo con saberte feliz.

Y Raquel, a través de su mirar apasionado, entra en mí como la carne de un árbol. Y sonríe. Y parece olvidar sus palabras. Olvidarlo todo.

Intento evadir su desconsuelo y el mío. Y siento frío. Y sueño en la espera. Y algo muy dentro sacude esa espera.

¿Ha sentido Raquel el amor alguna vez?

Pero ella, escurridiza, discreta, desigual, intenta recuperarse en otra.

—No puedes ser honesto; es un fracaso —casi estruja una sonrisa—. El amor lo es todo para ti.

Luego se mece en el silencio de sus ojos lejanos.

—Por cumplir con mi familia me casé demasiado joven… Por cumplir también con la gente… Entonces, la carrera de la mujer era el matrimonio, pero, a pesar de eso, estudié en la Universidad y allí, de profesora, me quedé trabajando —y con sus ojos parece alcanzar muy alto el aire, y permanece unos segundos como colgada en el vacío—. Y me bastó sentirme dentro del amor y tener un mando ante la ley… Y sufrí, y disfruté… Lo demás vendría solo… O no vendría…

La Chanson de Matin, Opus quince, número dos de Elgar interrumpió en mi mente el hilo de la conversación de Luciano. Y la espera y el silencio que rompieron con sus armas los rebeldes, regresaron desde muy lejos, como el llanto de Esther sobre el cuerpo moribundo de su amor de siempre, Armando, que con el traje verde olivo ensangrentado en el aire transparente de uno de los cuartos de mi casa, llenaba de rumores perdidos la claridad de aquella mañana…

Aquella mañana de evacuados en la casa, escapándose del bombardeo y de la metralla de las tanquetas y los cohetes lanzados desde la guarida de los esbirros contra la ciudad…

«Entierran a los muertos en las salas, en los solares vacíos, en los patios...», dijo uno de los refugiados.

Crecieron los murmullos, y las noticias y rumores volaron sobre las tapias de los patios de toda Santa Clara...

Armando se muere. Armando, el único amor de Esther...

«Puedo quedar excedente dentro de poco», le dije otra vez a Luciano.

6

Y espero por ese lejano aviso de mi padre...

Espero.

¿Podría darme ese aviso la repuesta precisa a mi identidad...?

Espero.

Y me detengo en el recuerdo de un cuarto, dentro de un hueco de aire obscuro donde mi padre, tan complaciente ante mis raros e inexplicables caprichos, intentó hacerme en él, y con la ayuda de su vieja cámara Kodak, al filo de la adolescencia, aquella foto que jamás se logró revelar, con el ceño fruncido por el miedo y semejante al gesto del actor infantil Bobby Driscoll en el afiche de *La ventana*. El seco rebrillar de una mísera vela parecía cuajar el clarobscuro expresionista de las películas policiales de aquellos tiempos.

¿Sería un actor de fama...? ¿Mi foto recorrería todos los rincones de la tierra...?

Nada le dije a mi padre del porqué de aquella foto, y mi callar fue un silencio solitario y triste.

A mi lado Luciano se preocupa por mi indiferencia mientras escuchamos los *sound tracks* de los filmes norteamericanos de los años cincuenta (la música era, entonces, el primer plano de la banda sonora), y respeta la sensación que me adormece.

—Jorge, espera esa fuerza interior que Raquel no te da; es cuestión de tiempo... —Luciano comprende esa lasitud, la necesidad de callarme en la lasitud, y luego me anuncia —Escribo un libro de poemas que algún día te regalaré, dedicado con mi puño y letra y respondiendo al respeto que te tengo... No quiero dárselo a ninguna mujer porque no valen la pena... Si la amistad existe, es el único valor humano, no el amor...

Y discutimos arduamente sobre su cínica, superficial apreciación con respeto al sentimiento amoroso. Y entre nosotros rueda una verdadera riña de palabras y conceptos.

Luciano parece ser otro que no es él, o quizás el verdadero Luciano que por tanto tiempo escondía.

—No esperes nada de Raquel. Llévala a la cama una y otra vez si tanto te sigue gustando, ¡y ya…! Y no me contradigo. No… Pero para serte sincero, las cosas con Raquel son así… Ella es fácil, igual a las demás… ¡Cojones!, confórmate con eso…

Me mira desgajado y hermético. Fucilante. Y la noche se levanta como cáscara quebrada, putrefacta, y el frío se obscurece alrededor del cuerpo exaltado de Luciano.

Impaciente y herido, y con insolencia, se queja:

—Tanto que Raquel critica a la madre, y al final se le parece completamente, detalle a detalle; majadera y puntillosa, exigente hasta la deshumanización… ¡Carajo…! ¡Y tú! ¡Esta noche me dan deseos de matarte, con esas matraquillas que cansan! ¡Ya me siento agotado de darte siempre los mismos consejos para nada…! ¡Para nada, para nada…! Me dan ganas de perderme definitivamente de esta casa y no verte más ni soportar esa cara de idiota que tienes cuando me hablas de Raquel… Esa Raquel, como para mutilarle el cuerpo y el alma…

Y con violencia se retira hacia la calle con rápidos pasos.

7

Observo el dibujo de un pintor primitivo en casa de Iraida: figura humanoide, andrógina, de colores brillantes…

Pertenece a un joven recién incorporado al grupo nuestro, cuyos desculados de ironía desagradan a la autora de esas obras silenciosas que almacena con celo en un cuarto cerrado.

—Ese muchacho solo piensa en el dinero, y, por si fuera poco, critica con saña y se burla de los ancianos, de los anormales, de los homosexuales… Nunca se sabe lo que piensa… No me interesa tenerlo en nuestro grupo y lo voy a ir sacando poco a poco…

Y su conversación languidece cuando extrae de un sobre grande otra obra que expresa esa magia de luz y color de los interiores provincianos.

—Es de tu amiga Raquel… Tan linda… con su tipito de guajira cepillada… Ayúdala, su talento está por ver y desarrollar, y este dibujo se lo quiere dar, pero no se lo digas... ¡Qué buena es contigo! También piensa regalarte algunas frutas y viandas... Raquel te quiere muchísimo...

Y la tarde se desborda para inundarnos de luz en la salita, y me siento feliz.

Iraida va hacia la puerta tras el breve llamar.

—¡Qué casualidad; llegaron las lluvias a la casa de la Familia Pilón! —exclama, como solía hacer una de mis tías al aparecer, siendo niño, en el chalet con mis padres. Sonríe amable, obsequiosa —Jorge, este es el muchacho del cual te hablé hace un momento.

Sin siquiera un asomo de sorpresa, Julián, el que había sido el amigo inseparable de mi hermano Carlos, me saluda.

Estábamos cerca, sin que Luciano y Raquel pudiesen notar mi presencia.

Éramos una mentira *El niño de la bota* del parque Vidal y yo, volando en el humo de la noche.

El parque estaba entre nosotros nublándose, recortándose, mientras Luciano y Raquel, aún sin advertir mi cercanía, conversaban, y luego se retiraron deprisa sin saber a dónde encaminaron mis pasos...

Una dulce resignación me inundó poco a poco y acabé por dejarme hundir en ese mar de tinieblas ancho y profundo que entonces me invadía.

«Dudo que alguna vez ellos comenten conmigo la razón de ese encuentro», me dije.

Y por encima de ese mar pasó el tiempo.

«Hacer vagar las ideas sin dirección definida puede traer consigo la morbosidad...», pensé allí, muchas noches después. «O el buscar emociones fuertes que llenen ese vacío de ocio físico y mental...», pensé meses más tarde, mientras contemplaba la luna en el río, sobre un puente.

«Hacer vagar ideas sin dirección... ¿Hará Raquel lo mismo...? Es lo más probable, y puede ser su gran secreto... ¿Será verdad lo que ayer me contó...? ¿Será verdad que agredió a su marido, físicamente, por llegar tarde a la casa después de haberle prometido lo contrario? Me lo dijo sin pensar, y lo tuvo cierto tiempo guardado... Todo cuanto guarda Raquel es difícil de abarcar... ¿Por qué un alma tan fina se tortura de esa manera...? ¿Ha exteriorizado esa agresividad que me resulta en ella tan ajena, o es el producto de sus resentimientos con el marido...? Los espíritus delicados quizás sean violentos cuando, por ello, alcanzan la magnitud de las pasiones... La sensibilidad, la delicadeza, engendran grandes peligros.»

8

Aquella tímida sonrisa ha regresado.

Revoletea como sombra húmeda a mi alrededor, después de que abandoné mi sorpresa al visitar nuestro panteón y descubrir algo por mí jamás notado: una antigua jardinera llena de rosas frescas con un nombre que nunca en nuestra familia había oído mencionar: Luis Orlando D'Clouet.

Rosas frescas para un desconocido... Rosas rosas rosas...

Para el resto de los allí sepultados no hay flores, y, sin embargo, para aquel...

Y a través de una sonrisa Lázaro me habla, como en los inicios de un letargo:

—Carlos repetía, delante de Mima y de mí, el derecho moral que, por ser él y yo sus hijos, tengo sobre tu casa... Mi padre, un guajiro descarado, nos abandonó a ella y a mí y se fue a cortar caña a Oriente y no supimos nunca más de él... —y se queda pensativo. Y respira restringido y no mira hacia ningún lugar—. Te seguí hasta este melancólico cementerio; el mejor momento para poder hablar contigo en paz es aquí, lejos de donde vives...

La firmeza de sus ojos seca su sonrisa, y tenso, aturdido, va de un lugar hacia otro, intranquilo; quizás, inseguro...

La mañana destiñe su color de acero y viste las palabras de aquel robusto mulato decidido a quebrar en mí la totalidad de la escasa luz del aire.

—Instalado yo en tu casa, arreglaría los techos y las paredes y todo... para vivir allí más allá del bien y del mal...

Su respiración ahora pesa. Acomete con ímpetu la distancia que nos separa.

Las tumbas parecen moverse... los arbustos... y el cielo de color de mármol hasta formar una sombra viscosa que comienza a cuajarse en los caminos.

—Sea como sea, tu casa será mía. Tus problemas se agravan y otros empezarán a llegar... Eres fuerte y por eso te admiro, aunque ustedes los blancos valen mucho menos que nosotros...

El viento se solidifica sobre mis ojos. Y me ciega. Y me ahoga con lentitud de pesadilla. Y un vaho agrio y nauseabundo de cosa muerta se infiltra por entre mis ropas, y por la carne y por los huesos, como si yo formara parte de aquella ciudad de muerte.

—¡Piérdete, no hay nada más que hablar! ¡Mi casa jamás será tuya!

La sorpresa deja en él, al contemplarme, un gozo ronco y aterciopelado como último fuego. Su mano intenta inundarme el pelo y lo esquivo.

—Me voy... ¡pero entonces, y a partir de ahora, pelearemos, y quien quede vivo, será el dueño de todo!

9

Al marcharse Julián, sin apenas hablarle a pesar de sus intentos de agradar, Iraida comenta:

—Aunque nadie dijo nada, creo que ya ustedes se conocían —y después—. Aquí estuvo una tal Teresa buscando la dirección de Raquel y no se la di... No me gusta para nada esa Teresa. Quizás, para llamar tu atención, trata de arrebatarte tus afectos...

—¡¿Teresa...?! ¿Cuándo llegó de La Habana...?

Las exactas opiniones de Iraida son ideas que antes de haberlas yo pensado puedo comprenderlas.

—Cuando se fue, recalcó insolente: «No se preocupe que yo todo lo averiguo con María Petrona o con quien sea...»

—Teresa está loca...

—Sí, está loca, porque María Petrona... —hace la señal de la cruz con aspaviento—. Ven conmigo.

Y recorro la casa siguiéndole los pasos mientras saca del bolsillo de la blusa un poema del japonés Katsumi Tanaka, quien en él expresa un símil de la amistad y del amor humano en las infrecuentes apariciones del cometa Halley:

El Cometa Halley apareció en 1910
(yo nací al siguiente año).
Si su período es de setenta y seis años y siete días,
reaparecerá en 1986.

Esa noticia leo y mi corazón se estremece:
no es posible que yo vea ese astro.
Tal vez sean iguales los encuentros humanos.
Casi nunca se halla una mente que nos comprenda.
Y es difícil merecer un amor total.
Sé que mi verdadero amigo llegará tras mi muerte.
Y mi novia murió antes de yo nacer.

Y en el umbral de una puerta cerrada, Iraida comenta:

—He visto ahora, mentalmente, a tu sobrino, sin cumplir, creo yo, el año; con sus ojos achinados y los dos jazmines que su sonrisa deja ver, en aquel retrato que te fortalecía contemplar, siempre, cuando los problemas en tus diferentes trabajos eran muy graves y te agobiaban.

Y se dispone al instante a abrir aquella puerta:

—El encanto de mis predicciones, de esos aciertos dados a mí por el Santo Poder de Dios, y por san Judas Tadeo para protegernos, no dejarán de impresionarte. Pero debes ser valiente ante la verdad… Detrás de esta puerta de rústica madera recibirás una revelación importante…

10

Y escribo:

Zoraida me ha visitado. Fingió asombrarse del estado de la casa, pues según mi vecina María Petrona, después de ciertos incidentes que no me explica, a esta parienta lejana jamás se le permitió entrar aquí.

Y recuerdo que Zoraida se lamentaba del estado de las cosas y del desmoronamiento y rotura de muebles, techos, paredes y puertas… de la carencia general.

En su expresión sin matices, sin embargo, desfilaron los ocultos relatos de otras épocas retratados en su mirar.

—Puedo ayudarte en cualquier cosa, Jorgito —había señalado, removiendo las fibrillas de esas intenciones que creí adivinar.

Y en sus gestos, aquella corpulenta mujer de edad superior a la mía, parecía languidecer en avalancha de perfumes y afeites que nada tenían que ver con esa aureola de inocencia con que fue midiendo los pasos de la destrucción.

—Si yo viviera aquí contigo…

—No quiero ayuda de nadie, y menos de gente depredadora de carroñas y basureros.

Y escribo, sonriendo de mi audaz respuesta:

¿Te acuerdas de la primera vez que fuiste a mi casa...? *Tu cosa grandota atravesaba el estrecho espacio que nuestras manos hacían al apretarla entre mis senos para alcanzarla con mi boca...*

Y Zoraida amenazó:

—¡Ya se te bajarán esos humos! Ustedes, los burgueses de ayer, no la están pasando bien hoy con la Revolución. ¡Autócratas de mierda! ¡Ja! ¡Sabrás de mí dentro de poco!

Y se había marchado dando un portazo que hizo temblar los cimientos de la casa.

Y al volver a la saleta un murmullo se prende del aire...

Y descubro la Biblia del abuelo que alguien arrojó bajo un sillón.

De entre sus páginas tomo un lujoso recordatorio de bautizo, muy viejo, el de Emilio Jorge Ramos... ¿el abuelo...? ¡Era ese su segundo nombre, Jorge... igual al mío...!

Y voy despertando de mi angustia...

Y despierto cuando de nuevo regreso a mi cuarto, de pie ante mis papeles...

Lázaro... Zoraida...

¿Lázaro y Zoraida arrastraron en aquel sueño todos los muebles de mi casa y sus paredes...?

Lázaro... Zoraida... O cualquiera de los dos...

¿Sería aquel sueño la advertencia de mi padre...?

Esa fuga de mi casa ya tiene un nombre... o nombres...

Y tiene también el significado que tanto temí asimilar y comprender; el de perderla para siempre en manos ambiciosas y mezquinas, sin escrúpulos...

11

He tenido que vender las joyas de madre para sobrevivir, y con ellas, parecen haberse ido para siempre aquellas fotos suyas, joven aún, mostrando sus aretes de brillantes, la maravilla del centellear de sus pulsos y sortijas, los fabulosos collares...

Todo el brillo del mundo se ha tragado, entre fotos y recuerdos, los pasos y la sobria elegancia de su existir.

Y me niego a desprenderme de la antigua vajilla de la casa, con aquel rinconcito de fiestas y Nochebuenas, con aquel pequeño eslabón de amor y unión de familia.

No había podido detener la partida de mis parientes y amigos, pero ellos permanecían aún entre esos objetos, sin uso ya, y las paredes que los custodiaban.

Y tiemblo de ira y temor… ¿Estoy hecho de miedos, en la inevitable prisión de un mirar impasible…?

¿Estoy hecho de cercas prohibidas donde no alcanza ese gesto de abrazar palabras de amor a la vida…?

Y a mi lado en el patio, María Petrona me comunica: «Zoraida piensa quedarse con tu casa; existe un testamento de tu padre a su favor y ella va a actuar de acuerdo con tal documento…»

Y, en el comedor, fumo y tomo unos tragos y recuerdo las nuevas instalaciones por divisas cuyos productos jamás podré alcanzar.

Y murmuro a las tinieblas:

«Nada ni nadie me podrá destruir, ¡solo Dios…!»

Y a través de la penumbra de mi cuarto siento a lo lejos el sonido de una música… o el espíritu de esa música…

Y un obscuro zaguán se mueve, viene hacia mí…

Y en la penumbra emergen los adoquines de una calle donde, contra ellos, un cuerpo boca abajo se desangra… Es el cuerpo de Lázaro…

Una de sus manos sin vida oprime un cobo no muy grande.

¿Será el mismo que he visto varias veces sobre el buró de mi cuarto, que, al salir de allí, y luego al regresar, desaparece de nuevo en el silencio…?

Y María Petrona junto a mi cama me sorprende con su voz:

«Ay, Jorgito, fuiste un niño desprendido de las cosas materiales… Tan bueno y calladito y solitario, algo triste…»

Y en la calle estoy frente a su casa, y la puerta abierta me invita a entrar, pero dentro de ella su casa no parece ser la misma…

En el patio, alrededor de su cadáver, que reposa sobre el piso, las hijas se pelean por la herencia, gritando cada una sus derechos…

Al salir, recojo del suelo un papel con su letra que describe un fragmento de mi futura novela: *La lomita del Capiro, al amanecer, es la piedra de rocío que une el tono gris perla del ciclo con la penumbra terrestre.*

Y cierro la puerta y observo la fachada de mi casa. Tras los cristales de opalina de la puerta y las ventanas se mueven varias luces que se disgregan en el aire desde lo profundo de los espacios, errando por ellos como si alguien tirase de ellas por un hilo.

Pero una luz parece desviarse de las otras, desintegrarse de su núcleo y avanzar, hacia la calle, desde el fondo de la noche que se había instalado a lo largo de la casa.

Una luz más pálida que el resto de las luces, que desparece con las otras al abrir la puerta…

—Raquel y el marido acabarán por destrozarse al final, de una vez y por todas —sentencia Luciano.

Y me ruega lo deje dormir en uno de los cuartos porque su mujer y él pelearon de nuevo.

—Me arremete, argumentando que no soy fuerte, y no se da cuenta de que, de los dos, el más decidido soy yo… A veces es linda, pero cuando se deja influir por la madre es terrible… No le gusta que me dé unos tragos con mis amigos en sus casas, y que ande con alguna, en rara ocasión… y detrás de eso está la madre, que ni vive ni deja vivir a los demás desde que enviudó… Pero mi único interés es con ella, y no lo asimila…

Y retoma la conversación sobre Raquel.

—No sé por qué en el fondo lo de ustedes se hace indiferente, no progresa, no apunta al futuro. Sí tienen los mismos gustos en la música, en los libros, en las películas, en los conceptos éticos y morales acerca de la vida, de la gente, del amor; claro, con las limitaciones de ella, pero hay algo en tu actitud que no acabo de comprender, como indecisión muy interior, o negligencia, o escepticismo… y no te das cuenta de eso y puede ser que no guíes muy bien el timón de ese barco en el cual ustedes intentan navegar y no naufragar…

—No quiero forzar nada, y ahora voy a hacerte una pregunta para escuchar tu respuesta sincera: ¿Nunca Raquel y él se han encontrado en la calle, y a solas han hablado de algo…?

—Jamás en la vida… ¿Por qué…?

Y en los días en que Luciano se refugiara en mi casa, lejos de la incomprensión de su mujer, tuvo excesivo cuidado en respetar mis costumbres, mis objetos personales, con la silenciosa delicadeza de un verdadero hermano y amigo, razón por la cual no volví a retomar aquella pregunta.

Nudo de aguas

olveré a encontrar en Santa Clara puertas del siglo XIX, señales del neoclásico tardío coronando el tope del enrejado de ventanas, y los numerosos guardapolvos...

Y los aleros, que constituyen el elemento principal de mayor prestancia en las fachadas lisas de finales del XVIII: uno de los más característicos en la ciudad es el tornapunto simplificado...

Y la labor de la carpintería en los elementos decorativos en las pilastras con capiteles toscanos, tan exclusivos de Santa Clara...

Y la antigua Plaza de Armas, a la cual el 3 de marzo de 1899 se le denominara Parque Leoncio Vidal, con sus plantas nativas de África, América Central, América del Sur, Australia, Cuba, las Antillas Mayores y el Sudeste Asiático, donde podré distinguir veinticuatro familias botánicas y las flores de azul y azul violáceo de los robles de Filipinas, y la palma real, los cardenales, los framboyanes, la araucaria, el embeleso, la allamanda, la hierba japonesa, el pasto mexicano, el espárrago esprín, la flor de papel...

Y otras palmas propias del país y de esta región: la palma yaraguano, miraguano y cana, entre otras...

El Parque Leoncio Vidal de esta hermosa ciudad (plaza de 9 240 m², ubicada en el centro de la misma), donde desembocan once accesos...

El Parque... cuyas veinticuatro familias botánicas están dadas por treinta y cuatro géneros y más de cuarenta especies superiores...

Antigua Plaza de Armas, Plaza del Mercado, Plaza de la Constitución... El Parque Vidal, en el cual desemboca la primera calle (Buen Viaje), que corta la calle Maceo, muy cerca de donde vive Alberto...

Una noche de febrero divisé aquella sombra al fondo del pasillo de tu casa. ¡Era Ella, solo Ella..!

Y su imagen me iba siguiendo en el reflejo que devolvía el de la sala...

Y al verla comprendí que me aburría...

Después de seguir tus pasos, logré un primer contacto contigo en el cementerio.

Y comenzamos a intercambiar nuestros secretos durante aquella recepción donde interpretaron el Concierto en la menor para pícalo y cuerdas, de Antonio Vivaldi. Y allí te mostré un patio con portales y columnas... ¿recuerdas...?

Y nos comunicamos a través de los entierros o en diferentes lugares para despistar a las autoridades...

Y nos hicimos tan amigos... Aunque en realidad lo fuimos desde el primer encuentro, al instante en que nos conocimos...

La vida no es un nudo de aguas, ni lo son la nobleza de los sentimientos ni la grandeza del impulso creador; algún día sabrás que es así porque «el amor es más fuerte que la muerte».

Recuerda todo lo que hablamos...

No estoy solo. No estás solo. No estamos solos...

Lo aprendí en aquella visita, en enero de 1901, en la cual pude pasearme por los alrededores del Templo de los Antepasados cerca de la puerta Wu Men de la Ciudad Prohibida, antes de contemplar los Jardines Imperiales y el Pabellón de los Cinco Dragones hacia el norte...

Escúchame...

Después del instante en el cual logres encontrarme otra vez, regresaré a la casa aquella edificada con la esplendidez del modern style, donde, en el jardín de mi infancia que da al mar, escucharé el eterno dialogar de las aguas con la vida.

Escúchame...

Y allí, si regresaras, recordarías cuanto te he dicho y las palabras de mi silencio...

Y frente a ese mar, vas a comprender que solo él es una imagen, la de un espejo de marco dorado...

12

Es de noche todavía y decido caminar por las calles...

Y las calles acaban por rendirse en la tregua de un sueño obscuro.

Esas calles, con el signo de las cosas guardadas...

Unos brazos anhelantes, extraviados, me aprietan el cuello y dejan en él rastros de lluvia recién caída… Son los de la noche que ya prevé cercanos peligros.

La noche que aprieta mi cuello, mi frente…

La noche…

Cuando descubro sobre el muro de una casa en ruinas un dibujo al crayón de mi patio.

Fresco… Reciente… Como hecho deprisa…

¿Es en realidad mi patio, a estas horas obscuro, o es la cara grotesca de una máscara retorcida por alguien que intenta separarse de él…?

¿Huir…? ¿Separarse de él…?

Pero al observarlo detenidamente, el dibujo deja escapar un turbador aliento de risa.

Raquel y el esposo, a lo lejos, se evaden apoyados en su paso convencional y aburrido.

No me han visto… ¿O me vieron?

Y al llegar a una esquina transito por otros caminos.

La pareja se había ido con la noche, sin hablar, no tenían palabras en la garganta ni en el corazón.

El final de una calle es la huella de unos hombres a caballo, raídos y sucios, avanzando hacia mí con las manos y los ojos llenos de muerte y libertad…

«¡Candela! ¡Candela!», gritan, y desaparecen como invisibles figuras de la noche.

Y del parpadear de esa huella encendida que dejaron, la silueta de Ramona resume sus líneas de penumbras:

«Una voz en mi barracón te avisa que ya muy pronto vas a conocer a esa mujer de la cual te hablé, de aspecto sano, distinguido, interiormente salvaje a pesar de sus finos modales… Sus asuntos de familia y amistades serán una razón para mantenerte distanciado cuando tu presencia estorbe su desenvolvimiento… Tiene novio desde hace más de diez años y no lo piensa dejar, aunque vive en otra provincia lejana, pero ella, y sus hermosos y redondos hombros que transmiten voluptuosidad, altivos en su robusta complexión, acabarán desordenando (con la ayuda de su torso erguido y sus amplios senos y la solidez corporal de quien está hecha solo para el amor y no para otra cosa) tu sensualidad tan despierta y algo primitiva... Y te dará poca información de sí; no lo dirá todo, y su dualidad te desesperará si no huyes a tiempo de su envolvente y discreto sentimentalismo de pacotilla, de su mitomanía, de esa incultura populachera que mucho se esconde en esa hembra vistosa, atractiva y alta, de gran volumen, pero tan humana...»

Y desaparece de repente como tragada por la noche...

13

Raquel había comenzado a dibujar una tarde en la saleta, y sobre su dibujo voy marcando líneas sonoras mientras copia cada paso de mi creación al piano, traducida por ella al mundo de las formas y el color...

Brillan cortinas de colores entre mis dedos hasta hallar la frase fugaz de una intuición.

Abandono el piano sin saber por qué.

Después de comenzar a timbrar, el teléfono me presenta una voz que amenaza:

—Tus días en el trabajo están contados.

E interrumpen con rapidez la comunicación.

Era una voz joven. Sin inflexiones. Alguien en las sombras. Un hombre de tono neutro.

«Ya nadie me podrá ayudar», me digo.

Siento un olor en la casa semejante al hacinamiento vegetal que exhala la tibia humedad de los rincones.

Pero es mía esta orilla del mundo perdida ya en la noche.

—No sé por qué defiendes tanto a tu amigo Luciano. Es un vividor, un oportunista, un hipócrita... hasta contigo... Y anda en turbios negocios, creo que eso tú lo sabes —me dice Raquel, agresiva, inconsciente de su acción.

Y el silencio se inflama.

Parece que se va a rajar por los bordes.

Parece una luz de selva, de plaza antigua...

Pero luego olvido ese silencio. Lo borro, retorciendo las márgenes que lo estrechan.

—Luciano me ha hecho ver lo bueno, y sobre todo lo malo de ese mundo que se me escurre más allá de las paredes de esta casa, y en su vida ha realizado tantas tareas para sobrevivir, y ha conocido a tanta gente...

—Creo que, a pesar de todo, Luciano te quiere.

—¿A pesar de qué?

Entonces Raquel es como una ribera donde hacen nido todos los silencios, y al entrar en su silencio me veo atravesar la cortina de niebla de un espejo (¿niebla que siempre habría de quedarse en mí…?), y desaparecen los minutos y los segundos. Los relojes… Y el tiempo también desaparece, mustio, con sus ramajes invisibles desprendidos del espacio.

Y desaparezco y duermo. Y abro los ojos en aquel paisaje del tiempo en el cual jamás me había atrevido a despertar…

Y camino entre cortinajes donde las mariposas se ahogaron en la sombra que asfixió su aliento sobre el terciopelo de color vino, ¿o rojo sangre?, ante la penumbra al final de un largo pasillo.

Y no siento miedo, solo el asombro y la inquietud de saberme distinto y brillante en aquel fluir del pensamiento que es ese lugar.

Y los pisos de mármol, inundados por los dispersos papeles de la novela, ¿que alguien ya había escrito por mí?, se multiplican, se multiplican…

Y, a través del cristal de un amplio ventanal, un cúmulo de luces esparcidas por un jardincillo abandonado destacan una de las estatuas de mármol que representa a una mujer, como en trance de fuga, quien sostiene con las manos un abrigo al caer de sus hombros mientras su cabeza, girando a medias, imprime en su rostro un gesto de terror, ¿o de ansiedad?; como quien deja atrás el mayor de los obstáculos que le impiden la realización de un deseo que solo la proximidad del amor o de la muerte es capaz de encender sobre la superficie de su mirar tan lejano…

Pero al yo observarme, el silencio encarcelado en mi cuerpo, en mis sentidos, es cuanto puedo ver…

Y esa lumbre interior, al encender mi cuerpo, es una luz de pasillos blancos que camina interminablemente y donde no hallaré jamás el final…

Molduras. Estucos. Todo blanco…

Porque he dejado el corazón sobre mi mano y en él cabe una fuga blanca…

Y en esa noche sin amanecer que pesa sobre mi pecho, un cuadro antiguo y alegórico que pende de la pared como único eslabón humano, puede mostrar entre muchos rostros ofuscados en su espacio, el de un negociante, un contrabandista que ofrece sus servicios a una causa de libertad y justicia.

Y avanzando entre esas sombras descubro al detalle el retrato de ese hombre…

El retrato de Luciano, y en un papel en su mano puedo leer:

Como solloza un padre, quemando los huesos del hijo recién casado, cuya muerte ha sumido en el dolor a sus progenitores; de igual modo sollozaba Aquiles al quemar los huesos del amigo; y arrastrándose en torno de la hoguera, gemía sin cesar.

Y aquellas paredes se inclinan muy lentamente en el vacío mientras una piedra enorme oscila sobre mi cabeza y todo se derrumba pesadamente entre nubes de polvo y hojas secas que me dejan ver, entre la hojarasca y los escombros, una bruma de sol que se abre sobre el rostro de la estatua del jardín, cuya semejanza con el de Raquel, lo corrobora su abrazo de mármol y de polvo mientras su cabeza se aplasta en mi pecho:

—Que todo sea para tus ojos de paz… Que todo sea para festejar nuestro amor imposible…

Y mi casa es un túnel largo y obscuro donde, en su final de luz, se alza una mano en ademán de despedida… La mano, trémula y firme, de Luciano…

14

Y escribo:

Ha muerto Luciano a los treinta y cinco años… La fractura del cráneo parece ser esa grieta por donde se le escaparon para siempre sus fantasías y planes, al golpe imprevisto de una bicicleta que lo derribó en la obscuridad, en una calle poco transitada…

Y Raquel vuelve a mí esa noche:

—Luchas demasiado por escribir tu novela. A tus años no será una tarea fácil…

Y razono:

—Nunca podrás ser El Todo para mí, ni siquiera en amistad… Bien me lo advirtió Luciano…

Y me doy cuenta de que no hay sitio para guardar una idea vieja, o nueva, acerca de un razonamiento desmenuzado por mí.

—Creo que, en el punto más lejano de tu conciencia, Raquel, preparas una huida... sí... Pero no te preocupes, lo importante es que de los dos seas tú quien halle la felicidad en el amor...

Y esquiva la impresión que le he propuesto, y dice con un gesto sin palabras la sustancia de ese error; aunque, al final de ese gesto, la zona del cual intenta guardar sus convicciones me advierte de ese montón de cenizas que con rapidez aparta de él con el objetivo de simular la veracidad de un fuego que logró apagar, con premura, para no dejar en plena libertad la certeza de mis suposiciones.

Chispa breve de luz que se le saltó alegre al comprender mi verdad, que a su vez puede traicionar esa idea ya preconcebida y bien disimulada aun para ella misma.

Luz de rápido brillo capaz de importunarla en los últimos tiempos.

¿Teme llegar a ser la que no desea ser...?

¿Se alegra por el hecho de concientizar un asunto molesto, o, como niña traviesa, casi sonríe al ser descubierta en falta grave y se avergüenza de ella bajo la fuerza sutil de una ausencia de control en sus emociones...?

Y va a sentarse en la penumbra del comedor mientras la luna se asoma sobre el patio.

¿Huye de mí o de sí...?

¿Me agradece ese gesto de inteligencia que en un futuro le ahorrará la molestia de explicarlo de un modo definitivo en su decisión de escapar...?

Y las nubes cubren con un matiz secreto el fino mantel y las copas de bacará y la vajilla de porcelana de Silesia de cuando mi abuela se casó, exhumadas del olvido para celebrar el primer aniversario de nuestra relación.

Y me entrega un librito de poemas que halló en uno de los cuartos. Libro anónimo, como hecho deprisa, con la dedicatoria: *Para Jorge, ese eterno alucinado niño grande, 18 de enero de 1908.*

1908... enero de 1908... ¿Fecha para esa sombra...? ¿Una sombra...?

Sombra sin contornos en cuya esencia late otra sombra... ¿La vieja Plaza allí antes del parque, será esa sombra...? Paisaje coloreado por una luz de calcomanía traspasada a un vidrio antiguo, dibujándose en el aire, ante una de las paredes del comedor...

Paisaje como si tuviese cerradura, queriendo concretarse, pero sin poderlo hacer; de estar despierto dentro de mí y que parece esconderme detrás de su boca, donde estoy a obscuras y corro. Corro, pero no advierto una salida; y todo es como una caverna con dientes de vidrio, dientes poderosos...

Y me retiro de ese aire extraño, y entonces me veo vivir en esa zona intermedia entre sueño y vigilia en su sencillez primitiva, cual si fuese la trama de mi futura novela, su protagonista, su música, el clima de esa novela que pugna por nacer...

Y el hilo de las horas y el orden de los años se desvanecen...

Y del fondo de ese sueño se instala ante mí la paz del cementerio y el piar de los gorriones retozando en sus arbustos y los sonidos de una ciudad lejana que despierta...

Y señalo con mi brazo a un lugar distante, a alguien cosido de gotas de lluvia cayéndole de pie entre las tumbas en húmeda nube de polvo de agua.

¿Es un perfil sin luz aquella sombra sin fecha traspasada a un vidrio antiguo, translúcido, inmóvil, observándome, mientras una mano húmeda busca dentro de mí y escarba mi sueño...?

Me levanto de la mesa donde recliné la frente apoyada sobre mis brazos, para seguir la mano que me lleva fuera del comedor, a través del pasillo, que me lleva hacia la puerta de aquel cuarto... Esa mano. Mano que enciende la claridad buscada.

«¿Era el cuarto de Carlos? Mira esa cama... Todavía tendrá el calor del cuerpo de Miriam y el eco y el aliento de los dos, fundiéndose en un solo cuerpo como un soplo de vida y de muerte... Todavía...»

Y en un brillo de oro y de sangre que enciende las lámparas, Raquel cae, se sumerge levemente en el amplio sopor de la cama... Y sus ojos evocan el largo lamento de otros silencios, y parecen esconderse detrás de un guante de sombras y de sueños, de roces suaves de perfumes y sonrisas de muertos... Ojos que lloran y evocan un temblor de manos heladas envueltas en brumas, mientras sobre la almohada cruza la luna como una araña inmensa...

La silueta de Carlos me vigila, y busco en ese sitio en mí y lo palpo tan despacio, para saber lo que él sintió, para saber de esa corriente en todo el cuerpo que enerva el centro de gravedad entre mis piernas...

Pero no es esa mi mano, es la de ella, cruzando mis orillas, colocando mis dedos en las duras y afiladas extremidades de sus senos. Y su boca se clava en mis labios, apresuradamente, y la arrastro hacia mi cuarto donde, sobre mis sábanas dispersas, su cuerpo se hace horizontal, su cuerpo de estrella que me toca y me abraza y se abre hacia un firmamento de silencios...

Intermedio

l comedor, abarrotado de gente, no deja de impresionarte con sus adornos de guirnaldas de papel de China; unas son rojas y las otras verdes, que se ramifican desde la lámpara central ornada con una campana, también de papel de China, plegable como las guirnaldas que alcanzan las cuatro esquinas del comedor...

Y puedes ver el lechón asado, al cual adobaron con brochas de paja de maíz, atadas, contando con la ayuda del ajo y la sal, y la naranja y el comino para embadurnar aquella piel que resplandece en medio de las fuentes de arroz blanco, y las de los frijoles negros sazonados con laurel, comino, ajo, cebolla, ají, pimiento, y el vino seco con azúcar...

Y en otras fuentes observas las yucas amontonadas, a las cuales saborizaron con el mojo y la naranja agria...

Y la ensalada de tomate, de lechuga, de berro y rabanitos, que brillan en la lumbre del vinagre con sal y aceite...

Sabes que en la cocina aguarda el postre de buñuelos, sobre cuya masa dejaron caer gotitas de vainilla y las rayaduras de los limones verdes que esperan por el melao, o por el almíbar donde se conjugan el anís, la canela y la cascarita del limón verde...

Habrá vino de frutas para los mayores y el bul (algo de cerveza con gaseosa y azúcar) para los niños, que irán apareciendo en manos diligentes al son de acogedoras sonrisas...

Y escuchas a un grupito de invitados que allí conversa acerca de la casa número veinte de la calle Calvario, que hoy se nombra Marta Abreu, en la sala de la cual la bisabuela de Andrés, María Luisa Morell de Lubián, simuló coser para vigilar a los miembros de la primera sesión del Club Revolucionario Juan Bruno Zayas, y así evitar que fuesen descubiertos allí por los españoles. Y también ellos comentan que el bisabuelo de Andrés por ascendencia materna, el coronel José Urioste, participó en el rescate del brigadier Sanguily...

Y de repente recuerdas a tu amigo Andrés, muerto a temprana edad en lucha contra el dictador Fulgencio Batista...

Y recuerdas tantas cosas...

Y no lejos de aquel grupito, en una esquina del comedor que da al pasillo, Iraida critica contigo:

—En la sala está Raquel con el marido. Ella ni levanta la vista del piso, parece una imbécil, como si algo muy fuerte la aplastara... Raquel admiró a Luciano y tú lo supiste, figúrate, Luciano ganaba mucho en sus negocios... Y a pesar de eso, Jorge, estoy segura de que, por diversas razones, a ti te ha podido envidiar... ¿No lo crees? De adolescente, la madre aún la vestía con ropas de niña. Esa madre dominante, acaparadora...

Y el resentimiento escarba la epidermis de mi pensar, como filo ardiente y más intenso, enfatizado en la prominencia de un cobo, entrevisto en la irracionalidad de mis actos más secretos de furia contra Raquel, en soledad, sobre la cual, al dormitar a medias, hallaba yo el centro de mis desvaríos (taladrándole el cráneo con esa punta, con todas mis fuerzas, o trazándole líneas horizontales, con aquel residuo de mar, en sucesivos momentos de expectación que impulsaba mi castigo con el propósito de desmembrar su tozudez indiferente hacia los reclamos de mi amor no compartido).

Iraida, con un ligero golpecillo del codo a tu costado, provoca el abandono de tus siniestros ensueños.

Y buscas atentamente la presencia de Alberto, para desvirtuar ese estado mental que el ocio momentáneo te provoca. Alberto, tu amigo y anfitrión de la Nochebuena en su casa de la calle Maceo...

Pero la pintora te hace volver los ojos hacia ella.

—Jorge, mira: Zoraida está en el patio con Lázaro y Julián. A lo mejor, cuando termine la fiesta se lleva a uno de los dos a su apartamento, o a los dos... Esa Zoraida... Puteó hasta con tu... bueno. Pero mira al pobre Lázaro, no anda muy bien de los nervios, tan obsesivo y majadero... —y reacciona con ligero estremecimiento— ¡Pero, qué digo...! Mañana tendré que confesarle al cura mis chismorreos... Este gentío me atolondra, y no sé quién invitó a ese elemento a esta casa decente... Hoy día se cuelan en cualquier lugar y no hay forma de sacarlos; se creen con derecho a todo...

Y continúa, mientras se arregla el peinado con el rápido roce de sus dedos.

—Y el Luciano ese, que Dios lo tenga donde lo debe de tener... le vendió, hace unos meses, artículos de lujo a Zoraida, y tú lo ignorabas... Quizás entre los dos hasta tramaron quitarte tu casa... Hoy día la gente no tiene moral...

Iraida logra ver a Teresa conversando en la saleta con una mujer muy distinguida.

—A esa Teresa… —dice— lo averigüé: es tan guaricandilla, tan alocada que entra en todo, tan regada… es mejor tenerla de amiga y no de enemiga. Mira, ahora con quien habla es una de las parientas de Alberto. La familia de él desciende, por parte de madre y padre, de aquellos remedianos fundadores de esta ciudad. Y al salir de aquí, fíjate que esta casa tiene una de esas pretenciosas fachadas con la balaustrada que intenta ocultar las vulgares tejas del techo…

Y Teresa ya viene a tu encuentro.

—¿Cómo están ustedes…? Jorge, espérame en cualquier momento en tu casa. Vamos a recordar viejos tiempos y te hablaré de cosas interesantes… Si vieras, «tu Esther» está en la sala, dándose lija con el relato detallado de sus viajes al extranjero con el marido, que está ahora en alza…

Y luego se reúne con Zoraida y sus amigos en el patio. Iraida continúa:

—No me gustaría que observaras pinturas de otros porque te puedes influenciar… ni siquiera de los clásicos…

Y Alberto se les aproxima y te toma por un brazo para llevarte hacia la tranquilidad de un rincón, y decirte:

—De un paisaje muy lejano alguien va a regresar para darte apoyo…

Y se separa de ti, dejando en su lugar un hálito de neblinas de mar olorosas que te envuelven y que te parecen llegar desde muy lejos…

Al acercarse Iraida, observa:

—Jorgito, al fin va a comenzar La Cena, y no todos podrán sentarse aquí, en el comedor…

Pero no puedes apartar tu mirar de Teresa y de su piel bronceada, en nueva, corpulenta, rolliza y diferente presencia; sus ojos ligeramente achinados te hacen recordar aquellos primeros encuentros con ella, cuando en la intimidad solía nombrarte «Tati». Aquellos primeros encuentros en los cuales la sentías como el resumen de muchas otras mujeres que admirabas: Miriam y su languidez, con la cual observara las cosas a su alrededor; el cuerpo robusto de Gladys, la esposa de uno de tus tíos, que te provocaba erotismo; algunas dependientas de tiendas e instalaciones públicas hacia las cuales tu deseo era un fondo de selva y de bosques heridos por silenciosos riachuelos, o de alguna cantante española o mexicana cuya esbeltez te impresionó...

Con tu corazón, tibio como los nidos, su cuerpo salvaje e independiente te detiene unos instantes a meditar en oleajes y playas, donde solo los pliegues tan leves del aire, como los de un paño casi arrugado, te permitían distinguir el mar del cielo, hasta que un arco de fuego ardía en el borde del horizonte, y a su alrededor el mar lanzaba llamas doradas llenas de armas que rompían las sombras como si anunciasen el llegar de una eterna primavera...

15

Al giro caprichoso de mis deudas voy perdiendo los recursos, y fuera de mí, permanece la necesidad de un trago o los acostumbrados cigarros. Nada me ha quedado. Ni siquiera ese fluir hacia mis trabajos artísticos.

Uno de mis primos, para quien jamás dispongo del tiempo necesario, me insinúa, no sin cierta maldad, que alquile los cuartos de la casa o que vaya cediéndola lentamente, o que deje de ser yo.

Pero no lo escucho. Y no alcanzo a contar con el resto de esos parientes y amigos. Cada cual ha cerrado un mundo aparte sin puertas donde ocultan sus medicamentos y la diaria ración de sus almuerzos y comidas... Cada puerta desaparecida es un muro ciego, inconmovible. Un muro donde nadie quiere oír.

Hasta Raquel se ha esfumado de este vivir adentro y me siento despegado de mí mismo. Soy otro y no lo soy...

La idea del engaño, de la astucia y la maldad roza mi piel, y padezco ese dolor profundo de la casa que se niega a ser de otros, aunque suceda de forma parcial y ordenada.

Una rara nube de odios se espesa a mi alrededor, se desencadena, y solo atino a espantarla lejos, muy lejos... Pero ya no me mira, y yo tampoco. Y veo en su lugar una planicie de acero que se hunde en mis costados lentamente, que sopla bajito para que no la escuche. Y solo puedo atrapar ese silencio atroz que me mutila, indiferente, como si otra cosa pudiera pasar en esa ausencia total de todas las cosas, porque ya soy una cosa entre ellas, y no queda sino un tráfico de malas ideas en esa larga sensación de morir de pie ante un espacio sin sentido.

Y llueve donde no puedo tocar ese caer de ilusiones puras, reveladoras de esa materia superior que ahora desconozco. Llueve incansablemente detrás de mis ojos que no se atreven a mirar.

Y la casa es una caja de cartón carcomida por un frío y tenaz desapego, a lo largo y ancho de un espesor de sombras.

Las estrellas parecen haberse ido para siempre, y el cielo es un sabor amargo bajo la lengua, recorriendo mis mandíbulas saturadas del polvo del silencio.

Nada prospera en los canteros del patio desde que se fueron las estrellas, ni entre sus plantas que resudan tanta ausencia en la armazón de sus calcinados esqueletos...

Y desfallecen los canteros.

Y las macetas colgantes del pasillo.

Y las lagartijas y los gorriones que se mueven por el patio.

Y el sol ya no alumbra, cada octubre, la última pared del comedor, con su sonrisa amarilla y jovial de los recuerdos perdidos.

Los estragos de la inmovilidad, en úlceras rojizas y pardas, van labrando, con gozo feroz, las paredes y los techos, y los ausentes espacios que ocuparon los adornos a la sombra feliz de otros tiempos.

El piano ha dejado de sonar. Y mis papeles. Y solo la carne putrefacta de alguna brisa maligna entra y posa sus negras alas en mi mirar, mientras una bruma espesa, mineral, deja su piel sobre mi cama y se detiene, al fin vencida, bajo mis párpados...

16

Y ese mensaje anunciado por mi padre, que no llega, es un pasillo largo que comienza y acaba en sí mismo como un centro sin circunferencia donde puedo nacer y morir.

No me confundo; vengo y voy por ese pasillo que jamás termina.

No hay otra alternativa... No la hay.

Pero, sin pensarlo, había sido en el abrazo a mi sobrino, y a su hijo, donde mostré también a la madre del pequeño un resquicio de bondad y de amor compartido, dentro de un final esperado donde se desvanecieron inquietudes, al ayudarme él a descubrir la falsedad de aquellos papeles en los cuales las avariciosas manos de Zoraida hurgaron para apropiarse de cuanto no le pertenecía.

—Julián averiguó mi teléfono y me contó de los problemas de tu casa, nuestra casa, y por eso no quise dejarte sin mi apoyo —aseveró mi sobrino—. Y opino que debemos adoptar lo bueno y lo malo con el mismo espíritu, y no coger lucha por ver sufrir a los justos y prosperar a los malvados, para reconocer hoy la potencia divina que persigue fines comprensibles solamente en el eterno mañana.

Después de escucharlo, miré muy lejos de mí, como si mi espíritu transfigurado, suspendido en un punto infinito, cimbrara en un paisaje recién descubierto del que me hizo partícipe en el instante en el cual parecía alejarme de la soledad de la casa.

Con la certeza de la duda resuelta, aquella visita manifestó su cariño por la casa en ese vasto espíritu que ama y respeta, al romper para mi paz la distancia y guardar fuera de ella todos sus besos.

Mi sobrino era uno de esos ricos de espíritu que únicamente pueden atravesar el desierto de lo cotidiano, resistir la tormentosa monotonía y salir airosos de los asaltos de la vulgaridad.

Y es por todo eso mi andar sin reposo hacia aquella esperanza soñada que mi padre colocó, por medio de sus palabras, en un resquicio de mi corazón.

Se sentó a mi lado, sin fijarse en mí, en uno de los bancos del bulevar... Se había sentado de repente, sin notar quién yo era...

Y se asombró al verme.

—He cambiado mucho, ¿verdad?

—Esther, has sufrido.

—Y tú también —dijo ella, compasiva.

Y recordamos los tiempos de nuestro trato, y a aquellos que vivían en La Habana y en el extranjero, de los cuales no habíamos vuelto a saber.

—Te iré a visitar un día de estos. Como ya no puedo acompañar a mi marido en sus viajes, debo estar cerca de mis padres, viejos y enfermos...

Y continuamos charlando sobre el destino de algunos conocidos.

Como flechas de luz, el poniente fue lanzando desde el oeste sus últimos rezagos dorados, rojizos, por encima de las azoteas de los edificios del bulevar, aquel otoño...

Un joven le hizo señales con la mano, no tan lejos, y se levantó despidiéndose.

—Ya voy, ya voy. ¡Espérame, Jorgito! —le gritó a medias, mientras su repentina y desconcertante mirada a mí se iba con ella, al darme a conocer, sin decirlo y contra su voluntad, y de forma casual, la razón de un reconocimiento a mi recuerdo, en la *coincidencia* de ese nombre del hijo con el mío, que había guardado desde siempre el germen de un secreto de vieja relación de amistad, o que, al evaluarla allí, pudiese ser la muestra de otro profundo sentimiento que yo desconocía...

17

Anochece, y en la tiniebla del parque se redondean las negras estructuras de los edificios circundantes como escritas en el metal de la noche.

Las columnas de la Biblioteca y las luces de las instalaciones culturales y del comercio, derramándose en los portales, hacen resurgir otras brillanteces que guardo con melancólica dignidad: el verde pálido, o más fuerte en otras partes, de los cristales de opalina de la puerta en mi zaguán y los de la sala (los de los cuartos, el comedor y la saleta son de color ámbar), al dejar pasar algunas emanaciones punteadas de azul, de amarillo quemado, de naranja y rosa lila, para depositarlos en fina lluvia de tonalidades inconsistentes sobre las losas del piso y paredes de la sala y el zaguán, como soplo agónico de sol que allí se lanza tamizado y sutil cuando va a morir la tarde.

Y esas columnas rompen en el aire esos cristales.

Y se levantan...

Y muestran sus raíces de sombras, y las expanden a su alrededor hasta envolver con rasgos grisáceos la forma verdosa, pálida y evanescente de Raquel, que se acerca para atravesar el parque en dirección opuesta a la mía.

Frente a frente y detenidos en un espacio inconmensurable de tiempo, me deja escuchar:

—No sentimos el paso de la vida...

Y comprendo que su cara, cuando no está conmigo, es lo que de ella suelo recordar.

—No he visto al tiempo pasar... —y luego murmura, como soñando— tenía ganas de verte, pero nunca más se te ocurra pasar por mi casa preguntando por mí... por favor... No nos arriesguemos... Mi marido anda ahora por esos portales buscando qué comer...

—Debo irme entonces, ¿no…?

—¡Quédate conmigo, no te vayas…! Mi marido no… Ven, para pasearnos por nuestros lugares preferidos —dice, como dándome una orden.

Y nos marchamos sin prisa.

—No tengo mucho tiempo para dedicártelo ahora, Raquel.

—Sí tenemos tiempo. Deja ese apuro, solo por mí…

Y llegamos a las cercanías del Museo Provincial de Historia para contemplar a nuestros pies la ciudad a punto de desaparecer, que abandona en libre y silenciosa protesta el pálido brillar de sus luces y reflejos.

Allí me da la dirección de una buena amiga, Carmen Ruiz, a quien desea favorecer uniéndome a ella en fraternal relación.

—Al tú visitarla, me sentiría igual que si lo hicieses conmigo… Acepta esta distracción que te propongo… Esta amistad, o camaradería, le hará mucho bien, es lo que me importa. Carmen es una mujer maravillosa, y a través de ella te tendré más cerca…

Sus ojos irradian tiernos destellos.

—Su vida es un completo desbarajuste y sé que la podrías ayudar… No te arrepentirás, y luego disfrutaré por boca suya, y por ti, de los progresos de una relación interesante.

Después de un largo silencio, contemplando la ciudad, la estremece de repente una inquietud.

—Vamos. Acompáñame… Quiero estar pronto en la casa… ¡No te quedes ahí inmóvil como una estatua!

Dudo. Espero. El llanto parece inclinarse en sus ojos rencorosos, y se impacienta.

—¡Vamos, vamos! ¡Es tan tarde…!

Abandonamos el lugar que va borrándose en la neblina del obscurecer, y se nos hace el camino un suceso largo, tedioso, entre las gentes que desde sus casas se asoman a vernos pasar.

Al dejarla casi a las puertas de donde vive, y después de atravesar un bajío de tejados sin formas ni luz que logran en un extremo resaltar los elevados portales donde su casa parece formar parte de un transatlántico varado y a punto de partir en un mar de sombras, le digo:

—Te ves bien… Mucho más joven y atractiva…

Y hace girar la cabeza hacia un lado en un gesto de disgusto casi, como para no verme, y se va ligera, desprendida de mí, escapándose con decisión de mis palabras…

—Cuando Raquel me dejó aquella noche, Iraida, sentí algo igual a lo que pasó meses atrás al visitar a Luciano el día de su cumpleaños, lleván-dole un modesto obsequio...

En la casa celebraban íntimamente la fecha, pero Luciano no parecía entusiasmado con mi presencia: él no fue capaz de avisarme. Y más tar-de, argumentando una excusa, se marchó con dos de sus amigos con el pretexto de «cuadrar sus negocios».

Y la mujer, entre recelosa e irónica, hizo el comentario: «Sí, van a di-vertirse de lo lindo, y yo fuera de todo; sí, la esclava que nunca sale con él a pasear... De tragos, y quizás con mujeres... y bien lejos, para que jamás me entere yo, la mentecata ignorante, incapaz de poder exigirle nada por no tener pruebas...»

Y le digo a Iraida de mi frustración amistosa al no lograr compartir con Luciano mi soledad desesperante, que la secreta distancia entre Raquel y yo provocaba en mí, engrandecida por la ausencia de una mano amiga para consolarme cuando más se me hacía necesaria...

18

No es la primera vez que Teresa me visita después de llegar a Santa Clara.

Teresa es un paréntesis inconcluso y constante a la vez. Sonríe mien-tras nos vestimos junto a la cama.

Y sonríe al dejar la casa:

—Quiero que te enamores de mí y por eso te trabajo mejor en la cama.

Y las calles se llevan su sonrisa...

Y sus ojos resbalan de uno a otro lado de las calles, creciendo, como al inicio de una trampa feliz.

«Nada ni nadie puede atarla, solo yo... ¿por qué?», pienso.

—Ay, Jorge... Añoro un hogar, una nueva familia... Soy convencional y pueblerina...

—Eres sincera, y no vuelvas más a reprocharme que antes no te to-maba en serio por culpa de mis estúpidos esquemas...

Y hace un gesto de conformidad e indiferencia, y, con ello, su andar coquetón y chispeante pone distancias a mi sinceridad, que ahora es un barranco, o un oleaje de ideas que vienen y van en el silencio, entre las cuales suelo recordarla, al mirar junto a mí ante el televisor de mi cuarto un programa que, pudiéndolo disfrutar con alguien afín a su gusto, tiránicamente me lo imponía… ¿o era su inquietud la de hacerme partícipe de ciertas preferencias suyas con el fin de incluirme en su mundo…?

A veces había venido de prisa en trajines de un rápido aseo, para marcharse casi sin hablar o, del mismo modo, realizar una llamada telefónica o cosas propias de un consumado matrimonio.

Y no podía definir por qué no solían disgustarme tanto esas demostraciones de confianza en mi casa, tan opuestas a mi educación y a mis modales… ¿Sería el precio de apagar mi soledad…?

«En el horóscopo chino soy tigre, Teresa, y quizás seas tú esa alma única de la cual anhelamos comprensión…»

Pero ella es como un eco de acechanzas, que no definen a cabalidad sus actos de excesiva familiaridad en mi casa con su expansiva y dominante presencia, a pesar de mis secretos rechazos y a la vez aceptación al verla en asuntillos ajenos a nuestros momentos en la cama, esos asuntillos siempre opuestos a mis códigos severos de comportamiento y costumbres.

—Jorge, Julián ya no dibuja. Dejó el grupo de ustedes porque ahora está en otras cosas…

19

Y al abrir aquella puerta verde de rústica madera, Iraida había anunciado con orgullo: «sí, recibirás ahora una revelación importante…»

Y sin saber por qué, me llenó una sensación de tiempo transcurrido que no pude definir…

¿Habíamos transgredido en solo unos instantes las leyes de la temporalidad?

¿Volvía a vivir algo ya vivido o era la continuidad de un sueño…?

Todos los espejos de aquella otra dependencia de la casa, cubiertos con lienzos negros, parecían rechazar la justa medida de las estructuras del tiempo; pero sobre una pared, un espejo oval al descubierto desgarraba tonos púrpuras en el aire aromatizado con incienso, sándalo y vetiver…

Y el aire con olor a humedad, en su doblez de sombras, se impuso de repente a los viejos aromas y nos llevó a otro corredor, a otro cuarto alargado en su desolación de polvo y de muerte, de inaplazable infinitud y a la vez de inmovilidad, a pesar de decirme a mí mismo que las cosas habían cambiado de lugar en el tiempo.

Como un ojo perdido en el recuerdo, en aquel otro cuarto a media luz, reapareció aquel espejo oval, en cuya pulpa obscura gruesos cortinajes de color rojo fueron reflejándose a la par sobre un piso de mármol que corría a lo largo de un pasillo hacia un espacio sin final...

Y penetramos las líneas doradas de una vegetación tropical entre bejucos y floraciones nunca vistas, que tropezaban con una deidad afrocubana sentada sobre nubes vegetales de intenso verdor (sin interrumpir, esa figura, su labor de triturar estrellas dentro del casco de una güira), en nubes cambiantes de azules y sepias en aquel óleo inmenso que saltó hacia nosotros, y que había ido envolviéndonos en su atmósfera de formas caprichosas de colores vivos, hasta destacar ese siena atroz precursor de algún desastre: tono que oprimía mis arterias y las desaparecía entre los dedos de una mano de lluvia.

Y esa deidad que se enervó desde nubes policromadas que poseyeron un extenso verdor, era el reflejo de Lázaro, convertido en el *olú batá* que había conversado con los dioses, cuyos ávidos ojos, agazapados en aquella penumbra, había descubierto yo observándonos una noche cuando, después de citarme Zoraida en su apartamento para excusarse por su actitud con respecto a la propiedad de mi casa, y sin comprender cómo había sucedido, Zoraida y yo retozábamos en la sala de su escueta vivienda.

Y aquella sombra obscura, cuya cara ya sin ojos lanzaba a través de sus cuencas vacías destellos sanguinolentos, ocupó el lugar de la penumbra que, cada vez más, se estrechaba contra nuestros cuerpos en la soledad de la noche, rodando sobre un aire de gritos e imprecaciones.

—Hace años este cuadro me lo quiso comprar el marqués del Lovellín, aquel famoso director de nuestro antiguo Ateneo, y no se lo vendí —suspiró Iraida— y ahora me acuerdo de la negra Isabel, la hermana de Dionisia, especialista en preparar aquellos frijoles colorados que tanto elogiara tu mamá... y de tu pobre tía abuela doña Gertrudis, a quien el marido empujó, con bien calculado disimulo y por conveniencias económicas y para poderse casar con otra, a enamorarse de uno de los amigos de tu casa, para difamarla y poder divorciarse de ella y quedar él como víctima de una supuesta infidelidad...

Al corroborar mi asombro, comentó:

—A veces veo paisajes internos en mí… A veces puedo, o no, exagerar, pero te diré que María Petrona murió el 17 de octubre de 1915, y la revelación más importante sobre Teresa es que ella no perdona que al finalizar la batalla de Santa Clara, su primo preferido muriera por culpa de uno de tus tíos, bajo el peso de su furor revolucionario… ¡Ah!, un espíritu ahora me dice que Raquel (¿será ella histérica o masoquista?) te dirá o no, pronto, algo digno de una puta, o de una reprimida sexual que quiere vivir lo que no le dejaron vivir de jovencita: *Jorge, conocí a un hombre en el mercado y ya por eso lo tuyo y lo mío se acabó, porque no soy polígama…* Y esa Carmen Ruiz tampoco vale la pena…

Y descubrí en un cuadro sobre la pared una pequeña reproducción del óleo de Joseph Mallord William Turner, *La decadencia del imperio cartaginés,* obra refinada y preciosista que ella no quiso comentar ni dejarme ver…

—Atiéndeme, Jorge —insistió—. Raquel tiene por momentos una bobería… ay… Y también es vanidosa y le gusta que la miren los hombres y la deseen, y en eso se parece a Carmen Ruiz; pero Carmen también es servicial y tiene buenos sentimientos, aunque no toma nada en serio y es un poco trapalera y necesita el constante reconocimiento de la gente y le encanta el ambiente farandulero… Pero Raquel, con esa nueva relación por llegar, con uno de menos edad que ella, va a sentir por él más entusiasmo que el que sintió contigo…

—Conmigo no llevó las cosas con verdadera pasión —admití—, aunque fingía sentirla en la intimidad, y esto me resultaba tan desagradable, pero jamás se lo dije…

Y al contemplar de soslayo aquella reproducción en la pared, vi recorrer sobre ella otro desfile de imágenes en las cuales se sustentaba la impresionante suntuosidad y total riqueza visual de ciertas películas donde se levantara, como expansión de los barrocos frescos históricos de esas cintas, un aliento épico combinado con una trama intimista de amor, traiciones y venganzas, en medio de una cuerda de ópera y novela, y también pictórica…

La alucinación y el esplendor de la muerte se plasmaron en los matices siena, algo apagados, de aquella obra clásica inglesa del siglo XIX, y una pulpa leve, amarillenta y enferma, casi impresionista hacia la zona izquierda del cuadro (balanceada al extremo derecho por el cromatismo de los falsos edificios neoclásicos en la realidad de una época) me entregó una misteriosa emanación del aire, cuyo planteamiento retórico y conmemorativo que se sumaba al resto de dicha creación, constituía la estancia ideal de un reposo recogido en la melancolía feliz de aquellas tardes de ensueño, en las cuales el tío Antonio interpretara a Chopin, o a Schubert en sus *Nocturnos o Impromptus* en nuestro piano, mientras el Agua de Portugal y los aromas de los jabones de baño envolvían holgadamente los espacios alrededores del lugar del aseo cotidiano, como eco de palabras incoherentes que ciñeron mi imaginación.

Palabras en temblor de espumas entre Esther y yo, o entre Miriam y yo, inscritas en el azul cristal de perdidas mañanas de andar juntos con cada una de ellas por las calles... palabras que Iraida no podría escuchar y que caminaron por el filo de un sueño.

Y al final de un escueto pasillo, una sombra miraba a través de un ventanal abierto.

—Es mi tía doña Matilde, que nunca duerme y tiene más de cien años, y minuto a minuto a veces repite sin cesar el fragmento de un monólogo que presentó una noche, en el siglo pasado, en la sala de tu casa: *Como solloza un padre, quemando los huesos del hijo recién casado, cuya muerte ha sumido en el dolor a sus progenitores; de igual modo sollozaba Aquiles al quemar los huesos del amigo; y arrastrándose en torno de la hoguera, gemía sin cesar* —Iraida calló de repente, y tras reflexionar brevemente y sin inflexiones de su voz, como si meditara algo incierto, dijo—. Iba vestida de túnica blanca y larga con un abrigo rojo Tiepolo sobre los hombros...

Y recordé una reciente velada cultural que Raquel organizó con sus amistades en mi casa, donde una joven desconocida se había vestido igual a ella, igual también a aquella estatua de un jardincillo abandonado, ¿con el cual soñé una vez...?

Una joven cuyo monólogo era el mismo de doña Matilde, dicho por esa amiga de Raquel que luego desapareció sin dejar rastro y de la cual siempre Raquel se negaba a hablar...

Iraida me dijo, en un abrir y cerrar de ojos:

—*Queda su cuerpo... Apoyado en el marco de esa puerta que se refleja sobre el enorme espejo (el mayor de la casa); razón por la cual se decidió esconderlo en un rincón de este último cuarto... El cuerpo de vidrio y azogue de Carlos... Si pudieras verlo como yo, ahora...*

Traté de descubrirlo. Apenas resultaba visible en la sombra. Como si esa penumbra se abatiera con la misma intensidad sobre lo visible y sobre el sonido de las palabras de Iraida, quizás tratando de ocultar, quizá tratando de conservar para sí ese misterio cultivado pacientemente por ella a lo largo de los días y de las noches en vela junto a sus secretos.

—Carlos se entrometía en tus asuntos, en tus noviazgos, y hasta desbarató uno de ellos en provecho de él... ¡Ambicioso, lleno de envidias...! Y tú, antes de que eso continuara, le hablaste mal de tu hermano a una de sus más codiciables enamoradas con el fin de molestarlo y romperle el idilio.

—A veces me comporté igual a él, resentido, bajo, amoral...

Y la noche cayó de pronto como red de plomo que todo lo aprisionaba...

Los malhumorados reproches de mi padre despertaban en Carlos el malicioso placer de provocarlo.

«Carlitos», le decía, «no te puedo querer; eres peor que tu hermano y por eso Dios constantemente te está castigando. Te alegra causar desgracias...»

Y el muchacho sacaba la lengua, con ira, hacia el cielo, hacia Dios. Soberbio. Indomable. Irreverente...

Un viento fuerte sopló sobre la casa de Iraida, resonando de un modo salvaje, tempestuoso. El mismo viento de tantos años atrás cuando deseara tuviese mi hermano un accidente donde pereciera violenta, brutalmente, que lo enviara sin dilación al mismísimo centro del infierno.

Salvaje hosquedad, fiereza, se filtraron a través de los pliegues de la sombra polvorienta, desvaída, propugnando aquel reflejo que los ojos de Iraida parecieron revivir como desde lo profundo de un sepulcro de cristal, enmarcando aquel cuerpo robusto, erguido, invisible, prepotente, apoyado en el marco de una puerta.

Él parecía observar indiferente, o con pasión, aquel vacío alrededor de su invisible figura, que su presencia distendía y a la vez incorporaba en aislado movimiento hasta forjar el solemne resultado de una fatídica convulsión de formas desconcertantes.

Había caído la noche de pronto, como lluvia intempestiva...

—Ay, ese hermano tuyo siempre de mal humor y difícil de contentar... Insatisfecho... Pretendió a una parienta mía y luego la humilló dejándola plantada... Se creía superior. No era capaz de amar a ninguna...

Y lo recuerdo aquella vez; había robado mis discos preferidos para poder beber. Y luego, sus borracheras, tirado desnudo sobre la cama en nuestro cuarto, hablando obscenidades que mi educación cristiana despreciaba; aunque con cierto regocijo secreto de mi parte al corroborar la morbosidad de lo prohibido en mi aceptación para disfrutar de las excitantes modelos que insistía en mostrarme en revistas, llamativas y desnudas, y en el vivo ardor de su piel, o de ellas en acciones sexuales con hombres a los cuales, físicamente, nada debíamos envidiar.

Entonces no tardábamos en visitar los bares de putas a la salida de la ciudad, colindantes con la carretera hacia Manicaragua, y una vez escogida la mía, Carlos se impacientaba esperando en el pasillo a que yo concluyese, fisgoneando a través de la persiana entreabierta por sus manos, furiosas del tiempo por mí consumido, molestando mi intimidad a lo cual respondía con fuertes protestas, para, una vez terminado de ocupar a mi elegida, entrar él con la misma a lo suyo (anhelando siempre lo que me perteneciese, aunque fuera cuestión de minutos). Por ello, al abandonar el lugar, recibía gozoso mis copiosas protestas por su indiscreta, inoportuna intervención en mis asuntos, incapaces de mellar su orgullosa indiferencia.

A veces, en el escaso tiempo de permanecer en la casa, acostumbraba a escuchar mis conversaciones con el abuelo o el resto de la familia o alguna amistad, pegado el oído a una puerta mal cerrada o demorando su paso por el patio o la sala, con el fin de atisbar mis menores reacciones en la conversación.

«¡Un espía, y dentro de mi propia casa!», pensaba furioso al contactar su mal disimulado interés. «No puede aguantar las ganas de saber cuánta cosa ocurre en esta casa, y más tratándose de mí...»

¿Envidia? ¿Rencor...? Llagas purulentas goteándole desde lo profundo del pecho, como diminutas clepsidras sobre su corazón ávido, que en poco tiempo se saciaba de pus, y comenzaba a trasudar intolerables conductas y estados anímicos contradictorios y violentos, sin razón aparente.

Oírme reír parecía sacarlo de quicio.

Saberme alegre resultaba el insulto peor, y sus pasos lo conducían a ciertas burlas y frases irónicas para mortificarme sin tregua ni sosiego hasta dejarme triste, solo...

Trato hoy de recordar tantas cosas, pero mi memoria solo abarca aquel momento en el cual Iraida observara la imagen reflejada en un desmesurado y siniestro espejo.

Y recuerdo entonces los tumbos del mar. El grito de las gaviotas. La luz crepuscular emitida por el espejo en la habitación penumbrosa y vacía, desigual.

La marea subía perceptiblemente. Más allá de las rocas. El juego de las olas... La noche que allí, junco a las olas, tardaba siempre más en caer...

Aquel muchacho rubio (¿un extranjero?), que, en conversación aparte y distanciado de todos, sostenía una extraña charla con mi hermano...

¿Era un extranjero aquel adolescente...?

Y me parece escuchar aún la voz cuajada de mentiras de uno de mis conocidos, Javier. Esa voz, fuera ya del tiempo y del espacio: «¿Ves, Jorgito? Él va inoculando por el mundo el virus de su maldad, de esa letal enfermedad que se propaga alarmantemente y sin remedio... ¡Ay!, ese amiguito de Carlos...»

Iraida me conminó horrorizada:

—¡Vámonos! No sé por qué te hice entrar a este otro cuarto, un lugar secreto en esta casa, peligroso por momentos, impredecible... Volvamos al pasillo, ¡regresemos! Debes irte ahora. Ese espejo enorme existe solo para provocar esenciales equívocos en nuestra relación de los hechos.

Al concluir su extravagante apreciación, no demoré en despedirme de ella...

20

Los barrios y los puentes, y las esquinas y los antiguos lavaderos públicos que Marta Abreu hiciera edificar para comodidad de las mujeres de su pueblo, parecen insertarse entre los pliegues de los paisajes de la ciudad y entre algunas callejuelas cuya iluminación, ubicada en sus extremos, las asemeja a esas convencionales escenografías del cine y el teatro.

Se alternan esos paisajes en mi imaginación...

Se alternan. Golpean mi pecho con certeza de acero.

Y me detengo a buscarlos a mi alrededor y solo veo un lugar de tierra árida, que parece trepar por mis extremidades hasta oprimirme el corazón.

Caminamos por las inmediaciones de la ciudad, Raquel y yo, porque ella se citó conmigo por teléfono para conversar esa noche.

Y recuerdo esas barriadas, esas calles recogidas y húmedas donde mis pasos pudiesen alcanzar la casa de Carmen Ruiz, calles albergadas en las gargantas de los gatos.

—Si me hubieras dicho que no podías venir, ¡jamás ibas a volver a saber de mí en toda tu vida…! Aunque no sé si te estoy perdiendo por culpa de esa Carmen Ruiz…

—Fuiste tú quien propició esa relación.

—¿Te ha traído bienestar el conocerla, el tratarla? Carmen te gusta, y tu amor ya te pesa, y crees que a través de ese sentimiento estás vivo…

Inerme, y en su silencio atroz, continúa caminando junto a mí. Y no puedo explicar mis sentimientos: ¿había sido feliz con Raquel alguna vez…?

—Carmen va a vivir en tremenda mansión, ¡y en el centro de Santa Clara, entérate! Piensa casarse con uno de esos del comercio de divisa… Hay que venir a Santa Clara para ver estas cosas; una guaricandilla cualquiera muerta de hambre, de los arrabales, convertida en princesa, en alguien de prestigio en la ciudad; pero a pesar de eso, no creo que Carmen Ruiz cambie su vida privada, la cual será más privada todavía… Es una gente con suerte, y yo…

¿Fingir ser la víctima es resultado de su encierro emocional…? ¿Y esta falsa actitud que esconde un carácter manipulador y engañoso es su mayor verdad…?

—Tengo que hacerle todo a mi esposo: los mandados, cada tipo de compras, mientras él duerme a pierna suelta el tiempo libre que le dejan los tragos y el dominó con los amigotes. Tan desconsiderado… Se me pierde de la casa… me embute con mentiras… Siempre tengo un sobresalto cuando no aparece a la hora en la cual debe aparecer… ¡Es insoportable!

—Divórciate, ten valor… ¿qué te lo impide…?

Una tristeza que no puedo definir se enciende en su rostro. Anhelante. Vencido. Rostro en una grieta de fatigas esparcidas en la nada. Rostro incesante y viejo. Sin color… casi sin brillo.

Y de repente se detiene en el elogio hacia una tapia del traspatio donde termina una casa. Sus ojos son los restos de ese brillo que desde hace tiempo se le ha ido.

—Mira esa liviandad de las cosas inadvertidas, pero eternas… No se pueden comparar con otras, esas simples ilusiones pasajeras… —un hilillo de furia en su sonrisa se pierde. Tibias ternuras—. Cuídate mucho…

Lo poco que te quede por vivir no lo malgastes en fuegos fatuos que no conducen a nada...

Al mirarla, una impresión de frío en mis labios y en mi pecho llega sin aviso, y mis pies parecen atrapados entre cadenas y cerrojos y en la longitud de los mármoles del piso de un interminable pasillo...

—Carmen, de acuerdo con tu buen carácter, seguramente tuvo delicadas atenciones contigo, detalles para no perder tu asiduidad de conversar con ella y de acompañarla y entretenerla y hasta de tenerla en cuenta, en el parque, al salir de su trabajo... Y nada más... Ella es así... —y su voz, tras el silencio breve, continúa—. Pero te conozco... Seguirás insistiendo, sin hacérselo saber... No dejarás de amarla en silencio y sin importunarla, porque veo que la adoras, pegado siempre a su encanto físico y a sus patrañas...

—Conocí a Elisa, una amiga joven de ella, y pasamos buenos ratos juntos en la cama...

Sin decírselo claramente, ¿le indico las consecuencias de esa dejadez de mí que no ve...? ¿O en un arranque de sinceridad surgieron esas palabras? ¿Palabras para herirla o alertarla, o para que decida qué hacer conmigo? ¿Declina ya nuestra relación; al reinicio de la misma todo había sido un error desde los primeros momentos...? ¿Un error que no deseábamos saber para no sentirnos solos?

—También con Teresa me divierto en la cama... Perdóname, no puedo ser hipócrita contigo y hacerme el santo... Mi sinceridad es la muestra del respeto que siento por ti...

Pensativa. Sin rencores. Vuelve a guardar silencio. Y al paso de largos minutos me habla, inconmovible, reflexiva:

—Me alegra saber todo eso... —y entonces, al pasar casi un mes sin habernos visto, concluye esa conversación, ahora no sin cierto desdén—. Esa Carmen Ruiz te confunde y desordena tus sentidos... Sigues por un camino resbaladizo, fatal... Yo sí no me inmolo por gusto a favor de nadie, ni voy a regresar al pasado... ¡qué va...! En mis planes está saborear las futuras y buenas sorpresas de la vida y llevar a cabo mis sueños, porque es lo único que para mí hoy tiene su encanto...

21

—No me gustan la injusticia ni la hipocresía...

—Pero no eres Dios para anularlas.

—A veces hay que ayudarlo y obrar en busca de la verdad.

Iraida se incorpora a medias desde su sillón.

—¿Pero qué verdad ni qué ocho cuartos es esa, cuando ninguno de los dos de ese matrimonio desea saber dónde está la verdad? No hables más con Raquel, te hace daño… Tan cabecidura y socarrona… Y deshonesta también; dice sus mentiras y es inmoral… Aplica los principios religiosos, y lo que entiende ella por moral, de acuerdo con sus conveniencias… ¡Pobre del hombre que caiga en sus manos…!

Y a nuestro alrededor crece la tarde.

Crece la tarde, y ya es un montón de nubes rosáceas sobre el patio, ramificándose bajo mi frente.

Los rumores de la calle cada vez son más lejanos.

Y la luz es un rocío de sombras que comienza a destejerse por los rincones…

—Cuanto consejo se le da a Raquel lo cuenta al marido, toda confundida y de mal humor, en contra de quien se lo dio, achacándole su malestar, sobre todo si el consejo tiene que ver con el esposo, y de esto los dos se aprovechan para unirse más; el marido, porque no le conviene que le abran los ojos a ella en contra suya, y ella, porque de esa forma indirecta se queja de su falta y lo tiene más cerca para ser compadecida y poder manipularlo a sus anchas bajo el peso del sentimiento de culpa.

—Hay personas que son así… En el fondo, Raquel es fuerte.

—Ese matrimonio es el de dos que, por conveniencias ocultas hasta para ellos, dependen mucho el uno del otro, Jorge…

Una sombra sigue mis pasos.

Alguien…

Al parecer, desea contactar conmigo…

Pero no la puedo ver, siento su presencia en esta calle… o venía hacia mí desde la otra, devorando esquinas, espacios, lugares en esta y otras noches en las cuales un encuentro parece inminente, necesario…

La figura que no puedo ver escapa del tiempo, y choca constantemente contra la torpeza de un mundo más ancho, diferente…

Un negro corpulento me sale al paso, y me deja caer, sin detenerse, aquella frase inconexa: «podrán hablarse mañana a las nueve, al entierro irá mucha gente». Y es la misma neblina de la noche cuyas palabras iluminan la pequeña porción de las sombras...

El ladrido de un perro en la lejanía parece exigir esas horas de secreta venganza que se me han vuelto cotidianas sin saber por qué...

Vivo en la urgencia de un acontecimiento desconocido.

O en el de un deber...

Deber en cuyos vértices se cierran todos los peligros del mundo.

Y el mundo va estirándose en las puntas, y se alcanzan unas a otras, erguidas como en son de lucha...

La charca de tinieblas de una esquina se ha llenado de luceros...

Esa charca de una obscuridad tan espesa, que una mano delicada palparía al hurgarle las raíces de todas sus tinieblas...

El impreciso sonido de una obra barroca rompe sus paisajes de cuerdas y de siglos hasta acelerar la brusquedad fría, infinita, desusada de su gesto.

Ramos de sombras que brotan del silencio enrevesado en las arterias de la noche, confunden la Eternidad con el silencio de la Muerte...

22

Lázaro se acostumbró a llamar a la puerta de mi casa en estado de embriaguez al llegar la medianoche, suplicando la abriese para hablar conmigo, pero jamás lo dejé entrar.

—Hay algo que cuadrar entre los dos —me dice una tarde, con tono ambiguo, en el bulevar, sin detener el paso junto a una joven.

Sospecho algo insólito, indefinible, al calor de sus palabras...

Y a unos pasos de allí saludo a Fabián, un antiguo amigo del parque, contertulio a altas horas de la noche del acostumbrado grupito de mis días de juventud, a quien hacía muchos años no veía.

—A través de Damaris y de Julián he sabido de ti desde hace un burujón de tiempo.

Sonríe como enarbolando un valioso secreto, y luego me hace saber de su estrecha amistad con dos forzudos mulatos del barrio Condado, a quienes sería capaz de poner a mi disposición en caso de necesitar alguna vez alguna ayuda contra cualquier impertinente.

Y, pensando en mi hermano Carlos y en quien observara en silencio mi encuentro sexual con Zoraida en casa de ella, le doy las señas de Lázaro con el fin de amedrentarlo, apartarlo de mi vida y de su determinación de continuar fraguando la acción de quitarme la casa.

Un tiempo después me enteraría de la muerte de Lázaro por parte de los amigos de Fabián, quienes, sin darse cuenta, extremaron contra él su violencia, y cuyo juicio por el delito cometido —que no concluyera con la sanción correspondiente— fue obra de un abogado apañador y sin escrúpulos que le debía serios favores a Fabián.

A cambio de este servicio, Fabián me pidió le prestase mi casa para verse, a escondidas de su mujer, con Damaris, a lo cual no me pude negar.

Y la muerte de Lázaro llevó a la de Dionisia.

Llena de achaques y tristezas, nuestra vieja cocinera decidió dejarse morir antes de soportar la pérdida de su querido hijo, y un sentimiento vacuo, indiferente, ocupó mis días, un tiempo extenso, incoloro, recoriéndome completamente sin prisa ni tregua.

Un tiempo donde el acento de la criminalidad en mis ideas, y de la culpa de provocar una tragedia, no fueron capaces de conmoverme.

Me sentía cómodo y justo, satisfecho, poderoso.

Me sentía capaz de todo, con la urgente necesidad de disfrutar del espíritu del Poder: fuerza difundida entre muchos para subsistir en el medio y, con ella, maniobrar en mis afanes de ayuda a mi sobrino y su familia, indirecta y eficazmente.

Pero el recuerdo de Dionisia fue dibujando, noche a noche a partir de su ausencia, la idea de una extraña puerta clausurada, sin edad, respirando a mi lado...

Idea fija en la cual mi casa fue convirtiéndose en un montón de ventanas sin luz, de persianas sin abrir en el pálido reflejo de un comedor aturdido por rachas de penumbras.

Un comedor vivo entre la muerte.

Comedor que fuese testigo de los trajines de Dionisia entre sartenes y calderos y platos para ser ofrecidos en la mesa con elegancia y discreción; huella de un espacio vacío ahora donde se había batido su sonrisa junto a la de mis padres y a la de aquel niño que la buscaba entre humos y sazones para vislumbrar junto a ella el camino de los sueños.

23

Y me dejo caer de mis rumores que escuchan y mis ojos que caen también sobre las duras paredes de mi corazón.

Pero el silencio es tan tenaz como un paisaje incierto ante la realidad de la desaparición de Lázaro y de Dionisia...

Y el paisaje, un peligro sin rostro, cae empapado del airecillo gris de la noche que llega...

¿No existe otro paisaje en el mundo...?

Pero el latir de mi pulso no puede empujar ese paisaje hecho de espesos silencios, oleadas de silencios que carcomen mis entrañas donde susurran las cosas que ya no quiero recordar.

Lázaro y Dionisia...

Y Luciano, y su vida a tramos, como recortada entre paredes de espuma...

Y ya van a mi encuentro esas raras sensaciones de dolor, de profundo abatimiento cuya esencia sabe a montones de residuos almacenados en los tejidos del viento, arrastrándose por los rincones de mi conciencia.

¿Viento de tejas arriba?

¿O viento de solemnidades y de calabozos...?

¿Viento de mugre y celajes que anuncian otros vientos cuya similitud me espanta?

¿Viento incapaz de echar las campanas al vuelo?

Vientos para no saberlos leer...

Vientos de argamasa y serrín.

Vientos donde se recuesta, sin pudor, mi cansado cerebro.

¿No existe una puerta por la cual salgan los vientos...?

¿No existe una puerta de aire inscrita en las grietas del viento...?

¿No existen ya para mí esas puertas...?

—Sí existen. Las posibilidades se buscan, y aparecerán.

—No, Julián. Todo me sale al revés. A veces me siento cansado, con la derrota pisándome los talones.

—Hay cosas peores. Mira, dicen que apareció en Santa Clara un loco, un enfermo que viola mujeres. Primero les saca los ojos, y al final las descuartiza... Un brazo aparece por allá, otro en un lugar distinto; las manos, donde menos tú te lo esperas... Mujeres violadas que solo sienten que van desmadejándose en la muerte sin poderla ver... ¿Te imaginas cómo se sentirán, sin visión, perdiendo poco a poco pedazos del cuerpo y de la vida para al final sentir la muerte en la plenitud de la obscuridad total...? Por más que investigan, no dan pie con bola... Es la cosa más terrible que he oído. Ya los comentarios en la calle empiezan a ser en verdad alarmantes...

En uno de los lugares más obscuros me ha dejado solo. Sin moverme. Lo que no me puedo explicar es que, a pesar de mi inmovilidad tan concreta, he sentido en esos momentos no ocupar ningún espacio en la extensión del tiempo, y se ha manifestado con toda claridad la existencia de un movimiento, un ruido como el que produce un instrumento cortante sobre una superficie dura, rígida, impulsado por una fuerza imponderable y, a su vez, animada por un deseo secreto o por un ansia de romper esa quietud, ese silencio total repartido en la ciudad y que todo lo abarca en apariencia.

El aullido lejano de un perro es un hecho de tristes presagios, y apuro mis pasos para llegar sin demora a mi casa...

Cerca de mí, la figura parece no haberme visto. ¿La figura algo encorvada de Lázaro que va perdiéndose entre las volutas amenazadoras de la penumbra con un hacha en la mano...?

24

Al llegar, su figura inerme y perdida en el silencio no había sido más que una imagen arrimada a sus silencios.

Luego se sienta y fuma impaciente en otra butaca frente a mí.

—No eres un criminal, al menos conscientemente...

Y arroja con furia el cigarrillo hacia el patio.

—Siempre que hay un muerto de por medio llego a esta casa a decirte adiós.

—Te vas para La Habana, ¿no?

—A otro planeta quisiera irme...

Teresa parece ser un suceso sin alcances, y puedo mecerme en un mar de sombras y deslizarme por el ojo inclemente de la luna llena.

—Es posible que Miriam te amara y jamás ella se diera cuenta... Tan distraída a veces... Aunque la distancia fue tu peor enemigo... Y voy a decirte otra cosa; es posible que Luciano no se haya muerto... No... Lo he oído decir por ahí...

Y al conocer mi interés por lo último que me revela, enmudece no sin cierto desgano. La sombra de mis dudas me recoge en la forma de esa sombra perdida en la marca de las dudas...

Y dejo la saleta para tomar agua en el comedor, y allí nuestro gran reloj da diez campanadas, y entonces el péndulo es Teresa que va de un lado a otro ante mí. Y al cerrar los ojos, el péndulo del reloj hace rodar por la pared una fila de mujeres con el rostro de Teresa, y cruza luego las persianas del comedor para hundirse lentamente en la serena obscuridad del patio.

De nuevo ante Teresa en la saleta siento que se va a marchar de un momento a otro, y me defiendo de la noche con mis ojos que encienden luces por toda la casa como si ya no tuviera una pizca de claridad dentro de mí. Y la levanto, de frente y contra mi cuerpo en fuerte abrazo, sin cesar de amenazarla:

—Te llevaré al infierno, te llevaré, puta gozadora...

Pero ella replica, y bajo su airada protesta la coloco de nuevo en su asiento, mientras las luces prendidas de mi casa nos bañan de extensa claridad.

Mi casa es y será esa leve dulzura de refugio. Sola y tibia. Blanca. Intensa... Amplia y a la vez acogedora...

Mi casa...

—Sé que no puedes dejar estas paredes, el peso de cuanto hay dentro de ellas te paraliza, te amarra...

Y siento otra vez aquellos últimos momentos antes de mi madre partir, cuando, casi ya a las seis de la tarde, a pesar de la claridad de las calles, había surgido en los rincones de la saleta un musgo obscuro que invadía la superficie de algunas paredes, del aire, de algunos objetos y muebles ante la mirada perdida de mi madre hacia el vacío a su alrededor, que fue como un presagio de muerte.

Y, en un breve intervalo de tiempo, la negrura había borrado todo aliento de vida allí donde ella estaba, aún en silencio sobre un sillón cerca del patio, sin ser capaz de percatarse del pequeño lienzo de luz que se extendía sobre el patio, procurando defenderlo inútilmente del dominio creciente de las sombras...

—No, Teresa… No puedo abandonar esta casa.

25

A los breves instantes de la despedida de Teresa, con tímidos golpecitos en la puerca, Julián pide permiso para entrar.

—De casualidad vi salir a Teresa, y como necesito hablar contigo… —se le marcan mucho los ojos y está luminoso—. Quiero ayudarte…

Y escucho en mi cabeza: «la casa no existe hoy, no existe hoy».

Y la sombra de lo que había sido la casa parece continuar vieja y estéril, como alejándose en suaves pisadas para que la propuesta de apropiarse de ella por parte de Julián me resulte, al escucharla, un asunto remoto.

Como si me llamasen las ventanas, las paredes o el retrato de la abuela que mira desde su sitio, la casa regresa, se mueve a mi alrededor y permanece cubierta entre enredaderas de sombras.

—Lo que quiero tratar contigo no puede ser delante de nadie, y menos de Teresa…

Y el silencio en mis manos solo busca lo profundo de mi padre y lo ilumina hacia el final del patio, y vigila a ver si lo vigilan. Y yo, mirando a lo hondo de papá, también vigilo. El silencio, y yo…

—Esa Teresa es un rollo de alambre, una…

Lo interrumpo:

—Teresa es todo lo contrario. Sufre, y pocos la comprenden, no la respetan… La gente se ensaña en contra suya y no es justo…

—A veces me pregunto si en lo más interno de sí, Teresa odiaba a los hombres precisamente por lo mucho que la motivaban… —y continúa con una conversación trivial con la que ostenta su bienestar económico—. Ya te he dicho que me va bien y disfruto de la vida y de las mujeres, que son mi único vicio… Bueno, mi socio, si necesitas algo de mí me lo pides sin pena… Conozco tu empeño de siempre por ayudar a tu sobrino, y conmigo no hay escache… Te tengo muy en cuenta. Y te respeto y te quiero…

En uno de los lugares más obscuros, Luciano me había dejado solo.

Y en la calle.

Y en el aullido lejano de un perro.

Y en la figura encorvada de Lázaro que iba perdiéndose...

Luego Raquel me comunicó entre la risa y el terror:

«Hay un gracioso por ahí amenazándome de muerte en unos papeles que deja pasar bajo la puerta de mi casa, aunque, a decir verdad, uno solo es el que habla de esa amenaza. Los demás contienen frases de escritores célebres y así... Parece que hay gente que no tiene en qué entretenerse...»

26

Y, como surgida de la noche y del fondo de una caja antigua se abre al espacio una obra para piano, que no tiene fecha, firmada por mi padre: *Romanza Triste.*

En mis manos, aquellas notas del pentagrama son el tejado del tiempo, que no pasa de minuto a minuto como en todos los relojes, y se posa en la fuente del patio, en la penumbra del comedor, en la noche...

Y la casa, que ya no puede con tanta sombra, se borra.

Y las maderas del piano donde las sombras se agarran sobre aquel papel que coloco, crujen en coro de silencio.

Y de entre todos los silencios, surge *ese silencio...*

Ese silencio, urdido en un país mágico dentro de las macetas del pasillo y las del patio.

Ese silencio, cuya ropa de sonidos ondula ya desde el piano y me abraza en la cama al intentar dormir, y cuyos ojos van creciendo, creciendo, hasta horadar las distancias...

Y esa música, compuesta por papá quizás a sus cincuenta y siete años y por razones que desconocía, renace sobre el piano y despierta reminiscencias de las melodías del cine que allí yo tocaba (semejantes a *It's a new world*, la canción de Judy Garland que sirvió de tema para *Nace una estrella*), en sublime resplandor sobre los días en los cuales mi padre y yo, juntos y lejanos dentro de la casa, supimos en silencio, sin siquiera hacérnoslos saber jamás, de esos y otros instantes de sus filiales apoyos y de unidad entre los dos, inadvertida a los demás a través de esa música para la pantalla, que solía yo interpretar en momentos de nostalgias y ensoñación...

La voz de aquel papel continúa en el piano, y marcha a través de toda la casa, y aún más alrededor de mi cama...

Pero hay algo que no puedo leer en la raíz de ese aviso de mi padre. Algo más...

Y Raquel terminará aquella conversación:

«Como todo esto no es más que jodedera, en uno solo de esos papeles te amenazan también a ti, exponiendo que se debe saldar una antigua cuenta contigo por culpa de una traición...»

¿Comenzaré a creer esta historia?

No podré recordarla...

¿Seré la simetría perfecta de un cronograma donde el tiempo, el espacio y el crimen deben ser tomados en cuenta, y no de una forma gratuita...?

Trataré de comprender ese símbolo. Lo que existe más allá de esa realidad turbadora.

Se despedirá Raquel, y a lo lejos, al final de la obscura calle, una sombra parecerá seguirla hasta desaparecer en la tiniebla del silencio.

¿La sombra de un joven alto y rubio y de ojos azules...? ¿El tan nombrado asesino, dueño y propagador de las tinieblas y el silencio?

Y al final de la obscura calle brillará, solo por un instante en la media luz, el borde filoso de un hacha hacia la altura, como tajo de luna descendido en la negrura...

27

Esther, cuya influencia para convencer a los demás por la fuerza de su simpatía, que hace volver mejores, sin quererlo, a cuantos a ella se acercan, me sonríe desde el patio.

La misma Esther de aquellos años de deslumbre, ahora, cuando pudiese guardarla dentro de un cofre de oro allá donde el aire es un lienzo gris en la semipenumbra de algún cuarto, continúa sonriendo.

Y hablamos de cine, de sus futuros proyectos, de su vida sentimental en la actual incertidumbre con el marido, y ese distanciarse de ella cuando él viaja o cuando regresa...

La luna, deshecha ya en el suelo, se queda detrás de nosotros como un fruto grave, abierto, caído del gajo y envuelto en su jugo.

Un olor tenue y antiguo, delicado, se diluye por la casa.

Y al retomar en mi memoria aquella observación de Teresa durante la celebración de la Nochebuena en la casa de Alberto, acerca de Esther y sus alardes en las descripciones de sus viajes, dudo de su veracidad, sabiendo de los arranques de Teresa por empequeñecer ante mis ojos todo cuanto pudiese yo admirar o apreciar.

Y si hubiere sido verdad, queda al descubierto un recodo del carácter de Esther que no compagina con la idea de ella que siempre había tenido; un punto para refrendarlo a mi tolerancia en la benevolente manera de actuar, basada en no tomar en cuenta esas ansias menos aceptadas por mí de la conducta humana.

—Tengo amistades muy buenas que se preocupan por mí y aciertan en las cosas que me dicen al aconsejarme, pero tú sí me comprendes, no digo que mejor que ellos, pero juntos profundizamos más en mis problemas y... podría decir, Jorge, cuánto aportas al análisis con tu preocupación por desmenuzarlos ante mí...

Y el aire está cuajado de nimbos transparentes.

Y en el aire se inflaman las conchas de la penumbra al escaparse entre las grietas de la noche.

—Es bueno saber el alcance a través de los años sin vernos, de nuestra vieja amistad, y, por cierto, tu apariencia no ha cambiado; eres el mismo joven de antes...

—Es un hecho válido, Esther, algo irrepetible lo de nuestra amistad.

Y la noche se nos viene encima como mariposas atontadas por la luz en oleadas negras, volanderas...

Luego recoge el sabor de mis breves bocetos de la futura novela, para hacer con ellos los contornos de su poesía envuelta en su azul melancólico y dulce, dándole al entorno suyo aires de pastoral, como una gracia delicada de suavidades y ternuras.

Amor y compasión rodean su andar y su candor.

Y la presencia de Esther me sugiere escribir con seriedad alguna vez esa novela, en la cual varios personajes serían como instrumentos cuya finalidad me sirviesen para interrogar al mundo...

—No se crea de un modo absoluto. Se crea recreando sobre la base de lo ya creado: pienso yo...

Y después de callar, continúa divagando sobre otros temas ajenos al nacimiento de la voluntad de hacer arte, y regresan en su voz aquellas caminatas de los domingos después de la misa matinal en la Iglesia del Carmen, y nuestros paseos por lugares inadvertidos de Santa Clara y por la *rotonda de la Doble Vía, que repetí años después, al pie de la letra, cuando inicié mi amistad con Miriam...*

Aquellas caminatas inusuales para otras amigas.

Aquellas caminatas solo para Esther, Miriam, Raquel.

Aquellos despojos de murmullos sin pronunciar que se restringen al espacio que les había sido reseñado, en el lugar que se prolonga sin medida, sumergido en los años en los cuales sitúo lo mejor de mis días, tantos días en el tiempo...

28

Y la *Romanza Triste* que al piano interpreta mi padre en la noche, tiene la huella de nuestros antiguos paseos.

Paseos de cuando descubríamos los dos en silencio aquellos caminos sin tránsito, de extraña vegetación, que siempre daban a otros pequeños caminos donde también nos extraviábamos.

Caminos por entre aguinaldos de pascua o bienvestidos alimentados por la lluvia, sostenidos por la luz que sabía a llovizna y a aire, cercados por las palmas y su frescura en el liviano rumor del mediodía o junto al añil florido de la tarde.

Y ahora, el golpear de los cascos de los caballos que tiran de sus carretones sobre los adoquines de las calles, salta hasta conjugarse con la melodía que fluye del piano, para perderse luego por la ciudad.

Y entre la música y el cruzar de los caballos se extravían mis pasos, se sumergen en la intimidad del zaguán de un edificio de mediados del siglo XIX donde cuelgan de una de las paredes del zaguán dos retratos al óleo pertenecientes a la familia de Marta Abreu, de los cuales se rumorea que estuvieron en la casa del Vedado erigida por Juan Pedro Baró a Catalina Laza («una cazafortunas», a decir de mi tío don Rafael, opinión que yo no compartía al visitarlo en otros tiempos en La Habana, acerca de aquella bellísima y valiente mujer de comienzos del siglo XX).

Había llegado al local cuyos últimos propietarios, y antepasados de Miriam, entre ellos Ofelia González Abreu y de Oña, esposa del marqués de Valle Siciliana, no hubiesen imaginado jamás el cambio de su vivienda en la hoy llamada Casa de la Ciudad.

Hay un gran silencio a esta hora, y el aire también se pone duro. Y la casa desaparece, las luces, las paredes. Y la voz de Iraida sube hasta ella como otro cuerpo, en medio del patio a medio dormir.

—Hace un rato conocí aquí a un joven alto y rubio y de ojos azules, un francés que nos visita antes de regresar a Europa, quien recorre edificios específicos en esta ciudad... Le encanta la arquitectura, y si hubieras venido antes, lo habrías conocido... El muchacho habla muy bien el español y se entusiasma por las cosas antiguas, pero ya se irá después de visitar a alguien cuyo nombre no me dijo...

Y desde el reflejo de los ojos de Iraida van surgiendo las rocas y las sombras de las rocas proyectándose sobre el agua de un mar en reposo.

Y el patio semidormido de la Casa de la Ciudad es el bulevar, desprendiendo humo de luces que siento y no puedo ver. Solo vislumbro el parque y su Glorieta entumecida de silencios, al caminar con Iraida más allá...

—¿Estás saliendo ya de tu arrebato sentimental con Carmen Ruiz?

—No lo sé... El énfasis de sus ojos sobre mí con admiración y ternura... La creí tan superior que decidí, al conocernos, lograr entre los dos una amistad sin sexo; sobre todo, cuando a poco de hablar en las calles me invitó a su cuarto y me hice el desentendido para no ir y esperar la calidad superior de sus sentimientos para conmigo...

—Y caíste en tu propia trampa.

Y le explico a mi amiga que Carmen llegó a desmentir que hubiera tenido alguna vez la idea de tener conmigo intimidad sexual...

¿Era falsa o verdadera tal afirmación...?

—Vivimos, al decir de ella, un romancito en el cual nos dimos algunas caricias sin llegar a las más profundas, y, al notar que iba convirtiéndome en una especie de criado y perro fiel a todos sus caprichos de índole camaraderil, al ayudarle a solucionar problemas de trabajo o de la casa, decidí comenzar a alejarme de su trato...

Le sugiero a Iraida dejar a un lado el tema de conversación.

—¡Ah!, por poco se me olvida decirte que en uno de los salones de la Casa de la Ciudad inauguraron hace unas horas una exposición de Raquel. ¡Qué suerte tiene! Figúrate que Luciano pudo venderle algunos cuadros de ella a unos italianos... Y le pagaron bien... Esas tintas suyas tienen referencias de tus obras en el color, en los ornamentos, en las texturas... Influiste mucho en su mundo interior, en sus gustos y costumbres... ¿Vamos a verlas?

—No.

—Te quejas mucho de ella, pero detrás de eso pienso que todavía la recuerdas con amor...

Me despido de Iraida.

Después de caminar un largo rato estoy frente a la casa donde conociera a Miriam.

La observo muy atento, como intentando arrancarle algún importante secreto.

La obscuridad está de pie ante mí.

Y se va licuando en penumbras.

El silencio se abulta sobre mi frente, sobre mis párpados y mis sentidos, caminando descalzo por el aire...

Y sube hasta romperse alto, muy alto...

Alguien canta a lo lejos una triste canción.

29

Casi convencido de que será uno de los últimos intentos de acercarme a la creación de mi novela, después de haber destruido la primera versión hace tiempo, escribo:

Todo se pierde cuando corren las manos del silencio.

Todo se pierde, Miriam, hasta el silencio.

Hasta el tiempo del silencio...

Pero al final estás en plenitud. Más allá del tiempo y del silencio y del espacio y la razón y del olvido y de la Vida y de la Muerte...

Pude saberlo esa última vez de mi llegada a la casa patrimonial, o histórica, de esta ciudad... Solo allí pude saberlo.

Y me siento sin memoria bajo el correr de los años, y tengo miedo de olvidarte, aunque, sin saberlo, en cada uno de mis amores siempre estabas tú, como aguardando el instante en el cual pudiese comprenderte, comprenderlo todo...

Pero ahora otra vez escucho esos pasos. Pasos sobre las paredes y desde el aire, donde se multiplican en danza de luces errantes por toda la casa...

Por toda la casa...

Esta casa que puedo mover en la imaginación, y que modifica sus ornamentos y estructuras transformándose en una arquitectura aleatoria, desquiciada, en las luces que llevan los pasos, en los pasos que me muestran la verdadera significación de los espacios...

En uno de los cuartos escondieron fotos y literatura pornográfica francesa mezclada con imágenes de cuerpos femeninos mutilados.

Una joven ciega manipula sexualmente el cuerpo de un joven al cual parece contemplar desde muy lejos, a través de las cuencas vacías.

Otra…

Y entre las fotos hallo una nota, caótica e inconclusa, en letra de mujer, debajo de un hacha oxidada y los restos calcinados de una antorcha:

«Entraremos, amor mío, en aquel museo donde podré extasiarme en la contemplación de un cuadro antiguo, ese cuadro del cual jamás podré apartar mis ojos… Luego, visitaríamos el *Parc des Buttes Chaumont*, el *Lycée Voltaire*, el *Cimetière du Père-Lachaise*, donde quedaré largo rato mirando cierta tumba enmohecida…

»Y al escribirte, pienso en mi hermano Rafael, tan triste y aislado y cuya forma de pensar se parece a la tuya, y no dejo de inquietarme al oírle decir: *vivimos para matarnos, hay que matar para vivir…*

»¿No lo crees, Luis de mi alma, que dentro de la bondad siempre está presente la maldad?»

Y recuerdo un dibujo sin lugar ni tiempo, como esparcido en los rincones de esta casa: el de un *krak* o fortificación medieval semejante a esas ruinas que abundan en el norte de África y en las costas e islas del Mediterráneo oriental…

Y siento entonces que vivo en una memoria perdida, en la presencia sin ubicar de una edificación *modern style*, pletórica de cornisas voluptuosas pringadas de salitre, de humo, de niebla y de lluvia, de piedras carcomidas de los alféizares, talladas en la forma de unas fauces enormes donde en ciertas partes se arraigaron los líquenes grisáceos…

Pero ahora escucho esos pasos…

Pasos en danza de luces errantes por toda la casa…

Pasos en un aire salitroso y obscuro…

Pasos pasos pasos…

30

Y aquella frase, «nudo de aguas», se había convertido un tiempo atrás, ahora lo recuerdo, en un minúsculo cuadernillo que copié después de hallarlo entre las páginas de la Biblia del abuelo, cuyo texto tan breve leí una vez.

Manuscrito cuyas letras pudieron raspar la noche.

Cuadernillo que desapareció después de haberlo copiado…

¿Mi recuerdo de ese «nudo de aguas» ahora me hace pensar en la ausencia de alguien fraterno y amistoso con quien repartir mis noches?

O el silencio.

O mi casa…

¿Debo regresar, quedarme ahí, en la infancia, para comprenderlo todo, para saber exactamente el comienzo de todas las cosas y el sentido del vivir?

«¡Por ser un niño tan malo te voy a trancar en el mirador toda la noche para que el alma en pena que allí vive te saque los ojos con la punta de un cobo ardiendo!»

Vi rodar al mar en la penumbra, como si fuese de espumilla…

Y la sonrisa compasiva de mi padre me llegó hasta el hombro.

Al entrar en mi cuarto, aquel regaño había cruzado veloz por el espacio…

31

Sobre mi sillón frente al patio se posa una noche en nueve campanadas refulgentes del reloj del comedor.

Y se diluyen en la piel de una membrana de plata que cubre mi delicadeza.

Y su llegar a mí son los dos aldabonazos ligeros en la puerta, y al abrirla el aire de la calle hace germinar el murmullo de La Idea bajo mi cráneo, como sostenida por los andamios obscuros de esos retazos de fachadas, adoquines y aceras, donde parece apoyarse mientras yo observo la media luz:

«Amigo, hermano, he venido al fin para reencontrarnos, y me sabrás, a partir de ahora, solamente cuando te sea posible descubrir mi voz en ti, únicamente en ti…»

Y ese rumor de La Idea suelta sombras que me abrigan, como si La Idea y yo fuésemos uno, como si siempre, y sin darme yo cuenta, hubiésemos sido uno… La Idea… ¿Qué Idea…?

Y me impulso sin pensarlo hacia el reordenamiento de mis dispersos papeles sobre la mesa de mi cuarto, imperioso, sin vacilaciones…

¡Y entonces comprendo que también lograré iniciar el orden de mis sueños!

Mis sueños y mis papeles, y ¿también mis posibles buenas acciones que jamás logré ver... a salvo de un deseo fugaz y repetido en más de una ocasión, de no creer en ellas y de rechazar su representación en mi memoria?

32

Dos seres se descubren a sí mismos en el interior de una habitación sin tener en cuenta el pasado o el futuro.

Leo el anuncio de un filme a la entrada de un cine, una de aquellas tardes en que recorro ese camino obscuro y frío donde puedo hallar la sombra de Teresa como una lluvia lejana.

Pero ya estoy solo. Y recuerdo las veces en que intenté evadirme de Teresa debido a mi afán por conservar intactas otras ilusiones...

Teresa no solía entrar ya al terreno de mis ilusiones, al extrañar en mi cuerpo la plenitud de la sorpresa que se instala en el placer de vivir, de planificar, de sentirme en el ensueño truncado por sus torpezas y acostumbradas respuestas insípidas, tanto conmigo como con sus anteriores amantes.

Teresa y yo, siempre dentro de mi cama... Solo existiendo allí, cansado de palabras jamás pronunciadas por ella, cubierto de preguntas sin respuestas y de sus mentiras pequeñas con que resguardar el misterio de su existir...

Y por estar siempre tan cerca de su alma obscura, tal vez tuviese yo esa alma por contagio o por afinidad.

En los últimos tiempos, en los cuales añadí a sus fantasías eróticas las mías (siempre guardadas en segundo plano por avergonzarme), ellas constituyeron el exorcismo necesario para liberarnos de inútiles convencionalismos que encerraron una fuerza inocente de oculto, temeroso y culpable esplendor, lo cual dio lugar, en el relajamiento final, a nuestra relativa y algo franca y abierta conversación incapaz de ser comunicada a otra que no fuese Teresa.

Y, de idéntica manera, presentí ser el depositario principal de su sinceridad.

Y me pregunto si aquel impulso de su ferocidad sexual en nuestro clímax, se debía a la preconcebida idea de superar la calidad de la relación debido al escaso tiempo por ella calculado antes del inevitable aislamiento, de acuerdo con los nuevos planes de Teresa para marcharse definitivamente de la ciudad, en sus ensueños por disfrutar de la necesaria mejoría económica que tanto necesitara.

Teresa, pacata y convencional tanto en la intimidad como ante el temor de las adversas opiniones ajenas, fue otra Teresa en los últimos encuentros de nuestra sensualidad… Teresa, que pudo desatarse solo conmigo por temor a las burlas, al desprecio y a la incomprensión de esos hombres de chatura espiritual que la rodearan a través de su vida, henchida de inhibiciones y del miedo a sí misma, miedo encubierto en el deseo de llamar la atención de un modo distinto para que la tuviesen en cuenta a la hora de repartirle copiosas simpatías y sentimientos de admiración y respeto, al verse aceptada por viejas amistades o personas recién conocidas.

Ya sé que cuanto deseo para ella es solamente una futura y aceptable compañía, o muchas, por parte de las nuevas y convenientes relaciones por llegarle, y el bienestar de esa paz interior que entonces yo disfrutara para compartirla únicamente con ella.

Teresa…

¿Mis recuerdos de Teresa se perderían en el tiempo, a mi pesar, y con ellos acaso alguna vez la certeza de que en el curso de los años jamás olvidaría sus sentimientos sin total definición, que inspiraron a los míos…?

Porque las importantes verdades, las extensas, fuertes e invulnerables verdades nunca las reconocía en lo más profundo de mi sentir…

Verdades para no decirlas a ninguna…

Verdades…

¡Grandiosas verdades…!

Debo recordarte algo desagradable, decepcionante para ti, para sentir el goce del deber cumplido… y otros goces también… ¿Lo recuerdas…? Habías visto a Luciano, cinco meses antes de morir, conversando animadamente en esa atmósfera inherente a quienes se conocen a profundidad desde mucho tiempo, con una muchacha y un joven frente a la cafetería El Recreo a cuyo costado derecho se extiende ligeramente el callejón de

Lorda… Al pasar casi cerca de ellos, se levantaron del banco del parque que habían ocupado para esfumarse en medio de la noche, seguidos discretamente por tu amiga Carmen Ruiz, llegando tú a escuchar el comentario de dos muchachos vestidos a la última moda: «¿Viste?, ahora se irán a casa de alguien para "hacer un tremendo pastel". ¡Tremendo trío en tremendísima jodedera! Luciano entra en todo, y más con Diana, la famosa Diana.»

Sin moverte siquiera, sin que los tres te hubiesen visto, te asombraste de cuán poco conocías a la gente, y sobre todo a quienes tan cerca de ti habían estado…

«Carmen Ruiz es tremenda "tuerca", pero circunstancialmente y a su manera, al menos solo en las afueras de Santa Clara y en barrios no tan frecuentados. No creo que ella ahora se incluya en esa fiestecita y la desgracie, tan socia que es de Diana…»

Los comentaristas del suceso por ocurrir se alejaban hacia la cafetería en el costado derecho del Teatro La Caridad, mientras uno de ellos le decía al otro: «¿Seguirá Diana negociando en el mercado del Sandino cuanta cosa pueda traer del campo? La malicia, y no es poca la suya, no la sabe aplicar a la perfección en la práctica. ¿En qué lugar estará pinchando en estos momentos…?»

Y luego, al encontrarte casualmente en las cercanías del Monumento al Tren Blindado a Javier, antiguo amigo —¿o ahora simple conocido tuyo?—, y al ver pasar frente a ustedes a Diana, él comentará: «La chiquita esa es de anjá, le encanta hacer de todo, hasta con las mujeres, ¡válgame Dios, como está hoy el mundo!» Y te relatará haberla visto, aquella noche en la cual conversaba ella con Luciano en el parque, salir dándose besos en la boca con Carmen Ruiz, dejando solos en la casa a Luciano y al otro que los acompañara («eso fue al lado de donde vivo, y por eso pude darme cuenta de lo que sucedía»). «Esa chiquita quisiera entrar a trabajar en cualquiera de las dependencias culturales de aquí. Siempre la he detestado, le hace daño a la gente, y hasta a mí, que…»

Pero no creerás nada de lo referido a Diana, sobre todo cuando te ilusiones el día de mañana con ella y al pensar en la eficacia de tu ayuda por hacerla cambiar en otros aspectos de su vida…

«La madre de esa guajirita no es tan lista como ella se imagina de sí misma; sin embargo, embaucó a mi padre, y él, tan noble y sano que es, por esa mujer quedó en la ruina y esto desequilibró a mi pobre madre; y solo por culpa de él vivimos más miserables que lo que la Revolución nos dejó…»

Pero no crees aún absolutamente nada acerca de Diana y de las supuestas astucias de esa madre alocada y sin principios, sobre todo, y lo repito, cuando en el futuro pienses por un tiempo, y aún después y equivocadamente, cuánto apoyo afectivo y hasta desinteresado a Diana la podrá ayudar, por ser tú más incauto que yo...

¿Recuerdas, recuerdas...?

33

—¿Te puso mal la noticia de la partida de Teresa hacia los Estados Unidos? —preguntó Esther una tarde en el patio, demostrando cierta intención inteligente capaz de sorprenderme—. Ni siquiera se despidió de ti...

Y no le supe responder...

«No sufras porque te he dicho que me voy de Cuba; por eso, no me quieras tanto»: me comunicó Teresa una tarde.

Y me era grato comprobar su afán de saberse unida a mí, en pertenencia formal sin ser dicha, sobre todo cuando una noche, como otras tantas veces en el día, la rechazara no dejándola entrar a mi casa con cualquier excusa. Y pude corroborarlo cuando Teresa se quejara, dos días después al visitarme, de mi negativa al no dejarla compartir conmigo aquella noche.

—Le gustan las emociones fuertes —observó Esther al hablarle de ciertas peculiaridades de Teresa—. Es disfuncional, compulsiva, una sicópata...

Y en no pocas ocasiones lo había demostrado, sobre todo en sus imposibles y obsesivos sueños para convencerme de que la dejase incluir a cualquier otra persona de cualquier sexo en nuestra intimidad.

A veces se quedaba dormida en medio de la expansión de mi ternura sobre su cuerpo.

A veces me gustaba verla dormir para cuidar su sueño y saberla mía mucho más en lo profundo de ese sueño...

Pero solo, ahora en mi cama, su blandura tiene ojos abiertos a la tierra que arde en mis venas como una promesa que se acuesta con la muerte, o como el indefinible recodo en la ruta donde una sensación pasó...

Y desde el fondo de ese sentimiento puedo adivinar junto a mí el cuerpo desnudo de Teresa que, dormitando, me esperaba, mientras en la calle iba en busca del leve almuerzo que planificáramos...

Y, aún en la calle, todo me era diferente y luminoso; nadie había sido capaz de saber que esa prisionera de mi cuarto me pertenecía en el tiempo fugaz de una tarde... Y en el silencio... Y en la sonrisa de azul guardado de los cielos... De azul en las casas y en el horizonte azul por donde yo caminaba orgulloso y confiado y feliz para regresar deprisa a su lado.

Y recuerdo los fatuos celos de Teresa y su estúpida incomprensión e incultura al imaginar, como a veces era cierto, que mi cama era compartida siempre con otras por culpa de su temperamento desabrido y seco, indiferente e inestable, del cual no se daba cuenta, como tampoco de las razones de mis infidelidades a las cuales no les daba yo la menor significación, producidas al no conocer cuándo y cómo volvería a mí, ni las causas de su prolongada intermitencia.

Pero ahora estoy solo, y de los espacios de la noche tremolan ráfagas inciertas de voces y tenues sonidos en misterioso desorden...

Y las ráfagas inciertas de esos murmullos pueden ser en cualquier instante como un instrumento del destino...

Ahora entra a mi cuarto una brizna de luna, obediente, sumisa...

¿Toda mi vida no habría sido más que el sueño que alguien soñó...?

Pero el ladrido de un perro lejano tiembla dentro del pecho, y en la calle de otra noche cuando un joven alto, trigueño y delgado me hizo detener.

Nos habíamos visto en algún lugar, seguramente...

—¿No se acuerda de mí...? Soy Ralmer, el hijo de Luciano...

Algunas nubes rojizas aleteaban sobre los tejados.

—Poco antes de morir papá, me dijo una vez: Jorge Ramos es ese amigo que no se encuentra más de una vez en la vida... Pero mi padre no tuvo suerte y nadie supo la verdad de por qué lo mataron, aparentando un accidente... Tenía tantos enemigos...

El corazón de la ciudad se sumergía entre sombras y reflejos marchitos y las fachadas de las casas hacían rodar sus más guardados secretos...

—Alguna vez se sabrán las verdaderas causas de su muerte, no lo dudes.

—Mi padre solo conoció por usted el encanto de ese otro mundo tan suyo durante aquellas horas pasadas en su casa... horas, según él, disfrutadas como si estuviera de vacaciones... —y luego afirmó —Algún día lo visitaré, espéreme...

Nos habíamos despedido sin demora y caminé sin tardar hacia la casa, no sin advertir que en una esquina el espectro de un joven que de lejos observara nuestro encuentro, desaparecía como tragado por la tierra… ¿Sería la silueta de aquel hermano mío al cual impidieron nacer…?

Ahora entra a mi cuarto una brizna de luna…

Y la brizna de luna que entra a mi cuarto, obediente y sumisa, es una nube azul obscuro que arde luego en el comedor, donde alguien ha dejado sobre la mesa un reguero de papeles sin escribir…

Como lluvia que se aleja, percibo un desorden de pasos en el zaguán y la silueta alta del joven que se pierde allí, como si atravesara la puerta sin necesidad de abrirla, y al salir y mirar hacia la calle vacía, siento la voz ausente de Teresa que por teléfono habla con el hermano, cuyo deseo es sacarla del país, y me parece escucharla hablar con él aún mientras me suplica continúe excitándola sobre mi cama en absoluto silencio en las partes sensitivas de su cuerpo, despertándolo en el transcurso de la conversación de desnudez total, dentro y fuera de ella, cuyo significado, mucho tiempo después, al comentarlo con Alberto de visita en mi casa, pude entonces descubrir en cierta peculiaridad, razonable quizás, de aquella situación para mí entonces abyecta e incomprensible…

Ese hilillo de luna que había llegado a mi cuarto, como resumen de un largo conocimiento de la consistencia y el sentido de ciertas imágenes labradas en el aire de aquellos espacios visitados junto a Iraida al atravesar aquella puertecilla verde de rústica madera, semejante a una de esas tantas imágenes cuya aguda autenticidad de percepciones se agitaban en su casa, olvidando el camino de su disolución y removiéndose en aromas más amables y acogedores, reúne como en una claridad de planos posteriores percibidos entonces por mí, la nebulosa figura de Ramona:

—Llevarás a Diana a La Habana para que viva en la casa de tu tío don Rafael, porque allá la muchacha podrá conocer extranjeros que le prestarán, tanto a ella como a él, facilidades para adquirir divisa; pero no nos interesa ni a ti ni a mí averiguar el meollo de ese asunto. Confórmate con saber que ambos tratarán de burlar a las autoridades, hasta que esas autoridades tomen cartas en el asunto y reciban el merecido castigo… Luego, Diana regresará a El Cacique, el caserío en el cual nació, enferma, derrotada, con el hijo de ella y del novio Raúl, pero completamente sola y desamparada…

—¿Diana…? Hasta el momento no conozco a ninguna muchacha que se llame así… ¿Diana…?

—Por su parte, y debido al buen trabajo que hace Carmen Ruiz en La Habana, seguirá su camino en ascenso, meteórico ascenso… Allá cae mejor que en Santa Clara. Nadie es profeta en su tierra… Ella, con su simpatía bonachona…

Aquel diálogo, inadvertido por Iraida, no pasó entonces de un modo absolutamente secreto:

—¿Conversabas con alguien…? Si ha sido con Ramona: que en gloria esté. Murió ayer de «una larga y penosa enfermedad», la pobre. Aún en el otro mundo, al parecer, continuará aconsejándote… Fuimos buenas amigas y rezo mucho por la paz de su alma noble y desinteresada…

Entonces, en un amplio círculo abarcador que se paseó por mis sentidos más ocultos de los vapores matinales de mi creación, cual si se tratase de la sugestionada imagen de un instinto en mí no desarrollado con anterioridad, esa voz expresó:

—Esther intentará un primer amago suicida por el amor no correspondido del esposo, quien se ha desviado en atenciones a una joven recién conocida…

La pobreza del aire en el lugar iluminó los hondos corredores de macabros destellos. Iraida había dado un respingo. En su semblante rondaba una palidez de muerte y destrucción, pero un velo de tinieblas se interpuso entre ella y la realidad circundante.

Y concluyó, antes de desaparecer para siempre:

—Es tan negativa la impetuosa calma de la sugestión…

Iraida me había mirado horrorizada:

—Debes irte ahora. Ese espejo enorme existe solo para provocar esenciales equívocos en nuestra relación de los hechos.

34

Alberto te dirá acerca de Teresa: «Seguramente, siendo niña, participó con hermanas o hermanos, primas o primos, de ciertos juegos eróticos a escondidas de los mayores de la familia; de ahí el sentimiento de culpa y desorientación en su conducta, sentimiento arrastrado después por toda la vida debido a sus cortos alcances para asimilarlo, superándolos...»

Esas palabras bajo mi frente fueron largas agujas clareando, en dos aldabonazos ligeros sobre la puerta de la calle, la penumbra de aquella noche que recuerdo impregnada del olor de un aire de lluvia entrando por el patio, que hizo volar mis papeles dispersos en la saleta antes de llevarlos a la mesa de mi cuarto.

¿Había sido aquel incidente un sueño, o la imposición de una voluntad imperiosa y desconocida...?

¿Me había sentido lleno de muerte, tan manifiesta, por lo cual no podría ya en adelante pensar y andar y vivir sin su presencia...?

¿Sería por haber estado tanto tiempo viviendo en una casa rodeada de muertos, en una casa muerta...?

En el patio, la fuente yerta, dormida entonces, ¿también guardaba sus secretos...?

No era más que una fuente...

No era más que un patio como tantos otros...

Era sencillamente el patio, mi patio, mi mundo, donde —cerca y dentro de él— había crecido, había vivido siempre, y más que en él, de él mismo...

Todos los caminos de la casa iban a dar a aquel patio...

En él empezaba y acababa en sí todo.

El patio el patio el patio...

De humedad desconocida en las noches de las primeras lluvias del invierno.

Ay, las primeras lluvias del invierno que extendían dentro de mí sus largas y melancólicas raíces, sus sueños resoñados año tras año, su perversa tibieza y añoranzas...

Mi patio...

«Teresa es un ardid del Maligno para arrastrarte a los infiernos»; hubiera dicho mi madre si hubiese vivido junto a mí la extensa, intensa, relación con Teresa.

Prefería saberla muerta, lejos, a que presenciara con sus ojos ávidos, vigilantes, el afán de tanto absurdo y desenfreno en aquella relación vacilante, absorbente, irracional, para describir en futuras páginas de la incipiente novela, de una novela destinada a no ser escrita sino vivida...

Novela de obscuridad, de cuerpos humedecidos de sudor, de sangres menstruales que saboreaba al extenderla hasta los rincones de su cuerpo, de desechos orgánicos pestilentes desordenados sobre las sábanas de tanto hurgar en los recintos más recónditos de su cuerpo.

Yo, enloquecido ante una muerta viva, revivida en silencio inamovible ante los dislates de mi ardor, de mi vehemencia por hacerla despertar del sopor inútil de la excesiva pasividad, de la excesiva indiferencia, de la excesiva disgregación, incoherencia, disfuncionalidad.

Pornografía, desenfreno, habría de ser así, y así lo habría de ver sin rubores retenidos, sin falsas reticencias. Así la vi atezada en la obscenidad de su piel, absorbida en el color de la tierra que pisábamos, envolviendo a la ciudad y en la misma trama de la ciudad. Tierra parda, cruda, salvaje. Siempre. Casi siempre, muy tranquila. O inquieta. Mirándome siempre. Mirándome desde una lejanía dulce y doliente. Mirándome, mirándome hacer y deshacer en su silenciosa solemnidad de diosa inerte. Cálida, distendida hacia un horizonte sin regreso...

Teresa Teresa Teresa...

¿Recuerdas el sonar de los grillos en los canteros del patio en alguna única noche nuestra...?

Única noche, entre otras.

Única noche de mitigado perfume del nardo que flotaba sobre todas las cosas, sobre toda nuestra vida henchida de silencios...

Tú llevabas un collar dorado. Me obsesionó su pequeño ruido rozándote la piel bajo tu pelo entibiado, bajo tu obscura cabeza inmóvil, llena de placer. De mi placer sin tegua. Demorado.

Aquella única noche, Teresa...

¿Sucedió en realidad todo lo anteriormente narrado o ha sido resultado de mi imaginación...? ¿O lo narraste tú, Emilio Jorge Ramos, con la perspectiva de entregarme tus vivencias para suministrar ciertos elementos desconocidos a tu novela aún en ciernes...?

Sobran las interrogantes, Jorge Ramos. Sobran... Debiera yo saberlo todo.

Debiera saber lo que de mí no sé, porque no sabría hacer el resumen de la belleza o la fealdad que me devora la vida, o la muerte...

A veces podré maldecir tu nombre. A veces no. Porque la amistad es una fuerza incorruptible que a ratos suele perdérseme, reblandeciéndose en el tiempo.

Porque a veces me repito aquella frase de un gran poeta: «No es prudente confundir el crepúsculo con la buena voluntad del tiempo».

El tiempo es ese instante que nunca vuelve.

El tiempo...

¿Podré vivir en ese estado físico y mental, el de la intemporalidad?

Sobran las interrogantes. Una vez más...

Busco en ese estado eterno la presencia de mi amor o las huellas de ese amor que me lleven hacia ella. Ella, fugacidad de la conciencia. Instante en fuga...

¿Podré paralizar lo indetenible...?

Esa conciencia fatal del instante único...

La fuente de tu patio bien lo sabe, bien lo había visto, Jorge Ramos.

Esa fuente, que tanto tiene por decirnos...

El instante fallido.

Como detenido en el viento...

¡Cuánta destrucción y desolación respira en el tiempo...!

¡Qué angustia su esencia finita! ¡Qué angustia su terror de espacios inhabitados que se llevan las sombras! «Tú que descendiste al revés del silencio», comenta aquel poeta... «Pues la memoria es un rumor apenas que roza con sus alas inocentes la paz inmensa en el silencio justo.»

Puede ayudarnos a comprender las cosas un poema, como nos ayudan el silencio o el cariño... Solo ellos pueden estrujar las cenizas del olvido...

35

Parece llegada con la tempestad.

Raquel...

Como modelada por el viento.

Los alrededores del estadio Sandino son huellas de la borrasca que pasó.

Desarmado, el sol se recobra, y ella no me ha visto aún. Me había pedido por teléfono encontrarnos allí a la hora del poniente. Y recuerdo: «en un futuro se quejará varias veces, nerviosa, enervada, intranquila, con pésimo humor en su contenida angustia, de que, separada para siempre del marido, él continuará entrometiéndose en su vida, sobre todo cuando me suplique salga de su casa para evitar que ese "demonio" me encuentre en ella, porque había estado allí y le había dicho: "regreso en unos minutos"», y Raquel desea evitar problemas si la ve conmigo, y comprendo el sufrimiento de los dos en mutuos rechazos, «porque, Jorge, mi ex no sabe lo amigos que somos tú y yo», y entonces yo le diría: «si existieran vidas anteriores, en una de ellas, Raquel, estuvimos casados o simplemente emparentados, porque tenemos cosas comunes, las cuales no sé explicar. Digo la verdad, siento en lo más profundo cuánto te comprendo, y desconozco las razones de esa comprensión. Y bajo su apariencia de ofuscación y negación, ella no lo sabe y se alegra del acoso de aquel hombre, de ese entrometimiento tiránico del macho dominante y sin escrúpulos, rezumando crueldad, y al cual aún desea darse Raquel, completamente.

Como una estrella caída del cielo me ve, se acerca, murmura:

—Debía venir al mercado y a la vez verte, simplemente verte y estar este rato contigo mientras compro algunos mandados... A pesar de existir únicamente una amistad entre tú y Carmen Ruiz, te prevengo: a ella le encanta dejarse amar y esto me enfurece mucho. Te utiliza... En la última conversación contigo, ya al final, dije algunas mentiras...

—Debías ir al médico. No te veo bien...

—Ya fui. Tengo un plan para controlar la presión, que me sube mucho, y también padezco de los nervios. Siempre tuve buena salud, pero ya no... Ni que me hubieran echado una maldición, o brujería...

Mi amiguito Luciano descubrió, a través de la ventana entreabierta de la habitación de mi madre, que ella estaba completamente desnuda ante un espejo, de modo que su imagen pudiese ser vista desde el exterior... sobre todo, por la servidumbre de los negros...

Luciano se deslumbró obsesivamente con la visión, intranquilo y sin saber el significado de esas sensaciones en su cuerpo todavía de niño. Y yo me siento feliz. Me hago el desentendido y disfruto con su sufrimiento. Tendrá que cargar con él toda la vida y con el desprecio sentido por mí hacia mi madre...

Y recuerdo también: «En un futuro, Raquel, al referirse a quien fue su esposo, mencionará que él nunca se llevó nada bien con su familia, y mucho menos con los padres de ella, quienes mucho sufrieron en silencio por los maltratos públicos y privados de un hombre que la humillaba y despreciaba a cada momento y sin consideración».

—Y lo sigues recibiendo como si nada en tu casa, donde aún se impone y dispone según sus caprichos, tratando de aplastar con su voluntad a tus padres y queriendo interferir en asuntos de familia que no le conciernen en lo absoluto... ¿Qué piensas de eso, Raquel, qué vas a decidir al respecto? —observaré molesto.

Ella mirará hacia otra parte sin saber cuál será su respuesta.

Ella, que solo se le enfrentará si en algo fundamental para ella misma le afectara.

Raquel, quien no se molesta en reclamar su dignidad, sus derechos, desoyendo todo consejo de familiares y amigos.

36

Desde el instante de tu primera intimidad con Teresa, la has recordado, y la recordarás, no en la mágica gama del erotismo y la pasión, solo con esas ansias tuyas de poderle ofrecer un cariño singular, desprovisto de aquellos momentos primigenios de sometimiento, posesión y exclusividad donde su libre elección solo estuviese dirigida hacia ti, más en el plano del espíritu que en el del sexo.

Me escondo para no ver el alcance de ese otro Rostro que exhuma bondad... ¿y he renegado de su Gran Poder para no reconocer, una vez más, un patio, un pasillo, aquel siniestro mirador... para no ver el móvil, inestable chorrillo del agua surgiendo en la fuente que se levanta en el patio, tejiendo brillos que unas veces viene y otras se va...?

«Ella» no debe saber que la he llorado siempre.

Odio su vida breve y la mía. Odio aquella locura que fermentaba en mis noches en las cuales declinaba hacia esa región del alma a la cual nunca debí descender hasta perderme para siempre.

Ya no tengo vida, ni dulzura, solo tengo esta fuerza que me abraza entre penumbras.

Fuerza que, en un futuro no tan lejano, nos destruirá para siempre en las llamaradas del odio, o del amor...

¿Qué cosa más indefinible se nos acercaba, aprisionándonos cruelmente como si nos poseyera para siempre sin poder escapar de su aro-

ma de muerte y desolación, socavando nuestros sueños y esperanzas sin intentar desasirnos de aquel fuego potente y obscuro...?

No puedes detener tu impulso. Tú, incansable luchador por la vida, por el arte. Has roto casi todos los esbozos de tu futura novela. La inconformidad. ¿O el desaliento? No te concibo en absoluto reposo.

No estás solo. Juntos seguiremos, empeñándonos en contar nuestra historia, tan ligada a veces a la de nuestra tierra, esta tierra sagrada que asumo como mía, y a resguardo de mis arranques de ira y desesperación...

Envidio tu valor y entereza ante las difíciles tareas.

Continúa levantando ese edificio de palabras, de ideas, y algún día, ya desatado el hilo del silencio que sobre todas las cosas se cierne y sobre el amor que has padecido y disfrutado también, descansarás en la eterna paz del deber cumplido.

Escucha mis consejos.

Saca a la luz todo el fango y claridad de cada vida humana, ya que ello determina coraje e impulso vital y también fortaleza de espíritu. No debes detenerte ante la insidiosa envidia de nuestro amigo común, Javier, quien, a diferencia abismal de nuestros caracteres, sin embargo, está desposeído de esa rabia mordaz que en mí las circunstancias y sus zonas de espanto han reavivado, como semilla de fatalidad y desasosiego en la ardua y fatigosa tarea del vivir en la vida y en la muerte.

37

Demasiado peso para mí. ¿Poseído estoy de dos seres bien diferenciados que pugnan por salir de mi espíritu? Uno, maravillosamente dotado de gracia, de talento. Fino. Delicado... El otro, egoísta, sin corazón. Enfermo y desconfiado. Monstruoso. No un vampiro. Quizás un dios en son de venganza que porta un montón de cuentas por cobrar... Ambos aparecen alternativamente, hablando su propio lenguaje de probables argumentos... Soy mi propio rival y le hago la vida difícil a los demás y a mí mismo.

Cruel hasta lo indecible. Apasionado en demasía. Excesivamente receloso y huraño. Desprendido y audaz. Crédulo sin límites. A ratos, olvidadizo, ingenuo. Encerrado en mí mismo, indiferente...

¿De cuál materia estoy hecho?, me pregunto muchas veces.

Me defendí de un amor imposible frecuentando el amor de mujeres vulgares, embriagándome en fastuosos saraos o en despreciables pocilgas, encanallándome con la chusma y ejercitando los peores vicios hasta tocar el fondo de todas las más nefastas bajezas, acompañado a veces de mis fieles seguidores Luciano y Javier, pervirtiéndolos dentro de un sentimiento de gozo, sufrimiento y culpabilidad, revolcándonos en el fangal de desbocadas francachelas interminables donde practicamos todos los vicios sin quedarnos con ninguno.

Y sentía dolor y humillación al verlos caer, pero también placer.

Solo, y junto a ellos, fui desarmando mi vida como un rompecabezas incapaz de ser reorganizado.

El desprecio ocupó el lugar del amor y la amistad.

Mis compañeros de juerga valían tanto o menos que yo, y era complaciente al contemplar tanta desintegración en mí y a mi alrededor.

Derrochadores en exceso, tuvimos que procurarnos de la estafa y de las más degradantes maniobras para recuperar la fortuna perdida y vuelta a perder sin orden ni concierto ni responsabilidad.

Envilecidos, envileciendo a quienes teníamos cerca, sembrábamos el caos y la decadencia a nuestro paso, a la sombra de no pocos seguidores y eficientes alumnos de la inmoralidad y el desenfreno.

Javier Garmendía. Uno de ellos. Quizás, en el momento en el cual nazca de su propia ruindad un resquicio de la bondad que suele en ella estar agazapada, a través de su futura creación del Teatro Mágico, logre zafarse del mal, porque confesar el mal que se ha hecho es como empezar a librarse de él. Y aclarará que Teresa nunca poseyó ese grado, o al menos ni siquiera un asomo de la perversidad de Ana, uno de esos amores de juventud de Emilio Jorge Ramos. Ana, una verdadera mala mujer. Perversa, cuya perversión no se podía cuantificar, ni siquiera en los matices más recónditos.

Y Javier posiblemente se refiera a Elisa, otro de los amores de Jorge, quien, debido a problemas familiares, económicos y del medio tan hostil, se marchará de Santa Clara para siempre, abandonándolo.

¿La casa pudiera ser la compañía más eficaz para Jorge?

¿Cada porción de su luz acumulada por el tiempo, o fiará detenerse a encontrarse en torno suyo, a identificarse más consigo mismo, a comprender...?

Si Javier se lo propone, su Teatro Mágico futuro servirá para ayudar no solo a él o a Jorge, sino a los asistentes a la representación del mismo, que puedan presenciarlo en torno suyo.

Nadie debe olvidar su propia geografía.

El recuerdo, la memoria, salvan, hacen renacer del espíritu cosas maravillosas, o también cosas desagradables, despertar algo mejor, si es que se representarán en dicha función muñones sangrantes que alguien arrastra contra un piso de mármol o contra la escueta arena de una playa, sin dejar de mostrar, minutos antes de esa ceremonia terrorífica, la cuchilla que va primeramente rompiendo la carne, y luego esos tajos horizontales aplicados lentamente en hervidero de sangre, desmembrando los miembros, las piernas en las coyunturas de las rodillas... Porque Javier sabe que la justicia es una forma de aplicar el terror...

De todas maneras, yo, junto a mi gran amigo y a nuestros compañeros, soy un hombre perdido en el tiempo.

38

Hay algo más que ahora puedo leer en la raíz del aviso de mi padre.

Hay algo más, porque la *Romanza Triste* oscila de nuevo desde cada rincón de la fuente, del patio, de la casa, despertando en mi sueño.

Y dejo la cama. Regreso al patio. Es la medianoche...

Desde lo profundo del comedor advierto una risa alegre, siniestra también, revolando por la penumbra del comedor, que es algo más que mi memoria. Esos ojos que me siguen en la noche, sin poder apreciarlos, solo sentirlos. Ojos que me siguen siempre a pesar del olvido...

De repente, un sonido seco, explosión estremeciendo los cimientos de la casa. En el zaguán se ha despedazado, y se ha hecho añicos, la bomba cristalina de un gigantesco lamparón, arrastrando la cadena a medio enredar sobre el piso. Del globo de luz solo quedan restos esparcidos, y su débil centellear reproduce un reflejo lejano, el de otra luz: la del pasillo...

El reguero de cables, cristales, de la cadena eslabonada, parecen miembros humanos mutilados, tensos, con estrías de sangre que surcan un cuerpo anónimo, bello como el de una mariposa traspasada por un alfiler. De nuevo en el patio, una sucesión de sombras sale del mirador para morir al pie de los canteros arropados por un sueño viejo, y descienden hasta las raíces de las losas del pasillo que remueven mis entrañas...

Habían caído las sombras del mirador, y me parece que el piso también se cae...

Y pienso pienso pienso...

Siempre había querido hallar cada sentido del vivir, sin darme cuenta, como ahora, de que el último de todos los sentidos, en el cual quizás estaban contenidas casi la totalidad de mis preguntas, no había sido sino el de ese silencio, el de entrañable tristeza y regocijo al descubrir el mensaje de mi padre aquella noche.

Mensaje que ya totalmente se devela con la delicadeza de un poema perdido en el tiempo.

Mensaje entretejido en las teclas del piano por donde los años pasaron sin hacerse sentir, ramificando su lumbre apacible dentro de ese hueco negro que me había crecido dentro.

Pero las horas no existen; hay una orden expresa de detener su marcha.

Una orden llegada misteriosamente de un lugar reunión.

Una orden...

Y, como extraída del final de un espejo, veo la imagen de mi vida, resplandeciente y silenciosa donde la *Romanza Triste* supo encauzar ese último sentido del vivir; y cruzan ante mí los tiempos, días, horas y momentos de sencillas acciones de servir a la existencia como prolongación basamental de lo creado para la felicidad, sentido vital donde siempre la música logró renacer y empinar de manera triunfal, hacia lo más encumbrado, la máxima expresión de mi sensibilidad.

«Amé, y es lo principal», murmuro a las estrellas que desde el patio puedo ver.

Y al final de esas horas en vilo que estremecen el aviso de mi padre, escucho otra vez el sonar nostálgico y feliz de aquel instante, tan intenso, fugaz y sorpresivo en íntimas esencias, mientras jugaba con mis primos y amigos en el patio en aquellos sábados azules, al sentir la irrevocable vocación de convertirme alguna vez en un artista.

Instante y resplandor de aquel silencio...

Y aquel, ese silencio, que cae aún sobre mi pecho como un viejo mundo nuevo, marca en su caída el transcurso de un instante infinito...

Epílogo

Soñarás más de una vez que regresaste a la casa después de un largo viaje...

Y habrás de escuchar en el sueño estas nuevas preguntas: «¿No se ha cumplido ninguna predicción de Iraida?» «¿O es que el objetivo de tu vida no ha sido otro que el de comprenderlo todo solo a través de los demás...?» «Y, en un final, ¿qué has comprendido...?»

Solamente podrás palpar con tus sentidos una frase por mí siempre repetida: «cuando desates en ti mismo el hilo del silencio, adivinarás el eterno principio de todas las cosas».

El hilo del silencio

A la memoria de Leonel López Unza y a Wanda Lekszycka.
A Robert Altmann.
A Carmencita Fernández
A Ángel Pereira
A Yoelvis Pérez
Y también a los buenos amigos:
Alexis García Artiles
Jair Jiménez
Luis Pérez de Castro
A Argelia y a Agustín Fowler.
A Joaquín Barba Losada.
A Raúl González García.
A Roberto Meneses Muñeca.
Al resto de mis amigos

Solo en lo callado es posible escuchar.
Una calma así nos hace escuchar todo
Lo que no es absolutamente silencioso dentro
del silencio, todo aquello
con que habla el silencio en el sueño;
y también nosotros lo oímos como en sueños.

THOMAS MANN

Preludio

La incontrolable inclinación al Mal surgió en mí desde los primeros años de mi vida ante el conocimiento de la espantosa injusticia del mundo, y la ansiedad de perder a través de los años todo cuanto amaba, cruzando sin vacilar las fronteras de mis mejores y más execrables respuestas hasta lograr, a mi manera, ser consecuente con cada una de ellas.

Primera parte

Capítulo I
Recepción en casa de Carmen Ruiz
Teresa ya no vive aquí

Mi nombre es Jorge Ramos. ¿Nombre que como eco de otra voz me suele nombrar...? Y el eco que vive en esta casa se me hace más despacio en la huella de una lejanía de caminos. Y algo incorpóreo se mantiene vivo ante el umbral de mi sospecha...

Esa sospecha de hilos extensos que cortan las brisas, volando por las calles en penumbra.

Calles que dejan remolinos fugaces de miedos y se multiplican en sus puertas, avanzando sobre la ciudad.

Mi ciudad de papeles escudados en pliegues siniestros. Empinados a otra ciudad de astros y de sombras. Las calles...

Mi ciudad... Sospecha siempre alerta. Siempre innombrable. Que ajusta su cara de cerca sobre mi desleída conciencia.

Y es la razón por la cual ordeno mis papeles mientras escribo al filo de la tarde cercando al comedor...

Y la sombra del silencio me rodea.

Y el humo perfumado, azul, de la noche, se infiltra ya con desgano a través de las rendijas de las puertas y de las ventanas.

La blancura de las paredes hace que el silencio se me congele en el pecho. Y sobre aquella multitud impaciente y alerta en un segundo plano de quienes en el primero aceptan su destino en *La decadencia del imperio cartaginés* de Turner, que ahora contemplo en reproducción descomunal en la nueva casa de Carmen Ruiz...

Pero lo móvil e inestable del chorrillo del agua de la fuente es que se levanta en el patio, tiene el frágil tejido de brillos que unas veces viene, y otras, se va...

Y junto a la fuente, un pequeño trazo de sol se anuncia en filigranas amanecientes, luminosas del aire, sobre el niño con un pequeño unicornio de color plateado entre sus manos, jugando a desnudar el sol aún sin alzarse hasta romper la noche y la penumbra…

De pie, entre aquellos invitados a esa casa con rezagos del neoplateresco español, cuyos propietarios del pasado pertenecieron a una de las familias más connotadas de Santa Clara, escucho una exclamación de asombro hacia una joven recién llegada. Exclamación ofensiva, cuando ella, ceñida de negras telas, se pierde en el hierático mirar de los antiguos asiduos al lugar, como si el regreso de ellos hiciese el milagro de arrancar de las sombras la presencia de los originarios moradores entre cuyas secuelas invisibles confundidas con los visitantes de antaño —dispersos en la presencia de algún dirigente cultural o educacional o deportivo o de las nuevas corporaciones de divisas— impusieran todavía los derechos de un legado inmaterial y legendario.

Y la ventana de mi comedor se abre a la noche. A través de ella se filtra la cara de Teresa, pegada a la frialdad del silencio como una cosa muy triste que reanima su piel de bronce y sus mentiras.

Ligeramente retrasada aparece Carmen Ruiz. Y surgen voces para señalar su esperada presencia…

Y Teresa, como una cosa muy triste, toma cuerpo en mi memoria…

Y mi desprecio al recordarla es el de no haber sido mía siempre. Porque siempre había odiado a quienes no me perteneciesen exclusivamente. Me educaron alimentando las carroñas de la inseguridad. De la sospecha. De la incredulidad. Obstinación incambiable. Aferrarse a una idea malsana…

—Teresa me habló muy bien de ti —me había dicho la voz de Elena por teléfono, antes de la desaparición total de Teresa—. Jorge, Jorge, me tienes loca y no puedo seguir viviendo así. Un día de estos voy a tu casa con mi guitarra y cantaré.

—¡No me lo digas, Elena!

—Sí. Y me has desnudado con los ojos por la calle. Tú no te acuerdas ahora de mí. Pero yo sí, y quisiera sentir en el centro de mis piernas esa cosa rica tuya. Sí. ¡Ay, pudiéramos hacer el amor por teléfono!

—Déjate de tantas boberías y, si tienes valor, ven ahora mismo a mi casa para estrujarte toda, para estrujarnos en mi cama. Porque me llegas con una vocecita tan sabrosa…

—Deja que tú me veas.

—Ven ahora.

—Sí. Pero otro día. Otro día...

Esencialmente observadora y pedigüeña, y con la maliciosa sabiduría callejera para deducir y sacarle el mejor partido a todas las cosas, Teresa rebosaba su curiosidad perenne sobre todo cuando la rodease al cruzar las calles. Y con ella viví otros instantes diferentes al calor de nuestra relación desigual, turbulenta. Y esa fuerza de no ser correspondido en su totalidad por Teresa aún me hace palpitar al centro de cierto aviso de rara y ambigua felicidad.

—Deja ya esa tontería infantil. Mira, Elena, no me llames más para conversar sobre lo mismo. Antes, tus bromas me resultaban entretenidas. Acompañaban mis noches vacías. Pero ahora...

—¡Esas bromas! ¡Tramando ilusiones incumplidas! ¡Siempre!

Completamente insatisfecho con Teresa la mayor parte de las veces, sin embargo, provocaba en mí ese trazo invisible, dichoso, al poder pensar más en ella. Y, al ofrecerme a los caprichos de sus esporádicas exigencias que posiblemente traía desde tiempos juveniles de su vida, patentizaron mi compasión en una talla de condescendiente superioridad o desconcierto infeliz ante su carácter duro, áspero, dominante e impertinente, inoportuno y machacón, ya que al final me disfrutaba a plenitud.

Al evocar a través de su grosero cuerpo al de Sara, el milagro obraba en nuestros instintos. Porque entonces era mío el cuerpo robusto de aquella, quien, desnuda en el río, era atisbada por los leves murmullos de los guajiros, atraídos al igual que yo, a mis once años, por la deslumbrante y obscena sensualidad de la que, sabiéndose deseada por todos, se hacía la desentendida para gozar simultáneamente del baño y del asombro de quienes la plena conciencia de sus abiertas caderas y senos y muslos y piernas y nalgas, nos dejara voluptuosos, desarmados, boquiabiertos...

Y las voces surgidas para señalar la esperada presencia de Carmen Ruiz, se introducen en el halo de esplendor del cual va envuelta, transformada en una serena mujer complaciente en el derecho de repartir por doquier sonrisas y besos, plasmando esa elegante desenvoltura de la mediocre *vedette* de moda en su faena de recibir a sus invitados con la profunda solemnidad de una mujer de clase.

Como agudos disparos con olor a champán y a entremeses exóticos, van atravesando el salón los comentarios:

—Cuídate de ella; es tremenda chivatona y nunca sabe uno lo que está pensando…

—El entremés es una mierda; no puede una meterse hoy en día en cualquier lugar sin averiguar bien quién lo vive.

—Esta cabrona es tremenda bicha. Socarrona y mosca muerta. Ahora disfruta de un trabajo que toda Santa Clara codiciaba.

—Carmen todavía está sabrosa, buena hembra, pero decepcionada del amor… ¿Con quién terminará la noche y en qué cama?

—Esa ridícula mujer de Fernández, se cree elegante por ser la esposa de un dirigentito… Mírala, Conchita, la cosa no es llenarse de trapos y gangarrias, ¡deben saberse llevar! El que nació para quilo, quilo se queda.

—¡Dios mío! —le suelta un hombre maduro al hijo de uno de los historiadores de la ciudad al ver a la joven recién llegada—. Esa muchacha susurra a sus conocidos «te necesito» como si fuera verdad.

«¿No conoces mi voz? ¿No? Ay mi amor, es Elena».

¿Cómo supo esa cualquiera mi teléfono?, ¡ah!, ¿Diana se lo habrá dado y la impulsa a llamarme para fraguar su agresión? Destruí de un solo golpe sus afanes de instalarse definitivamente en mi casa, y otros planes… ¡Dios mío! ¿Vengativa? Cuantas obsesiones malsanas se cocinan en su mente. Debo prepararme, quizás, para cosas peores, sí, Diana no se va a detener.

«Deja que te agarre en la cama, sabrosón, si antes no se encabrona mi hermano y te mata en plena calle. El no soporta que se rían de mí».

«Pero quien se ríe de mi eres tú, ¡déjame en paz!».

Una avalancha de palabras indecentes. Amenazas. Colgó de repente esa reiterada comunicación a la cual simulé no darle importancia porque así me enteraría del porqué de su conducta en contra mía. También, de otros asuntos…

Ceñida en su ropa negra sobre su cuerpo escuchimizado, se deja caer, coqueta, casi al descuido, el pelo sobre la cara y se evade entre la gente y la reconozco. Ella, vigilando aquella casita al estilo de los ochenta. A dos cuadras en la calle Martí, de las que desembocan en el río Cubanicay. Inmediaciones de la línea ferrocarrilera. La misma donde Teresa había ido. Y por ello solía yo pasar como robándole el secreto de su permanencia en el lugar, tratando de apresarla. Mezcla de lo anímico y del clima privado. Tesoro oculto de lo ajeno a mis sentidos para hacerlos partícipes de cuanto de Teresa no me pertenecía. Y esta «traición», triunfo secreto en su ausencia.

Me estremezco. La gente desaparece. La fiesta. La tristeza parece acercárseme. ¿Qué te ocurre, Teresa? Me reclamas. Estás a mi lado y todo se me hace intangible en todas partes de esta casa. Como esa palabra que ahora dices para mí desde la distancia. Como esa mirada, esa figura. ¡Te recuerdo tanto ahora! Y me perteneces tanto ahora. Nunca había sucedido entre tú y yo. Puedo palpar el soplo de tu inquietud. Me laceras. Y te olvidas que me recuerdas, de tanto quererlo hacer. Todos me miran. ¿Parezco enfermo, desmayado en ese silencio lleno de tus palabras?

Teresa de mal humor. Lo advertía. Nerviosa. Intranquila sin dejarlo ver, pero a veces lo había sentido. Aún, sin dejarlo ver. Sin poder ni siquiera verlo. Pero ahí estaba, después del orgasmo. Antes del orgasmo. Cual si revelase, en contra de toda voluntad, su mayor secreto. Disminuida. Leve. Distraída en silencios y vergüenzas.

Dejaba en el aire la sensación de haberla poseído más que a las demás. ¿Plenitud subjetiva, extraída en ese espíritu suyo estrangulado, elemental, solo comprendido por mí al entregárseme casi amplia, casi sin reservas? Premio a mi autoestima. Premio era, a pesar de esas lagunas temporales en las cuales Teresa no me solicitara, sumida en aparente indolencia al verla pasar por las calles sin siquiera saludarme. Quizás, reprimía la fuerza cercana a mis dominios, aún la de procurar mi compañía caballerosa, servicial, a pesar de los seis años de contacto esporádico, silencioso, donde mi asimilación de sus represiones, compulsiones, fue la clave de su segura permanencia.

—Diana, ¿dónde estabas metida? Ay hija, tu padre siempre se acuerda de ti…

Es el hombre mayor de espaldas. No puedo distinguir su cara. El hombre la abraza. La besa en la mejilla. La estruja. Y la sonrisa de ella, sueño turbio, borroso, como tarde de fines del verano en la ausencia de Teresa que resucita otra vez.

—Papi, tía casi ni me deja salir y estoy trancada en su casa y me vigila hasta en los más mínimos movimientos. Insoportable.

—Diana, no olvides nunca mi amor de padre. No se acaba.

Recuerdo las palabras de Iraida. Amistosas. Antes de convertirse en la notable, genial pintora: «Teresa nunca te podrá amar igual a como la amas tú, porque ese cerebro medio retrasado no da para tanto. Ella sabía de conveniencias al escoger a cada una de sus parejas. Egocéntrica. Viciosa. Llena de antojos. Alardosa… ¿no tendrás con ella nada más que un capricho? Ay Jorgito, ni ella, ni tú, ni Elisa, jamás desearon complicarse en el amor, pero…»

«Quiero que te enamores de mí». ¿Simplón, ingenuo ardid de Teresa por ganar mi afecto? ¿Ese «nuevo» afecto suyo para igualarlo al mío? ¿Y luego lo olvidaba? ¿Y luego existía un hilo invisible para atar el olvido y ese misterioso substrato donde se le unía lo sincero con lo fatuo?

A mi alrededor la gente se desgrana hacia todas partes. Nube humana curiosa. Atenta. Hipócrita. Simuladora… Gente hecha de tiempo. Cansada. De tristezas y melancolía. Aburridas… Dispuestas a no sorprenderse ante nada. Apropiándose de migajas de sombras. De amabilidades amargas.

Abandono el salón. Recorro las dependencias del lugar. Voy apreciando sobre las paredes copias de excelentes frescos hallados en Pompeya —una lucha cuerpo a cuerpo: dos atletas desnudos, inmersos en tonos de rojo fuego mezclados a tenues gotitas de azul—, frescos del reinado de Heliogábalo. Época de triunfo de las cortesanas. Ornamentos en los muros de un lupanar o en la pieza secreta de un rico voluptuoso para sus orgías.

Impecables reproducciones del Museo Secreto del Arte Erótico de Pompeya y Herculano. Ninfas. Dioses priápicos. Sátiros. Faunos. Hermafroditas. Machos cabríos. Bacantes… Mercurio e Fatima son asistidos en el himeneo por los servicios de un esclavo cubiculario. A cierta distancia. Con un vaso en la mano espera brindarles una de las bebidas fortificantes, afrodisíacas, siempre tibias…

Venus, completamente desnuda y echada sobre su lado derecho en una concha gigante. Su carne, tratada con excesiva delicadeza.

Y fuera de ella, y a su alrededor, el reguero ordenado de muebles de estilo imperio, de estilo inglés, de estilo ecléctico con elementos descuidados del *art nouveau*. Y las butacas de mimbre. Y las comadritas y los jugueteros y los biombos y una *chaise longue* y las mesitas auxiliares de estilo Adams, Heppelwhite, Boule y Duncan Phyfe. *Cabinets*. Algunas mesas con incrustaciones de nácar…

Sobre un sofá de mimbre *La Unión Cubana… TRANS-BUS. Una nueva línea. Lisa-Capitolio, V-1… El Nacional, Semanario Político Independiente del Cuartel General de las Brigadas de Villa Clara, Santa Clara, diciembre 19 de 1898…* Aquel ejemplar del *North China Daily News* del 21 de enero de 1901… aquel ejemplar que vi una vez… ¿En alguna parte?

El Nacional, 19 de diciembre de 1898, propaga la noticia: mi abuelo, herido accidental en el Cuartel General de las Brigadas de Villa Clara… Mi abuelo, el mambí…

Y el chorrillo de la fuente interrumpía en el patio en su trazo de luz. Móvil. Siempre móvil. Inestable. Tan parecido a tu silencio…

Y de repente, ya el chorrillo no cortaba el espacio entre el patio y las persianas del comedor. Y una sombra verdeazul se acercaba a la fuente. Desaparecía después. Absorbida por la superficie del silencio… ¡Eras tú… tú…! Y el niño con sus ojos de un matiz de madrugadas semejante a un sueño. Remoto. De alguien, para dejar de ser quien era yo…

Y la sombra verdeazul, ¿a quién devolvía su figura? Figura fugaz. Vuelta a ver. Deslizándose por el pasillo en su delirante y presuroso andar, y muy lejos después, arrastrando la cola de una larga bata verde…

Y regresaba la mañana con sus ondas luminosas, lentamente, sin olvidar su canción de fuego y de alas…

¿Teresa? ¿Fugaz? ¿Por los pasillos de la vida?

¡Esa densidad enrarecida del pasillo que todavía no conozco!

Teresa, rechazando mi semen a pesar de su excesiva y halagadora importancia concedida a mi sexo. ¡¿Quién pudiera definirla simple, ligera, comunicativa, fuera de ese mundo interior candente, confuso y difícil?! Patentizando el no ser víctima de la insinceridad de la gente y los engaños. Desconfiando siempre a pesar de su alegría populachera, simplona. Enfrascándose en charlas insulsas con viejas o jubilados y amas de casa y humildes negociantes junto a sus maltrechos carritos verduleros, intercalando saludos al vuelo para los conocidos. Y luego, su perorata, sus sandeces con el ocupante de su chachareo circunstancial. Aunque a veces seria. Retraída. Secreta. Indiferente. A veces...

¿Producto de las circunstancias fue también nuestra relación?

Disfuncional fuera, dentro de la cama. Engañosa en su tipo de hembra de gruesos brazos. Hembra del cine mexicano de los años cuarenta. Aparentemente fogosa. Inapetente al sexo compartido. Falsos matices donde escamotear la raíz de sus fracasos que oculta con celo de exhibicionista, tempestuosa libertad de mujer sin prejuicios.

Algunos días antes de morir, Luciano me comunicó: «Teresa es loca. Compulsiva. Ridícula, al querer sobresalir. Recostona. Algo cómoda. Tan pesada...»

Me aparto del sofá de mimbre. De aquel reguero de periódicos antiguos. El hijo del historiador de la ciudad, en alta voz. Conversa. Se asegura. Quiere ser escuchado por mí:

—Si usted va a mi casa, le mostraré una curiosa edición del *Le Cabinet des Antiques* con correcciones de la propia mano de Balzac, y se va a sorprender.

Observación absurda. Parece vivir un fragmento de la novela de Proust.

Carmen Ruiz habla todavía. Diana la escucha en un rincón del patio.

Carmen, Luciano, Teresa, siempre para conversar tontos ripios de sueños con cualquier desconocido.

Carmen y la falta de continuidad de sus sentimientos. Sin huellas. Sin la profundidad de la experiencia. Incapaz de relacionar hechos vividos... Perenne inmadurez. Inconclusa. Irresponsable en rastros infantiles. Y en un sillón del cuarto, mis tímidas caricias sobre su cuerpo a medio vestir: «te dejo hacer estas cositas por el cariño tan grande que siento por ti...»

Con ella. Solo con Teresa. ¿Sentí ese patético, turbador contraste, nacido de la proximidad del amor y de la muerte? Nunca despreocupado con Teresa. Nunca alegre. Tenso. ¿Pude amarla? ¿Teresa despreciaba a los hombres al sentirse superior? ¿A nadie amó? Sosa, inerte, inerme en el sexo. «Quizás te amó física y espiritualmente sin ella darse cuenta», opinaba Alberto. «Ábrete más hacia Teresa». Resultados de ella hacia mí de calor humano. Entonces... Más suave. Afectivamente superior. Cuando me abrí a Teresa... Confiado. Alegre.

Se había enfurecido en plena calle. Adivinó. Estaba revolcándome con otra. Y no le abrí la puerta, y, al verla salir... a la otra... Asombro de vecinos y transeúntes. Frenética, airada. «¡No me dejaste entrar y yo tumbándote la puerta! ¡Tú en lo tuyo! Como si nada». Me vigilaba junto a la casa del chismoso a quien tanto ella temía. Desde la acera frente a la mía… Y una noche le dije «no». Varias veces. Insistiendo… Buscaba un lugar donde dormir. ¿Y si me robara en el sueño?

El niño del unicornio y trajecito marinero ante la fuente exalta, en su monólogo mudo, la idea de la unión y solidaridad entre los hombres para resolver sus grandes problemas. El niño. ¿Yo…? Realidad transfigurada de poesía, para recoger valores secretos… El niño. ¿Yo…? Inocente aún.

Y le gustaba actuar en la vida real. La vida, un teatro. Era así su vida… «Que yo me entere que me pegas los tarros». Su despedida una tarde en el zaguán. No habíamos podido lograr el clímax sexual en su intranquilidad y nerviosismo. Aquella tarde…

—Todo lo que vale y brilla en Santa Clara está aquí esta noche —dicen a mi lado—. Julián se fue para Miami y reclamó desde allá a su mujer y a su hijo.

Voz que no suena. Y se deshace como polvo de rincones. ¿Tomás? Aquel fornido mulato. Alto. Nunca lo había vuelto a ver. ¿No fue quien saludó en son de padre a Diana? Tomás. Aquel otro niño a quien Andrés regalara una libretita de tapas azules. «La calle de la paz». Letras doradas sobre su carátula…

Junto a mí sentada esa figura pétrea, anhelante. Tomás… Carece de luz, de expresión. Sopor de tinieblas. Una cortina entre los dos va interponiéndose. O un espejo en su lugar… porque solo es cierto ese espejo. Tan cierto como incierta había sido la cortina. O la sombra de Javier, envidiándome… Y la sombra deja escuchar. «Un enfermo grave en el hospital. Debes ir a verlo ya. Cama doce, sala nueve». Figura blanca que oscila. Brota el silencio de otro. Silencio perdido en el tiempo.

Ya en pleno apogeo aquella fiesta. Fiesta que hace variar en los presentes el cambio de la idea distinta que tienen unos de otros, aún más que los cambios físicos y sociales. Nuevos comentarios. Amables algunos. Insidiosos otros. Como cables trenzados, las conversaciones cruzan veloces. A veces algo más lentas. Sobre el brillo del aire en la casa. Ajiaco humano que me obliga a dejar el lugar. Ya, el zaguán. Carmen Ruiz. Mis halagos acerca de su juventud la conmueven.

—*My dear*, gracias, gracias por venir. Usted es en verdad encantador, espiritual.

La discreta sonrisa. Sonrisa que le ha venido con la posición social y la edad.

—Dentro de un rato viene lo mejor. Músicos, artistas de La Habana, una espléndida cena servida por uno de los más distinguidos hoteles de la capital... ¡Ah! ¿Empezó a elaborar su novela? Cuando salga a la venta seré la primera en leerla. Voy a quedar fascinada... ¿Aún no la ha escrito?

Sin dejarla terminar, Javier se la lleva del brazo. La solicitan en la cocina. Ralmer, el hijo de Luciano, los acompaña.

«Y me quedé tan sola, que desde entonces mi identidad no tiene domicilio», me dijo Carmen una noche. «Ya que Dios me ha puesto en tu camino, debo contarte cuan desordenada fue mi juventud, de un lado para otro y a la sombra de las calles y del desafecto familiar...».

El ruido de las conversaciones. Y el zumbido. Y las risas de la muchedumbre que se mueve. Y los músicos comienzan desde el patio su tanda de conocidos boleros y danzones y marchas españolas. Música para los conciertos de la Banda Municipal adorada por Carmen Ruiz para escucharla en las tardes del Parque. Música para disfrutar del vuelo de las alas obscuras y el chiflar de los negritos en las ramas de los árboles. Donde lleguen, pasarán la noche...

Regreso al interior del luminoso alboroto. Despisto la obsesiva vigilancia de Diana. Recuerdo la típica casa de Alberto, del primer cuarto del siglo veinte, que recurre a los estilos históricos de la arquitectura aprendida en *L'École des Beaux-Arts*. La cornisa. La exornación en los vanos. Los antepechos en las ventanas con el poyo de mármol. Los balaústres en ellas que se asemejan a los que ornamentan el tope de la fachada sobre las ventanas y sus lucetas de cristales opalinos. El zócalo de los azulejos: influencia del arte español. Muro con rasurado imitando los trabajos de cantería (despiezo).

De nuevo a mi lado, observa Tomás:

—Lo ilegal del comercio de los bienes culturales llega al estimado de tres millones de dólares al año, desde hace cierto tiempo, y la memoria cultural de los pueblos por ello tiende a mermar...

Pero no es su imagen quien apoya las palabras. Sus ojos asombrados y tiernos en el anuncio gentil de una despedida. Ojos de solemne perfil quemándose en el aire. Libres. El último aliento de un cuerpo al cual abandonaron. Cuerpo desarticulado. Desangrado hasta salírsele el alma azotada por los ojos vibrátiles. Obscurecidos sobre papel sin luz…

Pero sin lanzar un previo aviso, un rumor de espumas deshizo en el aire el agua fina y alta de la fuente. Ecos de paisajes en fuga. Inexistentes. El germen de las risas de luz de la futura mañana. Mañana para llegar. Repleta después. Dibujando cristales de plata al cruce cauteloso de los trazos desvalidos de las sombras retrasadas en la noche mientras te evadías de la claridad tan odiada por ti, replegándote en las sombras… Y, detenido en esa claridad dibujé el silencio en el cual te he llamado en vano. Y sé que cuando hablaste de mí, utilizaste las palabras escogidas cuando se habla de los muertos…

Y la mano pálida de esas sombras retrasadas en la noche, y que te apartaban de mí, se debatía en las expoliaciones de la penumbra, mientras el pasillo fue llenándose de una leve llovizna de sol…

Esa leve llovizna de sol sobre el pasillo para reconocerme en otra lluvia lejana, refulgente, al final de otra tarde. «Te has portado muy bien conmigo». Teresa, eco desprendido sin respuesta. Sin rumbo. Respuesta que escucho junto a la cama del moribundo:
Somos peregrinos,
        pero también testigos…
Y voy recordándola, luminosamente…
Nuestra actitud
es de reposo
y de alegría
por lo que ya encontramos…
Tomás, como un recuerdo de años azules y verdes, otra vez…
              y de esperanza
        por los que aún nos falta.
Tomás, el moribundo, deja ya de hablar.
Entre él y yo se interpone aquella cortina. O aquel espejo… Porque lo único verdadero en estos momentos es aquel espejo…
«Jorge, los científicos han establecido la cronología según los anillos de los árboles, traslapando los círculos concéntricos de esos árboles

vivos de los de la madre muerta», dijo Ralmer, el hijo de Luciano, una noche de tragos y música en mi cuarto y otra vez en la interminable conversación de otra noche…

Diana, la extraña muchacha de negro, comienza de nuevo a mirarme desde su imagen reflejada en un espejo, sobre una butaca de mimbre. Despreciativa. Incomunicada. Su rostro, puñado de viento huracanado. O una calle que no conocía. O el cuartico blanco del hospital donde agonizaba un moribundo… Uno de los rincones de la casa de Carmen Ruiz. O la opresiva refulgencia del espejo por el cual volvería a entrar aquella nube de azogue que me lleva al comedor… El de mi casa… En la mesa del comedor, escribo:

Mi amistad con Teresa es ese espíritu de invocación que ahora me suele animar, o más bien, su confianza para conmigo donde casi todo quedará limpio y mejor que en mi relación con Raquel; obra del recuerdo como actitud de testimonio y escucha. Voz por encima de sus habituales pequeñas mentiras y silencios. ¡Y ya lo sé; extrañamos tanto esa amistad! Sin temores ni falsos halagos, y sin miedo a nada, iba narrándose a sí misma en páginas desprovistas de vertientes. Sin acotaciones… Solía escucharla con extrema atención. Delicada, exquisitamente…

Con Carmen Ruiz se comunicaba mi subjetividad idílica comentando libros que conjugaran el amor a la naturaleza con la fraternidad humana, y juntos en su horario de trabajo, y hasta sin siquiera hablarnos, me sentía feliz y enamorado, deseoso de prolongar el tiempo.

Y me distancié de ella con brusquedad. Evitaba destacar mi triste papel del camarada dispuesto a la realización de algunas de sus tareas que me encomendara, aunque sin ella dejar de resolver algunas pocas de las mías al solicitárselo. Así, luego Carmen se ofendió en secreto por haber rechazado la simple compañía de ella hacia ese hombre mayor y solitario que yo era y a quien intentó distraer con salidas y paseos.

—Jorge, me colé en esta fiesta para estar estos raticos contigo.

Isa del Mar me besa en la mejilla.

Quince años sin vernos. Su llamada por teléfono. Descubrirla al atravesar el parque hacia el Teatro. Etérea y toda de blanco. Chaqueta. Pantalón largo. Parecida a un ángel bajo la mirada de quienes la devoraban queriendo adivinar el secreto de su elegancia y belleza. Esta mañana…

—También quiero decirte que una señora llamada Raquel, admiradora mía, me pidió en la calle que te dijera que esta noche a las doce debe hablarte en el recordatorio del Burro Perico, a la entrada de las áreas del Estadio Sandino. Es algo importante, urgente…

Mi amistad con Teresa, amplio recinto donde hay numerosas ofertas de opiniones ajenas. «No concibo con ella la palabra amistad. El amor es un fenómeno aglutinante. Complejo. Completo. Buscando siempre iluminarnos»… Alberto…

Y mis papeles tiemblan. Y me inclino más sobre la mesa del comedor cuando mi casa se disfraza de agua y de sombra, de sombra y de agua, mientras desde uno de los cuartos en penumbra me llega una extraña claridad como si amaneciera en su tiniebla. Como si no fuera solo yo el que se había empeñado en trabajar desganadamente, incrédulamente, en mis apuntes, y sin dejar de cuestionarme sin descanso.

Me dirijo hacia aquella luz vaporosa. Socarrona. Insinuante en lo profundo de aquel cuarto donde mi hermano Carlos viviera un tiempo en su última visita a Santa Clara.

«El amor es un fenómeno aglutinante. Complejo. Completo. Buscando siempre iluminarnos». Evoco la experiencia concreta de su realidad. Y de nuevo puedo oírlo. O no. Alberto. ¿Se contradice? Se distiende la memoria…

Intensa evocación en la cual la plenitud de la memoria que ahora parece fijarse en esa cama más elegante, ostentosa, colocada hacia la pared, al final del cuarto. Alguien la había puesto allí, armonizando una variación del antiguo dormitorio.

«Sabes que por eso vine después que me llamaste con tu voz discreta, por teléfono. Parecías suplicar. Urgente de deseos».

Elisa. Una joven amiga de Carmen Ruiz y diferente de ella…

Pero ahora Isa del Mar, que de improviso aparece en la fiesta, después me besa en la mejilla. Antes… «Jorge, me colé en esta fiesta para estar estos raticos contigo». Y hace, tras el breve conversar, un aparte con sus admiradores. Y desde el fondo del patio llega el sonido de una aspiración como murmullos de mar. Acercándose…

El mar…

Y la distancia que me separa de la entrada del patio donde ella está atendiéndolos, me da miedo franquearla. Si lo hiciera, me daría la impresión de exponerme a un fuego continuo de palabras y miradas, combinándose con la sensación frágil y desvanecida de hallarme en mi cuarto ante Teresa.

«Límpialo. Te vas a tragar todo el polvo del piso hasta llenar con él tus pulmones». Había sido más cariñoso. Ella era otra mujer. Delicada. Y también confiándome asuntos, displicentemente, de familia. Y yo, inseguro y desconfiado, no pude apreciar el brillo de las sutilezas…

—Por la cara que tienes adivino en quien estás pensando —dice Isa del Mar, en dulce regaño—. Esa mujer ya ni se acuerda de ti. Mucho más en un país donde todo es rápido, pragmático y sin el tiempo necesario para analizar ni recordar como se debe… Ella allá gozando, y tú aquí, sufriendo por Teresa.

—Sufre solo quien ama —analizo—. Quizás no valió la pena dedicarle tanto tiempo. No vale un quilo.

La conversación hacia otro tema diferente. La desplazo como respuesta implícita. Odio ya a Teresa.

—¿No te cansa ese acoso sin tregua de tus admiradores? —pregunto.

—No. Es parte de mi trabajo y, además, si me quieren, yo también los quiero y los respeto.

Isa del Mar no comprendía mi inclinación de analizar el pasado con la propuesta de evitar cometer los mismos errores.

Más tarde, al abandonar la casa con mi amiga, Diana que entra al auto. Allí la esperan tres extranjeros.

—Poderoso caballero es Don Dinero.

Y entonces sonríe, no sin un matiz de irónica sinceridad. Y me toma del brazo hacia el hotel. Y me propone conversar ella y sus amigos después de mi encuentro con Raquel. Precisamente a esa hora atendería a una amiga en mi casa.

—Tienes una hora muy curiosa para recibir visitas.

Elisa.

«He tocado tres veces en tu casa y no estabas. ¿Dónde te metiste hoy, catorce de febrero? No haremos nada esta noche; quiero que sufras».

Elisa no había dejado sus modales suaves y tiernos, al límite de lo complaciente…

Y había sido una cruda noche al comenzar el invierno. Teresa. Yo… Casualmente encontrándonos cerca de un garaje. Apagón en la zona de la carretera central. Y me invitó a conversar sentándonos sobre el muro del jardín de un silencioso chalet.

«No vivo lejos», aclaró al preguntarle. Cuidaba no precisar la ubicación de la casa. Y nada veíamos. Nuestros sentimientos silenciando algunas precisas palabras. Y atrajeron mutuamente la palpable delicia de las cosas nuevas. Y al no haberlas expresado entonces, no perdieron ese aire de tiniebla profunda como de aroma de sonrisas eludidas, imposibles, sumidas al terror de no volverlas a vivir de nuevo…

Y no supimos cómo tocarnos, sabiendo de la torpeza urdida en nuestras manos hechizadas por la noche.

Aquella noche…

La más negra de cuantas conocimos…

Y volaba el tiempo.

Y también la noche.

Y nuestro silencio. Semejante a una sombra atada a la incertidumbre sin medida para romper todos sus rasgos dentro del silencio, como sombra no liberada e incapaz de borrar reticencias, cobardías…

Mi nostalgia entonces, más obscura y desgarrante, percibiendo la lejana luz de la inasible sensación de eternidad.

«Jorge, muchas veces me ha pesado no habernos conocido antes, veinte años atrás…»

Invierno sin retorno. Imposible…

¿Tendría alguna vez, aunque fuese, el vestigio de haberle sido útil, de haberle importado de manera singular en mi convencimiento de entregármele entero para ayudarla, dándole lo mejor de mí?

Pero el odio hacia ella, irracional, imprudente, me había hecho sentir el desaliento, la inquietud, la desconfianza de no saberme en ella imborrable, determinante para el mejor desarrollo de su vida, de la cual, si hubiese sido necesario, no dudaría en apartarme y desaparecer, con la finalidad de darle el mejor apoyo en mi renuncia; como el padre cuyo amor, en vez de favorecer a la hija, la estorba, la confunde, la aniquila sin remedio.

En realidad, ¿le fui útil, indispensable por momentos, el punto clave, la marca con la cual ella lograse seguir por rumbos diferentes y mejores para el desenvolvimiento en su existir opaco, sin luz, solitario en demasía?

Me despido de Isa del Mar.

Voy a encontrarme con Raquel...

Capítulo II
Raquel. Isa del Mar. La decisión

ejo a Isa del Mar. Me espera Raquel. Y los portales vacíos alrededor del Parque parecen a punto de disiparse, empa-pados de una substancia fría, tenue, cuyo frescor percibo en los costados de mi cuerpo.

Y se me pega ese olor suave a tierra y hojas. Se me pega. Y resbalan sobre mis células. Se hunden bajo mi piel.

La Glorieta en medio del paseo es como una cosa interminable. Sale. Entra en la luz. Se hunde en las tinieblas y sobre mis párpados. Oprimiéndome la frente, el corazón.

Y el paisaje es uno solo. Y cambia a cada hora. Y cada tramo del portal se desplaza. Lo reconozco. Es un lienzo cuyo sabor regusto como nuevo, diferente. Es el misterio del fruto de distinto verano en la amable sorpresa de la flor reciente de renovada primavera.

Mi mano está para escribirlo, y solo la caricia de esa soledad de columnas, de paredes hacia un lado, del entorno del parque, son los sabores ya en mi boca dispuestos a disfrutarlos en los tragos de su cintura amada.

Son los mismos componentes formando aquel paisaje, combinándose en él siempre de manera diferente, como las formas y el colorido de un dibujo a medio empezar, cuando alternan sus elementos hasta crear una sombra retomada y diversa, pero advirtiendo el orden mutable de su propia naturaleza.

Javier Garmendía, el hijo del historiador de la Ciudad, cruza dialogando sin cesar con su habitual conversador a quien no había dado tregua en la recepción de Carmen Ruiz, haciendo gala incesante de los conocimientos adquiridos al vuelo para incorporar a su persona el falso andamiaje sin raíces del verdadero caudal de la sabiduría adquirida con el esfuerzo de la materia que se aborda.

«Javier», observa su interlocutor, «estás errado en tu aparición que por mi parte yo respeto, pero lo real es sin duda alguna que Alicia Alonso fue la intérprete suprema del Hada Garapiñada en *Cascanueces*. Fíjate bien: la Alonso intenta a toda costa preservar la tradición».

Sumido de nuevo en soledad, el silencioso paisaje del parque y sus alrededores está entre mis manos ahora, tal y como suelen permanecer otros cuyas calles depositan el alma de los silenciosos tendidos en diversos colores a través de las innovadoras estructuras espaciales, horas turbias, cálidas sombras, cuyo lenguaje interpreto en la variable longitud de sus dimensiones y del embrujo misterioso que continúa de ellas a otras, envueltas en la magia pura el secreto de sus enunciados.

El antiguo reloj del ayuntamiento marca las doce.

Caminarás hacia Raquel. Tu andar lento, preciso, algo melancólico, te asegurará para recibirla alegre. Y la hallarás preocupada y nerviosa, contemplándose en la ansiedad, melodramática siempre, de su espera. Y te mirarás dentro. No quieres dejar salir un aviso de impaciencia o de inseguridad. Y se saludarán en leve resonancia de quienes le harán frente a un asuntillo cuyo valor no logrará el desequilibrio de tus disciplinados sentimientos. Sin emotividad. Evitas la impostada actitud opuesta a la del observador imparcial e implacable. «Raquel busca reacciones pragmáticas. Necesita admirar para apoyarse en alguien. La confianza en los momentos difíciles».

—Me preocupan varias cosas. Mira, ¿no te acuerdas de la visita de Inés a tu casa? Su gracia espiritual es única. Vives aplastado de malestares, de confusiones... Aun siendo ahora tú y yo amigos, temes que me desencante de ti y luego me queje de eso con todo el mundo en Santa Clara, pero no soy una chismosa.

De repente, embocarás el recuerdo imaginado. Teresa. Has podido invitarla ya al Estadio para disfrutar de un juego de pelota. Ella, en ropa deportiva de marcada vulgaridad. Vulgaridad para reanimar tu deseo. Aún con la convicción de considerarla una farsante algo veleidosa. «Quiero ser tu macho siempre, tu marido, tu amigo, tu hermano, tu padre y hasta tu madre, Teresa», le repetirás, disfrutando del puntear de sus pechos bajo el desteñido pulóver sin mangas, azul prusia, tal y como le dijiste cuando te le abriste por primera vez, advirtiendo un zumo invisible de armónica paz que le salía de sus ojos hasta abarcarle completamente la cara, inflamándole el pecho expandido en infinita, lejana dulzura...

Y reaparecen otras calles en esa dimensión de su sensibilidad. Secretos con la pureza de sus enunciados en esas horas turbias de cálidas sombras. Y los edificios. Y los espacios que la noche puebla como respuesta implícita de sus silencios...

Ya el reloj del antiguo Ayuntamiento había marcado las doce.

Y penetro entonces en el paisaje de árboles donde brillan entre sus ramas rezagadas estrellas. Y la figura de Raquel, descendiendo a esta noche triste, de manos suaves.

—¡Mi amiga Inés dijo que un tío abuelo tuyo, muerto hace muchísimos años, tuvo obsesión por tu casa donde él vivió y no sabe todavía que su lugar está en el cementerio! Deseó tener esa casa para él, sin intrusos, y hará todo lo posible por sacarte de allí. Y su alma errante y posesiva, de carácter muy fuerte, se pasea constantemente por el zaguán, por el pasillo, por el patio...

Pero no la escucho porque rememoro mi visita a estos lugares al atardecer, recordando a Teresa.

—¡Jorge, bien te lo dijo Inés, y para combatirlo debes darte cinco baños con flores blancas, siempreviva, cascarilla y poner un vaso de agua en el lugar más alto de tu casa!

No la escucho. La sensación de una mirada se impone. Mirada sin ojos y, sin embargo corpórea. Retejida en la materia de un recuerdo que pugna aún por vivir. Mirada que es un cuerpo en sí misma. Que toca mis hombros en aliento de otro mundo, y mis manos, palpándolas en ritual de amistosa propuesta... Mirada que se sienta en la huella de una sombra desde el comedor, semejante a la desleída expoliación de la amplitud de mis sentidos.

—Ese tío de alta estatura y de buen porte según Inés, continuará acosándote y... ¡Si no tomas las medidas pertinentes acabará contigo! —exagera Raquel.

Y al instante concreta su principal preocupación. Y mis sentidos se fugan en raros pensamientos. Y dentro de mi casa entra el alboroto de pájaros obscuros. Los ha traído el viento. Trepidar angustioso. Pero el viento se escapa. Huye al detectar la sombra en mis ojos. Mis ojos... En ellos, el mediodía ilumina como si mi voz fuese la que hablara siempre.

Y en aquel mediodía espléndido, la fuente era como el inicio de una ceremonia secreta. La fuente. Conjuro de arenas estarcidas en la playa vacía. Tan serena como la serena plenitud del monte Capiro. Tu Capiro. El mío también. Solo él vislumbró el paciente comienzo de lo que empezaste a ser, de lo que fuiste antes de haberte conocido... Y trazaste, mi amada, una señal inadvertida y dibujada solo para mí, desde el patio vacío. Señal de desmentidos buenos augurios porque tu tozudez, inconsecuente a esa señal, pareció borrarla de una manera absurda. Y sufro la incertidumbre de mis sueños que por momentos no pareces compartir...

Y desfilan otras calles que asimilan la revelación de una bondad interior. Propalan esa inquietud. La que se lleva a Teresa lejos de mí...

Y la voz de Raquel:

—No puedo más, Jorge. Amo a ese muchacho y ya no tiene tanto interés en mí al darse cuenta de que no puedo ayudarlo a salir de su miseria —catador sin escrúpulos de las posibilidades que solo Raquel es capaz de disponer a su favor—. Necesito tu ayuda. Ya no tengo fuerzas ni para luchar...

Al mes siguiente de nuestro encuentro, ya Raquel no sería la misma. Temerosa a lo nuevo y desconocido, aproximándose, junto a quien la alejaría de su seguridad establecida.

—Necesito tu ayuda, Jorge. Me propuso casarse conmigo y me acosa, siempre y cuando consiga para él cuanto necesita. Y lo peor del caso es el conocimiento que él tiene para, de una forma baja y fuera de la ley, poderle abrir las puertas hacia la mejoría económica por medio de ciertas amistades que tengo, gente sin escrúpulos ni principios...

Respira hondo. Parece dispuesta a morir.

—Siento una fuerza física tal de contar con él y de tenerlo cerca de mí, porque lejos de su presencia me siento vacía. Él es fuerte, de anchas espaldas, y *mollerúo*... Y sé que su idea de siempre fue la de conocer a una mujer con dinero, poder y buenas relaciones para quedar a flote... No te imaginas mi ansiedad porque llegue la hora de encontrarnos. Solo existe para mí ese momento, esperando siempre para hablarnos...

Luego conversa acerca de su hijo, empeñado en irse clandestino para los Estados Unidos.

¿Más adelante Raquel tendrá que romper oficialmente su matrimonio? El marido ama a otra. Pero Raquel, que quiere tenerlo todo, no lo perderá de vista mediante un negocio común entre los dos propuesto por ella, quien ha dejado su trabajo en la Universidad para compartir esa absurda relación, a la par de su obsesión de multiplicar en su casa las fotografías de los dos en sus lejanos tiempos de felicidad. Es la costumbre, de pie ante su soledad. La monótona costumbre...

«Raquel, ¿el sufrimiento te hace sentir que estás viva?».

Y la observo empequeñecida en la breve luz de las inmediaciones del Sandino, como vago sopor verdeazul acercándose también a la fuente de mi patio… Tímida luminosidad como la del cuarto del hotel donde se hospeda Isa del Mar.

—Siento la curiosidad de saber cómo te va en este primer día en Santa Clara, Isa; solo eso…

—Pero al verte hace unos momentos en la fiesta de Carmen Ruiz me di cuenta de que intentas ciertas cosas con ella; conozco bien a los hombres…

—Te equivocas.

—Vámonos para el lobby para que vayas después al encuentro con Raquel. ¿No te gustará ella todavía?

—No. Realmente, no.

—Tengo que decirte que en algún momento del futuro te daré una extraña sorpresa. Sí. Lejos. Peligrosa… Atrevida…

Isa del Mar pronto regresará a España y a su céntrica casa allá en Madrid, que nada tiene que ver en estilo a la suya del Vedado habanero.

Y la mortecina luz que rodea las inmediaciones del Sandino hace llover en tonos grises, mojados, el aire, enervándonos en silencios como transpiración del universo.

—Mi hijo se va mañana —me dice Raquel—. En cualquier momento recibiré la terrible noticia de su muerte, devorado por los tiburones…

De repente, lee lo que alguien ha escrito, de Santa Teresa de Jesús, en uno de los tantos papeles que a ratos le deslizan bajo su puerta:

«Señor, pensad que no nos entendemos nosotros mismos y que no sabemos lo que queremos, que nos alejamos infinitamente de lo que deseamos».

Y me habla de otros, también escritos en computadora. Los había incinerado. Notas referidas tanto a ella como a mí.

¿Pertenecemos al sueño que alguien suele soñar?

Y recuerdo mi envidia hacia Teresa. Abordando a cualquiera y de repente, en la calle, con soltura, cierto descaro. Tan limitado yo solía ser… Rechazando circunstancias nuevas, quizás beneficiosas al desenvolvimiento social de mi vida. Antes, sus defectos eran mi disfrute para desencantarme más de ella. Antes… Pero esa forma confianzuda de Teresa abiertamente expresada, en efecto repartido, perdía la autenticidad sentimental que, en mí, siempre en plena reserva, solía sentir al resguardo de una fuerza mayor. Y por tal razón la había liberado de mis celos y de mi autoridad. Sería el único hombre que, sin prohibiciones ni barreras, la apoyara, exorcizándola de su comportamiento inadecuado y pueblerino, barriotero...

Y el aire fino se abre paso entre el agua tibia de la noche. Noche sin huellas ni sombras parásitas. Noche limpia. Sin el cruzar de pasos cercanos o de alejados sonidos.

—Siento la curiosidad de saber cómo te va en este primer día de Santa Clara, Isa; solo eso...

Ya había marcado el reloj del antiguo Ayuntamiento las doce de la noche...

—Sabrá Dios cuándo tú y yo nos volvamos a ver. Tendré que dejar para otra oportunidad oír en tu casa las nuevas canciones. ¡Me interesan tanto tus canciones! Pero mi sorpresa nos llevará a un lugar quizás soñado por ti...

Y esta revelación de Isa del Mar hace prender la claridad dentro de mi pecho para alumbrar las cosas que en nosotros quedan para siempre. Sin tardar le cuento deprisa mi relación con Miriam, dándole cabida en su misma esencia a un sentimiento mejor y duradero al preservarlo en amistad.

Isa del Mar detalla su encuentro con un amigo que conociera a Miriam, a quien, en los últimos tiempos del regreso a La Habana antes de morir, Miriam vivía preguntándole por mí. Isa me habla del valor de la amistad y de cómo José Martí exaltara con verdadera poesía y amor dicho sentimiento.

—Nos encontraremos quizás en los albores del dos mil uno, y será ese encuentro algo muy lindo.

Su palabra se empina como fuente de estrellas que alumbran su rostro.

Ya en el lobby observa:

—¿Has olvidado ya completamente a Teresa? Según me has dicho, no tenían nada en común, y ni siquiera el intercambiar ideas inteligentes acerca de la vida y del amor, aunque se compenetraron, no sé cómo, en esporádicos encuentros... Quizás ella nunca te olvide. Tú, un hombre tan fuerte y vigoroso, tan robusto y viril... Espero verte pronto. Adiós, mi amor. Nos veremos.

Al despedirme de ella, comprendo que todo lo ocurrido entre Teresa y yo había sido una mentira. Nunca hubiese sido capaz de presentársela a mi sobrino. Al verla salir una tarde de mi casa mientras llegaba él, me confesó sus supuestas insinuantes miradas y palabras…

Los portales. Sumergidos en oleadas de tinieblas como pétalos de una flor obscura, ensanchándose en mis sentidos…

Teresa, la mujer de todos y de ninguno. ¡Vete al diablo! Siempre pendiente de su mediocre satisfacción y no en la mía, criticando a los creyentes, burlándose de ellos, de mí. «Ni por ti pondría los pies en una iglesia, Jorge Ramos…».

Los portales, sumergidos en oleadas de tinieblas…

«Una de mis parejas no duró más de ocho meses… Píter; se enamoró tanto de mí que me hizo la vida imposible. Me perseguía con sus celos. Tuve que dejarlo por eso y se fue del país a principio de los años ochenta… Me hizo fotos. Hasta me dio una cadena de oro con una cruz y enseguida la vendí para sacarle buen dinero».

Teresa. Indiferente a todo. Con todos. Profana. De rencores contenidos. Pizpireta. Como Carmen Ruiz… ¡La muy puta! ¡Sateando hasta con mi propio sobrino! ¿Buscó solamente la seguridad de mi casa y de mi cuarto? ¿Mezclaba con todos el placer con la utilidad? ¿Y lo aprendió con alguien en su juventud? ¿Se aprovechó de mi amplia y confortable plataforma y de sus necesidades e intereses? No tiene sentido alguno recordar más a Teresa… ¡Si existiese en el mundo alguien a quien pudiese confiarme!

Y los portales, sumidos en oleadas de tinieblas, dibujan sueños. El de una mansión que remeda una villa del renacimiento italiano, de interiores *art déco*…

Y la tarde se hizo vidrio de aguas sumergidas bajo la insinuante luz del patio. Y se movía la fuente como cristal esparcido en el aire sobre un mundo de reflejos, porque había reflejos de mar en tus ojos ordenados en la raíz de las paredes. Y opalescentes reflejos anunciaron en el transcurso de las horas la llegada del ocaso, tremolando a través de sus vivos incendios la expansión desleída de la luz en su cremosa refracción sobre las columnas del portal… Y de espaldas al patio y a la fuente, no te empeñaste, amor mío, en adivinarla en las calles, en otros lugares, porque no querías conocer la estructura de tus sueños que en su moroso andar se arrimaban al peligro de la ciudad. Y por ello temías a la fuente que rezumaba obscuridades y sentencias, que hacía fugaz tu aprehensión a la movilidad. Fuente yerta. Inamovible. Dispuesta, sin embargo, a levantarse de momento para señalar tu contradicción: la de escuchar su canto sombrío, o su alegre canción en lontananza por instantes vedada a «tu» verdad. Verdad que aún desconocías y de la cual evitabas su contenido de no querer explicar el sentido de tu vida... Esa fuente, centrada en la vida y en la muerte.

Raquel se abraza a mí, como si quisiese desprenderse de una pesadilla que la acosa y espanta.

—No han podido agarrar a ese asesino de mujeres que ronda por esta ciudad... Una vez alguien me amenazó de muerte por medio de uno de esos papeles deslizados bajo la puerta de mi casa.

Abandona el abrazo, observando la media luz del lugar. Observa hacia lugares lejanos, como si deseara no pensar en lo que piensa.

Y por eso mi odio se hace mayor...

—Acompáñame a salir de aquí. Mi piel se eriza. Quizás tengo fiebre. Pero debo decirte ahora; esa obsesión tuya por el recuerdo de Teresa, tan maleducada, ¿no será un truco, una forma de demostrar tu lucha por no olvidarla, para probarte a ti mismo tu capacidad de conservar un amor ante el cansancio natural de guardarla en tus sentimientos, de ignorar tu vulnerable actitud de dejar a una para tomar a otra como si nada? Ustedes los hombres son tan inconstantes, y eso te avergüenza. Quieres ser un héroe de novela o del cine, y no te atormenta saberte débil, común y corriente, igual a los demás...

—Intento ser sincero conmigo. Al menos, su recuerdo ronda mis noches cuando me he convencido de haberla olvidado a través de nuevos sueños, nuevos amores...

—Esa ilusión engrosa tu autoestima tan deteriorada... No te conoces, y piensas en la magnitud de tus fuerzas, en tu singularidad, esa supuesta singularidad idealizada por tus esfuerzos... Aunque en verdad eres diferente de las demás personas, pero basta, detente, no te empeñes más en ir tan lejos. Al final, el único dañado serás tú, al reconocer la miseria a la cual tu vanidad se aferra para engrandecerte en exceso…

—Hablas igual a un personaje de ficción…

—¿Y, no seremos simplemente eso, seres creados por alguien, simplemente eso?

—Vámonos ya, Raquel. Me confundes. A veces no existen respuestas a nuestras preguntas…

Capítulo III
Reaparición de Javier Garmendía

De esa tiniebla se agita en el turbio aliento de la noche. Carro de fuego obscuro. Mirar de salpicaduras de cenizas que me tocan leves. Y alcanzan al óleo inmenso de aquella casa. Y se confunden entre nubes verdes. Y grita imperiosa mi fina, distinguida y culta madre. ¡Javiercito, no salgas a la calle sin mi permiso! Pero ya mi edad ha subido. Mozo rebelde, sin trabas, y su voz la resaca del silencio. ¡Este cuartucho de blancas paredes! ¡Camino sin huellas! Y cada noche esa tiniebla parpadea. Se escurre. Y entonces duermo. Y me veo sobre el lomo de un unicornio plateado para arrojarnos al mar. Cabalgando. Hermanos somos y existen noches y llanuras. Y existe el deseo de huir de la hostilidad humana y nos vamos confundiendo entre el oleaje y la leyenda, sin discusión. Porque las fuerzas se me escapan y las sábanas son solo espumas del oleaje, sobre todo cuando esos hombres de blanco se empeñan en hacerme dormir y dormir y dormir en la concha de bronce pálido o en profunda sombra de mar. ¡Que se cae el mar! Sobre aquella casa barroca, decrépita, lujosa y arrugada por el aire que sus paredes rechazan, defendidas como crispada mano sin huesos, por la fachada y la verja de hierro y por las rejas rodeándolas. ¿Y será preciso morir violentamente para recordarlo todo? Aquel salón con tantas camas de hierro, con sábanas excesivamente blancas, con las mamparas de cristal, con el instrumental quirúrgico, con las mesillas auxiliares, ¡todos, instrumentos de tortura! El general me lo advirtió y mi carne cede espantada ante los filos de esos garfios de plata, cuchillas para amputar, y no cabe otra medida que la fuga. ¿Hacia dónde? Porque los salones van a dar a otros salones y los pasillos a otros pasillos. ¿Estoy aún enfermo? Y escribo acerca de mi amigo Jorge Ramos.

Recuerdo las dos veces que había rechazado a Teresa cuando regresó a mí Raquel. «¿Respetas a tu novia?», preguntó Teresa la segunda vez que le impedí entrar a mi casa, y después, muchas veces en la calle rehuyéndola al verla venir… Escribo en páginas de aire… A un extremo del letargo en el cual me han confinado; Iraida, la pintora, le pide a Jorge acompañarla a esa casa de la modista donde halla dentro de su cartera la foto en colores del extranjero conocido en la Casa de la Ciudad. Va a tomarla de las manos de su amiga, y otra mano, huesuda y centenaria, se levanta de un catre cercano. La de la negra Isabel, hermana de la difunta Dionisia, quien pide verla y susurra que él murió… hace años, en casa de la familia Ramos… serio, distinguido, y yo ayudaba en la cocina… Es él. Malo a veces. Y escribía y escribía, me acuerdo, sobre la mesa del comedor. Escribía…

Luisito frente al mar. Sacando provecho de su sabiduría y tenacidad, y yo junto a ese amigo de mis caprichos irrealizables, porque débiles eran él y Jorge… Y nobles. Para ser eliminados de un mundo intolerante en este siglo que con ellos se agota. ¡Que Cuba se libere de España! Intolerantes… ¡Intolerantes! La superioridad germana sería la solución. Y la forma de un hombre vestido de negro va acercándoseme. ¿Luis? ¿La muerte? Como la fragancia del boj… Cada vez que triunfa una revolución quien sube es el populacho. Venganzas. Lo precioso se pierde por mucho que los nuevos tiempos aporten… Tiempos de cobardías astutas. Dignidades ofendidas. ¡Cómo cuesta el progreso!

Teresa, bajo el acoso psicológico familiar y su drama de conciencia, sin capacidad para progresar. Libre y sin ataduras. Reprimida y compulsiva al atrapar cada presa sin dejar atrás la total represión. Incoherente…

¿Escribo acerca de Emilio Jorge en el sueño de mi segunda muerte?

No tengo otra alternativa para contentar a Teresa y la dejo estar un par de veces o más, tirada, con su cuerpo inerte, extendido sobre mi cama bajo las caricias de Iván con besos leves, seguidos, en la cara, en el cuello, hasta succionar con estrépito semejante a los besos, sus senos, y ella le ordena chuparle el sexo, dejándome verlo todo a través de la puerta entreabierta de mi cuarto, y observo tanta torpeza de insípido amor donde nada vibra, nada ocurre, porque la torpeza misma había sido de ella por perseguirlo para disfrutar solamente durante quince escasos minutos de intimidad, ante el cansancio del muchacho por complacerla para quitársela de arriba, según dijo, bajo la agobiante presión de Teresa de compartir con él. Y tuve un arranque de celos, inesperado, inoportuno, percibido con sincera, estrepitosa alegría por Teresa al interrumpirlos con mi queja de esa leve, pequeña caricia de la gruesa mano de ella recorriendo un pequeño espacio de la porción izquierda de la espalda de Iván, y decidí por tal gesto no dejarla entrar más a la casa, y para siempre, por lo cual su asedio hacia mí fue tan molesto, elevando mi autoestima en el triunfo de un sentimiento de posesión de su parte que cumplimentaba el mío. Y luego de un tiempo de rechazo y escapatorias, para verme librado de su manía paradójica de insistir en lo que se le niega —la cual, en su descabellada actitud de romper sus inviolables reglas de sobriedad pública en expresiones de esa índole, era un hecho tan desagradable, impropio de una barriada «decente»— al volver a recibirla en mi casa solo dedujo en mí un sentimiento de abstracta frialdad y no de celos, quizás recordando mis palabras de otorgarle plena libertad: «soy un hombre moderno y no me importa que goces con otros». ¿Prometía cosas incapaces de cumplir? Así decía Alberto que era yo...

(Mi tío Jorge Ramos, tan tolerante ante la provocativa forma de vestir de Teresa, e incapaz de recordar sobre el deseo de ella al confesarle una tarde que dejase abierta la puerta del cuarto, para que —dado el caso de que pasara por allí su hermano Carlos— los viese, y también él pudiera entrar y mezclarse con ellos, porque no tengas la menor duda, Jorge, que él se va a calentar y nada lo va a detener, no sin antes advertirle, «perdóname, Jorge, pero tengo que decirte que siempre me ha gustado mucho tu hermano». Y Jorge, compasivo, hizo un silencio de significativa pena y comprensión. Y quizás tampoco él recuerde otro incidente. Y cierto fue... Hubo otra primera vez algunos años antes de la simple conversación con Teresa acerca de su trabajo como crítico de cine en la prensa, cuando preguntó ¿dónde vive por aquí María Petrona?, de lo cual la madre de Jorge expresó en la forma en la cual esa muchachona te habló en la puerta, parece interesarse en ti...)

Teresa pudiera ser entonces el punto clave del pasado de Jorge con su presente... ¡Coincidencia! ¿Será el importante signo de un designio secreto?

¿Y sucedió que, en una ciudad lluviosa que no conocieron los dos, donde posiblemente nunca dieron un paseo por un parque y a la orilla de un estanque, fue cuando Teresa quiso zafarse de él? «No estamos comprometidos. Lo de nosotros, Jorge, es... otra cosa y no somos

nada, simplemente somos amigos, y estamos y… Quítate esa cosa de la cabeza. Mira, cuando me vaya para Miami te escribiré, te llamaré por teléfono y sabrás de mi. No te preocupes tanto…»

Y lo dijo porque imaginó que era él el causante principal de las dificultades innumerables de la demora de su partida del país, utilizando la brujería… En realidad, Jorge nunca fue el «tipo de hombre para el matrimonio» que a Teresa le inculcaron desde su adolescencia; era demasiado liberal, retraído, raro… ¿Más se temía a ella misma que a Jorge? La supersticiosa Teresa. Y casi no lograba zafarse de él, del único hombre capaz de darle seguridad y libertad y respeto y protección… Jorge, si al menos te hubiera conocido hace doce años cuando comencé a trabajar en Cultura…

Pero mis labios se cierran. Cruje el aire. La ventana. La puerta. Los hombres de blanco que se empeñan en hacerme dormir. Crujen… Escalofrío, ahora. Compasión que sienten por todas las cosas que mueren. Para eso nacemos. ¡Mierda! Espero que ya hayan terminado. Duele. Y el dolor se me va por la ventana. Por debajo de una cortina de pestañas. ¡Mierda! Quieren deshacerse de mí. ¿Luisito, tú también? ¿No recuerdas que a Emilio Jorge Ramos le salvaste la vida al pedirle a tus superiores ir en lugar de él a aquella peligrosa misión en los tiempos del Club? Casi estuviste a punto de perder la vida por él. Y entre tú y yo, la distancia. Envidioso, decías tú que yo era. O celoso de tu amistad con Jorge. O desconfianza. A pesar de eso, ¿no lo recuerdas, Luisito?, nos bañábamos los tres allá lejos en el río por las mañanas. Él, tu «amado hermano», tú y yo. Y tu ojo líquido ya me observa y me regaña y me hostiga entre el polvo agusanado que ya eres… No quieres que recuerde. Solo tú lo puedes hacer. Y la noche ya se desvanece. El albor. Las palabras de Carmen Ruiz. Tú no sabes cuán difícil es buscar el camino en una noche obscura, rogar al cielo por la luz de una estrella y seguir el tormentoso volar de las luciérnagas, para quedar otra vez en el negro sendero… Porque es fuerte el amor como la muerte, y la pasión, tenaz como el infierno. *Parva domus magna quies*. Una hora de vida, y Jorge recordará que Miriam celebró la unión de la familia al contactarla en el palco número cuatro de platea; junto a ella también, el ocho de enero de mil novecientos ochenta y nueve a las cinco de la tarde, cuando martillaba el sol entre el espacio de las persianas entreabiertas del Paraíso en nuestro Teatro.

Eppur se mouve, por el grupo de Ballet Teatro de La Habana, lo emocionó. Y esa música de Bach, sinfónica, coral... Pero el grito me hace volver la atención hacia la ventana. Furtivamente... La ventana arde, azul, entre mis manos. Una llamada azul y un humo espeso iluminan este rincón y me acosan. Y grita la jeringuilla. Y cae mi brazo gritando también. Y espumas de caracolas en llamas... Por culpa de mi debilidad de amor traicioné. Tu bella hermana rubia, blanca, fina. Fueron capturados. Ultimados. Y estos hombres de blanco no estaban todavía allí... ¿Estaban? Tu hermana, Luisito. Tu hermana...

(Mi tío querido, ¿lo recuerdas?, será solamente Edith quien llegará a tu puerta en los últimos días, ¿del año dos mil cinco?, después que ella logre atravesar una calle larga y ancha y con restos de lluvia y de viento bajo el titilar de las estrellas reflejadas en sus adoquines y, al fin, decidido a responder el llamado en la aldaba con los consabidos dos golpes y abriendo la puerta de esta casa, será tu muerte, el renacer, tu abrazo, el sello definitivo, la decisión de retenerla para siempre a tu lado, y comenzar en la acción el cumplimiento de tu sueño más querido...)

Miriam. El ocho de enero de mil novecientos ochenta y nueve a las cinco de la tarde... *Eppur se mouve*, por el Grupo de Ballet Teatro de La Habana y un fragmento de la música de Bach, sinfónica y coral, me hacen detenerla en aquel instante...

Miriam.

Se había deslumbrado al descubrir mis sentimientos de amistad hacia ella, a través de mis cartas, haciéndola soñar dentro de un mundo nuevo que escribí solo para su delicadeza. Mundo hecho a la medida del cariño, del amor... Deslumbrada, únicamente.

Miriam.

A través de mis emociones, ¿la había hecho enamorarse del amor?

(Miriam, el sueño más preciado de mi tío Jorge Ramos, resulta ser la base para otro sueño mayor... El sueño más querido de hacer el bien y la justicia, libre, y en función de una solitaria labor social, a su manera, para enaltecer el arte y su verdad, y las tradiciones y la historia, y la fraternidad y el amor, más allá de los lineamientos oficiales, con el fin de

seguirlos e impulsarlos mejor ante las trabas burocráticas, lo repito, a su manera y por el bien de su ciudad y su país.)

Segunda parte

I
Silencio al servicio de los ritos

De un modo regular a Ralmer no se le ve. Y es raro hallarlo al final del pasillo o tropezar con él en un rincón olvidado de la casa, medio confundido entre los viejos muebles en desuso, leyendo incansablemente entre el polvo y la sombra, soñando que a orillas del mar existió un niño… aquel niño soñado por Javier, empeñándose en torturar pequeños lagartos y otros animalillos indefensos, culminando su macabro oficio con Patroclo, el perrito preferido de la madre, a quien descuartizó después de arrastrarlo por la playa para darle fin de una vez, incinerándolo en improvisada hoguera a escondida de todos los miembros de la casa. Una casa erguida, majestuosa, halagada por la misteriosa materia del silencio. Silencio al servicio de los extraños ritos de sus habitantes, en los patios, en los jardines, o cerca del rocoso paisaje asumido por el mar.

Y de repente me siento parte de un recuerdo, o de una memoria olvidada en la cual confluyen raras ideas. Lejanas. De los pensamientos de Ralmer…

Y pienso en Teresa para sentirme leve y a la vez aliviado de la determinación de Ralmer, cuyo breve resumen no me dejará de hacer en corto tiempo, porque pensar en Teresa es como salir a los acontecimientos dejados en trechos obscuros en los rincones del camino.

Teresa no me ha llamado aún por teléfono, ni me ha escrito. Y pienso que jamás lo hará, aunque Alberto me explicó que para ella soy el hito, la marca, a pesar de haberla olvidado, de haberla perdido.

La carencia de las cosas más imprescindibles para sobrevivir había logrado atormentarla, endurecerla en el rictus visible de una vieja máscara de escepticismo y crueldad.

Mezquina y temerosa, solía expandirse en un silencioso y agresivo ensimismamiento, portador. de vez en cuando. de un quejoso monólogo, a media voz, anunciador de la mala suerte. Y a veces amaba muy deprisa y otras más allá de mi tiempo de amarla.

Impulsada de inseguridades, corría dentro de ella hacia ningún lugar, sin moverse de mi cuarto, recostando inconsistencias sobre mi cama para luego hurgar con intranquila mirada cualquiera de mis pertenencias con la ansiedad de quien no sabe lo que busca.

Ahora al recordarla pienso que Teresa posee el prestigio de lo lejano y anónimo, y mucho más, al desconocer en los días de su vida en Santa Clara, la exacta ubicación de su casita de madera, la cual —y sin su permiso— me hubiese gustado contemplar, a cierta distancia para no alarmarla o destruir su intimidad.

De haberla visto, aquella casita me hubiese hablado mejor de Teresa, y del mismo modo al estudiar efectivamente su entorno, o, en el caso de poder entrar en ella, apreciar el prestigio de contactar con sus más insignificantes, y para mí, valiosos objetos.

Pero todavía la voz secreta de Elena siempre está dispuesta a regresar, vibrante de indecencias o de apasionadas e ingenuas propuestas de amor las cuales, fuera ya de mi rechazo, se me habían ido haciendo indispensables desde la sonrisa del teléfono, dispuesto a traerme el calor de su insinuación al comienzo de ciertas noches.

Y ahora esta noche es como un conjuro de puertas abiertas.

La noche, que gira en el cielo mientras siembra raíces de sombras sobre su pecho desnudo, abrazándome desde la penumbra alrededor de mi cama.

II
Y la noche es solo…

Las calles ya no me parecen tan vacías sin la presencia de Teresa.

Y, sin embargo, había sido yo uno de esos tantos hombres sonsacados por ella.

Aquellos lugares donde solía encontrarme con Teresa, casual y sorpresivamente, para esquivar saludos o conversaciones con ella y no perturbarla, comienzan a marcharse por la estrechez del silencio…

Teresa, a quien traté de hacer regresar inútilmente, en varias ocasiones, a sus infantiles creencias religiosas…

—Y pienso que aquel día en el cual traje a Inés a esta casa, también te advirtió de tu encuentro con una muchacha, creándose en tu ánimo una especie de triángulo amoroso entre ella y Teresa, y que el espíritu de tu padre te protege de la mala influencia de ese tío tuyo… Y luego Inés recalcó que no pusieras ningún tipo de interés en esa joven porque no ibas a lograr nada con ella…

Así me habló de nuestro segundo encuentro Raquel, después de nuestra conversación en las áreas nocturnas del Sandino, explicándome las ventajas de su soledad, sobre todo al saber de la muerte de aquel fastidioso muchacho, su amante, en plena travesía clandestina hacia Miami.

—La gente se te pinta de una forma, Raquel, y luego, la realidad nos enseña nuestro error al apreciarlas.

Y presiento una próxima llamada, desde Europa, de Isa del Mar. Y llegan a mí sus visitas en plena y animada conversación con mi madre, cuando mi casa era diferente y resguardada de los futuros problemas que en torno a ella se desencadenarían.

Mirando a través de la penumbra la masa neblinosa del patio, me pregunto cuáles serán las buenas noticias que esa voz amiga podría traerme a través del teléfono.

Ralmer irrumpe en la casa tras su llamar agitado y febril en la aldaba, que me recuerda el de Teresa.

—Abre bien los ojos y cuídate. Y no des tu amor a quien no lo merece. No te dejes utilizar y ten calma.

Y desaparece en la noche.

Y la noche es solo un conjuro de puertas abiertas y enfundadas en alto, escurrida del abrazo sangriento del atardecer.

III
Todo se desvanece en el pasillo

«La historia del vapor mixto *Valbanera* forma parte del más negro episodio en la historia de la navegación comercial española y uno de los misterios marítimos más siniestros de todos los tiempos, y yo fui una de las víctimas de ese desastre…»

Repite él de una revista que trae para mostrarme, y su visita parece ser algo remoto, proclive a hacerme dudar de la verdadera identidad del que conversa. En sus manos, esa revista decenal ilustrada, fundada en 1908: *Islas Canarias*, órgano de la colonia canaria. La dejó al descuido después de la visita.

Porque a toda costa había evitado tal visita, semejante a mi intención de no querer mirar en la revista aquel antiguo local estampado en ella: la fotografía del café y restaurante del hotel «Nueva Paz», de Cabaiguán, construido posiblemente antes de 1913, el cual reproducía en mi memoria algún incidente lejano, desconocido, inquietante.

«¿Estuve yo allí alguna vez?»

La revista había permanecido dentro de un sobre de grandes dimensiones forrado de negro, igual a los sobres en los cuales se enviaban las esquelas funerarias en los tiempos pasados.

Y mi pensamiento, ahora de textura rugosa, suele inquietarme, sobre todo ahora, al evocar la posible presencia de Javier Garmendía en mi casa hacía solamente unos minutos, en la penumbrosa saleta, con su voz de planos vacilantes.

Javier, de quien se ha dicho que estuvo por voluntad propia once años encerrado en su cuarto y durmiendo en un ataúd, sin siquiera ver la luz del sol…

Pero todo se desvanece en el pasillo y la noche —en su conjuro de puertas abiertas— se repetirá en otras noches…

IV
Antes de comer

Antes de comer el grave error de permitir la permanente estancia de Diana en mi casa, inició conmigo, al mes del comienzo de nuestra amistad, el constante asedio de hablarme por teléfono desde la casa de una de sus amistades.

Con cualquier excusa baladí, Diana solía llamarme en intervalos más breves cada día, preocupándose siempre por mi salud y estado anímico, y, al visitarme fugazmente, viéndome ocupado en mi música o en mis dibujos, solía con entusiasmo prepararme el almuerzo o la comida.

Su experiencia estaba basada en la magia de inventar sabrosos platos con escasos recursos, y arreglaba, además, algún ventilador o cualquier otra cosa. Adivinaba así, sin decírselo, mis preocupaciones, y su diligente y silencioso trajinar por la casa era para resolver sin dilación cualquier problema.

—No vayas a pensar que hago estas cosas por ti. En realidad, es por mí por quien las hago —afirmaba sin reservas.

Y comprendía su verdad; sola, y sin un hogar verdadero, solía disfrutar de la agradable atmósfera de mi casa, evitando contradecirla cuando de ella emanaba esa fuerza de mejorar el estado de excesivo deterioro y abandono circundante.

Se empeñó en grabarme en casetes canciones y melodías instrumentales de mi preferencia, hasta altas horas de la madrugada, renunciando a esos momentos del necesario descanso, con el imperativo deseo de mostrarse atenta y complaciente conmigo.

Vivía pendiente de mis caprichos y necesidades, criticando el derroche de mis escasos alimentos.

—No confías en mí —se quejaba con frecuencia, no sin motivo—. No aspiro en un futuro a quedarme con tu casa.

Y mi estado de ánimo flotaba en agradable sopor, no solo por la alegría de verla llegar, sino, al recordarla, esperando siempre sus llamadas telefónicas, que iban cobrando seria importancia en el moroso transcurrir del tiempo.

Y la dejaba decidir sobre diversos asuntos. Si discutíamos, sus buenas razones acaban dejándome convencido y feliz.

Diana era la mujer perfecta. La perfecta compañía para un hombre solo como lo era yo, pero, agazapado en esa lasitud, un cierto aviso de sensualidad fue naciendo hacia ella sin que, aparentemente, por parte suya existiera un antecedente.

En la única función de mi Teatro Mágico, Jorge Ramos podrá descubrir, en la pequeña pantalla, junto al estrado que se eleva a pocos centímetros del piso, la imagen de Laura, sensual sin ser provocativa, tímida y tierna, dócil y buena, que en un futuro quizás pueda alejarlo de Edith; valiosa mujer como no ha tenido él jamás… Ojalá deje a Edith… ¡Ojalá!

Ahora, la noche se encierra en su conjunto de puertas abiertas…

V
Esencia de insignificantes amores

Ya se manifiesta en mí ese escozor de posesión sexual. Y con la negativa de Diana a mis discretas tentativas de comunicárselo no hube de tenerla en cuenta, ni a sus impulsos irrespetuosos en contra mía, debido a mi absoluta dependencia de nuestras costumbres en común, y de apoyarme sin reserva en sus quehaceres en mi casa.

Mi voluntad fue mermando frente a su dominante disposición para dejar de ser yo quien había sido siempre en soledad.

—Quien a buen árbol se arrima, buena sombra lo cobija —decía ella a ratos, mientras iba sutilmente apartándome de mis escasas amistades y placeres.

Diametralmente opuesta a Diana era Elisa, a quien, en los inicios de nuestra relación de casi ya dos años, le pedí una vez que cantase para mí una de sus antiguas e inéditas composiciones. Luego intentaría hacer un dibujo en nuestro estilo de creación popular con el fin de agradarme de un modo afectivo.

Diana daba pasos más abarcadores y ambiciosos, tratando de que la gente la relacionase conmigo en plan de aventajada alumna con iniciativas en realidad notables, ingeniosas, en los trabajos teatrales con aficionados.

—Te ayudaré a ocupar el lugar que te corresponde —repetía, al entender que era yo un artista desatendido por las autoridades culturales debido a mi carácter sencillo, apocado.

—Regalas dibujos. Dejas que algunos dirigentes te utilicen, y por eso te tratan como una basura —expresaba, revestida de un creciente y agresivo mal humor.

Luego comprendí que el mayor de todos sus sueños del momento, era el de instalarse cómodamente en mi casa, sin esforzarse en ocultar tales propósitos.

Y, sin embargo, definía a Elisa como «una buena muchacha»…

—Sí, es mucho mejor que aquella Teresa que nunca conocí y que amas todavía… Sí, no me digas que no. Estás en un vacío, más solo que nunca, y eso que la tal mujer no fue jamás ni la pizca de compañía que tanto has necesitado… Y Elisa, su padre no la deja casar, con la idea de tenerla a su disposición en su próxima vejez, y de su corto plazo de futuro de enfermedad y de muerte, garantizando así en los tiránicos propósitos, ser atendido por su mujer, y por la hija sobre todo…

Nos volvemos a encontrar, mi amigo de siempre… Soy Eduardo Pérez, *el Guajiro*. Vieja amistad es la nuestra, Emilio Jorge Ramos…

Cuando Diana desaparezca de tu vida, vas a conocer casualmente a través del teléfono a Laurita, una muchacha joven que le gustaría lograr la publicación de las dos novelas que a su manera ha podido escribir dentro de su aislamiento de guajirita inquieta por la literatura, por la música, y la artesanía, en la cual se empeña para vender pulsos, collares, objetos disímiles que elabora ella en el tiempo libre...

Laurita tiene puntos afines contigo en sus sueños artísticos y, aunque posiblemente no la llegarás a conocer a plenitud, le inculcarás más en lo profundo —como has hecho con Raquel, Diana, Elisa, Teresa, y tu futuro amor que será el de una mujer llamada Edith, además de otros amores y amistades— tu religión: la católica...

En estas horas en las cuales la noche se me hace un conjuro de puertas abiertas, me agota el pensar en esos insignificantes amores donde no había contado con la subordinada esencia de los mismos a un tiempo convencional, implacable...

VI
Una tarde sentados frente al piano

Como había hecho una vez al espiar la casa de Ramona a la cual asistiera Miriam para sus clases de canto, y más tarde con la idea de recibir por parte de ella algunos consejos, me dediqué de igual manera a hurgar desde la calle otro entorno que Teresa acostumbraba a visitar: una casita de modestísima familia con ínfulas de ostentación, que se respaldaba en un pretencioso y ridículo mal gusto de recargada mezcolanza de viejos adornos con otros adquiridos en tiendas de divisas.

Y en el otro lugar de la calle Martí, donde vivía Dora, la anciana amiga, utilizaba el teléfono para anunciarme deprisa y en voz confidencial su visita: «Oye, es Teresa, estoy cerca de tu casa y voy ahora para allá. ¡Espérame! No vayas a salir como otras veces o esconderte en la casa». Impulsiva. Conminatoria. Evidenciando el deseo de compartir un rato conmigo.

Con anterioridad a mis recuerdos más mediatos, veo aún a Diana tratando de averiguar algo indefinido dentro de la vivienda de la calle Martí a través de la puerta o de una ventana a medio abrir.

—¿Busca a alguien?

—No señor... Sí. Un recuerdo.

—¿Y yo? No lo sabré jamás...

Y al hablarnos me cuenta. Su novio, ya en los Estados Unidos, acostumbraba a visitar a las dos ancianas de esa casa, recargada también, pero de suntuoso mobiliario y adornos apreciables, y por razones que al momento comprendí, a esa joven siempre vestida de negro le fascinaba el misterio de aquel lugar y el porqué de la relación del muchacho con ellas. La misma pregunta me remitía a las ocultas razones por las cuales Teresa, tan vulgar y anodina, pudiese entablar con las educadas propietarias un vínculo filial que me resultaba sin sentido entonces, conociendo después la gran ayuda que allí ellas le brindaron maternalmente, sobre todo, al dejarle usar el teléfono.

—No me atrevo a llegar a esa casa con cualquier excusa, pero me intriga esa relación entre él y ellas.

—Algo parecido me ocurre a mí con una a quien no logro olvidar... ¿Es usted artista? La veo sensible, una muchacha poco común, exquisita, difícil que se repita en otras...

Y me mira con sus ojillos vivos, despiertos, imaginativos...

—Me gustaría tanto visitarlo a usted. No es la primera vez que coincidimos en estos asuntos. Se le ve por encima de la ropa la decencia. Seguramente usted es alguien en esta ciudad. Me gustaría ser su amiga, porque tanto en el amor como la amistad, la diferencia de edades para mí no es decisiva. ¿No piensa usted así?

Una tarde, sentados los dos frente al patio y en busca del frescor del lugar, comenzamos a tratarnos y quedé maravillado de conocer a alguien con un mundo interior semejante al mío; sobre todo, en esa búsqueda sin tregua de averiguarlo todo con respecto a quien de verdad nos solía interesar.

Meses después, ya instalada en mi casa, recibía en su cuarto a ciertas y escogidas amistades, a cualquier hora del día o de la noche. Una de ellas fue Ralmer...

Cuando Diana salía, Ralmer la esperaba conversando conmigo:

—A mi padre le hicieron maraña en los negocios. Alguien, por pura envidia y mezquindad, se empeñó en deshacerse de él de alguna manera —me dijo luego, mucho después, al hablar de mi desaparecido amigo Luciano, tras la repentina ausencia de Diana en Santa Clara.

Hacía tiempo que Carmen Ruiz vivía en La Habana, y Diana decidió buscar por medio de ella algún trabajo y mejores relaciones; su sueño de siempre con el afán de «escalar», según decía.

Cuando le había dado la noticia a Diana de la definitiva mudanza de Carmen a la capital, enmudeció como si le afectara la desaparición de su amiga, pero la realidad había sido otra:

—Carmen sube cada día más, y yo no… Voy a dejar esta aldea de mierda y ni siquiera lamentaré no ver más aquel lugarcito donde nací de casi quinientos habitantes, cerca de Placetas, hacia el cual se transita por un terraplén: el caserío «El Cacique», a donde solo pueden llegar algunos carros. ¡Vaya mierda! Y bien hago, como estando viva mi madre hizo. Hay que empezar por Santa Clara y tratar de dejar este país como sea. Allá me criaron mis abuelos, tan majaderos. Aquí estoy con una tía que no es fácil… Pero no me voy a quedar atrás. Escribo a un español y a un argentino, a ver si puedo progresar lejos, lejos…

VII
Mi mente repasa hechos así…

Después de la desaparición de Diana de la ciudad, Ralmer me visitaba cada vez con mayor frecuencia.

—A Diana cualquiera la llevaba a la cama y, sin embargo, ni tú ni yo lo pudimos hacer… Sí. No me lo niegues, estuviste un tiempo ilusionado con ella mucho más que yo…

—Es raro, pero no me gustan las mujeres jóvenes. Ni el físico de Diana ni su espíritu… si es que lo tiene…

—Diana es muy interesada, aunque no lo parece cuando uno la conoce… Tremenda víbora… aunque le falta todavía ser más sinvergüenza, menos ingenua. ¿Y de sus padres…? Algún día te hablaré de ellos y te vas a sorprender. Diana es autosuficiente, soberbia, tiránica y de baja autoestima. Medio tonta y lista a la vez, como la mayoría… Y se jacta de ser «exquisita» a la hora de seleccionar pareja. ¡Mentirosa!

Una de sus tantas sicopáticas mentiras, aunque a veces haya dicho serias verdades…

—Oye —me dice Ralmer—, ¿te acuerdas cuando la cogió por botar aquel vestido que Teresa te dejó de recuerdo? Caprichosa esa Diana. Incapaz de ponerse en el lugar de nadie.

El cielo de la noche, combado encima del patio, golpeaba las puertas de la casa en susurros de viento. Y observé a Ralmer. Ese hijo sin padre quien, aún sin haberlo perdido, no recibió de Luciano el cariño necesario, por ocuparse de sus estudios en La Habana. Luego, por los negocios…

Pero esa tendencia de Ralmer de vivir en la calle, formaba parte también de esos diarios problemas por sobrevivir y luego fiestar con amigas de ocasión. Había cierta amargura en su sonrisa, en la introversión de un carácter tajante, impetuoso y desconfiado.

No fueron pocas las veces que se mantuvo expectante y solícito a cualquiera de mis necesidades a pesar de su liviandad, como si simplemente jugara al resolverlas.

Y el cielo de otra noche deja caer una pesantez casi tangible sobre la casa, gravitando sobre mí como un aletear rezumado del aire.

Ese aire que Teresa y yo conocimos…

Y Teresa se parece al otoño que ya va llegando. Un otoño con más sombra en los días y más estrellas… ¿De qué color eran sus ojos? Nunca lo había sabido bien. A veces lucían grises como alas de aves de mar. A veces parecían pardos o avellanados como paisaje de roca. O verdosos y fluidos como reflejos marinos…

Y le había dado la vida que nadie le dio. Ni siquiera Píter. Ni Orestes. Ni aquel almacenero tan viejo que abusó de su juventud e inexperiencia… Pero pudiera haberle dado más: una noche de otoño como esta…

Y de entre los dobleces de la noche puedo contemplarme, como luego ocurrirá durante mi estancia en La Habana, viaje que conllevaría a la instalación permanente de Diana y su hija en la casa de mi tío don Rafael por razones de mutuas conveniencias, descubriendo desde la acera opuesta a esa, la casa que edificara don Rafael años atrás a su querida Juana Rosa, en uno de los más apartados rincones del Vedado, en la cual, y para no perderla, vivía un primo de Rosilda (última de las mujeres que mi tío atrajera hacia él en la doble función de criada-amante).

Según comentarios al vuelo de viejas amistades de la familia, Juana Rosa había muerto de repente, y don Rafael dejó el lugar tal y como estaba en los instantes de la despedida de su único amor, verdadera pasión hacia ella; mujer de cultura media capaz de tejer, bordar, tocar el piano y leer algunos escogidos libros.

Hasta que se cansó de hacerlo, por años y años ininterrumpidamente, don Rafael pasaba a solas gran parte de los días en aquel chalecito más parecido a un pabellón que a cualquier otra cosa, en cuya fachada se inscribía la sentencia *Parva Domus Magna Quies,* no sin un dejo de ironía.

Dentro, sentado en cualquier lugar o paseándose entre recuerdos y añoranzas, apreciaba las pantuflas, el salto de cama, el cepillo para el pelo y otras de las íntimas pertenencias de la señora, en el preciso y exacto puesto en que estaba en aquellos trágicos momentos; la cama destendida, alguna cortina a medio correr, el piano abierto, un libro con el marcador en una de las páginas, etcétera.

Maniático. Obsesivo. Don Rafael no permitía cambio alguno en aquella escenografía de la desolación y de la muerte, semejando quizás a uno de aquellos personajes de novela leídos por su compañera...

Mi mente repasa hechos así en una noche como esta, en su conjuro de puertas abiertas...

VIII
Trágico es todo juego

Ralmer me observa sin hablar.

Y se desgarra la tiniebla, asida aún al último deshecho de la noche.

Teresa. ¿Esclava de una unidad obscura que yo había osado desintegrar? Impudente. ¿Capaz de avergonzarme ante su presencia en esta casa?

Y otra de sus noches de visita, Ralmer saca bajo su camisa una cartulina con algún comedero de polilla. Algo gris. Mostrando una cara poco borrada que apenas se podía distinguir, entre vuelitos de encaje, lluvia de lazos, manchas de humedad...

¡¿Se me parecía a Raquel?!...

De una fina amarillez en la piel entre granos de sombra...

¿Gertrudis, la tía abuela? ¿Única fotografía hallada por mi amigo entre cajas donde rodaron las blancas bolitas de naftalina en aquel cuarto, «el de los tarecos», como decía mamá?

«Con ojos quizás verdes, no tan verdes como los de Raquel», observo.

Y el silencio es sombra viva entre nosotros...

Al marcharse Ralmer todo se hace más silencioso.

Un silencio fuerte. Áspero. Espeso y tan difícil de apagar...

«Trágico es todo juego», razono. «Y es posible que haya pasado mi vida jugando... Pero, frente a esta posibilidad del mal, o del error, está la unidad familiar como resistencia… El hogar… Especialmente su centro… Y la cena. Cotidiana, sacramental… Hierática… La mesa. Allí todos solíamos reunirnos con gestos tranquilos… ¡Si pudiera restituir lo perdido! ¿Teresa trajo la indignidad a esta casa, la desvergüenza? ¿Por qué seguirle yo la corriente, siempre? Debo aferrarme a una imagen… ellas salvan de la muerte. Constituyen el revés de la vejez, de la destrucción… La imagen. Un unicornio… La memoria. La poesía… ¡La poesía! Tan eterna frente al polvo; la disolución. La tarde breve…»

Mi casa constituye un ritual. Y es de noche. Hay una sutil manera de sobresaltarnos… ¡Quemar la noche! Y el patio, y el zaguán o el mirador, sitios de penumbra, donde quizás, algún amanecer, me traiga el sonido de las palabras…

Mi patio…

Allí, junto a la fuente, antes de marcharse, Ralmer había observado:

—Jorge, tú, mi tío querido, a través de documentos, de viejas notas periodísticas, de revistas y recuerdos, de historias escuchadas a través de algunos sobrevivientes de viejas familias de Santa Clara, te has dedicado desde hace mucho tiempo, a conocer quién era en realidad tu abuelo…

—No cejaré en mi empeño. Hay algo extraño en su existencia, o en la noción que de él tengo acerca de su vida.

—¿No te has detenido a pensar en que, posiblemente y en resumidas cuentas, él y tú pudiesen ser una misma y única persona?

Entonces Ralmer, rígido y tan blanco, parecía habitar otro mundo casi apagado en sus ojos, de repente convertidos en sedimento pétreo, perdidos, como desplomados, quemados todavía quizás por haber sido testigos de hechos insólitos, refulgiendo entonces inesperadamente como en un espacio luminoso ubicado entre dos espejos que colocaron —uno frente al otro— brillando en la penumbra de un salón concurrido, abarrotado casi, por cuerpos que ya desde muchos años atrás, también habían dejado de existir.

Pero allí está mi patio, vestido de hojas secas y pequeñas alimañas que invadían las paredes y los rincones de la casa.

¡Mi patio!

¡Mi casa enlazándose al paisaje y a los astros!

¡Mi patio! ¡Mi torre! ¡El verdadero mirador!

Pero todo había gravitado desde el comedor. Todo cuanto se había ido...

Y los objetos de esta casa no son simples extensiones de quienes la vivieron. ¡Viven! ¡Enlazados a un destino fabuloso! ¡Personajes sagrados en el tiempo, y en la noche! En la noche... ¡De espaldas ya, a su conjuro de puertas abiertas!

IX
With you I'm born again

Aquella canción...

Miriam acababa de marchar hacia La Habana mucho antes de unirse a Carlos.

Años después, aquel dos de enero de 2000 fue diferente. Conocí en su mañana el prodigio. Sensación de sentirme en otro cuerpo cuando la mano de Teresa iba acariciando mis piernas y yo, con mi boca en su sexo, y ella a su vez en el mío, y mis manos sobre sus muslos enormes y sus nalgas, en la mutua entrega de dos confundidos en un solo espacio...

Pequeña inmensidad de lo imposible y un instante, muriéndonos en los labios de los poetas muertos, en lumbre sobre lumbres entrándome en el pecho.

Monolítico instante en espiral...

Y me había parecido abrir en mis pasos aquel otro cuarto donde el cuerpo desnudo de Luz Divina, la primera de todas mis putas, yacía inerme sobre mi cama con sus senos cuajados de sombra bajo la lejana luz de un quinqué, dejando al descubierto su pubis amplio, triángulo perfecto tan profundo y neblinoso.

Y su figura reblandeció, sobre la almohada una sonrisa.

La de Carlos...

Incorporándose lento, avisándome con su viscosa sonrisa:

—Ahora te pudiera ayudar si no fueras tan pulcro y convencional, sí, con una vieja forrada en billetes... Aún sueña contigo... ¡Mírate bien muchachón, tu cuerpo incita a la caricia! Déjame ayudarte...

Incorporándose despacio, amodorrado.

—Ella pagará por ti... la Zoraida...

Al mirarme, sus ojos fueron un puñado de cenizas ardientes.

—Goza la vida coño, ¡y con ese cuerpo recién salido del baño y sin secar! ¡No digo yo; si ella pudiera verte ahora así!

Y describió palmo a palmo los pasos de su intimidad con Zoraida...

—Podríamos ir los dos juntos, ¡no es mala la idea!

El cuarto, más en silencio entonces que toda la casa.

Y suspiró, quedándose en solitario dentro del sofocante fuego del verano.

—Mira... yo...

La cabeza, ladeada como la de Teresa una vez, ocultando su vergüenza.

Me había tomado por un brazo hasta llevarme ante el espejo oval del escaparate.

—¿Quién de los dos tiene el culo más grande?

De perfil como él, espalda contra espalda, mirándonos en el reflejo hasta casi rozarnos las nalgas.

—El que pierda pagará las consecuencias.

Sin dejar de reír con malicia me había empujado hacia el centro del cuarto. Me vestí sin mirarlo.

—Tienes que soltarte, aprender a ser un verdadero jodedor. La vida es un juego, y si no se juega, no se vive... Socarroncito... Y eso que tengo unos pocos años menos que tú...

Se vistió con rápidos, brutales movimientos.

—Tu camino es el más largo y fatigoso, pero el mío... No había forma de matar este agobio, este aburrimiento asfixiante... ¿Me tienes miedo? Te has sentido superior a mí seguramente... Pobrecito mi niño de rabo gordo y largo... Siempre fui bueno contigo. Tu bondad hiere... El silencio hace bulla... ha sido siempre tu escudo protector.

Perfecta, musical, apareció la noche con una fuerza mayor...

—La bondad tiene sus límites... Robé en esta casa... Hasta a nuestros padres traté de robarles tu cariño, pero envidiaba tus tristezas, tu segura indiferencia, tu actitud independiente...

Lanzó al aire un bostezo. Su retenida ventosidad. Volvía a reírse...

—Muy fáciles te llegan las cosas, sin coger tanta lucha, pero a mí no... —rememoraba, casi complacido—. Una tarde, nadie lo supo, boté al río tu camisa favorita. No pude dormir esa noche, sobre todo, al ver tu sonrisa conforme, pacífica... Aquella camisa que papá te regaló en tu cumpleaños… Tu madre peleando por tu descuido y tu indiferencia… Hubiera salido en tu defensa en aquellos momentos y… hasta hubiera dado la vida por ti si alguien hubiese intentado ofenderte, ¡hasta con la mirada!

Las palabras parecían destrozarle el pecho.

—El odio y el desprecio me hacían superior, pero la gente desprecia todo lo que no puede comprender… Fui despreciado siempre en esta casa, y la calle era mi triunfo… Nunca amé a nadie y me felicito… Y si he sido y seré duro contigo, será para confundirte en esa idea de los bellos espíritus como el tuyo, acorralados por la culpa… El fin justifica los medios y en mi vida hice y seguiré haciendo de todo, claro, menos el papel de maricón… No fui tonto y supe vivir…

With you I'm born again… ¡Cuántas cosas bellas no entiende aún el torpe sonido, a veces inútil, reproducido por lo inhumano de una grabadora! Tantas cosas que yo no sé…

Pero las sabe mi corazón y a veces en él confío…

El recuerdo es un espejo tembloroso reflejando el oro en los abismos…

Al final, todo odio será amor.

Las músicas del sueño apartarán las soledades del lugar del cual nacieron.

Ahora, la obscura, enrarecida densidad de mi pasillo que desconocía, deletrea su andar.

El amor vencerá, parece ser su revelación.

Sus pasos de rocío regresarán vencidos al silencio.

¡Lo sabré alguna vez! ¡Derrotaré, a aquella sombra de pasos, al escalar de nuevo el Capiro, donde canta el triste pájaro de la sabiduría!

Alguien, cuyos pasos presiento, escuchará la alegre canción de *La Llegada*, y se levantará del sueño cuando en el árbol seco de su mundo sin mapas quede *El Paisaje*. Eterno paisaje de alegre, melancólico temblor, que la noche ahora arranca triunfal de su conjuro de puertas abiertas…

X
Garmendía. El sitio de lo imposible

Pero ahogado estoy en este inmenso vertedero de vísceras putrefactas, y el día pende del vuelo de una gaviota tuerta. Del cráneo calcinado de un perro en la playa. Del aire abollado por las piruetas de las voces que se caen... Como chorros de agua libre sobre el cuerpo desnudo de Iván. Descosido por llagas de vidrio y caricias luminosas de la ducha por donde le parece ver cruzar la sombra. Y la mirada de odio fijo de Jorge taladra la intensidad del vuelo del agua. La sombra de Carlos. ¡El muy cabrón, también Iván se la clavó! Pero él lo dejó hacer con Teresa por la satisfacción de proporcionarle placer a ella. El cuarto cerrado, inflamado de penumbras de mediodía sin sol. Descompuesto por el sudor y Teresa debajo de ese cuerpecillo blanco, nalgudo como hembra en celo. Joven. No es mal cuerpo. A esa edad, cualquiera. Pero sin «eso» tan pequeño, lombricilla sin sol, delicadísima, sin esas manos como de niña enferma. Habían hablado en la saleta y luego el calor. Un baño no te vendría mal. Y el vaso de ron. Odio mirar ese cuerpo tímido, deslustrado y opaco. Inadvertible. Y lejos de «su hembra». Bajo los bruscos chorros del agua sonando como flautas de cristal afilado para cortar, para eliminar por siempre ese cuerpecillo maldito. ¡Si yo fuera el agua cortaría, cortaría; y dime, ¿qué le hiciste a Teresa aquella tarde de mayo en que no me dejó ella entonces mirarlos por la rendija de la puerta? Silencio. Silencio. Silencio. A Teresa todo le gusta. ¡Hasta un maricón! ¡Puta! ¡Reputa! ¡Recontraputa! A Teresa todo le gusta, sí. La chusma de mil cabezas dispuesta a convertirse en pasto de ratas de cementerio. Escribo. Lejos de los hombres de blanco. Lejos. Esos hombres de blanco que ya no pueden verme en el aire que huele a excremento seco, viejo, y a formol. Entumecido de olores, de medicamentos, de sangre, de pus. Olor de torturas. Olores, y Jorge, impávido ante aquel cuerpo indolente que goza del baño. Herirlo... ¡Maricón! Si no te gustaba Teresa, ¿por qué te la cogías y te la cogías aquí, en mi propia casa? Silencio. Silencio. No lo sé. No lo sé. No lo sé. Respuesta que sale para arriba. Insolente. Y se la traga como se tragaba las tetas endurecidas de Teresa. ¡Hijo de la gran puta con picha calva de gusano enfermo! Y Teresa ni se acordará de ti ahora. Sí. Luego, quizás. Luego. No se sabe. Y es raro que quisieras venir para hablar conmigo. Es raro. Porque aquí mis ojos te la pueden tocar, arrancarla de un tirón muy merecido. Descuarejingarte para que no seas servible. ¡Y jamás Teresa! ¡Jamás! Es raro que quisieras venir y puedo destrozártela, destrozarte... ¿Qué le vio él a «mi hembra»? ¿Y a él, ella? ¡Nada! Nadie puede verle nada al rastrojo de un hombre infeliz, inútil. Insignificante. ¡Cojones, y parece durísima! ¡Cabrona! ¡Enferma! ¡Desquiciada, descocada! Y sus ojos me miran. Resquebrajan ideas y vislumbres parapléjicas. Enfermos. Humillarlo... ¡Taladrarlo porque Teresa lo dejó entrar en su cuerpo, él estuvo en ella y ella en él! ¡Teresa está en él! Me marea pensarlo. Es el ron. El calor. La humedad del verano lluvioso que incita y da vértigos. Difícil no será, te lo aseguro, Teresa. ¡Te estoy retando ahora! Admira mi barra llameante bajo el pantalón, acariciada por tus ojos. ¡Mima! ¡Teresa! Son mis susurros insidiosos restregándose frenéticos y salvajemente al culo pequeño, lleno y erguido de Iván... Teresa. Manantial de placeres. Estás bajo la ducha, Teresa. Erecto, sin tregua hasta dar con tu piel. Teresa ahora está bajo la ducha y su voz toma el color rojo de la sangre. Y grita. Y el dolor baja gateando. Empujándolo sin guía precisa. Necesito guantes color rata. Devorar el dolor de cementerios y gusanos. Se me dobla en el agua, pide. Teresa. Suplica. Teresa. Flotan remolinos de espuma bautizados por el ron de tantos rones, carcomiendo entrañas, Teresa. Suavemente gritas en actitud de niña suplicante de placer, de terror. Teresa. Conversación de olas y de tumores y de vísceras de sombras atacando todos los cuerpos del mundo sobre mi cama en este cuartucho blanco para esbirros vestidos de blanco y traidores vestidos de blanco...

Me veré salir del comedor... Me veré subiendo hacia el mirador ensombrecido...

Me veré al fin escribiendo allí, definitivamente y sin tregua. Mareado por las imágenes que giran a mi alrededor. Escribir... Sueño. Fatiga. El placer y el infierno de escribir y escribir...

¿Había visto esa mañana la sombra errante, perdida, de Ralmer, de un lado para otro en mi casa?

Cuando intimé con Raquel por primera vez...

Cuando intimé con Raquel por primera vez, era una foto con olor a naftalina. Suspira Jorge... ¿Dónde la había visto en fotos? Joven. Insinuante. De recreada candidez... La foto de Gertrudis. Descabezada sobre un cuerpo, otro cuerpo desnudo. Otro cuerpo que no es el de Raquel... La obscuridad. La muerte. La piel. Piel muerta, deslucida. Y los hombres de blanco, como hormigas, devorándola en tajadas. Aliados. Silenciosos. Besos jóvenes, primeros besos. Virginales. Raquel. De cabeza ladeada y pulóver blanco y pelo despeinado por el viento de la calle. La primera vez... ¿Quién será esa muchachita de boca redonda y carnosa, tan roja como vulva de puta en celo? Y ahora los juegos de agua de la fuente dibujan dibujan dibujan palabras palabras palabras que el aire rompe... Piensa Jorge ante el patio, y pienso que los últimos papeles hallados entre las páginas de la Biblia del abuelo son los mismos recibidos por Raquel... Y la fuente desciende y desciende como nunca, urgida por el ansia de despertar cada silencio roto. Silencios para involucrar a Diana en esa fiesta erótica propuesta por un desconocido... Diana... Cuya vulva de araña peluda y pezones siempre erectos pudiesen mostrar la delicada tonalidad aceituna de su piel... Así la imagina y se excita. Y se masturba. Piensa en la orgía. Diana. Cuyos pezones siempre erectos están delatados en la blusa adherida a la piel por el sudor del verano. Diana... Igual a la primera vez de Raquel con el pelo revuelto por la brisa en la calle y la blusa de color blanco revelando pequeñas proporciones. Senos tensos. De pezones en rosa, requemados por una sensualidad de leyenda... Así había sido la primera vez. Todo en ella tan pequeño. Excitante. De niña como abigarrada por el encierro de sus sentimientos que otros intentan sofocar. La casa la sofoca. La madre. La familia. El hermano mayor. El padre. El futuro novio... «Quiero la libertad». Parece que ni siquiera lo puede pensar en su prisión de barrotes invisibles. Raquel... Invención atormentada de alguien que no la ha podido olvidar. Escribe él. Porque una sonrisa luminosa, ¿la mía? se multiplica después de rodear mi cama. Y se multiplica... se multiplica... en bandada de ojos cada vez más cercanos. Y giran esos ojos en luces de carrusel bajo la gritería de los niños y la música, dando vueltas y más vueltas y más vueltas como esos caballitos de madera, sucios, desteñidos, que hacen volar, volver, volver y volar esos ojos de papel hasta el final de un corredor, Luisito. ¡Luisito! ¿Me lo estabas escribiendo? Y el óleo con un paisaje de violencia y de placer, de movibles fragmentos. ¿Quién lo ha dicho? ¿Quién lo dice? ¡No más, no! ¡No más ya, déjenme, todo lo he confesado, todo todo todo, soldados de mierda! Y callé. ¡Malditos! Yo era entonces más feliz. Juliette, yo. Dieciocho años tenía. Ella, veinticuatro. Rubia y vaporosa como la piel de seda china y la luna llena dibujaba el mar con sus zapatos de raso, de blanca brillantez, de gemas esparcidas y líquidas y clavadas a sus ojos azules. Ojos que iban anotando mi desenfreno, mi desorden, mi locura. Ojos palpitándome en las sienes hasta cuajar de temblores el pecho en aquella primera luna de abril. Espléndida. Repleta. Helada como roca de piña. ¡Juliette! Permanente rocío sin abrir. Canturreaba ella. Y el caballero andante había desatado aquella voz que evitaba tocar o hablarle. Solo tenerla cerca, cerca de mí, envueltos en el aroma del silencio y de los libros de caballería que son los que tienes que leer, Javiercito, mi hijo. Una noche dijo mi madre, allá los que escriben esos libros asquerosos donde señorean los borrachos y los perdidos en vicios de bares y mujeres de mala vida y de mala muerte. ¡Deberían barrerlos a todos, a todas! ¡A cuántos hogares no destruyeron esas desgracias de los hombres y del vicio! No puede ser arte tanta realidad que debe permanecer escondida. Ni caben en los sueños ni en mi hogar, habitado por princesas y castillos, por ese amor incapaz de ser tocado, de ojos tranquilos y de azul cielo, en suspiros de leves doncellas, en esos años tan profundos y tan sombríos como un apóstol de la cristiandad. Casto. Noble. Aguerrido. Valiente. Valientes… Defensores del honor y de su dama. Intenso amor como botones cosidos con hilos de oro a sus ropajes. Botones. Como rosas entreabiertas hacia la pulpa de cada sueño. ¿No eres feliz en tu casa, mi pobrecito niño malo? Existen montones de almas vivas en la biblioteca… Y luego Diana, destruyendo aquellas frescuras de tarde de jazmines y de músicas hervidas en escudillas de aventuras y daguerrotipos y las ilustraciones de lujo para peregrinar secretos y deseos murmurados como rezos, por el jardín. Cabeza en alto en fábrica de nubes que besaban estrellas, cada crepúsculo. Cabezas que arrastraba sus conciertos de sombras en sueños perdidos, todo, cuajado de esa nueva presencia halada de torcaces al vuelo arrancando mi infancia pálida y serena de cuarto cerrado donde señoreaba la vida leída. Vida renaciente a la otra vida lejana de los días de humedad de biblioteca y de días doblados, empolvados, deshilados en visiones apresadas por espejos sin mácula. Inocentes espejos. Y allí de repente, aquella otra luz excitante donde los libros se fueron quedando atrás. Esperándome. Dándome el último adiós de su mundo ficticio en el cual me movía a gusto como alternativa primigenia de vivir en un continente convulso, desigual, misterioso donde me abandonaban Héctor y Andrómaca y Romeo y Julieta y Sir Lancelot y Genevieve. Y me dejaban con la tibieza primordial de un cuerpo magro cuyo núcleo principal, fenómeno paralelo de combinar identidades en múltiples caminos entre hojas de mango y de caimito y de ciruelos y de palmas reales y de duendes… para clavar mariposas de luz fundidas en lenguas de boca entreabierta al jardín que fue perdiendo el color, aquel color sin abatimiento ni culpas. Y me sumía en el horror de las iglesias plagadas de confesionarios que delataban el pecado y la penitencia, y Juliette me hizo recobrarlo en su bosque de silencios azules. De humo, nubes, estrellas y neblinas de colores florales. ¡Juliette! con las trenzas bailando al viento del mar. Y te has quedado mirando fijamente ese cuadro tratando de comprender su significado más allá de lo que le ha dado el pintor. ¡Ay Javiercito!, muchos antes que tú han tratado de descifrar sus enigmas sin acertar a comprenderlos. Sus elementos inquietantes. Su silencio. Su holgura sensual. Y la sonrisa de Juliette no dice más. Despoja ya su sonrisa. Antes. Ahora. Mañana. Hay un niño, un unicornio entre sus manos. ¿No lo ves? Alegorías. ¿Un fauno azotando a una ninfa, recostada en una postura que recuerda la hermafrodita de la Villa Borghese? Hubieras querido, encantada chiquilla, regalárteme muerta, sacrificio infinito. Realidad inquietante. Prohibida. Sangrienta. Fantasías que provocan nuestros deseos más ocultos. No lo olvides, amor. ¡Todo puede contribuir a darnos la clave de este arcano en la materialización de nuestro deseo! Yo. Ausente de cuanto me rodeaba. Yo. Imagen absoluta. Mosca agónica. Página excrementosa de un diario esparcido por el cielo, por el suelo, tras hacer cosas terribles, incapaces de ser contadas. Innombrables. Angustiosas. ¡Y esa visión blanquecina, espejeante, que trota hacia mí hasta amordazarme! ¡Luis, Luis, Luis! Hay cosas que están hechas de olvido. Seres de retinas del color de la sangre y de pus. Tendones sueltos y ligaduras y palancas y tórculos improvisados y tajos de cuchillas… El verdugo manipula el torniquete.

¡Ya viene, Luisito, sálvame! ¡Trabajan ya sobre una de mis piernas, como sombras del espejo y maniatado por un juego de aguas bajo la inscripción: *Mors ultima ratio* y me estoy viendo morir morir morir en estos últimos días del milenio!

Tercera parte

Capítulo I
Sombras del espejo

De un modo regular a él casi no se le ve...

Y no es raro hallarlo al final del pasillo o tropezar con él en un rincón olvidado, medio confundido con los viejos muebles en desuso y leyendo sin descanso entre el polvo y la sombra...

Y me lo había dicho una tarde: «Necesito esconderme un tiempo en esta casa. Nadie, absolutamente nadie, ni mi familia, debe saber que estoy aquí... Luego, no podremos vernos más. Nunca más, mi querido tío y padrino. Está decidido. No me quejo. Me muero. Decidí correr un último riesgo, pero todo será inútil. No diré más...»

Ralmer está solo. Despierto siempre. Casi no habla.

Y la Forlane de *Le Tombeau de Couperin*, de Ravel, me conmina a registrar, exangüe sobre mi cama, el fondo de aquella ansiedad que le comuniqué a Teresa de hacer el amor alguna vez bajo el caer de la lluvia golpeando en el tejado de mi cuarto, buscando mayor privacidad entre los dos y el acercamiento sensual que me provocaba el sentirnos aislados, lejos del mundo.

Y luego, a pesar de rechazarla, de no haberla dejado entrar una tarde de fuerte lluvia, cuando tocaba insistente y desesperada en la puerta, quizás como respuesta al comunicarle mi ansiedad por aquella vez que nos unimos bajo el caer de la lluvia sobre la casa y la ciudad, para sumergirnos, al resguardo de sus paredes de agua, un tiempo después de la aparición del ciclón Lili en Santa Clara; se lamentaba sinceramente de no haberlo pasado juntos, tumbados entre las sábanas y recreándonos con la tempestad y el viento. Pero no le dije nunca que compartía con vehemencia esa opinión, su deseo genial y preciso del paso del Lili, posiblemente al recordar arrepentido las razones del anterior rechazo en medio de la naciente tormenta del verano, cuya causa se debía al afán de conquistar obsesiva y exclusivamente entonces los favores de la intimidad de Carmen Ruiz, por lo cual mi inapetencia hacia su cuerpo se enraizaba al deseo imposible de tener a Carmen en la locura inaplazable del erotismo y de los sentimientos.

Y nunca había tenido la oportunidad de regalarle a Teresa, como quise hacerlo —esperándola un domingo desde mi asiento sobre el quicio de la puerta, le oí tararear esa mañana temprano «Estrellita», mientras se me acercaba para proponerme uno de los ramos de claveles que llevaba para vender dentro de una cesta sobre su bicicleta—, la grabación en casete de la melodía de Manuel María Ponce, ya que aquella había sido la única oportunidad en la cual la oyera también silbar, y en este caso con sorprendente y cuidadosa afinación, ritmo y expresividad, tal canción.

Y entonces, tras comprarle uno de sus ramos, siguió su camino hasta desaparecer; luego supe que uno de mis conocidos la vio momentos después, sin su carga y conversando extensamente frente al parque, con un joven de unos treinta años, asunto que jamás llegué a disertar con ella…

Hablo a gritos al silencio.

Entre cantos de resuello, sobre el aire de la noche libre para quemar las sombras, los espejos.

Canto y rompo silencios, aunque crezcan las sombras y la pobre claridad moribunda se desvanezca con ternura en mis sentidos, formando parte de las mismas sombras, el recuerdo de aquella confesión de Teresa: «Mi hermano me sorprendió mientras salía de tu casa una tarde. Tan envidioso y celoso conmigo. Primero, mi guardián fue mi padre. Luego, mi hermano. Y después, mi marido. Pero mi hermano seguía mis pasos y me habló muy mal de ti con la única idea de que te dejara, y me decía que en el barrio yo tenía mala fama, fama de puta, y también en mi trabajo; y eso en mi familia era una deshonra inadmisible, intolerable, por culpa, dijo él, de mi conducta escandalosa, inmoral…»

El carácter aventurero de Teresa se debía posiblemente a la innata condición de buscar el azar, siempre en pos del azar, y de ir más allá sin detenerse y sin tener una definición consecuente en su andar.

¿Tenía limitaciones afectivas, sin sentir el amor?

¿Para ella el sexo era algo ajeno al sentimiento amoroso?

Su vida, regida también por las circunstancias, parecía ser su primordial basamento. Sin ética, pero desprovista del morboso deseo de hacer daño.

¿Si encontrara a otro semejante a mí, por haber sido lo nuestro puramente circunstancial, se olvidaría de nuestra relación por el resto de su vida?

El único objetivo de Teresa era únicamente vivir, existir, sin perderse en el camino, sin interrumpirlo, como esos arabescos de una ornamentación que, a pesar de sus caprichosos dibujos, no admiten ser interrumpidos; arabescos circunstanciales que continuarían su línea definida a pesar de sus propios «accidentes» de ondulante movilidad en el espacio, nunca perdiéndose en la incansable longitud del andar…

¿Teresa me había conquistado, y nunca fue mía; o no se sintió conquistada por mí? ¿Había sido esa la razón por la cual ella misma estableció, con el apoyo de su voluntad, las cadenas para un enlace nuestro largo y quizás sin final?

Luego de aquella única conversación provocada por Teresa acerca de si era yo quien hacía críticas de cine en la prensa local —incidente sucedido quizás antes o después de decirme en nuestro primer momento en la cama «¿No te dabas cuenta de cómo yo te miraba en la calle?»— evitó saludarme, haciéndose la olvidadiza, la desentendida, al coincidir en mi barriada; hecho que bastaría para que ocurriera, sin una causa objetiva, su inclusión en mis secretas divagaciones eróticas, no lógicas en un caso de esa índole. ¿O sucedió ese renacer erótico al darme cuenta inconscientemente de ese hálito sensual cuando me miraba pasar?

¿Desde antes de nuestra primera intimidad, teníamos que ver de una forma inusual el uno con el otro, unidos por un nexo invisible, por un nexo espontáneo, relacionándonos de esa manera?

¿Intentaría seducir a hombres solitarios e inasibles como yo, para ensalzar su vanidad de ser solo ella quien les hacía el selectivo favor de proporcionarle sus encantos, como valioso premio sin aviso, venido de una hembra tan vistosa, popular, apetecible, para que al final cada cual le agradeciera en silencio el favor de aprovecharla, después de haberse fijado en nosotros?

Y todo lo recuerdo cual si recordase el futuro…

Y se aglutinan los tiempos. Se confunden, hasta formar un conglomerado de instantes dispersos que van sitiando la casa en una tiniebla que no tiene fin… Y en ella, aquella mansión en la calle Paseo en El Vedado que remeda una villa del renacimiento italiano, de interiores *art déco* y escalinatas exteriores de mármol rojo del *Languedoc*.

Y Elena, profundamente cariñosa, sin dejarse ver por mí, como poética intuición… Y el teléfono, silencioso contrapunteo de cordialidad, y de muerte —ausencia amistosa de la vida, fuego necesario—.

La indiferencia, como secreto lenguaje, se inventa en mi silencio empolvado, o en una vasta planicie árida, de raíces que llegan hasta ese hueco negro que comenzara una vez a crecerme dentro.

Y conozco, a través de la visita de un antiguo compañero de estudios, que, impulsado por el envilecimiento de ciertas tendencias antisociales, Javier había sido ingresado muchos años atrás, por tiempo indefinido y sin ningún permiso de salida, en un hospital siquiátrico de La Habana. Se suicidó al morir su madre y habían sido enterrados juntos…

Capítulo II
Nuevos demonios de Javier Garmendía

Mi nombre, visión, o ensueño se nombra Jorge Ramos. Él. Apropiándose de mi escritura para hablar acerca de sí mismo… Y silencioso, se remonta hasta el eco. Él… Y vivo. Y en esta casa, eco soy que va despacio en cada pedazo de la misma, en sospecha de hilos extensos, burlándose de mí. Sospecha es. Intuición. Amortajado en una memoria obscurecida y lo escribo. Lo escribo. Lo escribo… Y la sombra del silencio me rodea. Tranquilidad azul añil del atardecer se me esconde en los poros y en mi cuerpo, algo malsano por las cosas más crudas de la vida, como figura sacudiéndome después de haberla creado. Esa magnitud que me domina, que me quita poco a poco la vida, que me la absorbe, lenta, pausada, criminalmente. Como letra delante, falsa, tomándome a presión la memoria evocada. La de un observador. O la de una palabra natural y familiar expoliándose de mí mismo, extorsionándome a cada momento… Crónicamente… Desordenadamente… De afectuosas a engañosas palabras escritas ya sin haberlas sabido. Impías palabras. Calumniosas. Determinantes. Creciéndoseme cada vez más bajo la carga poderosa del silencio, acentuándose en la reproducción de *La decadencia del imperio cartaginés,* de Turner. Agobiándome en sus mentiras, en sus reposos, como el inestable chorrillo del agua de la fuente de mi patio.

Repercutiéndome en su desorden maléfico sin nada que oponerle al paso. Y dejando huellas huellas huellas... Sus huellas... Y preguntas sin contestar y misterios que aclarar... De exótico calor de piel sobre mis papeles que no me dejan en paz, donde no sé leer su nombre. Igual a la concordancia creada por las figuras autónomas del alma. ¡Y nadie puede detener esa marcha! Y grita el arrepentimiento simple, como juego de perversidad infantil. ¿Qué quiere esa figura de mí? Fragante de su descenso, regresándome de un pasar entre espinas. Y se había deleitado haciendo marcas, haciendo piruetas discordantes. Destellos de suplicios. Forastero de rostro delante, sin mirarme, sin atreverse a saber de mis sentidos. ¡Macabra diversión! Espejo maldito donde otras figuras se descomponen en lluvia de azogue, ¿o de azufre? ¡Oh Dios!, no puede saberme ante cada reclamo suyo a través de la niebla de los años, que fue imponiendo su presencia de marcas y descuidos. ¡Y tan amplias! Para lastrar insuficiencias que de modo corriente frustraron la naturaleza en sus intenciones inestables, apenas distinguibles, para ser manipulado, destruido, en la falsa apariencia de un espejo con su raza de imágenes perdidas, reencontradas... La de esa, la Teresa niña. Expansible y sin dirección, regateando la idea de ser monja algún día. Motivo de burlas y, sobre todo, de la admiración de las catequistas hacia un ser díscolo, borroso, anodino, que busca la única forma de ser importante, de sobresalir sobre las otras que no la dibujan ni la distinguen, amarradas a ejemplares conductas de niñas de bien... ¡Monja! ¡Quiere ser monja! Y le pide a Dios ser santa. Elevarse a la adoración de los altares y de las estampas y de las medallas... Teresa. Víctima de un hogar asfixiante, o tolerante... Amasijo de sobreprotección y desprecio. Teresa Teresa Teresa, ¿dónde estás ahora?

La visita de Alberto en la mañana de un domingo.

—Una vez —dice— pensé escribir una novela sobre tu familia y sobre ti, pero mis bocetos estarán mejor en otras manos...

Y la casa parece reanimada bajo su mirar, saturándose de vida nueva en esa juventud imperecedera de la creación.

Luego pasamos a otro tema.

—No es práctico hablar a estas alturas de Teresa. Ustedes eran incompatibles en exceso, aunque al decirte la primera vez que compartieron que era una enferma, demostró en esa frase cierto tono de grandeza.

—Pensé, antes de conocerla, mirándola pasar frente a mi casa, que era una mujer solitaria, responsable, digna de confiar en ella y de servir de apoyo a un hombre. Su familiaridad y llaneza, y el tener cierta educación, chocaron ante ese primer momento de la intimidad cuando me propuso que le alquilase un cuarto.

—Sabías su disposición de aprovecharse de la soledad de un divorciado de casi setenta años, a quien quería explotar cuando la dejó vivir, solo una semana, junto a él. Pero la viste sabrosa y con una potente y obscena sensualidad. Se dice que cuando joven era muy atractiva.

—Y luego, Alberto, descubrí que era interesada, aunque no lo fue consecuentemente por no tener la suficiente pujanza de la depredadora común, por ser ingenua, falta de malicia y víctima de sus deseos irracionales algo tontos, infantiles... Mi hipótesis es que en primer lugar fue frívola y mundana, y luego se manifestó disfuncional, y con esa gran disposición y desembarazo para ejecutar sus habilidades cotidianas.

—Jorge, no encontró jamás quien le diera lo espiritual en primer término, y luego, comprensión ante su perturbada conducta, fresca, presuntuosa y chismosa, indiscreta... ¿Habías podido dejar algo valedero en ella a pesar de tus esfuerzos?

—Podría haber encubierto, detrás de todo eso, un complejo de culpa o de inferioridad. Necesitaba tanto hacerse sentir, ser aceptada socialmente y que la tuvieran en cuenta... Es algo sabido... En los meses finales antes de partir, me conformaba observándola desde lejos en la calle sin ser visto por ella. Llegué hasta tenerle lástima a esa infeliz... a esa pobre diabla... Aunque su mayor mentira fue la del accidente donde perdió al marido y al hijo, y también lo de comprometernos al primer encuentro erótico y no decírselo a nadie. Puro teatro. Pero el protegerla en cierto modo la tranquilizaba, sin dejar por su parte a veces la prisa como expresión del miedo y la ansiedad y el constante nerviosismo... y una obsesiva paranoia.

—Confórmate, Jorge, con haber podido encender en ti esa luz que quizás iluminó a otra alma obscura... Amamos lo que podemos, lo que la vida nos da; no hay otra alternativa...

Traicionado por ti y por tu hermano, el implacable guardián de tu virtud, pero a quien quiero mucho todavía, ¡dejaré una marca de muerte que jamás podrán borrar! Y hundo de nuevo los ojos al vacío porque he perdido la cuenta de mi tiempo, detenido frente a este chalet de tu encierro por disposición familiar, temiendo a las murmuraciones… Allí se te marchitará la vida, y también la mía, sobre todo, en el lugar más cercano al cielo, a menos que descubra el enigmático punto capaz de romper el hilo de nuestro silencio…

«Jorge, camina, siembra, siembra en cada uno de los senderos de la vida, aunque nunca nos sea dado por ellos volver a pasar…»

Su voz continúa agazapada tras la gracia alevosa del teléfono.

Me enamora dulcemente. Insiste.

—Solo quiero que vengas a mí, a esta casa, en amistad.

—Amor es lo único que deseo de ti. Nada más… —protesta.

—Eres joven, Elena, búscate un hombre de tu edad.

—Quiero tu experiencia. Sé que es grande y rica tu boca, y tu «cosa», y me vuelves loca, loca…

Me ofrece detalles acerca de mi familia y, sobre todo, de su amistad con Carlos, mi hermano. Menciona otros nombres. Otros parentescos y vecinos. Hace alusión a las fiestas promiscuas de su casa, de las cuales Carlos era el centro, pero insisto en ser su amigo, su padre, su hermano.

—Padre no, hermano sí —afirma antes de interrumpir la comunicación.

Capítulo III
Juegos de agua

Y Diana regresa a Santa Clara y reinicia su presencia en mi casa con discreción, serenidad y mesura.

—No deja de ser tan pesado conmigo ese Ralmer —dice un día—. Duro, distante. No le importa el presente ni el futuro de esta amiga.

¿Mi vida sería como esa sombra larga que se distiende sobre Diana para potenciar su soledad?

—Por mi culpa, Ralmer no me habla y me siento herida y cansada. Solo tú me tratas como alguien de tu familia… ¿Debería ser otra para que la gente me quiera?

Y me refiere posibles amenazas, injusticias de la policía, enfrentada a su medio de subsistencia, que desconozco.

—Van a volverme loca si esto sigue así, y tendré que largarme de este país de mierda que ya bastante estrecho me queda...

—Diana, lo sabes bien. Te busqué cursos en los medios culturales y te cansas de ellos, y al final, ni te dignas aparecerte por allí. Va a llegar el momento en el cual, si no creces y aprovechas tu juventud, luego va a ser muy tarde. Tus amigos no te van a durar toda la vida. Lucha, porque tampoco nada te viene bien al poco tiempo de llegar a un nuevo trabajo o a un nuevo curso de superación. Quieres estar en todo y el resultado es que no estás en nada.

—Hiciste muy bien al impedir que Diana contactara con ese italiano de mierda... —me dice luego Ralmer—. Siempre la ayudas, pero oye los malos consejos y se deja influenciar por las ideas de sus amiguitas y sus malas costumbres. Diana no conoce bien la vida, y si se lo señalan quienes le dan buenos consejos, todo lo rechaza con faltas de respeto y fanfarronerías... Su carácter indeciso y endeble la pierde, actuando de una forma tacaña y egoísta por culpa del abandono de la madre...

Y regresa a sus libros y a sus rincones.

Él, invisible casi, me deja la casa en el necesario reposo.

A ratos, interpone en la conversación nuevas y quiméricas proposiciones para introducir cambios notables en el ámbito cultural.

Cuando Diana aparece de improviso en la casa, Ralmer nos deja solos.

En una de sus visitas, Diana se deja caer sobre mi cama fingiendo, o intentando dormir, lacia, envuelta en sus enigmas...

En tiempos anteriores, evitaba el malestar de no saber si esa languidez estaba dirigida a mi provocación de acariciarla, o de proponer una cercanía de mayor amistad y confianza, o realmente se trataba de una simple y estúpida falta de tacto por parte de ella.

Ahora, los juegos de agua de la fuente dibujan palabras que el aire deshace. Y la fuente transcurre en el tiempo urgida del ansia de despertar cada silencio.

Otra noche, Elena vuelve a insistir. La invito a venir a la casa, pero se niega. No alega razones concretas. La broma continúa y yo la sigo, sintiéndome acompañado de su voz lejana.

Me da direcciones falsas donde dice que vive sola.

Promete visitarme y no lo hace. Encontrarse conmigo a la entrada de algún concierto en el Teatro… Pero no lo hace.

—Tengo elementos para demostrar públicamente que Carlos y tú se dedicaban a traficar con jineteras en un prostíbulo, en algunos de los cuartos del lugar donde vives… Pondré condiciones para no divulgarlo. Enviaré a un amigo si no las cumples, y vamos a ver a cómo tocamos.

Cuelgo el teléfono y vuelve a llamarme enseguida.

—Me tiraste el teléfono. ¿Es por miedo?

—El miedo es tuyo. No das la cara nunca.

Y me presenta a través de nuestra comunicación a Felicia, una amiga que da fe de la veracidad de todo cuanto dice Elena. Intentan complicar las cosas. Y Elena me anuncia otra mentira, que se va para los Estados Unidos en breve. El próximo jueves, definitivamente, no sin antes dejar arreglado el propósito de sus amenazas…

Capítulo IV
Mors Ultima Ratio

Santa Clara y sus calles ya nos pertenecen…

Y en ellas disfrutamos de la sorpresiva aparición de algún edificio *art déco* con no pocas reminiscencias de *art noveau*, de las casas coloniales o las de los años cincuenta del pasado siglo, y de otras, con la estirpe mal asimilada del trasnochado neoclásico…

Algunas aparecen ya con las señales del primer cuarto del xx, las cuales se mezclan con los edificios de dudoso estilo donde se albergan negocios en divisa.

Elisa y yo frecuentamos charlas de arte. Conciertos. Conferencias y eventos culturales. Presentaciones de libros y revistas. Algún estreno cinematográfico. El Teatro…

Nos sumergimos en la alegre multitud de los actos públicos, en las fiestas populares donde nos atropella la gente en su algarabía…

Santa Clara y sus calles ya nos pertenecen… Hasta el silencio de los apartados parquecitos…

Una llovizna ligera comienza a deshilarse sobre el cemento, y los diversos colores del otoño se acentúan al contacto del agua.

—A veces vengo a este lugar y me siento bien, disfrutando de esta paz.

Elisa hace patente su emoción virgen, su entusiasmo, su descubrimiento.

—Jorge, eres noble y justo, y quizás esto tenga que ver con el resto de tu inocencia perdida.

Desprendida de sí misma, y sin el atroz egoísmo de Teresa, Elisa parece disfrutar de la luz incierta del crepúsculo, la atmósfera en la que todo es y no es, que tiene su comienzo y no termina, como límite fluctuante en una zona imprecisa que confunde el origen y el final de las cosas, el tiempo y el espacio.

Y esa hora del crepúsculo, ambigua como muchas importantes respuestas, va manchando el aire de una cabellera azulosa más linda, más delicada, como las leyes de la naturaleza a las cuales todos estamos sujetos.

Terrible hora, la más brumosa, poética y ambigua, tan amada por los pintores italianos del Renacimiento. Leonardo Da Vinci…

Y el crepúsculo se mueve hacia la noche. Y parece hablarnos de la ambivalencia de todas las cosas y sus secretos, que permanecen en nosotros, ya entrada la noche casi en el límite de la luz, y del silencio…

Bajo el portón por el cual vamos a salir, nos detenemos. La noche acaba de llegar. Flota en su mirada bondadosa, todavía, la sensación del crepúsculo.

A una distancia de los dos, un muchacho sigue nuestros pasos como evocación de un paisaje jamás mencionado. A lo lejos, entre las sepulturas, Raquel, empeñándose en pasar inadvertida… Vigilándonos…

Tuviste un amigo: Luciano. Está vivo. Se esconde en la casa de Alberto, y ni la mujer ni el hijo, nadie, conoce las razones de su ocultamiento… No te puedo decir quién me lo dijo, pero tiene problemas y no fue a él a quien enterraron… ¿Quién era entonces? Hay que venir a Santa Clara para ver estas cosas…

Y la noche es como un sueño grande parecido al mundo. Sueño para ser soñado en las largas noches de mi casa…

Carlos quiso destruir, sobre todo, la estabilidad de tu hogar. Teresa fue una cualquiera, lo más importante para Teresa era solo ella… Carmen Ruiz y Diana, unas aprovechadas de tu paciencia y bondad… Y Miriam, dejándo-

se amar por ti, sabiéndolo todo irresponsablemente… Tu amiga, como ya lo sabrás, se suicidó por amor: Esther… ¡Ay, este caótico fin de siglo!

El joven que seguía nuestros pasos, agazapado al costado de un carretón, tratando de pasar inadvertido, desaparece en visión desalentada que armoniza con la luminosa confianza de la media penumbra de los alrededores.

—Me olvido a mí misma; debo estar muerta —Elisa es un escalofrío ahora. Forma del sueño y el recuerdo como amor que canta—. A los cuatro años de edad casi me entierran viva… Mi madre repetía, «es el mal azul», y yo me veía al fondo de un sepulcro siempre abierto, mirando las estrellas, noche a noche, sin saber qué hacer… esperando acabase esa medida del tiempo al cual llaman «eternidad». Porque me aburría. Y todo no fue más que un sueño constante. Repetido una y mil veces… Algo que no tenía final… Por eso odio tanto la muerte.

—No te preocupes, impediré que te lleven lejos de mí… No puedo dejar de olvidarte porque el olvido es la muerte; aún necesito vivir, sí, vivir…

Ay, hermano, fundida ya mi alma en la tuya, si ahondaras en lo más profundo de tus contradictorios secretos, podrías, en mi lugar, dar respuesta a tus interrogantes; ya que nuestra materia invisible responde a idénticos parámetros donde habita, más en ti que en mí, porque mi odio es fuerza infinita, la dulce paciencia de esas almas imposibilitadas de hablarle al mundo porque saben que jamás van a ser comprendidas. Nuestra vida es un soplo, y al final, por mucho que lo hayamos intentado, no la hemos vivido.

El comedor. El deterioro. El olvido. Y a través de él, intento hacer sonar la voz íntima, el monólogo inaudible de toda casa abandonada en las manos definitivas del tiempo.

Solo nos resta, ante nuestra ignorancia revelada, perdonar, olvidar, comprender… Porque te he visto solo, en el cementerio, en aquel crepúsculo lluvioso. ¿Era el entierro aquel, el del hijo junto a la madre? Pero no hubiese sido capaz de preguntarte nada; me contestarías con otra pregunta. Y todo cuanto pensaba saber de ti o de mí, o de los demás, será siempre pura especulación, con el considerable margen del error… Por eso, si puedes hacerlo —para mí ya es imposible— perdona, olvida, comprende…

Solo yo. El comedor. No sé si alguna vez me empeñé en intentar conocer a Elisa. Hay algo indefinible que tanto a ella como a mí nos falta en esa relación... ¿Lo resolverá el futuro? ¿O será una más entre las otras?

Capítulo V
Últimos días del milenio

¿Ahora ya todo marcha bien con Elisa?

Apasionada. Menos hembra y más mujer que Teresa.

Me gusta. Por suerte, no parece ser otra psicópata... «Eres el pipo más rico que he tenido...»

Y muy poco la conozco. Es en exceso introvertida.

Y sus visitas, cada vez más estrechas, desnudan su ternura secreta sobre las sábanas como una serpiente mítica, como río esclarecido que se convierte en palabras que no dice.

Sin apenas adivinarla, al marcharse todo se va con ella, y transito por paisajes ignorados como fantasma sin rumbo o un viento que de frente me llega.

Y beso ese silencio suyo que suele parecerse a mis paredes y a mis besos.

Al recorrerla tramo a tramo, la descubro inscrita en las paredes, en los rincones, en las líneas del techo, en las plantas del patio y en los vientos.

Aún Elisa es como el animalillo tímido, perdido —¿bestezuela nada inteligente?— encantador entre madejas de pocas palabras y trazos de amor incursionado.

Y cuando beso su silencio, soy el silencio total o una pared.

Simplemente, soy un beso...

«Ese extranjero del cual liberé a Diana», pienso, «quizás tuvo que ver con uno que devolvió una joven muerta a la madre, sin saberse lo que le sucedió en el extranjero».

¿Crimen?

¿Suicidio?

Nada se sabe...

Y llegan a mi mente las necesidades económicas de mi sobrino, quien, bajo el agotamiento de un excesivo trabajo mal pagado, se acostumbró a la bebida con amigos hasta altas horas de la noche.

Y su mujer fue anunciándole el divorcio ya en camino…

Y me pregunto una vez más, cuál sería la forma de poderlos ayudar…

Una noche Ralmer te hablará a solas:

Debes saber que Diana es hija de Teresa y de Tomás, aquel amigo tuyo de la infancia… Diana desconoce quién es su madre. Sus abuelos desde muy temprana edad le dijeron que había muerto de parto pocos minutos después que nació ella…

Sueño.

Y el sueño sondea la vaporosa arquitectura de otro sueño.

Y el sol poniente agota su extraño esplendor contra rocas recortadas sobre el obscuro paisaje.

La verja de aquel parque, con figuraciones *art noveau*, nos había dejado pasar a un camino retorcido y tortuoso.

La naturaleza había reconquistado lo que suyo fuera una vez, invadiendo el camino tenazmente.

Y al fin, contemplando la fachada *modern style*, ya ante nosotros, la escasa luz de la tarde rueda en cascadas de sombra sobre ella y su paisaje.

Con una mano enlazada a la mía, Isa del Mar me lleva entre gigantescas y colgantes enredaderas hundidas por mitad en tierra, y atravesamos con cuidado la abertura del hueco donde una vez existió una puerta.

El olor denso y sofocado tras el muro es el mismo del aire, como si el cercano mar arrojara desperdicios de extenuado aliento en el ir y venir de las mareas a través de los años.

Y percibo claramente todos los ruidos ocultos en el aire dentro de la total obscuridad.

Ya comienzan a brillar las estrellas por encima de las desnudas paredes que una vez sostuvieron los techos, y aquel olor de humedad y de moho capaz de desvanecernos, reblandece la boca de la penumbra que agrieta la lejana luz de un quinqué.

El monótono chirriar de un grillo parece herir el cúmulo de sombras al atravesarlas.

Muchos ojos se multiplican en la penumbra. Y se cruzan entre sí. Y cintilan en todas direcciones al renacer en la soledad de los rincones.

Y se reproducen sin interrupción en aquel clima donde la penumbra es el humo intenso que rasga el aire azul purísimo de los atardeceres de Tara…

Y giran esos ojos…

Vuelven al acecho como ojos de papel hasta el final de un corredor que, en su sueño profundo, había dejado al descuido la magnitud intensa de un óleo que parece salir de una pared, dejando entrever en la semiobscuridad un paisaje de fragmentos móviles, al acecho protector de Luciano, quien, al notar nuestra presencia, se apresura a desaparecer con malvada sonrisa tras la puerta de un lugar al cual no entra la luz, donde emerge la brillante piel desnuda de Raquel, aherrojada al espeso murmullo de las sombras…

Y de entre aquel grupo de colores, trazos, figuras del óleo, ¿ahora, de repente se impone, como escrita en la pared del viento dentro del cuadro, un grupo de imágenes de cuerpos femeninos mutilados, violados por la sombra que entre ellos se mueve, sombra retorcida luego de placer ante el embate sexual de una ciega, en conjunto de ritos y lenguajes extraños unidos a las figuras repetidas del joven sin rostro definido, envueltas en emanaciones de sangre y pus que se descorren, como cortinas de fuego líquido, desde el óleo hasta el piso? Mientras, la voz de Diana toma cuerpo en refulgentes tonalidades: «Ni de niña tuve el cariño de nadie, cariño que luego busqué en los hombres, en manías de diferentes dependencias afectivas en la sexualidad, incluyendo a mi medio hermano Javier: el primero en poseerme…»

Un aire anaranjado se introduce en el primer plano. Rompe dentro de la tonalidad total su breve función plástica en furia de chispas incandescentes que anteceden a una puerta de dimensiones incalculables, abierta a un jardín que resplandece con el fulgor de cien mil antorchas que esparcen hacia todas partes un movimiento de caminos.

Caminos caminos caminos… ¿Sigo soñando?

Sueño. Sueño entre una orgía de arbustos y plantas exóticas en toda su magnificencia.

«¡Vivimos para matarnos, hay que matar para vivir!», alguien grita en la amplitud de un verde intenso y aterrador, mientras vislumbro cerca de mí una estatua. Una joven vestida de túnica blanca y larga con abrigo rojo Tiepolo sobre sus hombros. Y la escultura cae inesperadamente de su pedestal de mármol. Sus restos, esparcidos por el césped en lluvia de astros. Figuración temporal que conduce a una imagen de la muerte, no de la estipulada en el tiempo, sino en el espacio, en la piel donde acaban las cosas y lo construido, y comienza lo circundante, la intemperie. Y lo inanimado sugiere un extraño movimiento de conciencia guardado en el reposo: «¡Esa mujer, la reconozco, es la hermana del heredero de este lugar! ¡Esa mujer, causante de la traición de Javier, porque odiaba sin medida la causa liberadora de nuestros mambises!».

Símbolo aislado, de diferente espacio generador del sueño o la pesadilla. ¿Símbolo dinámico de las cosas inánimes? ¿Sueño? ¿Furia? ¿Demencia?

Y me desprendo de mí. Abandono en feroz carrera aquellos parajes. Los aires que tuercen alucinantes transposiciones donde, al final de todos los caminos, me recibe placentera, silenciosa, la paz penumbrosa del pasillo de mi casa.

Y en la media luz del pasillo reconozco una vez más que ese nuevo enamorado de Diana, Raúl, me resulta en realidad desagradable, con dobleces, insincero. No viene a ser el hombre adecuado para ella, aunque, voy convenciéndome ahora más que nunca, que el ser adecuado para nuestro amor es el que precisamente podemos, por incógnitas razones, amar…

La noticia de la repentina muerte de Ralmer te hará decir: Todos, de una forma o de otra, van dejándome. Mi mundo se acaba. Muerto tras la operación de un tumor cerebral expandido por las zonas superiores del cuello.

Y no volverás a saber de Elisa. El treinta y uno de diciembre será la última vez en la cual podrás tenerla a tu lado… Voy dejándote solo. Sí. Es mi mayor venganza…

¿No volveré a saber de Elisa?

Cada vez más, en la humildad de las cosas donde se guarece, nuestros cuerpos en contacto van transformando la vida que de pronto aflora, agradecida, por alguna rendija para mantenerme alerta, confiado.

He ido deshaciéndome de algunas pequeñas —antes muy esenciales— pertenencias de Teresa; un papel con su letra y a medio escribir, un lápiz muy usado, el mapa prestado por Alberto para hurgar en él la ubicación de aquel caserío en el cual Teresa nació y hubo de pasar los primeros tiempos de su vida…

Obra única del tiempo. Denso. Substancia transparente… ¿La muerte es el tiempo? ¿O el olvido? Ese origen del tiempo de Teresa va delineando la sombra de la muerte, cuando el principio es nuestro punto recurrente para ir a su encuentro.

¿Y el presente detenido? Tratando yo de comprenderlo. Agarrándose al instante…

Y no quiero forzar el pasado. No quiero protestar contra lo irreversible. No quiero violar el tiempo.

Y, sin embargo, un instante me obsesiona y esa obsesión de otros instantes lo hace imposible, y transmuta esa fuerza de aprehenderlo en la nostalgia.

¿Qué instante?

La dinámica nostalgia. El obrar retroactivamente. Y reniego de la irreversibilidad del pasado.

—Hay algo en tu memoria que persistes en mantener en el olvido —observó Elisa una mañana.

Cada una de las cosas está hecha de olvido. ¡Y esa mirada de las cosas es tan presente en la penumbra!

—Tiene más fuerza el olvido, no la memoria.

De nuevo Elisa corrobora ese antiguo terror infantil. Borroso. Ahora vibrante. Perdido entre los espacios de aquella otra casa que fue la mía en los tiempos de la primaria escolar. Y luego, en el último día de clases en el Instituto… Albita, con una tiza de color sobre mi espalda, dibujando en mi camisa la señal del curso superior al cual iría en próxima fecha, de la Universidad… Y entonces fui, desde aquel instante, un hombre más viejo. Un joven a quien el *Estudio # 9 en* fa *menor, Opus 10,* de Chopin, que interpretara el tío Antonio al llegar minutos después a la casa, era como un himno a lo ya perdido, a la mirada indiferente de Esther cerca de los ojos azules de Albita que comprendieron mi desolación.

Porque es fuerte el amor como la muerte,
y la pasión, tenaz como el infierno.
Sus flechas son dardos de fuego,
como llama divina.
No apagarán el amor ni lo ahogarán.
océanos ni ríos.

Del «Cantar de los Cantares» en la Biblia del abuelo.

Tus dos pechos, como dos crías

mellizas de gacela,

que andan pastando entre los lirios.

Elisa…

Noble.

Buena. Aunque, al desconfiar de su racionalidad, prefiero no tenerla tan cerca… vigilándola…

Quiero robarme tu infancia tardía. Sin embargo… Me hace daño a veces, Elisa… Y la esconderé para que nadie tropiece con ella…

Ahora soy yo quien no quiere aceptar este amor… Pero ella…

No quiero ceder a mis propósitos.

En mi alma tintinea la quijada filosa de mis propósitos y me desvanezco en la ternura al recordarte.

Siempre el amor ha sido mi mayor estorbo. Por amor descuarticé a mi pequeño Patroclo, tan dado a los mimos de abyecta madre, proclive a las caricias de los negros en la privacidad de nuestro jardín en noches de luna llena, argumentando quizás los amores clandestinos de mi padre.

No quiero ceder a mis propósitos de destrucción, a la complejidad del esqueleto de la guerra constante para, al reacomodarla a mi vida, destrozar de una vez este orden palaciego…

Recuerdo aún las convicciones posteriores que me dejó conocer ese otro espacio misterioso dentro de la casa de mi amiga Iraida la pintora, resguardado por aquella puerta verde tan pequeña y de rústica madera, la cual ella me había hecho trasponer en su afán de brindarme singular ayuda.

Entre otras deducciones de los acontecimientos de mi vida que allí pude contactar —solo algunos habían aflorado en aquellos mágicos momentos—, se consolida la idea de sentirme satisfecho del poder ejercido por mí sobre mi hermano Carlos, a quien paso a paso ocultara para, en el momento preciso, demostrarle cuál de los dos era en realidad el más fuerte.

Y, en definitiva, si existieron ciertas escaramuzas eróticas o sentimentales entre mi hermano y Teresa, y obviando su muerte, el presunto vencedor había sido yo, solo yo…

Y, basándome en ciertas afinidades de carácter, él y Teresa hubieran constituido un ayuntamiento mejor, el de la pareja ideal.

A Teresa, sin embargo, la había poseído solo yo, aunque se supiese que ambos —Carlos y ella— hubiesen nacido el uno para el otro.

Odié, desprecié la irracionalidad de Teresa, ¿muy adentro pude amarla alguna vez? ¿Y a pesar de su indómita naturaleza? ¿A pesar de no congeniar el placer de tenerla siempre en la mente? Tampoco en mi espíritu el pensarme tanto constituía para mí un placer… Generalmente…

¿La vanidad de alcanzar a una muchacha elegante y de buena familia como Miriam? ¿La distinguida profesional? ¿La hermosa princesa a quien podía presentar a las antiguas y distinguidas familias de Santa Clara?

¿Y con Teresa, la lujuria venció, el secreto, el escándalo, al lado de una hembra bruta, violenta, una vulgar guajira sin pizca de educación cuyas observaciones de carácter cultural, tan nimias, las había copiado de mi hermano, o de otros?

No había sentido en realidad amor por Teresa.

Me había apoyado en algunas de sus frases sin sentido. De sus actos sin sentido. Y mi vanidad. La de mostrar a todos en secreto ese sentimiento, hacer de mí un hombre diferente.

Quizás intenté no defraudarla, y fingí enamorarme, solo con la idea de satisfacer su vanidad y la mía por puro capricho, investido de caridad cristiana. Sentimiento ambiguo al saberme perdido en mi entusiasmo hacia Carmen Ruiz y otras de mis apasionadas ilusiones carentes de realización corporal. Obraba en mí su función destructora.

Sentí, a través de las palabras de Teresa, esa amplitud de posesividad tan ajena al amor.

Éramos una pareja muerta.

Solo había podido encontrar aquella imagen total como en una fiebre inmensa, fortalecedora, y penetrar en la nueva Teresa ese deseo de la Teresa de aquel dieciocho de diciembre de mil novecientos noventa y cuatro, en la noche prematura de las seis de la tarde en mi cuarto a media luz, cuando ella expresó, algo azorada y confundida, «Soy una enferma. Vamos a comprometernos… De esto, nadie nadie nadie se puede enterar. Yo seré tu hembra y me las arreglaré para entrar en tu casa cuando pongan el horario de verano. Déjame eso a mí».

Teresa, entonces, parecía estar a merced de un insulto dolido. Y pensé que lo nuestro estaba manchado por la marca de un amor abominable. «Jorge, nunca te enamores de mí». De repente vislumbro en aquel momento que ella no me conoce, que no me conocerá nunca, que no tendrá jamás los medios para conocer mi placer, mi capricho, mi perversidad.

También sabía en el caso de ese primer encuentro, que jamás me iba a enamorar de una como ella. De apariencia desastrada. Vulgar. Expansiva. Regada. Ni siquiera apoyándose en tantos y tantos rodeos para atraparme. Carecía de lo esencial que en mí constituye el misterio de una dulzura paciente incapaz de ser adivinada por Teresa. Era tan incapaz de todo. Pensé, al terminar aquel primer encuentro sexual, en la carencia de elementos del amor presente en su cuerpo, en el mío, escuchando el ruido que destruye, por donde se niega la clarificante convicción de no poderla olvidar jamás.

Desahuciados. Ella de mí. Yo de ella. ¿Intenté crearme un amor, y luego logré hacerlo? Vagaríamos por la indignidad, la desvergüenza tormentosa de fuego retorcido bajo un cielo cuya tonalidad no sería para nosotros enteramente azul.

Y ahora intento regresar allá, hacia aquel otro instante para contarme las mil maneras de mantenerme a salvo. Sin las huellas del aire. De los olores. De los sonidos de la calle muerta en aquel primer encuentro.

(Después, pasando mes tras mes, debido al estrépito de la ciudad en el cual mi cuarto está inmerso, coloco en la grabadora un efecto de lluvia para apaciguar la intromisión de la calle, diciéndole: «Oye como llueve», buscando el silencio humano que a través de las persianas nos hace formar parte del trasiego promiscuo de los autos y las gentes hasta el punto de evitar toda concentración en un acto obligado, ritual, inconsecuente.)

Desde aquel instante primero, brevísimo instante, de nuestro encuentro sexual, ¿sabía ya en realidad que nunca la amaría? No podría amar su desvergüenza y la mía. Su vicio y el mío. Su cuerpo provisto del envés donde pululan sus espejos desgastados, envejecidos prematuramente por su irresponsabilidad, por su avidez epidérmica de mi sexo y del suyo sobre los cuales errábamos, deambulando, de un cuerpo al otro en desmesurada obscuridad.

Obscuridad donde se asume el horror. La traición. El engaño. La cobardía y la corrupción. Cargando sobre nuestros hombros el polvo de los siglos, de la barbarie, de la ignorancia primitiva e ingenua en su hierática maldad...

Se me va rompiendo en palabras secas mi conciencia. Todo me suele olvidar. Todo lo olvido. Y cada palabra sin memoria muerde el polvo, su ingravidez. Su inconstancia.

Todo lo olvido, como si remara sobre un manto de polvo, y mi memoria, tirada por veloces caballos, se retuerce ahogada por el humo, por la sombra.

No puedo crear. Alguien ha creado por mí, creándome en la lumbre de mi cuerpo callado. Y un monstruo se agita, imperioso, indomable, como enterrando mis palabras en la hoguera...

¿He creado un monstruo que domina mis pasos?

El movimiento y la quietud parecen confundirme.

¿Y parecen conciliarse los días de cada semana con la eternidad?

Alberto desapareció ayer de su casa, y en ella viven seres extraños que no hablan, que parecen no pertenecer a esta vida.

¿Dónde están esos a quienes he depositado mi consideración y mi afecto?

Este mundo cerrado en que vivo es un semicaótico paraíso sin definición, anterior a cualquier especulación coherente y lógica, donde suelo sentirme ajeno a todo cuanto me rodea; es mi espacio protector que se introduce infinitamente en todas las formas que parecen imantadas a un poder sin límites, desconocido. Y cada vez que miro cada una de esas cosas y las palpo y las disfruto asimilándolas, presiento el horror de ser asimilado por ellas...

Jorge Ramos, no creas a Javier Garmendía. Miente, desde su «Teatro Mágico». Calumnia.

Todo está como evaporándose siempre...

¿Solo soy una substancia que esas cosas generan?

Solo queda en mí un cúmulo de sensaciones cuya raíz primordial carece de sentido propio. ¿Quién soy?

Voy dejándote solo. Sí. Es mi mayor venganza. O la única forma de poseer tu talento junto al mío. De explotarlo. De sacarle partido. Extrayendo, a tu pesar, todo el jugo de tu sabiduría para mi gloria y mi eternidad… Tan ingenuo siempre, tan incauto y confiado… Porque yo me apodero de la vida existente, donde quiera que dirijo la mirada… Pero… me contradigo, ¿estaré enloqueciendo? Perdóname, amigo. Perdóname…

Cerca ya del último día de diciembre, recibo una llamada de Julián desde Miami, para felicitarme por la llegada del año, el nuevo siglo, el nuevo milenio.

Esta mañana pensé decirle a Diana, a la hora de dormir y antes de marcharse, que la posibilidad de su segunda estancia aquí había variado, sobre todo con las visitas de Raúl, por lo tanto, debía abandonar mañana su propuesta. Quería continuar viviendo solo, lejos de la gente y sus asuntos.

—Te extrañará, mi hermanito, que te llame por primera vez desde que «crucé el charco», porque luego le será imposible hacerlo.

Al terminar su larga y tediosa historia de lo bien que allí le iba tanto a él como a su familia, y dispuesto a despedirse:

—Dejé para el final una terrible noticia: Teresa murió hace poco de un virus muy malo que anda por aquí, y pidió ser asistida por un cura en sus últimos momentos en el hospital, también suplicó que la enterraran con un pulóver blanco muy lindo y parecido a uno tuyo; aquel con el nombre de nuestra ciudad en letras blancas de filos rojos, arriba, y debajo la imagen de una bandera cubana, y…, coincidencia, ¿no era ese tu pulóver?

—Sí. Lo era… Un día, al vérmelo puesto, insistió mucho en que se lo quería llevar de recuerdo y se lo cambié por uno de sus vestidos guardados aquí, y, mirando ya en sus manos el pulóver, me dijo: «Así, te tengo conmigo»… Teresa fue solo palabras. Decía lo que era verdad, pero también no decía la verdad.

Tras breve silencio continúo:

—Y aún guardo ese vestido… ayer lo encontré medio enredado entre mis cosas del escaparate y pensé deshacerme cuanto antes de él. Era ya un estorbo sin sentido… Teresa lo iba a estrenar cuando fuéramos de paseo a un hotelito, según ella, por allá, por la zona de Mayajigua para pasarnos un fin de semana amándonos intensamente, pero por razones diversas nunca pudimos ir... Bien, Julián, ¿pues nunca más volveré a saber de ti?

—Claramente. Aquí la vida es durísima y no como la gente se imagina... ¡Caramba, mira eso, Teresa, tan llena de vida y tan frustrada! Se había juntado con un aburrido y mentecato... ¿Por qué Teresa no te visitaba con mayor frecuencia? Tienes, carajo, alma de tarrúo, de aguantón... Allá en Cuba tenía un marido fijo. Pobre Teresa, su cabeza siempre estaba puesta en otros asuntos y problemas, tontas diversiones más mentales que sexuales... Ustedes mantuvieron una relación muy difícil y, sin embargo, transparente... Teresa, caray, bretera y envolvente, con la inmadurez de una niña ñoña, y sin armas por momentos...

Al terminar nuestra conversación pienso en las estupideces de Teresa, y todavía más, en el banal sentimentalismo hacia Santa Clara a través de aquel pulóver. Rara y caprichosa. Insubstancial... «No somos nada, Jorge, simplemente amigos...»

Por la saleta entra la luna con debilidad y se desplaza por las paredes estriadas de filtraciones. De repente desaparece, tragada por un vapor rojizo.

«¡Ha muerto Miriam otra vez!», repito con tenue voz.

Y el aire se va y regresa cargado de cosas fenecidas como un infinito mundo líquido, invisible.

«Cuídate, no vayas a coger una enfermedad con alguna otra», observó Teresa una tarde en mi cama. Y, al terminar de amarnos esa tarde del veintiuno de diciembre del noventa y nueve, confesó solemne, casi apesadumbrada: «Caramba, hoy cumple mi madre siete años de muerta...».

Y en ciertas ocasiones, «Quiero que te enamores más de mí», acompañando tales palabras con excesos ardientes, sorpresivos y nuevos. «Tati, ¡qué pasión!».

Ella se va, dejando ir entre sus cosas, mi mirada, como si nada le importara... y me parece haber hablado con ella hace muchos años, muchos, antes de habernos conocido... Pero, es algo inevitable y la amo, la amo. Simplemente, la amo.

Y me parece haber hablado con Teresa, hace muchos años, muchos, antes de habernos conocido...

Decido entrar en mi cuarto. Diana continúa entusiasmada en la tarea de ordenar tanto desorden dentro de mi escaparate.

—¿Quién era por teléfono…? Te noto raro… Elisa te llamó hace un rato, cuando saliste a comprar cigarros… ¡Ah, también te llamó desde La Habana Isa del Mar para felicitarte y saber de ti!

Y continúa su limpieza. De repente, su voz se hace fina:

—Has sido como un padre, o una madre, para mí… —Diana se detiene. Mira hacia el techo—. Te has portado bien conmigo.

Frase clave oída alguna vez. ¿Quién lo había dicho? ¿Miriam? ¿Teresa? Sí… Teresa. A pesar de sus profundas amarguras, de sus terribles inconformidades… Teresa. De quien tantas cosas repudié, ocultándoselas la mayor parte de las veces… ¡Teresa agradecida…! ¿Qué hice para que me lo agradeciera? No creo haberle dado lo mejor de mí… ¡La gratitud no es amor! Tampoco cierta dependencia afectiva, protectora… Y se despidió personalmente con cuidadoso interés, sin dejar a nadie fuera, y hasta de Miami llamó a su compañero de trabajo Miguel Ángel, «el macho», que, por muchas razones que ahora comprendo, debió ser quien más le gustó… al menos, de un modo platónico y secreto. Y habló con él para hacerle saber de lo bien que allá le iba y como estaba trabajando… Y con Dora, su amiga anciana… Teresa, ni de mí se despidió. Fui su «plato de segunda mesa»… Aunque en varias etapas de nuestra relación, también ella lo fuera para mí… Teníamos tantas faltas semejantes, y eso me gustaba, me gustaba, y no me hacía sentir tan culpable y me hizo comprenderla mejor, quizás, ¡como nadie!, porque a pesar de tantos fallos, había una gran dosis de sinceridad. Y en sus últimos momentos, es posible, tampoco me tuvo en cuenta y no signifiqué nada notable en su vida… Esto es indigno, fastidioso. ¡Mejor haberla tenido bien lejos al final!

«Te has portado bien conmigo». ¿Frase sin connotación precisa?

Frases frases frases… ¡Nada! ¡Teresa solo fue para mí un entretenimiento encantador!

Pero un leve susurro como de hojas secas removidas, o de papeles al vuelo, o de agua que cae, lleva mis pasos hacia la puerta desde la cual escrutaría el patio… ¿Será la fuente? ¿los pasos de alguien? Aunque en esencia Teresa no me utilizó jamás. No era mala. Venía, simplemente, a pasar un rato conmigo, entregándose, como a uno más… Cierto, mi egoísmo reclama. No debo haber crecido tanto como pensé. ¿Es que ca-caso soy infame?

Y de repente comprendo qué sucede y le anuncio a Diana sorprendido:

—¡Ven, mira, son las primeras lluvias del invierno!

Ella no se inmuta. Y parece no querer escucharme. No me hace caso y con el vestido que fuera de Teresa en las manos —un vestido viejo y carcomido por la humedad y voracidad de los insectos— exclama con furia, embriagada como siempre de fuerza y libertad:

—¡Ay, pero vamos a botar de una vez esta porquería! ¿Para qué guardar lo inservible? Huele mal. Es una tela ridícula. Barata. ¡Y tan vulgar!

Le indico con la mano que se me acerque. Quiero disfrutar junto ella el inesperado acontecimiento.

Y se une a mí. Toma mi mano. Parece débil, buscando protección… Y tiembla, pero se niega a mostrarlo. Muy bajito me dice: «Te necesito».

Y seguimos contemplando, atentos, sobrecogidos, el radiante caer del agua; rastro inerme de los axiomas de la luz.

—Si quieres, invita a Raúl para despedir el fin de año en esta casa… Valdrá la pena. No me cabe duda. Elisa, si al final se deja ver, vendrá también, aunque no estoy para fiestas. Pueden pasarla bien sin mí…

—Te noto raro. Malhumorado, ¿no?, ¿Qué te hace sentir así?

No estoy triste. No puedo contestarle la pregunta. Impetuosa calma fortalecedora. Vacilación. Y todos los colores, los sabores, los aromas, las costumbres, rodeados de la misteriosa emanación de esa noche, se envuelven en la soñadora niebla de una acción perdida, extravío de una dicha irrecobrable y los precisos recuerdos de un tiempo imaginario.

—Raúl… El mejor de cuantos he conocido, se va mañana para los Estados Unidos por culpa de la madre que allá lo necesita… Yo llevo su hijo en mis entrañas…

Raúl, Raúl, Raúl… Sí. Raúl… ¡Y lo recuerdo entonces! ¡Fue el muchacho que una vez me trajera el vestido de Teresa, aquel vestido que ella prefirió guardar aquí! ¡Raúl! Fue, en aquella primavera cuyos años no puedo ya contar…

Sin movernos siquiera. Sin dejar de observar el impacto creciente del chubasco, le hablo:

—Pudiera quedarse un tiempo con nosotros —y, con leve gesto de cabeza, inadvertido por Diana, había señalado la tela que arrojara despectivamente sobre la cama—. Vamos a ver...

Epílogo

Recuerdo aquella noche invernal, poco común para una ciudad como esta; y, una hora más tarde de los hechos sucedidos, Jorge Ramos volvió a ver, ante la fuente del patio, a un niño vestido de marinero, rubio, luminoso, de ojos azules, en cuyas manos sostenía, como ofrenda a las alturas, un cobo de mediano tamaño, que a veces parecía transformarse en un unicornio de plata, cuyo silencio era más profundo y peculiar que el de la casa...

Noche evocadora quizás, de una delicadeza relevante y antigua, como si al abarcarla la quietud circundante, el mundo fuese desvaneciéndose vaporosa e irremisiblemente a su alrededor...

Más que el polvo

A la memoria de Yolanda Heres Guerra
A mis primas Martha y Ester Lilia.
A Tony Pérez Santos
A Mercedes Dorta Guedes
A Vladimir Gutiérrez Gómez
A Mercedes Wals
A Luis García Ferreiro
A Lolita Cepero Rodríguez
A Manuel Jesús Almeida
A Rafael Soriano Rodríguez
A Carlos Alé Mauri
A Irán Cabrera y su esposa María del Carmen
A Aida Ida Morales
A Silvia Pedraza Lubián y su querida madre Silvia Lubián
A todos a quienes quiero y recuerdo

Más que el polvo, la luz de mi mano.
ALPIDIO ALONSO

Las aves suelen volver al nido
Pero las almas que se han querido
Cuando se alejan no vuelven más.
JAIME PRATS

Preludio

Has vuelto a soñar con aquel lugar lejano en el mundo, tan tenue y obscuro, tan vacío… Has vuelto a soñar con una casa. Una casa confinada en las comisuras de la noche, interminable, como cerrada en sí misma.

Una casa y una noche. Una noche particular de tu existencia. Una casa, que pudiste ser como un recuerdo.

I

—Así no puedo seguir. No soporto tus quejas, el tono ruidoso de tu voz. ¡Qué va! Esto no… No me siento bien.

—Vaya querida, no debes de ponerte histérica… ¿Qué te he hecho? No comprendo nada. Perdóname si te he ofendido… Podremos arreglarnos, por favor… ¡Toda la culpa no es mía!

Desde que la casa enloquecía, ya no sufría por tenerla, a ella, a Edith, la inconforme, la impredecible. La casa cree que esa incomunicación frecuente eran cosas de un ratico. La casa cree que el desarrollo de quienes en ella se cobijan ha causado el calor demasiado fuerte. Ella misma ha crecido y ha crecido en sus paredes y techos en este calor. Dice la casa que todos estos años pasados entre nosotros, en este calor intolerable, son la causa de que se haya convertido en simple mole de piedras y ladrillos y no ha podido retener la finura de las muñecas. Escribo:

Allí está la casa, durante la tarde, durante la noche, introvertida y fugaz, como quien desea volver, viajar, irse volando hacia otra parte si no fuera una mole triste de piedras y ladrillos.

El amigo Alberto deja oír su voz:

—¿Sigues trabajando, Jorge Ramos, en la confección de tu Teatro Mágico? Tal labor se enfrentará decidida a la obra de Javier Garmendía, ese enemigo de la humanidad agazapado en las sombras. No debes demorarte en terminar ese trabajo teatral, porque de eso depende la felicidad de mucha gente.

La casa parecía hacer surgir de sus entrañas la presencia de Alberto, si no fuera por el hecho de haberle visto entrar a través de la puerta de la calle al abrirle, entre el arco del silencio con sus depresiones de pequeñas olas. Y el ambiente total es donde se recrudece mi recuerdo para evitar se mezcle con el olvido…

Los resquicios del letargo

1

a casa, al no reconocerse, logró adelantar hacía mí sus espacios para mostrarse en su justa imagen mientras la recorría por completo, a la vez entrelazado a la música de Arnold Schönberg, *Noche transfigurada*. La casa ha irrumpido, de esa manera, en la vibración del tiempo al hacerme descubrir aquella luz, emanada por ella, que me llegaba en ondulaciones incapaces de cualquier definición.

Ante mis ojos, regresa él. Ahora:

—Pasas por una mala racha, Jorge Ramos, a pesar de hallar el lugar donde guardas tus apuntes listos hacia la creación de la novela. Así la has soñado, compadre, aunque existen preguntas cuyas respuestas no sabes: «¿Me abandonó Edith para siempre? ¿Por qué?». Y de ella solo te queda aquel papelito sobre la mesa de la saleta, despidiéndose de ti, hallado al regreso, al haberla acompañado a tomar la guagua hacia su casa en el campo. Edith, cuyos ojos achinados iban a veces con una jarana o una señal de tristeza, o el aburrimiento que la dejaba sin habla y soñolienta al apoyo de un secreto; según te ha hecho saber Adonis, su hijo, en la segunda visita a esta casa: «Ella tiene problemas al abandonarte y al principio no decía nada y se trancaba en el cuarto sin querer salir de allí. Problemas con la policía, que más adelante te voy a contar». La primera vez que Adonis te visitó, recuérdalo, llegó aquí acompañado por un descocado como él.

—¿Problemas también desconocidos por ti, Eduardo?

La casa me observa como enorme mausoleo y parece esfumarse en su propia tensión. ¿Qué le ha ocurrido, por qué se muestra esquiva conmigo en su reserva? Y es fatigoso andar por esta sombra y escarbarla. ¡Debo recordar, recordarlo todo, porque voy a lograr hablarle a esas sombras!

Continuaré de un lado a otro, aunque olvide cada paso. En el comedor, cada cosa suya, parece emprender un viaje hacia el pasado. La Nochebuena. Los cumpleaños… Solo algún día sabré quién soy, pero ahora otros rostros, al calor de tales celebraciones, apelarán en cualquier momento a su identificación; menos el de mi mayor enemigo, Javier Garmendía, al no conocer lo que maquina en crear alguna acción contra mí.

El efecto luminoso raspa las paredes del bañito destinado a las criadas por el tragaluz, y agrega un saludo mañanero y un temblor de sensaciones albergadas en mi espíritu.

Aquel lugar convertía en el pasado un espejismo de luceros, al mezclar los diversos colores de la casa, para alcanzar también el aroma de los platos de almuerzo preparados por Dionisia, nuestra cocinera de otros tiempos.

Entre aromas y sonidos, niño aún, el piano pronunció una tarde las composiciones de Ernesto Lecuona, repartidas en los rincones y mi alma se multiplicaba en reminiscencias carentes de cualquier definición.

Ahora se acercan las puntas verdes de las plantas del patio y el recuerdo de Edith se patentiza.

Aparece y desaparece tan recuerdo, al introducirse el *Vals azul, Muñeca de cristal*, y el pasodoble *El currito de la Cruz*, interpretados por la tía Adolfina, y mi infancia tan cercana se borra de repente.

Mi casa. Mi ciudad. Mi país. Se condensan en nubes de cenizas lanzados por el tragaluz, en cuyas paredes la mano del niño que entonces era yo, pegó estampitas religiosas para el disfrute devocional de Nena, criada antigua manejadora en mis primeros años.

En lo más alto de sus paredes, la quietud es capaz de desgajar la soledad. «Los verdaderos paraísos… ¡Oh estrella! ¡Oh, fiel estrella!».

Flores… ¿solo un árbol que brille con hojas de oro?

El mirador.

Hueco de la noche cuando suelo visitarlo, y la luz de un bombillo se eleva hasta la voz de Adonis al visitarme en esa segunda ocasión:

—Primero, la cuestión era que mamá se negaba a comer; y luego se largó donde nadie sabe. ¡¿Dónde carajos se ha metido ella?! Nadie puede adivinarlo, y esto nos tiene a todos patas arriba.

Y Adonis hizo silencio, y se ilumina aquel domingo trece de abril de 2003, Domingo de Ramos, cuando Roberto, un amigo común, la acompañara a mi casa por segunda vez, porque la primera había sido la tarde de la Verbena de la calle Gloria, con Roberto también para marcharse ambos al cabo de unos minutos, de nuevo hacia la celebración.

Aquella tarde del trece de abril regresó sola Edith y otra vez hicimos el amor, con sosiego y ternura, interrumpiendo mis añoranzas de ella al escuchar por la radio la ópera de Gluck *Orfeo y Eurídice*.

«No he dejado de pensar en ti en todo momento desde que te fuiste esta mañana, extrañándote como si desde hace tiempo nos hubiéramos conocido. Eres diferente y mejor que todas las demás. Agradable sorpresa».

Desde el mirador, la casa se me presenta ahora apegada a esos pasos surgidos años atrás, del comedor, para luego dirigirse a este lugar. ¿Mi vida consistiría en averiguar el sentido de esos pasos? Pasos firmes y parecidos a un ritual hasta desaparecer bajo la noche.

Pasos que ahora no dejan de escucharse.

Pasos resultados de la penumbra a la espera de hacerse alguna vez visibles.

En el mirador, una sombra se apoya contra la pared.

«Yo seré el único que escriba acerca de ti, y no el guajiro Eduardo Pérez como él desea hacerlo, *mon ami*» me susurra una voz. «Aunque a veces lo haré en secreto y nadie se dará cuenta. Dejaré de llamarme Luis Orlando D' Clouet si no lo logro. El autor de estos apuntes destinados a la novela de tu vida, donde funges como el Narrador, soy yo. Así, los lectores me ofertarán su amor, el escape a tanta soledad y a tanto silencio. A pesar de tu voluntad de ser El Autor, lucharé contra ti y contra el guajiro. Otra variante, cualquiera que sea, la voy a hacer desaparecer sin cargo de conciencia».

«Un abismo se abre ante tu casa para caer en él, evítalo», me advirtió Ramona en sesión espiritual.

2

La noche continúa cayendo sobre la casa, y durante algún tiempo no hubo palabras entre Raquel y yo mientras todo se quedaba en el silencio.

—Chico, déjame leer tus nuevos apuntes.

—Debes leer primero los tres bloques de ellos, anteriores a estos, para darte cuenta de que paulatinamente voy desnudando el alma de mis personajes.

Raquel no estaba de acuerdo conmigo, protestó.

—Si me dejas leer estos últimos, te lo voy a agradecer. Por favor, compláceme, anda.

—No me interesan las críticas que puedes hacerles, y esto parece un favor de tu parte. No amas a nadie que no seas tú.

—¡Ay, no y no! ¡Acábame de dar esos nuevos apuntes, yo siempre he sido sincera contigo! ¡Qué jelengue armas tú por una bobería; dámelos, coño! Parece mentira tantos favores y atenciones que he tenido contigo a través de los años para tener como respuesta tu ingratitud.

Y enumeraba sin parar cada favor hecho por ella.

—Comprendo perfectamente el poco valor de cuanto has hecho desinteresadamente por mí, y por los demás.

—Voy a cambiar el tema. Mira, nadie sabe por qué Julián inventaría la muerte de Teresa. El pasado mes de octubre estuvo escondida de la gente y con miedo, llorosa y arrepentida de haberse largado de Cuba, aunque al único al cual visitó fue a su mejor amigo Miguel Ángel de cuya casa no se atrevió a salir… Y esto se repetiría año tras año, lo imagino y ya recuerdo a Teresa, quien en el comienzo de tu relación con ella parecía algo incapaz de llegar a ser importante; aunque después, en los últimos tiempos, la relación se convirtió en un amor apasionado.

—Pura habladuría de mis conocidos.

—En esta aldea los chismes vuelan, y si Teresa no se hubiese ido continuarían amándose ustedes toda la vida. Mira, a Diana tuviste que botarla de tu casa por su hipócrita ambición de aprovecharse de ti, y en un final, nunca pudiste revolcarte con ella. ¡Vaya! La tal Eliza, Laurita y la misma Teresa, siempre empataban lo útil con lo grato.

—Limítate a ser la ilustre profesora de matemáticas de nuestra Universidad, Raquel.

Sin esperarlo, ahora presiento escuchar aquellos dos golpes de aldaba anunciando la llegada de Edith, y recuerdo las últimas palabras de mi padre en el exilio, según expresara mi madre a través de una carta:

«No veré más el parque ni el piar de los negritos llegando allí al caer la tarde, ni escucharé las campanadas del antiguo reloj del ayuntamiento, ni a la Banda Municipal interpretando el danzón *Virgen de Regla*».

El comedor entonces parece abarcar todo el aire ardiente, invitando a los perros de la noche a ser amigos, capaces de guardar mis papeles escritos allí. El comedor se vestía de fiesta también, con la llegada de cualquier comensal muy bien recibido en el hogar, o la visita de alguien de confianza para tratar algún asunto importante, o, según el abuelo mambí, el haber participado en el comedor de una reunión de los miembros del Club Juan Bruno Zayas, y contar con la presencia, entre otros patriotas, del guajiro Eduardo y de Ernesto Suárez, antiguos trabajadores de la finca.

—Con esta cámara que fue de tu sobrino y me regalaste —me dijo Edith—, voy a retratar a mi familia y a la guácima y a la antigua arboleda, al río y al jardincito de mi casa, para que tú guardes esas fotos. Me mimas demasiado y me gusta.

Agenciosa. Casi siempre callada. Poseía la misma delicadeza del pájaro y del río entre los palmares. Su voz era como la del obstinado silencio de aquella cámara Kodak, con la cual mi padre nos retratara a todos, bien guardada entre mis cosas.

Su voz se descorría también sobre la fachada de la estación del ferrocarril al encuentro con la guagua. Allí nos sentábamos, en el parquecito frente al edificio, en espera del transporte que la regresara al campo, y yo le decía:

—¿Por qué la luz de estas horas, y en este lugar, me recuerda tanto a mi madre, sobre todo cuando ilumina la fachada del paradero?

Y luego el sol abandonaba la edificación para desmayarse hacia el oeste, y también en el silencio de Edith, al recordar el pregón del tamalero por la calle ante mi casa a la misma hora cuando terminábamos de amarnos, antes de su partida, y entonces su voz infantil permanecía aún en cada uno de sus silencios...

—La casa en silencio existe, muchachón y a ella uno va a parar si se encuentra esa calle que nos lleva al monte, en cuyo final, se descubre la casa.

Ernesto Suárez, fotógrafo aficionado y decimista, hace silencio, y luego continúa su conversación.

—Al descubrir esa casa, mi niño querido, hay que mirarla bien y con bondad para poner los pies en ella, aunque por el momento, nadie o casi nadie la encuentra. Tengo una sorpresa muy sabrosa para ti, Jorgito. Te vas a dar gusto con ella, cabroncito, cuando tenga condiciones en mi gao, claro está, sin mi mujer y los vejigos allí, solos tú y yo y...

Palabras al flotar en el aire del comedor.

Los ruidos extraviados por la casa han borrado mi memoria, y aunque no tienen sitio, vigilan desde todas partes como otro cuerpo mudado en mí.

Los ruidos son algo conocido desde hace mucho tiempo. Se asemejan a un pasillo largo donde cada uno de los miembros de la familia fue dejando de sonreír, como gesto que se aleja hasta borrarse…

Al anochecer la casa me muestra, en el piso del traspatio, el cadáver mutilado de un desconocido, víctima de un acto cruel, cuando la familia, quizás y en su totalidad, habría salido…

Mi tío querido, me ayudaste económicamente antes de largarme a Miami, y ahora desde allá te ayudo a ti.

3

¿En un tiempo algo lejano, dentro de mi casa se había desatado algo así como una guerra? El desorden, la inquietud al reaparecer mi hermano Carlos y aquel caos parecían ya haberse ido afuera del mundo. El mundo, cuando yo era pequeño, existía hasta donde yo lograba ver.

Dentro del vórtice de esta soledad y de silencios, la calle es un pozo sin luz que avanza hasta borrarse. Después, ¿desde el fondo de mí ha surgido Edith, quién, al intentar tocarla, es solo un vestido muerto?

Soy un agujero. Un punto. La certeza de que Edith no ha de volver. Edith se parece el tejido de una sobrecama guajira en camino hacia el polvo, y yo estoy allí con ella, envuelto en neblinas, en mantelillos para las mesitas, la repisa, o descubriendo en paños tejidos las dimensiones de un radio viejo.

Siempre, al pasar ante el portón del cementerio, dudo mucho que Edith esté allí, y no me atrevo a averiguar. Me ha gustado pensar: «Edith no permanece en la bruma mortecina del anochecer, porque esa bruma que puede envolverme no es el residuo de ella vuelta ya una isla entre las tumbas, una isla en el planeta».

¿Y si Edith viviera, encerrada en un manicomio, o en cualquier momento llegara a esta casa a despedirse para siempre de mí o con la idea de recoger algo por ella aquí olvidado, y su visita sería el adiós para no volver más? también su presencia puede ser el motivo de una reconciliación para vivir juntos como antes. ¿Cuál habría sido mi ofensa tan grave para marcharse de repente y sin nada por explicar?

Aquel cadáver sobre las losas del traspatio, lo he descubierto en variadas ocasiones. Son los restos de un hombre magullado por los embates de una mano sin tiempo que no se puede conocer, inventar. Por ahora, no quiero saber nada, aunque el hallazgo no me deje inmovilizar el pensamiento, agradecido por cuanto me rodea bajo la mirada indiferente de la casa, la cual a veces puede mostrarse en función de refugio, o en inquietud, consumiéndome así en su propia esencia hasta hacer de mí algo parecido a un fantasma.

Aquella noche de la última visita de Raquel, su cuerpo estaba conformado por la noche y en él me perdía como la voz de sus ojos infantiles.

—Jorge, el presente es la muestra de un deseo incumplido. Nada me ha salido como yo quería. Mira, las cenas de Nochebuena con las familias, sentadas a la mesa, me daba una sensación de seguridad, y la confianza de que el futuro habría de traer la misma felicidad que el presente.

Y al calor de aquellas palabras, las paredes de la casa desaparecieron, se desvanecieron los años, y volvimos a encontrarnos sentados en el banquillo de algún parquecito abandonado, a las afueras de Santa Clara, casi unidos nuestros cuerpos al conversar y callar.

En plan de amigos fueron aquellos dos años, veinte antes de nuestros primeros encuentros de intimidad amorosa, tal como quería yo, con la idea de diferenciarme de los chiquillos frecuentados por Raquel, impacientes por besuquearse con ella en el parque y los portales a su alrededor.

—En mi juventud para nada me importaba el dinero —me dijo—. Ahora comprendo la seguridad que me da.

La conversación fue referida a la marcha al cementerio de sus familiares o de la partida de ellos fuera de Cuba, lo cual la hizo sentirse muy sola, a pesar del marido capaz de brindarle comodidad y de sus mimos y caricias, y para ella la realidad es diferente a la de antes con aquellos días de holganza y tibia y tranquila penumbra y de suaves carcajadas dondequiera.

Raquel me miró con ternura porque, después de todo, había dicho la verdad.

—Debo confesarte lo arrepentida que estoy al haber sido admiradora de Javier Garmendía y sus románticas ideas acerca del teatro.

Al observar el patio, Raquel parecía olvidar la línea misteriosa emanada de él, como advirtiendo un secreto apresado por la luna.

Actriz: Morir por amor es algo sublime, venga de donde venga siento que algo inevitable está al suceder. Había hallado una tarde ropas y utilerías al fondo de uno de los escaparates menos frecuentados por la curiosidad de escarbar en él, donde advertí tales implementos de teatro.

¿Han tocado en la puerta dos veces con la aldaba? Edith lo hacía así: dos ligeros toques infantiles, casi temerosos, pero no se ve a nadie al abrir con cautela aquel llamado al extremo del zaguán.

Y al abandonar tal gestión, las sombras continúan siempre en movimiento sin un orden establecido, sobre todo alrededor del patio.

Como si flotase en las aguas de diferentes espejos, la turbia atmósfera parece salir de algún resquicio de la casa, o entre las páginas de un libro olvidado, y la noche se dirige hacia la presencia de la imaginación de lo desconocido. Alguien parece imaginarlo todo y no se hace ver.

Y fue de prisa la penumbra, y dentro de todo, la voz de Raquel:

«Ay chico, entre todos tus amores, incluyéndome a mí en el pasado, Edith ha sido lo máximo en tu vida, las demás, sexo y más sexo sin otra cosa, aunque lo nuestro, ¡niño!, fue fantástico, nadie me ha hecho sentir tan bien como tú, fuera y dentro de la cama, y me enseñaste los secretos del amor, cuerpo a cuerpo, ¡qué rico!»

Entonces, la voz de Edith reapareció entre las sombras:

«Oía hablar bien de ti, sobre todo lo bien despachado que estabas, sentada con una amiga en los flancos del parque, y al acercarte, te señala, al intentar tú atravesarlo, y me impresionaste. Luego, aparecí en tu casa con un amigo común, Roberto. Y la segunda vez, te pregunté si no tenías a nadie y me contestaste que no, y de mi parte estábamos de igual a igual y comencé a visitarte cada semana el jueves y el domingo cuando traía cosas del campo para ganar dinero. La chaúcha me caía con algunos pesitos, y después, me mudé a tu casa y nos empatamos bien empataos».

Y la presencia de Teresa apoyada en la pared junto al piano. «No me quieras tanto, no sufras, porque ya pronto me iré directo para Miami».

Y al final de la obscuridad mi imagen, separada de la de Edith, porque evitaba ser vista por la vecindad del campo, regada por allí en todas partes, aunque en la próxima ocasión a su regreso confesó:

«Me dio tanta pena verte solito al sentarte, separado de mí, en las escaleras del paradero mientras yo esperaba, en el parquecito, sola, la llegada de la guagua hacia mi casa. Te echaba el ojo con mucho disimulo, estábamos tristes, abandonados, entre la gente, pero había que hacerlo para no desprestigiarme ante ellos. Estaba recién divorciada y no me convenía el chismorreo de los machangos con los demás, y con la guajiranga de sus mujeres, aunque donde vivo, las más hablantinas son las pitangas de la zona haciéndose las santitas».

Después de buscar a Edith en todas partes del país donde estuviese, viva o muerta, y no haberla podido hallar, decidí darme a la tarea de rastrear esa calle, ubicada en algún lugar de Santa Clara, como presentimiento feliz, esclarecedor.

—Al leer los papeles escritos por ti en tus primeros intentos por echar adelante la futura novela, prefieres hacer pensar a los lectores, porque no escribes como un narrador que todo lo sabe, y les dejas a ellos la tarea de completar y sugerir cuanto tú no has dicho. Y te digo, Jorgito, de que, por eso, a medias, describes un suceso o un personaje y lo que falta por decir, y así haces de quien ha de leerte un lector macho, activo.

Recuerdo entonces los dicharachos de la abuela isleña a quien apodaban Mamía: «cada quien guarda su esqueleto en el armario», y, «el hombre propone y Dios dispone».

—En esos papeles de otros años, con cuatro palabras planteabas algo importante, porque muchos escritores notables emplearían cientos de páginas para describir lo que tú agarras en cuatro palabras, y eso debe tenerse en cuenta a la hora de calificar este logro tuyo.

—Me comprendes, Eduardo, y eso jamás lo olvidaré.

Y entonces recuerdo haberlo visto sentado ante la mesa del comedor, enfrascado en consultar algunos libros extraídos del librero de mi casa. ¿Llegaría el momento en el cual podría saber lo que él planeaba en absoluto secreto, al destacar, entre otras, la obra de Proust y la de Cintio Vitier?

4

Busco a Ernesto Suárez para recibir de él la información sobre el lugar donde pudiese hallar, en la ciudad, esa calle.

Al localizar, no sin ciertas dificultades, la ubicación en la cual vive Ernesto, me recibe la esposa, y al referirse a él, me da ciertos indicios de dónde pudiese estar.

Parece disgustada, y resulta ser la compañera de un hombre frecuentador de no pocas mujeres con quienes funge el papel de amante. Eso es cuanto me dice, faceta ignorada por mí hasta el momento. Me indica la ubicación de tales lugares al punto de cerrar la puerta sin miramientos de educación y paciencia.

Camino de un lugar a otro y trato de memorizar las casas donde puedo hallarlo.

Las mujeres con las que tiene relación me reciben con reproches.

«El muy descarado, toma lo mío y al momento se va, se pierde; y es muy seguro: se manda a ir donde hay otro hueco donde meter el rabo. Engañador y sinvergüenza, así es él, y le recomiendo no tenerlo de amigo, es falso en todos los sentidos. Y me dice «tengo mucho que hacer y el tiempo no me alcanza para ir de un trabajo al otro; mi trabajo está en la calle». Su esposa viene a mí a darme tánganas cuando está de vena, y después se conforma y lo deja tranquilo. O es una mentecata o una aguantona. Yo no tengo la culpa de nada, muchacho.

La voz de Luis Orlando insiste en hablarme.

«En la versión de mis apuntes, ninguno de mis personajes cambia su edad, en cierto sentido, y permanecen intactos a veces como si para ellos el paso del tiempo fuera un acto involuntario que les otorga donde permanecer incólumes, conformes y felices, incluyéndote a ti y a quienes convocan una relación contigo de amor y de amistad, excluyendo los miembros de tu familia cuando a mí me plazca, según mi conveniencia, en el trascurso de cuanto irá a parar a alguna novela».

«¿Y ese cadáver descuartizado aparecido a veces en el traspatio de esta casa, de quién es en realidad, y por qué permanece allí a ratos?», le pregunto.

«Ese es mi estilo y no tengo por qué darte otra información concerniente a dicho suceso. Yo lo sé todo, pero tú no. Eres, algo así como mi esclavo. Me río con esa suposición tan absurda, inmadura. Ustedes los jóvenes, o quienes son semejantes a ti, hoy en día carecen de la profundidad necesaria para reprocharme, y para intentar las tonterías inherentes a la edad».

Ahora en el comedor donde escribo, esa voz es el resultado de la perversidad. Y la nube de azufre que la protege y la hace invisible de una forma corpórea, es una niebla fatua aferrada a lo desconocido, como resultado de la mente de esta casa. Ella es la culpable de mis aciertos y desaciertos, y debo dudar, como siempre, de considerarla un verdadero refugio ante los embates de la vida.

Según las leyendas de la familia, Luis Orlando, amigo de la casa a finales de mil ochocientos y principios del pasado siglo, se había suicidado, con fuego, en el mirador. Era el amante de mi tía abuela, a escondidas del esposo. Frustrado amor. Desesperado amor. Sobre todo, al permanecer ella contra su voluntad encerrada en el mirador del chalet, como castigo, para evitar el escándalo y la burla de la gente. ¡Qué tiempos aquellos de injusticia y temor! Si hubiese sido en tal caso, lo opuesto, el ser hombre no era una ventaja, y esto podría repetirse hasta el infinito.

En una de las calles aparece de repente Ernesto:

—¿Por qué me buscas? Algo te preocupa, compadre. ¿Qué te traes entre manos?

—Deseo con urgencia hallar esa calle de la cual tanto me has hablado.

—Te lo diré si me llevas a ciertos sitios raros existentes en la ciudad, para tirarles una fotografía. Son lugares que la gente no sabe que existen, y están ahí, al acceso de cualquiera. ¡Coño, la gente, si los encuentran, no conocen su importancia!

—Te voy a llevar a ellos, pero primero explícame dónde está esa calle, y luego…

Me interrumpe. No le interesa mi propuesta.

—Eso viene después. No me jodas, cabroncito —me observa con fijeza—. Tú sabes cuánto te quiero. Cuando eras un niño y aparecía en la casa para conversar de negocios con tu abuelo, siempre fuiste bueno conmigo y, antes de desaparecer, tan miedoso como eras al verme llegar, no te ponías imperfecto ni malcriado, sino buena gente, de poco hablar, como quien no quiere compartir conmigo antes de aparecer tu abuelo en el comedor muy tarde en la noche, por culpa de tu timidez y admiración hacia mí.

No quería recordar entonces la vergüenza de haberme visto él observar el baño de Sara en el río, completamente desnuda, escondido entre los matojos donde la mirábamos excitados, él, yo, y la tropa de guajiros al acecho de aquel espectáculo.

Volvemos a la casa, mi casa parece virarse al revés, después de escuchar las amenazas de Luis Orlando, y aquí nada me sale bien por culpa suya; o la de Garmendía, no puedo precisarlo.

Algunas partes del piso del comedor se han hundido en horas de la madrugada. En el baño principal, han caído sobre la bañadera pedazos de repello superior de una pared, peligrosos para quien estuviese en plena faena del aseo cotidiano.

Las llamadas del teléfono a deshoras en las cuales del otro lado de la línea no escucha ninguna voz.

La puerta de la calle y los porrazos contra la madera, en horarios imposibles.

Estoy a la expectativa, y no suelo hallar la paz de siempre en el hogar.

Aunque la unidad en la universidad, y la paz, solo le pertenecen a esa casa.

Flores... flores...

5

Llaman a la puerta, la abro. Dejo entrar al guajiro.

—Menos mal que te encuentro aquí, aunque debes salir muchas veces para hallar esa calle, según te dijo mi socio Suárez.

Me hace saber la dirección exacta de lo que busco, y me aclara que ya me encuentro preparado para enfrentar tal situación. Sin tomar asiento se dirige al traspatio y yo lo sigo. Allí se detiene en el mismo lugar donde he visto a aquel cadáver que, no sé por qué, asocio con él.

—¿Qué buscas, Eduardo?

Su respuesta no llega. No sale de su boca. Abandona el traspatio y camina por toda la casa. No pierdo la pista de sus pasos. Parece buscar algo desconocido, como quien rastrea algo cuyo lugar ignora. Su andar es casi solemne, parece no tener tanta prisa. Como guiado por una luz interior, abre una gaveta del escaparate menos frecuentado por mí. No le daba importancia en ningún momento al mencionado mueble. Extrae de una de las gavetas un paquete de mayor tamaño, zafa la cinta azul atada a él y lo deja allí sin mirar dentro. Cuando estuviese yo completamente solo, lo tomaría con curiosidad para saber su contenido.

Eduardo, según averiguara en los círculos literarios, había publicado el año pasado, en España, un libro de poesía y otro de cuentos cortos. Así me lo decían, y decían también que era autodidacta, detestaba los títulos universitarios como si confiara en el talento natural capaz de darle buenos frutos.

Depsués de la guerra del 95, Eduardo había sido, muchos años después, fundador del Partido Socialista Popular en Santa Clara en 1939; y en la primera década de los cuarenta y en la primera etapa de presidencia de Fulgencio Batista, no le resultó fácil sobrevivir. Así había escuchado en boca del abuelo, lo recuerdo, acerca de aquel hombre trabajador y henchido de nobleza cuya vida estuvo llena de azarosos momentos en contra de sus ideas, demasiado adelantadas para aquellos tiempos, enchumbadas de desinterés al pensar primero en los demás y, sobre todo, al dirigir sus trabajos hacia los humillados como él.

Cuando trabajaba de peón en la finca de mi abuelo, fue ejemplar en las faenas de la vaquería, la matanza de puercos y en el cultivo del tabaco, casi siempre ayudado por el dueño de la finca, quien compartía con el guajiro carne y verduras cosechadas por el esfuerzo de los dos. Buena leche y carne de primera iban a parar a las manos de aquel fiel peón, por encima de los otros trabajadores, al ser tratado por el abuelo, jovencito él, como se trata a un hijo o a un hermano menor.

«¿Recuerdas?», vuelve Luis Orlando, «Le había escrito a tu abuelo acerca de Querubín, el héroe de *La bodas de Fígaro*, de Mozart, donde Querubín es el simple paje de un pícaro conde español y, por ello, cuando dicha ópera se estrenó en Viena el primero de mayo de 1786, como se mostraba por primera vez un héroe popular y no un explotador presentado como bueno, al cantarse la canción de Fígaro a Querubín todo el mundo comprendía el mensaje indirecto del compositor a los revolucionarios, y aplaudía. Le hablaba de eso porque la canción *Non più andrai farfallone amoroso*, y Fígaro y Querubín, se hicieron famosos como símbolos del progreso y de la revolución, y dicha canción sirvió melódicamente a Perucho Figueredo para crear el Himno Nacional cubano.

»Luis Orlando, me crees un inepto literario, y te empeñas en echarme a un lado en la creación de la novela por creerte superior a mí. Y esto no lo voy a permitir, a pesar de tus amenazas, de tu falta de ética y de humanidad. Lucharemos hasta ver quién de los dos gana la pelea.

»Eres inculto y pretencioso, y esto me motiva a ir contra ti. Te vas a llevar la peor decepción de tu vida, porque voy a emplear todas mis fuerzas para derrotar tus sueños y ambiciones. Espero te des cuenta que hace rato he comenzado esta guerrita y no la puedo perder».

De inmediato, la luz se pierde de la casa y parece irse lejos, fuera de mi alcance, mientras los ruidos, estallados en todas partes, golpean mi cerebro y así la casa es algo menor, inerte, inerme, y la siento alejarse de mí.

Y pienso en la sabrosa intimidad acostumbrada con Edith, muy diferente de lo de Teresa, y en las primeras caricias antes del clímax y en las otras después de hacer el amor.

—Tú y yo, Jorgito, somos dos estrellitas muy juntas vistas por mí en el campo, alejadas en la noche. Ellas pudiesen ser tus padres, o dos lucecillas que alumbran nuestro camino; cuando a veces las distingo desde el jardín de mi casa, pienso mucho en ti.

Ella las había dibujado en uno de los comprobantes de pago recibido en el ómnibus que la trajo a Santa Clara.

—Jorge, tú me quieres más a mí que yo a ti... ¡No, los dos nos queremos igual!

—De los dos, tú eres la persona más importante, no lo dudes.

Mucho antes de conocer a Edith, también la presentía y la soñaba acompañado de esa paz interior jamás descubierta en otras.

Bastaría solo un encuentro más entre Edith y yo, para ubicar mis verdadero sentimiento hacia ella: ternura; sin embargo, por temor a ser desdeñado no me acerqué a ella.

La noche es un pájaro preso escapándose de cualquier fondo moral, mientras, esa misma noche, pude pensar en muchas cosas idas y en otras que jamás llegaron.

En realidad, ¿había dormido?

Alrededor de la cama se introduce la noche como largo camino, y el silencio coloca ante mí la figura de Alberto.

«No escuches a Raquel, te odia por no soportar la idea de que ames a otra y no a ella. Edith, como algunos dicen, está muerta y su cadáver reposa, sin ser reconocido, en algún lugar de este país. Fue víctima de su sufrimiento secreto traído quizás desde la infancia, por culpa de un suceso incapaz de descifrar. ¿Hasta dónde es posible descubrir el arcano de cada ser humano?»

La casa, a tientas, recorre sus espacios. Se desdobla. Se estira. Se encoje. Se detiene. Parece un montón de cristalitos entre las malvas del jardín, y allí se ha mirado durante mucho rato. Y la casa ha sido otra. Su cara está cuarteada, se partía allá lejos y detrás de cada sombra. Y extraños movimientos llegan a su pecho que se alarga en rayitas, rajaduras, montoncito de rayas como si fuera musgo.

Al verla así de repente, parece decirme «No sabes registrarme bien. Busca en cada lugar, en cada rincón donde me acotejo a la hora de dormir. Hay cosas ignoradas por ti. No seas haragán. Comprendo que debo buscar la muerte contigo para que nunca me llegue».

—Jorge, Jorge, esos momentos de furia, de tu furia contenida contra Edith, a veces se sucedían de tiempo en tiempo, pero también cada dos o tres días. La situación de ese estira y encoje les resultaba desagradable. El estar juntos entonces era de anjá, querías no saber más de ella, y es posible que ella tampoco, en tales momentos, quisiera saber de ti.

Raquel, al conocernos Edith y yo me había dicho que era una mujer difícil. Padecía de los nervios, y yo también y pensaba en tales momentos que dos narizones jamás podrán besarse, y la relación parecía irse a pique.

—En todos los matrimonios, o en esas parejas que, como ustedes vivían juntas en la misma casa, esas cosas suceden.

—Pero no con la violencia casi secreta, a punto de hacernos, cada cual, desaparecer al otro. Sus defectos, como el de la bebida, justificaban la inconveniencia de sentirla como mi pareja, sí, y no podía explicarme esa paciencia nacida de mí ante un ser insoportable por cuenta de su estupidez, su falta de una razón convincente para seguir unidos. El mundo se nos acababa para los dos, y era una verdadera chiveta el tenerla a mi lado, y nos escurríamos hacia sitios separados dentro de la casa.

—Eres un ser violento, inconsecuentemente violento, como tu querido padre, y lo demuestras al cerrar una puerta con furia, o al poner algo impositivamente en una mesa, como alguien que, de poder hacerlo, le cortaría la cabeza a su pareja, poniéndola con ruido en ese mismo lugar.

6

Me encuentro ya a la entrada de esa calle. Larga, ancha, con brillos de lluvia recién caída donde se reflejaba el titilar de las estrellas, y me sorprende el escándalo que sale de una de las casas al final de la cuadra.

Un hombre de mediana edad discute con otro, algunos años menor que él:

—¡Maricón, no te basta venir aquí desde Fomento para verme un rato, pero ahora también visitas a mi mujer! ¡Traidor, me la vas a pagar!

A gritos, en plena calle ya, y el que se desgañita a voz en cuello lleva en las manos un cinto para propinarle sin tregua la copiosa expresión de su furor, mientras el otro intenta esquivar en amagos de fuga el castigo.

El hombre vengador es nada menos que Ricardo, uno quizás de los sicarios de Garmendía a quien he descubierto, a través de las persianas, pasar varias veces por mi casa por las noches, camina que camina por la acera opuesta, una y otra vez de ida y vuelta, sin dejar de acechar mi vivienda, sin comprender las razones que lo motivan.

El otro solo trae encima un par de calzoncillos rosados cuyos extremos parecen buscar el comienzo de las rodillas.

Detenido yo al momento inicial de la bronca, las casas del entorno se iluminan y, como si no les hubiera dado tiempo a presentarse mejor vestidos en público, un ejército de calzoncillos y de mujeres con trapos para cubrir bajo la cintura, y senos al aire, gritan por la presencia policial.

Al instante aparecen tres perseguidoras, mientras el resto de los varones insisten en separar los cuerpos en pugna, al intervenir a la vez en la lucha extendida alrededor. Todos pelean unos contra otros enardecidos por la situación. La sangre va de un cuerpo a otro y, entre los contrincantes, heridos también; mientras yo decido marcharme a paso lento del pandemónium a unos pasos de mí.

Después de hacer girar mi cuerpo, a golpe de vista descubro una antorcha humana en plena huida; la mujer del ofendido corre hacia cualquier parte en medio de la algarabía de sus gritos de dolor.

—¡Maricones, maricones, esto es lo más grande, lo más grande que me pasa por comemierda!

—¡Bomberos, auxilio, auxilio, llamen urgentemente a los bomberos! —chilla una vecina, y no veo más.

Doblo en una esquina hacia otra calle dormida en la paz de los bienaventurados.

Prefiero no salir de casa. En la calle todo el subdesarrollo del mundo parece caerme encima, y memorizo, como tabla de salvación, la última conversación con Raquel.

—Edith y yo buscábamos la estabilidad y, de una forma sorpresiva, Edith cambió su estilo de vida y de actuar. Halló en mí la perdurabilidad y no con otros.

—Jorge, eres obstinado.

—Ya no escucho opiniones ajenas, ahora me queda ordenar mis apuntes para conformar una novela.

—Busca esa calle muy pronto, me han dicho algo acerca de Garmendía y de un tío tuyo fallecido hace años, quienes planificaban asesinarte para quedarse con tu casa.

Y acto seguido, llega a mí otro recuerdo:

La foto fija en glorioso *technicolor* sobre una pantalla cuadrada, donde el hombre y la mujer vestidos de negro conversan ante una persiana abierta al ponerse el sol. Las cortinillas a cada lado de la ventana, al mantenerse descorridas en su mitad, sirven de fondo al beso, a la pasión de la pareja: Vivien Leigh y Clark Gable.

Años antes de presenciar por primera vez la proyección del filme en el Teatro La Caridad a mis catorce años, la anaranjada luz que entraba por los cristales de opalina en la ventana, hacía brillar el piso de la saleta de mi casa en suspiros de color, como solía suceder a esas horas antes que la tarde muera, en la decoración cinematográfica.

Y el silencio de esa hora sobresaltó entonces mi soledad, sentimiento infantil que me acompañaría por el resto de mi vida.

Y en ese silencio de la hora, de la casa en general, había sido el elemento de una revelación: la del amor y la de la muerte, y del peligro entre lo definitivo, y lo circunstancial y lo prohibido. Peligro de lo demoníaco al crear la interferencia de una tumba, de un abismo, o de la resurrección, ¿el peligro de lo que ya, es posible, no puede existir entre la realidad y la fantasía?

—Sí, Raquel, comprendo la posibilidad del amor de no ser radiactivo, aunque es necesario ser dos, y no existe la posible contaminación, sino el reflejo de una radiactividad en otra, un empecinamiento milagroso, porque no constituye siquiera el deseo de lo que siento, ni pienso para nada en el acto sexual, no: es la imperiosa e irrevocable necesidad de estar siempre con la persona amada, de fundirse conmigo y sentir el amparo de una comunicación total, de que se acabó la soledad para siempre, es… no estar solo porque cada pensamiento es rodeado, acoplado, cercado por otro pensamiento, las palabras no dichas, es reposar en otro ser y prolongarse.

—¡Ay muchacho, pareces el personaje de una novela rosa!

—¡Coño, Raquel, no seas tan cínica, tan ignorante, tan estúpida e inmadura! Me decepcionas. Tu energía negativa intenta volcarse en mí, pero no la voy a aceptar; tampoco sirves para ser mi amiga.

«¿Qué quiere decir una palabra, dos o tres veces, cómo puedes dar cuenta de las cosas inexplicables que son las únicas valederas?», pregunta Luis Orlando. «El amor, el hombre, la vida, el misterio que ellas conllevan… desde el plano metafísico en el cual me encuentro, has logrado con tus palabras hacer brotar lo poco de dignidad que me queda. Somos románticos, y existen muchos influidos por un cierto «modernismo», capaces de calificar onerosamente algo que nos llega desde los comienzos de la humanidad, al considerarlo una forma de expresión pasada de moda.

Esto no es puro «teque», es la verdad de un sistema de sentimientos propios de los decadentes que lo critican no sin cierta dosis de ironía capaz de inmovilizar lo mejor del ser humano, no tengo dudas de ello, y, a partir de ahora, lo aseguro, puede cambiar mi forma de pensar y de obrar, y quienes somos como nosotros en este aspecto, debemos resguardarlo… para el progreso y la felicidad.

No debo ser ya como antes, iracundo, oportunista, servidor del demonio».

7

Desmembradas tinieblas inundaron el ala donde Raquel y yo conversábamos, y mi patio, donde la noche parecía ser otra casa, se esfumaba en penumbras semejantes a las de una representación teatral gestada por un loco.

Hablamos acerca del sentimiento de culpa de Teresa, convertida por eso en un ser disfuncional, y por ser así, se comportaba como esas mujeres que hacían siempre lo contrario de cuanto ellas esperaban de sí mismas, por no contar jamás con sus impulsos por el hecho de no conocerse. Teresa se abandonaba de una manera inconsecuente hacia las cosas capaces de oponérsele, y se dejaba ir en contra del obstáculo, cual si cumpliese una orden secreta, o por esa substancia traviesa no exenta de maldad; aunque no sintiese gran pasión por llegar a cuanto se le atravesara en el camino, aunque me atraía su vulgaridad salvaje.

Los haces de luz entrelazados a lo sombrío de aquella noche con Raquel, hacían hablar a los rincones de la casa acerca de esas potencias obscuras ajenas al corazón o a la mente y distintas de los sentidos; potencias indefinibles que toman el mando cuando las otras se han dejado caer en la indiferencia y el vacío.

—El día cinco de abril, cuando mi madre cumplía un año de muerta, sin saberlo, Teresa entró a la casa y vino directamente a la cama, como siempre, y a los siete de años de muerta la madre de ella, Teresa lo recordó de repente y con tristeza, al final de nuestra intimidad.

—Teresa posiblemente vivió contigo algo muy especial, sin tener conciencia de lo que estaba viviendo, y es probable que algún día descubra demasiado tarde su amor por ti, amor del cual nunca antes había sabido. Sí, iluminaste el fondo de un alma obscura.

—Raquel, ¿por qué rompiste nuestra relación?

—No sé por qué.

Por suerte, Edith había sido muy considerada conmigo, atenta a cada detalle de mis costumbres. ¿Cuál de las otras fue tan amable como ella?

—Cada dos o tres días, Edith volvía a recurrir al alcohol y bebía hasta quedarse dormida. Entre sus deficiencias encontraba el sentirse atraída por los muchachos muy jóvenes o por los hombres de la tercera edad. También, demasiado susceptible, nerviosa, pesimista hasta rozar en el cinismo, y algunas veces quise casi matarla… Dios me perdone.

—Y te aguantaba tus majaderías y malcriadeces de niño mimado. Cuando ella muera, habrá que hacerle, por eso, una estatua en el parque.

Y, de algún lugar de la casa, surgió la melodía *The Farm*, compuesta por Thomas Newman para la cinta *Camino a la perdición*, cuya melodía repetida en los créditos finales de la película, disfrutara ella, en su casa, por la televisión. A la misma vez, frente a la pantalla televisiva de mi casa, descubríamos en aquel instante ese tema musical, recordándola a ella al desconocer tal coincidencia en la que Edith había pensado en mí.

The Farm era también la definición musical de Edith.

—Ni Edith ni tú son perfectos, aunque el fenómeno químico los unía, a pesar de tantas diferencias de gustos, cultura, educación. Había, una especie de ósmosis entre ustedes. Algo real, que sorprende a cualquiera… la química entre ustedes los unía, lo repito. Nada fuera de lo común. Los opuestos se atraen como si fuesen polos semejantes, aunque a una mata de limones no puede pedírsele parir rosas, y por eso no podemos maltratarla. Los guajiros son parecidos a una raza aparte, yo lo he experimentado.

Al saber por bocas ajenas de su vida anterior antes de habernos conocido, sentí temor de hallar en Edith a otra Teresa. Un amigo común me lo hizo saber, y decidí terminar con ella. Y Raquel desconocía dicha situación.

—Fue una tarde. Ella traía algunos casetes con su música preferida, incapaz de ser entonces asimilada por mí. Eran los primeros tiempos de tratarnos. Al hacerle conocer mi decisión ella salió del cuarto y fue junto a la puerta. Estuvimos allí mirándonos con tristeza y en silencio, y luego ella me dijo, «Quizás alguna vez por casualidad nos encontraremos por la calle», y le contesté «No estoy casi nunca fuera de mi casa, cuídate mucho». Y sentí pesadumbre. Estaba arrepentido. Pero nada más se habló.

—¿Qué pasó después? Ay, Jorge, es imposible.

—Al cabo de no más de veinte días me visitó Roberto, el amigo común que me presentara a Edith, y al enterarse por mí de aquella primera ruptura, me convenció de mi error.

Fue un domingo, día de la semana en el cual ella sabía ubicarse en cierto lugar en las áreas del Sandino alrededor de las once de la mañana. «Ve allí a encontrarte con Edith, no seas comemierda».

Ya solo y sentado en la saleta no me decidía a ir, y muy cerca de la hora indicada por Roberto, llegó a la casa el típico llamado de ella y abrí la puerta.

—Entra, me alegro de verte —le había dicho, y por encima de todo, esa corriente de espiritualidad nos llevó a la cama…

Edith vivía apegada a lo pragmático, mientras que yo me sumergía en el mundo de la abstracción artística, aunque en los negocios no era maliciosa, y cedía o la engañaban al aprovecharse de su nobleza.

Y entre las sombras y reflejos sin aviso que por instantes se abrían y cerraban alrededor trajeron la campana azul de una piñata para celebrar entonces mis escasos años de vida, confeccionada en papel de china flotando con el adorno de sus vuelos, que descubrían preferidos rincones de esta casa en la cual ahora, en la soledad, el comedor se ha hecho más grande y la cama también, a la espera de Edith.

«¿Sueñas todavía con el futuro? ¿Lo recuerdas? En el futuro estará y está ahora tu sitio, y ya vendrá el día en el cual te des cuenta de esta verdad. Espero no temas ponerte frente a este, donde se meten el pasado, el presente, el porvenir, unidos por la memoria. Sé que ahora te resulta difícil comprenderlo, y quizás, no puedas aceptarlo… soy un guajiro, sí, pero por mí mismo he desarrollado algunos talentos, y a mi manera me he incorporado al desarrollo, porque no deseo permanecer estancado ante el mundo cambiante, para bien o para mal de nuestro planeta siempre en marcha hacia adelante, llevando consigo lo mejor del pasado y del presente. Retira la idea de prejuiciarte con mi conversación, pero necesito aclarar mientras pueda, las dudas de los demás. No temas nada. En tu vida verás cosas insólitas, sorpresas de todo tipo, de todo cuanto trae la realidad».

«Parece que llueve», murmura la casa, «y se ha formado niebla en el agua de los espejos. Un buche de calor golpea mi espalda y el tiempo lo hace adrede, adrede. Quieren interrumpir mi juego con las sombras. Luego mis muros altísimos donde rebotaba el vapor caliente. Me da miedo, y me veo en el centro de todo. Y me da miedo. El aire se burla de mí. No lo resisto. Mi altivez parece irse para dejarme humillada en el calor. El calor es un pañuelo que cierra mis ojos, y de esa manera puedo ver a cuantos vivieron bajo mi techo. Vivos. Sonrientes. Amargados a veces. No sienten pena por el desgajamiento que me consume la vida. Mi vida. Esto me hace llorar».

Y continúa en su monólogo de piedra. «Y me encontré a don Rafael. Hace que me encuentre con él por casualidad y al principio yo creía que era así. Y se detiene en algún rincón de mis cuartos a espiar cuanto hago yo. ¡Maldito seas! Tu sobrino, Jorge, fue siempre tan amable conmigo…»

¿No resistía más a Edith? Decía ella que iba a volverse loca, que quería desaparecer de mi vida, que le hacía daño continuar en esta casa. ¿Por qué? El supuesto error por nosotros cometido, en pocos segundos, podría propalarse por toda la ciudad, por el mundo entero y no lo soportaríamos.

Salgo solo a caminar. La tormenta parece haber pasado. Ha pasado el viento y bajo los árboles hay esa luz sobrenatural que sigue a la lluvia. Los pájaros dementes gritan con todas sus fuerzas, afilan el pico contra el aire frío, lo hacen sonar en toda su amplitud de modo ensordecedor.

El parque.

Los lugares apartados de la ciudad.

El boulevard.

Las tiendas de divisas.

Todo no es más que la materialización del disgusto cuyo deseo es morir, o al menos desaparecer para siempre de mi casa para no encontrarme con ella. Entonces, ese insensato amor que le había profesado al hogar seguía los caminos de un insondable misterio…

(Mi tío querido, pienso verte pronto en tu casa).

La casa es una muestra de soledad y de sospechosos silencios, y antes de que en ella suceda algún inesperado sopor de peligro o algún suceso que de repente pueda ocurrir, me paralizo para analizar; y, como en situación anterior, Eduardo Pérez había sido guiado por una luz interior, abrió quizás en otro momento las gavetas del escaparate menos frecuentado por mí, extrajo de una de las gavetas un paquete de mayor tamaño al zafar la cinta azul y hubo de dejarlo allí sin mirar dentro de él, y me zarandea la curiosidad de saber el contenido del mismo. Y Eduardo, con el rostro maltrecho por el dolor, se alejaba de mí. Eran tantas fotos, halladas por mí un tiempo después, referidas a fiestas, eventos culturales a nivel de familia y de sociedad, que agotaron mi paciencia, y mucho más; allí estaba la verdadera historia, que nunca había conocido, con sus momentos de alegría, y, seguramente, de profundo dolor.

Y estaba seguro de que, en otro momento, podría saber lo que contenía aquel curioso cúmulo de fotografías. Todo era cuestión de tiempo, de estado de ánimo, de valor.

A lo lejos, surgirá la imagen de lo demoníaco.

El paisaje, pura neblina entonces.

¿Será el cementerio cuanto veo a mi alrededor?

Una tumba abierta.

Avanzarán hacia mí hombres con antorchas encendidas por entre los sepulcros dormidos.

Pero me rodearán, es posible, los ecos de otro lugar donde los árboles, las hierbas, y todo lo dispuesto a desaparecer, retornará a la entrada del portón con la inscripción MORS ULTIMA RATIO.

Miraré hacia los lados para ver otra vez los mismos árboles, las hierbas, y allí, con sus dientes manchados de luna, como en un hueco negro, vislumbraré la figura de Raquel en pleno llanto matizado por sus gritos. Arrepentimiento por parte suya… ¿Qué mal germinará en ella que cortará en pedazos la desesperación, de la cual será lo manifiesto de un arrepentimiento innombrable?

8

La segunda vez que llego a la entrada de esa calle, se desata una tormenta que me hace regresar, empapado de lluvia y de mal humor, a la casa.

La casa parece burlarse de mí. Celosa. Alarmada por mis empeños.

La casa a obscuras se aferra a lo móvil, a lo inestable de las imágenes al cruzar junto a mí, y me defiendo de tales alucinaciones como lo de sentirme prisionero de una conciencia culpable, cuya culpabilidad ignoro.

Entre las sombras divisadas por mí, reaparecen las distintas dependencias del hogar al acoger situaciones de ruidos luminiscentes, de índoles diversas.

¡En el comedor se reúnen un grupo de conspiradores contra el dominio español!

«Eduardo Pérez, Ernesto Suárez y el resto de quienes acuden aquí, deben conocer que la mayor parte de los cubanos participantes de esta guerra, confían en los Estados Unidos al creer en una desinteresada actitud de ayudarnos, y no es así».

Uno de ellos pide la palabra:

«¡Eso es mentira, tengo pruebas!»

Desde el pasillo uno de ellos, salido del baño, observa:

«Ese es un cabrón infiltrado por los españoles».

«Los Estados Unidos son incapaces de hacernos una mierda, ¡se los juro por la sepultura de mi madre!», lo apoya otro.

«Por favor, no me interrumpa. Luego podremos conversar», objeta quien había dirigido la reunión. «¿Por qué sucede lo explicado por mí? Bien, debido al congreso de Panamá en 1826, al oponerse los americanos a la ayuda Bolívar y las Américas libres, se descubre el verdadero interés de los norteamericanos. En 1805, durante la época de Jefferson, su tercer presidente, pensaron ellos adquirir la isla, y posteriormente, temiendo que Cuba cayese en manos de Inglaterra o Francia, al considerar que España era más débil que estas, la ayudaron con miras a que, con el tiempo, Cuba sería de ellos, y así imposibilitaron la independencia cubana, destruyeron expediciones y prometieron ayuda que después no dieron. Y otros muchos casos que podrían citarse, demuestran su actitud interesada, de que Cuba cayese por su propio peso dentro de la órbita estadounidense».

Aplausos de los allí congregados, apretados en el aire, recorren por todas partes la casa al advertir que dentro de ella, y no en la calle, estarían resguardaos de la vigilancia y el ataque colonialista de quienes deambulaban por los segmentos cuajados de la noche esparcida sobre la ciudad.

Discretos, los gritos de los combatientes:

«¡Viva Cuba libre, abajo los traidores!».

Es la expresión de los allí reunidos, desplegada con pasión en dos de ellos: la del fotógrafo, pintor y decimista Ernesto Suárez, y la del guajiro Pérez, y el resto de las voces a la propuesta generalizada, recorren el espacio a obscuras con sus adornos y paredes y las plantas medicinales y ornamentales del patio, ante las cuales me pregunto «¿Están ahí?». Mientras el comedor se alarga al compás de la complacencia de la casa.

Eduardo Pérez había nacido en Quemado de Güines, la tierra del Guajirigallo, obra donada al pueblo el 26 de diciembre en el parque Martí.

El Guajirigallo está formado por un porrón con cabeza de guajiro y cola de gallo, porque tradicionalmente el campesino cubano se levanta con el cantío del gallo, y el porrón es su compañero para saciar la sed. Escultura en homenaje al emigrante que en la seudorrepública marchaba con el jolongo a cuestas en busca de trabajo; causa por la cual el padre del autor de tal obra plástica abandonó definitivamente Quemado, su tierra natal fundada en mil seiscientos sesenta y siete.

—Tu abuelo, cuando trabajaba en su finca, me trataba como a un hijo y no lo olvido así, fue mi pasado, y hoy me desenvuelvo de otra manera —sonríe, con cierta picardía, Ernesto Suárez—. ¿Tienes en mente alguna jevita? Tú debes ser tan calentito como yo, sí lo eres, mira, cada noche a las nueve, le meto mano a mi mujer… ya te avisaré cuando pueda darte esa sorpresa, únicamente guardada para ti.

Llegan de nuevo, aquellas tardes de verano cuando, acompañado por él y otros guajiros de la finca del abuelo, atisbábamos desde la maleza el baño de la guajira Sara, de anchas caderas y nalgas, de senos notables, en la poceta del río cercano y, al final del festín de haberla observado largo rato, acabábamos todos masturbándonos ante aquel espectáculo repetido a diario a la misma hora, en el mismo lugar.

—¡Qué par de ubres tiene la muy cabrona! —susurraba Ernesto entonces en pleno éxtasis—. Sueño con el día en que pueda ordeñar esa vaca.

Intento la faena de ir, al fin, hacia esa calle. La noche es fresca, pero esta noche otoñal no presenta señales de lluvia, como otras. Al llegar donde la he solido hallar, no aparece en el panorama deseado, como si alguien, intentando interrumpir mis ansias, la hubiese cambiado hacia otra parte.

Y la busco sin descanso por los alrededores, sin percatarme de quién es el que sigue mis pasos y, al descubrir la identidad del perseguidor, se pierde: ¡Era Manolo, uno de los inseparables de Garmendía! Y me hace tomar otros rumbos y allí, de repente, estoy a la entrada de la buscada calle.

«Don Rafael, me cago en los chismes, y, donde quiera que estés, te perdono la acción de asesinarme en el traspatio de esta casa por andar con tu querida Ana Rosa, pero la cuestión fue que, al vernos por primera vez, nos enamoramos y con frecuencia viajaba a La Habana para revolcarnos a espaldas tuyas; y así fue, y tú no lo sabías, y ella te pegaba los tarros con otros también. Soy guajiro, pero honesto. Un viejo como tú no debió nunca mantener a una muchacha joven y bonita, y por eso las cosas ocurrieron, lamentablemente, así; perdóname tú, como yo te he perdonado».

«Y sigo recorriendo mis espacios», susurra la casa a mi oído. «Yo sé que te doy lástima. Me amas. Quieres comprenderme ahora. Caminamos a lo largo del pasillo y me encuentro conmigo misma. Ya no soy la misma casa de antes, ¡qué vieja me he puesto, da asco! Y así vamos hasta que me veas sonreír, lo cual hago no porque lo desee, sino, porque sé que tú Jorge, esperas esto de mí, para demostrarte de esa manera que tu mano, al acariciar mis paredes da alivio y entra en mi cabeza y la calma. Después, cuando supones que por momentos no estoy sola ya, te apartas, entras al comedor, al despacho, a cualquier pieza donde tus años se acercan como si estuvieses todavía junto a mí y sigues por el pasillo a toda prisa, hasta donde haya solamente puertas y ventanas abiertas».

—Alberto, nuestra relación iba camino de un barranco. Se me habían quitado los deseos de trabajar, de buscar a otra mujer para sacar a Edith de mi casa para siempre.

—Ten calma, amigo, ten calma.

—A mí con todas me ha sucedido igual, y he llegado a detestarlas, aunque es verdad que a nosotros los hombres nos cuesta trabajo convivir con una mujer, aunque esta fuese la mejor del mundo, las detesto, pero no puedo vivir sin ellas.

—Hablas como un verdadero comemierda.

—No puedo seguir soportando a ninguna a mi lado. Cuando tenía solamente sexo con alguna, y después si te he visto no me acuerdo, vivía tan feliz.

—Te encuentro al borde de la desesperación Jorgito, tranquilízate. Regresa a tu casa, y a Edith en tu recuerdo, como si no existiera para ti.

—Al menos, intentaría leer algún libro, o escuchar buena música, de esa que tanto molestaba a Edith, aunque a veces no me lo decía. Se callaba. Se quedaba tranquila, o se iba a ver la televisión, bien alejada de mí en otro espacio de la casa… ¿Para qué la habré mimado tanto? Ella se aprovechó de eso y quería que las cosas le salieran como le daba la gana. ¡En estos momentos no quiero verla delante de mí, con sus silencios acusadores, sus manías, su desquite sin hablarme, sin querer fijarse en mí! ¡En nada! Ella dice que la vida es una mierda, y por momentos pienso que tiene la razón.

9

Al dar los primeros pasos en esa calle, una mano toma la mía y me empuja a salir. Ernesto Suárez, alterado y feliz.

—¡Vamos, carajo, mi casa está lista para recibir tu visita! Yo vivo muy cerca. ¡Anda, no vaciles como un tonto!

He tenido que abandonar mis pesquisas y lo sigo, empujado por su mano y la mía, y enseguida hemos entrado a la semipenumbra. Hay, junto a la lamparita encendida, una cama donde una mujer parece, bocarriba y desnuda, recibir la visita.

Viene a mi memoria la manía de este hombre trigueño y de baja estatura, de labios sensuales fornidos, y haciéndome sentar sobre la hierba de un potrero abandonado, para leerme a solas, y en la mayor discreción, colecciones de novelitas pornográficas ilustradas con dibujos eróticos, rechazadas interiormente por mi educación católica y mis principios consecuentes a ellas, pero accedía ante su insistencia sin darse tregua alguna.

La anunciada sorpresa era ella. ¡Sara, con las piernas abiertas en gesto convidante!

Ernesto me invita a desnudarme, sin apartar de mí y de ella la mirada obsesiva de macho agresor, y también echa a un lado sus ropas en plena excitación, y retrata mis juegos sexuales, la penetración, la apasionada actitud de quien ve realizados viejos sueños, mientras todo da vueltas alrededor, entripado por eróticos sudores y movimientos lascivos. ¡El sexo en toda su amplitud!

Desde diferentes ángulos nos retrata, y aunque estoy absorto por la pujanza del antiguo deseo, puedo entrever en medio de remolinos de paredes en movimiento y todo cuanto allí se encuentra, los caminos de una cámara en pleno vuelo y en absoluto silencio a la vez, exudado por la medida luz.

Al terminar, Ernesto ataca con frenesí y ciego de placer, aquel cuerpo yacente por mí abandonado.

Mientras me visto con rapidez, continúa con violencia sus embates, entre gruñidos y gritos voluptuosos a la vez que me retiro impelido por tanta salvaje sonoridad.

Adonis continuó la explicación:

«Sí. Mi madre tuvo, o tiene, un problema judicial por culpa de su falta de malicia, y de su manía de ayudar a cuanta gente se le presentara, no quería decírselo y esto se lo cuento por ser usted buen amigo de ella. Ahora abandonó la casa y no se sabe de ella. Mire, en una cola para coger la guagua se le presenta una mujer desesperada por llevar a su niña a La Habana para una operación dificilísima, y le pidió ayuda a mi madre y ella la ayudó. El asunto era el de conseguir dinero, robando, para pagar el viaje y el quedarse allá, las donaciones a las iglesias y al Estado… medicamentos, sí, pero la verdad era coger el dinero para el chulo borrachín de su marido… Después, nunca deseó mi madre que la visitaran durante su malestar, y mucho menos que tú la visitaras… Mañana bien tarde, todos los que allá nos quedamos, nos iremos a algún sitio donde nadie lo sepa y no nos conozca.

«Jorge, si algún día nos peleamos para siempre, aunque ese día no aparezca, no voy a dejar de venir a verte y conversar, y hasta podríamos hacer el amor».

Edith. ¡Ella no supo nunca cuánto yo me odiaba por momentos! Era trágica a veces y pesimista.

Edith se había callado de repente, con la sonrisa encaramada en los labios.

«Minutos antes de morir tu pichón de palomo, Pepito, él nos vio a los dos que lo observábamos unos segundos desde el pasillo para saber si estaba mejor, echado sobre el piso del cuarto donde dormía y pasaba todo el tiempo y, al ver que había llegado yo del campo, murió después más tranquilo. Porque parecía haber dejado para luego el morirse para no morirse sin antes verme a tu lado, yo te lo dije, pero estaba muy mal. Luego, casi a la media hora, hallaste su cadáver debajo del buró, el mismo lugar donde lo vimos antes».

Treinta y uno de agosto de 2003, cerca de las nueve de la mañana en un día claro, soleado, sí. Luego, coloqué el cuerpecito encima de la banqueta del piano en la saleta, y me acordé de la muerte de mi pichón de guinea, Boruga, el veinticuatro de octubre de 1949.

«Jorge, ponle al ladito de él, flores y una velita encendida», fue el consejo de Edith.

—Nunca he visto a un abuelo tan parecido a ti como el tuyo. Recuerda que en todo momento siempre estaré a tu lado.

—Hay un asunto que mi memoria persiste en mantener alejado del olvido, Eduardo: todas las cosas están hechas de olvido.

Y de esa manera solía, de niño, verme atrapado en la entrada obscura al hallar ante mí, cortinas tras cortinas sin descubrir, el comienzo del patio de butacas del cine Villa Clara, porque me pasaría igual si intentase retroceder para salir fuera del local; angustiosos viajar entre el cortinaje donde, solo allí, me separaba en el sueño de la compañía del abuelo o de la abuela Mamía, lejos de mis padres.

A veces, entre cortina y cortina sin poder casi respirar, veía colgadas del techo las ropas de salir de mis padres sujetadas por la rigidez de los percheros, en interminable desfile.

Terrible sensación al despertar, aunque aliviado, jamás lograba terminar de separar con mis manos una cortina tras otra cuya función había sido la de ocultar la claridad contra la pantalla, del exterior.

Al caminar por la manigua, una vez atravesada esa calle, se levanta la absurda sospecha de haber perdido en este viaje a mi amigo el Zaguán, al recordar las predicciones de la espiritista Ramona cuya casa aún visitaba en busca de consejos.

«Veo a tu casa, que cae en un abismo, te lo repito, como si una fuerza maligna se precipitara sobre ella».

10

Me había encontrado, sin esperarlo, a Ernesto Suárez caminando por el monte. Tenía la impresión de un cambio en su carácter. Después de haberme llevado a su casa para ofrecerme a Sara, y notar mi desenvolvimiento con ella, se mostraba más amistoso, e inclusive parecía seguir siempre mis pasos, como entonces, ahora, casi a los inicios del monte.

—Debes cuidarte mucho al andar por aquí. Hay elementos antisociales que pueden hacerte daño, incluso matarte. Al desaparecer tu cuerpo nunca nadie podrá hallarlo.

—No temas por mí, sé cuidarme bien.

—No es que me dedique a cuidarte, solo es pura casualidad el haberte encontrado por aquí.

Y al percatarse de mi incredulidad, ante sus palabras, introdujo sus manos bajo la sudada camisa y con ellas se repasaba el pecho velludo ya con algunas canas, en ademán de desesperación y nerviosismo.

—«¿Te duele el pecho? ¿Te sientes mal?»

Dejó entreabierta la camisa y su respuesta fue un subir y bajar de hombros evitando mirarme.

—Coño, muchachón, llévame a conocer esos lugares solitarios de sitios inadvertidos por la gente incapaces de darle valor. Rincones sucios, paredes de traspatios hacia la calle, todas esas rarezas con las cuales la gente no se ensaña. El que no comprende las cosas, se convierte en el enemigo de uno. ¿No es así?

Mi mujer no lo entiende y me acusa de haragán y mujeriego, y esto me hace sentir solo. Tú sí me comprenderías si... Bueno, la idea es así y en ese sentido, no puedo hacer nada por cambiarla. Eres un admirador de mis trabajos y esto me gusta... Bueno, voy a quedarme un rato por aquí por si me necesitas. Para seres como tú, siempre habrá lugares extraños de esos que también a mí me gustan muchísimo.

Dicho esto último se me quedó mirando sin hablar.

—No voy a irme ahora, déjame cuidarte —dice luego—. Te quiero. Eres uno de mis mejores amigos, o el único, y cumplo con mi deber porque soy demasiado celoso con la gente que amo. Para eso nací macho y valor no me falta, y si tengo que dar la vida por salvar a quien tanto vale, no me quedo atrás y no vacilo en ofrecérsela.

Me abraza. Besa mi mejilla y se retira caviloso.

Sucedió aquel martes tres de enero de 2002, cuando tocaron a la puerta de la calle. Alguien, detenida en la acera del frente al amparo de la sombra de las dos de la tarde; una desconocida mujer bien ataviada, esperando. Al notar mi presencia en la puerta, dibujó en el aire una señal de impaciencia al punto de hacerla cruzar la calle, precipitada, decidida, hacia mí. En breves segundos la hice pasar al zaguán y al hablarme por un gesto de su rostro la reconocí. ¡Era Teresa, al visitarme el primer día de trabajo el nuevo año, y a tales horas y en días iguales cada año, solía llegarme siempre, hambrienta de hacer el sexo conmigo en tiempos pasados!

«De tan solo verte tan cerca, Tati, se me ponen duras las puntas de las teticas».

Ella, más voluminosa que antes, poseía un aspecto distinguido en el porte y la vestimenta, en los modales, en la claridad de una piel lavada a fuerza de mantenerla lejos del sol.

Se habían cumplido once años sin vernos, sin saber el uno del otro desde su partida hacia Miami.

—¡Qué viejos nos hemos puestos los dos! —exclamó con la habitual familiaridad característica de ella, al acometer el comienzo del zaguán, y no sabíamos establecer una conversación. Silenciosos. Expectantes. De repente Teresa averiguó, después de mirar desde allí la extensión de la casa, si continuaba viviendo solo, y le mentí:

—Está al llegar mi pareja, se llama Edith y nos va muy bien a los dos.

Inclinó la cabeza hacia el piso con pesar o frustración, y al cabo de unos instantes, sin atreverse a mirarme, enfatizó:

—¡Me alegro!

Dijo haberme llamado varias veces por teléfono ese día, sin obtener respuesta. ¡Aún recordaba mi número! Y al invitarla a entrar se negó, debido a la inminente visita a una de las casas de la calle Gloria.

—Allá me volví a casar.

Todavía inmóviles de nuevo y de nuevo silenciosos y sin mirarnos, el tiempo nos vio pasar.

—Voy a venir en otro momento a traerte un dinerito.

—No hace falta. No me debes nada. Siempre te has portado bien conmigo —mentí, para no parecer, como toda la gente, materialmente interesado.

Un vapor complaciente de reprimida compasión, cariño sincero y deseos de sentir en mí aquel cuerpo empapado de una atracción incapaz de cualquier reclamo, con rapidez y sin despedirse, tan aturdida como yo, abandonó la casa para dejar mis sentimientos imprecisos, entre agradables sensaciones que iban y venían hasta aturdirme.

Días después, aquel efecto perturbador estremecía mi cuerpo sin cesar.

Y recordaba a ratos, ya cercano el día de marcharse, por primera vez, la misma repetición de cuanto deseaba. «Quiero que me ames más, más, más que antes, Tati». «Pero Teresa, ya no puedo amarte más de cuanto yo te amo».

¿Lo hacía por puro capricho, o por la necesidad de igualar mi amor al suyo? ¿O por la cercanía de su partida?

Me considero inútil al tratar de descifrar esa lejanía misteriosa de jamás conocer totalmente a nadie. Edith me había dicho algo parecido a tal misterio al hacer el amor conmigo la primera vez.

«Veo a tu casa que va a caer en un abismo», me había pronosticado otra vez Ramona, y de refilón mencionó el nombre de Adonis.

¿Qué le habría dicho él a Edith, su madre? Quizás, debido a mis complacencias con ella, así sería jugarse el futuro de Adonis, tan alocado, siempre inestable en sus amoríos con jovencitas sin ningún valor moral. Quiso usar mi casa, a petición desesperada de la madre, para instalar en ella un negocio. De esa manera, la intimidad entre Edith y yo sería algo imposible, al año de conocernos. La casa, al aparecerse este muchacho por primera vez con otro para ocultarse aquí en tiempo breve, por razones desconocidas por mí, fue visitada por la policía. Producto de los desmanes al sobrevivir esos amigos fuera de la ley, estaba yo implicado en un desagradable asunto de complicidad del que, gracias a la ayuda de Eduardo, pude salir ileso.

11

«Algo dentro de mi cabeza se aprieta y se afloja, Jorgito. Busco asiento en uno de los bancos de hierro del patio, y hoy he llorado como cualquier muchachita que tiene vergüenza de sus gastados zapatos. ¡Qué rabia, qué rabia! En mi garganta se ha hecho un vacío donde una carcajada cae, hasta hacerme sentir dolor en todo el cuerpo. Mientras avanzo dentro de mí, ya no siento miedo y voy deteniéndome poco a poco hasta llegar a la enredadera que cubre un trozo de la pared del patio. Me duele de la cabeza a los pies. Me enjugo el llanto con la seda obscura de las sombras y cierro los ojos. En este momento unos pasos se acercan a través de mis entrañas. Es don Rafael, que siempre camina silencioso y viste de negro. Para secarme mejor la cara, algo increíble, me coloca debajo de su barba, donde es tan viejo. Allí es lo mismo que encerrarse en un cuarto a estarse tranquilo, y me parece ir viajando por un árbol. Dijo, «vamos, muchachita», y después me ha leído en voz baja unas meditaciones. Es como si alguien entrara a darme luz, él, que tanta sombra lleva siempre consigo… Calla, calla la casa y su silencio resbala por mi piel».

Al paso de los años, comprendo que Adonis, el hijo de Edith, nada tiene que ver con el abismo abierto ante mi casa, y esa profecía constituye uno de los tantos por qué de la vida.

«Dijo "vamos, muchachita", y después me ha leído en voz baja unas meditaciones. Luego desaparece y no hay sitio en mí donde no ha ido a parar don Rafael, cuya entrada en mis dominios nunca ha traído buenos presagios, aunque algo dentro de mi cabeza se aprieta y se afloja, Jorgito, ¿oyes mi voz?… soy tu casa».

12

Si en algún instante decidiese no regresar a mi casa, perdería a Teresa. En el zaguán, allí, la despedida años atrás de Miriam; también allí, la de Edith, por culpa de asimilar aquellos chismes acerca de su conducta anterior a habernos conocido.

Ellas y otras más, sumidas como en alientos de mar al atravesar la luz solar, los policromados cristales de opalina del vitral y la cristalería, para ornamentar los postigos al mantenerlos cerrados.

Es posible, al regresar al hogar no va a parecer el mismo, con su silencio denso, abrumador, depositado en cada rincón. ¿Me resultaría insoportable la permanencia en el lugar sin Edith?

Aquel camino del monte, reducido ahora a sendero, permanece ahogado de hierbas y musgos. ¿Había estado allí alguna vez? Las ramas bajas de los árboles estorban el paso y las raíces retorcidas parecen dedos de esqueletos. Aislados entre la maleza, algunos macizos silvestres, y crecen desmesuradas algunas flores de tallos elegantes que habían sido quizás, graciosas y cuidadas en otros tiempos.

Me detengo con el corazón latiéndome en el pecho. Allí puedo ver mi zaguán, inflamado de músicas como las del sonido del piano, donde la *Romanza triste* compuesta por mi padre deja su lugar para dar paso al canto de mamá en la creación de él dedicada a ella, y más adelante, *La comparsa*, de Ernesto Lecuona, *Le secret*, de Gautier, mueca de cristal también del autor de *Siboney*, piezas musicales interpretadas en el chalet o en mi propia casa.

Aquella música, al piano mi padre, y la tía Mecha y la tía Adolfa tal y como solían conocerse en nuestra intimidad, Mercedes y Adolfina: almas que no podían desaparecer, las ejecutan de nuevo.

Más allá, la noche de color pardo con sonrisas de lluvia recién caída, constituye la prolongación de una mano regordeta apretada a la mía.

«¡Anímate, muchacho, la vida es un soplo y hay que gozarla hasta lo último!». Sara. Me ha llevado hacia la luz de un chalet y, dentro de él, me empuja para hacerme entrar a través del contoneo de la muchacha, desnuda ya, mordiendo mi cuerpo, arañándome con uñas y dientes, tras haberme quitado toda la ropa. A los escasos segundos de aquel escarceo de un cuerpo contra otro, salen del interior del lugar otras jóvenes desnudas riéndose a voz en cuello, gritando obscenidades en pleno jaleo.

«Aquí venimos algunas noches en busca del placer».

En aquella *Noche de Wallpurgis*, plagada de alucinaciones demoníacas y terribles visiones, todo mezclado con la orgía de los borrachos que desde el portal interrumpen en el salón donde las camas se multiplican ante el asombro del brebaje dado a mí por Sara, la patrona del bayú, y en un ataque de furia, un hombre, que no es otro que Ricardo, rompe con una escoba la lámpara que cuelga del techo y se da a la fuga.

Muchos fuman marihuana y beben diferentes brebajes, y aquella brunela llega al máximo esplendor entre disputas de un hombre con otro, de mujeres celosas en succionar las enormes porciones de todo el cuerpo de Esteban Suárez, tendido sin aliento boca arriba sobre un canapé.

Entonaciones lujuriosas, puñetazos, actos sexuales a la vista de todos, dan vueltas a mi alrededor.

A la noche siguiente, despierto, magullado, y en pleno trance de resaca, sobre el piso del local, antiguo «chalet de René» de los años cincuenta.

Me ha costado trabajo zafarme de Sara, quien se empeña en no dejarme salir hacia la noche siguiente, hacia los matorrales, pero me desprendo de ella y me niego a seguir la distracción que me separa del deber.

A la luz de la luna distingo, a duras penas, una bronca sostenida de mi medio hermano Carlos con Miriam, en la cual la insulta bajo cascadas de celos y malas palabras. Están en un puentecito sobre un riachuelo, y yo, agazapado para no ser visto, escucho algo de la pelea.

«¡Me cago en ti cien veces, has coqueteado con mi hermano Jorge a mi espalda, evitando que te ponga él una mano encima! Pero te perdono, voy a dejarte sola en este lugar porque intento mudarme a una casa, en la que no caben los malos pensamientos».

Al alejarse por entre los vericuetos de aquel monte, grita a voz en cuello:

«Te perdono. Perdono tus infidelidades y socarronerías, Miriam, has sido la única mujer a la cual amé con sinceridad y fervor. Deseo para ti la felicidad, la salud, y la buena suerte en tu carrera de arquitecta y tus asuntos personales y familiares. ¡Jamás nos volveremos a ver, adiós!».

En el aire se dibuja, mientras camino a través de la manigua, la mañana donde descubriera aquella señal trazada por mi padre, sobre el marco color crema de una de las puertas que dan al pasillo: minúscula rayita que indica «1.47, once años». ¡La marca de la estatura de mi sobrino a los once años!

Y aquel mediodía, el sol fue apuntando muy bajo, de color marfil, sin dar alguna luz en el vacío en esa casa mía a la cual, quizás, como Edith, mi sobrino jamás regresará.

Más allá de los matojos, la noche borra las sonrisas de sangre del cielo, aparecidas al entrar allí. De repente, atraviesa las brumas una figura acompañada por otras. ¡Javier Garmendía y sus secuaces, a lo lejos, en son de guerra avanzan contra mí, que estoy solo, sin la ayuda de nadie, e intentarán quitarme la vida!

Entre ellos, Manolo sonríe triunfal, seguro de ganar la pelea.

Y me detengo, con el corazón latiéndome en el pecho mientras siento en los ojos las punzadas de las lágrimas.

¡Allí, alejada del tumulto agresor, está la casa, la casa en silencio, reservada y silenciosa como siempre la había imaginado!

¿Allí? Árboles que brillan con hojas de oro… flores…

«No… ¡no voy a permitir dejarme caer en el abismo!» dice la casa. «Entonces yo no tenía miedo. Afuera, tanquetas y tiros parecían romper la calle. Bombazos. Tanquetas confundidas con los tiros, y yo había albergado a un pequeño grupo de soldados rebeldes en la toma de la ciudad. En aquel grupo de gente, no sé por qué, la figura del abuelo y de papá empezó a tomar presencia, como si fueran uno entre ellos. Los aviones B-26 lanzando bombas. Cohetes disparados contra todas las casas posibles, salían con su aliento mortal de la guarida batistiana del cuartel Leoncio Vidal. Ya la casa, resguardando a los barbudos prestos a disparar al paso de la tanqueta, semidormidos sobre colchonetas tiradas en mi zaguán. ¡El zaguán! Allí, otro campamento rebelde en mis entrañas. Y se mece la noche estridente. Los aviones no cesan de lanzar bombas contra la ciudadanía, contra las casas como yo, contra todo cuanto fuera señal de rechazo a las huestes del dictador. Y no caí en el abismo, y mucho menos ahora. ¡No! Aunque encuentre puñales sobre las mesas. ¡Cinco o seis puñales diseminados dentro de mis carnes y mis huesos, y no me importa y mi amo ahora, tú, Jorge Ramos, bien lo sabes!».

Raquel y Alberto coinciden al visitarme a la vez.

—Mira, Raquel, lo que me has dicho ahora de Ramona es falso. La cuestión no fue más que una joven parienta de ella, estaba locamente enamorada de Adonis. Ramona inventó un cuento para indisponerme con el muchacho, aunque la verdad, ese joven no merecía mis atenciones para con él, aunque se tratase del hijo de mi Edith; y no sé por qué Ramona se interesó tanto en el caso, sabiendo que Adonis le convenía en un final a su sobrina, o váyase a saber cuál era el parentesco con la chiquita. Ramona se ha vuelto insidiosa, mala gente.

—Hoy no se puede confiar en nadie. La juventud no sirve en su mayoría —asevera Alberto—, y ¿quién sabe el tipo de mujer que era esa familiar de Ramona?

Raquel interviene de nuevo.

—Y había pensado en la supuesta bondad de Ramona y me equivoqué, por eso me puse al principio de su parte por el interés de ayudarte a ti, mi amigo de siempre. Yo pienso largarme del país, ahora con las nuevas leyes, y si mi marido no quiere irse, aquí lo dejo solo como un perro… Ramona estaba recelosa de que, por tu concepto del honor, separases al hijo de Edith de esa putilla de mierda.

13

Cada cual por su lado, Ernesto y Eduardo me dijeron hace meses, muchos, de la necesidad de acabar con los proyectos teatrales de Garmendía, que ensayaba en plena clandestinidad su Teatro Mágico, debido a la frecuencia de escenas de sexo, violencia y lenguaje de adultos, con más mentiras y pocas verdades, con exageradas ínfulas de lo referido a lo anterior.

Garmendía soñaba con sorprender al mundo con sus revelaciones, para demostrar su invencibilidad, su prepotencia, su vanidad paranoide de renovar el lenguaje escénico. Era un teatro superficial y complaciente.

Bastaba saber dónde se escondía y todo quedaría resuelto con la acometida de las autoridades y de la policía.

¡Revolucionar el teatro en sus monólogos y escenas nunca vistas, sobre el escenario!

Orgulloso y manipulador, iba contra viento y marea, y esto debería ser atajado por la disparatada intención de sus empeños.

«Soy un genio, el salvador de la humanidad en el mundo del arte y nada ni nadie me podrá poner un pie encima. Otros países ya esperan por presenciar las funciones urdidas en una dramaturgia hipócrita para poder penetrar en la conciencia de todos los públicos; de esa manera, manipulo a quienes asistan a mi obra, y sorprenderé a los imbéciles con los presupuestos en la forma y en el contenido de la misma», así informó alguien infiltrado en el trajín de ese ser despreciable con delirio de grandeza.

«La marcha triunfal de mi trabajo artístico nadie la podrá detener. ¡Nadie, absolutamente nadie!», continuaba diciendo ante el grupo de actores.

Aspiraba a que dijese en todas partes: «El teatro de Garmendía marcará en la Historia un antes y un después de ser presentado».

La casa, como si fuese a raspar con ella anoche, respondía a que sus garras eran de zinc y de hierro. Garras que mostraba lentamente mientras se cruzaban los días, y expresaba en su silencio «Tengo hambre, durante dos años y dos mil años y ellas pueden atrapar este patio y chuparlo como un pirulí, y por eso, recuéstate a mí, puedes sentirme un olor a sal vieja y a perro ardiendo, por eso escondo por momentos mis uñas, mis hormigas y mi acecho. Ahí radicará mi venganza».

Cada vez que pienso en lo niño que soy, me vuelvo una cosa dura y apesto. Odio de pronto una azotea, un mirador, el almanaque, y mis zapatos que me empujan al borde hacia afuera de una espiral ascendente y allí estrujan mi cuerpo, y si miro arriba y abajo al fondo del comedor, hay un enano salido del viejo reloj de pie de ese comedor, el enano que da la misma hora que sale de él: la una de la mañana, hora que es movimiento y nada más, y se mueve se mueve se mueve y esto sucede cuando la cabeza me exprime y es igual a muchos animalitos más pequeños que caminasen pegados a la frente.

«Odio a todas esas gentes que pasan ahora y me miran como si yo no fuese un gato, en el cual y dentro de él camina el tiempo, alrededor de Jorge Ramos, con un movimiento de mi mano, un árbol reseco dentro del monte; pero soy un gato porque no necesito oírme ni usar ropa ni conocer el nombre de las calles y de los caminos ni vivir de día. Mis ojos se quedan ahí en el centro de cuanto me rodea, dentro y fuera de mí, como si nunca más fuera a cambiar de sitito. Debo parecerme a cuatro o cinco muertos engendrados dentro: Eduardo, Luis Orlando D' Clouet, Ernesto Suárez y el niño de la fuente del patio, y doña Gertrudis, que aún cruza inadvertida a través de mis cuartos obscuros.

»Deja que sigan pasando frente a mí, malditas gentes, con sus vestidos de brillo y los gestos inútiles. Yo soy libre. Tengo pezuñas y nadie me vigila. Me sentía sola, y tú también, y llegamos a ser compañeros; por eso no nos separaremos nunca, porque si me sigues no estaré sola. Dime, ¿no te gustaría repartir todo entre los dos? Tú no tienes casa en los tejados ni otra gente con la cual repartir tus noches. Comparo el ruido que otros hacen con el ruido que está en mis oídos mientras, lo repito, tú estás solo y yo también».

14

La casa, al no reconocerse ahora, logra adelantarse para mostrar su justa imagen mientras la recorro por completo, a la vez entrelazado a la música de Arnold Schönberg, *Noche transfigurada*. La casa ha irrumpido, de esa manera, en la vibración del tiempo al hacerme descubrir la luz emanada por ella, que me llega en ondulaciones incapaces de cualquier definición.

Pero esa vibración se mueve y la sigo hacia una de las gavetas de un escaparate jamás registrado por mí, del cual tomo un paquete y desato la cinta azul atada a él, para mostrarme en orden riguroso lo más parecido a una narración, ¿algo así como una novela familiar?, con hechos acontecidos en nuestro hogar y en mí, y en la historia de la ciudad.

En una de ellas distingo un cuerpo carbonizado a punto de ser introducido en un ataúd. ¿Sería el de Luis Orlando D' Clouet?, y continúo para revisar en pleno desorden. En otra, el cuerpo de Eduardo Pérez, maltrecho en su totalidad, rodeado de cuatro enormes cirios encendidos, sobre una de las camas de nuestra casa, donde, cercana a ella, mi abuelo y yo a los seis años de edad, observamos con tristeza el cadáver mutilado del guajiro Pérez.

El horror me impide salir adelante, aunque me decido a continuar descifrando el contenido de aquellas fotografías, las cuales fueron numeradas con elegante letra inglesa y se clasificaban: «primera», «segunda», y así sucesivamente hasta llegar a la cifra de mil, y, tras un respiro, entresaco del paquete una en que se muestran numerosos familiares que velan el cuerpo sin vida de aquel niño rubio de ojos azules vestido con la habitual marinera, con la cual, a veces y por instantes, aparecía ante la fuente del patio con un cobo en las manos, que se transformaba en un unicornio plateado, siempre sostenido por las manos infantiles... un niño en completo silencio a quien nunca había oído mencionar.

Rechazo el leer a través de las fotografías, esa historia jamás a mí revelada.

La casa cierra los ojos. Parpadea como si se negara a compartir sus secretos. La garganta es un metal afilado. «Los sucesos se repiten», parece decirme desde el comedor, al buscar una sensación más profunda en el centro de su cuerpo. Se aturde. Parece llorar, pero se aguanta.

En el cielo, sobre ella, continúan brillando las estrellas azules.

Cada vez más, los sicarios se me acercan, enseguida se les empieza a ver cerca de los vertederos de basura, en las cercanías de la casa. Otros pasos en el monte, ahora también se escuchan detrás de mí. El olor a incienso se riega desde la casa en medio del azul prendido en el aire hacia nosotros, y de esa manera, asfixia ese olor de azufre entre el grupo de asaltantes. Hay una quietud aterradora mientras el aroma del incienso se da a la tarea de borrar aquel efluvio expulsado por el ombligo de la noche.

¿Se nos escapa la noche?

Como siempre puede suceder, ¿estoy en dos lugares a la misma vez? La memoria lava mi cerebro y me viste con su ropaje de lujo. Aquí come, duerme, despierta la noche, y luego se pierde y luego se vuelve a encontrar. Está detrás de mí. Está detrás de la casa. En los vertederos de basura, en la rama que me sirve de instrumento para poder agredir, defenderme. No voy a dejar de lado esta batalla, otra batalla más. Otra encrucijada de la vida.

La memoria está en los declives de los arrozales que bordean el monte, y ríe a voz en cuello. Tiene una risa dorada, capaz de despertar a los muertos.

Mi casa empieza a descender hasta el final de la tarde, del amanecer, del anochecer. Mi casa desciende de las pendientes del monte Capiro con su largo paso seco. Atraviesa esta selva pestilente, donde se multiplica en el estrépito estancado de los mosquitos, y me parece coger la dirección del torbellino del mundo.

15

Ante la agresión de Garmendía y sus sicarios se interpone la voz de Edith:

«Si no existieras en mi vida, ahora andaría por ahí borracha y vagabundeando por toda Santa Clara, y conociendo a gente que no vale la pena», y vibra su cuerpo al entregarme una de sus acostumbradas anotaciones: «Soy feliz porque sé que alguien me espera», y lo firma «tu niña».

Todos se dirigen hacia mí, y este recuerdo repentino me hace valiente y más sereno.

A mi espalda, el otro grupo se mueve, se presenta. Ha llegado Ernesto Suárez, acompañado por la policía y la situación queda inmóvil, en suspenso. Sin tardar, la presencia de ellos evita la pelea. Se acobardan. Prisioneros quedan Garmendía y quienes lo acompañan.

«Lo mismo ocurrió en el chalet de Sara, me infiltré allí y todo aquello se fue a la mierda, como pasa ahora bajo el peso de la ley con estos hijos de puta. Sigue tu camino sin problemas», aclara Ernesto antes de marcharse.

Escribo…

Y al internarme en aquel enorme espacio blanqueado por las pinturas de la paredes, por los pisos de mármol, por los espejos de marco dorado, doy con una dependencia de la casa, aparecida tras descorrer la última cortina del cine Villa Clara que, en lugar de acceder a su patio de lunetas, me descubre, en el espacio de otro tiempo, un local donde puedo detectar las lunetas vacías de un teatro con el escenario en cuyo fondo existe la pantalla cuadrada típica del viejo salón cinematográfico en tiempos pasados.

A mi lado, de nuevo Carlos: «Es el lugar perfecto para presentar tu Teatro Mágico». Y sin despedirse de mí, se dirige hacia otras instalaciones de la casa.

«No intento nada más» dice Luis Orlando. «Debo hallar el jardín de mi infancia que da al mar para morir… mi tiempo ya se acaba». El joven alto, delgado y rubio, de ojos azules, va difuminándose en la neblina de aquel lugar hasta desaparecer.

Sentada sobre el escenario y de espalda a la pantalla, la figura me sonríe desde sus ojos achinados con un dejo de picardía, ¿o desilusión, o desaliento?

Al acercármele logro descubrirla mejor, y mis pasos quedan impresos en el tiempo; el tiempo de la vida y el de la casa.

La figura, suspendida en el silencio; una es otro cuerpo envuelto en un disfraz de agujeros, mientras se proyecta en la pantalla la foto fija en glorioso *technicolor*, la escena del beso entre Scarlett O'Hara y Rhett Butler, vestidos de negro, en *Lo que el viento se llevó*, bañados con anterioridad, bañados ahora del naranja de la tarde que desliza por las persianas hacia el pasillo hasta rodearlos en el aire de la hora y, al reiniciar algunos pasos hacia la silla donde permanece sentada la figura, me convierto cada vez más en alguien fuera del tiempo, una sombra del espacio en las márgenes de la existencia.

La figura era ella.
Simplemente, Edith.

¿Todo no son más elucubraciones de mi teatro mágico, ya al punto de acercarse a la escritura final del mismo?

No puedo concebir que las páginas de mi futura novela surjan de manera absoluta de esa concepción escénica. ¿Son dos cosas semejantes pero, en cierto modo, independientes la una de la otra? ¿Así lo he concebido?

A partir de ahora, ¿qué me queda por vivir, por escribir, por saber, por soñar?

El niño rubio y de ojos azules, con trajecito marinero ante la fuente del patio…

Las sombras del tiempo y de las palabras

¡Señor, ten piedad de los locos y de las locas!
¡Oh, Creador! ¿Pueden existir monstruos a los
ojos de aquel que saben por qué existen, cómo están hechos y cómo
hubiesen podido ser creados?
Charles Baudelaire

II

La casa continúa como siempre, absorta en perfecta soledad. Ni siquiera el piar de los gorriones intercepta su paso silencioso a través de los tiempos.

«Un espectro de desdicha me recorre sin piedad, y toda ella permanece sumida en la espera.»

«Sigo sin comprender por qué se ha de privar de la libertad a un ser humano o, mejor dicho, a una casa, y sé que si estuviera loco y llevara internado algunos días, ¿aprovecharía la primera remisión de mi delirio para asesinar fríamente al primero que se pusiera a mi alcance, priorizando al médico? Por lo menos ganaría, como los locos furiosos, que me pusieran en una celda individual. Tal vez me dejarían en paz.»

¿Pero qué ocurre dentro de mí? Desvarío. No soy Garmendía y no puedo seguir dando la vuelta alrededor de una idea fija. En lo que sería de la misma manera en la cual las crisis de nervios malamente compartidas con Edith en los tiempos de vida en común, he podido demostrarme que he sido víctima del sentimiento de la inconformidad y la desesperación. A veces, en nuestros conflictos emocionales, había preferido observarla de lejos, sin ningún vínculo preciso que nos atase el uno al otro.

Una vez pasadas tales crisis, todo volvía, como si nada, a la normalidad. Así había sido mi vida con Edith antes de desaparecer, ¿para siempre?

«Te ahogas en un vaso de agua», era el decir de Edith entonces.

Ahora. El temor. El desamparo. Atrás, el territorio de fantasmas. Territorio falso como el sueño. El sueño inútil de una revelación inútil. Las nubes cargadas de estrellas revolotean alrededor de la cama. ¿Todo no ha sido más que un sueño? ¿La casa? ¿El temor? ¿El desamparo? Padezco visiblemente de orgullo. El orgullo se dedica a posponer de nuevo la sorpresa del encuentro con Edith. Y la casa, ahora, habla poco para condescender. Caprichos de esta mole celosa cuya voz forzada es un lenguaje traducido por la obscuridad. Y las líneas del techo son señales de la pesadumbre. Del dolor. Del temor. Del desamparo. Como si el territorio de fantasmas hubiera avanzado de repente a mi territorio.

Hablaba con la casa recostada al saber casi olvidado por completo, y le habría escuchado hasta el final de las noches, pero mis sentidos engarrotados perciben nada más la explosión de la noche. Y es que no he sabido esperar. No me resigno a esperar. ¿Esta noche será particular de mi existencia, para reproducirla de alguna manera, con la ayuda de mi memoria, para impedir que pudiese no ser esta noche en esta casa? ¿Este temor y el desamparo es algo semejante a un recuerdo, porque la memoria solo es el resultado de un recuerdo estremecido?

Sí, la memoria es el resultado de un recuerdo estremecido, y por ello ahora nos llega el hallazgo de hace muchos años, de un nombre de mujer tallado en la pared del último cuarto con la ayuda del filo de un cuchillo: María Victoria.

¿Quién había sido ella, quién había rasgado aquel nombre en una de esas paredes que por costumbre no miramos sino una sola vez y el suceso se nos queda impreso en la memoria?

La casa no será capaz de esclarecerlo. La casa…

«Los verdaderos paraísos eran aquellos que perdimos…»

Sin hacerme notar, intento saber el porqué, él trata ahora de informarse acerca de la influencia de Marcel Proust en el cine, mientras Eduardo ante la mesa del comedor es un enigma, al continuar hurgando libros, notas tomadas por él de esos y otros escritos sin averiguar cuál será su destino. ¿Será una ayuda a Garmendía para su Teatro Mágico, como traición a mis proyectos?…

El niño rubio ante la fuente del pato con el unicornio de plata sostenido en una de sus manos.

1

Y recuerdo un pensamiento de Santa Teresa de Jesús: «Señor, pensad que no nos entendemos nosotros mismos y que no sabemos lo que queremos, que nos alejamos infinitamente de lo que deseamos».

¿Por qué, ahora, han bajado a mi cabeza tales palabras?

«¿Has salido, has llegado de algún lugar, o vas a salir?», pregunta la casa al notar algunas sábanas recién lavadas secándose al sol en el traspatio.

Voy a entrar en las entrañas de la casa. ¿Voy a morir? No sé cómo he soportado tanto tiempo este orden tan estricto, porque jamás había tenido mi conciencia rodando en un espacio tan real.

Mi cabeza ha florecido con fugaces ideas que se escurren unas tras otras.

Si hay algo que escapa a la noche eterna, ¿quién entonces nos abre las tinieblas?

He contemplado el resplandor que aplaza las sombras en esta sensación de horror, alambradas convulsas que ahora giran sobre mí: líneas, límites y ausencias.

No, ¡ausencia **no** quiere decir olvido! Falsa meditación de alguien insatisfecho de la vida, aunque haya sido un ser cabal.

Sobre la cama en desorden coloco mi cuerpo, aislado del mundo y de sus cosas.

¡Qué fracaso tan enorme resulta ser la soledad en el silencio!

Siempre fue lo pensado, lo que creaba mi cerebro, y ahora entiendo que mi vida entera ha sido la repetición de estos últimos días del año. La Navidad, la espera del año nuevo, o alguna fecha particular digna de una celebración. ¿He vivido los últimos días de mi vida? No quiero creerlo.

¿Todo no ha sido más que una alucinación?

2

Escribo...

¿Sus manos están allí frente al espejo? ¿Una hilera de espejos, para colmo, seguidos uno al lado del otro, implacables, enormes; y ella en la mitad de la pared, expuesta como una mariposa, flaca y disecada, sin color, definitivamente escurrida entre la seda del aire pegada por la humedad; pero lo peor: el pelo rizado?

¿Se lo alisa con la mano húmeda, frenética, pero las puntas se siguen abriendo en el aire, y más sola y desamparada que cualquiera otra mujer ,y todo cuanto esa mano de aire intenta alcanzar, se deshace así, en blancura fragante, y yo, suspendido en este olor dulzón, repugnante?

Los escaparates y sus espejos habían formado una línea sin ondulaciones, y no sucederá como aquella casa desbordada de gente, donde al atardecer, las hileras de mosquiteros parecían velas de barcos alineados vistos a través de las puertas abiertas de los cuartos en fila.

¿Cómo una niña chiquita se esconde? ¿Reaparece sonriendo en cualquier lugar no esperado de la casa, porque esto es ni siquiera nada?

¿Recorre la cocina, el comedor, el pasillo, el patio y cuanta cosa se le ocurre sin pensar? ¿Ha preparado el desayuno? ¿El almuerzo vendrá después? ¿Y el baño? ¿La comida? ¿La hora de dormir al terminar de contemplar juntos el televisor?

¿Al traspasar el umbral habían cesado sus lágrimas para devolvérselas a su habitual silencio, y se detuvo un momento a pensar en los güijes, en los globos, en las floraciones rosadas, y en las figuras de un arte popular estampadas por su mano en las cartulinas?

¿El corazón desbocado impulsa a la mano de Edith para escribir con creyón rojo letras enormes en los espejos?

3

¿He regresado a mi casa? Aquí nada hay por hacer. La noche, la lluvia, me la han borrado por completo. ¡Qué larga se me hace! Debe haber crecido en mi ausencia y nada tiene que ver conmigo. Las paredes parecen alejarse a cada paso dado por mí. Mi cama se hace demasiado grande. El comedor. El pasillo. El murmullo del agua que cae asombra al patio, a las hojas de cada una de mis plantas. A cada paso del recuerdo al persistir convertirse en olvido.

Pero la memoria se niega a olvidar. Está de parte mía. Es mi amiga. La memoria.

Será morir al ingresar en estos infiernos vitalicios, pero a fuerza de medir, centímetro a centímetro, la dimensión de las muertes de los demás, se llega también a despojarse del volcán de la conciencia, de las ideas y proyectos, adquiriendo así otro lenguaje, caótico, violento, pero vivo, a mi conciencia y me pregunto, ¿no es acaso eso lo que hay que hacer, revivir la conciencia? Pero nada me responde. Todo permanece dormido, recostado alrededor de mi bruma interior. Al menos no estará Edith drogándose con ron y diazepam aquí. ¿Aquí? A veces, aparece durante minutos, luego no…

Al momento, esta trama es tan espesa que ya se construye con los trazos de una casa completamente disparatada, de este rompecabezas que da a la calle sobre la cual se abre esta ventana. Y a cualquiera le daría lo mismo, sin excepción de esta calle donde corren todas las noches.

¿Dónde queda ese puerto que lograra mi descanso? ¿Dónde quedará? Quizás, muy dentro, para dejar de lacerarme como se soportarían las lápidas de los cementerios sobre un cuerpo que vive y se empeña en seguir respirando. Y todo esto va a ensombrecer la memoria, el recuerdo, el olvido, ¡y no lo podré soportar por más tiempo!

4

He terminado de escribir mi Teatro Mágico, cuyo título provisional pudiese ser *Las sombras del tiempo*, y por eso me he dado a la tarea de pulirlo. Para ello, escalo entre las viejas fotos del paquete atado con cinta azul, y en una de ellas, Esteban Suárez, con el brazo sobre mis hombros de niño, ante una mesa repleta de *cakes* de distintos sabores, de bocaditos, de golosinas, y, en el reverso de la misma puedo leer «Padre e hijo en su cumpleaños», con elegante letra inglesa.

¿Qué edad tendría yo en aquella escena de celebración, donde no se encontraban los acostumbrados amiguitos de ese día?

¿Acaso mis padres no eran lo que yo me imaginaba?

¿Acaso aquel amigo de la familia me veía, simplemente, como a un hijo?

Por el momento, no deseo continuar indagando en esa historia prohibida cuya ordenación de fotografías ofrecía un argumento de sucesos de los cuales nada sabía.

Toda la bruma ha crecido a mi alrededor. La extrañeza nos ha alcanzado también a nosotros, yo, y los recuerdos, y la misma lentitud que se ha apoderado de mi casa también se ha apoderado de nosotros. Hemos aprendido nada, a mirar la casa, a esperar, a llorar. La techumbre podrida por la lluvia en algunas porciones sigue apareciendo. Aún estoy ahí, ante tanto, tanto silencio, a la misma distancia del misterio. A veces escribo, creyendo hacerlo en los instantes de calma, nunca había amado a otras como a Edith, creyendo amarlas nunca he hecho nada salvo esperar delante de la puerta cerrada. No superé el horror que me da tanto miedo: el de los muertos que la casa se llevó, que me llega desde los rincones y ya no me importa, y los veo sentados en los viejos sillones.

<h1 style="text-align:center">5</h1>

En la calle, en el comedor, los relámpagos iluminan la noche, y el estruendo de la lluvia al caer sobre mi casa, define otro espacio de calma que apoya mi existencia, para reafirmar aquel al que yo creía crear y, sin embargo, me creaba, me observaba en estos instantes.

—¿Vives aún recordando el futuro al avanzar hacia él? Estoy seguro de que ya sabes poner en orden y narrar, empezar a unir apuntes para, ¡al fin! hacer la novela.

—¿Será cierto, Eduardo?

Me mira la casa. Con los ojos bien abiertos me sigue mirando. Respira mi rostro. Respira ese amigo dentro de mí. Respira la casa, con los ojos abiertos respira tu respiración, aire cálido que ella exhala.

Contemplo lo que hace de mí, como se sirve de mí y yo nunca había pensado que, a través de una memoria fragmentada en tiempos diferentes, la casa iba más allá de mis esperanzas, conforme el destino de mi vida.

—Hay algo que desconoces. Ernesto y yo tenemos buenos contactos en la policía, y en el caso de Adonis, al averiguar sobre ellos, hayamos cosas buenas para liberarlo. Y la pena de ese muchacho se redujo a ciertos asuntos legales y por eso solo fue multado. Adonis, tan trabajador, pagó la deuda en poco tiempo. Mira, nuestra amistad con Edith, profunda y mucho antes de conocerse tú y ella, fue la motivación para investigar el caso; y así salió él mejor parado que su socio, mala gente, chanchullero y embarrado hasta los cojones con sucios negocios, con lo cual empeoró al principio la situación, porque la culpabilidad, de ser buenamente en Adonis, atenúa la pena al advertirle con dureza que tuviera cuidado de ahora en lo adelante con quien se juntaba.

¿Esa última vez era en la cual había hallado a Eduardo Pérez? Ya nos hablábamos poco, se hablaba muy poco y con apuro, más bien se hablaba sobre los desastres que traería una guerra global que se estaba fraguando y que se haría realidad. También, acerca del cambio climático y la desaparición del género humano, las guerras desatadas por los Estados Unidos en Afganistán, Irak, y más recientemente en Libia, lo que ocurre en Siria y lo que ya se planea en relación con Irán, las maniobras militares que se proyectan en torno a China, lo que está sucediendo dentro de los Estados Unidos y Europa, en fin, todo es la crisis de un sistema que se niega a reconocer los errores, y solo la violencia es la reacción que impera ante el desastre, las irresistibles consecuencias que padecería la humanidad, de continuar este camino. El arte no cambia al mundo, pero el arte puede contribuir sensiblemente a la perfección humana y su mejoramiento, como advertencia de lo que no debe repetirse, de lo que puede provocar la guerra desatada de los centros de poder militar si no se le pone un freno.

—Soy un comunista alejado del oportunismo de algunos aprovechados, sincero, trasparente, leal a toda costa.

Calla. Luego expresa sin demora:

—Esto no es un teque, mi amigo, y lo peor de todo es que, aunque Garmendía muera en la prisión, la dinastía de su perversidad continuará a través de sus parientes y amigos, maltratando la honradez, la ética, el humanismo que aún vive con esperanzas en la población. He ahí a la fuerza que se hará patente con actos antisociales, la violencia, la privación de la alegría popular de vivir aquí, donde apareció la imagen de la Virgen de la Caridad del Cobre, madre mambisa de quienes luchamos por mandar al carajo el dominio español.

La casa piensa con frecuencia en la imagen de su juventud perdida, que solo yo sigo viendo en el recuerdo y a través de la fotografía, y a través de quienes, como el guajiro y Ernesto Suárez, me la ofrecen, al hablarme, pero sigo viendo de lo que nunca he hablado. Siempre la casa está ahí, en el mismo silencio, celosa y altiva. Es la imagen que me gusta de ella misma, aquella imagen deslumbrante en la cual me reconozco, en la que me fascino.

En las historias de mis apuntes literarios que se remontan a la infancia la casa lo sabe, de repente ya no sé de qué he evitado hablar, de qué he hablado, creo haber hablado del amor que sentíamos por nuestra madre, y del amor que nos teníamos unos a otros, y también del odio, en esta historia común.

Así, el niño entonces tendría que vérselas con la casa...

Luego, la casa parecía saborear, a ratos, el ruido de la ciudad. Intenso. Así, el recuerdo era el sonido de una película, pero demasiado alto, que ensordecía. Lo recuerdo perfectamente: en mi habitación había poca luz, no se hablaba, estaba envuelta por el estrépito de la ciudad. Edith. Yo. Entonces no hablábamos.

Afuera, el día tocaba a su fin, se sabía por el rumor de las voces y el sonido de la gente al circular por las aceras ya menos frecuentadas por los pasos de apuro de los transeúntes.

Y todo empieza a languidecer, y ya en la penumbra de mi cuarto, la cama espera por mí. Entonces sospecho el poder estar aquí o fuera de la casa a la vez.

Y sueño. Observo la caída del sol sobre las losas de la sala. Era en mi antigua casa. Otra casa como esta. A través de las persianas despejadas por las cortinillas a cada lado de ella por medio de un enganche hacia la mitad de cada una, según decoración de aquella época, los cristales de opalina dejaban caer subrepticiamente la tonalidad naranja. Existen otras gamas de colores entremezclados y la soledad allí, a esa hora, no está lejos. Me estremece aquella mezcla de colores casi marchitos menos el naranja, y las zonas de colores sobre el piso se encienden. Allí nada más llega ese efecto, descubierto después en el cine, donde la pareja, con ropas negras, conversan, y después, se besa. Pisos bien baldeados, y tal limpieza permite exhibir esos colores en su máxima pureza aquí. Me parece que el piso se cae. La casa intenta desaparecerlo de prisa. Un instante solo había bastado para la nostalgia, al saber el enorme desierto que me esperaba en el transcurso de la vida. Los colores no tienen cuerpo, pero pesan. De nuevo la tristeza. Tenía que hallar el modo de ser salvado, como un secreto que no se debe decir para que el secreto descienda hacia la nada.

Como casi despierto, el sueño regresa. Todo esto suelta un sabor familiar, pero ese otro sueño es diferente por completo. Me aísla hacia otro espacio prohibido.

Sueño que soy y seré una casa vacía; ¡debería aparecer algún asidero a la mano!

Me siento aturdido. El cuerpo no ha cesado de temblar. No debo darle camino al sentimiento de la soledad. ¡Edith, vete al carajo! Nada me consuela. Ni soñar.

El sueño me arrastra. Estoy para siempre extinto.

Pero el sueño continúa y me arrastra.

6

Escribo...

Ella, como sonámbula, entra y sale de los cuartos con el corazón desbocado que producen los tragos del ron... y cerca de donde está, la música mexicana ha cesado, pero ahora es un desierto obscuro, trémulo oleaje de su sangre inquieta? ¿Y me abraza? ¿Y me besa? ¿Un infinito cansancio la embarga dulcemente? ¿Al fin descansas? ¿El mundo, fuera de ella insiste en descansar, recién empezaba a subir el calor húmedo, mientras que queda al acecho en la ventana que da a la calle, o en la puerta? ¿Nadie puede saber lo que está mirando? ¿Pone la atención más dolorosa en escuchar el rumor de la calle? Amanecida... Obscurecida por la noche. ¿Extrae del paquete atado por la cinta azul una foto en la que Ernesto Suárez carga un niño, yo, de unos cinco o seis años sostenido por el temblor de sus brazos? ¿Es posible? Y el humo invade toda la casa. Llega a los curiosos transeúntes amontonados en la calle. ¡Un incendio! ¡Fuego, fuego! Habrá que llamar a los bomberos. La humareda había salido del mirador, invadía toda la casa. Y quienes la habitaran, han desaparecido en fuga hacia las casas vecinas. ¡Candela, candela, candela! Gritos. Desesperación. ¿Todo eso está contenido en las siguientes fotos que nos muestran la catástrofe ocurrida en la casa en horas de la madrugada, y los techos pueden caer por efecto del fenómeno ocurrido o por el escándalo de tantas voces al grito? En la calle aparece la pordiosera América la ciega, y junto a ella, la esbelta negrura de Nieves con el bulto que siempre lleva sobre su cabeza, en el cual, según una vecina, transporta en plena calle los restos de los niños majaderos, y por eso, cuando camina por los lugares más transitados de la ciudad, da media vuelta y mira hacia atrás, y nadie sabe por qué aquel gesto incomprensible. América la ciega, según la voz popular, en su juventud había sido la mujer más bella de Santa Clara, la modelo del genio del pintor Camilo Zelaya, el filipino que decoró el plafón central del teatro donado por Marta Abreu.

Todo aquel siniestro suceso ocurrido en nuestra casa, ¿es la conversación, o la noticia, de un pasado remoto, narrado por la asociación de las restantes fotografías escondidas en uno de los escaparates?

¿Ahora, con el portazo, la sombra de Edith se ha despertado? ¿Vuelve hacia la puerta que abre al patio, aturdida, magullada; no puede percibir sino el calor intenso filtrándose por las persianas y las mamparas, y, al levantar la persiana con cautela todo de nuevo se le viene a la memoria, todo navegando en un mar de mariposas cuyo olor tan dulce empalaga a cualquiera? El color. La fragancia. ¿La hace recordar el atroz calvario de su vida anterior de la cual, en boca de ella, prefiero no escuchar?

No miraba nunca de frente, ¿cómo hará para no chocar? ¿Es tan torpe que tropieza con una mesilla donde cae y se hace pedazos la figura de *biscuit* de una virgen con el niño en brazos?

«Soy un fantasma de este mundo que el mundo escondía, ¡¿Qué más me da?!»; es la voz dentro de mí.

¿El desamparo de los dos sería solamente el intento inútil de traerla a la casa? ¿Y el amor, sí, convertido en ternura en el paisaje del silencio?

¿Y desaparece?

¿A qué lugar del mundo habrá ido a parar?

«Alberto, no confundas a Edith con una mujer anormal, prejuiciosa, que ella no lo ha sido nunca».

Entré en uno de los cuartos obscuros, y una angustia apenas experimentada se presentó de repente, una fatiga, la luz en el agua de la fuente que se empañaba. Una sordera muy ligera también, una niebla por todas partes.

La imagen de la casa arrancó con fuerza al viajar dentro de mí, y la casa sabía que yo tenía miedo, que ella estaba destinada a destrozar todas las mareas del miedo.

Regresé a la saleta, dispuesto a continuar al habla con Alberto, a quien había señalado así mismo como una persona peligrosa, entrometida entonces, alguien cuya visita no debía repetirse.

(Mi tío querido, pronto nos veremos).

7

—Así no puedo seguir. ¡Qué va! Esto no... No me siento bien.

—Vaya querida, no debes ponerte histérica... Perdóname si te he ofendido... Podremos arreglarnos, por favor... ¡Toda la culpa no es mía! Estás bajo los efectos del ron.

Allí está la casa, durante la tarde. Durante la noche, introvertida y fugaz, como quien deseara volar, viajar, irse volando hacia otra parte si no fuera una mole triste de piedras y ladrillos.

Nerviosa. Más que siempre. De mal genio, Edith, mucho antes de desaparecer, ¿para siempre? Aún de pie ante la puerta cerrada, espero.

—Me largara de esta casa si tuviera un lugar a donde ir.

—Edith, has bebido demasiado, por favor, basta de insultarme.

Mi casa es un lugar de desamparo naufragado.

La casa me pide que le diga en qué pienso. Le digo que pienso en nada por lo cual debería pensar. Miento. La casa hace un esfuerzo por estar enmudecida ahora, cuando más falta hace que me hable, que me diga algo, aunque sea mentira. Pero no responde.

Estoy a merced de la noche. Una noche interminable. Un mediodía interminable. Y me angustia. Necesito una palabra de cariño. Un simple gesto. Una mentira.

La miro. Me mira a su vez. Se escusa con orgullo de su deterioro, la casa, y no, el único deterioro que existe es ella en la ciudad a pesar del esfuerzo de los obreros porque no aparezca afuera del deterioro. Le pregunto a la casa si es normal estar tan triste como estamos. Dice, que «en estos momentos es el momento álgido del calor». Y no se atreve a pensar. A decirme lo que siento. Dice: «Tanto si se ama como si no se ama, siempre es terrible la sofocación del verano eterno, ahora, de la lluvia eterna, de la inhospitalidad».

8

Y sueño de nuevo soy y seré una casa vacía: ¡Debería de tener algún asidero en la mano!

Me siento aturdido. El sueño no ha cesado de temblar. No debo darle cabida al sentimiento de la soledad. La soledad repartida en otras casas en mis pesadillas.

El sueño me arrastra. Estoy para siempre extinto.

Pero el sueño continúa y me arrastra. ¡No puedo conciliar el sueño!

La cama, cada vez más grande, parece desangrarse. ¿Alguien más está allí? ¿A mi lado? ¿Respirando al mismo ritmo que yo? ¿En el silencio del mediodía y de la noche y de la madrugada, con esa calma, esa determinación de persistir en medio de un silencio aterrador al cual no me acostumbro? Una angustia apenas experimentada se presenta de repente, una fatiga, la luz en el patio que se empaña, pero apenas. Una sordera muy ligera también, una niebla por todas partes. La casa parece escarbar mi sombra. ¿No quiere ahora hablarme? Quiero salir corriendo, pero escucho muchas voces que corren lo mismo, la de mis padres, rejuvenecidos, entre otras voces al mismo tiempo en dirección al comedor. Me detengo. Alzo la cabeza. La casa se ha llenado de nubes negras, y pienso en un puente lejano, en una paloma, en un caballo salvaje corriendo por una arboleda. Tropieza con el tronco de los árboles, pero continúa corriendo, corriendo. Pienso en una cosa rocosa, en el puente lejano y en el caballo que corre, en la paloma que vuela en plena libertad, y todo, el puente lejano, la paloma, el caballo salvaje, en el monte que podrá llevarme a la casa, todo asoma la cara entre las tiras de hierro que se las traba, y entonces quisiera fuesen de papel para soplarlas, pero las tiras de hierro siguen siendo duras, duras… Y entonces sueño despierto…

9

—Y, como guerrero dispuesto a la lucha, sueñas que dejas a un lado la cama, las lágrimas, y sonríes. Sí. Con el ánimo peculiar de tu pueblo que no acepta la derrota, como si se diera el caso de que esa derrota la tuvieses adentro, alzas el mentón y puedes soñarte el sueño donde contemplas la llegada del amanecer, porque sabes que «no hay nada más socorrido que un día tras otro», como era el decir de tu padre, te dispones a andar hacia el futuro, porque ya bien lo recuerdas. Y caminas, caminas dentro de los sueños sin detener tus pasos…

—Sí, camino dentro del sueño, Eduardo, amigo querido, pero esa calle no aparece por ninguna parte. Debo seguir, seguir, seguir…

A lo lejos mi casa. A lo lejos esa calle. Y a lo lejos surge la imagen de lo demoníaco. Aún quedan admiradores de Garmendía diseminados en la sombra, quieren tratan de imponerse sobre las tumbas del cementerio. A cierta distancia, Raquel grita. Se revuelca entra las cenizas y el fango de los muertos. El cementerio parece llevarme hasta todo lo que he dejado atrás, todo lo que he perdido. Un entierro pasa entre antorchas encendidas. Raquel, con sus dientes manchados de luna, continúa emitiendo esos gritos imposibles en otros paisajes cuajados de árboles y de yerbajos parecidos a un monte.

—¡Déjame pasar, Raquel, estoy a tu lado y ya no me interesa acariciarte, tocarte, tratar de averiguar tu dolor que se produce quizás por arrepentimiento! Tardío. Remilgado. Como salido del fango de la muerte.

Germina en mí el cansancio. ¿La derrota? ¡No! Mis ojos se habrán abierto en lo invisible, aunque el miedo intenta estrangularme, aniquilarme, pero evito dar un paso atrás. ¿Qué me espera en esta ciudad en la cual nacen y se ramifican los ladrones, los asesinos para espiar mis pasos?

10

Al visitarme Alberto la semana pasada, expresó sin reservas:

—Olvídate de Edith, ella no es normal y no anda muy bien de la cabeza. Está loca, y a lo mejor encontró a otro que le conviene más que tú y, sea por lo que sea, no quiere saber más de ti. Las mujeres son así, y se sobran para todos los gustos. No seas comemierda. No esperes más y trata de conocer a otra que te convenga mejor. Mírame a mí, voy con una y otra que aparece y la aprovecho. Se te va a ir la vida en ese ir y venir en busca de ella, y la vida es corta, no te olvides de disfrutarla. Cuanto tienen las mujeres entre las piernas, siempre se repite en cualquiera de ellas. Ninguna es diferente en ese punto, no seas tan romántico y soñador, aunque ustedes los escritores viven encaramados en una nube rosa.

Despierta, muchacho, despierta y disfruta la realidad porque fuera de ella no hay nada más. Hay que ser práctico, no malgastes las oportunidades que se te puedan presentar, las que están al alcance de la mano. Mira tu historia con Raquel: al principio, la maravilla, y después, se te fue no sin pegarte algún tarrito por ahí. El amor y el matrimonio son el engaño, una trampa tendida por el diablo, por el sexo y las fantasías que les pone la gente, y nada más. Nadie quiere a nadie y todas están por el interés, y cuando aparece uno mejor, te dejan y olvidan todo cuanto hiciste por ellas. Si me hubieran gustado también los machos, con uno de ellos me empataría de fijo, y cuando quisiera divertirme un rato, me iba a gozar con alguna perica. Nosotros somos mejores que ellas, pero no me gustan los machos, hasta el momento. ¡Qué va!

—Eres tremendo machista, ¡coño! Y tremendo envidioso.

El niño rubio ante la fuente del patio…
ACTOR: Encontraron sus cuerpos sin vida…
ACTRIZ: Fue cerca de la medianoche…

11

Camino. Ahí está al fin esa calle. Ahí, el monte. Y, en el curso de ese mismo viaje, durante la travesía de ese mismo océano de matojos, de enredaderas, de flores que no conozco, de aromas perdidos en el tiempo que me acompañan como la casa, como la última visita de Alberto, como esa noche, perdida entre noches y noches y bajo el cielo iluminado de tantas brillanteces y sin ningún soplo de viento. Siento a mi casa entre mis pasos perdidos como el agua en la tierra. ¿Es la noche más calma que nunca volvería a darse en aquel lugar?

Camino avanzada la noche, y al intentar seguir la ruta de mi casa aún enredada a mis pies, no la veo sino en otro lugar, donde he oído contar mi historia, donde he oído contar estos pasos, esta ansiedad, este horror de que no haya absolutamente nada al final del camino, excepto la mole obscurecida de una mansión, con complicados adornos de volutas y cúpulas y torrecillas, más balcones y más barrotes brillantes y ventanas de colores, hasta destacar en el claro de luna el corredor rodeando toda la casa, y una gradería de cuatro peldaños, en cada uno de los cuatro costados del edificio, dan acceso a ella. De ancho patio y verdad en el exterior, en él logro ver esparcida rústicas bancas de hierro y la figura de un venado y otra de un mastín tan grande como un poni de Shetland, adornando el entorno.

En el interior, gruesas alfombras cubren totalmente el piso, rojos cortinajes y barnizados muebles de nogal negro, tallados y tapizados en brocados tan finos que quienes allí se sentaran deberían hacerlo con cuidado para no resbalar. En las paredes, espejos con marcos dorados de cuerpo entero, y entre los espejos, cuelgan granados de aceros en marcos como de ocho pies de largo.

Las murallas, cubiertas con fino papel obscuro, los cielos rasos altos capaces de mantener la casa siempre en penumbra, pues las ventanas están cubiertas por cortinajes de color ciruela que quitan casi toda la luz.

Había visto una Glorieta de hierro puro estilo gótico, ubicada en el patio exterior. Sentada dentro de ella, una señora vestida a la antigua me hace señas con la mano y voy hacia ella.

—¿Qué dice mi nieto? Acércate más para verte mejor. Has entrado a mi casa.

Me besa las manos. Sonríe desde la penumbra. Habla mucho. Por ella me entero. Soy el hijo de Ernesto Suárez, el preferido. El resto de ellos se han marchado del país hace años. Mi verdadera madre había sido un miembro lejano de mi familia, quien tuvo amantes al abandonarla el esposo. ¡Un escándalo para aquella época!

—Ernesto, al partir a la manigua en la guerra del noventa y cinco, la dejó embarazada, y al terminar la contienda ya ella te había dado a luz a ti, y luego había muerto a consecuencias de la influenza. Me casé con un millonario que en aquellos tiempos levantó esa mansión de novela y luego falleció de repente, y me he quedado sola durante muchos años, acompañada por mi mayordomo Jaime, que acabas de conocer en la casa. Todo parece ser como el argumento de un folletín. Nunca salí de este caserón.

Me mira de arriba abajo.

—Niño, el tiempo no te ha hecho cambiar. Igual sucede con mi hijo Ernesto. Yo, sin embargo, estoy hecha una verdadera piltrafa… pero te aconsejo que no sigas caminando por aquí. Este lugar es peligroso. No hace mucho que Ernesto y un grupo de gendarmes acabaron con los malhechores escondidos en este monte, y puede que otros hayan venido a ocupar su lugar… ¡Vete, regresa a tu hogar! Te lo ruego, no sigas andando por estos parajes. ¡Prométemelo!

Al indicarle que no lo haría, me abraza y, al tratar de zafarme de ella, queda prendida a mi brazo. Me desembarazo de esa acción de retenerme y se pone a gritar que regrese, que me van a matar. Y no la escucho. Sus gritos abarcan la extensión del monte, pero no les hago caso.

Entonces miro a las estrellas: «Dios es mi testigo, ¡No regresaré solo a mi querido hogar!».

12

En mi andar por el monte. La noche. El recuerdo de la traición de Raquel quien, por esa malvada raíz de perversidad, he podido descubrir en los toques a la puerta donde, al abrirla, no se ve a nadie en los alrededores. Las llamadas telefónicas donde nadie responde desde el extremo de la línea, y a veces los insultos contra Edith cuando vivía en mi casa, ese sonar de teléfono a las horas menos oportunas que tanto me molestaban en los horarios de trabajo de mi futura novela; en los horarios de los almuerzos, en las horas de las siestas, siempre esas llamadas inoportunas preguntando por personas desconocidas por mí al acudir a mi número telefónico dado por alguien al cual jamás se hace referencia, todo, todo, todo, no es más que el producto, quizás de la envidia, o no: de los desmanes de Raquel para enloquecerme.

Además de la ayuda del detector de llamadas instalado a mi equipo, y otras gestiones para completar la indagación de tantas molestias lanzadas en contra de mi tranquilidad, incluyendo los sonidos misteriosos escuchados a ciertas horas del día y, sobre todo, de la noche, pude conocer que vienen de los ardides de la traición de quien creía fuese una amiga sincera. El porqué de tales aseveraciones no cumple el objetivo de detallarlas en estos apuntes literarios, debido a la complicación que conllevan, y para no causar agotamiento a quienes lean estas páginas.

ACTRIZ: ¡Qué cosa tan lamentable lo sucedido a Ernesto y a Luis Orlando!
ACTOR: Esa es la vida, con sus misterios, sus secretos y sus absurdos.

13

—Caminas, ¡sí!, hacia ella sin descanso porque… en ese lugar vas a intentar llevarte a Edith hasta tu casa, sacarla del infierno, como Orfeo con Eurídice, pero del infierno de no hacerse visible. Y ella, a su manera te ama, te necesita, y ahora lo has adivinado.

—Eduardo, esto no es cierto. Hay que saber leer dentro de su carácter introvertido, dentro de su vulgaridad y sus defectos.

—Has crecido, y eso me pone muy contento, compadre.

—Así es.

—Una calle. Otra calle. Tarea difícil te espera. Estás cerca del buen humor. Es importante. Bendita sea la noche porque nos trae la aurora, y al caminar sin descanso defiendes algo del honor familiar y la sonrisa, al detectar en el cielo la estrella. Venus. ¿Puede una estrella golpear en el pecho de esa manera?

—Sí, porque… una voz me golpea el pecho que repite: pronto llegarán días de vino y rosas. Nuestros pasos se unirán como en un sublime sueño. Para siempre como un sueño —y luego, añadí a la conversación: Ay, Eduardo, no se me olvida que antes de desaparecer Edith, una noche estrellada de febrero miré a una de ellas, tan lejana, tan pequeña que me hizo pensar en que, desde su casita en el campo, ella, a la misma vez que yo, la miraba para pensar también en mí, a pesar de acostumbrarse a dormir temprano allá. Y esto nos sucedió a los dos».

—Sí, mi amigo querido, y pronto llegarán esos días de vino y rosas a tu corazón y al de ella. De eso estoy seguro.

14

A veces veía ante a Edith desplomada sobre una cama o sobre un sillón por efectos de la bebida, y esto solía molestarme, pero nada le decía. Ni reproches, ni burlas, nada; solo sentía una indiferencia cargada de ira en contra de ella.

Otras veces, en los últimos tiempos antes de desaparecer, de repente arremetía contra mí con frases hirientes, sacando a relucir mi mal genio provocado por algún inoportuno apagón, y otras, provocada por el desaliento al ver un equipo roto o por una tarea difícil de acometer por desgano o apatía de mi parte. Me exasperaba la carencia de todo.

Buenos y peores momentos me fueron arrebatando el ánimo de compartir la intimidad amorosa en la unión de nuestros cuerpos, y yo no sabía el porqué. Su falta de experiencia y la pasividad exenta de pasión, iban limitando el deseo; solamente quedaba fuera de la cama el cariño de pareja en los trajines de la casa, en los momentos agradables, y no podía prescindir de su presencia; aunque, al estar ebria, volvían a salir las quejas, las frases hirientes sin yo esperarlo, respecto a la incomprensión de Edith hacia mi manera de ser, en nimiedades que ella agrandaba en sus rasgos agresivos, sin aspavientos, pero hirientes; y yo en completo silencio evitaba discutir, evitando una pelea, evitando la violencia. Edith sufría una adolescencia retardada.

15

Sí, ¿sobre mi cama, o sobre las hierbas y hojas secas del monte, regadas en la tierra parda? Soy solo una línea dibujada en el aire, cuyo perfil y contorno, contienen la idea y el hilo desatado del silencio, porque cada línea es como un afluente que aumenta el caudal y se pierde… hasta fundirse con el sueño. ¡Para siempre! Como un sueño…

Y el monte va adueñándose de mi casa.

La estruja en destellos. Parece devorarla con su ejército de árboles que caminan dentro de ella. Y todas las brillanteces del mundo destilan los pasillos de la casa. Los aposentos donde el final no deja verse. ¿Edith caminaba por ellos? ¿Se me acercó? ¿Y me abrazó con la delicadeza de una bailarina del ballet? ¿Y es el pasillo, y es el patio y el comedor, quienes acusan la presencia de un sueño perdido?

La casa estremece su mirada. La casa. ¿Multiplicando en su memoria la mirada sobre la mirada de Edith?

«... Un aire que respiramos otras veces, que los poetas intentaron en vano hacer reinar en el paraíso....

»¡Oh, estrella! ¡Oh, fiel estrella! ¿Cuándo me darás una cita menos efímera, lejos de todo?...

»... Los verdaderos paraísos eran aquellos que perdimos».

16

Parece mentira, pero mi memoria parece jugar conmigo; aparece unas veces, vuelve a aparecer, y cuando se va, me deja inconsolable.

Y ahora debo decir que Edith comenzó de nuevo, antes de desaparecer, a estar unos días en su casa. Venía como antes, solo los jueves y los domingos, y al despedirla en el parquecito frente a la estación del ferrocarril, comentaba:

—No me conviene que me vean contigo, pareces un extranjero y la gente del campo pensarán de mí que ando con un extranjero, que soy jinetera, porque tú no pareces cubano.

La notaba nerviosa, escurridiza, y únicamente su hijo Adonis en la segunda visita a mi casa para informarme de ella, me había dicho la verdad que todos conocíamos: el problema con la justicia.

La justicia, si no se investiga bien cada caso a profundidad, no puede tener la idea cabal de cualquier persona. El ser humano es un enigma, y «donde hay ley hay injusticia», según Tolstoi.

Edith estaba muy nerviosa como nunca la había visto. Los nervios se le clavaban en el cerebro como ecos malvados que la atormentaban. Por eso retenían durante mucho tiempo en su cabeza mis rasgos neuróticos acerca de los apagones, de las escaseces, de la rotura de un equipo de música importante para mí, de todo, y no podía comprenderme en ningún momento, ya que ella le restaba importancia.

Y de esa manera, dejó aquella notica sobre la mesa de la saleta donde me anunciaba la despedida definitiva. ¿No podía más soportarse, soportarme, soportar la realidad en la cual vivíamos?

17

Camino bajo la lluvia. Sandy, el huracán, ha dejado el cielo morado. Traslúcido color. Extraño. Ceniciento. El cielo pertenece ahora a otro mundo. Entonces el monte se abre, todo cuanto le pertenece a la vida huye del caos de aire, del viento, del estallido de la tempestad, y continúan mis pasos entre el fango, entre las ramas dispersas de los árboles, entre el destrozo general. ¿Es que el monte no tiene final?

Camino bajo la lluvia. El olor a la humedad renovada retuerce el aire que me golpea en medio de tanto vacío, mientras la lluvia levanta sus paredes con decisión implacable. Con desenfreno. Demasiada lluvia cuyas paredes oprimen mi cuerpo, pero no mi andar. Furia y decisión van junto a mí.

Tengo necesidad de perderme en esta confusión para llegar a la luz y mezclarla a ella para no perder el entusiasmo, aunque hay que prevenir a la gente de estas cosas, a nadie sino a mí me deben suceder. ¿Debería crear un universo paralelo para renovar los cimientos de mi casa, de mi cuarto, de mi cama, a la par de que la duplicidad absoluta de la casa en espera de mí a lo lejos?

Quisiera convencerme de que la inmortalidad no es la creencia de muchos cuando la definen como cuestión que empieza y termina en la vida y en la persecución del viento. Del tiempo. De los años, y que la duración del viaje cubra la extensión de la distancia de manera natural.

Pero ya me convenzo ante mi turbación, ante mi desesperanza, ante mi desaliento acumulado a través de mis años, de esos años que jamás he visto pasar.

No ha desaparecido mi rostro, ni mi cuerpo, ni la ansiedad, reflejados en los espejos de la lluvia, pero el cansancio ya intenta dominarme. Alejarme de todo lo que no me corresponde en mi rol de caballero andante en la búsqueda de esa dama cuyo nombre es Edith, encerrada, ¿por voluntad propia o no?, en la torre de marfil de una casa a la cual olvido y a la vez recuerdo.

En estos momentos, mi cuerpo no existe, ¿dónde están la noche y el edificio aquel, la casa, donde iré a parar hacia el hallazgo del amor?

Mi cuerpo parece deshacerse de mí, y los yerbajos aplastados por la tormenta incluirán mis sueños, en su amasijo de hojas y ramas quebradas, y por ello se aviva la sensación de una retirada a tiempo. Retirada que nada tiene que ver conmigo, aunque el desplome de mis sentidos permanezca en la traición hacia mi voluntad.

En el bosque han aparecido, a su manera, el cuarto, la cama, y cada una de mis pertenencias a pesar de tanta rebeldía.

No lo puedo evitar.

Todo se ha vuelto de noche.

Hasta mi cuerpo, mis sentidos...

Ha cesado el temporal.

Descubro otra vez esos fragmentos de mi casa en todas partes del monte; el pasillo y el patio, el comedor, el zaguán, pero todo no es más que el deseo de retornar a mi hogar.

Aunque es mayor el deseo de ir a donde quiero ir.

¿Cuánto tiempo demoraría en hallar el final de esta manigua? No importa. Pero el único camino para salir de allí ¡es el que se dirige al cementerio! ¿Ha sido inútil todo mi esfuerzo? No lo creo. ¡No lo creo!

Quizás mañana pueda llegar al lugar al cual deseo tanto llegar mañana...

ACTOR: *El amor rompe todas las barreras para vencer al final...*

El tiempo de un retorno

Que bien se yo la fonte que mana y corre,
aunque no es de noche.
Aquella eterna fonte está escondida.

San Juan de la Cruz «La Fonte»

III

Allí está la casa, durante la tarde, durante la noche, introvertida y fugaz, como quien deseara volar, viajar, irse hacia otra parte en absoluta libertad si no fuese una mole triste de piedras y ladrillos.

«Recuerda que Adonis te había explicado que un juzgado extremista había sancionado a Edith por ayudar de forma ingenua a quien creyó ser una madre honesta que ella podría apoyar. Adonis no te especificó cuál fue la sentencia, y el asunto quedó sepultado en el misterio y tú, Jorge Ramos, entonces no habías olvidado cómo pudiste, a la sombra de ella, convertirte en alguien mejor que antes de haberla conocido.

»Es esencialmente este signo el que continúa dando a la casa la clave de todo, porque Edith, que tanto tiempo, con discreción total, la recorrió con sus pasos y sus miradas, había logrado convertir lo posible: que ella y la casa habían sido, y serían siempre, la misma cosa, a pesar de hacerle caso algunas veces a los malos consejos de todos los falsos y envidiosos seres cercanos a ti a quienes prestaste tanta atención.

»Edith y la casa, te lo repito, Jorge, han sido y serán siempre la misma cosa».

1

La sorpresa mayor de las fotografías secretas en el sobre atado con una cinta azul, corresponde al entierro de doña María Victoria Pérez de Alejo, la madre de Ernesto Suárez. En el momento de entrada del féretro en la capilla familiar del cementerio, oronda, con estatuas de ángeles y querubines a su alrededor; mientras llegan allí los dolientes y amigos tras los cuales cinco camiones cargados de coronas mortuorias podían casi identificar dicha ficha, el dieciocho de enero de mil novecientos ocho. Y en la siguiente ceremonia, el entierro de su hijo Ernesto Suárez, efectuado el diecisiete de octubre de mil novecientos quince, anotados todos al reverso de cada una de las placas impresas en desgajadas cartulinas, que concluyen alternativamente con la numeración noventa y nueve y cien, las últimas del paquete escondido y atado con cinta azul en una de las gavetas del escaparate al cual había acudido en escasas ocasiones, y por diferentes razones, a hurgar en los viejos recuerdos.

Y, hurgando en esos viejos recuerdos, doña Lucía, una tía lejana de mamá me había hablado de su prima doña María Victoria Pérez de Alejo, en años remotos. doña Lucía fue la madre de un hijo fallecido a los once años de edad, hermano de Ernesto Suárez. Por medio de una criada de confianza, le hacía llegar a un sepulturero fiable de nuestro cementerio, cartas, y los juguetes preferidos del difunto niño, con la idea de alcanzárselos dentro del ataúd, en el cual había confeccionado en secreto, y para mitigar su desconsuelo, una cortina hecha por ella con las cápsulas vacías de la droga capaz de atenuar tanta tristeza. Así, todas las familias de Santa Clara estaban emparentadas hasta formar una sola gran familia.

2

Y también lo recuerdo…

La Biblia de la abuela la había hallado al anochecer, tirada sobre el piso del traspatio, y dentro de ella, dos hojas de papel escritas con elegante letra inglesa. En el primero de ellos, y en alta voz, pude leer: «Si el recuerdo, gracias al olvido, no puede trazar un lazo con el presente, nos hace respirar un nuevo aire, un aire que respiramos otras veces, que los poetas intentaron en vano hacer reinar en el paraíso. Los verdaderos paraísos eran aquellos que perdimos».

En el otro papel:

«¡Oh, estrella! ¡Oh, fiel estrella! ¿Cuándo me darás una cita menos efímera, lejos de todo, en tu reino de perenne seguridad?».

Este mundo del arte socavado por la literatura, ¿sería capaz de separarme de Edith?

—Puedo ver todos tus recuerdos regados por aquí y por allá en cada rincón de tu casa.

—Eso me parece absurdo, Edith, tan absurdo como tus extraños dibujos donde siempre aparece el mismo rostro: ¿de hombre o de mujer? ¿De quién es?

—No lo sé. No me preguntes tanto lo mismo. Me cansa…

—Cuando decidas venir a vivir conmigo, voy a quitarte esas y otras ideas que te llenan la cabecita —la acaricié y me sonrió agradecida—. ¿Podrá alcanzarme el tiempo para descifrar tantos arcanos de tu vida?

3

¿Este mundo del arte socavado por la literatura, manchado por Edith ante el inoportuno impacto de sus chistes de extrema vulgaridad?

Quien se cansa de todo, no debe pronunciar estas palabras: sinónimo son de la apatía, esa apatía que va de manos de la decadencia al decir «¡Oh, estrella! ¡Oh, mi fiel estrella! ¿Cuándo me darás una cita menos efímera…?»

¿Soy un ser extratemporal? Debo esclarecer lo que a veces he sentido, el cambio de un equivalente espiritual. O, este medio que me ha parecido único, ¿no puede convertirse en una realización de una obra de arte?

¿Debo meditar, dominar los falsos impulsos, seguir más allá?

¿Debo acercarme a la felicidad si continúo en mis dos caminos; el del arte y de aquella soñada casa?

Pero debo buscar, buscar como antes, la confluencia de esos dos caminos. Tarea nada fácil, pero hermosa.

Edith, siendo muy joven, había recibido en horas de la madrugada la noticia del fallecimiento de Hilario en accidente de trabajo. Hilario, su primer amor, y esto, según Edith me contaba, fue la primera causa de su enfermedad nerviosa. A veces, sin ser visto por ella, la encontraba masturbándose frente a la foto que guardaba del muchacho en vez de hacer el amor conmigo, pero nunca dije nada. Siempre nos habíamos comprendido en extremo, y así debía ser.

El bosque.

El viento negro en la espesura juguetea con las alturas, en el vacío.

¿Aquella mujer solitaria sentada en la hierba, casi desnuda ahora, ante un mantel extendido, es Miriam?

Estuve caminando para buscar la flor azul y el aire choca contra mi cuerpo y la noche se hace fresca.

¿Miriam es un cuerpo brillante que viaja por el tiempo?

¿Aquella mujer no puede ser más que una bruja?

El cuerpo deja caer la capa que se ha rodado sobre el hombro con aires de diablo, tal como aparece en los grabados románticos.

Reina una gran obscuridad y hace frío, y al acercarme a Miriam, tiembla como una hoja; ya estaba echada en la hierba, y al disponerse a comenzar a caminar ante mis pasos, Miriam sería capaz de comunicarme la extraña aventura que le sucedió anoche, cuando creía estar sola y se paseaba cantando en voz baja mientras entonaba el fragmento de una canción: «¿Qué es lo que queda de todo aquello? y de tu voz. En un pueblecito, un viejo pecador. Un paisaje... muy bien escondido... y en un valle... el querido rostro de mi pasado».

¿Miriam se ha tomado el lugar de Esther?

Su cuerpo, ¿se ha plasmado en ese otro, en el de una suicida?

Luego, de repente, se coloca delante de mí casi sin moverse, con aquella peculiar manera de llamarme, como se llamaría a alguien, recorriendo sala tras sala, en un castillo de arboledas que no tienen fin, y observa:

—Escribirás una novela sobre mí: te lo aseguro. No digas que no. Pero, ¡cuidado! Porque todo decae y desaparece. Es necesario que algo quede de nosotros... pero no importa, tomarás otro nombre. ¿Cuál? Si quieres que te lo diga... es muy importante saberlo. Es preciso que sea un poco el nombre del fuego, porque cuando se trata de ti, el fuego siempre retorna. Y la mano también, aunque es menos esencial que el fuego...

—Esther o Miriam, mi visita ha sido absorbida por lo inmenso y tengo que retroceder ante el pavor de lo supremo... no juegues conmigo. Deja a un lado cada una de tus ironías y tus sonrisas. Aléjate de mí. Eres falsa detrás de esa máscara que cubre tu rostro. Falsa, como esa máscara, Esther.

4

En estos momentos puedo comprenderlo: mi tarea fundamental en el futuro es la de ser, de una forma integral y por entero, responsable de Edith, si alguna vez logro encontrarme con ella…

Las sombras del guajiro Eduardo Pérez, de Ernesto Suárez, y entre otras, la de Luis Orlando D'Clouet. Esas, y otras voces y figuras, algunas amables y otras no, parecían surgir de entre las paredes de mi casa y de la atmósfera que ellas atesoraban. Voces. Casi al filo de despedirse, Luis Orlando me había enunciado, como siempre, algo de Marcel Proust. «Era interpretar los signos como sensaciones de leyes e ideas a través del pensamiento», y luego, había continuado: «Las señales que debían darme la fe perdida en las letras, parecían multiplicarse. Eso explica el temor de mi muerte… cesa cuando reconozco el gusto de la magdalena»…

«A estas alturas, lo dicho por mí, ya no puedo asimilarlo, y lo dicho tiene que ver contigo, no conmigo. Asimila bien mis palabras…»

Figuras y sombras a mi alrededor. Unas, invisibles, otras no. Y repito por segunda, ¿y última vez?, que subsiste la presencia de un absoluto bajo la opresión de estas paredes para hacerme entrar a un lugar paralelo de mi mente, donde mi luz y mi obscuridad se mezclarán para siempre en un ciclo provocado por la espiral ascendente en la cual habito.

Pienso acceder así a las señales y a las claves de mi creación, aunque ahora, un silencio aterrador envuelve a mis oídos, antes había presentido la música del silencio, la música de la ausencia. Lo repito también…

5

Nunca me duermo enseguida, a pesar de las nuevas fatigas de mi vida. Pienso en Edith. Debe estar en cualquier lugar rodeada de extraños, bebiendo en silencio. O bien, ha regresado a una casa donde alguien la alberga. ¿Se habrá dormido a la luz de una habitación? ¿Siempre sin hablar con nadie? Esta noche ya no puedo soportar pensar en ella. Quizás alguien la mime, la acaricie, porque, según Roberto, Edith es orgullosa; o quizás tenga todo el peso de la culpabilidad sobre su cuerpo y esto le resulta difícil, el sufrimiento secreto, porque, según Roberto, ella no debe aparecer más en mi vida para no hacerme llevar su vergüenza, para no perjudicarme ante la opinión pública. Mi querida madre, a la cual jamás pude conocer según la historia relatada por las fotografías atadas a una cinta azul, me hubiera dicho quizás que nunca estaría contento de nada. Creo que mi vida ha empezado a mostrárseme. Creo que ya sé decírmelo: tengo, de un modo vago, nuevos deseos de morir. ¿Voy a terminar algún día de escribir? ¿Eso es lo que descubro más allá de la distancia, otra vez, en el gran desierto bajo cuyos trazos me aparece la amplitud de mi vida?

Edith estará sumergida en una inmortalidad intachable, sin leyenda, sin antecedentes, pura, de un solo alcance. Ella no tenía nada que clamar en el desierto, no tenía nada que decir, ni aquí ni en ninguna parte, nada. Carecía de instrucción, nunca llegó a instruirse en nada, en nada de nada. No sabía hablar, apenas leer, apenas escribir, ¿a veces habrá creído que no sabía sufrir? ¿Era alguien que no se comprendía y que tenía miedo?

Ese insensato amor que le profeso sigue siendo para mí un insondable misterio. No sé por qué le quería hasta ese extremo de querer morir su muerte.

Hacía ya un tiempo ilimitado que nos habíamos separado, y cuando eso sucedió, la quería, parece, ¿para siempre?, y nada nuevo podía alcanzar ese amor. Yo, entonces, había olvidado la muerte.

El único culpable de las desavenencias con Edith, indefensa como siempre, había sido yo.

Gestos bruscos, que no eran de esperarse, quejas, salían de prisa de mí hacia ella por cualquier nimiedad, y siempre Edith fue la inagotable disposición de servirme en cada momento. Y no me canso de pensar en ello.

El contarlo de nuevo ahora, me hace recordar la inconsistencia del carácter variable que yo poseía. Parecía ser el dueño distraído de un aspecto malagradecido y cruel, pero, aún en esos instantes, por encima del odio estaba mi amor. Yo era alguien que miraba hacia otro lado, que tiene otra cosa en qué pensar que la hace pagar por algo que no sé, y sufría por tener que soportar esa indignidad mía.

Con fervor le pedía a Dios cambiase mi carácter, pero Dios no parecía escuchar mis súplicas ante mi injusticia sin tregua.

Alrededor del recuerdo, la lívida claridad de la noche me atosiga, me pierde en un camino de arrepentimiento y dolor.

Si de nuevo encontrase a Edith, no debería ser el mismo. Debería tener su dulzura, su complacencia, su dolor de ser agradecida injustamente. Aunque había otros momentos en los cuales Edith atacaba como siempre a media voz y sin razón. En su agresividad alcohólica me colocaba en el primer lugar de la persona más execrable de todas. Mentía alguna vez en otros asuntos. Se negaba a escuchar mis lógicas y honestas razones, y se imponía rotundamente a ello, a defenderme. Por mi parte, las palabras mías eran ya más suaves al tratar de conciliar la discusión. ¿Qué más podía yo hacer?

—No me largo de aquí porque no tengo otro lugar para vivir.

—¿Entonces, estás conmigo por conveniencia?

—No —decía—. Si encontrase un cuarto donde vivir sola, allí me iría, aunque no dejaba de atenderte.

Y su perenne estado nervioso me sacaba de quicio, porque en vez de comprender sus disparatadas razones, las de ella eran las únicas valiosas y debía dejar de lado sus argumentos para no violentarme. Jamás por ello la había denigrado, insultándola como se merecía. Y según opinaba, yo era el único culpable por lo cual se daba tanto a la bebida. ¿Sería verdad? ¿Qué mente sicopática se infiltraba en esa alma tan contradictoria y enferma?

Alguna vez le había dicho a Edith:

—Tú nunca sabrás cuánto te quiero, a pesar de todo… aunque yo, es posible, tampoco he sabido cómo te estoy queriendo todavía.

Al descubrirle, en pequeños, en realidad grandes detalles de bondad, como el dejar para mí, en calidad y cantidad, entre otros detalles, los mejores fragmentos de las comidas por ella preparadas.

María Victoria, en la única ocasión que había tenido de encontrarme con ella, me tomó la mano y me hizo entrar a la casa para disfrutarla conmigo, y sin dejar de caminar, me hablaba:

—Viviste en el seno de una vida falsa al lado de falsos padres, pero así lo quiso Ernestico, mi hijo. Él siempre fue demasiado noble, y por agradecimiento a esa falsa familia que te acogió sin reproches, jamás te dijo la verdad… y renunció a su paternidad por un sentimiento de honor, actitud capaz de sentir un hombre cabal como era él…

En aquellos días en los cuales había reconocido la realidad de mi secreta vida, la casa parecía haber cambiado de nuevo, casi sin advertirlo.

Era como un cambio raigal, que en nada tenía que ver con la falsedad de sus contornos. Otras leyes, al parecer, regían de una dimensión diferente en cuanto en ella logré percibir, distinta al espacio-tiempo descubierto por mi intuición, como quien llegaba al estado consciente separado del tiempo, separado del espacio, del ojo del espacio sin final.

Quise hallar una grieta invisible para quedarme en ese sitio, una puerta opuesta a la visible en su exacta dimensión, un movimiento adherido al valor de lo continuo. Y fue entonces que, en la terrible sensación de lo que guarda la finitud de todas las cosas, cuando cierro los ojos en las noches altas, cuando entra la niebla en tantos espacios, donde la dualidad de los opuestos resulta esa lucha constante cuya existencia carece de la conciencia de sí misma, decidí separarme del tiempo.

¿Sería que no estaba despierto y todo me resultaba diferente en el sueño?

No tenía la certeza de que estaba en el aliento de los sueños, porque la realidad de los sueños aparecía ante mí como materia inconsistente en su realidad, y los breves intervalos de los pequeños ruidos iban por otro camino…

Y, entre otras cosas, comprendía que Raquel en verdad solo había amado mi intelecto, dejando a un lado el espíritu y lo natural de mi forma de ser, diferente del sincero cariño de Edith, sin prejuicios, más abarcador, aunque Edith había cambiado de una manera lenta y progresiva en su comprensión, al igual que yo con respecto a ella, y ahora, quizás demasiado tarde, yo lo comprendía y nunca se lo hice saber.

El matrimonio con un hombre de carácter duro, como el de Teresa durante veinte años, y su divorcio, habían desquiciado el sistema nervioso del hijo, y este, entre otros problemas propios de la vida, la hicieron llevar una pesada cruz sobre sus débiles hombros. Y las maneras de Adonis para sobrevivir, llenas de fracasos y desencantos, años después de la separación marital, la preocupaban en exceso sin una queja por parte de ella, madre de un hijo noble y cariñoso a su manera, pero sin tino al elegir trabajos honrados y parejas de corta duración, como quien siempre se encontrara ante encrucijadas que lo descompensaban.

Todas las parejas de Adonis explotaban sin conmiseración los esfuerzos de él para llevar adelante cada proyecto laboral por cuenta propia.

Todo a su alrededor era el resultado de la inseguridad, tanto la del muchacho como la de su madre.

Inestabilidad. Sorpresas siempre contrarias al carácter débil de Edith eran el resultado de sus desavenencias desde la juventud, que el hijo había heredado de ella sin darse cuenta de la falta de orientación general capaz de agobiarla sin descanso, y no había creído que le bastara mi amor para curar sus heridas.

Y lo repito una vez más: quizás demasiado tarde la comprendía en sus errores y en los míos, y nunca se lo había hecho saber…

—Te has librado en gran parte del sentimiento de culpa al descubrir que tus padres no fueron los que tú creías que eran, sobre todo, mi socio, al transgredir sus conceptos burgueses acerca de la vida y las maneras de actuar ante la propia vida, y esto te jode mucho, mucho, compadre.

—Pero, aunque otros asuntos constituyen el eje de mi atención, Eduardo, sería mejor hallar ese otro oculto camino dentro del monte, capaz de no llevarme al cementerio, sino a la casa, y llegará el día en el cual pueda dar al fin con ese camino.

6

Recuerdo a Edith, al observarme desarmar el arbolito y el nacimiento, decirme, referido a ello, «Ojalá este año nos deje contemplar de nuevo la Navidad de esa manera».

Luego llegó su inesperada partida, y no sabría decir si en verdad la recuerdo ya, pero con el amor quizás fuera de mí. ¿Inseguridad? ¿Cansancio? La espera parece haberme dejado vacío, sin amor. ¿Valdría la pena luchar aún para encontrarla en la casa en silencio?

En algunas noches me llegaba el mismo sueño: Edith entraba a una tienda de divisas acompañada por un hombre maduro, con la finalidad de comprar algunas cosas para el hogar donde habitaban. Al darse cuenta la pareja de haber consumido todo el dinero que habían traído, ella lloraba por no poder llevarse uno de los artículos, mientras yo, sin que pudiesen verme, le daba el dinero requerido a la dependienta bajo el juramento de no decirles quien se los ofreció. Me escabullía del local sin jamás haberse dado cuenta ellos de mi presencia allí.

Al despertar, un sentimiento de serena felicidad me acompañaba siempre… aunque la duda estaba a mi lado porque, en mi caso, los sueños a veces eran el anuncio de la indeseable realidad. Tengo miedo. Miedo al peor de todos los miedos.

Se abre paso por entre las paredes y espacios de mi casa un agujero lleno de luz que da lugar al comienzo de un bosque, y allí, la figura de Miriam, sola y desgreñada, se pasea de uno a otro lado. Y le hablo despacio sobre algo dicho por mí a Esther, años atrás con sinceridad.

—Nadie te amará como yo te amé. Había momentos insoportables. Entonces pensaba en ti. Pensaba: «ella vive. Ella existe». Y me ayudaba a soportarlo todo. ¿Sabes qué importante era eso?

Después, descuelgo de otros tiempos la canción de Charles Trenet al obviar hacérsela saber:

«Esta noche el viento llama a la puerta… y me habla de los viejos amores, es el mal que hace el viento. Esta noche *suena la misma canción… y resuena en el hogar… pienso que algo me espera. ¿Qué es lo que queda de mis amores? ¿Qué es lo que queda de aquel buen día? ¿Y esa foto? La vieja foto de mi juventud. ¿Qué es lo que queda después de todo? ¿Qué es lo que queda de aquella cita? Un recuerdo… que no podrá seguir grabado. Honor fracasado… cabellos al viento… besos robados. Sueños que se van… ¿Qué es lo que queda de todo aquello? Y de tu voz. En un pueblecito. Un viejo pescador. Un paisaje… muy bien escondidos… y en un valle… el querido rostro de mi pasado»*.

Miriam, o Josefina, se mueve, sin conocer lo que pensaba, hasta darme la espalda para introducirse en aquel monte. Y yo espero. Y me pregunto. ¿Existe otra mujer que en los años sesenta yo le había dicho exactamente lo mismo? ¿Lo mismo? Y resulta ser aquella cuya foto he guardado tomada conmigo, juntos los dos, en el Valle de los Ingenios de Trinidad. La otra. ¿Esther?

Sí. Que, por respeto a nuestra amistad no me atreví a acercarme a ella, Esther a medio vestir y sin dejar de mirarme, de pie en el umbral de su cuarto, en su solitario chalecito, cuando Fidel Castro, a tres pasos de allí, protagonizaba el homenaje a la fecha del veintiséis de julio de mil novecientos sesenta y cinco. Sí. Era aquella fecha. Cuando minutos después ella y yo nos incorporamos al masivo movimiento de miles de espectadores en la improvisada pequeña plaza llena de entusiasmo y fervor.

Ya la sombra de Miriam se ha perdido entre los árboles y los hierbazales. Se ha perdido, pero ya no me importa ella. Nada. Pero ahora subsiste la presencia, la opresión de estas paredes. No ha desaparecido mi rostro en el espejo de mi casa, como la apariencia total de lo que se corta.

7

Sobre la mesa en la cual Edith dejara su nota de despedida, ahora descubro la Biblia del abuelo con un papel dentro, firmado por ella con fecha de hoy.

La letra inconfundible de Edith expresa:

«Todo es como antes ya que todavía te amo, y nunca podré dejar de amarte, porque te amaré más allá de la muerte».

Mi pecho se convierte en mis pasos llenos de calor, precipitados, hacia el zaguán. Quizás allí pueda verme mejor por dentro, más bellos mis pasos, más importantes, que un gesto de ella. Su rostro se confunde al descubrir los reflejos del sol sobre los cristales de opalina. Un rostro que no se esconde en el verdor del cristal, la revelación de un tono rosa pálido al borrar el plateado blanco gris limitado por el verde, aunque vuelvo a reconocer el estilo de Edith como si ella estuviese en la casa y, por momentos, la impresión clara de que conmigo y ante todos iba a fracasar.

El recogimiento de la tarde no constituye el hecho del fragor de una mañana, colmo fascinado por la interminable halación de palabras, de ese lenguaje directo y vital, sin ideas, promovido por los labios en movimientos emergidos en mi cerebro, por la lengua, por la garganta, pero absolutamente exento de propósitos.

He cruzado el temporal pensando que estaba solo. Aquel temporal donde mis fuerzas eran ya insuficientes...

Ya. Ahora. No desconfío de Edith... desconfío de mí. ¡Sí!

¿Hasta cuándo podré aguantar, aguantarlo todo, todo, todo esto?

Todo por la botella de ron y los cigarros, ¿hacia dónde voy a ir?

El vórtice de una pesadilla parece agobiar mi destino; soy un hombre sin destino... ¡Dios, ayúdame, toma mi mano y guíame hacia la verdad!

Estoy cansado de pensar en ese tipo de estupideces, y mi cuerpo me hace sentir como si me hubiesen apaleado y debo observarlo todo con lentitud, al hallar entre las páginas de la Biblia del abuelo aquel papel escrito por Edith donde me anunciaba sus verdaderos sentimientos.

Pura estupidez la tardía declaración. Jamás le había oído mencionar esa ternura de amor. ¿Acaso lo descubrió demasiado tarde? ¿Acaso nunca antes ella lo había sabido? ¿Será eso capaz de emocionarme todavía?

Me había propuesto olvidarla y estaba convencido de que nada me la haría recordar, nada me la haría recordar en los mejores momentos de su cercanía o en cada silencio suyo.

Pero aquella noche, perdida entre noches y noches, me veo sentado solo en el parque, entre el limitado público del lugar con la interpretación de la banda de conciertos de la ciudad, cuando estalló el adagio de la melodía *Air for winds*, de Andreé Wzignein, que tanto a Edith como a mí nos emocionara en las tandas de retreta bajo el cielo iluminado de brillanteces. Dicha música se propalaba entonces por todas partes como una orden del cielo y de Dios, que me hizo llorar al pensar en ella. Melodía semejante a la mirada de Edith, incapaz de pasar inadvertida en el instante de lanzarse hecha música hacia los espacios de la noche al creerla perdida a través de los tiempos.

La música y Edith.

¿Aquella noche volvieron a precipitarse sobre mí las ilustraciones, hasta hacerme salir de tantas trampas que, inútilmente y sin darme cuenta, me habían desgarrado para luego habitar lejos de ellas de una manera definitiva entre los sueños?

¿Y aferrado a horas como esas he podido soportar el tiempo?

Soportarlo… sí. ¿Por ello me acercaba cada vez más a cuanto no sabía que me resultaba tan querido? ¿Era otro, como quien puede atrapar la gloria? ¿Lo esperado? ¿Lo más importante de todos mis sueños? ¿La espiral ascendente retornando en el vacío, cerca de mí? ¿Regresará, para hacerme llegar a la luz? Escribo… ¿Para encender la luz en mi mano? Escribo.

¿Siento ya el temblor de lo existente apoderarse de mi cuerpo, de mi mano, y extendió el brazo lo invisible que llega a las imágenes de mi conciencia?

¿Puedo sentir el aliento de Edith emitido desde la casa en silencio para comprenderlo todo? Esto no lo había vivido de esa manera antes.

¿Habrá llegado la hora de caminar hasta lo más hondo de mi ser, de convertir lo subjetivo en la idea al desatar el hilo del silencio?

¿Caminar hacia mí profundamente?

¿Aún valdría la pena?

Entonces abre sus puños la memoria, para presentarme aquellos últimos días antes de desaparecer Edith, en los cuales una segunda luna de miel, como flor azul de lo impredecible, era semejante a la primera desaparición de Teresa al marcharse hacia Miami, sin despedirse, sin yo saberlo.

Disfrutaba de tales días de locura y pasión, corriendo hacia las honduras de la noche extensa en la quietud y la felicidad.

Esa segunda luna de miel, superior a la primera, parecía flotar en la alegría y, sin embargo, en un aire de escondida indiferencia o de algo carente de sinceridad por parte de ellas, con lo cual me sentía solo a pesar de estar acompañado, casi dentro del impulso del secreto e inesperado llegar de la lejanía.

¿Vale la pena todavía caminar, recordar, estar en la expectativa del milagro, a la sombra de la contradicción de aquellos días de sorpresas y sospechas que no podían definirse?

Malos presentimientos me acompañaron entonces, inquietudes y felicidad, como esa despedida guardada por Edith, y con antelación con Teresa, para hacer cada cual su vida en la distancia.

(Mi tío querido, lo tengo ya todo listo para mi viaje a Cuba, ¿sueñas todavía con ese lugar lejano en el mundo? Sí. Esa casa añorada por ti desde siempre... en otro de mis viajes me apareceré con mi mujer y mi chamaco)

La voz de mi sobrino es un consuelo, cada llamada suya me brinda mucha paz y alegría. Es un gran invento el teléfono, ¡cómo no!

(Nos va bien por aquí... espérame allá... ¡chao!)

8

Al final el zaguán que da a la calle va a dar al monte, y el monte repite otro zaguán en una parte de él y en otras, y así sucesivamente, interminablemente, cada espacio del zaguán o de la manigua deja escuchar la música de guitarras, del violín, de la tambora, del triángulo de los panderos, del clarinete, del güiro y de alguna chirimía, y también la de las danzas traídas por los inmigrantes haitianos en el siglo XVIII, como la mora, la machitanga, el sonsorito, el Juan Garandé, la culebra y la jardinera, aunque el preferido de todos es el zapateo español, por tratarse de un baila campesino, y el guateque, de la población más humilde...

Luis Orlando D' Clouet, bañado de luz blanca y astral, baila entusiasmado y, sin abandonar jamás su apariencia juvenil, con una mulata en un claro del bosque.

Un grupo de pavos reales y los halcones y las cotorras y el venado, y otras aves y mamíferos, bailan al sonar de las diferentes músicas diseminadas por todo el lugar, erectos sobre las dos patas traseras de cada cuadrúpedo en un monólogo danzario donde ellos, sin pareja, llevan el fiesteo con motivos de la coronación del rey Carlos IV, cuya participación popular, con carácter obligatorio por Real Decreto, aglutinaba a todos los vecinos que se encontraban fuera de la villa hasta la conclusión del período festivo, y los moradores y habitantes de la villa deberían poner luces iluminarias en sus puertas y ventanas, como estrellas en descenso.

Tremendo jaleo y algarabía a mi alrededor, sin haber sido detectada mi presencia por ninguno de los participantes, incluyendo a los mencionados mamíferos y aves.

El niño, ante la fuente del patio... el niño. El niño. ¿Luis Orlando a los seis años de edad?

Toros disponibles para las corridas taurinas de una desaparecida Santa Clara, y semejantes a las que se hacían en España, en la plaza central, también aparecida allí como un hecho milagroso, ya que el desarrollo ganadero era la principal actividad económica entonces de esa zona.

Mientras camino observo los pinos, los cedros, las caobas de Honduras, caobas cubanas, fiscos, majaguas, techas; varía el laurel, el eucalipto, el roble blanco, rea, uva caleta, ateje blanco, algarrobo, almácigo, ocuje, framboyán, tamarindo, que crecen junto a nomeolvides, arecas, marpacíficos, curujeyes...

Cerca de donde estoy, me detengo. Miriam, acompañada por un joven, se me acerca.

—Jorge, tengo una conversación pendiente contigo —se aleja del que la acompaña y me dice aparte—. Inventé el asunto de mi accidente mortal para deshacerme de Carlos. Demasiado tarde comprendí cuánto te amaba entonces. Yo no lo había sabido ni tú tampoco, pero ya no tiene importancia. Busco la felicidad con mi nueva pareja, muy celoso, por eso nunca intenté comunicarme contigo… ya te dejo. Él me espera impaciente, de mal humor, y no quiero lastimarlo de la misma manera en que lo hice contigo años atrás… me voy.

Toman sus manos y se alejan los dos, y más allá, Ramona la espiritista me saluda de lejos, feliz al haber encontrado, al parecer, al hombre soñado por ella.

Soy feliz, al absorber ese sentimiento emanado de Miriam y el de esa señora que al fin había hallado sin más ni más un resquicio de la dicha jamás imaginada por mí.

El último de todos los zaguanes desperdigados de mi casa, me hace hallarla al caer la tarde.

¿Escribo?

Sentado en el parque a esa hora del atardecer en la cual una vasta ternura rueda por sus alrededores…

Fumas un cigarrillo y desde uno de los bancos más apartados observas la copa de los árboles y comprendes esa mentira. ¿Eres un hijo sin padres? ¿Alguien intenta confundirte? ¿No existieron de verdad esos padres mostrados en las fotos guardadas en un sobre dentro de uno de los escaparates de tu casa?

Me doy cuenta de toda esa confusión: si no resulta ser Garmendía escapado de la policía es uno de sus sicarios que intenta sembrar en ti la duda, el sobresalto, a través de la falsedad de esas muestras fotográficas, o la de un Ernesto Suárez incierto o verdadero, que resulta ser otra persona diferente ideada por la maldad de Garmendía y sus admiradores.

Necesitan verte hundido por el temor, por la inseguridad de tu procedencia, porque ahora opino que tus verdaderos padres fueron aquellos que sorprendió la muerte en el exilio en los Estados Unidos.

Mentira ha sido todo, o así lo parece.

En un final, en realidad, ¿de quién eres hijo? ¿No lo has sido de fantasmas ni de gentes recreadas por seres enfermos, retorcidos? Y eso, amigo, me pone triste.

Ya en tu casa, planificas un rumbo dado para ti ante la vida. Y solo me llega la idea de no conocer de parte tuya si existe en verdad tu cuarto, o si estás convencido de que piensas que ves tu cuarto.

¿Y la casa donde habías nacido no es el lugar vivido por ti?

¿De dónde has venido, hacia dónde has ido, hacia dónde irás?

La mala idea de los seguidores de Garmendía está en esta casa ahora.

Y te preguntas «¿Será que esta no es la totalidad de lo real, de lo concreto, sino solo cuanto deseo percibir?».

«Escribo», lo afirmas, «solamente yo escribo».

«Escribo, escribo, escribo». ¿Una novela, acaso un diario?

¿Escribes solamente tú?

Deberías de cambiar tu forma de pensar; ahí permanece la mejor idea...

Actor: El piso de aquella casa era en el estilo francés...

Sin yo esperarlo, descubro a Raquel sentada en uno de los butacones de la saleta. ¿Qué hacía allí? No la había oído tocar a la puerta de la casa y, sin embargo, estaba silenciosa sobre una butaca en la semipenumbra de la saleta, como si fuese ella parte de todas las sombras.

—¿Cuántas veces has andado por el monte, si siempre vas a dar al cementerio al final de él? ¡Qué cabeciduro eres, Jorgito!

—¿A qué has venido? ¿Cómo entraste a esta casa? No comprendo nada.

—No busques tanto a Edith, ella está medio atarantada de la cabeza y no hallarás la manera de hacerla razonar como una persona normal. Los nervios la dominan, y así será para toda la vida... si acaso das a estas alturas con ella.

—¿Quién eres tú para decirme lo que tengo que hacer de mi vida?

—Yo soy, simplemente, una buena amiga. Amiga arrepentida como ya sabes, del mal que te hice... Mira, querido, recuerda las veces que, sin ella participar de la conversación tuya con alguna amistad, por falta de nivel intelectual, Edith se molestaba tanto que le daba por refugiarse en el alcohol, fuera o dentro de esta casa, y la vida se le hacía insoportable. Una persona normal no haría eso. Sin embargo, tú te comportas como un héroe, sí, el héroe de una especie de epopeya y malgastas la vida en algo imposible, porque no creo que ella se haya ido con otro, ni que su desaparición obedezca a razones de algún problema personal. No. De ninguna manera. Edith no está aburrida de estar contigo. No hay nada claro en su desaparición. No hay un ser humano capaz de explicar su conducta. Es un verdadero misterio, algo fuera de lo común, incomprensible. Hay gente así.

«Deja a un lado tus empeños, aunque yo piense que sigo enamorada de ti y te quiera donde sea que esté; pero nadie tiene esa capacidad de amor que le profesas, y esto me incomoda, porque con ninguna otra ha sido así y yo quedo mal parada ante esta certeza».

Raquel abandona su asiento. Se dirige hacia el traspatio. Hacia la antigua cochera cuya puerta, en años, jamás se ha vuelto a abrir, y al hacerlo desaparece entre las brumas de la noche.

El niño en trajecito marinero… sin árboles, flores, o cualquier planta. Cascajo…

¿No tengo derecho a mi casa si parezco ser un hijo sin padres reconocidos pero capaces de legalizar la propiedad en caso de ser identificados completamente?

¿Raquel intentará apropiarse así de esta casa?

No lo creo.

Ni Raquel ni nadie podrá hacerlo; existen leyes…

¿Ernesto Suárez resulta no ser mi padre verdadero?

En mi cabeza no cabe tal idea.

¿Y Javier Garmendía y sus admiradores, no intentarán un golpe bajo para apoderarse de ella o la dinastía de ese traidor también, acerca de los principios de quienes alardean respetar los derechos humanos?

No debo pensar en triquimañas secretas de algunos por instalar aquí algún negocio lucrativo, una paladar, un hostal, ¿o un simple merendero?

¿Esas llamadas que, al alzar el auricular del teléfono, no se identifican, no serán de quienes esperan abalanzarse sobre mí y la propiedad con el fin de un asesinato, de un asalto criminal, de una trampa jamás imaginada?

Si es así, no podré moverme de aquí hacia ninguna parte. ¡Coño, qué horror!

¿Estará interesado en quitarme la casa algún hijo desconocido de mi mayor enemigo, o nieto, hermano, sobrino, pariente?

Intentan separarme del objetivo de hallar a Edith, de eso no me cabe duda.

¿Es posible que este empeño venga de algún jefe corrompido, de alguien con poder estatal oportunista o de alguna autoridad policial viciada que se aprovecha de mi situación para acabar de aniquilarme?

Me volveré loco si sigo pensando en estas cosas y no van a poder darme un golpe bajo, venga de donde venga. ¡No lo lograrán!

—Alberto, ¿por qué me dices acerca de la diferencia entre el verdadero Ernesto Suárez y el falso?

—Te lo digo, Jorgito, porque el falso puede ser el verdadero a veces, y cuando sueles verlo en cualquier lugar, se desparece sin darte oportunidad de conocer su realidad, y no creo, si él fuera tu padre, te haya tomado para manipularte siempre. Desde niño tuvo una sexualidad dislocada donde él se revuelca gozoso como un cerdo en el pantano, y no es por gusto tanta repetición de mi parte acerca de todo esto. Tan morboso, como quien desata ante ti, y a escondidas, todo un catálogo de represiones, para mostrarse en sociedad diferente.

9

No debo hacer otra cosa que meditar acerca de mi trato con Edith.

Alberto me decía del manipularla como a una cridada servil y muda de la casa, con lo cual ella obedecía, y de mi prohibición de tener y de tratar a otros amigos de toda la vida porque la tenía encerrada en una cárcel, aislada de todo cuanto no fuera yo.

Había algo de verdad en eso, y lo medito, ya que ella se adaptó a mis reglas. Y no me daba cuenta de tal error. Yo la ayudaba en cuanto podía hacer por parte mía.

Luego la ayudaba a mi manera y le di la absoluta libertad en el trato de conocidos y de sus amistades, y en ese sentido todo fue mejor para los dos, más equitativo, más amplitud para hacerla desarrollarse, semejante a su vida antes de habernos conocido donde podía caber todo, menos el sexo con ellos en este caso.

Estaba dispuesta entonces a pisar territorio falso y falto de humanidad. Así, se arreglaron las cosas, al cambiar las leyes de la convivencia, aunque, por parte suya, casi siempre le molestaba la presencia de las diferentes visitas en cuya conversación ella no cabía de ninguna manera, al no lograr incluirse en conversaciones de nivel alto que terminaron alterándola, como anteriormente lo he manifestado.

Enmendé mis errores en tal sentido, y la vida se nos hizo placentera, soportable.

La casa continuaba succionando mi conciencia porque mi casa a ella la había aceptado desde un principio.

10

De un salto abandono la cama, trato de desaparecer dentro de la raíz de mi conciencia con la intención de convertirme en un hombre nuevo.

Seré otra persona mejor al mirar hacia un pasado en el cual era otra persona, para dejar de lado la bestia que había sido.

Así, he visto una sombra que se va para dejarle paso a otra.

La casa pasa por mi cuerpo, me estremezco con la realidad de una revelación capaz de borrar los malos pensamientos.

Esto es lo divino y me gusta esta soledad y ahora el hilo del tiempo me pertenece.

El miedo, la venganza, la confusión, se han puesto lejos, lejos, y soy feliz.

El eje de una estrella rueda a mi alrededor

Soy poseído por la ingravidez, y la belleza me asalta.

El eje de la estrella, escapada de la noche, y al tocarme la cabeza he visto el rostro de Edith ensangrentado, susurrando fuera de su rostro. Precioso rostro acabado de surgir entre la sangre y el susto.

Calla la noche. El silencio corre por entre mis entrañas y casi puedo echarme a llorar ayudado por la dicha, por el descubrimiento de esa dicha.

La noche me atrae por su bella sensación de inventar nuevos recuerdos, recuerdos sin pasado que había olvidado ya.

Me atrae la noche y la recibo agradecido.

La noche…

Necesito las flores, las rosas, muchas, muchas. Las necesito tanto tanto tanto…

11

Caminando sin prisa, detengo mis pasos. Ante mí, una arboleda nunca vista en ningún monte de Cuba. Allí, las hojas de los árboles eran de oro, y cerca de ellos el monumento de un hecho histórico que no me detengo a ver. Ahora, al inicio de la madrugada llego a la casa de Iraida, la pintora popular, trabajando a tales horas, cuando el teléfono y el llamar a la puerta de la casa no van a interrumpir su paciente labor.

La casa de Iraida parece escapar del signo hipnótico de la noche, y a veces habla, o me escucha, o respira hondo al mirar el resultado de sus trazos sobre la cartulina.

—Mi querida amiga, si me tocara irme primero de la vida que Edith, desearía su felicidad con otro igual o mejor que yo.

—Mira, el único hombre amado por Edith has sido tú, porque nunca se faltó el respeto. Ella venía antes de su desaparición para oír mis consejos y me rogó no decírtelo jamás. Edith dejó atrás todo lo ocurrido antes de haberte conocido, y no extrañaba sus amoríos ni su pasado porque nada importante le había sucedido… Ay, Jorgito, al conversar esta noche contigo, me alegra verte cambiado, y sé que podrán ser felices juntos tú y Edith como antes.

—Iraida, ¿no es maravilloso pensarlo?

Gracias al poder de mi conciencia, puedo sentir la presencia invisible de Edith en la casa. La sombra de Edith tiene miedo. Se acurruca a mi lado, se queda ahí sin decir nada y a veces llora con frecuencia. Y así transcurren los días, los años, transcurre mi vida y comprendo que si algo me ha traído tanta felicidad es eso: La esperanza.

Epílogo

I

En una de las últimas escenas del Teatro Mágico, se presentó la singular amistad entre Luis Orlando D' Clouet y Ernesto Suárez, quienes la iniciaron en la manigua mambisa, y mucho después de largos años de abandono, esa amistad despertó con la misma intensidad. Luis Orlando llevó a vivir con él al amigo, afanoso de ayudarle a recuperarse del alcoholismo y del vicio de engañar a cuanta mujer abordaba prometiéndole amor para toda la vida.

Al darse cuenta Ernesto de que por su culpa su amigo fue descuidando sus deberes artísticos y sociales para cuidarle, decidió desaparecer para siempre de la vida de Luis Orlando por medio del suicidio en alta mar. Y al darse cuenta su amigo, se precipitó al mar, con la idea de salvarlo. Lo abrazó para tratar de sacarlo de allí, y todo fue inútil, ya que ambos perecieron.

Los asistentes, impresionados por la fuerza humana de la relación, irrumpieron con fuertes aplausos.

RAMONA: Estoy segura de que el matrimonio de Josefina con otro hombre, un dirigente, que no había sido Jorge, un dirigente bien plantado en Santa Clara, fue por el hecho de huir de sí misma y de la crítica social. Jorge, de menor categoría que el marido de ella, y ella, aún se recordaban con amor, aunque él también amaba a Edith, a pesar del carácter simple de esta. ¡Qué misterio resulta ser la vida, el amor, la amistad! Sí; pasión por Josefina, pasión más del alma hacia Edith. Jorge llevará durante toda la vida el recuerdo doloroso hacia Josefina, al asociarla con las canciones filin de última hora en aquellos años sesenta, seguidas por la melodía de Michel Legrand en la cinta Los paraguas de Cherburgo, sobre todo en la canción Nous aurons des enfants de la banda sonora de la mencionada película, al caminar la pareja a través del muelle, dejada escuchar en las descargas en la saleta de su casa alrededor del piano y de las cantantes allí participantes, con otras composiciones del momento.

II

Los especuladores y oportunistas, como disponían de dinero, compraban al contado cargamentos de artículos que retenían para hacer subir los precios. El alza siempre se producía, al aumentar la escasez, los precios cada vez eran mayores. La población civil tenía que comprar a los precios que imponían los especuladores o privarse, y los pobres, así como los de mediana condición, sufrían cada vez más ante el bloqueo que arreciaba...

Un paseo por el bulevar me muestra la presencia de Carmen Ruiz, antiguo amor imposible. ¿Tendría ella una de esas enfermedades provocadas por la vereda del sexo? Así había sido por parte mía el silencio de mis acciones, atezadas por la idea de la mala vida de esa mujer. Ahora no es el momento oportuno para hablar acerca de ella y de sus costumbres al vuelo. Sí, ella misma se sintió hundir, con las criaturas circundantes entonces, en su luz interior, espesa, en aquel líquido malsano quizás incapaz de mojar mis apetencias contenidas, y había sido así de quien, como yo, alerta que equivoca los timbres de las luces surgidas en Carmen, a cada paso mío, retardado, inútil... Ya veremos más adelante cómo funcionó mi demora continuada en la infinitud de acciones que manipulé para salvarme.

Teresa ha regresado a esta ciudad desde Miami y la he rechazado porque lo nuestro había terminado al abandonar a Cuba para siempre.

Qué sombra me llega desde su presencia, que ya me da derecho también a esta sombra: la de Edith, quien como las demás, interesadas en lo material, los unen al placer.

Y esa otra sombra expresa en la penumbra que siempre la ha acompañado desde meses y años atrás, intento acercarme a ti para conocerte mejor porque he acabado de saber quién tú eres en la realidad, Jorge.

Así será el futuro de nuestro amor como prisioneros de la tierra, la cual nos deja salir para airearnos un poco, pero nos recoge de nuevo guardados como si pudiéramos escapar, Edith.

Me celarás como quien recoge los residuos de un amor perdido en el tiempo y nuestra vida retrocede donde el vacío la envuelve, al saltar bruscamente por un río de tiempo, hacia un ribazo desconocido o dejado atrás en una época remota. Es la realidad del mundo y de la vida.

A Edith y Teresa podría amarlas de nuevo, sin embargo; sumido en la niebla de la cual me sumerjo para alejarlas de mí, aunque permanezcan cerca y al alcance de mis manos, pero nada quedará, y siento en el aire que todo ha vivido suelto, disperso en los días, agitándose oscuro y desolado.

Teresa, abrazada a mí al caer la lluvia fina, obstinada, tranquila, en el monte que intenta llevarme a la Casa y hace doblar los quitasoles húmedos de los pinos, y los anchos brazos de la manigua azul, el caer de la lluvia hasta anegar los tréboles y borrar los senderos. Mientras ella observa, quisieras retener este abrazo en la ausencia de Edith aquí y en los jardines del patio de tu casa, hasta decirme «mira, no hemos dejado de amarnos y desearnos mutuamente». Mientras a la madrugada cesa la lluvia, sigo abrazándola hasta retener el secreto de una noche. «Amor mío, sé que todavía nos amamos a escondidas de Edith porque el deseo nos impone en la presencia de cada lugar visitado, tras haber recordado el haber gozado con Edith, al haber agotado nunca así una emoción».

RAQUEL: Casualmente, Edith llega, tras el saludo en la calle de Carmen Ruiz, a la casa completamente vacía de silencio aterrador donde había vivido Jorge Ramos. ¿Se había cansado él de tanta espera? ¿Habían ellos agotado los recursos del sexo para convertirse en una inconfesable hermandad? De haberse encontrado allí, pudiese haber exclamado «Si es que te marchas, ¡oh, amor mío! si tú te marchas, ¿qué va ser de mí?», y entonces él le hubiese expresado con suave indiferencia: «querida mía, me da un carajo todo ello», mientras Edith lo oiría caminar a través del zaguán hacia la puerta...

ANDRÉS: Al término de los tiempos en la casa de mi mejor amigo Jorge Ramos, él había visto el acercamiento de la Casa en silencio en el patio de su casa o, mejor dicho, fue en busca de ese sueño. Y me pregunto, ¿Jorge regresará de dicho lugar con el ideal de transformarse en una mejor persona hasta el fin de sus días?

JORGE RAMOS: Andrés, todos te recordamos siempre. Recordamos tu accidente en un automóvil en plena lucha contra Batista, y yo tuve una pesadilla. Al verme andar por una callejuela de esta ciudad oscura donde velaban a un muerto, yo había entrado al primer cuarto de una humilde casita a las afueras de Santa Clara, y al asomarme a ver de quién se trataba, ¡pude verme dentro del ataúd rodeado de flores y el gentío que allí estaba!

Quizás prefería ser yo en vez de ti, Andrés, y mi conciencia no me dejaba entonces, y todavía me ocurre en ciertas noches de este verano cuyo calor lo hace insoportable.

ANDRÉS: No te culpes de nada. Hiciste lo que tenías que hacer, porque cualquiera de los humildes sacrificios también eran y son valiosos aportes a la Revolución.

JORGE RAMOS: A veces siento que el tiempo se me acaba.

ANDRÉS: No es así, mucho te falta ahora en los trajines de la cultura. Te faltan otras novelas del ciclo de la Casa en Silencio. La cultura es parte de nuestros patrióticos intentos de hacer crecer cuanto hemos conseguido. (¿Serán estos entusiastas aplausos de quienes han venido al último ensayo de tu Teatro Mágico, o en estos momentos son los espectadores de la primera y única presentación de tu labor teatral?)

Mi patio es la brecha que me conduce a la Casa, tan blanca, tan fina. ¡Aquí está la Casa! ¿Está aquí en mi corazón que se turba?

III

Pero en realidad, así había sido el monólogo final.

ACTOR (con voz neutra. Inmóvil. Como mirando hacia un lugar en el infinito en el estrado, bajo la luz del seguidor): El piso de aquella casa era en el estilo francés… sin árboles, flores, o cualquier planta. Cascajo, piedras, mármol… rectilíneo, simétrico… libre de misterio. A primera vista parecía imposible perderse en él… por los caminos continuos… entre las estatuas inmutables, y placas de granito… en el cual estaba, hasta ahora mismo… perdiéndose para siempre… en el silencio de la noche… sola conmigo.

Feliz, enardecido, el público aplaude, aplaude. Al instante se retiran, y poco a poco, tras mirar la casa con alegre nostalgia uno detrás del otro van hacia la calle. Entre ellos, distingo a Chirrín, el negro carpintero; a María Cristina Peña, a la Ñata, al negro Mederos, mi primer barbero; al israelita vendedor de cortes de telas para vestidos de señoras, visitante de diferentes hogares de la ciudad ante la avalancha del florecido comercio de inmigrantes moros, españoles, hebreos, negros, mulatos, criollos, árabes, y otros, diseminados en las principales calles, y en la plaza, el antiguo edificio donde nacería después la heladería coppelia, en fin: a todo lo que el viento de los tiempos se había llevado para siempre…

Serena tristeza al verlos partir, cargados de mis años infantiles en los cuales podía escuchar el rumbón del grupo musical, a las afueras de los circos al llegar en el coche de Cosita hasta la entrada de la carpa, acompañado de mi abuela Mamía, gran luchadora por atender a los niños desvalidos y a las humildes personas sin historias que acudían a verla en mi casa, después de visitar el leprosorio y a las familias más necesitadas del barrio Condado... Acompañado por Mamía, o el abuelo, o por mi tío Jacinto, estoy desde los tres años de edad ante la proyección del cine Villa Clara, y la de los cine-teatros La Caridad, y Martí, en sus cuadradas pantallas, atisbando las aventuras de Pinocho, y las de Bambi, con la firma de Walt Disney.

Vivo en un silencio poblado de voces. No soy capaz de retrasar lo inevitable. Sufro la impresión de estar corriendo por calles vacías. Continúo errando por una ciudad fantasma.

¿Dónde entonces viven estos personajes que he visto dentro, fuera, y ante mi Teatro Mágico?

Vives en la idea de haber sido lanzado entre los personajes de tu obra escénica, que suelen confundirse con la penumbra. Personajes lanzados de vuelta a la infancia o disparados hacia el futuro, al atravesar un puente donde conversaste una vez con tu amigo Luciano. Un puente donde cruzas de la realidad a la fantasía, él, tú, y todos ellos... los que han vivido cerca de ti y los de tu creación, dirigidos por la teatralidad hasta las nuevas o últimas preparaciones de tu futura novela.

Pobre de ti, amigo mío, ¿tu cuerpo se disgrega bajo una losa con tu nombre?, para levantar allá, muy lejos, en el corazón de las noches; y dentro de esas noches, solamente una es la más definitoria de todas y la noche particular de tu existencia: esta, porque la casa regresará ti, y eres tú, con los recuerdos inventados o no. ¿Quién lo sabe? Yo lo intuyo. Nada más. Lo intuyo. El resto no me pertenece y únicamente continúan en la razón de tu existencia...

La hermana de Dionisia, la antigua cocinera de tu casa, ya muy viejita, me hizo saber que tanto Ernesto como Luis Orlando son hermanos tuyos de la misma manera que lo fue Carlos. Tu padre había tendido amores secretos con esas distintas mujeres, y ni siquiera entre ellos lo sabían, tampoco tú, pero sí conocía esa historia ella, tu amor de siempre, Josefina. Por eso no se unió a ti, además de casarse con un dirigente de prestigio en este país. La mente burguesa de Josefina no podía admitir que tu familia estuviera en baja y la del dirigente no. Ella fue una mujer casi tan simple como Edith, pero más preparada para, junto a ti, apreciar toda obra de arte, y es hora de que vayas olvidándote de las dos, aunque, lo decidirás; Edith fue más ocupada en los trajines de la casa y de ti, y Josefina sería todo lo contrario y no quiero entrometerme en tus asuntos de familia, y en los más cercanos a tu persona.

Me encuentro en medio de una celebración conmemorativa al cumplirse el centenario de una victoria mambisa. La Banda Municipal de Santa Clara ofrece a la multitud allí congregada, himnos y marchas patrióticas.

Hacia un extremo del paisaje, y casi invisibles, se yerguen los dos árboles con hojas de oro, uno al lado del otro, y nadie parece haber advertido su presencia. A la sombra de ellos y muy jóvenes entonces, Ernesto Suárez y Luis Orlando D'Clouet, con besos y abrazos antes de comenzar la batalla, se habían jurado eterna amistad, aunque, en el devenir del tiempo, los rumbos de sus vidas se habían ido por diferentes caminos hasta el reencuentro a final de su existencia.

No pude ocultar la profunda emoción, aunque nadie se había percatado de ello. Los allí reunidos estaban absortos en el discurso de un dirigente de la localidad.

Y esos dos árboles de hojas de oro parecían, a su manera, dar la bienvenida a todos los presentes, y una mezcla de orgullo y de nostalgia y de felicidad hizo de mi llanto secreto el mejor de todos los silencios.

¡Quién sabe! A lo mejor a cada uno de aquellos entonces nuevos amigos, el amor los abarcó enseguida después de los llantos.

Recuerdo la visita de Alberto en mi casa la noche anterior a esa actividad. Se había recién enterado, a través del mejor amigo de Adonis, que Edith, sumida en extrema tristeza, no fue capaz de enfrentarse de nuevo conmigo con la idea de no perjudicarme, o, temerosa de mi no aceptación. Y así había muerto. Su cuerpo fue sepultado en secreto en uno de los terrenos perdidos en el monte que guardaba los felices días de su niñez, en extremo alejado del lugar donde luego transcurriría su vida antes de habernos conocido.

Y llegó aquel momento en el cual emprendí de nuevo el sendero hacia la casa, hacia Edith en ella —porque me habían mentido y estaba viva– y me convencí de que cuando lograra descubrir, con los ojos fijos en el silencio, los primeros rayos del día en su dorado estallar, ¿sería la única manera de disfrutar una excelente y hermosa mañana en ese lugar donde siempre solían renacer todos los sueños?

Sin esperarlo, se me acerca sin prisa un laberinto de momentos vividos y otros ignorados, de frases, de palabras que me cruzan todo el pecho y se escapan mientras caminan. No debo jamás detener mis pasos ahora medidos, y mi cuerpo parece habitar otros cuerpos lívidos, sensuales, dolientes, aquí y allá en espacios de tiempos y lugares incapaces de conocer o de olvidar.

El recuerdo, el olvido, entretejen una madeja siniestra. Atormentado, no sé si voy por el camino correcto hasta la casa, bajo el desprendimiento de la luna y las estrellas sobre mi cuerpo incapaz de evitarlo.

Alguien permanece dentro de mí como algo sofocante al intentar alejarlo, empeñado en una pugna para escribir las horas y las palabras en el panorama de esta noche. Noche desconocida en intentos de asfixiarme.

He dejado de respirar y mi cuerpo yace sobre una cama flotando en alta mar, y las sombras blanden un puño hasta allanarme el pecho que ya cae al vacío como un peso muerto, y a mi alrededor todo parece componerse otra vez. Cruje el aire de improviso con sus patitas de alimañas al bordar trampas divergentes, contradictorias.

¿Soy un ser vivo? ¿Soy un ser muerto? Quisiera romper el lienzo marino, desgarrarlo de arriba abajo para verlo desplomarse en aquellos suelos cerca del mar, o de la playa, y sus olas monstruosas donde levita el divagar bajo mi cerebro a pesar de tanto movimiento.

Ruedan las aguas en escaleras tras escaleras ahora, desde el edificio del viento mientras forcejeo al intentar abrir esa puerta aparecida en la manigua.

Me siento desnudo dentro de un ataúd cuando conmigo la noche destila su baba corruptora. Parece ser la muerte a los pies de un ángel de plata… ¿estoy muerto? ¿Ha sido siempre ese mi estado original? ¿La muerte?

Mientras escribía tu novela, mi querido Jorge, decidí que en ella alguien debía morir.

En estos instantes reconozco mi error, porque tanto tú y Edith, y Luis Orlando y Ernesto, amaban tanto la vida para traicionarlos de esa manera, y resolví continuar la existencia de cada uno de ustedes.

Por tal decisión, comprimido entre las brumas de esta noche en el revolar del polvo de los vientos, puedo detectar así la presencia de esos mencionados cuatro rostros más queridos, además, comprobar la razón de mi larga espera al escuchar tu negativa o tu reafirmación acerca de cuanto han sido y son aún el indicio continuado de tus sueños.

Habías vuelto a soñar con aquel lugar lejano en el mundo, tan tenue y obscuro, tan vacío… habías vuelto a soñar con una casa. Una casa confinada en las comisuras de la noche, interminable, como cerrada en sí misma.

Una casa y una noche. Una noche particular de tu existencia. Una casa, que pudiese ser como un recuerdo…

NUEVO
TEATRO
MÁGICO

Los espejos del silencio

Reposa en dulce paz, muchacho valeroso
las llamas ávidas del cielo
consumieron la flor de tu mirada en vela.

SAMUEL FEIJÓO

ora después de la media noche, el silencio en lo más intrincado del monte parecía llorar perfume, flor, llovizna, y al reaparecer la luna como paz y recuerdo, como un río que sonríe, de nuevo se dispersó la madrugada donde se cobijaba en lo infinito el polvo deshidratado de las horas, de los minutos y de los segundos ante la dureza de ese suelo sacrificado por el tiempo y el cansancio y la melancolía en la plenitud de aquel paisaje sin luz.

ACTOR: *Se habla en toda Santa Clara del hallazgo, ¿de un supuesto pacto suicida? en lo más intrincado del monte a las afueras de la ciudad; y allí sobre la hierba mojada por la lluvia reposaban los cuerpos, aún sin identificar, sajados con arma blanca.*

ACTRIZ: *Se piensa haya sido la mujer quien primero atacó a su acompañante, y luego él le respondió de igual manera.*

Lo recuerdo… las autoridades investigaban el hecho de sangre aún sin tener en las manos cualquier resultado significativo, mientras los cadáveres, en pleno abrazo y rodeados de vísceras regadas en la hierba, habían sido enviados a la morgue para obtener respuestas de lo sucedido…

¿La mujer le había dicho que debían terminar? ¿Por la gente, por esos comentarios agresivos de los habitantes de la ciudad? ¿Para evitar las maliciosas murmuraciones acerca de quienes, después de besar sus bocas entregadas a la infamia del goce hasta morir, se decía, hasta morir de ese amor misterioso de los amantes sin amor? ¿De eso era de lo que se trataba, de esas ganas de morir emanadas por la pareja, de esa muerte tan poderosa que la ciudad estuvo al corriente al no suponer la identidad de aquellos cadáveres?

Edith, la recuerdo también nuestra, la orilla del mar. Un niño que construye un castillo de arena. El roce de la otra mano. Una estrella de mar, una estrella de mar… ¿recuerdas, Edith, recuerdas?

Y los actores y actrices de la obra escénica y cuanto dicen: nada más tiene la voz de ese polvo gris, cenizas de los sueños consumidos. Son el perfil de cuanto secreto no compartido con nadie, como el refugio aéreo, como un graznido espasmódico saltando de sus gargantas convulsionadas por el tinte oscuro de las sombras; y nada tendrá el adolescente misionero más que ese sueño de amor, porque todo le ha sido vedado, prohibido, infinitamente imposible; y algo, tal vez el recuerdo de un momento lejanísimo, donde la voz de la mujer reflexiona en alto tono: «Es mejor que viva en tu corazón, lejos del mundo, donde no habrán sombras en nuestro amor, y sombra somos», y, dentro de ella, una que le responde «Yo no sabía cuánto te quería…»

CARMEN: Robertico representa para mí la seguridad, lo ya sabido. La mejor pareja que he tenido, aunque mi desconsuelo me lleva a ser por momentos agresiva, porque no dejo de pensar en lo posible de lograr un día darle mis caricias, mis ternuras, a ese otro muchacho candoroso, inocente, inmaculado en su aspecto exterior. Aunque luego he de descubrir esos vericuetos de un alma atormentada y sádica, cuando delante de mí miró a una jovencita al cruzar la acera opuesta de donde íbamos, para hacer girar su cabeza hacia mí con sonriente picardía… ¿Por qué lo hizo en mi presencia? Bastó una sola vez esa situación, pero la tengo clavada en mi cerebro y me tortura. Por culpa suya, mi relación con Robertico se ve interrumpida por mis actos y palabras capaces de ofenderlo sin yo poderlo evitar, y esto me hace infeliz y me preocupa. Mi verdad, al parecer, es estar siempre lado a lado con Robertico; y si algún día, tan decepcionado como yo de él, se me aleja para siempre, añoraría su bondad, sus detalles hacia mí cuando llegan los tiempos de profunda y verdadera ternura, y por eso no sé qué hacer. Ese jovencito de aspecto angelical me tiene en vilo, cual si yo esperara hacerlo mío en todos los momentos de su vida… ¿Cómo lograré olvidarlo? ¿Cómo, carajo, cómo? A veces siento odio y desprecio por Robertico, y mucho más por Alexey.

ACTOR: Alexey… te resultará difícil intentar ahondar en su psiquis, y te resultará fatigoso en ese desorden caótico de una mente imprecisa… Y me da pena contigo, Carmen, ve a lo tuyo y lo demás déjalo correr como el agua sucia. Mira: en vez de un ángel lleva dentro un demonio. No te metas en camisa de once varas, mujer. Lucha con todas tus fuerzas para alejarte de ese chiquillo malcriado, adulador cuando le conviene, y cuando no, se separa de ti sin miramientos. Piénsalo bien, no juegues con candela porque te vas a quemar. Llegará el momento que de tanto no verla, olvidarás su cara.

La madre de Alexey adoraba a su padrastro quien, al pasar de los años, tal como sucedía entonces en esas regiones centrales del país, conservaba siempre, como no todos los hombres y mujeres, la virtud de ser el apuesto joven que había sido años atrás.

Tuvo él amantes por doquier, tal y como le sucedía a la única mujer que amó en el difícil trance de su existencia, y así a ella también le correspondería seguir siendo joven en la década de los cincuenta del siglo veinte; y en el curso de su vida, antes de conocer a su hombre, la pasó entre otros hombres de linaje de dos siglos hasta casarse él con la novia impuesta por la sociedad de aquellos tiempos.

Ella, la madre de Alexey, al igual que su padre, venía de trecho en trecho en el tiempo sin dejar fuera la apariencia juvenil.

De una manera peculiar, educó al hijo, Alexey, como ella deseaba que fuera él.

Ya veremos las circunstancias parecidas a quienes andan todo el tiempo en una cuerda floja; algo indefinido, algo absurdo.

Sabemos más adelante, su actitud a medio entrever de vigilancia contra el muchacho, y el hecho de hacerse de la vista gorda cuando a ella le convenía, hasta la aparición en el jovenzuelo de un verdadero y único amor.

De repente y sin aviso, frente a mí Ramona, la espiritista, me anuncia desde la pequeña sala de su casa, de su casa:

—Mira, Jorge Ramos, al morir tu padre él y tú se comunicaban mejor, y puedes comprender cuánto tú lo querías sin darte cuenta.

—Dices la pura verdad.

—Pero debes prepárarte para recibir muy buenas noticias, y muy malas...

Los ojos de Ramona reflejaban fatiga interior como quien observa el horizonte de una manigua que parece volverse en infinitas columnas de la lluvia recién caída que, cada vez más, se acerca hacia donde ella y yo hablamos.

—Amigo Jorge: ando, sin moverme de aquí, por una casa a obscuras, donde logro ver la lucha entre la muerte, que en resumidas cuentas es otro estado en el cual nosotros existimos, una espiral ya aniquilada, sí; mientras ando por esa casa obscura que está poseída por un cierto sentido de aniquilación, ante la adaptación y la supervivencia de sus moradores...

1

Aquella madrugada, bien lo recuerdo, fue cuando Alberto me encontró sentado en el banco más obscuro del parque para darme la noticia de haber traído a Edith a mi hogar, hallada por él en una de las calles de La Habana.

Al cabo de la media hora entré solo a mi casa, y allí estaba ella, de pie ante el patio, a la espera de mi llegada.

Por medio de sus mañas, Carmen Ruiz recuperó el trabajo cuando decidió mudarse de nuevo para Santa Clara. Se trataba del centro de Cultura en el cual años atrás nos habíamos conocido.

A los escasos minutos de ser presentado a ella, hizo un aparte conmigo para invitarme a una taza de té en su casa a las afueras de la ciudad al terminar, a las doce de la noche. Y le pregunté: «¿Y cómo voy a volver de donde nunca he ido? Me perdería en las calles llenas de ladrones, de asaltantes y asesinos. Mejor sería tomar el té en mi casa, tan cerca de aquí». No le aclaré que vivía solo y ella, casi molesta, se alejó con indiferencia sin decir nada y no tuvimos esa noche otra conversación.

Anochece y el espejo desborda todo su silencio en uno de los cuartos. Una opacidad jamás vista se posa a mi alrededor y todo se parece al sueño de las paredes de la casa.

Va a llover. La luna está a punto de desaparecer y los arbustos regados entre el hierbazal parecen anunciarme la textura de un monte, y los espejos del silencio se multiplican en los escaparates de la casa, ahora.

—Alexey, no estoy de acuerdo con cuanto has expresado acerca de mí. Prevalecen las emociones y el intelecto.

—No me digas nada más, Raquel… ¿eres ahora atea y antes no lo eras? ¿Y qué diré yo? Mi padre nos abandonó a mi madre y a mí al ser yo un niño de pecho.

—¿Qué tiene que ver lo tuyo con lo mío?

Raquel conocía una buena parte de la historia de cuando había sido un adolescente. A veces Felipe, el padrastro, visitaba la casa cuando el hijastro estaba solo. ¿Sospechaba ella que alguna vez él había violado a Alexey?

—Te quiero como si fueras hijo mío —le dijo entonces—. Mira, antes creía en Dios, y cuando Él no significa nada para mí me desentendí de tal creencia para ocuparme en sobrevivir. Hoy me arrepentí, temerosa, de esos sucios negocios en los cuales andaba yo, porque podrían enviarme a la cárcel si eran conocidos, y a mi manera he regresado a la religión… Como vecina tuya desde hace años, te conozco tanto como si te hubiera parido.

Ahora contemplo la fuente del patio. Si me coloco ante ella puedo decirme: «Mira, Jorge Ramos: vislumbro todo cuanto forma parte de la casa, pero si ahora me coloco en la parte posterior de la fuente, todo desaparece para dar lugar al correr de una cañada donde a su alrededor se han colocado árboles, arbustos, hierbazales que pueblan el monte. ¿Algo cercano, imaginado?

Debajo de unos antiguos documentos en el chiforrobe de mi padre, hay unas cartas firmadas por Luis Orlando D'Clouet, y cada una encabeza un «Querido papá».

Este secreto me lo he guardado de todos, inclusive de Edith.

Y desconozco las razones por las cuales llega a mi mente una vieja duda: ¿Acaso mi abuelo he sido yo mismo? ¡Tremendo disparate! Entonces, ¿por qué recuerdo de una manera tan vívida haber estado yo en un campamento mambí durante la guerra del noventa y cinco? ¿Quién he sido y ahora soy yo?

<h2 style="text-align:center">2</h2>

—La madre de Alexey, Jorge, era muy amable conmigo —me explica Raquel—. Hablamos a veces de ella como quien estudia un terreno palmo a palmo me observa, y un día me dio la llave de la casa para que entrara allí a cualquier hora, en aquel palacete de alta burguesía ubicado cerca de donde vivo, un poco a las afueras de Santa Clara… Por momentos yo llegaba sin ser vista por el hijo, preocupada por su salud mental en esa etapa difícil de la adolescencia, pero oye, Jorge Ramos, dentro de tanta quietud yo sentía volar por entre aquellas paredes el aliento del mal, y no sabía por qué.

—Ojalá, Jorge, cuando Edith esté más asentada en esa casa y no coja tanta calle, tu relación con ella te resultara más agradable. Edith es floja de carácter y no está preparada para obrar como tú deseas, y a pesar de sus limitaciones la amas y ella a ti. Su padre era duro y la acusaba de ser la niña mimada de la casa por culpa de la madre.

En estos momentos la voz del guajiro Eduardo Pérez declina poco a poco, y su figura se ha difuminado en el traspatio y la cochera.

Raquel continúa nuestra conversación:

—A veces veía rondar por el barrio al padrastro de Alexey, sin dejar de mirar la casa del muchacho una y otra vez, y junto a la puerta dejaba siempre un ramo de flores amarillas con una tarjeta donde se había dibujado el símbolo del amor: un corazón flechado, y a su alrededor, palabras cariñosas y provocadoras. Parecía dedicado a la madre, pero no era así.

El realizador francés Robert Bresson, en su película *El diario de un cura rural*, en la cual eliminó los pasajes de la novela homónima de George Bernanos que no se prestaban a ser cinematográficos, se quedó con las partes más áridas de la obra literaria y con ella construyó un templo cristiano.

Raquel continúa refiriéndose a Alexey, quien le dijo «Mi padrastro es el único sostén de mi hogar, en cada una de las enfermedades graves de mi madre, él corría con ella para el hospital y allí la asistía en su recuperación con verdadera entrega».

—Mucho antes, en la adolescencia de Alexey, el padrastro aprovechó la soledad de la casa para intercambiar con el muchacho un programa de caricias entre los dedos, suyos, con los de él, y luego, al subírsele encima sobre el piso le susurraba al constatar el erizamiento de la piel en los dos «Oye, machito, qué cosquilloso tú eres»…Y entonces salí corriendo de la casa como siempre, sin ser vista.

A la figura de Andrés colocada frente a mí le hablo: «Has regresado de la muerte y me he sumergido en el silencio para continuar con mis apuntes literarios, y el tiempo lo constituye la sombra de las palabras en el intento de escribirlas, y el silencio de tu presencia me ayuda, eres parte del silencio al creerlo yo por momentos… ¿Será cierto que solo tú me has sacado de la espiral ascendente en la cual estuve atrapado en el decurso de tantos años?»

—No sé si ese juego aterrador para mí, entre Felipe encaramado sobre el cuerpo del hijastro, fuese algo ocasional —continúa Raquel—. Te lo repito, Jorge: no comprendo nada entre ellos y la casa y la soledad, cuando la madre del jovencito Alexey nada parecía sospechar.

3

EDITH: Jorge se alegraba de verme llegar a uno de los lugares por él frecuentados, porque si salía a la calle sin decirme dónde iba, su necesidad de moverse en la ciudad lo obligaba (pausa). Y yo lo buscaba, y Jorge se sentía importante entonces, porque era incapaz de averiguar lo que hacía yo en la calle, qué sucedía cuando el amigo de La Habana me procuraba ver para convencerme de que me fuera con él. Jorge siempre me daba la oportunidad de escoger yo lo conveniente para mí y eso lo hacía feliz, contento de sí y de mis decisiones en plena libertad. Para Jorge, el matrimonio no era la cárcel de su mujer.

Edith sale al patio de la casa, donde la espera Carmen para maquillarla de nuevo para la próxima escena del ensayo del Teatro Mágico. Los ensayos eran ya con el vestuario adecuado y el maquillaje para la ocasión.

—Carmen, Jorge es todo un caballero. Ha cambiado mucho. Es una mejor persona que ha dejado atrás los prejuicios de épocas pasadas que imperaban en la casa.

—Edith, te felicito, y deseo para ti lo mejor junto a Jorge. Ustedes forman una pareja envidiable.

—Mi querido Jorgito, quiero que conozcas a un buen amigo. Estudia en la Universidad y ya prepara su tesis.

—Carmen, ¿por qué he de ser yo quien lo conozca?

—Te gusta ayudar a los jóvenes, y quiero lo apoyes con tus buenos consejos acerca de sus proyectos artísticos. ¿Podrías hacerlo por mí? Ese muchachito se gana la simpatía de todo el mundo a través de su sonrisa amistosa con algo de ingenua coquetería, de la cual él parece no darse cuenta. Alexey, que así se llama, anda buscando techo donde vivir lejos de la familia, y esto lo convierte en un ser interesado que a veces da la apariencia de ser simple, angelical. Su carácter impredecible y algo desordenado es uno de sus mayores atractivos como persona. Alexey está necesitado de que lo tomen en cuenta. No es un chamaquito tonto, y me gusta la manera en la cual se defiende de las durezas de la vida.

Raquel había conocido a Carmen Ruiz por medio de una fiesta de fin de año en su Centro, al cual Carmen había sido invitada por la administración.

Carmen, por Raquel, se entera de cómo es el cuarto de Alexey y de cómo vive. Raquel es su vecina y lo cataloga.

—A pesar de sus veinticinco años, hoy es travieso con su cara de niño. Serio por momentos, a veces es irresponsable y malcriado y de mal quedar entre sus amistades. Y sé, Carmen, que en poco tiempo te has alejado de él para no imponerle tu presencia y para seguir con tus romances callejeros, y te cagas en todo lo que la gente pueda decir de ti en cuanto a tu conducta.

Raquel tuvo un hermano como de la edad de Alexey que murió en un accidente automovilístico, y le confiesa:

—La vida con mi madre antes, y a partir de haber perdido a su hijo, era continuar viviendo en la pobreza, en casuchas de pasajes sucios y rodeadas de gente sin escrúpulos y bandoleras… Pues, hablando de Alexey, te diré que tiene un carácter inestable más que él… Le resuelvo cuanto problema me plantea y tiene una especial calidad de alma como pocos hoy en día, aunque su afán es de subir y subir para llegar a ser alguien importante, y las muchachas lo persiguen por el dinero que creen tiene la madre. En realidad, nacieron ricos, pero ahora están en la miseria por cosas de la vida.

Carmen piensa que Raquel se está convirtiendo en una especie de espía secreta de Alexey.

Y Raquel se dice a cada rato: «He sufrido al enfrentarme al machismo, y si nosotras las mujeres no nos ayudamos unas a otras, estamos fritas».

Edith, ¿quién es ese niño que, en una playa desierta y sin nombre, levanta un castillo de arena al borde del mar?

4

Edith jamás se desesperaba por cualquier rotura o desperfecto en la casa, pero yo sí.

—Jorge, las cosas no son eternas y se desgastan, y con tus repentinos arranques de mal genio me pones mal. No puedo seguir así, y en esos momentos a veces quisiera morirme.

Por mi parte a Dios le pedía ser paciente para evitar el final de una relación de doce años, y pensaba «Con la ayuda del Espíritu Santo sobrellevaré estos problemas día a día», aunque alguno de mis amigos hablaba de esa química entre mi compañera y yo capaz de funcionar.

El carácter de Edith, neurótico y nervioso en exceso, y estancado a veces en el silencio, sus frecuentes estados de embriaguez alcohólica y los momentos de tristeza surgidos del agobio existencial, evitaba en ella cuanto podía aguantar sin darlo a conocer.

Antes de cada regreso de Edith en esos momentos, la soledad parecía reducirse solo a mis recuerdos. Esas visitas a esta ciudad del buen hombre que la ayudó en La Habana, la separaban a ratos de mí, y tenía miedo de estar equivocado con algo que no era cierto. Tenía miedo de mí y de la obscuridad que me rodeaba.

—Al punto de salir de la adolescencia, y con el rostro mucho más femenil que antes, sin haber notado mi presencia, Alexey se había besado intensamente en la boca con su padrastro. Jorge, he llegado a la conclusión de que Alexey hoy en día padece de una adolescencia retardada, y es posible que, a través del tiempo, su vida síquica, en vez de adelantar, vaya hacia atrás sin poderlo evitar.

—Ten cuidado con tus adelantadas suposiciones, Raquel.

Tu sueño, Edith, paseándonos en la playa que nadie conoce, que no tiene nombre, donde en la soledad del lugar solo hay un niño que construye un castillo de arena mientras te regalo una estrella de mar.

CARMEN (bañada por la luz del seguidor): Si es que somos la imagen en un espejo nada más, ¿podremos cobrar vida matándonos? ¿Eso es un dato preciso?

¿Por qué nunca había registrado a profundidad todo cuanto había en el chiforrobe de papá? ¿O es que alguien ha añadido allí viejos papeles?

Después, la misma letra inglesa escribe: «Y hubo paz doce días, para que los troyanos le hicieran el funeral a Héctor. Iba el pueblo detrás, cuando llegó Príamo con él; y Príamo los injuriaba por cobardes, que habían dejado matar a su hijo; y las mujeres lloraban, y los poetas iban cantando, hasta que entraron en la casa, y lo pusieron en su cama de dormir. Y vino Andrómaca, su mujer, y le hablo al cadáver. Luego vino su madre Hécuba, y lo llamó hermoso y bueno. Después Elena le habló, y lo llamo cortés y amable. Y todo el pueblo lloraba cuando Príamo se acercó a su hijo con las manos al cielo, temblándole la barba, y mandó que trajeran leños para la pira…»

En otro de los papeles sin sobre expresaba quien allí escribe: «Volveré a encontrar en Santa Clara puertas del siglo XIX, señales del neoclásico tardío coronando el tope del enrejado de algunas ventanas, y los numerosos guardapolvos…».

Dejo a un lado el papel para tomar otro: «Y comenzamos a intercambiar nuestros secretos durante aquella recepción donde interpretaron el *Concierto en la menor para pícolo y cuerdas* de Antonio Vivaldi… Y nos comunicamos a través de los entierros o en diferentes lugares para despistar a las autoridades».

En otro de los papeles carcomidos por la humedad se describe un campamento mambí y el desenvolvimiento diario en aquel lugar, y algún encuentro para pelear contra los soldados que nos ha impuesto el colonialismo español…

5

Quiero dormir ahora, a pesar de que a mi lado Edith había desaparecido otra vez. Y no sé por qué la amaba tanto, y Edith, cerrada en sí misma, continúa transformada en el eco de mis pasos, pero, cuando reaparece, surgen chistes y jaranas de su boca capaces de hacernos reír.

Para los roles del filme *El diario de un cura rural*, Bresson escogió actores que nunca habían aparecido ante las cámaras; desde la niñita maliciosa hasta la inquietante hija del conde, todos son actores aficionados y aparecen en la película porque sus rostros les acercaban a los personajes de la novela. El joven actor Claude Laydu se convierte en la cinta en el personaje central literario, cristiandad que riega por el mundo junto a la esperanza, la constricción y la humanidad.

—¡Qué día tan malo es el de hoy, Jorgito! Robertico y yo nos separamos muy disgustados. Sí, ese matancero con el que llevaba un burujón de años… —después de una breve pausa, continúa Carmen Ruiz— Eh,

¿y ese milagro que Edith no anda contigo? Me dicen que llegó otra vez de La Habana ese señor bien parecido y mayor, que la cuidó y se enamoró de ella allá… Parece ser que Edith está indecisa entre irse de nuevo con él definitivamente o quedarse contigo para siempre…

A la salida de una *shopping*, Carmen se va, y de repente Alexey abandona otro comercio de divisas cercano, y ella se ve obligada a saludarlo de mala gana. Al momento se despiden y presiento que, al llegar a la casa, Carmen escribirá un poema, una de sus cartas de amor guardadas sin remitente. Una vez me dijo «Mi destino será como el de las grandes trágicas del teatro francés que murieron solas, como la Duse y las otras que se pasearon por el mundo con la pieza teatral *La dama de las camelias*», y sin perder tiempo me hizo saber su opinión de no zafarme yo de Edith porque en resumidas cuentas con ella solía buscar nada más que estar solo. Y yo le respondí:

—Estás equivocada, entre nosotros existe el amor y la amistad… Carmen, eres de ampanga.

Edith paseaba por el patio de mi casa buscando el frescor de la tarde. A veces, Edith siente celos de ciertas amigas sensibles e inteligentes que se reúnen con Jorge ante el DVD, donde les explica los pormenores de una película, y lo amenaza sin compasión, para anunciarle que así empezó el fracaso de los veinte años de matrimonio con un hombre incapaz de defenderla. Tras el silencio, Carmen continúa:

—Sigues siendo una neurasténica, Edith. Hija, domina esos impulsos negativos.

—Estás muy equivocada. Es verdad que los hombres todavía nos avasallan y nos maltratan al humillarnos, pero Jorge es algo especial y tú no lo comprendes, no te das cuenta de nada.

—Tienes razón, Edith: es él uno de los hombres que ya no vienen y no se encuentran ni en los centros espirituales.

«…Y frente a ese mar, vas a comprender que solo él es una imagen, la de un espejo de marco dorado…»

En un espacio anterior a dicha carta:

«Después del instante en el cual logres encontrarme otra vez, regresaré a la casa aquella edificada con la esplendidez del *modern style* y en el jardín de mi infancia que da al mar, escucharé el eterno dialogar de las aguas con la vida.

»Escúchame…

»Y allí, si regresaras, recordarías cuanto te he dicho y las palabras de mi silencio…».

Siento una opresión dentro del pecho y abandono esas cartas…

6

RAQUEL: He visto a la madre de Alexey regresar hacia la casa acompañada de alguno de sus ardientes amigos, y esto afecta la integridad del muchacho, quien califica a la madre de arpía, de la misma manera que el padrastro la solía definir, no sin cierta sorna no exenta de crueldad.

CARMEN: Sin yo saberlo al caminar por las calles de la ciudad, me llega sin previo aviso la imagen perfecta de Alexey, más que si intentara recordarlo, aunque siempre horada mis pensamientos de esa manera y veo en su lugar, siendo él mismo, diversos rostros, diversos cuerpos, y cuanto tiene que ver con él. Son percepciones fugaces sin razón de ser, porque en tales momentos no puedo retener su imagen tal y como es en realidad.

RAQUEL: Tanto el padrastro como yo tenemos la llave de la casa, así lo dispuso la madre del muchacho porque así debe ser. Esa señora se da a los hombres solo por ganarse unos cuantos billetes en divisas.

Raquel está consciente de la existencia de algunos casos donde la mujer se relaciona con su propio cuerpo porque, para ciertos tipos de féminas, la sexualidad y el cuerpo constituyen los factores más importantes en la concepción de sí mismas, para los hombres, y también para establecer la estrecha relación entre lo externo y su interioridad.

El anticine de Robert Bresson tiene un conocimiento tan profundo del cine, que se ha permitido rechazar la cansada retórica habitual para él mismo crearse un tiempo y un espacio cinematográficos nuevos, porque también ha dejado de hablar un idioma filosófico particular.

Cerca del lugar en el que Raquel y yo conversábamos, Luis Orlando sostiene en sus manos el libro de donde extrajo ciertos apuntes del filme de Bresson, y después parece lanzarse contra su sombra para caer siempre en lo invisible. Y esta presencia no advertida por Raquel representa en mí, quizás, un hecho figurado, más apropiado a la naturaleza del acontecimiento que habrá de tener lugar una noche aún sin fecha.

Y todo vibra en cuanto Luis Orlando D'Clouet significa: poder de asumirla como algo propio, es posible, en la sala de proyección del lugar al cual no desea él referirse, como quien guarda un preciado secreto.

¿Alguien me está mintiendo, o soy yo quien hace de la mentira una verdad?

Echaste a correr. Ignoraste, al pasar frente a él, al niño que construía un castillo de arena. Hubiera estado dentro de tu carácter que te hubieras detenido, que lo hubieras acariciado, que le hubieras dirigido una palabra alentadora, cariñosa. Eras, para entonces, otra que yo no conocía. Es por eso que al cruzarnos con aquella mujer vestida de luto, ¿sería Carmen, aquella?, hiciste un comentario que yo no pude oír claramente, pero ignoraste el perro que la seguía. Yo hubiera querido detenerte cuando corriste alejándote mi lado, y luego, de pronto, te detuviste bruscamente. Te agachaste y entre los guijarros redondos de aquella playa encontraste una estrella de mar que me mostraste diciendo «Mira, una estrella de mar», y ese ser putrefacto tenido delicadamente entre las yemas de tus dedos te contagió una ansiedad como si tus manos hubieran tocado un cadáver antes de que tu corazón se hubiera dado cuenta de ello, ¿recuerdas?

Hay en todo esto una circunstancia curiosa, un efecto que no puede ser explicado ni por la más extravagante teoría acerca de la técnica fotográfica. Cuando escalamos aquel farallón y nos sentamos sobre las rocas a contemplar el vuelo de las gaviotas y de los pelícanos, yo te tomé una fotografía. Estabas reclinada contra las rocas desgastadas por la furia de las olas. Se trataba, simplemente, de un paisaje marino, banal, por cierto, en cuyo primer término tu rostro tenía la expresión de estar haciendo una pregunta sin importancia. ¿Por qué entonces, cuando la película fue impresa, aparecías de pie frente a la ventana de unos de esos salones, que jamás logramos conocer, de aquella Casa en silencio perdida en la manigua?

Y lo peor del caso es el olvido de todo cuanto aquí he narrado. El olvido, es más tenaz que la memoria...

7

Raquel, aún frente a mí, retoma la conversación acerca de Carmen y su reciente disgusto al comprender que el jovencito, ahora con la moda de los lumbersexuales como la contraparte de los metrosexuales con tendencia a la feminidad para recuperar la masculinidad que se había extraviado entre depilaciones, cremas y peinados, está a la caza de personalidades cuyos nombres ha copiado de Internet, y Carmen parece ser una de ellas.

Las persigue. Él aspira a destacarse entre las personalidades para la vanagloria, ante los demás del logro obtenido a través de su simpatía hipócrita y su admiración.

Raquel y yo hemos detenido nuestros pasos en un paisaje dormido, irreal, y me siento salir del pozo obscuro por donde logro escapar al exterior, y entonces ella y Carmen y Alexey parecen moverse en los predios de la mentira. Pero vuelvo a presentir esos ojos que siempre me han seguido a pesar de olvidarlos, para mostrarme la veracidad de esas estrías sanguinolentas al surcar los dos cuerpos irreconocibles hallados en el monte.

Camino hacia lo más céntrico de la ciudad bajo la luz mortecina de La Ceibita, cuando Luis Orlando reaparece con el libro entre las manos:

Para un espectador no iniciado en la religiosidad, *El diario de un cura rural* resulta tan lúcida, tan acogedora, al expresarse en el idioma universal del arte.

Y de entre esas raíces de la noche desbordada en ondas hacia el mar, Carmen abandona el espejo en el cual se ha mirado en la sombra de la luz, asociada a esas aguas que la arrastran hacia el recuerdo de Alexey.

—Amigo Jorge, nunca me han gustado las mujeres, pero el chamaco tiene una carita de niña buena, a pesar de los cañones de una barba al salir, con sus manos suaves y delgadas en sus diminutos dedos, y en el cambio brusco de los diferentes peinados bajo el reinado de los metrosexuales también. Cuando no sonríe, su boquita es un botón de rosa hecho carne, y la estatura lo hace más pequeño que cuando abre a propósito la risita provocadora y sensual.

—Carmen, tú y Raquel consiguen despistarme al no saber dónde colocan la verdad, o la mentira.

No digas nada, Edith, porque tus pasos desde el zaguán se confunden siempre con los latidos de mi corazón, y no debes desfallecer cuando entre mis brazos te descubro, porque esta casa es tan tuya como mía lo ha sido siempre.

El estremecimiento súbito de los recuerdos me lleva hacia aquellos lugares de los cuales hablara mi padre y que nunca yo los había logrado visitar junto a él, y allí está el soleado callejoncito cuyos pasos me dirigen al viejo trapiche convertido ya en rocas dispersas invadidas por las malezas, y más allá resucita la loma de los güiros, y no tan cercana a ella, está la valla de los gallos de pelea en pleno desplome, la antigua valla donde mi padre asistía para ganar o perder. Luego se me acerca el callejón hacia la poza de los negritos y me parece ver a mi padre y sus hermanos y amigos balaceando todavía sus risas, sus maldades y bromas entre gritos de júbilo al punto de ser expandidos en la soledad de aquel lugar... Paisajes cuyos ecos son la muestra de los secretos guardado por mí con celo, batidos por la opacidad de los años idos.

Regreso apurado al chiforrobe que había sido de mi padre.

Entre aquellos viejos papeles, y siempre con la elegante letra inglesa, me sorprendo al hallar algunas cartas de amor dedicadas a Edith, aunque las hojas se me desgajan entre los dedos:

«Algo como un fuego sagrado va encendiéndose al calor de tímidas llamas apenas perceptibles fuera y dentro de mí, y a simple vista me he valido de un arte antiguo, desconocido y misterioso capaz de desgarrarme el alma en una vida signada por el silencio, por el amor, por el olvido.

»En estos tiempos de desamor, el amor debe ser el motor que impulse más que a nadie a las nuevas generaciones que vendrán después...».

Continúo leyendo.

Encuentro palabras desgajadas que han hecho del amor algo tan para los demás...

8

Ahora, quien dice llamarse El Autor se había empeñado desde hace tiempo en hacer la secuela de la obra escénica escrita por mí, más allá de la cuarta sección de mis apuntes, dirigidos a la concepción de la novela.

JORGE: Me lo ha dicho Andrés, los problemas de trabajo de Carmen se parecen a los de Alexey (la escena se ilumina leve, precisa, y al mismo tiempo un sendero de felicidad se extiende hacia mí. Y puedo apreciar la tranquila lentitud con que se mueve la inmovilidad, estática, y un corto camino se abre ante mis sentidos, pero no puedo recorrerlo...).

Y temo acercarme hacia aquel camino y no lo puedo soportar. La presión de lo infinito es demasiado fuerte y en el monte los árboles y los arbustos asfixian al riachuelo, y allí surge lo demoníaco al tratar de imponerse a pesar de todo.

AUTOR *(bajo la luz cenital): ¿Deberé suplantar al actor que encarna a Alexey, y a la actriz que suplanta a Edith, por otros? Esto pudiese ser magnífico o no, y la presencia de la magia en sentimientos poéticos nos caerá desde la inmensidad celeste.*

Ahora de nuevo se inclina la sombra sobre mi espalda hasta cortarla en múltiples fragmentos, y en el núcleo de tanta sombra aparece la lucha contra la dictadura batistiana, conjurada en defender de los esbirros la protesta estudiantil, en el intento de impedirnos llegar al Parque de los Mártires donde el busto del Apóstol nos espera. Andrés protege mi retirada y me ordena regresar a mi casa. Allí no conozco a mi casa en plena obscuridad; es otro sitio diferente. En el comedor se reúnen los miembros del Club Juan Bruno Zayas y la conversación de los insurrectos hiere la magnitud de la noche; las palabras de Ernesto Suárez, de Luis Orlando D'Clouet, del guajiro Eduardo Pérez y de mi abuelo, iluminados por el quinqué para también destacar el rostro de Andrés, lado a lado con su abuelo materno, quien junto a otros compañeros habían logrado el rescate de Sanguily.

JORGE: *Carmen, según me dijiste, Alexey está casi invisible ante los amigos, por estar a lo mejor enamorado.... ¿de Laurita?, y por eso nadie logra detectarlo en cualquier lugar de Santa Clara... El chamaco tiene la misma ilusión truncada que tú, Carmen, con el matancero Robertico, porque no les ofrecen a sus respectivas parejas la ilusión necesitada por ustedes y se quedan a medias en el vacío. Ustedes necesitan hallar el amor absoluto, aunque, el amor absoluto y el amor loco son conjeturas, seguramente, de ciertos artistas... Nada de cuanto has dicho me resulta importante, y en estos momentos solo pienso en el expresionismo musical del compositor Arnold Schönberg, cuya evolución más radical del siglo veinte se debe a este genial compositor vienés.*

CARMEN: *Ya ves, Jorge, cuánto he aprendido de ti, y cada vez que llego a tu casa estás escuchando su obra Noche transfigurada. Y esa música, en vez de atormentarme, parece trasladarme hacia lo más recóndito de mi ser, y la disfruto cual si todos perteneciéramos al argumento de una película*

donde somos regidos por el guion, escrito por el realizador de la misma, tú, o ese individuo entrometido a quien llamas El Autor, y al desvanecerse esa música los aplausos llenarán hasta el tope a los amantes del cine en la amplitud de un teatro, ¿tu Teatro Mágico? Sí, pudiera ser, porque la música de las películas de las grandes industrias cinematográficas la incluyen con inteligentes variaciones solo advertidas por quienes su cultura les permite llegar a tales conclusiones. ¿No es así? Lo he aprendido de ti, mi querido Jorge, de ti únicamente... (Carmen continúa sin perder el aliento. El público que repleta la sala de la casa está a la expectativa de cuanto acontece en la obra). Una tarde en el parque pude verlo a él, lejos allí mismo, y al acercárseme Alexey con rapidez yo trataba de evadirlo, en la engañosa actitud de escapar de él apurando el paso, aunque mis deseos más íntimos eran los de no escapar, y con agilidad se interpuso en mi camino y me tomó las manos por un buen rato, y con esas manos dulces y afables, volteadas hacia arriba, me hizo sentir la calidez del gesto y el calor bienhechor de su piel contra la mía, y en todo esto, por única vez, sentí el parecido con una actitud de novios... Fue en aquellos tiempos en los cuales nuestra unida amistad era algo inseparable, y el suceso fue en medio del parque y a la vista de todos, aunque de su boca salían palabras triviales y ajenas a cuanto se esperaba. Pero una de las chismosas de la ciudad cruzó junto a nosotros sin detenerse para simular el interés que tenía de saber y saber (pausa). ¿Y qué nos pasó después? Nada, aunque en días posteriores al irrepetible momento entre él y yo, él trataba de controlar a su manera algo de mi vida moral y de mis creencias, y un tiempo después, nada volvió a ser así, como si su atrevimiento lo hubiese asustado. Demasiado introvertido ha sido siempre Alexey... ¡Qué desgracia para mí!

RAQUEL: Alexey vive eternamente enamorado de sí mismo, Carmen, él no es capaz de amar a nadie que no sea él.

En el corazón obscuro del chiforrobe de mi padre, otras cartas jamás mostradas a Edith, aunque de ella se traten; pero nadie, excepto el antiguo mueble, las ha de haber conocido bien en otros tiempos imposibles de haberlos vivido... ¿Imposibles de haberlos vivido?

¿De dónde vengo, hacia dónde voy?

He ido desatando esos caminos de tinieblas para llegar a ella, a Edith y sus recuerdos, aunque ella por momentos esté o no a mi lado.

He perdonado a Edith sus imprecisiones porque convencido estoy de su amor por mí, y mis dudas acerca de ella fueron producto de la ansiedad por el tiempo transcurrido sin amor, sin amar a ninguna otra que no fuese ella. Fueron otros amores sin amor, en el tiempo en el cual se ha amado sin tener recuerdos de otras.

Sin amor antes de Edith, constituye hoy para mí redención y castigo.

9

Al registrar alrededor de mis pensamientos, es algo parecido a las páginas de un libro secreto hallado en uno de los rincones de algún escaparate, cuyo olor a naftalina y a moho antiguo enervan mi sensibilidad.

JORGE: ¿Hemos perdido todos nuestra verdadera identidad? ¿Qué sucede en este mundo cada vez más estrecho, a la par que confundo el no poder definir dónde empieza mi casa y dónde termina en las calles…? La soledad, cerca o lejos de Edith, me hace dilucidar que pudiese ser posible que la pura soledad sea lo único que ha sido mío en la vida, lo único capaz de pertenecerme por completo entre las demás cosas que la existencia me ha dado.

Ahora, ante la mesa del comedor donde escribo la obra teatral y los apuntes de la novela a la vez, la luz constituye el centro de otras luces esquivas.

JORGE: Y ahora hubiese sido necesario encontrarme de nuevo con Carmen Ruiz para aconsejarla: «No puedes seguir así, amiga, en tu inestable condición sicológica tan parecida a la de Alexey, quien ha repetido en más de una ocasión "si cuanto me rodea es inestable, yo también lo soy por culpa de la realidad, al mostrarme sus espinas de las cuales intento alejarme, pero no puedo… ¡no puedo!"».

CARMEN: De lo último que me has dicho acerca de Alexey, Raquel, una vez más me doy cuenta de lo descarado y mediocre que es.

RAQUEL: Mira, Carmencita, más descarada eres tú. Al menos, él es muy religioso y tú no, y posee un tipo de encanto, de inocencia, semejante a la de los ángeles.

CARMEN: Estás equivocada: yo respeto a los santos y a los ángeles, a San Judas Tadeo y a Santa Bárbara…

Me falta el trabajo de luces en la escena, es como si quisiera encajar en el espacio escénico la luz de Santa Clara, la amarga soledad de esos tejados que con benevolencia despiden lentamente el paso de los rayos solares que, si pudiésemos tocarlos con los dedos, una crema sutil se atravesara en detalles desperdigados por cualquier lugar en ciertos momentos del atardecer.

La iluminación debe primar en la escena como un personaje más, y a la vez, indispensable.

Santa Clara vibra con su soledad hecha de gritos silenciados por el pudor, por la avaricia de quienes se proclaman futuros triunfadores en sus negocios, tanto como en el arte.

¿El expresionismo de las películas norteamericanas heredadas del cine silente alemán, allí pudieran brotar como flores negras cubiertas del rocío traidor?

Cada preestreno de mi obra teatral no es lo definitivo, porque cambio de perspectiva, de iluminación, de ordenamiento de los objetos que deban acompañar a los actores para que el aviso del arte ponga lo suyo de esa manera. Pero, ¿quién se prestará a la ayuda de mis ideas?

¿Nada puede y podrá ser reconocido de esa manera porque a nadie le interesa hacer valer el impulso del arte aquí? ¿Pueblo siempre de comerciantes que le venden el alma al demonio?

Todo resulta de esa manera y no hay quien lo arregle, la cuestión es cumplir metas, salgan como salgan, pero allí está el producto sin terminar, el producto digno de ser recordado, amado, admirado en la plenitud del esfuerzo surgido entre las sombras.

Mientras tanto, Carmen proclama que cuando Alexey se aleja de alguien, es precisamente para domar el deseo del acercamiento a ese intrusismo en la estricta conservación de su vida, ¿debido a la intromisión de la opinión pública al rechazar todo lo que no es permisible en los asuntos del alma, y todos como él, inventan su autoestima de papel crepé como el de una cárcel invisible, cuya orden es en otro sentido el de seguir un rebaño aunque ese rebaño vaya directo a la anulación espiritual de una vida?

—¿De verdad eres tú, Carmen, una católica a toda costa?

—Sí. Cada cuatro de diciembre, mi madre ponía la imagen de la santa en un altar levantado en la sala de la casa, rodeada de manzanas, de platanitos, de caramelos y no sé de cuántas cosas más. ¡Todo lo que ella podía poner a los pies de la santa!

Observo asombrada los cabellos de un joven solitario, sentado de espaldas a mí en uno de los bancos del parque. Cabellos depositados sobre una cabeza perfecta, simétrica, y al mirarla de fijo pudo ser de cualquiera, pero había algo en mi visión que se tornaba familiar, sin poder ubicar quién era el joven, quieto, como si se comunicara con lo infinito.

De repente voltea hacia mí el rostro, me sonríe, me saluda cariñoso. Se trata de Alexey. Bastó admirar la nuca cubierta por el lacio cabello que al caer se abría hacia los lados.

Él me saluda con cariño por medio de uno de sus brazos afeitados y yo respondo al devolverle mi aprobación.

Pero ahora me miro en el espejo, hablo conmigo misma como si fuese una mujer doble, como si fuese una persona repetida, como mi otro yo…

No quiero pensar en esto, sé que es una invención de mi cabeza cansada; y miro alrededor donde el espejo ha lanzado un humo cuyas líneas transparentes se apoderan de ese otro rostro mío y comienzan a trazar trazos inimaginables, y entre ellas me acerco al espejo en medio de una sensación de estar dentro. Y continúo viendo líneas transparentes y minúsculas contenidas en el espejo. Estoy en el lugar que siempre quise estar, avanzo y creo que puedo colar más allá, mucho más, mi cuerpo entero en el espejo. Y el contacto frío del cristal me devuelve a lo real y se apodera de mí una dulzura en la cual me resulta imposible descifrar los últimos rayos del sol, y mis manos sobre el metal casi borrado por una belleza dorada como orfebrerías barrocas, brillando en un ámbito de terciopelo negro sobre todo, al multiplicarse la cantidad del solitario metal que ya reposa en mis manos, ¿quizás es una parte de los contornos de filosísimas navajas investidas de una crueldad, cuyos artilugios de una perenne ilusión que jamás he podido ubicar fuera de mí, quedan bien atrás, como para no poderla alcanzar en toda su plenitud?

10

Miro a Edith mientras duerme. Tendida de la cabeza a los pies sobre nuestra cama, encontraba que se parecía a un largo tallo en flor que allí se hubiera depositado, y así era en efecto. El poder de soñar, que yo no tenía más que cuando estaba ella ausente, volvía a encontrarlo en esos instantes a su lado, como si durmiendo se hubiese convertido en una planta.

Ahora en nuestro dormitorio la luz es azul y enmarcada en los aromas del incienso, como cuando en el pasado mi padre lo quemaba a la hora cercana a la de dormir, como algo sencillo y conmovedor.

¿Acaso Edith está ahora allí, tendida al alcance de mi mano? Me sobrepongo a las entrañas de la fantasía y todo parece ser o no ser pura verdad.

Los múltiples cuidados de Edith para conmigo eran como un rito secreto y sin aspavientos, algo reconfortante para adueñarme de la paz. Sí, Edith hacía posible el acercamiento de un estado de gracia y nos acoplábamos en espíritu en silencio apoyado por los dos.

Carmen me había presentado a Alexey una mañana en mi casa y lo rememoro en estos instantes como si hubiese sido ayer. Ella quería que yo lo conociera para el provecho del muchacho.

Alexey pertenecía a un grupito dedicado a filmar breves argumentos acerca de la cotidianidad actual, pero ella, tan espectacular como siempre, leyó el favorable comentario al trabajo de él y sus amigos en la prensa nacional, escrito por uno de los reconocidos críticos habaneros, quien lanzaba destellos de sapiencia y sensibilidad hasta lograr en mí el mayor interés.

Luego me hizo leer mi cuento corto «Descenso al mito», publicado por Samuel Feijóo en su revista *Islas*, y en tales momentos de la conversación el joven irradiaba señales para hacerme reaccionar a su favor.

—Me gustaría llevar ese cuento a las imágenes en movimiento; pronto contactaremos con usted, a ver si puede cooperar con nosotros.

—Él se sentiría honrado con tu ayuda —añadió Carmen.

—Está bien, muchacho, la idea me agrada.

—Ya te lo había dicho, Alexeyito, lo provechoso que ha sido que ustedes se conocieran. Jorge puede ayudarte como si fuera tu padre.

Allí está el silencioso salón del teatro, cuya monumentalidad sorprende a todos los recién llegados ante la vasta cantidad de rojas lunetas solitarias, como mudos testigos de los dramas y pasiones del cine; y saber que, dentro de unos minutos, se descorrerá la cortina para dar lugar a la blancura de la pantalla, y sobre ella se dispararía un rayo fulgurante salido de la cabina de proyección...

—Han obrado muy bien al no admitir aquí con nosotros a Raquel —alguien dejó escapar la significativa connotación.

El comentario desata una angustia violenta, como una masa enorme marchitando los espacios.

Otro de los presentes sentencia:

—Debemos llevar con cada cual una gran concentración mental, porque sin ella es imposible obtener un resultado satisfactorio. Por eso nos abandonaremos por completo a los designios de esta experiencia.

Y le digo a Edith:

—Te tomaré después de ver la seña final de la película, te tomaré en mis brazos en uno de los cuartos de nuestra casa, y mientras observas tu rostro reflejado en el enorme espejo donde nos encontraremos, al fin susurraré en tu oído la palabra que tanto deseas escuchar. Es preciso. Hemos rescatado nuestro amor. Yo te amo. Por eso te he traído a este lugar, y tus sentidos, todos tus sentidos se recrean. Cuando por las tardes, precisamente en este cuarto tan especial en nuestra casa, te pongas a contemplar con insistencia esa fotografía que alguien ha dejado olvidada en este, nuestro hogar, para que tú un día al fin la encontraras, y en tu mente vas a recordar aquel paseo a la orilla del mar en el cual un niño va construyendo un castillo de arena mientras te entrego una estrella de mar... ¿recuerdas? Y cuando todo lo recuerdes, dejarás que mis manos acaricien tus mejillas para no dejarte ir ya, para no pensar más, y seas mía tal y como tú lo deseas mientras se marchará el criado, que nunca has visto aquí, con la intención de dejarnos solos, solos, solos para siempre.

CARMEN: Con su carita de niño bueno, apoyaba a su perenne sonrisita. Fue lo utilizado por él al cruzar a mi lado y saludarme por encima de todos los que lo acompañaban, para destacarse ante mí, como si entonces Alexey amara mi intelecto, algo por adquirir para aumentar de prestigio su catálogo de gente en el acto de imponer su presencia, siempre su presencia, vacía, estereotipada, como quien logra hacerse sentir como eje principal de una reunión o de un acontecimiento cultural. Eso es él: deslumbrar sin dejar ese carácter introvertido, temeroso y falto de ir a lo profundo de sí mismo y de la gente. Toda una estampa coloreada a punto de perder, en un paso mal dado, aquel brillo cromático de ocasión, de oportunismo, de falsedad y de tonto orgullo, aunque sin dejar de ser en verdad un tonto carente de serias promesas.

RAQUEL: Unos años atrás en plena adolescencia, tuve que ponerme dura antes de seguir el camino que iba tomando nuestro trato; el de cambiar por encima de la amistad al deseo, algo imposible de aceptar ante mis principios.

Sí, Raquel, vamos a tomar un diez para coger algo de fresco en el patio de esta casa, entre las luces, el vestuario, la decoración y los que se han colado en el ensayo y con su presencia también sentirme ahogada por el imposible calor demasiado fuerte, como si nos impidiera respirar.

JORGE: Edith, entras y sales de la casa y no te pregunto dónde has ido, y si el señor de La Habana trata siempre de llevarte con él. Eso tú lo decides, haz lo que quieras y no pienses en mí sino en ti (pausa). ¿No recuerdas nuestro paseo por la playa sin nombre en la cual un niño rubio y de ojos azules se empeñaba en levantar un castillo de arena? Si no recuerdas nada de esto, es una prueba rotunda de que ni tú ni yo existimos. ¿No lo recuerdas?

11

¿Por qué Raquel pudiese haberle mentido a Carmen acerca de la conducta de la adolescencia de Alexey? ¿Todo acerca del joven no era verdadero? ¿Qué propósitos ocultos existen en la mente de Raquel, y por qué? Para muchos, Carmen era la peor mentirosa de todas las mentirosas conocidas, y esto también pudiese ser o no verdad... ¿No habría querido Raquel honrar su amistad con Carmen, al punto de traicionar a Alexey difamándolo, aun sintiendo por él una sincera inclinación maternal?

Una mañana presencié algo de la filmación de mi cuento por el grupo de aficionados, y allí estaba Carmen, manipulando cierta arrogancia intelectual y dominante para resaltar su valía ante el asombro de los demás, en la mente de una mujer como ella, ya cincuentona y robusta en su dimensión corporal.

En esos momentos y otros de excesiva reserva, fue cuando noté algo extraño en el semblante de Alexey, ¿embriagado por el encanto hacia Carmen imposible de ser definido? Ella había abandonado los signos de lo sensual en lo cual, entreverado en su rostro, dibujaría el abandono discreto de lo erótico. Ante la presencia allí de Laurita entre el grupito de varones, ella carecía de los impulsos sensuales de la coquetería. Laurita, quien pudiese ser la novia no declarada de Alexey en los actos de recogimiento hacia él para no hacer tangible su posible secreto, era amable e introvertida, y alguien la señalaba de santurrona; lo más conveniente para un muchacho como él.

Laurita era el ejemplo representativo e importante para Alexey según los escasos amigos.

En las posteriores ocasiones menos frecuentes e que me visitaba, Alexey no hablaba casi nada y mucho menos acerca de él, y a pesar de todo nos habíamos creado una hermosa amistad.

Tras el encuentro de Carmen con Alexey en mi casa, la primera y única vez, ella frecuentaba, no sin cierta mesura, la compañía de muchachas y muchachos en la terraza aledaña del Teatro La Caridad algunas tardes casi al anochecer.

Nunca la había visto acompañada de Alexey, hecho imposible entre los dos, al parecer; y se paseaba con jovencitos de porte bohemio y farandulero, en cualquier momento o lugar. Siempre Carmen parecía desinteresada en ellos.

Algunos que la conocían declaraban «Es mejor tener a Carmen de amiga y no de enemiga», pero aquello en el decurso del tiempo parecía haberse borrado de la mente de los demás, lo mismo que sus antiguas mañas para introducirse en los despachos de los dirigentes, como era usual en su hermético carácter recién adquirido con fines ocultos, y nadie era capaz de adivinar en cuáles asuntos ella estaba.

Recuerdo intrigado las razones por las cuales Carmen salía de aquella casita con fachada de color amarillo. Al abandonarla, a veces su expresión facial era poblada por el desagradable gesto de la derrota; otras, demostraba marcadas alegrías en los ecos de sus pasos firmes ya al perderse entre las calles.

Ante esta secuela de mi Teatro Mágico, algunos que ya habían visto la primera están sentados ante el pequeño estrado en la sala de mi casa. Un estrado que, de una manera mágica, se ensancha como a sorbos y después regresa a su estado normal. ¿Sorprendente, no?

CARMEN: La amiga o novia de Alexey, Laurita, es una hermosa muchacha de cabello negro, largo, y de ojos azules, con un cuerpecito bien formado y labios rojos y pulposos. Bajita, de prominentes senos como sus piernas, muslos, a todos los hombres atrae. Sí, mi supuesta rival, de cintura breve y prominente trasero, me deja fuera de combate. Sus amplias caderas rematan la perfecta belleza. ¡Qué desgracia la mía, ¿quién le gana a ella la pelea?!

12

CARMEN: Estos ensayos con el público presente por momentos, cual si fuese un preestreno o la definitiva presentación, a veces con ensayo carentes de público, o no, todo me atolondra y me sumerjo en el hueco de una falsedad y de una mentira como todo arte lo es.

Por primera vez esto me sucede junto a Alexey y no lo sé explicar, y el imaginarme unida a su abrazo nos asocia a la imagen fugaz e involuntaria al cruzar a través de la mente de los amantes cuando se encuentran, cuando el instante en el cual se gozan desciende el momento en que mueren como si fuésemos un pensamiento secreto, aunque Alexey no lo sabe, aún participando en el argumento de esta obra escénica.

Ella y yo paseamos por el patio, ya que los ensayos han cesado debido a ciertos ajustes técnicos propuestos por el asistente de dirección, y Carmen parece abierta hacia lo invisible, hacia lo incomunicable, al dejar de lado la realidad, aunque ella ha logrado penetrar por ese fino hilo en el cual las márgenes desaparecen hasta alcanzar el verdadero punto de no expansión, al final de una extraña luz salida de lo más recóndito de aquella mujer enamorada, como quien intenta huir de la muerte arrebujada en los resquicios de un sueño soñado despierto.

Escúchenme bien, amigos: cuando las luces vayan languideciendo en la sala de proyección de la casa, contemplarán una de las obras maestras de la historia del cine que jamás olvidarán: *El diario de un cura rural.*

Aunque no lo daba a conocer, Edith estaba algo celosa de Carmen Ruiz en cada una de sus visitas en la casa. En alguno de sus problemas, Carmen venía corriendo hacia mí, aunque al final de su conversación a veces nadie le podía entender.

Quizás Edith no sentía verdaderos celos de esa amistad con Carmen, y nunca se quejó de ello, aunque colocaba el humor que tanto le caracterizaba, y jamás mostraba mala cara al entrar a la casa aquella mujerona atrayente, a quien Edith recibía con la elegancia adecuada a la compañía elegida por mí hacía ya doce años.

Carmen continuaba saliendo con hombres recién conocidos, de quienes después se burlaba, aunque fuese cosa de compartir con ellos breves intervalos de tiempo.

Alexey se ocupaba de sus propios quehaceres, sobre todo cuando se trataba de compartir con Laurita, y la muchacha al parecer amaba con devoción y ternura a quien con ella se portaba bien, y el equilibrio sentimental de los dos parecía perfecto y nadie lo podía dudar.

La espiritista Ramona ha llegado a mi casa y estoy, en esos momentos, solo.

—Veo cierta obscuridad en tu inmediato futuro. Edith tiene dudas acerca de ti y de lo que siente por ese hombre bueno, hallado de casualidad en uno de sus largos días transcurridos en La Habana.

Y al mirarme a los ojos no sin cierta alarma, Ramona continúa:

—También existen irregularidades entre tus amistades que te preocupan en grado sumo.

Sin esperarlo, alguien llama a la puerta y Carmen aparece. Al verla Ramona, su rostro ha palidecido, y sin perder tiempo se sienta al lado de la reciente visita y le susurra:

—Vas a hacer sufrir a Jorge con uno de esos sufrimientos que se arrastran toda la vida... Cuídate de ti misma, pero ese ser en quien tanto piensas se aburrirá de ti y te dejará, y luego, estarás ya más vieja que ahora. Pero cuídate, cuídate de poner tanta pasión en ese hombre de quien jamás conocerás lo que piensa, porque ni él mismo sabe cuáles son sus pensamientos y mucho menos quién en realidad es él.

Al terminar en su aparte con Carmen en la saleta, después de invocar la ayuda de los muertos, sentencia ante los dos la aparición de mortales enfermedades con las cuales muchos van a ser los afectados.

13

Uno de mis amigos en la policía advierte que el mayor índice de criminalidad ahora está en Santa Clara.

¿De dónde salen tales delincuentes borrachos, drogados y fuera de la ley?

Y si Carmen estuviera en peligro, ¿podría salvarla?

Tanto Edith como yo hemos sido amenazados de muerte por parte de jóvenes desconocidos que exigen de nosotros el regalo de divisas, como si eso fuera lo más normal en la vida, pero a nadie parece interesarle el asunto.

—¡Ojalá no vuelva a ver, ni de lejos o ante mí, a Alexey! —le pide Carmen a los santos—. Ese chiquillo de mierda, nada bueno sale de él, aunque, a decir verdad, ninguno de los hombres con quienes he estado en la cama, toman una forma como a cualquier mujer le gustaría.

»Sin habernos tocado siquiera, en Alexey brota el eco salvaje, una fuerza superior que, de haberla probado en la intimidad, me hundiría en la peor de las desgracias. Hay entre él y yo un anhelo de perfección capaz de darme miedo, por eso es mejor que desaparezca de una vez y por todas, o tenerlo cerca, porque tampoco deseo verlo de lejos, solo, o acompañado por alguna perica... No me entiende. Estoy confundida. He probado hombres cariñosos y consecuentes, pero nada más.

Jorge sigue siendo mi paño de lágrimas, ¡qué buen amigo tengo en él!, y me recomienda:

—Mira, Carmencita, sigue luchando por lo tuyo sin dejar de respirar... Estoy seguro, y no quiero equivocarme, ese Alexey no sabe cuánto te ama, y si se pierde de tu vista se debe al conflicto ante la nueva realidad ante él, que lo confunde. Paciencia, mi amiga, y cada nuevo día necesita esa paciencia tuya que es la base de alcanzar cuanto nos parece imposible. Tú eres una mujer preparada para vivir, tienes cultura, y en el fondo nadie ha podido dar con una gran mujer en ti, solo te ven como la puta loca que va a la deriva por ahí.... Así te ven los demás, pero yo no.

Jorge, aunque no parece que el tiempo ha pasado junto a ti, tienes la sabiduría y experiencia necesarias, y por eso me gusta hablar siempre contigo.

—Mira, Carmen —me dice —, óyeme bien: cuando alguien como ese muchacho despierte en tu alma el amor, cuídalo con amor, lo demás es locura y lo irracional. Somos animales pensantes y eso es nuestro tesoro... Manda la tristeza al carajo y sonríe, sonríe siempre ante las dificultades. La sonrisa es una ventana en lo alto, en la conjunción de todos los astros abiertos a lo profundo, a lo inconmensurable, y al conjunto de todos ellos puedo sentir la llamada de aquellas tareas que se deben siempre recordar; el Club Revolucionario Juan Bruno Zayas, y el concerniente a las mujeres patriotas reunidas en el Club Hermanas de Juan Bruno Zayas y el insigne Leoncio Vidal y Caro, y las cartas de José Martí y de Máximo Gómez guardadas celosamente por mi tía abuela Ángela, última sobreviviente entonces del mencionado Club, y la lucha contra el dictador Gerardo Machado en la seudorrepública y luego, el enfrentamiento a los sicarios de Fulgencio Batista y de esos tres jóvenes que perdieron la vida con honor y valentía, «Chiqui» Gómez-Lubián Urioste, Julio Pino Machado, Juan Oscar Alvarado Miranda y muchos, muchos más, aquí en Santa Clara y en toda Cuba.

¿Qué podré hacer yo para honrar a Dios, a quienes dieron su vida por un mundo soñado y luchado?

Y el humo de las piras en la cuales quemaban los cadáveres en los tiempos de Aquiles y Patroclo, cuando se cantaban en la lira las historias de aquellos héroes.

Aquiles, el más valiente de todos los reyes griegos, hace más de dos mil quinientos años, cuando se levantaron con leños una gran pira para quemar el cuerpo de Patroclo, a quien habían llevado a la pira en procesión y cada guerrero se cortó una guedeja de sus cabellos y lo puso sobre el cadáver; y mataron y sacrificaron cuatro caballos de guerra y dos perros; y Aquiles mató con su mano los doce prisioneros y los echó a la pira: y el cadáver de Héctor lo dejaron a un lado como un perro muerto; y quemaron a Patroclo, enfriaron con vino las cenizas y las pusieron en una urna de oro, y sobre la urna echaron tierra hasta que fue como un monte...

¡Un monte!

¡Un monte!

14

De nuevo a solas con ella, Carmen me había dicho varias veces:

—Tan animoso conmigo como había sido Alexey en el par de años de habernos conocido, ahora se desaparece en otras de sus ocupaciones y deberes, pero si en realidad me tiene, aunque sea de amiga, debería recurrir a mí en cualesquiera de los difíciles momentos por los cuales atraviesa… Lo que más recuerdo de su persona son sus labios rojos y algo pulposos al sonreír, y sus tiernos ojitos que me hablan sin pronunciar palabra alguna. ¡Cómo me miraban! Ahora cada día se aleja más y más… ¿Sabré el día de mañana las verdades por las cuales Alexey fue caminando alguna vez hacia mí muy despacio y alerta, pero como si me temiera, como si él mismo a la vez también se temiera con respecto a mí? En aquellos primeros momentos de nuestra amistad, los regalos para mí llovían de sus manos. Ahora, estoy al cortarme las venas. Quisiera morir, descansar para siempre, ¡qué mal me siento! Ya nada es igual de él hacia mí… Jorge, ¿qué debo hacer?, no puedo más, ¡no puedo más!

Edith, callada y sin saber qué hacer ha recibido de nuevo en algún lugar de Santa Clara a ese señor de La Habana, pero ahora él la conmina a verse en un par de horas en la terminal de ómnibus, para acabar de irse con él, y no puede esperar ni un minuto más.

—Si ves que no regreso a esta casa, no me esperes nunca más, y te aviso para que estés preparado. Me da tanta pena con ese hombre tan solitario como tú, pero me acogió en su bello apartamento como nadie lo había hecho, excepto tú en esta casa, y a él le estoy muy pero muy agradecida.

Y duda.

—Me siento culpable al dudar —admite—. Me siento culpable, Jorge, al ofrecerle tanta esperanza, pero cuando pone sus ojos dentro de los míos, me recuerda a uno de mis perros más amados, no: el que más amé, muerto, arrollado por un camión en plena carretera, y cerca de mi casa.

—Haz lo que quieras, Edith, piensa lo que sea mejor para ti.

Me despido de ella. Ahora voy a caminar por las calles y luego vendré por si acaso regresara.

Las calles emanan paz y todo lo envuelve mientras languidece la tarde. A punto de llegar la noche hablo conmigo mismo, sí, tras la noche brillará el nuevo día siempre, que es lo mejor.

Voy a esperar la mañana, cuando todo lo veré con mayor claridad: si es que Edith se empeña en prolongar su decisión, o si regresa.

Mañana.

Después de todo, mañana será otro día.

Epílogo

ARMEN RUIZ: *¡Qué personaje tan poco edificante tuve para mí, querido público y amigos! Ese marido de aspecto tan desagradable es el padrastro de Alexey. Puerco. Vulgar. Falta de decoro al vestir, y la madre de Alexey le daba a él todo el dinero obtenido por ella a través de sus amantes, y ese hombre cincuentón y obsceno, asqueroso, pretencioso, aparentando ser lo que no es... (pausa). Y mi cuerpo ante el espejo de la casa de Jorge, tan milagroso, o en el de mi casa, y ante él me desvisto. ¿La desnudez de mi cuerpo propiciará la curación definitiva de este mal? Me cubriré solo con un lienzo blanco de lino para descansar un instante, apoyada sobre este féretro donde se posa mi mano derecha sobre el borde, de modo que mi peso caiga sobre él, y, levantaré mi brazo izquierdo como si estuviese haciendo una ofrenda al cielo. Ha sido una buena idea de Jorge traer este féretro de utilería, el cual sirvió para la representación de esa obra fantástica en que los muertos cobran vida en el escenario. De esa manera he cumplido perfectamente la función a la que me han destinado... (pausa). Lo que nos esperaba más allá del monte, en el tiempo futuro, hace más llevadera mi tragedia amorosa, aunque es mucho mejor para mí vivir en el corazón del hombre amado, alejada del mundo... Para recordarlo, ha sido preciso que nos tomemos las manos, y esto le hubiera dado a la experiencia, nuestra experiencia, la concreción que tienen las cosas cuando acontecen tal y como deben acontecer en la imaginación de la gente...*

¡Qué bueno! Para ser verdaderos, es preciso que seamos tal y como nos imaginan los desconocidos...

ACTOR: *La triste historia de nuestros antecesores concluye con las palabras de Ernesto Suárez. Escúchenlas, ya que les hemos presentado, con casi todo el elenco, la historia que todos debemos conocer.*

ERNESTO: *Han pasado los siglos, y todavía al mediar la noche, cuando la luna ilumina aquellos montes y aquellas lomas, es fama que se ve aparecer sobre Peña Blanca la silueta indecisa de un indio que, llevando en sus manos flores y ramas, penetra en el interior de la cueva, que aún existe, y llega hasta la tumba de Cubanacán y de su hermosa compañera Caonabá, depositando sobre la gran piedra esas sencillas ofrendas. Luego sale y se* encamina hacia la ciudad, para borrarse su sombra en la penumbra de las calles solitarias que se extienden en el mismo sitio donde un día se alzara orgullosa la comarca de Cubanacán...

Y el público aplaude como un beso prolongado a la piel dolida de la memoria de quienes aquí vivimos en esta tierra amada, y por eso ofrezco un poco de mi vida, por un poco de tu muerte, ¡oh, pasado glorioso!, y si los recuerdos fueran sangre y células nuevas a la ternura, la ternura bastaría.

Y de esa manera comienza de nuevo el dolor. Con mi beso se fueron los restos de mi infancia y las leyendas y tradiciones que me acunaron desde muy pequeño a través de las voces familiares de esta casa, pero en mis labios quedarán el asombro y la ausencia como un llanto, como un suspiro. Y por ello soy el habitante habitual de mis oníricas regiones que descubro de reojo, a mi espalda, y adivino tu presencia, Edith, como fuente indisoluble de hallar en ti el resumen de todos mis amores.

De repente adivino tu presencia, cruzas los umbrales y ventanas y la inerme membrana de mi párpado, y me respondes que te has adueñado de ese espacio que es mío y con voces lejanas me invitas al abrazo sensual y llego a ti... (Se ilumina toda la sala. Ha llegado el intermedio de esta obra).

El final de la primera parte de mi Teatro Mágico parece darme un beso de despedida. ¿Sería necesario continuar hasta el infinito esta representación?

Mis ojos se humedecen.

Tonos grises caen del aire que cruza lejano sobre mi patio, ahora colmado por los asistentes, y acude el frío, ya que el otoño es una carta que viene desde lejos, que viste de vejez prematura las plantas del cantero y las de las macetas colgantes y las que se apegan a las paredes con la ayuda de los implementos metálicos ornamentados por exuberantes volutas, en esta ciudad que es menos mía que si tú estuvieras, que si al menos supiera tu ubicación en estos momentos dentro de la casa.

Y esta ciudad que es menos cierta, menos blanca, menos todo, que si tú estuvieras, Edith...

JORGE: ¿Qué estará planificando ahora esa atolondrada mujer?

CARMEN: Nada en particular. Nunca me han gustado tanto los jovencitos. Ellos van más allá de Robertico, ese hombre maduro cuyo carácter es lo más conveniente para mí. A veces, por asuntos del sobrevivir, está *afectando nuestro amor verdadero como a casi todo el mundo le sucede. Mal de muchos consuelo de todos no, de tontos. A pesar de sus idas y venidas a esta ciudad, es lo único firme para mi vida, y eso es cuanto necesito; lo demás, son amoríos que a mis años pesan sobre mi espalda y eso no va ni llega a ninguna parte. Debo ser consecuente con mi edad para elegir a ese matancero firme, decidido, porque lo demás fastidia mi vida. El subdesarrollo mental aún está dondequiera menos a su lado. ¡Lo necesito tanto! Hay hombres mayores tan semejantes a los jovencitos que dan asco, con mentalidades inmaduras, temerosas, arcaicas, capaces de aplastarlos junto a sus prejuicios y a la falta de cultura de la vida y del amor, y siento a veces que, por razones obscuras, Robertico quizás esté tan ocupado al enfrentar la realidad, que me da miedo, y pienso que de un momento a otro me dejará sola, desamparada, y por eso no me resigno a perderlo.*

Se me acerca un recuerdo inesperado: mi último encuentro en el bulevar con Esther, mucho antes de su inexplicable suicidio, y cómo descubrí casualmente entonces el haberle puesto ella a su pequeño hijo mi nombre, como para insertarlo en su familia. Jorgito, Jorgito, Jorgito, ¡qué casualidad, a los escasos días de haber recibido la noticia de su suicidio!

—Carmen, ¿qué estás ahora maquinando en tu atolondrado cerebro?

—Nada de partícular, excepto la noticia capaz de golpearme al saber que Alexey, tan tímido y atrevido en exceso otras veces cuando le conviene, amaba a otra mujer, lo cual me hizo dilucidar que todo cuanto dice él es mentira. Sí, porque Alexey acostumbra a esconder los verdaderos sentimientos respecto a su vida íntima por ser demasiado introvertido y cobarde, de esa manera no sabemos lo que piensa al no dejar a un lado la vergüenza de hablar claro, y su verdad es como un misterio al andar por un laberinto donde él se pierde. No acabo de comprenderlo y de comprenderme y no sé qué debo hacer.

—El día de mañana, o mañana mismo, podrás dilucidar por ti misma lo que debes hacer... Recuerdo de nuevo cuando mi padre me aconsejaba: «no hay nada más socorrido que un día tras otro»... Ahora veo cuánta razón tenía él. La vida es así. Debes esperar, el tiempo nos trae la respuesta. No luches hundida en tu desasosiego y ojalá seas quien obra con cordura ante tales incómodas circunstancias. Deja pasar el tiempo, Carmen, déjalo pasar y así estarás más tranquila.

—No estoy hecha para esperar nada. No te afanes en hacerme cambiar.

—Deja correr el tiempo, Carmen, cada cual tiene difíciles problemas. A nuestras manos, la definición esperada puede llegar alguna vez para salvarnos…

Una vez terminada la conversación con Carmen Ruiz en une de los portales que rodeaban el parque, me había ido solo a pasear por la calle Marta Abreu, cercana a la calle donde años atrás se formara, en una de las noches de Santa Clara, una ridícula pelea de vecinos por culpa de la mujer de un hombre que tenía otra pareja: un homosexual residente en el poblado de Fomento.

Es la encrucijada del silencio quien abre sus ojos hacia las sombras poéticas donde los espejos del silencio replican ante mi asombro.

Se repiten, sí, hacia lo desconocido, y entonces, el dolor de los demás escudriñará cuanta vida consciente tengo a mi alrededor.

¿Es mi casa ahora un monte que no para de mirarme? Parece ser el aviso que no quiero recordar; el suicidio de Esther hacía ya tantos años después de nuestro último encuentro en el bulevar.

Esther y yo compartíamos el silencio de los domingos en la misa de la Iglesia del Carmen, cercana al monumento de las familias llegadas de Remedios para establecerse en los entresijos de mi perdida memoria. Me niego a mirar uno de los espejos diseminados en el aire para no conocer la respuesta. Ahora no podría soportarlo. Los vericuetos de la vida quedan quietos, como si la vida fuese el transporte obligado que me llega y abandona la esperanza de lo necesario para regresar a mis raíces.

¡Me niego a enfrentarme al muro donde todas las esperanzas se revuelcan con el fin de darle vida a mi memoria!

Recordar, recordar, ¡vaya receptáculo imposible a estas horas!

El Tiempo se agacha tras mi espalda. No puedo soportar el peso de tantos días en el Tiempo.

Mi tímida sonrisa resulta ser una experiencia demasiado riesgosa.

Desde el cielo la luna, es algo seguro, acaba de abandonar el patio de mi casa, y se riega por doquier como veneno de muerte.

Me veo subir una escalera cuyo comienzo y final resultan reflejos imposibles, mientras el aire sopla débil, porque el aire es el derecho aquí del resplandor apagado por la circulación de mis venas liberadas de mi cuerpo, y parecen inscribirse en cada uno de mis fracasos... ¡Qué dura está la vida! Debo caminar por los pasillos de la vida que aún no conozco.

Señor, muéstrame el espejo adecuado dentro de mí, aunque sea para disfrutar de una seña diminuta de tu Gloria.

¡Muéstrame ese espejo, Señor!

Andrés y la sonata de la tarde

A la memoria de Chiqui Gómez-Lubián Urioste.
A la memoria de Juan Oscar Alvarado Miranda

«...la música es una muerta loca loca
que se atreve a saltar de su sepulcro...».

TRISTÁN DE JESÚS MEDINA: «Mozart ensayando su requiem»

1

El hombre, desde el balcón, oye el crepitar de la tarde sobre los tejados.

La gente cruza por la calle bajo él. Parecen insectos gigantes, insaciables, de prisa, de un lado para otro.

Inmóvil, como este paisaje, como estas cosas que nunca se van a mover, piensa indiferente. Inmóvil, fracasado, con un hijo ingrato a cuestas...

Un señor de buen comer pasa con los brazos repletos de mandados. Había salido de la bodega de la esquina, donde a veces se reunían algunos vecinos a entrelazar la simpleza de sus conversaciones, en aquellos días al comienzo de los años cincuenta del pasado siglo veinte.

Una joven ceñida por un vestido blanco cruza la calle. Sus formas laten bajo la tela como si lanzaran hacia el balcón un aviso de sardinas.

Desde arriba el hombre la ve. Suspira. «El valor que a menudo tenía, se me ha ido», murmura, y piensa en el rumor de un próximo despido que, amenazante, le han confiado los amigos del banco. «Porque, Manolo, ya te estás poniendo viejo y no funcionas bien, compadre, has perdido facultades y la dirección ya no es un traje que a tus años te sirva... Cuando te boten, mejor te vas para la casa. Ya estás muy mayor para hacer papelazos...»

Y decide ver a Zoraida, para quien a esas horas la visita de alguien como él será bien recibida.

Revisa su billetera y sale de la casa.

2

La casa está tibia aún de alguien que desordenó la cama.

—En esta casa siempre eres bien recibido, Manolo.

Zoraida, con olor a perfume bajo la abierta bata de casa transparente, no representa una próxima subida a los cuarenta años.

—El otro día vino a verme un jovencito y le dije que no volviera... Era uno de esos revoltosos que en un futuro se buscarán serios problemas con Batista... No quiero ese tipo de gente en mi casa.

Siempre habían iniciado la conversación de la misma manera: él no podía venir por las responsabilidades de su trabajo, y ella apenas salía,

406

porque sus amigos veían un futuro impreciso en el mundo de los negocios y se marchaban hacia los Estados Unidos.

Manuel ya no le traía regalos tan costosos como antes, y Zoraida, husmeando un futuro de fracasos en la carrera del amigo, regateaba sus caricias, aunque, a fin de cuentas, no era capaz de rechazarlas.

Él le acaricia las caderas, la mira con recelo.

—Menos mal que tú eres una gente de bien que no se mete en nada. Figúrate, no quiero líos con los del SIM. A veces vienen algunos, hacen preguntas, y luego se tumban conmigo en la cama; claro, si están como a mí me gustan.

Él la besa impaciente, busca aún sus carnes firmes.

—Toma, compra una botella de Felipe Segundo y...

Zoraida, antes de vestirse para salir al encargo, enciende la radio. Un bolero de moda acaricia sus ojos. Y sonríe.

—Te gusta lo bueno, cabrón, lo demás que se vaya a la mierda.

3

Andrés y Mirta y su madre, asistieron a la fiesta de quince de Susana, la novia de Jorge Ramos, en una de las modernas y pretenciosas casas de la Doble Vía.

La orquesta intercalaba desde la terraza tandas danzoneras entre clásicas piezas del repertorio popular norteamericano, y las señoras que acompañaban a sus hijas, sentadas en los bordes del salón de baile, se acomodaban en sillas cuyos respaldos tocaban sigilosos las paredes, hablando de niños y de bodas y de enfermedades, y de quienes no se casaban...

La madre de Anitica, una de las amigas de Andrés, alardeaba sin cesar acerca del distinguido colegio religioso donde su hija cursaba, desde hacía unos meses, exitosamente, sus estudios, antes del ingreso, allá también, a una de las universidades de mayor prestigio en los Estados Unidos.

Todo era distinción de pacotilla, como él decía, y conversaciones insulsas y pretenciosas, altisonantes...

Era una realidad para cambiar urgentemente. La realidad de un país pobre, falto de justicia e Igualdad, plagado de ladrones, de pícaros y politiqueros querendones y buscavidas.

Al hallar a Jorge Ramos bajando cauteloso del piso superior, el de los dormitorios, en aquel contexto arquitectónico de referencias norteamericanas, donde la nueva burguesía, que abandonara las tradicionales y céntricas casas de la ciudad, solía apertrecharse sin ambages entre lujos y costumbres de última hora, se acerca a él al pie de los escalones.

Su amigo le entregó, sin esperarlo, un mazo de cartas ceñidas por una cinta de color rosa, y con la prisa de quien no espera la orden de fusilamiento de un pelotón presto a disparar, le dijo a Andrés:

—Desaparece estas cartas mías a Susana ¡y rápido!, porque hoy y aquí mismo voy a terminar esta relación, impuesta por la sagrada decisión de dos familias…

<h1 style="text-align:center">4</h1>

(Después del puñetero golpe de estado, se agrava ese progresivo retroceso que parece un empellón sordo que nos han dado en las espaldas… Ante tal agresión hay que continuar con la protesta. Todos, de cara al suelo, sentimos el latir de la tierra en nuestra frente que mucho más se habrá de levantar… ¿A quién puede pasarle inadvertido que nos han colgado sobre un abismo sin fondo, sobre un vacío cuyo final no se puede ver? Y mi madre jamás regresará a esta casa, a nosotros, o preferentemente, a mi padre… Ya no me cuesta ese dolor. Ya no me cuesta nada porque a mis años me siento viejo, muy viejo, y por supuesto, ni sabio ni con la experiencia de mi padre… Dieciséis… o diecisiete años… o dieciocho… ya ni sé cuántos tengo, y a veces pienso, «mi mente va a estallar», y entro al cine cuando ponen una buena película… Anuncian ya otra reposición de *Ana Karenina* por Greta Garbo; nada del otro mundo, me imagino, pero cuando conocí por sus libros a las escrituras más representativas de la literatura mundial, me dije satisfecho: «ya no estoy solo», y la gran consolidación del *cinemascope* no es, al menos para mí, la mejor compañía… Agradable compañía resulta la de Jorge Ramos, con menos años que yo. Es un muchachito inteligente a quien los de mi edad rechazan, no le hacen caso, porque dicen «¿quién va a ocuparse de un mocoso a nuestros años?»… El abuelo de Jorge, su familia, y en esa casa, todos me quieren como a uno de ellos, sobre todo después del divorcio de mis padres, de la huida de mi madre a casa de una prima en La Habana, podrida en dinero, la cual frecuenta los salones exclusivos de «la buena sociedad», como siempre ella solía decir…).

(Y al instante, y como si nada hubiera sucedido, descaradamente y con una sonrisa en los labios, Jorge se movía entre los invitados inmersos en los peculiares aromas de la ensalada de pollo, de los cigarrillos Camel y de los muebles con recientes capas del nuevo paso del barniz, mezclados todos a los perfumes más exclusivos del momento.

Ese olor familiar, tan americano, lo hizo sonreír, al ver a Andrés tomar la puerta de cristal hacia el jardín con el encargo simulado, y apresurado por lanzarlo más allá de las cercas de la casa hacia un vertedero de desechos sobre las malezas de la propiedad colindante, no sin antes asegurarse de que jamás iban allí a delatar la presencia de esas cartas bajo la furia de las lluvias torrenciales y la llegada de nuevos restos que engrosarían aquella montaña de basura.

Al volver a la sala, la fuga desordenada de los presentes lo sorprendió, y al averiguar las causas de aquella desbandada, una muchacha, al ver su asombro, le espetó con espanto: «¡Ay hijo, esto es lo más grande, lo más grande… figúrate, llegó la noticia del desembarco de Fidel en Oriente y estoy atacada, atacadísima yo, que como ya me priva tu amigo Jorge Ramos y nos íbamos a hacer novios en esta fiesta, no sé qué hacer, si llegar hacia él o irme con mis padres a trancarme en la casa!»).

5

El ruidoso e inesperado romance de Jorge Ramos con una «mujer de la vida», suceso que en otros momentos hubiese sido el eje de todos los maliciosos comentarios rodando por la ciudad, ahora, con los últimos acontecimientos ocurridos en La Habana, la explosión de bombas y petardos y las protestas, en las calles, de los estudiantes en contra del gobierno, quedó relegado a un segundo plano.

Y Andrés, comprensivo e independiente como siempre solía ser, le dijo al visitarlo en su cuarto:

—Esas cosas tuyas son inmadureces de muchacho malcriado que intenta chocar, independizarse de su familia… No es más que eso, un capricho…

Cuando hablaban, no tenían hora fija para terminar la conversación.

A veces invitaban a Andrés a quedarse a almorzar o a comer, y esto no era un motivo de preocupación para nadie, pues en esa casa siempre había sillas dispuestas en la mesa para inesperados comensales.

—Si estoy con una chiquita, solo miro para ella; las restantes no me importan —le contestó Jorge—. Igual sería si me dedicara a aprender a tocar un instrumento musical; no lo iba a dejar por otro por nada del mundo… Un encuentro así es obra del destino, como cuando descubrimos una frase en un libro que nos cautiva, porque, sin haberla visto antes, ya la sentíamos dentro de nosotros desde siempre.

—Sí, igual que si la mirásemos reflejada en nuestro interior, escrita allí, en la superficie de ese espejo hace años.

Para Jorge Ramos, hablar con ese amigo, que siendo él un niño más pequeño lo defendiera del abuso agresivo de otros, era todo un acontecimiento.

Andrés, cuya natural cortesía para con todos, y en especial con las mujeres, hacía sus visitas en compañía de un algo agradable, que los demás apreciaban al verlo llegar.

—No dejo de pensar en Silvia ni un instante… Ay, Andrés, el amor y la amistad son dos cosas muy valiosas con las cuales nos sentimos vivos, tan vivos… ¿no lo crees?

—Eso es verdad… Mi padre tuvo amigos que prestaban dinero o cosas materiales de valor, con la única garantía de recibir de los otros una palabra de honor con la cual se aseguraba la devolución de lo prestado… No se dudaba de esa palabra y las cosas eran así… Hoy, ya el mundo cambia, y va de mal en peor… Si tratas con amor a un asesino, es posible ver en él un cambio positivo… El amor es una fuerza muy grande pero ya escasea… Antes, según mi abuela, sí se amaba… ¿A dónde iremos a parar? Y con Batista en el poder, la situación se ha puesto difícil, y la lucha…

—Cualquier ayuda que de mi necesites en ese aspecto, cuenta conmigo… puedo llevar y vender bonos del veintiséis de julio, dar recados… En fin…

—Lo sé, lo sé, Jorgito, pero cuido más tu vida que la mía. Soy egoísta con mis mejores cariños y no quiero verte involucrado en el peligro ni de lejos… Y en tu caso, solo yo sé de tu identificación con mis ideas, y lo más interesante de ello es el hecho de saberlo yo nada más, porque, sin hacer alardes, tus acciones más sencillas, siempre, han sido consecuentes con esos principios de renovación, con esa inconformidad tuya y esa indiferencia ante la vanidad, el orgullo, la prepotencia, los privilegios y el amor a esta tierra que no tienen muchos… Tu sencillez es digna de admiración, y tu capacidad ante lo nuevo cuando es útil a la humanidad… Y amas la ciencia y la sabiduría y la cultura y la religión, entre otros valores indispensables en el alma de los mejores hombres…

6

Andrés sabía que, pese a su poca edad, su amigo preparaba la confección de una novela histórica sobre los hechos trascendentales del país, sobre todo, los de la actualidad.

Andrés sabía que él, sin lugar a duda, dada su estrecha relación con Jorge Ramos, iba a estar incluido en las páginas de esa novela, bajo los efectos de fascinación que provocaba a su amigo, por las ideas, la cultura, la actitud de su familia de involucrarse directamente desde el pasado en los destinos de Cuba, al igual la suya. Por eso, el mayor caudal de ideas para la creación de un argumento era la Historia, donde apareciesen, en un plano preponderante, el amor, la amistad y la sicología, acompañados de las intrigas, la envidia y las miserias humanas.

De la madre de Andrés muy poco se sabía. El padre apenas la mencionaba, y algo muy grave parecía gravitar entre ellos. Las relaciones entre padre e hijo iban de mal en peor. Y tampoco eran conocidas las causas de esa pared levantada entre los dos.

Andrés se desaparecía mucho tiempo de la casa, y su padre lo dejaba hacer sin preguntarle nada.

Vista desde lejos, aquella familia parecía un núcleo social en plena decadencia, aunque los mejores comentarios argumentaban que todo no era más que el resultado del proceso de la lucha clandestina a que se habían visto involucrados, debido al asesinato del hermano mayor de la madre de Andrés, descubierto en sus tareas revolucionarias.

Otros atribuían esa diáspora a los mezquinos asuntillos del padre, a la caza insaciable de nuevas ilusiones sentimentales con las cuales adornar el ríspido acontecer de una vida muelle y sin otras pretensiones que las de aprovechar a toda costa los beneficios de una posición económica y social de relativo esplendor.

Otros, señalaban a la madre como causa principal de ese caos silencioso que socavaba los cimientos afectivos de aquella casa, de la cual había huido para evitar la trama de celos y de dominio del marido, quien, debido a su visión austera e intransigente de la vida, había dado un golpe de gracia a la inestabilidad de caracteres incompatibles y en franco desamor.

Algunos opinaron de la fuga de la esposa era la forma ideal de poder alcanzar, mediante estudios y en una ciudad más abierta, menos campesina y de mayor evolución, el desarrollo espiritual, por medio de conocimientos nuevos y acordes a la mentalidad de las mujeres de otros países más avanzados, y de hacerse por sí misma de las claves del mejoramiento personal que desde su vida de soltera los padres asfixiaron, apoyándose en prejuicios y ataduras inconsecuentes, insulsas, que la encadenaron a esa rutina de ama de casa de buena posición en Santa Clara.

Sean las razones que fuesen, la gente siempre murmuraba, especulando según sus puntos de vista, o sus limitaciones, o su amplia visión de ver las cosas en un medio hostil, por momentos degradante e incivilizado, como, según algunos, sucedía en las más atrasadas aldeas de España.

7

Andrés no cesaba en la preparación del día feliz en el cual entrase al fin en la Universidad de La Habana.

Su novia le aseguraba éxitos y una vida mejor, pero Andrés no parecía conformarse con la mediocridad de los conformes. Aspiraba a algo de lo cual jamás a nadie hablaba, ni siquiera en el círculo de sus más íntimos afectos.

Alguien lo vio salir una noche de casa de Zoraida, y un amigo de confianza suyo aseguró que aquella visita solamente se debía al deseo de indagar el punto exacto de la relación del padre de Jorge con esa mujer, con la finalidad de preservar futuras catástrofes en la familia que tanto apreciaba.

Andrés defendía su andar solitario por las calles, donde solía mostrarse esquivo y con cara de pocos amigos, salvaguardando el raro silencio de sus pasos.

PALACIO PROVINCIAL

Se le veía a veces en los lugares más disímiles de la ciudad, sin que nadie acertara a saber el motivo de su presencia en sitios poco adecuados a su educación, a su moral y sanas costumbres.

Se reunía entonces con obreros humildes y «gente baja», según el decir de sus conocidos.

Por momentos practicaba el baloncesto en el «Tennis», pero nadie podía afirmar su profunda vocación hacia el deporte.

La natación, el tenis de mesa, el atletismo… eran disciplinas abandonadas casi al momento de llegar a ellas.

Su expediente de estudiante no era el mejor, aunque se propuso, con la ayuda de un grupo de condiscípulos, superarlo.

A veces disfrutaba de las fiestas familiares y de sociedad como un asistente más donde, dentro de ellas, su mente viajaba hacia desconocidos lugares, lejanos lugares inaccesibles a los demás.

Pudiera pensarse en ese compartir suyo con ellas como una forma más de agradar a su novia, quien, al él participar, lo veía flotando en un plano superior sobre esos otros seres anodinos y sin apellidos notables, sin relevancia, con aquellos tipos de «gente ripiera y de la pobreza», según el decir en su medio; aquellos infelices sin historia ni futuro, observados con malvada complacencia por quienes aspiraban llegar a ser honorables padres de familia y pertenecer a una minoría privilegiada, a quienes, por ser convencionales, e indudablemente, por ello mejores, todas las puertas se les abrirían para ascender al mundo del dinero, de la distinción, del profesionalismo y del éxito en los negocios.

En una de esas celebraciones, Andrés comentó con un amigo:

«Me preocupa esa admiración desmedida de Jorge Ramos por Zoraida… Desde que ha oído decir lo bien que ella canta y se acompaña en la guitarra con lo mejor de los boleros, y del éxito suyo al presentarse en cabarets y en las fiestas de los médicos y los profesionales notables de esta ciudad, no cesa en su interés de verla, de oírla, de conocerla y apreciar esa forma de decir las canciones, realmente notable por parte de esa intérprete, y de hablarle y compartir en su presencia la emoción suya por todo cuanto la rodea, y hasta, según le han dicho, por el modo de vestir y andar por las calles… Para Jorge, es una diosa, un sueño contado por boca de sus más fieles seguidores, y no sabe lo enredadora y engañosa que es esa mujer… un verdadero peligro para los incautos y sanos como él… Ojalá no se encuentre nunca con ella… No quiero que le hagan daño a ese muchachito, mi hermanito a quien tanto afecto y cariño le tengo… No deben verse nunca ellos ni tener contactos entre sí…».

Últimamente Andrés no parecía sentirse bien en ningún lugar y nadie sabía la razón de la actitud de ese joven, a quien nada le faltaba.

<h1 style="text-align:center">8</h1>

Y el tiempo no se ha detenido. Ya falta poco para hacerlo rodar barranca abajo y vestido de harapos, sucio, viejo, hasta darle paso a otra opción que incida en el mejoramiento de vida de nuestras gentes.

¿Viviré, en estos días, algo así como el título de esa canción navideña *It is the Most Wonderful Time of the Year*? ¿Podré al menos ver el final de esta contienda? Pero no debo engañarme. La Muerte me ronda, y no cesaré hasta hundirme en sus entrañas de sombras, y deseo ver ese final. Y deseo que nuestra juventud cubana se apure, que se le sobran caminos para, entre otras muchas cosas, evitar el desalojo de nuestros campesinos por individuos faltos de vergüenza y humanidad. Los pobres guajiros ni siquiera pueden vivir con decoro en ese pedazo de la patria que es la tierra labrada con el sudor de sus frentes y la sangre de nuestros abuelos, porque ellos son nuestros hermanos y tienen como únicos alimentos las penas inmundas, las amarguras y los dolores que sufren día a día. ¿Es posible que existan seres capaces de ignorar la terrible miseria que llena de sombras los campos de Cuba? Quizás. Pero la juventud no debe, no se puede olvidar jamás de que «solo vienen a la vida los que traen consigo dignidad y honor, los otros no vienen, se van», y nosotros no nos vamos: venimos; y venimos a recoger los frutos que sembremos siendo jóvenes, y a encender con dignas acciones los tétricos deshechos hogares de nuestros guajiros. Por eso, tenemos la obligación de convertirnos en fervientes combatientes de esas injusticias, pues es siempre preferible «el bien de muchos a la opulencia de pocos». Miremos hacia el frente y esperemos a que las palmas comiencen a batirse con el viento, y los bohíos a encumbrarse como palacetes; que entonces, entonces habrá llegado el momento de levantar la antorcha para iluminar las lágrimas derramadas por nuestros esclavizados hermanos y de recoger esas lágrimas en el sangrante pecho de la juventud cubana. Que Dios nos ayude a todos, que ayude a este humilde y miserable servidor a divulgar estas palabras mal miradas por quienes nos gobiernan, porque ellas jamás serán de su agrado. Sencillas, sentidas palabras de alguien dotado para influir con ellas y otras a mis semejantes, para hacer lo grande, de esa facilidad de convencer o de guiar a los demás; aunque mucho me falta para acercarme a lo grande, y solo con mis modestos aportes a la lucha, inevitable a pesar de quien ya la enarbola. Es siempre mejor el mundo de las ideas tan en franca oposición al de la acción y la violencia. Y ahora deseo esa violencia necesaria que constituirá el único camino para no hundirnos en la nada, en la miseria egoísta producto de la inacción, del conformismo, del miedo, de las indecisiones. Y no bastan estas palabras mías. No basta dar a conocer las buenas intenciones de esas palabras, porque se perderían en el viento. La lucha tiene la última palabra, y el triunfo ya viene caminando, pero... ¿cuándo, cuándo se hará realidad? Debo ser paciente, disciplinado, y esperar, luchar y esperar, no queda otro remedio. Luchar. Esperar...)

9

Su padre tampoco hoy había llegado a la hora del almuerzo.

Y Andrés pensó en sus habituales excusas...

«He tenido una inmensa cantidad de trabajo. El banco está patas arriba con esta situación insostenible...»

O acaso no dirá nada.

«Me gustaría oírlo teclear un poco en el piano. Cuando toca él, es como si la casa se llenara de estrellas, de nubes, de versos. ¡Qué lástima no haberme dedicado a estudiar en serio el piano! Es un caso parecido al de Jorge Ramos», se dijo, «Hay algo en los silencios de mis padres, algo extraño en ese irse tanto de mí... o de él...».

Luego pensó:

«Mi padre hoy me recuerda cuando yo era niño y tuvo él un serio problema. La cogió por no hablarnos a nadie en esta casa. Ahora actúa de una forma parecida... ¿Qué problemas enfrenta? ¿Qué problemas le impiden andar? ¿Qué problemas nos alejan tanto?».

Desde el balcón del apartamento, vio como en sus ojos se enfriaba la tarde. La tarde, como una fotografía intrascendente instalada en un álbum para no abrir jamás.

¡Ay, qué tardecita!

¿La tarde tenía las manos cruzadas sobre el pecho?

La tarde, ¿con aquel airecillo inocente?

La tarde, inmóvil alrededor, sube. Sin palabras. Sin señales…

La tarde, ¿la tarde que lucía enseñando entre mis ojos, lo que enfriaba sus ojos, la que atraía, la que hundía, la que se ahogaba en sus ojos?

¡Qué tardecita! Sin sombras. Sin luces fieles. Sin noticias…

¡Sin noticias!

«¿Pudo El Flaco cumplir con aquel encargo? Si a mí me lo hubiesen encomendado… El pobre, tan descomido, tan débil y a la vez tan fuerte».

Le resultaba esa espera de su padre como una puerta cerrada para la angustia del mundo.

Esa espera resultante de la Misión del Flaco…

La espera…

No estaba hecho para esperar nada, excepto el Día Final…

El Día Final del ajuste de cuentas.

¡Ese día!

En La Habana todo le resultaría mejor.

En La Habana.

Ya, a punto de irse y pensando en La Habana como algo lejano, inaccesible… La Habana…

10

La iglesia cercana se iluminó en la noche, rodeada de arbustos en los cuales él jamás se había fijado detenidamente.

Y se le encendían los vitrales.

Y se le prendían las púrpuras y los verdes cuando se abrieron las puertas de la nave, cuyo altar resplandeciente de cirios conducía a un camino de alfombras encarnadas.

«¿Habrá boda esta noche?», se preguntó sorprendido. «¿Quién se casará en una noche como esta? En fin, esta es una noche de tantas, la noche de un día cualquiera, de una tarde cualquiera…».

La noche se había vuelto de repente una mancha turbia a través del aire.

Alguien se acercaba con pasos lentos, cansados.

Alguien crispado de silencios.

Alguien abajo. En la calle.

Y reconoció el andar de su padre, que en los últimos tiempos se había hecho como de humo al fondo de una resignada lentitud.

«¿No he sido capaz de poner fin a esta marcha obscura entre los dos? ¿No habré sido capaz de romper con palabras esa marcha hacia un destierro inútil, interminable? ¿No he sido capaz de nada hasta ahora?».

Vio estremecerse la figura antes de llegar.

La vio indefensa, torpe, vencida.

«Hechas ya las maletas, solo me queda despedirme. ¿Despedirme, de quién, si hace tiempo nos hemos despedido los dos sin palabras? Al paso de unos minutos caminaré hacia el ómnibus, hacia una nueva vida a la cual temo y ansío a la vez, vida nueva para luchar mejor y para vivirla mejor, pero, ¡qué dura es la distancia, esa distancia de nuestras cosas, de nosotros mismos! ¡Qué dura es esa distancia! Mis padres solo serán sombras ausentes de nosotros mismos, taladradas por una espera infinita, por la espera de una sola palabra... ¡una palabra!».

Y lo oyó subir.

Y lo vio llegar a la modesta salita de aquella nueva casa.

Y lo vio perderse en sí mismo.

También pudo ver cómo se acercaba al piano, ¡al piano! ¿Acaso iría a tocar un himno para mancharlo de sombras? No había sido fácil la vida de dos hombres solos... No había sido fácil, creíble, posible... Nada había sido fácil, nada. Ni su presencia. Ni el olvido. Ni esta absurda despedida sin palabras.

Y fue de prisa hacia su cuarto a buscar las maletas.

11

(Ahora toca al piano algo conocido. Algo un poco triste. ¿Le había afectado recordar mi partida? ¿O no la había recordado? ¿No la habría recordado hasta este momento en que a la sala llego cargando la maleta? ¿Me había mirado de soslayo al salir del cuarto? ¿Me había mirado? Ya conozco ese mirar que no se ve, ese parecer estar en la nada. Quizás, en este instante, lo conozco mejor, es posible, cuando de espaldas a mí parece que riega palabras a su alrededor en la blandura de esas notas... Notas espléndidas, como filamentos vivos en una dimensión casi inalcanzable. Una dimensión de ternura y valor, de resignación y de lucha, de conocimiento y de olvido. ¿Forman parte del mundo imaginario de mi padre? ¿Un mundo que a otro perteneció y que ahora hace suyo, en ese piano que va trazando las líneas evanescentes del recuerdo de alguien al cual, al evocarlo y transportarlo a la vida, ya le pertenece, ya nos pertenece?

Y aún yo de pie voy mirándolo, de perfil, lo sigo con la vista hacia el sofá, donde se deja caer. Un sofá junto a la puerta del balcón donde toma el periódico y finge leer… ¡Ay, papá, ¿cuándo volveremos a vernos? Si cierran la Universidad, como se dice en voz baja, vendré otra vez a esta ciudad, a esta casa sin puertas de sonrisas. A esta casa que carga recuerdos aún por nacer. Esta casa gris, tan tenue y tan vacía. Sin ecos. Esta casa para decir algo intrascendente o para saber algo importante… Y entonces le pregunto:

—¿Tocabas a Chopin?

—No, era Ignacio Cervantes y su *Adiós a Cuba*, la obra del exilio y la nostalgia —dice, sin inmutarse.

Y recuerdo que, mientras ejecutaba esa obra, había podido vislumbrar, a través de sus notas pausadas, un dejo heroico, digno y viril, al igual que cuando contemplamos una de aquellas fotos panorámicas de la ciudad donde nos acercan sus torres, sus azoteas y parques, sus jardines, sus patios y rincones más ocultos que solo pueden verse tan dentro de uno… Y me suspendí sobre aquellas tardes de mi infancia, sentado en sus piernas cuando cantaba para mí «yényere monito de mamey, yényere monito de papel». Todo junto a nosotros era como un sueño compacto y armónico, inamovible y feliz, como un espacio eterno de tiempo congelado y lejos de las sombras de la noche aún por llegar… igual que ahora… Y aún la tarde persiste y la noche se demora, y las luces de la iglesia no se han encendido aún, y el tornasol de las nubes arroja sobre la cinta de plata de la calle una sombra alentadora de tarde eterna por encima de todas las tardes del mundo… Y mi padre me mira de repente en la fracción de un segundo, ¿o fue en realidad solo un segundo? Quizás, en la refulgencia de hacerme saber que había tocado el piano para mí, dejándome escuchar el fondo de esas notas que retratan de serena verdad todos sus pensamientos cosidos con hilos de oro a esta hora sutil, casi urgida de misterios…

Y, al volver a mirar aquel periódico cuyas letras se han marchado ya, sonríe, cierra los ojos y lanza un suspiro, de amargura o de satisfacción, y luego deja deprisa esos papeles para cerciorarse de cómo se aleja la tarde dentro de la noche callada que no espera, como espera él desde el balcón la huida del minuto intrascendente, como si eligiera dormir, dormir con los ojos bien abiertos hasta despertar más allá, donde comenzaría otra época).

Espectadores de las sombras

A Pedro de la Oz
A José Ángel Morejón
A Luis Orlando León
A Yamil Díaz Gómez
A mi familia
A mis amigos
A mis enemigos

«Feliz olvido, porque la memoria de mi obra estaba velando e iba a emplear en colocar mis primeros cimientos en la hora de la supervivencia que me era entregada».

Marcel Proust

1

Nunca hasta entonces, en el atardecer de un día cualquiera, mi visión logró amoldarse a la presencia en la sala de un mueble que sostiene un espejo; y entonces la figura de Andrés pareció haber salido de sus aguas y chocar contra mí en esa imagen del eterno amigo, borrado en el airecillo de la noche, roto en dos corrientes trémulas y obscuras, donde la voz de Andrés, sin salir en esos instantes, nada había pronunciado.

Cerca del espejo, Edith y yo en el reposo de la tarde, descubrimos la presencia de Carmen Ruiz quien, al regreso del patio, nos explica:

—Es cierto, después de un tiempo ingresada en siquiatría intento ya echar de lado el centro de mi pasado que tanto daño me hizo.

En el filme *El diario de un cura rural* nos acercamos a las angustias aplastantes y desoladoras del joven y pequeño cura de aldea, y su intención es hacer padecer al espectador sus angustias espirituales.

¿No será la voz de Luis Orlando D'Clouet, al intentar atraparnos como siempre lo ha hecho?

¿Edith y yo, ahora solos, nos habíamos callado la medida del mundo de los reflejos?

Pudiera ser el resultado de un juego de espejos que se suceden unos a otros, y a Carmen Ruiz le llega el momento de hablarle al público reunido en la sala.

CARMEN: *Demasiado miedoso Alexey, ese guajiro equivocado se asemeja a un títere dibujado sobre los lienzos de este pequeño estrado por carecer de opinión propia... Nada, porque está vencido al sumergirse en ese río lento y ciego que no puede detenerse ni volver atrás. Es cierto, está vencido por la inercia espiritual de inutilizarlo hacia el encuentro del amor.*

Cerca de la casa donde vivo se encuentra la de Iraida, la pintora popular. Allí me muestra el proceso de creación de uno de los *Grandes Cinemas*, que así les llamaba Feijóo a las creaciones de Charles Chaplin, «al cual, Jorgito», me dice, «hago yo ciertos guiños a mi manera...».

Y me doy cuenta por primera vez del parecido de la casa de Iraida con la de Alexey, según me la describiera Raquel, repleta de antigüedades que no desean comercializar. Y me pregunto: ¿por qué Alexey siempre hablaba de su pobreza al vivir en una casa rebosante de lujos?

¡Qué ciudad tan singular me resulta Santa Clara, poblada de ciertas gentes que ya parecen estar muertas!

Camino otra vez sin rumbo por las calles y al llegar a la casa, Edith ha desaparecido de nuevo. ¿Será que ella no ha logrado desprenderse de la insistencia de ese buen señor que tanto la auxilió en La Habana? ¿Ese hombre que viaja constantemente de allá para acá sin descanso, con la idea obsesiva de llevarse para siempre a Edith de mi lado?

CARMEN: El aburrimiento de mi vida sucede cuando estoy cerca de ese estúpido niño algo amoroso y de quien me quiero librar otra vez, debido al aburrimiento enorme que él me provoca, pero a la vez me atrae por culpa de la dimensión exagerada de ese aburrimiento.

Carmen va hacia el patio donde estamos Edith y yo. Y ella recuerda una frase de Loynaz: «Hay en ti la fatiga de un ala mucho tiempo tensa». Va hacia uno de los cuartos y toca esa manija, esa cabeza de perro en cobre, gastada, sin relieves, semejante a la cabeza de un feto canino ubicado en los museos de ciencias naturales, y la puerta cede al empuje levísimo de sus dedos y trata de retener una sola imagen de ese mundo exterior indiferenciado donde la fila de camiones y autos gruñe, pita, suelta el humo insano...

El tiempo de convivencia entre Carmen y Robertico se mantenía, con sus altas y sus bajas, pero siempre con el buen trato de ambos y un amor no disperso. Cada cual encerraba el amor en un solo nombre con el cual dormían placenteros y acostumbrados, al latir de los dos, siempre al unísono y sin notas discordantes.

Las atenciones de Robertico hacia ella fulguraban en los días y las noches, y, siempre al verlos juntos en todas partes, la gente se acostumbró a asociarlos sin descanso.

Carmen está aquí o allá, y constantemente acompañada por él.

En su nido de amor siempre florecían los rosales y hacían su nido las golondrinas a la vuelta de cada primavera.

Todo iba a pedir de boca.

Siempre contentos dentro y fuera de las miradas ajenas, los días pasaban inadvertidos, sobre todo, al conseguir extensas y repetidas vacaciones donde él para nada extrañaba la tierra natal en el ancho de la bahía, iluminada cada noche como estrellas caídas desde lo más recóndito del infinito.

Había algo muy sutil en regresar al pasado donde se conocieran, y el presente, a pesar de tantas escaseces, iba en marcha hacia un victorioso porvenir.

ROBERTICO: De repente todo se ha convertido en un infierno al lado de Carmen. Le sale por los poros un mal genio tremendo, ni la Nochebuena ni el fin de año han sido como yo esperaba.

CARMEN: Me he portado mal con Robertico, pero no puedo apartar de mí esas miradas de Alexey, esa carita de apariencia bondadosa, ese encanto que tiene su belleza tan diferente de la establecida por todo el mundo. Esa magia es difícil de encontrar y, sin embargo, estaba tan cerca de mí… Qué demonio tan malvado se impuso entre él y yo, no puedo entenderlo y esto me enloquece, pero es real, a pesar de las buenas apariencias surgidas entre Robertico y yo, no es lo mismo ni nunca lo será. Qué vida tan dura para mí.

2

Tras la puerta, la penumbra. Está en otra casa. Carmen, en reciente pasado imaginó ver el cuerpo desnudo de Alexey tirado boca arriba de una cama jamás vista por ella, y a través del aire enrarecido volaba el beso congelado del muchacho que le sonreía desde su impúdica posición de entrega o de ataque, mientras el aroma de la tierra mojada, de los árboles y los arbustos evocaría el vapor de la tierra mojada…

Todo parecía haberse ido con el sueño, y desde el público reunido ante el pequeño estrado de mi obra teatral, ¿o de la obra del Autor?, resuenan aplausos sin haber concluido la representación, pues el final está muy lejos todavía para despertar tal entusiasmo, ¿o quizás ese final no llegará jamás?

Y al ver en esa manija, la cabeza de perro en cobre, imaginaste que el perro te sonreía y habías soltado su contacto helado antes de abordar aquel cuarto carente de aire y de luz.

Señor Autor, no se puede negar que tiene usted la recapitulación de los hechos como símbolo de la absoluta verdad. Su pensamiento es lúcido, y los hechos encajan perfectamente unos dentro de otros como las partes de una maquinaria eficaz.

La proyección del filme *El diario de un cura rural* está pronto a comenzar. Concéntrese bien ante las imágenes y los textos de esta cinta donde nada fácil los puede distraer.

Esa voz neutra e imparcial representa un paso hacia el futuro, como quien mueve el cuerpo del pasado y entra en el del mañana.

Raquel evita en estos días encontrarse conmigo. ¿Qué le ocurre? Sí... Su figura se hace descuidada, como si las ganas de vivir se le hubieran ido.

Raquel pensaba en mí como una especie de maestro o de guía espiritual, o de siquiatra empeñado en ayudar a todos, y mi espíritu aparece en el borde de un abismo en el cual ella parece encontrarse, y tendría que decirle algo que mi madre me enseñó: «todo tiene solución en la vida, menos la muerte», y quisiera que me dejara acercármele, porque algo grave le sucede.

Recuerdo aquellos primeros tiempos de la amistad entre Carmen y Alexey, según ella me contara, cuando este la invitó a una fiesta familiar en el campo, y sus parientes lo señalaban como el guajirito perteneciente a una familia de grandes valores económicos radicada en esta ciudad, y por eso nadie de los presentes miró con mala cara a Carmen, fueron atentos con ella y entonces se sintió feliz.

Al regresar, ya de noche, Alexey le explicó: «sabrás que te he observado sin tú darte cuenta, y siempre te vi alegre, viva y dinámica entre los míos, y compartiendo con todos».

Ya en el parque se despidieron, y en el alma de Carmen la melancolía abrió sus puertas para durante mucho tiempo no dejarla tranquila.

Puedo oír tu voz como si tu cuerpo estuviese pegado al mío... Yo no sabía cuánto te quería, sí, y aún te quiero mucho, exactamente tal y como tú eres... mi niña linda, aunque hayas sido desgajada por la muerte.

Es mejor que viva en tu corazón lejos del mundo, donde no habrá sombras en nuestro amor.

Las voces cada noche repiten lo mismo, de una tumba a otra en el cementerio de esta ciudad, y no me canso de oírlas, sobre todo cuando hay luna llena.

RAQUEL: *Carmencita, adáptate a Robertico que es lo único que tú tienes, y deja de soñar con el imposible Alexey, no seas boba. Ama a quien te ame.*

CARMEN: *Alexey ni siquiera se ha acercado a Alberto en estos momentos difíciles de haber tenido él un accidente en plena calle con un automóvil, aunque en respuesta a esto, Alexey le hubiera dicho indiferente «mira para los dos lados de la calle cuando atravieses una esquina, o en medio de la calle al cruzar de una acera a otra». Claro, claro: Alberto, en uno de los primeros trabajos mucho lo ayudó, y ya, como Alexey le sacó toda la información requerida para sus propósitos en el arte, lo ha dejado atrás como a Jorge y a mí, el muy cabrón chiquillo de mierda (pausa). Ya he conocido a bastantes personas a quienes les encanta jugar, jugar al gato y al ratón con una, y luego, ojos que te vieron ir...*

ALBERTO: *Carmen, agua que no has de beber, déjala correr; sobre todo con el agua turbia, obscura, esas aguas capaces de ocultar el peligro que ellas conllevan. Al principio me negué a ayudar a Alexey, pero este acudió al jefe mayor de mi trabajo para lograr convencerme de darle una mano, y de mala gana, porque nunca me gustaron esas personas de dos caras llenas de impedimentos precisos para con todo el mundo, y a nadie puedo yo recomendarle sostener una amistad sincera con ese tipo de personas. ¡Válgame Dios! Uno no les puede ver el fondo a quienes intentan que uno los ayude, porque después te clavan el cuchillo en las espaldas, regidos por las ambiciones, el peligro de un nuevo contrincante en lo que ansían para brillar en el mundo del arte. Por eso no frecuento los grupitos de intelectuales que, a fin de cuentas, como gente no valen nada. Prefiero a alguien del barrio Condado, a un guajiro, a una ama de casa, a una mujer común sin ambiciones de ese tipo, porque a ese otro tipo de mujeres ambiciosas tú le das un dedo y quieren cogerse la mano, y sin tu permiso. Entrometidas, manipuladoras, oportunistas a todo tren para salirse con las suyas, y, luego, ni te lo agradecen.*

3

RAQUEL: Perdóname, Carmen, soy culpable de repetirte aquellas historias acerca de la niñez y adolescencia de Alexey por mi forma obsesiva y mis resabios, y voy más allá de lo justo para mortificarte, porque, aunque no lo acepte en mi interior, quizás siento envidia de ti y deseo verte sufrir como yo.

Carmen y Raquel conversan en el patio de mi casa en un momento de receso del ensayo de mi Teatro Mágico, debido a la adaptación de efectos especiales cuya perfección en la obra aún no funciona como se esperaba. Los técnicos luchan por llevar a cabo todo lo referido a las luces y a la apropiación de espacios cambiantes exigidos por el texto, y en esos momentos de ajustes técnicos me le acerco a Carmen.

Sí, alguna vez te aconsejé que el amor debe, en su comienzo, caminar despacio, pero si luego ese amor en ambas partes se merece la seriedad, debe entregarse todo en su completa magnitud. A pesar de tantos arreglos el ensayo recomienza.

Sin darnos cuenta, al caminar Carmen y yo por el bulevar, alguien desprende con destreza un pedazo de *cake* con merengue prendido a uno de los costados de la cintura del vestido de Carmen. Lo había hecho Alexey al pasar sin detenerse, y el suceso había sido un gesto de cariño algo juguetón y Carmen no supo definir la leve sensación de aquel detalle importante para ella, y con un suspiro retozando en su sonrisa algo sorprendida, pensó si sería acaso entre ella y él una mezcla de reclamo sensual y de amistad a la vez, o de ternura en estrecha ligazón entre lo místico con la sexualidad.

Ya en su casa, desnuda ante el espejo, Carmen continúa la excitación de lo imaginado, aunque no fuera nada probable a sus elucubraciones de espiritualidad, nostalgia o erotismo.

CARMEN: No quisiera caer de nuevo en las manos del siquiatra, quien más lo necesita no es otro que Alexey. No debo confundirme inútilmente, no quiero tomar el camino equivocado para mis sueños eróticos. ¡Debo dominar mis impulsos! No debo seguir ese erróneo camino.

El párroco, al llegar a la casa, descubre que el líquido viscoso que humedece sus ropas es sangre, entonces decide partir hacia la ciudad cercana para verse con un especialista. ¿Será la tuberculosis?

CARMEN *(detenida ante el espejo): Ese jovencito gracioso, más que esa belleza que le falta, es otro de los móviles para crear mi repertorio poético y lo voy a aprovechar (pausa). Tengo fama de ser enamoradiza y pudiese ser cierto, pero nunca he conocido el amor. Ninguno de esos hombres a los cuales me he dado, me han dado la oportunidad de hacerlo surgir de mi corazón, y por eso lo busco en uno o en otro y nada sale a colación. La poesía, he ahí el don de Dios que me ha poseído durante toda mi vida. Ahora detesto esos romancitos con cualquiera que no se acercan a cuanto yo necesito... Y vuelvo a lo escrito por la Loynaz: «Entre tú y yo van quedando pocas diferencias; tú tienes una cansada ternura, y yo tengo un cansancio enternecido». He ahí la verdad, mi verdad, la que hasta ahora me ha tocado vivir.*

Sin poderlo evitar, mi atención se pierde hacia mi trabajo escénico. Hubo un momento en que mi imagen reflejó el mar acompañado de Edith, paseándonos en la orilla del mar sin mirarnos para no encontrar nuestros rostros, nuestros gestos escritos en el silencio transfigurado en el viento cargado de sal, y me inclino hacia la arena y con la punta del dedo sobre la humedad he dibujado un nombre incomprensible, ¿como el de Teresa en lugar del de Edith? Sí. Teresa junto a mí en una estación predispuesta a entrar en el oleaje despierto, salvaje. Un nombre que nadie hubiera comprendido en aquella fuga secreta de los dos en una casita de playa sin nadie a nuestro alrededor. Un nombre para ser ya olvidado como si fuese un signo, un signo para ser olvidado.

¿Pero no había sido Edith mi acompañante entonces? No puedo mezclar dos nombres en uno solo, como si borrase uno para colocar el otro...

4

AUTOR: *En realidad prefiero nombrarme El Autor, y si en estos nuevos apuntes de mi narrador de siempre, Jorge Ramos, le he dado al personaje de Alberto un encuadre anteriormente episódico, él ha ido cambiando su diagrama de hombre cínico y resentido con algo de malevolencia. Su anterior desarrollo psicológico lo llevó a un plano superior al que ha tenido ahora y ya solo es el simple enlace de las circunstancias, como otros personajes afines e intermitentes por momentos...*

...La niña le ayuda a ponerse en pie y procura que nadie vea al cura en tan lamentable estado, pues la voz de los aldeanos define al joven párroco de borracho empedernido, y ello confirmaría los rumores maliciosos de quienes achacan su enfermedad al consumo exagerado del alcohol…

Desde las sombras te habla tu amigo de siempre, Eduardo Pérez, el Guajiro, como con mucho cariño tu familia me decía en otros tiempos. No te desesperes en obtener la respuesta definitoria de Edith por el momento. La paciencia es una virtud, y cuando alguien o un pueblo niega a Dios y lo excluye de su cultura, cae en un proceso de autodestrucción y los valores morales y personales se pierden.

RAQUEL: Mi marido intenta chantajearme, divulgar mis negocios sucios del pasado, que abandoné más por el terror de enterarse el orden público que por el convencimiento del catolicismo dentro de mi corazón y, sin embargo, al verlo como trataba a sus pacientes enfermos con tanta dedicación, fui enamorándome de él, porque me casé para escapar de una madre castradora y dominante, y me dije nadie escoge a la familia que en la vida le ha tocado tener…

Aquella Nochebuena, aunque el esposo se lo advirtió, trajo a la joven a cenar en compañía de Raquel y su dividida familia, en la celebración de la Navidad.

Raquel había perdido el sueño y la atracción alimentaria, y su imagen pública era la peor, hasta la madre de Alexey le prohibió entrar a su casa, y, de la misma manera, prohibió a su hijo entrar en la de ella.

…y ya en la ciudad, se entera: lo que creía tuberculosis es un cáncer del estómago.

—Raquel, vamos a hablar como amigos, ¿qué te pasa?

Ella no mostró resistencia alguna para decírmelo todo acerca de su matrimonio.

LEONORA (la madre de Alexey): Mi querido hijo, si continúan viéndose en todas partes Carmen y tú, sería fatal. Figúrate, tú andando con una mujer que ha pasado por las manos de tantos hombres y que es mucho mayor que tú… Mira, ella no puede dejar ese vicio de promiscuidad y está enferma, y la gente se burlará de ti y de ella en toda la ciudad… Búscate una muchachita decente y sin vicios y con buenas costumbres, y de tu edad. Es lo mejor para ti.

Eduardo Pérez relata para mí, que el señor persistente y perseguidor de Edith es alguien importante en este país, nada menos que un especialista destacado de las ciencias sociales que está a punto de viajar por la América Latina como conferencista, y piensa llevarse con él en su viaje a Edith.

Y como siempre, una vez terminado de hablar, Eduardo en sombras salió al traspatio, luego a la cochera, y allí, sin abrir la vieja puerta posterior de la casa, atravesó su estructura y salió en silencio hacia la calle.

AUTOR: Sí, aquí Alberto es solo un personaje episódico, y ambos, Eduardo y Alberto, y otros más, han ido desvaneciéndose. Ya tuvieron su desarrollo en otros apuntes, como casi protagonistas de acciones y maneras de ser, y no vale la pena darles ahora más tiempo para ampliarse más. De esa forma deben ser aceptados. Sí, de esa forma.

5

RAQUEL: Mi esposo me tolera, pero no me ama, solamente cumple con su deber y a su manera.

JORGE: Raquel, estás pagando todo el mal que has hecho, no te quejes, aunque cometí el error de amarte siendo tú ya una mujer casada. Cuando uno es tan joven comete ciertos disparates...

¿Detrás de nosotros existía un territorio de fantasmas, otro de esos espacios para negar mi identidad?

Al marcharse Raquel, la noche me invita a salir a la calle deprisa, pero Carmen se interpone en mi camino.

CARMEN: Robertico, mi novio matancero, ha regresado.

De esa manera ambos eran la pareja ejemplar del momento y en todos los lugares donde aparecían, como quienes intentan demostrar la potencia de un amor al estilo de Hollywood.

JORGE: Alexey, a punto de casarse con una muchacha recién conocida en la iglesia, eran también el uno para el otro, y la gente observaba no sin cierta envidia la felicidad de la pareja.

Meses después de estos incidentes sentimentales y al finalizar la primavera, se le vio caminar cansado, con el rostro endurecido por el firme propósito de no ser adivinado el origen de ese malestar por quienes permanecían cerca de él.

Escribo. Mi obra teatral adelanta de la misma manera que los apuntes para mi futura novela.

Por todas partes Alexey buscó a Carmen Ruiz; si no estaba nunca en su casa o en la calle ¿dónde pudiera hallarla sin tanta espera?

Él se había detenido en uno de los lugares donde había pensado hallar a Carmen Ruiz, pero no había ni rastro de ella, ni siquiera las amistades conocían la respuesta a su ansiedad y, en ese momento, Alexey no ocupaba ningún lugar en la extensión del tiempo. ¿Inverosímil, no?

Nada puede lograr el alcance de la naturaleza humana, ni siquiera el eterno misterio del amor y la desdicha.

De repente la vio sentada en una de los bancos del parque una tarde, en manos de las brisas del Capiro, que hasta a ella se le ocurrió pensar que ocupaba un espacio interesante en toda su profundidad pasible hacia su inapetencia algo vulgar.

Tan súbito como Alexey había aparecido, la invitó a celebrar su cumpleaños en absoluta soledad y en un lugar bien lejos de la vista de la gente.

Carmen, poseída por un gesto de insolente aburrimiento le dijo: «Sí, celebraremos tu cumpleaños y no me lo perderé por nada del mundo, tratándose de un buen amigo como tú... aunque mientes, ¿no fue tu cumpleaños el pasado mes de agosto? No intentes confundirme».

ACTOR (sentado en segundo plano de la escena): Alexey casi siempre levanta una pared ante cualquier pregunta acerca de él, cuando piensa en el carácter independiente de la interrogante, y ella dice para sí «es tonto, pero a la vez demasiado listo... Jorge es tonto, pero es más noble que él, y muy sincero».

En los días posteriores del encuentro de Carmen y Alexey, no se les vio por ninguna parte. Carmen, quizás en el empeño de evadirse; y él, como siempre, ocupado en sus diversos asuntos.

Robertico había regresado a su ciudad natal, y la novia de Alexey parecía seguir con atención, con plena desconfianza, los pasos del muchacho.

Así fueron olvidados un poco por quienes los conocían.

Andrés abandona el cementerio en una de las noches de luna llena.

«Cada noche visito este lugar porque compruebo que mi inmolación en aras de una causa noble ha sido absorbida por quienes merecen vivir en esta tierra bendecida por Dios... Amo las estrellas y la luna que se abren al sol vivo que no ha perdido el camino de la luz, henchido por esa esperanza que emite cada estrella junto a la luna... Ese amor, a pesar de haberse roto, ha logrado borrar los senderos de las tinieblas... Ese amor ama el perdón y puede comprender que cuando se muere de esa manera es para resucitar...».

6

¿Por qué, cuando tomaste mi mano en la tuya, tus ojos estaban fijos en el reflejo de aquel cuadro en una de las paredes de tu cuarto? Había fiesta en tu casa por la llegada de un amigo norteamericano y todo era alegría y confusión.

¡Fiesta en tu casa, y jamás me habías permitido entrar a ella, pero fue un día especial donde todo estaba permitido! Y me había dado cuenta de que hubiera querido conocer el significado de aquellas emblemáticas mujeres que, reclinadas en los bordes marmóreos de un sepulcro clásico, ofrecían, con espléndidos ropajes, el lado derecho del cuadro realizado por Puvis de Chavannes. Y esa mujer abriga en sus ojos una mirada enigmática y llena de lujuria etérea; y la otra, desnuda, cubierto el pubis con un lienzo blanco, en un ademán sagrado, parece ofrecer a las alturas una pequeña ánfora...

¿Por qué, aunque en tus ojos y los míos ardió la fiebre provocada por esa sensación que en mi mano había producido la tuya, al mirar cómo posaban inmóviles en esa escena alegórica las mujeres allí representadas, de repente rechazaste el acercamiento a mí sin amor y sin deseo y, sin pensarlo siquiera, desapareciste de ese cuarto tuyo que a mi manera reproduce el letargo envolvente padecido por mí cada noche, al intentar dormir y dormir para alejarme de ti?

AUTOR (entre los paños de una neblina provocada en la penumbra): Has de continuar cada vez más tu encuentro con Edith, mientras caminas hacia el final de cada calle, porque seguro ella estará cuando regreses a la casa. Edith te esperará, cual si fuera sombra profunda escapada de la noche, y entonces el tiempo se detendrá para los dos.

En la sala obscura de mi casa en esta noche de estreno se ve colmada por el ávido placer del público que necesita saber, saber...

ACTOR: Alexey estaba decidido a despedirse pronto de Carmen antes de partir, pero el día antes de dejar la ciudad, se plantó frente ella con firmeza de macho acalorado, resuelto a pedirle las razones por las cuales ella no había aparecido en la acordada cita de su cumpleaños para festejarla los dos solos. Y tanto se le acercó a Carmen, tanto que ella pudo sentir su aliento sobre el pecho, y la noche parecía tragársela en sus obscuras bocanadas al sentirse acorralada por la fuerza desafiante del mal humor del muchacho.

ALEXEY: ¿Por qué no fuiste el día de mi cumpleaños al restorán donde te cité? Toda la noche te estuve esperando hasta la hora del cierre del local. ¿Qué te impidió reunirte conmigo ese día tan señalado para mí? No creo estés esquivando mi presencia, porque no te lo creería.

CARMEN: Ya bajé los ojos para disimular la excesiva tristeza. (Duda. Hace silencio para no descubrir su verdad, y luego le dice) ¡No puedo más! ¡Déjame tranquila, coño...! Quiero la paz y todo me aturde, todo ruido me molesta y no lo soporto.

El excesivo calor hace que deje el estrado y me dirijo hacia el patio, Jorge, y surgió de mí la inadecuada respuesta: «Alexey, ¿irías conmigo a un lugar con el que sueño mucho, y en mis sueños estás allí siempre a mi lado? Mira, dentro de una hora nos veremos en esa esquina del parque que los dos tan bién conocemos».

EDITH: ¿Tu mano se perdió en los resquicios de las rocas de aquella playa para extraer de las comisuras una estrella de mar? Sí, un objeto putrefacto que luego, con asco, lanzaste a las olas, ¿recuerdas?

No recuerdo nada, Edith es preciso que no me lo exijas, me resulta imposible recordar. Es necesario que no me atormentes con esa posibilidad, con la posibilidad de esa mentira que hemos forjado juntos ante aquel espejo enorme que nos reflejaba entre sus manchas y grietas...

7

CARMEN: A ese socarrón solapado, cuando lo visitan dos amigos españoles, le regalan ropa, sandalias, y efectos eléctricos ansiados por la juventud. Y Alexey lo deja todo a un lado cuando se trata de priorizar un encuentro entre ellos y el resto de sus otros amigos, como imponiéndose a los demás. Y él dice «¿Cómo voy a dejar de atenderlos como se merecen?», y se aproxima a ellos enarbolando su sonrisita de niño bueno, con ingenua caída de ojos, para ir más allá de los otros amigos de esos españoles, y para seguir obteniendo sus favores, y me corto la cabeza que, con cualquiera de los dos ha llegado hasta acostarse, para obtener más y más, como siempre desea (pausa). Recuerdo la primera vez en la cual se apareció en mi casa y me dijo «Carmen, tú estás sola, sí, sola»… como quien anda buscando un buen techo para colarse en la mía o en cualquier casa, aunque al principio él siempre admiraba mis poemas y al leerlos «¡Qué lindo escribes, eres genial!», y yo le creí, tan tonta que he sido a veces. Y, sin embargo, a todos los hombres los he podido someter a mí, menos a este chiquillo tan imposible de manejar (pausa). Nada soy ahora, sobre mí se lanzan en desorden el miedo, el amor y la muerte, aunque cada vez y a mi manera me acerco más a Dios, porque para quienes en Él creemos, la casualidad no existe; y ahora que Alexey se va para siempre del país para no volver jamás, me he puesto muy mal. Nuestra despedida será en el lugar indicado por él; pero al hallarnos allí, todo mi odio será poco para hacerme pagar tantas ilusiones que en mí ha despertado; quizás, al añadirle yo mis sueños para embellecer tales ilusiones, porque los seres humanos somos así, inventamos lo que nos conviene inventar para sentirnos más felices y yo he sido víctima de mí misma….

—Carmen, ¿acaso temes ir conmigo a ese lugar que según tú nos pertenece?

—Nada ya nos pertenece, Alexey. Nada.

—Si vas a ir conmigo, deja a un lado ese malhumor agresivo que tienes en la cara… Ya me preparé ante tus embates… —de nuevo, una sonrisita a medio abrir—. Era solamente una de mis bromitas. No te preocupes, aunque tú eres de armas tomar. Esos prejuicios tuyos acerca de mi mala fama… ¡Vaya! Te escondes en esos prejuicios y la opinión pública jamás se cansa de hablar mal de mí. Nada, nada. Ya nos arreglaremos como gentes civilizadas. Tengo el ansiado diploma resultante de mis estudios superiores y va bien cargado de distinciones por mi trabajo. ¿Qué tú crees, muchachita?

—¡No comas de lo que pica el pollo! Pobres de las muchachitas a las cuales les escondes ese demonio que llevas dentro.

—Mira, mujer perjura, cuidado con desbarrar ante los dones dados a mí por el Señor… No me sonsaques, porque cuando enseño mis garras, devoro sin compasión a mis enemigos, y tú pareces ser uno de ellos.

—Ya yo no soy lo que era o lo que no debo ser. No hables boberías. Eres un tonto muy habilidoso para conseguir algunos de tus caprichos.

—¡¿Caprichos?! ¡Mira quién habla de caprichos!

—A la primera zancadilla que me pongas ya sabré defenderme como pueda.

—Bueno, bueno, ojalá que cuando lleguemos a ese lugar encantado puedas comprenderme mejor. Si no, ya me las arreglaré como sea. ¡Sí, como sea! Sé defenderme. No te tengo miedo.

—Yo tampoco te temo, no seas tan vanidoso que a estas horas es letra muerta. No me vengas con cuentos que te he calado muy bien.

—Iremos en el momento en que termine el estreno del Teatro Mágico, una sola vez y para siempre. Acostúmbrate a no verme más, ya me libraré allí y para toda la vida de tu palabrería de pacotilla y tus ínfulas de gran señora. No te perdonaré jamás el daño que me has hecho. Estuvimos alejados y el mundo por eso no se cayó. Tú ibas por tu lado, yo por el mío, y así será invariablemente. Ese es nuestro destino.

—Chiquillo pretencioso, nunca has amado a nadie ni antes ni después que sigas solo tu camino hasta la muerte.

—No te preocupes, mi niña linda, viviré a mi manera y triunfaré. Sí, ¡triunfaré! Soy invencible y nadie, ni siquiera tú, podrá impedirlo, y cuando te enteres sufrirás por eso.

—¿Sufrir yo por ti? Vaya, no te hagas delante de mí el macho acalorado porque no te considero un hombre de verdad, y sí un puto de mierda. Ni regalado te quiero. ¡Que te compre quien no te conozca!

—Ya veremos quién gana la pelea. Conmigo, el que se mete, se hunde. ¡Te lo juro por la memoria de mis abuelos! Para muchos, tú solo eres una puta que intenta taparse en las «dulces páginas» de sus poemas de medio pelo. Pero vamos a ir juntos a ese lugar, bien lejos de los demás, ¡aunque esos «demás» valen más que tú mil veces!

—Me cansan tus pullitas pretenciosas para humillarme, tus burlas irónicas hacia mi persona y mis trabajos literarios.

—Ya lo veremos. Sí. Solitos los dos llegaremos a un acuerdo tardío, para suerte mía. Ya lo veremos… En la soledad resolveremos secretos bien guardados; los tuyos, y los míos, y te voy a sorprender, mujer representada por una mula con pretensiones de ser la yegua rematada de premios y de hipócritas aplausos, porque no hay quien te soporte... Ya lo veremos... Pretendes ser una *Madame Bovary* cuando eres una Madame Bobería.

CARMEN: Cuando muera, quiero que me entierren al pie de las palmas, sí, porque guajira nací y la naturaleza cubana debe recoger lo que en su seno nació, creció, amó... ¡Ay, si mi madre viviera estaría orgullosa del pensar de su hija! El campo, el paisaje criollo es el mayor tesoro y el más bello del mundo.

(Se proyectan sobre la pantalla ubicada en la parte izquierda del estrado los paisajes cubanos escogidos con especial gusto por uno de los asesores de la representación escénica, y la música campesina se escucha desde todos los ángulos de la sala mediante la disposición de los altavoces).

8

Y mientras más me acerco a mi casa, suenan en mi memoria aquellas palabras de Carmen:

—A los cinco años de edad, delante de mí, un hombre mató a mi padre con arma blanca, y al cabo de un año mi madre se había vuelto a casar con un hombre más joven que ella que la engañaba con una jovencita a quien él adoraba...

Ahora me dispongo a entrar como quien llega a un enorme mausoleo, que es lo que parece mi casa, cuando entre sus paredes todo mi pasado cae sobre mí, acompañada de pérdidas y añoranzas de otros tiempos. ¡Si pierdo a Edith sería como si volviera a perder a mis padres!

ACTOR: Por razones de practicar la doble moral, el padre de Alexey no fue cuanto de él se hubiese esperado. Era habilidoso al simular su verdadera naturaleza, y cuando obró en contra de su naturaleza fue al casarse con una mujer (pausa). Fue militar al preferir estar todo el tiempo entre hombres uniformados, y a través del deporte también tuvo la oportunidad de compartir con otros hombres; y cuantas veces podía hacerlo, perseguía con solapado placer a los muchachos al ocupar el puesto de profesor, y al ser descubiertos sus escandalosos estragos, fue expulsado de todo cuanto tuviera que ver con los medios en los cuales se había introducido,

con ínfulas y abusos de poder, antes de ser descubierto por las autoridades pertinentes muchos años atrás.

Noche a noche, quien pudiese llegar inadvertido al cementerio local y cruzase cerca de dos tumbas unidas, escucharía en la soledad la conversación de siempre.

«Puedo oír tu voz, como si tu cuerpo estuviese pegado al mío... Yo no sabía cuánto te quería, sí, y aún te quiero mucho, exactamente tal y como tú eres, mi niña linda, aunque hayas sido desgajada también por la muerte...».

No logro todavía acercarme a ese mundo contradictorio de Raquel. ¿No sería algo normal en alguna que otra persona que, debido a cierta edad, les azote en su entorno recogido un soplo de celos dirigidos hacia un imposible? ¿Celos tardíos encubiertos hacia alguien? ¿Pudiese tratarse de una sensación incapaz de haber sido descubierta también para quien es mucho más joven que ella, como si todo estuviese en contra suya en el encierro de las obscuras paredes, un instinto enfermizo, malvado, que solamente puede explicarse en las extrañas raíces de los espontáneos ensueños y deseos humanos?

ACTRIZ: En los tiempos de la llamada «luna de miel de la amistad», Carmen fue invitada por Alexey a su exposición de una tesis preparada por él acerca del cine de arte juvenil en Santa Clara, pero ella inventó una excusa. En realidad, tenía miedo de llegar junto con Alexey al local indicado para aquella ocasión tan importante para él. Alexey ni se daba cuenta del peligro a la vista de todos al aparecerse allí acompañado por ella (pausa). Y ya una vez pasado el tiempo de la negativa de Carmen, jamás el muchacho se refirió a tal incidente. De repente, Carmen lo había recordado un largo tiempo después, y sus sentimientos fueron entonces melancólicos, ¿amorosos? de algo tan significativo también para ella.

Antes de Andrés retirarse del cementerio escuchó de la otra tumba cercana:

«Es mejor que viva en tu corazón lejos del mundo, donde no habrá sombras en nuestro amor».

9

Camino hacia la presencia invisible de Edith, y los senderos se borran en mis pies y en las manos de las horas que me hacen temblar, mientras en el paisaje me borro a mí mismo, como quien ve en el tiempo destinado al paseo, las sombras del tiempo congeladas en obscuras tinieblas.

Si te viese cruzar para verte a mi lado todavía, te detienes, asimilada por las aguas de un espejo expuesto a la cima de mi espera.

¿Llegarás? Si lejos de mí sigues esperándome, solo tendré la aceptación de mi muerte, porque la soledad te empuja lejos de mis ojos y el secreto de los días y las noches resulta un juego de intermitencias, para aparecer, y al momento, la niebla te lleva a un país deshabitado y lejano, cual ola dispersa al precipicio de aquella playa que no logras recordar, y por ello nada tuvieras que ver conmigo.

El niño, empeñado en construir definitivamente ya su castillo de arena, toma mi mano y me lleva entre los pasadizos del edificio por el levantado, cuyas paredes de arena han logrado acoger mi destino, la luz solo parece hojas secas y evito mirar al camino desandado.

El sol a orillas del mar se ha clavado en la sombra, y mis ojos se afincan a las sombras, y en esas sombras solo existe una palabra que vendrá de ti para llenarme de luz.

¿Qué será este esperar sin la certeza de tus contornos evanescentes?

Llegas. Te vas. ¿Dónde podré guardarte? Quizás sea ya el contrapunto que se seca en el concierto de tus pases innombrables, desperdiciados por tu andar azaroso en este paisaje aterrador… ¿Quién pudiese saber esta repulsión instintiva de tu sinfonía de silencios, de la cual no logro todavía ser parte?

Llegas. Te vas. Y de esa manera te he dejado ir, con la confusión entre el instante donde antes estuvo, ¿lo que no debía estar? Tu callar ahora forma parte de un canto, aunque no existe quien pudiese estar cantándolo.

Dentro del espejo veo un cielo demasiado grande y cierro los ojos al saber lo imposible de alcanzarlo, porque demasiado amor siempre es soledad.

Y dice Luis Orlando: Una novela o una película, no es más que un espejo que se pasea a lo largo de un camino donde se refleja la luz del cielo, y bajo él, el fango en sus orillas…

A punto de irrumpir en mi casa me detengo, pienso... Edith, ¿dónde estarás ahora? donde quiera que estés, no te detengas, porque en tu mente van surgiendo poco a poco aquel paseo por la orilla del mar, y allí estará el niño que construye su castillo de arena, que tanto me recuerda al que, ante la fuente del patio de mi casa, de pie y con un cobo en la mano que luego se transforma entre sus dedos en un unicornio de plata... y ante el mar, ante las olas, te regaló una estrella de mar. ¿Lo recuerdas?

Abro la puerta, y sin esperarlo observo desde el zaguán el rinconcito a un lado de ella, donde, después de anunciarle a Edith el haber terminado por culpa de los chismes malintencionados de algunos de los conocidos, allí inmóvil me miraba, y yo a ella con ternura, dolor, y arrepentimiento no declarados. Estaba dispuesta a desaparecer para siempre con su jabita medio rota en la cual traía varios casetes con las canciones favoritas de ella, para compartirlas conmigo por primera vez. Estábamos entonces en silencio, y en solo aquellos minutos que parecieron siglos, abracé a Edith con amor.

—Cuídate mucho —le supliqué.

—Tú también —fue su respuesta—, y a lo mejor nos encontraremos algún día en la calle...

Y de esa manera la dejé ir como quien arranca una parte del alma al no tener el coraje de pedirle perdón, de suplicarle «quédate, perdóname, empecemos de nuevo», al temer una negativa por parte de ella.

Y ahora, una vez dejado atrás tal recuerdo, me sumergiré en la casa y en la penumbra de nuestra habitación, y allí estará Edith envuelta en la penumbra, esperándome con la habitual sonrisa de ojos tristes y a la vez alegres. Y como siempre había sucedido en cada uno de nuestros reencuentros, segundos después de nuestro abrazo aparecerán los tres fugaces besos en los labios...

Epílogo

La vida del amor, que es la que nos separa de las bestias, sabe que el polvo no es la palabra final para aquellos que se aman eternamente.
SAMUEL FEIJÓO

La penúltima vez que se vieron había sido en el parque al finalizar la obra teatral.

—Necesitaba despedirme de ti, Carmen. Mañana muy temprano me iré de aquí para siempre, y por eso te busqué por todas partes, y al fin doy contigo.

—Para mí, la despedida más valiosa debe ser hoy a la medianoche en el monte —respondió ella—. No pongas esa cara. Si de verdad me quieres, juntos iremos a ese lugar tan significativo para mí... Por favor, te pido que no te rajes y no me dejes embarcada... ¿Puede ser?

—Iremos bien preparados para que la despedida sea algo único para los dos. Dejaré de llamarme Alexey si no cumplo con mi palabra para complacerte.

Se queda sola en el parque, y al desligarse de sus actuales pensamientos se proyectó en su alma, sin esperarlo, todo aquello que ella había sido en largos instantes de furia, de dolor, desesperación y despecho.

«¿Has preparado ya para la noche de hoy lo que vas a hacer con las futuras funciones de tu Teatro Mágico, querido amigo? ¿Han desaparecido misteriosamente dos de los actores importantes que habían intervenido en la noche de estreno y de ellos nada se sabe hasta el momento? Carmen y Alexey pudieran haberse ido de manera clandestina hacia los Estados Unidos como tantos, y has comenzado la tarea de hallar la actriz y el actor adecuados para doblar los papeles de quienes ya no están entre nosotros.

»De mí solo has conocido mi voz nada más. Soy Eduardo Pérez que desde la penumbra trata de ayudarte.

»¿Qué vas a hacer, Jorge Ramos? ¿Ahora qué vas a hacer? Por encima de todo, el espectáculo debe seguir. Te conozco más de lo que tú te crees, y sé del esfuerzo realizado por ti para no interrumpir esa labor de arte que, desde muchos años atrás, te has empeñado en lograr para el bien de todos al darles gran parte de tu felicidad.

»Eres persistente y triunfarás, no me cabe la menor duda, pero…

»¿Qué vas a hacer Jorge Ramos? ¿Qué vas a hacer?».

¿El guajiro callará para siempre? Yo, el Autor, no lo sé.

Rodeados por un mar de rojas butacas y ante la pantalla, Edith y yo, y algunos escogidos invitados, vamos a presenciar el filme *El diario de un cura rural.*

No tenía duda: estábamos en la sala de proyección de la Casa en silencio, y todas las figuras presentes parecíamos pertenecer a otra película proyectada en la pantalla lateral, a la izquierda del pequeño estrado del Teatro Mágico. De esa manera, El Autor había diseñado el final de su extensa novela, y me pregunto, ¿qué podría interesarle a alguien la gloria que experimentábamos felices en esos momentos?

Sin apenas darnos cuenta, el mar encendido de aquellas lunetas rojas en fuga ahora hacia los asistentes ante tu obra teatral, Jorge Ramos, que inunda la sala repleta de gente, el patio, los pasillos, en gestos de espuma dorada incapaz de contenerse hasta abrillantar la noche, lo cual te hace pensar, querido amigo, en estos instantes cuando la Casa en silencio se ha regado por tu casa, sí, ¿qué te hace pensar? En realidad, no existe la respuesta adecuada ante ese mar de estrellas al correr, destilando el aroma del cantar de los ángeles desde cuyo paraíso se asemeja al buen augurio de las circunstancias, a punto de llegar, para quedarse a las alturas de los siglos.

¿Qué te hace pensar?

El viento, que todo lo ha traído, ¿es la simplicidad del sonido de la muerte?

Retengo ese suceso carente del suceso retenido en la superficie de la realidad. Es algo tan simple en su increíble objetividad y en su palpable realidad. Es verdad, es algo tan simple…

Epílogo II

armen Ruiz irá, ¿o ya había ido?, al encuentro de la manigua armada con el puñal, que esconde entre las hojas de un periódico viejo al llegar al monte...

Ya allí, Carmen Ruiz se asusta del juego de un tono rojo con el clarobscuro propio de ese lugar.

A veces, se impone por encima de ellos la tonalidad azulosa, como surgida de la imagen de lo demoníaco, hasta apoyarse en el aire que flota sobre dos tumbas, ahora tan lejanas, y la hace sentir esa violencia del cristal herido cortado a pedazos.

La diafanidad hace ya también de la suyas sin detenerse a su alrededor, y Carmen busca la calma incapaz de llegarle en tales circunstancias.

De repente, el miedo parece estrangularla hasta alejar dicho pensamiento, y toma en sus manos la extensión recordada de un funeral de paso en el cementerio, aunque el dolor le oprima las venas de la venganza.

Más adelante, las estrías de otras luces que se deslizan por la semipenumbra no le parecen bien; ella va a cumplir el mandato del destino y no debe darle cabida a la vacilación.

Trasiego de colores superponiéndose entonces en plena batalla, la invitan a seguir sin agarrarse a la ilusión de detenerse para pensar, para arrepentirse.

Esto la hace observar el centro de una estrella orgullosa en la obscuridad.

Sus pasos la hacen ver cómo la estrella huye de la noche para cobijarse en la penumbra donde reinan al momento los tonos azules, violetas, rojizos, al rozar desde el aire la tierra henchida de fango.

No debe regresar a la cotidianidad; la vida insípida de lo establecido entre las casas y las calles por donde ha cruzado siempre, nada le decían, en un mutismo donde ella permanecía indefensa, comprensiva, algo natural, establecido por la secuencia de los días, de las noches, de todo cuanto antes había sido.

He aplazado el final de mi Teatro Mágico hasta nuevo aviso.

La calma se mece y estoy solo.

Miento. ¿Estoy hablando de algo inexistente porque no puedo acceder a lo que no existe?

Mi casa me sorprende al dejar al vuelo una coloración espesa. Tonos azules, verdes, grises, viajan desde cualquier lugar y se pierden en los sueños de la casa.

Los colores forman grietas rojas, de un rojo fuego, vivo, espléndido, y tal parece que el monte ha llegado hasta ella.

Sin esperarlo, Carmen en la lejanía deja caer sus pasos que se hunden en la niebla y en estos instantes ha enmudecido, y todo se vislumbra en lo ilusorio, y de esa manera se atreve a desafiar lo inimaginable. ¿Qué le ocurre ahora? Nada me parece verdadero, ni Carmen, entre el reguero teatral, rodando por el piso de la sala cuya corriente alcanza sus oleajes de cenizas por todo el patio.

Me detengo a mirarme fuera de mí como si me sumergiera en el inicio de una historia conocida sin haberla vivido. ¿Soy un error de mi imaginación en los senderos del infinito? De la misma manera es todo cuanto no deseo mirar. Polvo. Viento. Olores de caminos donde los hierbazales son algo parecido a los misterios de la vida. La magia de ahora es cuanto logro escribir y se dirige hacia la multitud de cementerios poblando mis alrededores, y las paredes de mi casa van hacia lo imperfecto, hacia el lugar incapaz de conocer el lugar de donde mana la sangre y los cadáveres insepultos de una ceremonia secreta. ¿Acaso el mal ha logrado llenarme de dudas y de engaños? Ahora, ¿qué puedo esperar, qué me espera?

«Vamos a despedirnos en el monte, ya que él se va y nunca más va a volver».

Carmen Ruiz se introduce en las ondulaciones de agua obscura de sus pensamientos, con el fin de justificar las razones que la impulsan contra quien para ella es ahora un sinvergüenza hijo de puta. Es la manera en la cual Carmen puede sostener su venganza.

«Sí, nos despediremos a mi manera, Raquel, no existe otro camino».

Raquel se encoge de hombros y desaparece de la vista de la amiga.

Carmen conversa consigo misma.

«Esto no puede terminar así, sin él no me voy a quedar. ¡Lo juro ante Dios! ¿Mi tarea será demasiado complicada? Nada, el muchacho merece lo peor».

La substancia del miedo la paraliza.

«El agredirlo tendrá su respuesta contra mí a través de sus manos. Estoy presa de esa manera, aunque, con el amor no se juega… Siempre he jugado al amor porque nadie ha sido capaz de quererme profundamente, y conseguí para él zapatos y ropa de marca y efectos eléctricos, de esos añorados por todos los jóvenes, aunque luego se los hice devolver después de haberlo gozado tanto… Miren ustedes, soy una mujer que no vale un real, pura mierda. Quienes me conocen y se han juntado conmigo, conocen mi calaña, y saben que soy Carmen Ruiz, la puta más famosa de Santa Clara. Donde quiera que voy, les hago mierda a los chiquillos y sanseacabó».

Existe alguien… Es como una sombra capaz de impedirme saber la verdadera identidad de Edith y de su historia agazapada a mi inteligencia y voluntad…. ¿La sombra de Javier Garmendía amenazando mi cerebro e identidad? ¿Acaso pudiese tratarse de alguien cuya mano me escribe para confundirme? ¿Autor, cuya existencia se desplazaba hacia quien él no era, al hacerme esclavo de una pasión? ¿Autor, fue, o no es?

En cada encuentro con Adonis reafirma él los veinte años de la muerte de su madre Edith, y, en tales encuentros repite lo mismo, pero solo yo he visto a Edith en sus regresos a la secreta e intocable vida mía, y en cada uno de esos momentos de aquellas lunas de miel repetidas, me patentizaba con fervor a través de los tiempos… ¿Sería cierto que el tiempo se había adueñado de ella y de mí? La sensualidad tierna de su cuerpo en noches sin fin se guarda donde los besos y las caricias son el silencio de este hogar, el cual la espera eternamente.

Lo más importante de todo fue y es la realidad, mi realidad a espaldas de las diversas opiniones de quienes intentaban oponerse a cada sensación de querernos hasta la muerte y más allá de la muerte, y por todo esto comprendo que no la he perdido.

«Virgencita de la Caridad del Cobre», piensa Carmen, «cuando se cumplen cien años de aquel diez de mayo de 1916 en que fuiste declarada Patrona de Cuba, Madre, Señora y Abogada Nuestra, fue el día señalado para el encuentro en el monte, para decidir acabar las discrepancias surgidas en nuestro amor. Miré desde muy dentro de mi corazón el destino provocado por nosotros. Perdóname, Virgen morena y cubana, mambisa, el acto pecador aplicado como residuo y remedio entre el muchacho y yo, cegados por la pasión, y aquí, desde el fondo de esta tierra parda destinada a tanto deseo porque el amor es más fuerte que la muerte, que así sea también bajo la fuerza de la misericordia, señor Jesucristo, semejante al Padre del cielo, nos has dicho que quien te ve, lo ve también a Él...».

Carmen Ruiz puede presentir en su cuerpo la penumbra provocada por la ausencia de luz, capaz de luchar por alcanzar lo distante, el reposo final de la fiesta de la vida, aunque ella intenta todavía hallar una puerta, solo el comienzo y el conocimiento de un camino infinito por el cual debe transitar.

Edith no había cambiado. Había un retorno hacia aquella mujer cuya posesión volvió con lejanas caricias, con los besos robados, con la ternura, la cual iba envolviéndome como en los primeros años... Sentía su deseo de la misma forma que yo, cual si pensáramos del mismo modo que yo. De su fluido amoroso, fuera y dentro de la intimidad, sentí su fragor bajar sobre mi cuerpo desnudo; tal semejanza me hizo sentir la sensación de ir muy juntos los dos durante horas.

A lo lejos, se imponía en revuelcos del campo florido en plena primavera.

—Mi amor, a veces pienso quedarme sola cuando te deshagas de mí, Jorgito.

De la misma manera tuve el temor de que ella se alejara de mi vida y se lo dije.

Con ese temor, cada vez más nos acercábamos a través de la sensualidad cuando la duda, en vez de distanciarnos nos hacía cómplices de un cariño de paso a la eternidad.

Edith, si me voy primero que tú, desde el cielo seguiré cuidándote más, y de la misma manera en que me cuidas ante el imaginado y certero peligro cuyos pliegues alcanzaba en cuerpo y alma. Teníamos tan cerca el peligro de pertenecer a una fuerza ajena de quienes elucubraban poseer mis pertenencias y mi cariño, como cuando al aparecer otra mujer en mi casa, esa intrusa recibió la dulzura de mis manos, pero fue rechazada bajo el peso de mi viejo amor hacia quien, contra viento y marea, pertenecía al entorno familiar y afectivo.

Edith y yo expandíamos la posesión de ambas familias para incluirlas en cada una de nuestras vidas y eso nos alegraba tanto a ella como a mí.

Edith había sido siempre real para mí y fue lo más importante al lograr un cambio fundamental en mi vida, aunque fuese a mi lado o lejos de mí, como también siempre fue la imagen entramada entre las brumas de aquel niño rubio de ojos azules con su trajecito marinero al estilo de la primera década del pasado siglo, detenido ante la fuente del patio con un cobo en una de sus manos, trasformado luego en unicornio de plata.

Eran los tiempos del alma abierta de Edith, apasionada por primera vez ante cuya esencia parecía ser la de otra mujer más sincera, más abarcadora de ese amor guardado a instancias de un carácter distante y secreto, como culminación sin reservas del impulso jamás mostrado ante ningún otro hombre que no fuese yo.

Fueron los tiempos en los cuales no se separaba del pequeño álbum que jamás fue mostrado a cualquiera. Al redescubrirlo por casualidad bajo una losa del traspatio, mostraba viejas fotos de la estructura cambiante de aquella Casa en silencio en múltiples influencias arquitectónicas renovadoras del edificio siempre blanco y altivo, incapaz de ser recorrido totalmente por ningún ser vivo.

Aquella colección de viejas fotos pudo mostrarme las recordadas visitas a la arboleda alrededor del chalet familiar, ¿no es asombroso?, en la cual mi figura infantil se adueñaba de tantos espacios en mis juegos para descubrir nidos escondidos en algunos de los árboles, entre los que pude ver las diferentes mariposas de raros colores atrapadas por mis manos de niño antes de liberarlas, bajo la mirada del abuelo algo alejada de aquellas locas carreras cuya imagen puedo recoger ahora en cada latido de mi corazón...

Edith y los demás incidentes de mi vida habían sido reales.

Nos amábamos tanto y nadie lograría destruir nuestro amor, y siempre alerta, evitábamos las interferencias de los amigos de Garmendía, decididos a perseguirnos por las calles, a vigilar con disimulo mi casa, y a enviarme intrusas a sueldo con la intención de aplastar a Edith y de esa forma robar mi hogar y cuanto materialmente yo poseía.

RAQUEL: La maldad y los vicios de Edith iban desde la incultura impresa en la inocencia, hasta verter dentro de sí misma las contradicciones de un carácter insondable y difícil a la hora de ser explicado... Algunos de nuestros conocidos argumentaban que era la niña consentida de la madre; y otros, que era vulgar y de apariencia tosca. Sí, ese tipo de mujer capaz de dar el aspecto carente de confiabilidad donde quiera que llegaba.

Lo humilde, Raquel, esparce sus migajas campesinas a mi alrededor. Habían brotado de sus manos, y la casa, tan querendona con los pasos de Edith, es capaz de sonreír, y tales estados de ánimo compensan su partida para siempre. El verdor aturde mis pasos dentro y fuera de aquí. Es la magia de las semillas al filo de tanto sentir el destino de la ausente. Un bohío que hace caer pétalos de todos los colores, que son el augurio de la melancolía... ¿Qué debo hacer para borrarlo todo, para olvidarla? Pero no la quiero olvidar jamás. ¡Jamás! Cobarde no soy, no seré... Al contemplar la fotografía juntos, valoro así cuando éramos felices, al menos nos ubicamos de esa manera en el tiempo.

Santa Clara está tan hermosa mientras contemplo las líneas y colores que amplían sus brazos de leves esencias circundando a lo lejos, y la antigüedad de mi casa tendida ante ella, lo cual reafirma en hermosa fusión las caras ocultas del misterio.

El otro mensaje tiene ahora su vigencia cuando el sol poniente lanza un brillante dardo a través de un banco de nubes. Inmóvil un momento, comienzo luego a caminar.

De repente, la neblina de una sala colmada de gente convoca a Raquel, al observar:

—Quien dio a ti su corazón, merece más de lo que tiene. Y es hora ya de que pienses, Jorgito, amigo. Recuerda que todo cuanto quieres bueno para ti puede ser también bueno para los demás, porque el amor y la verdad andan siempre juntos. No los separes: es algo posible de lograr... vas a cambiar por entero la percepción que tenías de la vida.

RAQUEL: Disfrútalo. Espera algo imprevisto. Sé feliz y has felices a los otros, también lo necesitan. Los ojos del cielo van a descubrirte una pequeña simulación de claridad, y esa luz tan ansiada, en tus desvelos, toca ya a la tierra parda de esta ciudad... No lo dudes, amigo querido. No lo dudes... (Raquel desaparece en una concha de sombra oscura al terminar sus breves palabras desde el escenario del Teatro Mágico).

Epílogo III

«La belleza es verdad, la verdadera belleza,
es todo lo que sabes en la Tierra
y todo lo que necesitas saber».
KEATS

«La ciencia nos dice que nada muere jamás…
que solo cambia. Que el tiempo mismo no pasa,
sino que gira a nuestro alrededor. Y que el pasado y
el futuro están juntos a nuestro lado para siempre».
ROBERT NATHAN

Quién me dijo que Carmen, en diversas casas de esta ciudad, se veía a diario con hombres de todo tipo entre los cuales siempre prefirió a un tal Edel, cercano él a la edad de los cincuenta años.

Ahora me pregunto también el porqué de esa pasión suya hacia Alexey, a quien había ofrecido ternura y un amor especial, apasionado, lleno de belleza. Hermoso.

¿Quién había sido aquella Carmen Ruiz de tanto tiempo del pasado? Sí, ella parecía lo que había soñado, atrapado en los sueños de otro, prisionero a su vez de la madeja de todos los sueños. Alguien me soñaba sin yo saberlo, sin saber de quién se trataba.

Zarandea mis dudas, mis temores, el recuerdo de la *Canción Fácil* compuesta por Marta Valdés: *Dejó todos los recuerdos sin acabar, todos los misterios sin explicar, todas las preguntas sin contestar.* Mil novecientos ochenta y tres.

Si en verdad ella jamás había existido, ¿puedo convencerme de la inexistencia de Miriam, de Teresa y de Edith, todas capaces de hacer vibrar mi vida?

¿Absurdos de una realidad sin medida?

Recuerdo una de las tantas noches de aquellos tiempos en que me encapriché con Carmen Ruiz, me dio la sorpresa mostrándome una reproducción de *La maja desnuda*, obra realizada por Goya, cuyo contacto serviría después para iniciarme en el mundo de la pintura.

Para ello, me abrió ese ambiente de sensualidad y de ensueños enriquecidos por la caída de las leves lluvias del otoño. En todo esto deseaba mi desnudez en el trajín de llevarla al óleo, tan desnuda como yo, perfilados por el sonar de la sinfonía *Oxford*, de Joseph Haydn, según sus empeños, pero, al tratar al fin de acariciarla por completo, allí su rechazo fue inminente. Según la leyenda, había sido su modelo la duquesa de Alba, tan amada por Goya hasta la muerte; y aquel intento de Carmen de tomarme, de manera superficial, por el insigne pintor cada noche, fue separándonos a los dos, sobre todo, al intentar ubicar en mi lugar al recién conocido Alexey quien tampoco logró llevar a cabo la tarea, debido al total y repentino desinterés de Carmen en el asunto.

Fue en una tarde lluviosa cuando entré a la casa vacía en la cual Carmen había vivido, y al colocarme ante el espejo donde solía a veces mirarse desnuda con detenimiento, solo pude divisarla allí en el reflejo de su partida hacia la profundidad del monte, de manos cogidas con el muchacho, quien llevaba consigo un quinqué para desechar las penumbras de aquel siniestro lugar.

Como en definitiva El Autor seré yo, por tal razón comenzaré a escribir las novelas, y ya me he preparado para tan difícil tarea.

En ellas, el tiempo y el espacio no existirán, el espacio penetrará al tiempo y lo destruirá, y a la vez crearé un tiempo propio donde se apoderen en instantes el expresionismo, el gótico moderno, el reino de la luz y de las sombras, ¿enmarcadas a veces en algo parecido al espécimen del barroco?

El realismo no existe, ya que realismo y realidad son cosas bien diferentes. Lo repito: intentaré destruir el espacio y crearlo de nuevo.

Y dentro de mí repica la misma pregunta de siempre: ¿quién soy?

Veranos

A mis amigos Yaikel, Ariel y Daniel

Tú no sabes cómo puede uno salvarse por un recuerdo, por una emoción noblemente vivida gota a gota de la propia sangre.

Dulce María Loynaz

Obertura

(I)

on Edith, paseamos a la orilla del mar.

Como una prueba de amor he decidido regalarte un rato de esparcimiento. Celebramos tú y yo, un aniversario secreto. Y también por esto, llevo conmigo un regalo especial para ti.

I

En la noche más corta del año, Carmen Ruiz, ¿renacida de entre mis sombras se pasea por los contornos del pasillo junto al patio? El pasillo la convierte después en la durmiente del sofá en el zaguán de esta casa. Ella descansa en pose de maja abandonada y ha decidido dejar bajo ella la tela abierta a las veladuras y transparencias que apoya la figura.

¿El verano se presiente ya en el aire? El primer verano de ella en mi casa recogida en amistad, y el verano se enorgullece al hospedar a tan altiva mujer, esa misma mujer empapada en el fulgor de las paredes de color crema de su cuarto al relucir en los muebles de caoba, lanzando brillos de rojo vino mientras el suelo resplandece como si fuese de cristal para relumbrar alegres colores.

Desnuda todo el tiempo desde la aurora, erguía su cuerpo al paso de los segundos, y de tal manera regresa hacia la soledad del zaguán. Recuerda en estos momentos a Tomás Cabrera Díaz, y a pesar de su desigual escueto tamaño, ambos se desean.

A través del teléfono, a Edith le confiero el derecho del regreso a mi casa al llamarme triste, inesperada.

Carmen Ruiz, a la edad de las niñas, recibía de la abuela la burla por los incipientes poemas escritos por ella y el sufrimiento por el trato recibido en aquella casa se enciende en cada uno de los papeles escritos a través de la mano infantil.

La abuela había sido una de las principales prostitutas de la ciudad y ella, indiferente ante el proceso creativo de la nieta, la toma como una criada abotargándola de tareas.

La inconsistencia de Edith la hacía aparecer y desaparecer de la ciudad, y cuando más la poseo puedo verla a veces en noches de luna llena, salida del abismo del cual parece no poder escapar.

RAQUEL: ¿Acaso Edith no era más que una ilusión materializada ante la presencia de Jorge Ramos, debido a la invención de su enemigo Javier Garmendía? El enemigo, gracias al poder tecnológico adquirido en algún país desarrollado, lo domina todo (pausa). Jorge Ramos, tan estúpido, ¿cómo vivíamos enamorados en tantos años pasados?

Carmen Ruiz, ya mayor, admiró la obra plástica *La maja desnuda* de Goya, y luego transfirió su admiración al intentar tener frente a ella el desnudo de Catalina Lasa, la mujer más bella de La Habana en aquellos primeros años del pasado siglo, y al llegar al lugar indicado del Paseo del Prado, el mayordomo le negó la entrada a la casona en la cual la dueña se negó a recibirla.

La aparición de Edith en mi casa hizo a Carmen perderse de allí.
—Mi amor, me gustaría morirme a tu lado en nuestra cama.
Luego Edith hizo silencio, un silencio más espeso que el de mi hogar. ¿Sería cierto eso?
Y en cada verano el patio y el jardín dormían sumidos en la sombra, siempre, aunque no recuerdo la raíz de tantos veranos y me pregunto si acaso los personajes descritos por mí constituyen una especulación de mis fabulaciones y no son reales. ¿Qué fuerza oculta me lleva a ellos, quizás, la semilla dorada de un tiempo ido que jamás regresará?
—Me ha tocado aparecer en tu Teatro Mágico sin tu permiso en estos momentos...
—Raquel, ese es asunto mío. Han pasado muchos años en los cuales recorríamos no pocas veces esta ciudad en pleno sueño, como amigos, y al paso del tiempo fuimos amantes.

A veces Edith ha estado tan tranquila que nuestra casa parece no prescindir de ella, aunque en otros momentos se torna imprecisa, algo agresiva pero aprehendida a una sonrisa dura y afilada como un alfanje, y si alguien entrara en este momento en cualquiera de los lugares de la edificación muda y sin chistar, hubiera sido como una traición entre las sombras.

La penumbra de la isla envuelta en la humedad de algún perfume antiguo relampagueando en su mirada, entre los fantasmas de las sombras, desdibujados en sonidos imposibles de ser tocados por la razón.

Que ella fuese una blancura en mi vida, cual si fuese alguno de los personajes de los libros que pasan por sus manos sin curiosidad, semejantes a recuerdos no logrados en fugitivos amagos de fuerza silenciosa.

La casa hace del patio una sola mancha turbia a través de mis visitas a él a deshora. ¡Qué antigua embriaguez de terror se apodera de mis sentidos, siempre alertas a cualquier modificación de una calma a través de la distancia, y el aire entonces se impregna de un raro olor, a lo que huelen las plantas disecadas en las colecciones de los botánicos!

¿Malestar de una vaga sensación es lo que queda de esta casa?

II

Ayer hubo tormentas de truenos y nubes bajas contra un cielo muy oscuro, de pronto atravesada por un chorro de luz cegadora, en ese verano creado en tu imaginación como las brumas de esa mente también creado por ti, y le hago saber a Carmen, que en noches así siento verme en un vestíbulo *Art Déco* con pisos de mármol en dos tonos de rosa, paredes estucadas del mismo color y cuatro apliques de alabastro como los vasos mortuorios del antiguo Egipto. Mi escasa erudición me trasmite dudas. ¿Quién me ha hablado de esa edificación al punto de confundirse, aunque no lo es, en la arquitectura de la Casa en silencio?

—Jorgito, debes conocer que ni tú ni Edith saben cuánto se aman.

—Mi amiga, lo dices para ayudarme a recobrar el buen humor, pero existen puntos raros entre tú y yo que no sé dilucidar. Y no estás conforme con ese lenguaje casi tan intelectual y por tal razón no lo haces como debes. No pega contigo y en tu modo de hablar. Ahora repite: ayer hubo tormenta de truenos y nubes bajas contra un cielo muy obscuro.

—Debes cambiar ese tono de grandilocuencia, Jorge, algo tiene que ver, en mis poemas, conmigo…

Me había incomunicado con Edith por culpa nuestra, y así le he contado rabioso mis contactos sexuales (para humillarla) con dos o tres mujeres que lo que toman, lo dejan de lado, antes de desaparecer junto a mí con rapidez… Lo recuerdo, y debes estar confusa, Edith, muda de repente con la angustia trepada al cuello. Fue la causa para provocar tu enfermedad síquica y corporal, al creer ser tú una aventurera y coqueta con otros a espaldas mías, pero no sabía catalogar tus verdaderas sensaciones al tacharte de «degenerada» e infiel…

Al parecer, he llegado a la Casa, y los mármoles de sus pisos y los espejos con marcos dorados provocan esta aparición tuya en uno de ellos, Edith.

LUIS ORLANDO: Debes saberlo, Edith murió cinco años antes de tu nacimiento y no puedes burlar la muerte y el olvido y los diferentes veranos vividos por ti, aunque en uno de ellos podrás recibir tu respuesta esperada (desaparece de la escena).

—Jorgito, a veces pareces ser un muchachito —dice Raquel, y le respondo:

—Amo la ingenuidad de Edith y la falta de cultura y la mediana educación recibida.

CARMEN: La paranoia de Edith me inquieta, me molesta hasta el punto de no poderla tratar y así evito su compañía y amistad.

JORGE RAMOS: Carmen, los espectadores de mi obra teatral aplaudieron con entusiasmo ante la escena donde en pleno monte, se apuñalaron ustedes con furia loca, dispuesta por el amor apasionado.

CARMEN: Fuimos al monte, sí, para despedirnos, ya que debía Alexey partir para no regresar jamás, debido a las tareas posadas en sus hombros.

JORGE RAMOS: En realidad, ellos siguieron en el grupo teatral dirigido por mí y se trataban como amigos siempre. Jamás transgredieron la amistad con el amor. Voy a cambiar el tema de mi conversación porque en estos momentos solo me interesa llegar a saber, cuanto antes, ese suceso perdido que aún no logro hallar. Es posible que sea algo acerca de mi padre y yo, no lo recuerdo, aunque me dispongo a tenerlo en la mente. ¿Y si así recibo la respuesta esperada referida al suceso perdido?

CARMEN: Me preocupa la distancia en la intimidad de Edith hacia Jorge. Que yo sepa, ella no anda en trajines amorosos con otros, y tampoco él. Ellos se llevan mejor que antes, después del regreso de Edith. Ella huyó

de su casa en el campo por la bulla que en ese lugar existe, y ha busca-
do refugio en la silenciosa convivencia con Jorge. ¿Existe en los mejores
matrimonios esos períodos de alejamiento del sexo, del aburrimiento del
sexo, de tantos años haciendo sexo entre los dos que ahora ya no implica
la unión carnal? Invoco a la Virgencita de la Caridad del Cobre y al Espíritu
Santo para que todo vuelva a ser como era antes, y estoy segura de que mi
petición les va a llegar en algún momento como antes (pausa).

III

La fotografía estaba borrosa al tomarla entre mis manos del baúl escondido en el mirador. Allí estaba, en una de las páginas de la Biblia de tu abuelo Jorge, anteriormente desaparecida, al haberla redescubierto, comprendía que entre mi otro yo y yo había algo de por medio otra vez. El misterio de estas circunstancias increíbles, cuyos orígenes agazapados en ciertas transparencias, vibraba con el esfuerzo por salir y darse a conocer.

Cartas y cartas de tu abuelo rodeaban la aparición de tal fotografía, que no era más que yo en plena lucha contra el dominio español, aunque mi otro yo y tu abuelo, según ha sido la unión espiritual de dos almas gemelas, se anticipaba a mí, la llegada tuya, Jorge, al mundo, tan lejana todavía.

El tiempo roto entre mis manos y la sombra de las muertes acusaban esa intervención liberada al invadir todos los espejos de la casa, a la manera de una brisa ligera de antiguos aires que comenzaron a poblarlo todo desde el mirador.

Cartas de amistad ferviente escritas en elegante caligrafía inglesa. Amistades semejantes al arquetipo bíblico de David y Jonathan para subrayar el enigma de la fusión de almas emanada por el aliento de lo trascendente y, por lo tanto, peligroso. ¿Por qué? Mi cerebro ya no es capaz de definir tales sentimientos.

Al bajar la escalera de caracol entré al traspatio como quien busca algo que jamás comprenderá. Dicho fenómeno pudiera ser obra de Javier Garmendía, y en tal espacio se aspiran las estrías en polvos del azufre allí esparcidos precipitadas hacia mí, aunque a mi manera de ver las cosas, ellos son el símbolo de aquella espiral ascendente de la cual, en páginas anteriores, me costó desprenderme y obtener la independencia para no regresar más a sus alucinantes historias sin rumbo, y a veces verdaderas.

Los demonios pequeño-burgueses no volverán más en mis intenciones hacia Edith, mientras continúe caminando: así lo pienso.

Edith deja escuchar su voz.

— ¡Qué suerte es ser una mujer enamorada!

Y la veo sumergirse en los espacios de mi casa, donde parece vivir en un mundo conocido y raro a la vez.

Carmen y Tomás Cabrera Díaz se desplazan convulsamente en la pasión. Han intentado llegar al caudal indescriptible al ser ella empujada por el macho en inagotable vaivén de los cuerpos, a pesar de la diferencia de tamaños corporales, pero en la tempestad de los impulsos cada uno aprende a confundirse frente a la tarea del placer por el placer.

Con todo el peso disminuido de su cuerpo al atravesar dentro del de ella, la hace soñar rodeada de les emblemas aristocráticos del dormitorio de Catalina de Lasa, ubicado en Paseo 406, e imagina la toma del lugar debida por la gente alrededor de la cama, de hombres desnudos, para romper precipicios irracionales cuyo final no pueden verse.

Así lo imagina ella, el único sonido solo con suspiros para dejarse ir hacia el lujo de lo prohibido que no conocía su cuerpo, que no conocía la imaginación desbocada cuando en su casa solitaria y silenciosa, Carmen exploraba los deseos que desde tan lejos había intuido.

En medio del desbarajuste de su vida, Carmen recibe la noticia de la amistad de Tomás con Javier Garmendía, con el fin de averiguar cómo será el verano, desgarrado por el aspecto interior de alguien o algo que todavía no conoce. Y Carmen se preocupa.

«¿Qué querrán de mí?, debo vigilarme con cautela para cuidar mejor a mi amigo Jorge, porque en el pasado amoroso entre nosotros dos, siempre, él y yo, fuimos el caballero hacia la dama».

CARMEN (tras la pausa anterior): Me da terror que esa relación entre Jorge y Edith se vaya al diablo sin razón alguna, porque muy bien que ellos ya se llevan, mucho mejor. ¿Por qué la vida resulta tan inestable como cuanto nos rodea en esta ciudad? Inestable resulta ser Santa Clara y su gente, y las dificultades con la carencia de comida y de medicamentos que tanto el pueblo necesita. El estrés nos domina con fuerza y es hora de sentir la llegada de una verdadera democracia (pausa).

Javier Garmendía, mi eterno enemigo de tantos años, continúa perfeccionando los progresos de la digitalización desconocidos por mí y por los demás.

Ha mostrado ante mis ojos la móvil estructura de Carmen Ruiz, además de su apoyo de exacerbar el consumo de drogas consumidas por los jóvenes incautos. También ha penetrado en el cerebro de Edith para enloquecerla, antes de hacerse él mucho más visible, y lo peor de todo: todavía no se conoce el paradero de ese anticristo acompañado de sus secuaces para esparcir el mal.

Sobre la mesa del centro de la sala, Edith me ha dejado una nota en la cual me hace saber que en el próximo verano la visitará, fuera de esta casa, aquel hombre que, al no llegar a mi hogar, la conoció en La Habana, al recibir la ayuda de este ser obsequioso y dispuesto a manosear la caridad hacia cualquier parte.

Si crees que las cosas empeoran o se complican a pesar de tu oración, sigue confiando, cierra los ojos del alma y confía y no dejes de decirte JESÚS, YO CONFÍO EN TI... Se debe intentar lo más difícil como un asunto de hombres. En la manigua pude comprenderlo junto a los combatientes en contra del dominio español, y por muchas vueltas que dé, siempre planifico mi estancia en París, ciudad a la cual Edith irá con quien en La Habana la ayudó a sobrevivir.

Luis Orlando D´Clouet deja caer su voz en mi cerebro, y aunque ahora no lo puedo ver, existe como alguien perdido en un lugar del tiempo.

CARMEN (tras la pausa anterior): Somos imperfectos los seres humanos, porque Dios es la absoluta perfección, pero ojalá su misericordia se imponga como remedio a tanta disparidad en el medio en el cual vivimos, sufrimos, esperamos... Hay que tener fé porque todo llega; sí, ojalá no demore su llegada y nos haga más felices de cuanto hasta ahora somos (pausa).

IV

El amor, cuando nos inflama, se convierte a su paso en disciplina aprendida del buen vivir, y expreso mi admiración a Samuel Feijóo cuando decía: «Nunca odies a una persona porque su espíritu es pobre y sin luz. Quizás sean sus cargas, las herencias y la educación que recibió. Si esa persona lucha contra sus instintos obscuros, ¡ayúdale!».

En estos momentos, mi casa, más sola que nunca, influye en mí cuando la noche cae con furia sobre nosotros, como tratando de ocultar, como si tratara de conservar para mí ese misterio nuestro cultivado con paciencia a lo largo de los días, a lo largo de las noches en vela, apresados por mi edificación anochecida.

Alguien me dice una palabra sin sentido apenas audible en la sombra, como si esa penumbra se abatiera con la misma intensidad sobre los objetos visibles y sobre el silencio, o a veces, sobre cualquiera de los sonidos, y me doy a la tarea de buscar, otra vez, esa señal perdida en cada rincón del hogar. Señal de respuesta esperada, referida al suceso perdido de brillanteces trastocadas por los años. Nada sé ahora de algún recuerdo memorable que respira bajo las alas del pasado.

De improviso, circula por los cuartos y el patio la llama de una vela que flota, al parecer, en el aire ceniciento de la media luz a su alrededor. Al verla, compone esa luz un reguero de piezas de un supuesto rompecabezas, al volar mi mente hacia mis recuerdos imposibles de cualquier definición, aunque, hay algo oculto en la ternura de esa llama al moverse por el aire rancio de cuanto vive cerca de mí.

CARMEN (tras la pausa): Jorge se entusiasma de lejos por una mulata corpulenta que trabaja en una tienda de divisas, como antes lo había hecho con innumerables hembras que se le acercaban con sus intereses, quizás sexuales, o quizás por apoderarse de la casa, porque la vivienda en estos tiempos es, para muchos, difícil de obtener. Los precios suben en medio de tanta escasez, ¿a dónde vamos a parar? ¡Qué horror! Uno se cansa esperando cambios sociales y no acaban de aparecer. ¿A quién se le ocurre darle lo nuestro a otros pueblos, lo que Cuba necesita a lo grande y no tiene? (pausa).

(II)

El tumbo de las olas resuena en nuestros paseos por la orilla del mar, Edith, y hubieras corrido a lo largo de aquella playa desierta. Hubieras corrido como tratando de escapar de ese sueño en el que yo te había aprisionado.

V

RAMONA *(de pie en el pequeño estrado de mi Teatro Mágico, se dirige a los espectadores):* Espiritista soy de las buenas, y mi sangre mulata está mezclada con la de los indios que habitaron esta isla, y con la de los españoles también y con la de los árabes y los chinos y las de otras civilizaciones que me hacen ver, en la distancia, la imagen de aquel Dios pagano con cornucopia coronando su cabeza como muestra, de esa manera, de la jerarquía indiscutible; y en sus trajes de deidad no adscrita a religión definida, ha llegado al fin a la Casa en silencio, y, al salir de ella, se dispone a divulgar los principios de la igualdad en la diversidad al trazar los caminos de la paz y la hermandad en la lucha contra el racismo y la desigualdad de géneros, las preferencias de la sexualidad, la avaricia en la explotación de los humildes, la de los burgueses que nos dañaron desde hace tanto tiempo.

RAQUEL: A través de Tomás Cabrera Díaz, se entera Carmen de cuánta agresión de Garmendía hacia Jorge Ramos se va a producir de inmediato. Bajezas unas veces, y otras, un sinfín de intrigas para destruir el amor de Edith hacia mi buen amigo Jorge. Por ello, Edith, a veces, siente el favor de mirar el rostro que descansa recostado sobre su cuerpo, el de un hombre sincero y transparente, y cuando Jorge se despierta, se incorpora, se sienta al borde de la cama y es seguro oírlo, pensar «qué malas influencias me llegan de quien amo». Entonces Edith, al escucharlo, se para, se acuesta al momento y se cubre con una colcha aunque es pleno verano, pero ella tiene un frío atroz.

CARMEN *(tras la pausa anterior):* No es correcto dar a otros lo que necesitamos… no se debe dar, es la realidad. Cuando sobra sí se puede dar, sin dañar a nuestro pueblo. Digo la realidad, por favor, no le quiten a la gente lo que necesitan para darlo fuera de aquí *(pausa).*

VI

JORGE RAMOS: Edith, eres tú misma, eres sin duda tú misma envuelta en la duda de tu propia existencia para contactar con lo que hubieras sido anteriormente. ¿Y no habría sido yo un ser desconocido en tu vida, pródiga de terror al esclarecer quizás, tu marcha hacia el infinito? Pero, ¿al no dejar tu existencia en la distancia de los años por donde pasará en tu mente cada una de las posibilidades para hallarte frente a mí, desnuda y sin pudor, dispuesta a recibir mis caricias hasta tomarte en un abrazo hecha de relucientes veranos contigo?

RAQUEL: La cosa sigue en su punto álgido al llegar falsas apreciaciones acerca de la conducta de Edith, y esta enfurece a su compañero. Su carácter va tornándose agresivo, indiferente, como resulta ser el de ella. Para cualquier individuo que no los conozca, la tragedia es capaz de separarlos (pausa). Una noche a él le parece, aunque seguramente es, o resulta ser una impresión completamente falsa, que el cuerpo de su inseparable compañera se está enfriando, y piensa preocupado: «¿tendrá fiebre? ¿O es uno de esos virus que andan por ahí y que nadie conoce?» El cielo también cambia, recupera su noción de existencia, de tiempo. A través de la ventana abierta comienza a pasar una nube y es inútil tratar de detenerla. ¿Es posible que sea este un cielo normal, de la misma manera que Edith rehúye de todo contacto físico? Pero, Jorge, ínfimas nubes se arremolinan en el marco de la ventana y el cielo parece el tul agujereado de un inmenso mosquitero. Todo te parece el no poder comprender cuanta cosa rara sucede dentro y fuera del hogar, y así regresa el malhumor, recela de ella, necesita investigar, preguntar, imaginar. ¿Qué nos está pasando? ¿Debería encender una vela para acercar a Dios hacia nosotros en pronta ayuda? ¿El poder de esa vela prendida por la luz sería la solución más adecuada?

VII

Alexey, en sus trajines de «pinguero», recorre el parque, el bulevar, las calles de Santa Clara. Cuando termina el análisis real de cuanto le rodea, decide que está al terminar el verano, que el tiempo de su guerra interior se había terminado.

El calor asfixiante del mediodía, sin embargo, trata de abrirse en un crepúsculo impregnado de morados enormes, apaciguadores.

Si mi tiempo se me acaba, tendré que ayudarlo a continuar.

Escribo, escribo, escribo...

A través de un corredor largo y angosto totalmente ocupado por una cama enorme, de metal dorado, con un ángel tocando una trompeta.

¿A qué lugar Edith y yo hemos llegado?

¿Estamos en una casa en la cual antes de acercarnos a la cama de metal dorada, hemos notado en los frescos del techo de la mansión abandonada, donde se ven el despertar de las divinidades, y las filas de tritones y dríades, que entre nubes, frambuesas y ciclaminos se precipitan hacia una transfigurada concha de oro para exaltar la gloria de esa casa, cuyos propietarios, ahora ausentes de ella, parecieron hacerse de la vista gorda con afectada humildad?

Escribo, escribo, escribo...

Al parecer, todo parece arreglarse en esta casa.

Otra noche, la primera del regreso de Edith, Jorge y ella sienten un bienestar extraño, una irreconocible, fulgurante felicidad. Tomás, el envidioso y resentido, sin más ni más se ha ido para siempre del país y las cosas van tomando nuevos y mejores caminos, y hay que hacer con la felicidad las cosas que se quieren, aman, no darse por enterado que existe al no convertirla en propiedad privada. «¿Nada se puede poseer?», piensa Jorge «¿Es una ilusión, una mentira, una quimera, una nostalgia? ¿Pero es mejor no hablar, no citar siquiera esas palabras para no quebrar el cielo, para evitar el desmenuzamiento y esperarle tranquilos el amanecer?».

CARMEN: Lloro con amargura, no tengo consuelo. Ya sabía yo en los trajines que andaba Tomasito, el amor de mi vida, el único hombre para mí fue él, pobrecito. Nada más llegó a Miami y una pandilla de indecentes malvados lo mató, debido al negocio de piedras preciosas de todo tipo. ¡Qué horror! Él desapareció dentro de su automóvil tasajeado por esos criminales, ¡qué horror!, y fue enterrado en una fosa cualquiera y nadie sabe el lugar en el cual su cuerpo se pudre más cada día (llora desconsoladamente. Cuando se repone un poco, continúa). La madre piensa ir allá a ver cuánto puede averiguar de este crimen que, como todos, ninguna autoridad parece hacerle caso a ese pobre muchacho. Pobre madre, pobre de mí. Nunca podré olvidar a quien todo me lo dio y la imagen de Tomás Cabrera Díaz jamás se marchará de mis sueños y de mis recuerdos... ¡Qué sola me siento! Mi dolor nunca más tendrá reposo, ¡nunca! Si se hubiera quedado aquí, todavía lo tendría a mi lado como un perrito fiel, el pobrecito. Inconforme fue él siempre y se avergonzaba de su familia y a todo le tenía envidia y estaba resentido con la mala suerte que se le pegaba en los costados para siempre.

Debido a un receso de los ensayos con público de mi obra teatral, aún sin fecha de estreno, Carmen y Raquel conversan sentadas en el patio.

—Ay, Raque, me tiene atolondrada la muerte del único hombre que he amado como se debe amar en mi puñetera vida. Hasta mi casita ha ido el muchachito, Felipe se llama, único hijo de Tomás. El pobre, está anonadado con eso y hasta lloramos juntos… Bueno, la madre de él lo abandonó para irse a vivir a España y él se ha quedado solito. Lo peor de todo es que al niño ese, que tiene una noviecita, le ha dado por andar con un bando de viejos en el parque que son «así», y al parecer, el hijo de mi único amor parece que le salió pájaro. ¿Qué consuelo van a darle esos vejestorios si lo único que los atrae de Felipito es «darle»? Ya tú lo sabes. Son un bando de descarados chupavergas y eso no tiene remedio; aunque en este país nada tiene que ver ya con lo que los muchachos desean hacer. Es algo bueno para quienes son «así». El mundo y Cuba cambian, quizás, para mal. En definitiva, nadie escoge lo que va a hacer cuando es mayor de edad. Así son las cosas, y nada, que la gente viva como quiera mientras su comportamiento social sea como debe ser.

JAVIER GARMENDÍA: Como decimos los cubanos, me ha tocado ser a mí «el malo de la película», en este caso, el de una obra teatral que desembocará en una novela impresa. Hace muchos años visité a Jorge Ramos en su casa, y él decidió ponerme a mí en ese papel y nada, yo lo quise ayudar de esa manera y empecé a «meterme» en dicho personaje porque Jorge me simpatizaba, y así comenzó mi amistad con él, aunque esos personajes, y con otro nombre, existen en la vida real. A los lectores les pido no sean mis enemigos, todo fue así, y en la vida real esas cosas hoy en día, suelen ocurrir de una u otra manera. Esa es la vida (pausa). Jeremías se ha convertido hoy en día en el mejor amigo de Jorge Ramos (pausa). A veces Jorge recuerda cuando fue en compañía de Carmen a ver en uno de los cines de la ciudad El paciente inglés, y él comparó su amor por ella como el de dicho filme.

El primer día del año mil novecientos cincuenta y nueve, todas las mujeres de esta ciudad invadieron las calles con la idea de observar, no sin cierto horror, los destrozos de la batalla final, ataviadas con pantalones largos, lo cual hizo exclamar a las matronas «¡Qué descaro! Esa vestimenta había sido siempre dispuesta solo a las putas». Algunas, en la intimidad de sus casas, habían probado el éxito de su feminidad, al recibir de esa manera la visita de algún enamorado como acicate, al exaltar la belleza juvenil de su novia, de tal manera que los muchachos pudiesen apreciar la mercancía a su disposición.

Entonces ya en las calles y plazas de Santa Clara, se borró para siempre tal idea, de tal manera, capaz de borrar el pasado plagado de chaperonas en el cuidar de la moral de sus hijas casaderas, asunto vigente aún en la vigilancia casera para apoyar la pulcritud de la muchachita dispuesta al noviazgo, que abriría las puertas del ansiado matrimonio como Dios manda. Así decían, aunque se dejara cierto margen de intimidad vigilada por ellas en pos de la virginidad que, en la noche de bodas, pudiesen verter las niñas su sangre sobre las sábanas del primer encuentro nupcial en la decencia.

A principios de la década de los sesenta, en los centros de trabajo, si una de ellas se ensalzaba por la destacada labor, alguien, un hombre por supuesto, señalaba como impúdica la conducta de la premiada, ya que en su vida sexual habían pasado dos o tres manos masculinas; aquel cuerpo donde poco importaba el éxito de su labor allí, ¡realizado nada menos que por una mujer!

Si había en tal reunión un cerebro amplio masculino, salía a su defensa porque «la mancha» de ser una mujer así no importaba entonces. Arduo trabajo de justicia y de equidad al comparar a las mujeres con trabajos exclusivamente masculinos en los campos del arte, de la ciencia y de cuanto requería, años atrás, la dura mano de un hombre.

El machismo, el racismo, intentaban hacer de las suyas de acuerdo con la mentalidad, progresista o no, de quienes se expresaban en las reuniones laborales.

De la misma manera, fueron desapareciendo los locales en los cuales se vendían cuerpos de guajiras o mulatas para pasar un buen rato, claro que ahora los novios se unían sin papeles y bendiciones con su pareja.

En lo referente a la muerte de un familiar, aunque no viviera en la casa de sus parientes, se debían cerrar puertas y ventanas durante ocho días tras el fallecimiento.

Por otra parte, las mujeres maduras, viudas o no, solían sentarse tras la ventana abierta hacia la calle, dejándose ver por el vecindario solamente los sábados por la tarde.

El luto para las mujeres era algo demoníaco. Había que cumplir el no salir a la calle, a vestir de negro por tiempos largos, a no sonreír en reuniones entre amigas de la media edad, y mucho menos asistir a la proyección de alguna película en cualquiera de los cines, o a un concierto en el Teatro erigido por Marta Abreu Estévez: nada de acontecimientos sociales fuera de casa. Si encendían la radio, su sonido de emisoras debía ser muy cuidadoso, aunque fuese escuchar una novela o algo por el estilo.

La revolución sexual a nivel mundial tuvo sus reparos en nuestra ciudad como expresión de los mandatos del diablo, pero las cosas fueron tomando su lugar poco a poco.

La media burguesía debía ser cuidadosa y no imitar el desenfreno de los pudientes o de los miserables. Esa burguesía estaba en pleno medio de una y de otra, y sobre todo en las fiestecitas donde bailaban los novios, o la elección de un joven para sacar a bailar a cualquiera de las muchachas, era complicada por la presencia de las chaperonas en plena vigilancia de las llamadas «buenas costumbres»; aunque, a través de los años, fueron expandiéndose otras maneras de ver y de sentir la vida, el amor, la amistad; tal y como sucedía con los gays de la ciudad: punto de burla recia en el pasado, de comidillas de comadres «respetuosas» veladoras de la moralina, como se decía en la calle.

Por suerte, todo el pasado fue tomando otros derroteros más de acuerdo con la nueva sociedad y la nueva visión de las iglesias cristianas y del humanismo democrático, y de quienes no tenían nada que ver directamente con la sociedad, en lo rural o en lo citadino.

Intermedio

VIII

JORGE RAMOS: El agua, al surgir bajo las losas de la sala, se convierte en vapor de agua como parte del aliento de Jeremías, el nombre de ese personaje propuesto para aparecer en una de las páginas cercanas al final de la obra teatral. Edith y yo comemos en silencio. Bebemos ese vino particularmente espeso, y desvío yo la mirada para que ella no me sorprenda en esa impudicia hipnótica que no puedo controlar. Quiero, aún entonces, fijar las facciones de mi compañera en mi mente. Cada vez que desvío la mirada, la habré olvidado ya, y una urgencia impostergable me obligará a mirarla de nuevo. Ella mantiene, come sucede últimamente, la mirada baja, y yo, al buscar el paquete de cigarrillos en la bolsa del saco, encuentro ese llavín cerrado de un cajón de mi mesa de trabajo, donde tengo parte de mis papeles ya escritos para unirlos a los demás por escribir. Yo me siento confundido y alargo la mano con el llavín colgado de un dedo, pero ella se aparta del contacto de mis manos, y mantiene las suyas sobre el regazo. Al fin, levanta la mirada, y yo vuelvo a dudar de mis sentidos, atribuyendo al vino el aturdimiento, el mareo que me producen sus silencios. Me hacen ponerme de pie, acariciando el respaldo de madera de la silla gótica, sin atreverme a tocar, en estos momentos de disipación de Edith, los hombros desnudos de quien tanto he amado; y hago un esfuerzo para contenerme. Distraigo mi atención al escuchar el batir del viento imperceptible a mis espaldas, porque la niebla del riachuelo La Margarita es la dislocación material de Jeremías en las sombras, impuesto por el misterioso vapor de agua, en el cual la voz de quien vive ahora transparente, es la transparencia de la corriente de agua, apoderándose de toda la casa...

Todas las casas tienen su misterio.

—Carmen, ahora pareces un ser amoral, dispuesta a subir en la escala social y en todos los vericuetos de la vida.

—Cállate, Jorgito, yo sé lo que hago desde el día en el cual he aprendido a sobrevivir. Este muchachito, Jeremías, tiene algo de historiador de la ciudad o de filósofo y especialista en las letras... Y ahora, cuando me dice «alma mía, es posible amar tu espíritu, tu alma bella», y yo le contesto: «hablas de mi alma y en realidad lo que amas es mi cuerpo»… ¿Será medio sinvergüenza?

—Mira como cruza la vida a nuestro lado sin poderla tocar —le respondo.

—Jorgito, me desesperas, y busco la felicidad a costa de todo. Mira qué tarde tan bella está haciendo hoy.

Después de mucho tiempo, ella reconocía en la sonrisa de su boca, la sonrisa a la esperanza y a la luz.

Ella ansiaba irse lejos, muy lejos, aun para quedarse sola con el mar, bajo las estrellas asomadas desde arriba.

Hacía calor y la atmósfera era densa, como cargada de irradiaciones eléctricas, al descubrir que mi patio en verdad se transformaba en el mar, me dice:

—He visto ahora una estrella errante pasar por el cielo, y el agua de mar parecía estar tibia, impregnada de aquel día tan largo y ardoroso.

Como si en ella no acabara de derretirse el sol del reciente crepúsculo, allá, a lo lejos, entre las oquedades del poniente, puedo distinguir la playa negra con más tristeza vegetal.

Debía buscar de nuevo las cartas a mi abuelo en cualquier sitio de la casa, ¿cartas dentro del baúl del mirador, a él escritas por Luis Orlando D'Clouet?

¿Dónde estaba ahora su voz, la de Carmen, la de Jeremías? Aunque ella intentaba decir adiós a sus últimos fantasmas, al dar la espalda a la gente real, esa que solo piensa correr de un lado para otro en busca de cómo sobrevivir.

De tanto leer las cartas a mi abuelo, me identifiqué con él y no sabía dónde comenzaba yo en él, y dónde él en mí terminaba. Desde la manigua, la experiencia de los combates contra el colonialismo español pasó a ser por completo mía, al yo existir con antelación y no después como se ha descrito.

Me vi allá con ellos, con los integrantes del Club Revolucionario Juan Bruno Zayas, y en las cartas de Luis Orlando D'Clouet, que había sido fundador de la ciudad de Cienfuegos junto a los franceses como él provenientes de la Luisiana.

Pude verme en la piel y el espíritu del abuelo, y esto me hizo visitar el viejo cementerio de la sureña población, entonces, anotando les nombres de cada uno de los allí sepultados.

Entre otras maniobras de la clandestinidad, averigüé que hasta en los entierros se colaban los insurgentes para pasarse mensajes unos a otros; y supe también todos los argumentos referentes a las maniobras militares del mencionado Club en Santa Clara, como eran los nombres falsos gracias a los cuales permanecían en secreto por la libertad de Cuba, y todo fue maravilloso.

Habían conspirado en el comedor de esta casa bajo la vigilancia de las muchachas pertenecientes al Club femenino de la lucha, al atravesar también la cerca de púas rodeando esta ciudad para pasar a escondidas medicamentos, armas y todo lo necesario para mejorar en la campaña, donde se destacó, por su limpia labor, Luis Orlando, el amigo más querido del abuelo; y junto a él mi otro yo deslizaba algún que otro mensaje especial revolucionario, para ir adelante en la lucha.

A veces, en la alta noche, podía verme en el comedor o el palacete de la marquesa de Valle-Siciliana, recabando fondos para ser eficaces en las batallas al enfrentarse al ejército colonial.

En una de las noches del verano, Edith y yo detectamos el sonido peculiar de alguien cuyos pies estaban calzados por ruidosas chancletas, y asustada me dijo:

—Se parecen a las pisadas de tu abuelo. Trata de escucharlas mejor en el silencio de las penumbras que ya van llegando sobre nosotros.

En alguna ocasión de la infancia, tanto en los leves sonidos esparcidos por la casa, detectaba el andar de quienes ya estaban muertos, de aquellas guerras contra España y las dictaduras de Gerardo Machado y de Batista.

Me resultaba imposible desprenderme de los familiares pasos y susurros de quienes en ella habían vivido dignamente, y de haberme incluido en la rebelión en contra de la dictadura batistiana con múltiples recuerdos, de cuando en esta casa se albergó a los barbudos al llegar de las lomas.

Tanta historia había entre estas paredes sombrías en los diferentes siglos, que me resultaba imposible abandonarla por otra casa con mayores disposiciones de vivienda.

En la lucha de la Guerra del ´95, el abuelo llevaba el sobrenombre de Capiro. Sí, de aquella lomita tan amada por mí y testigo de la toma de Santa Clara por el ejército libertador contra el batistato.

Edith, yo y el resto de los amigos no habíamos obedecido al tiempo, ya que habíamos estado varados en un aspecto físico incambiable, fijo y sostenido por una fuerza a la cual no podemos remitirnos, conocer, ni ser conscientes de su poder.

Anoche soñé que Edith soñaba conmigo y, de esa manera, pude concentrarme en la visión en la cual conocí a Luis Orlando en los pasillos de una casona donde tocaban, de Antonio Vivaldi, su *Concierto en la menor para pícolo y cuerdas*, y allí le mostré al nuevo amigo y compañero de lucha, los portales y columnas del edificio… ¿todavía hemos de recordar esos momentos?

Al despertar —o al seguir soñando, no lo sé—, camino por las maniguas que resguardan al campamento mambí, y todo cuanto está allí renace alrededor de la cama donde la noche cubre con su manto de estrellas el cuarto, en plan de dormir o despertar. Mi memoria divaga, confunde los lugares, y me pregunto ¿a cuál de esos paisajes pertenezco ahora, al filo de los recuerdos y de los sueños tamizados por algunos preferidos valses, disfrutados por Edith, interpretados en las tardes veraniegas al piano en mi casa por mi tío, asociado a las composiciones de Chopin?

IX

La paciencia es una de las virtudes que más engrandecen al ser humano, sobre todo cuando los sufrimientos que padecemos son por obra de otros que actúan mal. Esforzarse por ser paciente ante los acontecimientos de la vida diaria y ante todas las personas cercanas, son cosas agradables a los ojos de Dios.

Con una vela en la mano para herir la penumbra del andar sin rumbo por la casa, cándida y ardiente a la vez, Edith parece ser una virgen fundida entre las sombras…

Estamos sumidos en la penumbra y el silencio, el silencio hecho polvo y la penumbra eterna de esta casa…. Solo espero, deseo…

A mi alrededor, como dormidas sin haberlas descubierto anteriormente, el reguero de las ropas y zapatos de ella, y mientras seguía yo avanzando hacia lo inmenso de mi hogar entre un subido calor, para sentirme, de un modo único, más lleno de vida.

CARMEN (tras la pausa anterior): Jorge no le es infiel a Edith, y lo mismo ocurre con ella. Por dura que esté la situación, no flaquean yéndose él con otra y ella con otro. Que Dios los ampare. Ante los tiempos difíciles no puede perderse la ternura.

Carmen, Edith, y otras personas mayores flaquean ante la adversidad de permanecer fuertes, porque los débiles no van a sobrevivir ante tanta ocasión de sentirse agredidos.

Hasta yo mismo flaqueo en algunos momentos, pero juré ante Dios que no me dejaré caer en el vacío, en la locura de los demás.

La perversidad campea por todas partes en las acciones de prostitución, del robo, de la mentira, de la neurosis, de la enajenación dispersada hacia todas partes. En nadie se puede creer, así decía Edith, ¡en nadie! El mundo entero anda patas arriba con los desastres naturales, con las guerras, con el desorden de una humanidad dispuesta a perecer. A veces, no sé qué hacer con mi vida, o con esa muerte vivida por mí, rodeado de fantasmas, de entes diabólicos. ¿Quién les pondrá freno a esos desarraigados en su propia tierra? Nada les importa, solo el dinero, el sucio dinero con el que se bañan sin descanso.

Impredecible ella, a pesar de saberme querido más allá de sus caprichos.

Impredecible Edith, que se va corriendo con excusas inventadas al vuelo.

Este hecho nos sigue pareciendo inexplicable, y no debemos dudar de que haya ocurrido y que seguirá ocurriendo. La claridad de su pensamiento es asombrosa.

Los hechos encajan perfectamente unos dentro de otros, como las partes de una maquinaria diabólica, enfermiza, cuya existencia se parece al puñal en la herida, o como las esferas que componen mi pensamiento lúcido, cristalizado, pormenorizado.

—Ahora no deseo escucharte. Aléjate bien pronto de mí.

Volvamos nuevamente sobre nuestros pasos, confrontemos la declaración de lo sucedido en tu escenario teatral, con nuestra propia experiencia visual de sus actos si es que podemos visualizarlos en nuestra imaginación…

—Escúchame bien, *mon ami*. No te distraigas, escúchame bien…

(III)

Habíamos descubierto, en un recodo frente al mar, los restos de un hombre que, al mirarlo de cerca, lo habían torturado salvajemente. Con anterioridad habíamos continuado el paseo por la playa, y ahora deleitándonos en esa soledad que ha provocado la inminencia de ese hecho terrible. Si en el vuelo de aquellas aves que caían pesadamente sobre las olas, torpemente, hubieras adivinado ese encuentro con alguien convertido en algo lleno de sangre… lloraríamos, Edith, lloraríamos al descender hasta la nada.

X

Este hombre, D'Clouet, no para de hablar, marea con su charlatanería y alardes de conocimientos, quien vivió más tiempo en el extranjero que en su país. Ciudadano del mundo, a pesar de haber contribuido tanto a la independencia de Cuba, digo yo, Jorge Ramos. Tiene razón Edith al decir que en nadie se puede creer, ¡en nadie! Solo en el Señor, que no me da diplomas ni aplausos de reconocimiento por mi labor en Santa Clara, que Él disponga de mí, nadie más. Él lo es todo para mí, ¡nadie más!

El verano arrecia ahora, hiere sin piedad con ira, sobre una ciudad que ya no logro conocer, ¿o es ella quien no me conoce?

El verano trastornó la mente de Carmen Ruiz, de modo que una amiga muy asustada la llevó a la consulta de un siquiatra. Las ideas emitidas por la enfermedad mental de esta mujer la hacían desgajar hacia fuera de ella, conceptos de muy mal gusto acerca de nuestro país.

Por otra parte, el verano aumentó la cantidad de alcohol ingerido par Edith, quien me desatendía, al no ayudarme con la manera cariñosa de un alma noble, pero neurótica, inadaptada a las miserias espirituales de la gente producida por la escasez, casi tan parecida al «período especial» años atrás; y en todas las esferas de la supervivencia, no todo el mundo obraba como debía hacer quien respetaba el honor y la decencia hacia los otros.

Todo el día de calor por delante, sumergida Edith en un túnel del largo verano y en medio del corazón horriblemente fatigado y, por ende, sus ojos se habían llenado de lágrimas que enjugó enseguida, pero ya, silenciosas, afluían otras y otras por haber llorado tanto.

¿Decidiría ella regresar sin «baches» a mi lado, abandonando esos senderos perdidos con facilidad a lo extenso de una vida vacía, de mente tan pequeña como un guante a medio colocar en una de sus manos?

Era ella, y allí está de pie, mirándome, y su presencia anula los años baldíos, las horas, los días, en los cuales el destino se interpuso entre Edith y yo, lento, obscuro, tenaz.

Ante la llama de los altos cirios, cuantos me velaban se inclinaron entonces, para observar lo que la muerte quizás no había logrado empañar, lo que Ella me veía.

Y así como me ve, inmóvil y tendido boca arriba en el lecho, vislumbra mis manos cruzadas sobre el pecho al oprimir un crucifijo.

Ella parecía confundirse con la numerosa familia en vela, y ante mí, llorosa, atolondrada, en la vasta sala de esta casa aparecida a finales del penúltimo siglo.

Algo indescriptible me hizo recordar el tiempo en el cual Carmen Ruiz se fue a vivir muchos años en La Habana, y de repente, su inesperado regreso a Santa Clara.

Parecía ser una mujer diferente de la de aquellos tiempos en los que trabajé en esta ciudad. Ahora criticaba la homofobia con énfasis debido a su amistad con un peluquero jovencito, por sus recomendaciones de parecer elegante en los peinados que él le hacía y referido al vestuario adecuado a las diferentes horas del día o de la noche.

A Carmen le gustaba todo cuanto tenía que ver con el gusto de los pepillos en el escenario del Teatro La Caridad, al cual se acercó amistosa, no solo con los artistas llegados allí, sino con los empleados del coliseo santaclareño.

Tuvo en tal lugar un recital con sus poemas, con lo cual intercaló la danza de los muchachos de un grupo de prestigio, y había sido todo un éxito. Alguien le habló de mi Teatro Mágico y al hacerle una prueba le pedí aceptara la idea de figurar conmigo en las artes escénicas; me había gustado su desenvolvimiento y comunicación con la obra y su público, ya que en los ensayos había sido eficaz, sobre todo al dejar de lado el romancito entre ella y yo muchos años atrás.

XI

Con una vela en la mano para herir la penumbra del andar sin rumbo por la casa, cándida y ardiente a la vez, Edith parece ser una virgen fundida en las sombras…

Carmen había paseado, como todas las tardes, por los alrededores del parque y se sentía fatigada. Amontonados en la luz, las miradas de los allí presentes seguían atrayéndola, y fue dando vueltas hasta llegar a quienes la observaban a cierta distancia, y un deseo, una atracción, era algo tan insólito en ella, que necesitaba disimularlo ante sí misma.

El murmullo dulzón de las diferentes floraciones de los canteros al sugerir las fatigas y el encanto de los rincones húmedos para la hora de la siesta, la alertó.

Dormidos entre el césped y los árboles, varios ancianos, aquí y allá, a mediados del siglo anterior, ¡cosa rara! emitían los extraños perfumes agotados por el calor.

¿Sentía ella el misterio del llamado de los pétales florales cantando su misma canción día a día?

Nada podía asustarla.

Pese a sus pensamientos desencadenados y contradictorios, el mismo ritmo exterior, la música silenciosa de la pasada cantinela primaveral de cosas renovadas, aún de cosas repetidas…

Alzó los ojos nublados de ensueños; ¿qué quería el aire entibiado que ella era incapaz de conocer?

Las mariposas iban y venían y caían como infinita blancura de un tiempo trastocado, hacían rondar los latidos de su corazón cual si estuvieran anunciando los aromas de los galanes-de-noche y de los jazmines, a deshora.

Marcando el vuelo en las alturas, volaban los pájaros incapaces de hacerlo mucho antes del atardecer con el anuncio de la cercana noche.

«La noche no se ha hecho para mí», pensaba sin descanso. «Estoy viva. ¡Viva!» Seguía avanzando, solamente para sentirse más llena de vida.

ACTOR: Jeremías, sí. Por él sabremos que había nacido diez años antes de Jorge Ramos; claro, también era uno de los medios hermanos suyos, y su aspecto físico estaba detenido en el tiempo como muchos de los aquí mencionados. Un tiempo después de hacerse pasar por un nuevo amigo de Jorge, le dirá la verdad de su identidad (pausa). Este muchacho cuya presencia evocaba la de un mulato claro o un «jabao» puro, era inteligente y servicial con todos, y más, acentuando su afectividad hacia Jorge.

Sorprendieron a Carmen arrodillada ante una tumba del cementerio de la ciudad. Dicha situación le venía la calificación de esa misteriosa manera de portarse ella en la medianoche de allí, de cada viernes.

CARMEN (con un libro en la mano, lee a quien está sepultado allí): ¿Qué necesidad de retraimiento tan imperiosa habrá podido decidirte a desfigurar de tal manera tu persona, a envolverte en un disfraz banal —el que peor pudiera cuadrarte—, con tal de conseguirlo? Mejor hubiera sido decir sencillamente que querías dedicar un mes para estudiar las sonatas de Bach o traducir un pasaje de Virgilio. Pero si hubiera sido solamente esto... Son las mil pequeñeces, las oportunidades que tú aprovechas para estar solo, para alejarme de ti: el gesto de impaciencia con que acoges mis locuras, que ya hasta el don de hacerte reír han perdido, el silencio displicente en que te instalas cuando me quejo, cuando te pido, cuando me agito a tu lado...

En esos instantes, Dionisia, la vieja cocinera de la casa de la familia en la cual había nacido Jorge, aparece sin esperarlo, mientras Carmen lanza gemidos al aire de la noche, como si la noche misma la sostuviera allí entre los ramajes del viento y de la soledad. En menos de unos segundos se le acerca Ramona, y con pasos abotargados la hace desaparecer del cementerio.

Jeremías ha desaparecido otra vez. En ningún lugar se le ha podido encontrar. Algunos dicen que nadie tiene noticias, en meses y meses, hasta llegar a mis manos una carta de Londres, en la cual se disculpaba

por la ansiedad causada, tranquilizaba a todos sobre su salud y se afirmaba extrañamente.

El recuerdo del jovencito errante bajo la humosa niebla de aquella
ciudad hirió el corazón de sus allegados.

La sombra de Dionisia, recostada a una de las puertas de una tienda
de divisas. Solo pude ver de ella la espalda encorvada ante mí.

¿Tendría que ver la existencia de Dionisia para comprobar que ella
nunca había muerto, que ella podía señalar alguna noticia acerca del muchacho tan querido por todos?

En un abrir y cerrar de ojos, junto a Ramona, la antigua cocinera de mi
casa se esfumó para anestesiarme sobre la verdad o no de aquella aparición. Como bruma se tornó mi pensamiento, y como bruma se deshizo
en el incierto ambiente en el cual yo parecía flotar.

Mis ojos empañados del resplandor del patio… venido de no se sabía
dónde, me había encontrado con un fugitivo rayo de sol refugiado entre
mis manos. Ya dentro de mi cuarto vacío, el aire de fuera entró de golpe
en la estancia, y a su vez seguía entrando el sol y se deslizaba con tiento
alrededor de mis sienes, y las paredes estriadas de filtraciones repasaron
cada uno de los rayos solares amasados de sombras todavía.

El cansado andar de Dionisia llegó en sonidos de pasos desde algún
lugar cercano al patio carente de vida entre el desorden de un pesado
silencio…

—Mi tercer niño, Jeremías —invocó ella, emborronado de neblinas
producidas por los desniveles del piso y de la lluvia y del fanguero, al
punto de tocar cada uno de los canteros, dispersados en la sorpresa,
y por ellos una reciente ubicación mental me hizo pensar de un modo
vago en los muertos.

Me había causado asombro el cambio del rostro del niño detenido
ante la fuente seca del patio, para colocar sobre la cara del eterno aparecido en el lugar, sosteniendo en sus manos un cobo convertido luego en unicornio de plata, ¡el rostro alerta de Jeremías, embebido en sus
errabundos paseos por el mundo allí, y no vi más! Mis ojos alucinados se
habían cerrado…

A tientas, atraviesan el patio obscuro. Las sombras de Luis Orlando y
de Ernesto Suárez van con las manos cogidas, cuando se dirigen hacia la

cochera donde los esperan para trasladarlos a La Habana a la mansión de los marqueses de Avilés, cuya fachada silenciosa del neoclásico tardío los atemorizan. Es el año 1915, celebran allí en el Vedado una fiesta. Al azul obscuro y violento del crepúsculo sucedía un único negro aterciopelado y brillante, que parece extenderse de arriba abajo como un telón de sombras, ondulante al soplo del viento. Por entero, el paisaje se espesa en una pulpa fría de tinieblas, con la suavidad de una gota de sangre al penetrar en la masa obscura del corazón, mientras la noche se va inflamando como un globo de sombras.

Los amigos han llegado en fracciones de segundo a su destino, y al intentar penetrar en la edificación, escuchan la interpretación del *Concierto en la menor para pícolo y cuerdas,* de Antonio Vivaldi; la música que Luis Orlando esperaba a volver a escuchar.

Desde la penumbra del patio de mi casa puedo divisar cuanto acontece en cualquier lugar de la Isla.

Allí Carmen Ruiz acaricia con sabia ternura el cuerpo de Jeremías a su lado, aunque el muchacho con gesto esquivo intenta desprenderse de ella.

«Mi mamita», dice él, no sin cierta coquetería, y al instante la abraza, besa sus mejillas y ella se da cuenta de que el tiempo se va con furia, para no volver jamás.

Jeremías comienza a reír con una risa invencible y triunfal.

Alta en el cielo, la luna blanca y helada hizo que Carmen frunciera el ceño. Está acorralada. Recordó a Alexey, quien en la obra escénica se repetía, ahora, cerca de ella en el rostro irritado del muchacho. Jeremías se porta de la misma forma que Alexey en el devenir del Teatro Mágico.

Mi Teatro Mágico influía en la realidad de los actores.

Carmen repitió para sí misma, que el tiempo se va con furia para no volver jamás.

«No soy eterna, nadie es eterno, nada es eterno, ¡qué horrible verdad!».

A veces Edith ha estado tan tranquila que nuestra casa parece no prescindir de ella, aunque en otros momentos se torna imprecisa, algo agresiva, pero aprehendida a una sonrisa dura y afilada como un alfanje, y si alguien entrara en este momento en cualquiera de los lugares de la edificación muda y sin chistar, ha sido como una traición entre las sombras… ¿lo digo ya en páginas anteriores?

¿El cadáver descubierto en uno de nuestros paseos por la playa, no es otro que el señor que la atendió al hallarla vagando por La Habana?

¿Ahora?, el mar duro y brillante parece laqueado en el fondo del paisaje tan amado por nosotros que parece descansar en aquella orilla del mundo.

IRAIDA LA PINTORA: Edith está indefensa y enloquecida ante la maldad y optimismo de la gente en las calles de esta ciudad. Demasiado noble es, y a Jorge no he querido enseñarle la reproducción de la plástica de Turner que él llamó La decadencia del imperio Cartaginés, porque tengo miedo, mucho miedo; son tantos los imperios que andan por el mundo y en el nuestro, y contra nosotros, y no me atrevo a buscarme problemas de cualquiera de los modos de vida aquí y allá y acullá (pausa). ¿Qué se propone Edith para acosar a Jorge con malas noticias de su vida al garete? Pobre Jorge, nunca ha tenido algún amor que le cuadre como él siempre esperaba. Todas sus mujeres no valen un quilo; aunque a su manera, Edith lo ama, creo yo… Ella tiene para con él detallitos encantadores capaces de sentirse acompañado, acostumbrado, sobre todo, pero nada más. Él ha dejado la pintura y yo no. En definitiva, con ella no le va y él aguanta como un toro sus desmanes.

XII

Con una vela en la mano para herir la penumbra del andar sin rumbo por la casa, cándida y ardiente a la vez, Edith parece ser una virgen fundada entre las sombras.

Y ahora, desde mi cuarto y sin siquiera verla llegar, me sorprende la imagen de aquel verano luminoso, dulce y tierno como ninguno, cuando mi padre pudo conseguir junto a mí, subir con nosotros a mi sobrino, pequeño entonces, a conocer la loma del Capiro.

Y no lo dudo, entre mis recuerdos más hermosos, este había sido y será el más preciado de todos.

Sí. Porque ese singular recuerdo conlleva en su seno el zaguán de esta casa mía. Sí. El zaguán…

En él se nos ocurrió la idea de visitar el Capiro y llevar con nosotros a mi pequeño sobrino. Fue allí. Allí. En el zaguán.

El mismo zaguán donde mis padres se despidieron de mí para marchar definitivamente al extranjero, la despedida final de Miriam hacia La Habana, el saludo de importantes conocidos y amigos, y el mejor de ellos, en estos momentos: Jeremías, hacia su viaje en una semana por Europa en nuestro abrazo deseándole salud y suerte, cuando al llegar me estrechó, de tal manera, como nunca nadie lo hizo en los días de mi vida.

Allí Carmen Ruiz se apoderó de sus sueños al echarse en el sofá envuelta en mis palabras «yo te escondería, preciosa muchacha, como el que debe esconder un crimen dejando su huella en un hilo perdido al conducirme a ti, hasta acariciar el fondo de tu alma con el mismo deleite con que se ahonda un remordimiento, porque yo conservaba alguna huella de ese amor, con toda la fiebre de mi corazón sucedido en tiempos breves, breves, parecido a quien ve una estrella que también han mirado tus ojos. El viento de los años se ha llevado ese deleite, aunque ahora lo recuerdo, lo aseguro al deslumbrarme tu belleza, Carmen, tan dulce y propiciatoria siempre, aunque el tiempo se ha llevado aquellos ensueños; ha dejado caer, como ya dije solo aquella mañana de estar junto a mis padres y mi sobrino en la cima de ese montecito encantador, capaz de agrupar otros recuerdos tan lejanos al instante en el Capiro».

Epílogo

*De esta fiesta mundial de la muerte, de esta mala
fiebre que incendia en torno tuyo el cielo de esta
noche lluviosa, ¿se elevará el amor algún día?*
THOMAS MANN

(A)

Carmen Ruiz volvía a mi casa para verse obligada a aceptar la dualidad líquida y también humana del muchachito Jeremías, tan pequeño de estatura y algo robusto.

—Eres un tesoro, cariñito mío —diría ella, al contactar el regreso corporal de «su niñito».

¿Hasta cuándo?

Al reaparecer Jeremías con su cabeza a rape, se estremece voluptuosa la mujer al tenerlo muy cerca de ella, a pesar de lo mayor que era ante su capricho y su sexualidad, tan reprimida como la de aquel. Carmen, de alta estatura y atractiva siempre, a la espera sin cansarse desde el patio ante la deseada reaparición.

Entonces me le acerco al muchacho y le pregunto:

—¿Por qué siempre estás sonriendo?

—Porque todo es tan jodidamente gracioso —es su respuesta.

Ahora, la hembra le acaricia el cuello, y Jeremías con suavidad se enfurece.

—¿Qué quieres tú de mí?

Y se aparta de él, para responderle:

—No quiero nada de ti, si todo me lo has dado tú.

Y ella, casi molesta, deja el patio y se abandona a sí misma con cierto pesar y al entrar al baño se masturba y después sale a la calle.

—No quisiera encontrarme otra vez con esa piruja —me dice el chiquillo, y las flores desteñidas en los canteros del patio han tornado sus flores recientes, flores todavía húmedas del rocío de la noche.

Mientras Carmen camina a través de las calles lleva consigo los labios rojos y pulposos del jovencito capaces de enloquecerla al recordarlos en aquel furioso verano.

En la absoluta soledad de mi hogar reaparecen tenues sonidos por todas partes, irreconocibles, regados sin piedad por el hechizo y capaces de enturbiar mis ojos que buscan y nada encuentran, en su finalidad consumida en cada paso dado por mí en busca de la procedencia de los objetos al caer al suelo, o al frotarse unos contra otros, en amalgama de enigmas cuya procedencia ignoro, semejantes a las raíces de un maleficio preparado con el fin de aniquilarme.

Si no fuera por la incomprendida materia, ¡cómo íbamos a sentir el vértigo de lo abstracto!

El aire va llenándose de nuevas vibraciones y permanezco callado, tranquilo, parecido a la sensación de un inminente peligro, y aún, en la ininterrumpida presencia de ese buen amigo Javier Garmendía, quien no cesa de preguntarse si la dureza del silencio cuyo cuerpo no es capaz de definir, medir, tocar, al observar en sus visitas tanta dispersión inconmovible cuando una infinita tristeza camina con la noche.

—Que no se te ocurra desear la muerte de los muertos —me dice, no sin antes detectar en todo su aspecto los fenecidos veranos caídos como quien ama a los muertos en los vivos...

CARMEN RUIZ: Estoy aburrida de los hombres en general, y de los tantos maridos que he tenido legalmente. Ya lo verán...

El público invitado queda sepultado ante tal revelación. Solo algunas mujeres aplauden con alegría.

JORGE RAMOS: El desfile de mis ideas me hace luchar hasta dar casi al fin con la Casa en silencio, para hacer vibrar las conciencias dormidas de quienes no creen en la igualdad en la diversidad.

Al escuchar mi voz los aquí presentes aplauden a rabiar. Y no sabría discernir si este será el principio o el final de mi ensayo, y con la ayuda de la espiral ascendente que ya nos resulta indispensable, tener mucho más esa cercanía hacia la paz universal.

De repente, pudiera imaginar, como en el caso de hacer volver a la vida a Carmen Ruiz y Alexey, afirmar lo que ambos han sufrido en la realidad, el asunto terrible del mutuo asesinato en el monte por celos de esa mujer, por la idea de la partida por siempre de quien amó como a nadie y a su vez allí la defensa del muchacho al devolverle con furia las acciones locas de la pasión de ella por aniquilarlo de una vez, para suprimir el sufrimiento de no verlo más.

No debo ir más allá de cuanto en mi mente nace con tal horrible idea. No debo enredar sobremanera esos vericuetos capaces de empañar lo ya escrito, en estos papeles primarios para lograr la obra escénica a punto de comenzar, y de esa manera, darme a la tarea de empezar a escribir esa novela tan soñada por mí desde hace tantos años.

Evito confundir a mis lectores, y es mejor dejar las cosas como han sido en la realidad.

Ellos dos integran el elenco de mi libreto escénico, y así van a quedar.

(IV)

Querías obsequiarme la muerte llenando tu cuerpo, muerta de tanto olvido como hubiera sido preciso para amar, al rechazarlo; a semejanza de aquel cuerpo desgarrado que nunca habrá de ser de nadie, pero cuya imagen no te abandonará jamás…

Te entrego entonces, solamente para ti, el caracol de nácar recogido por mí sin tú darte cuenta, Edith…

Y, a pesar de lo expuesto por mí, hay quienes en Santa Clara hablan de los viajes al mar sin Edith, cuando en noches de luna llena siempre llevo aquel caracol de nácar que ha regresado a mis manos, mientras de pie ante el romper de las olas contra la arena, allí, sin apenas moverme, recuerdo el párrafo de un libro: «*no vivir no es morir, como no morir tampoco quiere decir que se viva; entre vivir y morir hay un concepto algebraico, un valor negativo correspondiente a cada uno de estos dos valores positivos, que son la ausencia de vida, igual a menos vida, y la ausencia de muerte, que, por llamarla de algún modo, también la llaman vida…*».

Quiero regresar a la espiral ascendente junto a la experiencia obtenida por los años y, de esa manera, esparcir desde aquí todo el amor y la misericordia que tanto nosotros, como el mundo, necesitan para no morir de pena.

Pero he logrado desarmar la maldad egoísta de Edith y ella bien lo sabe, porque ha florecido a mi lado, viva o muerta. Yo puedo más que tú, infeliz mujer, insensata mujer, cuya nobleza del alma he sabido cultivar a costa de sacrificios y privaciones, y por ello te aplaudo, y me aplaudo hasta deshojar mis manos en cada recuerdo tuyo.

Carmen había llevado a Edith a La Habana para ingresarla en un hospital de siquiatría, y aprovechó la estancia allá para unirse al grupo teatral de uno de los más afamados directores de la escena.

Pronto regresaría a Santa Clara para integrar de nuevo el elenco de mi Teatro Mágico, y en la capital su conducta escandalizó a quienes la veían superficial y medio atontada, al darle cabida a su mal quedar en los ensayos. Gustaba de leer libros interesantes para dar su verdadera imagen soñada por ella.

Dejó a todos atónitos al comprobar el talento de esa mujer, incapaz de amar a ninguno de los hombres llegados hacia ella.

Volvió a dar con siquiatras para un mejor estado de salud mental.

Apenas dormía y nada se podía hacer por su organismo desgastado en los asuntos de su infancia y juventud.

Intentos fallidos de suicidio fueron apartándola del mundo y de los maridos con los cuales pensaba, con cada uno de ellos, ser ama de casa y buena madre, a pesar de la inconsistencia que a su carácter atosigaba.

No soportaba la realidad latiendo junto a su cerebro y nada le venía bien.

Hubo alguien que comparaba su vida con la de Marilyn Monroe, porque en verdad se le asemejaba, y de esa manera la volvieron de regreso a su ciudad natal y se apareció a los ensayos de mi obra teatral, aunque, al parecer, iba cogiendo la pauta disciplinaria de los grandes y verdaderos artistas, y de repente se convirtió en una persona brillante y tenaz con tal de estar entre nosotros.

MIRIAM: Carmen Ruiz tenía en el piso su autoestima. Consumía pastillas para poder dormir. Sola siempre, infeliz, llegaba tarde a los ensayos…

ANDRÉS: Estaba agotada por las señales de admiración por parte de sus numerosos admiradores, que la consideraban una verdadera estrella capaz de triunfar donde se le antojara. Tenía sed de adquirir cultura y sabiduría de la manera que fuera y, aunque digan lo contrario, estaba ansiosa, inquieta, impredecible, bajo los efectos del atormentado cerebro incapaz de hallar la deseada paz y concordia con la vida. Intuir en la escena, eso la hacía brillar.

A pesar de cuantos quieran pensar, Edith me amaba a su manera, y me fui acostumbrando a su algo disparatado carácter intermitente.

La noche es cálida, luminosa de estrellas…

No acabo de comprender cuando Edith me dice:

—Lo nuestro ya se acabó.

—No —le contesté —, no me importa tu libertad.

—Es tu «prisión» con la cual, Jorge, me acaparas dentro de esta casa… Sí, es que yo necesito ir a buscar en el parque a personas al punto de lograr otras vertientes de la sexualidad más sabrosas, diferentes a las tuyas.

—Haz cuanto desees dentro y fuera de mi casa, Edith, y deja de lado esas situaciones de las cuales me haces saber.

Pero se arrepiente, o las olvida, y no sé distinguir cuándo dice verdad y cuándo inventa lo que expresa. Sus planes se van a pique y se empeña en mortificarme con la plática de cuanto pudiese agredirme con tontas palabras y entonces, a veces, observa:

—Solamente juego contigo.

Es urgente en estos momentos hablar acerca de Carmen Ruiz. La verdad sobre ella es que, a pesar de sus años, es una niña asustada. En La Habana se dedicó a la droga y tuvo incomprensiones, sobre todo, en una recepción oficial en la cual su prestigio de gran estrella del teatro coincidiera con una figura del arte muy querida en Cuba. La fama de Carmen allá fue grande debido al amor de una mayoría de admiradores de su arte. Lo sexy de Carmen la hace romper corazones de los jóvenes teatristas, pero nadie sabe como yo, que siendo una hija no obtuvo por parte de la madre el amor, el calor tan necesario para su psiquis, y peor: su madre la catalogaba como una niña no agraciada en su físico. Y luego la madre se enfermó de los nervios y enloqueció permanentemente en un manicomio, y por tal motivo Carmen tenía que ir de una casa a otra de los regados familiares en aquellos tiempos y expresó en una entrevista por la televisión que todos los hombres queridos por ella terminaban dejándola. El carácter de Carmen era débil, hasta convertirla en una muchacha indefensa. Para algunos, hacía recordar por la crítica especializada, su vida se parecía a la de Charles Chaplin y a la de Greta Garbo.

RAQUEL: Edith es una enferma mental y tú lo sabes bien, y me dirás «ese es un asunto mío y no dejo que nadie se entremeta». Lo sé, ella ha colocado pomos llenos de agua y con tapa por toda la casa y dice que es alguien que aquí entra sigilosamente. Pomos iguales, en todas partes, sí, de esos que venden en tiendas de divisas. Tienes a tu peor enemigo dentro de tu casa. Cuídate.

ANDRÉS: No hables boberías, Raquel, déjame tranquilo, yo sé lo que debo de hacer. ¡Qué mala suerte he tenido siempre! Ella ha sido la única en mi vida sentimental.

Se me ha convertido la noche en una noche de ensueño, y cabe en la duración de un sueño.

En estos momentos, la humanidad había sido la primera en preocuparse por la relación que debe haber en el alma innombrable de la naturaleza y el alma de algunos de mis personajes, unas veces más o menos, y de esa manera, me he confabulado con la música que trabaja secretamente en la poesía misteriosa de las noches, en esos ruidos anónimos que producen hojas, las de los cantares de mi patio, acariciados por los rayos de la luna y de las estrellas.

Por eso escribo, escribiré, apoyado por la música, para describir lo fantástico que se halla en potencia en el cerebro de algunos hombres…

Hay una sombra que camina hacia el traspatio, dando tumbos al andar.

«Esta casa ya no existe», interrumpe una voz caída sobre el patio.

No veo mis ojos en la sombra, y alguien parece haber transgredido el silencio, al colocar una música en mi equipo, que han encendido. *Noche transfigurada,* de Anrold Schönberg, que agita mis nervios atrapados por una red invisible y obscura, oxidada por el sonar de unos pasos que presagian tormenta. Alguien camina sin saber cómo hacerlo, como quien, por primera vez, aquí llega, como el patio de la Muerte regado de sangre.

IRAIDA:Tengo miedo, mucho miedo… En los años sesenta descubrieron los trámites legales para irme del país y el dolor que me hicieron sentir, era parecido al de Cristo clavado en la cruz… Me han dejado tranquila. Soy una persona de la tercera edad, pero tengo miedo, mucho miedo a todo aquí…

En realidad, ciertos muertos son excesivamente discretos, y esperan demasiado la melancólica reparación que es la gloria póstuma.

Para levantar el velo de la muerte, hacen falta manos escrupulosas, y generalmente las exhumaciones las hacen manos torpes o sospechosas que vuelven a arrojar en el olvido a esas pobres flores fúnebres, guiadas por un vil y secreto egoísmo.

El domingo pasado hubo un sol jactancioso, irresistible calor, aunque esa misma noche fue encantadora y yo había decidido no hacer nada… Soñaba en realidad, y no eran estos los minutos admirables que más tarde se recuerdan con enternecimiento, como si en breve espacio de tiempo se hubiese preparado el futuro.

Soñaba… ¿Dar una fórmula? ¿Quizás concluir esta obra?

La noche seguía siendo encantadora, aunque yo no me detenía en mi propia contemplación, sino que me perdía de vista, hundiéndome, cada vez más, en las ideas generales más desagradables: la extrema expansión de Carmen Ruiz en La Habana o en la posible pérdida de traer a esta casa a mi adorada y pesimista Edith.

No puede negarse que en el arte del vivir son necesarias ciertas alianzas, pero al menos hay que hacerlo con delicadeza.

La sombra que camina lentamente ahora hacia el traspatio es la de un hombre mortalmente herido que, vencido por la muerte, ensangrentado, cae sobre el suelo. Le seguí y al acercármele se ha evaporado en el aire y nada ha quedado de él, como una mancha disminuida de la noche. Fue en aquel domingo de noche encantadora, misteriosa ahora. Pero el silencio todo lo ahoga…

(B)

La hipocresía y la injusticia reinante, en guerra contra mí, mortifican mis intentos de paz y armonía, y lo mismo sucede con las contradicciones de Edith y de sus planes de improviso que se pierden en su mente enferma. El sentido de quienes viven solamente por vivir, me dispone a la tolerancia y a la falta de dignidad y misericordia hacia todos ellos, por eso debo lidiar contra lo difícil, para no perderme lo placentero de la vida, porque derrotar lo más difícil crece en los corazones de los hombres de ley cuando se enfrentan irresolubles a los problemas a cada paso, aunque sean repentinos y momentáneos.

Y veo la ciudad irreal que acompaña mis pasos, clara y luciente como jamás había visto otra alguna. Mi ciudad, magnífica ciudad que es la mía.

Ciudad abierta a todos los soles del mundo, sostenida en un polvillo de oro, y la luz, nacida de mis manos, va hacia la entraña donde los hombres se creían vivos al comer fuego y astucia.

Y miro la obra del artista, la ambición del poderoso, la paciencia del sabio, al trasluz de las puertas entornadas.

Edith ha pasado sin detectar mi presencia, sus vicios, mezclados a su humildad y nobleza, la han cegado por completo y más allá, la tierra humilde donde la gente parece brotada por el calor sensual de los veranos parecido al estar sostenidos por una ilusión pasajera y cercana a mi presencia. Carmen Ruiz se asemeja a la buscadora de alimentos y medicinas verdes junto al amigo de siempre, Alexey, rodeado de hombres incapaces de sostener, en su vejez, el aliento de un amor en venta; hombres blancos, negros, amarillos.

¿Acaso no se tienen en un instante las cosas que más se tienen? Mi implacable soledad parece no tener fin porque el hombre es un ente convencional, pero a la sombra de una divina esperanza.

Asombrado, pude alejarme de ellas.

Al día siguiente de mi primer paseo por la ciudad, al salir de mi casa el calor me obligaba a abordar el bulevar, ya en el parque, me tropiezo con Carmen, enamorada de una mujer con la que se pasea a lo largo de la calle Luis Estévez y, sin notar mi presencia cercana, Carmen expresa cierto pesar y alcanza escuchar lo que a su pareja le suplica casi llorando:

—Mima, tú estás rara, pareces defraudada de cuanto te he confesado, ¿qué es lo que he hecho yo? ¿En qué he podido fallar a nuestros sueños de amarnos más? Quizás te estoy amando demasiado, tenía miedo de decírtelo, cuanto te han contado de mí me envuelve en un sentimiento de culpa... Esa muchachita, Carmencita, no está puesta quizás para ti y haces mucho esfuerzo para acercártele. Yo te creía la más lista de todas, y comprendo que la amas a distancia más que tú a mí y no quieres fallarme porque deseas comprar mi amor a costa de caros regalos.

Asombrado pude alejarme con rapidez de ellas, al ignorar las dos mi cercanía.

Cruzan hacia otros derroteros las dos prostitutas, quienes seguían mis pasos, y una le susurra a la otra:

—Ese muchacho no es extranjero y no tiene ni un quilo, lo he visto varias veces fuera de su casa y lo mejor es ir en pos de alguien con los bolsillos llenos de dólares o euros. Qué bobas hemos sido, y la culpa no es tuya al no advertirte a tiempo lo negativo de ese joven al cual le caímos atrás sin darnos cuenta. ¡En qué mundo de miseria vivimos, mi amiga! ¡Larguémonos hacia otra gente, y con cuidado, para no fallar otra vez!

RAQUEL: La vida es un teatro (aplausos del ensayo con público invitado). Sí, puro teatro, o telenovela, o cine… (pausa). Recuerdo en estos momentos que las jovencitas «decentes», seguían la recomendación de sus padres al regresar apuradas a sus casas a las diez de la noche, de los paseos en el parque, después que la Banda Municipal interpretaba al final de su concierto el Himno Nacional, y allí existía, antes del cincuenta y nueve, el paseo de los negros en los extremos del parque, porque el paseo junto a la Glorieta y la estancia en dicho lugar, pertenecía solo a los blancos.

Una fuerza extraña me obliga a subir al mirador, y al llegar hallo sobre una lona un cadáver sometido quizás a un tiempo en el cual ese cuerpo no está sujeto a una descomposición. Un cuerpo como tallado en mármol: ¿será el de Luis Orlando D'Clouet, o el de aquel niño con ropa marinera aparecido ante la fuente con un cobo en la mano, a punto de convertirse, en las infantiles extremidades del cadáver, en un unicornio de plata?

Busco en toda la casa y distingo a lo lejos la figura de Edith con uno de sus nuevos amigos-amantes, que desaparecen en la penumbra de la noche recostada a mi casa. Se pierden en la tibieza de un raro silencio. Todo está en calma, pero existe alguien que ha causado tales crímenes. Y busco, busco, no encuentro a nadie y la soledad se hace dueña de mis vacilaciones.

Llego al traspatio y a la cochera donde Edith, sola por completo, mira hacia la puerta trasera del lugar sentada sobre un viejo taburete. No sé lo que hace allí, si espera a alguien o ha sido una despedida.

El asesino debe andar evadiéndose en los rayos oblicuos de la obscuridad. Siento pasos. No vienen de ninguna parte, pero están a cierta distancia al llegar al patio con su fuente viva de agua, y cerca de ella hay una lucecilla como salida de un quinqué. Las sombras se retuercen en sí mismas, y seguí hacia la figura en breve silencio cortado con una pregunta al que acechaba en la obscuridad, y pregunté a quien no acababa de salir de la penumbra cómo había podido llegar a mi casa, pero no obtuve respuesta en varios idiomas, y vuelvo a callar al dudar ya de aquella presencia viva en la tiniebla, la cual hizo un ademán de retirada.

De nuevo miro a la pálida luz como un brillo marcado en la noche descendida sin aviso sobre mi casa, hasta rajar el cielo con la luz de las estrellas, y la luz parece un trillo marcado en la espesura del árbol de la noche, tal si lo hubiera raspado el pase de una sola persona, dejando a veces allí, año tras año, una misma huella.

¿El peligro me acecha con la presencia de un viejo criado de la casa?

La figura habla y me doy cuenta de lo imposible que resulta andar en el mismo plano de ella. Al llegar a la sala a media luz, observo pequeños pomos iguales con su taza, conteniendo un líquido parecido al del agua; Edith los había regado a diestra y siniestra en mi hogar.

—Vengo al pueblo a vender la mercancía traída del campo —es lo único que dice esta figura.

En realidad, no sé a ciencia cierta si estoy solo o acompañado por Edith. Las noches parecen que no van a concluir nunca, y en una de las madrugadas me ha parecido haber sucedido todo ya. Mis pensamientos recogen las migajas de un amor no detectado aún por mi angustia de saberme deseado por esa corriente dirigida hacia mí, por alguien que se me quiere aparecer y quizás jamás ha existido.

¿Todo no ha sido más que mi visión externa e interior de un sentimiento no apegado entre los brazos a la inconsistencia de un hecho no verdadero, falso, como la imprecisión de mí mismo y de la realidad?

Vivo en un lugar solitario, en este caserón, respirando una atmósfera cerrada y malsana, y puedo parecerme a un fantasma en el patio de una cárcel donde falta movimiento, claridad; y me falta algo en lo cual ocuparme entre tanto calor y silencio, y ante uno de los espejos mi gesto neblinoso suele aterrarme cada día, cada noche, hasta rendirme en un deshecho túmulo de cosas inciertas. Pero, de un modo extraño, mi mirada licuada y vacilante no responde a las preguntas de mi corazón.

Creo en el amor. Necesito atrapar una pregunta con suma rapidez para no morir de pena.

Edith, a pesar de todo, sin saber cuándo te vería, mi esperanza es dura de matar, aunque ahora existe tu puerta cerrada, tu corazón cerrado.

A esta soledad que no termina, a esta sombra más obscura que todas las noches del mundo, en vano tiendo hacia ti mis brazos, todavía y siempre.

No es una tonta invención mía el hablar a solas conmigo. Aunque soy el menos valiente de los dos: tengo miedo a la noche, como los niños.

EDITH: Como están las cosas en este país, no se puede confiar en nadie... la gente nada más que piensa en el dinero (siempre ella lo repetía, la inestable, la mentirosa).

¿Con la ayuda del Espíritu Santo lograré traer a Edith, ahora tan lejos de mí por culpa de Carmen Ruiz? Sí, la traeré a mi lado porque ella es lo más importante de todo, y el amor se elevará un día en nuestro planeta; ¡el amor es más fuerte que la muerte!

RAQUEL: Sí, Jorgito, la Biblia lo dice: el amor es más fuerte que la muerte. Y te repito algo conocido por ti: Edith y tú se aman, debes tener esperanza otra vez, y quizás te resulte fácil o no, hacerla regresar después de haberla encontrado. Sí, amigo mío, busca y hallarás lo buscado.

Y comprendo cómo se desvanece la sombra de Raquel en su intento de andar hacia el traspatio y la cochera de esta casa, entre las brumas de la vereda abierta en los inicios de la selva conformada por la noche. A través de la noche, cuyos senderos se abrían a mí y a todas mis sombras. Ya Raquel se hace menos visible al seguirla a lo lejos bajo el techo de lo infinito henchido por los fuegos fatuos de los astros.

Pero me sorprende en la ruina que es ahora mi casa y no tengo dónde ir. Solamente en los canteros del patio han llenado el espacio con la aparición de las rosas amarillas llamadas Catalina Lasa, cuyo significado desconozco. Son flores que pregonan amor. El patio, algo libre de escombros dignifica lo que antes había sido. Allí no se podrán evadir los momentos, los instantes, en los cuales mi padre, mi sobrino y yo subimos, en radiante mañana, la cima del Capiro, cuyo recuerdo abre las puertas al reconocimiento de un cambio radical en mi vida, como si fuera en pos de un sueño donde el sol había sido quemado, para allí, sobre el cielo esculpido por brillanteces al lanzar hacia mí un vals de Chopin, como quien conoce la verdad urgida en todo mi cuerpo y en toda mi mente.

JORGE RAMOS: Ahora solo, y desde el patio derruido de mi hogar ¡veo venir hacia mí la Casa! ¿O en realidad soy quien iba hacia ella?

La noche ha sido cálida, luminosa de estrellas, cuyo fugaz encanto estaba encerrado entre un crepúsculo que no quería morir y una aurora impaciente por nacer. Era la noche más corta del año, mientras otra vez, desde la distancia, estalla la música de un vals de Chopin una y otra vez.

Final

Nunca odies a una persona porque su espíritu
es pobre y sin luz. Quizás sean sus cargas,
las herencias y la educación que recibió. Si esa
persona lucha contra sus instintos oscuros, ¡ayúdala!
Samuel Feijóo.

(UNO)

Yo, el Autor, busco en cada aposento de la casa de Jorge Ramos su presencia. En un cuarto como todos, aunque parecía diferente, estaban desnudos, a pesar de que el viento se colaba por la habitación trayendo gotas frías que dibujan en el suelo formas escapadas de cualquier encuadre. El encuadre es la suma de una situación relacionada de puntos entrelazados en el misterio de su aliento como sitial de lindero. No me vieron llegar a él. Estaba oscuro y vengo de puntillas.

No sé si soy la sombra que regresa desde el horizonte perdido.

¿Será Jorge la línea viril enredada al cuerpo de Isaura, la muchacha venida de uno de los pueblecitos cercanos a Santa Clara, o con la seriedad de Edith que la provoca?

¿Alguna vez he muerto en las arenas de una playa? A veces...

Una tarde, frente a la orilla de una playa mi idea comenzaba a hacerse realidad.

Al rehacer sin descanso estos manuscritos quizás pueda dilucidar todo cuanto he pensado. Quizás el recomenzar hacia lo infinito...

(DOS)

El tiempo pasa alrededor de mis papeles, y poco a poco, todo lo que decíamos, mintiendo, al obrar como autor o quien relata, va resultando corto. Bien lo había experimentado con Edith: la indiferencia que fingía cuando no cesaba de llorar dentro de ella, acabó de hacerse real. Lentamente. La vida, como le decía a Edith, es una fórmula embustera y que retrospectivamente llegó a ser cierta. La vida nos fue separando. Si Isaura, la muchachita, deja pasar unos meses, mis mentiras se tornarán verdad. Y ahora que ya pasó lo más duro, ¿no sería preferible que ella dejara pasar este verano? Si vuelve, renunciaré a la vida verdadera que, es cierto, no estoy aún en disposición de degustar, pero que progresivamente podrá comenzar a ofrecerme encantos a medida que el recuerdo de Isaura se vaya debilitando. Y no digo quo el olvido no comenzará a hacer su obra, pero uno de los efectos del olvido era justamente que muchos de los aspectos desagradables de Isaura, de las horas aburridas que pasaba junto a ella, no surgieran ya en mi memoria.

De esa peculiar manera, el olvido trabajaba en acostumbrarme a la separación. Al mostrarme a Edith más dulce, más bella, me hacía desear más su regreso, como el de aquella mañana, de nuevo, en la cual mi padre y yo habíamos llevado a mi sobrino niño a conocer la cima del monte Capiro. Donde el piar de los gorriones y el vuelo de las mariposas resultaba ser el feliz encuentro con el dominio, semejante al salto de pantera en la bruma mañanera que le torna preciso lo que es fiel, se es y será. Con el esplendor de recobrar el recuerdo aquel con mi padre y mi sobrino, que fuese todavía el más importante de todos los recuerdos.

Donde quiera que estés, Edith, gracias por traerme tantos recuerdos tuyos encerrados en el olvido de esa memoria mía sin rumbo.

Gracias.

(TRES)

Viniste a darte cuenta de los celos de Edith hacia ti, estúpido Jorge Ramos, porque tus celos por ella emborronaron la relación, y tuviste sexo con otras para que cuando descubrieras sus amantes inexistentes de siempre no te hirieran, al estar al mismo compás de Edith.

Tonto has sido, y tonto por confesarle tus infidelidades para hacerla reaccionar, y Edith reaccionó a su manera secreta y callada y no te diste cuenta de ello.

¡Imbécil!

Si sigues así vas a quedar vacío en lo que te resta de vida.

Y te dices a ti mismo «no puedo pensar ahora en esta incomunicación establecida entre ella y yo».

¿Mañana será otro día?

No es probable tanta confusión entre ustedes, y Edith se aferra a su empecinamiento de no querer saber que ella también te quiere, de esa manera tan suya, en los límites de la vanidad desgarrada.

Vas a estar caminando toda tu vida sin hallar un respiro esclarecedor a todos tus errores. ¿Qué pensarán los lectores acerca de los dos?

¿Llegará el momento de limar las asperezas? No puedo saberlo ahora. El tiempo corre. Las circunstancias pueden variar o no. El tiempo no corre: vuela, eterno muchacho embetunado de tantas desdichas.

Esperemos el regreso de los orígenes de estas páginas donde les escribo a todos cuanto aquí aparecen.

No hay nada más socorrido que un día tras otro, decía mi padre. Sí, y a pesar de todo, ¡mañana será otro día!

(CUATRO)

Yo, el Autor, como acostumbro extraer del cine ciertos conceptos mágicos, escribo:

«¿Quién sois vos?» preguntó el Guardián de la Noche.

«Vengo de la pureza cristalina», respondí. «Grande es mi sed, oh Perséfone... Y haciendo caso a tu decreto, echo a volar y giro... Y vuelvo a girar, siempre a la derecha. Rechazo al pálido ciprés, no busco la sombra de sus hojas, sino que me apresuro hacia el río Mnemosine, donde bebo hasta la dulce saciedad. Y allí, hundiéndonos en los surcos y dibujos de su intrincada corriente, vuelvo a ver, como en un sueño de bañistas que se ahogan, todas las visiones extrañas que he visto, y otras más extrañas que nadie ha visto jamás».

TEATRO MÁGICO: Mientras escuchamos la música de Jorge Arriagada, el monólogo va desapareciendo para calzar el texto anterior, teniendo en cuenta las regularidades del discurso estudiadas al ser escritas desde mi cama por mí, con las características textuales de estos primeros apuntes autobiográficos y reflexivos del paisaje insular del siglo xx cubano...

Al final se proyecta en la pantalla la obra de Turner, La decadencia del imperio cartaginés.

Notas

En las presentes notas se han seguido las convenciones siguientes:
- Los lugares mencionados están ubicados en la ciudad de Santa Clara, en la provincia de Villa Clara, Cuba, excepto aquellos donde se especifique otro origen. Se identificará con la palabra *lug*.
- Los personajes y figuras históricas mencionadas son cubanas, excepto en el caso que se especifique. Se identificará con la palabra *pers*.
- Los cubanismos, es decir, aquellas palabras que son utilizadas en el habla popular cubana y en el español hablado en la isla, se identifican con el término *cub*.
- Los términos señalados con el pictograma podrán ser consultados en el sitio web habilitado por esta casa editorial para que los lectores de este libro puedan ampliar la información presente en este índice con información visual y sonora complementaria.

Otras convenciones utilizadas
- *am.* Americanismo
- *arq.* Arquitectura
- *bot.* Botánica
- *mús.* Música
- *rel.* Religión

p. 31

- **Rotonda de la Doble Vía**. *lug*. La «Avenida 26 de Julio», popularmente llamada Doble Vía, está ubicada en la urbanización residencial Escambray. Fue construida entre los años 40 y 50 del siglo XX. Parte de la Carretera Central banda Placetas, y finaliza en la «Carretera del Acueducto», esquina de la antigua Fábrica de refrescos Coca Cola. Inicialmente se le denominó «Avenida de Marta». En 1959 cambió al nombre actual.

p. 33

- **Teatro La Caridad**. *lug*. Institución cultural de la ciudad de Santa Clara, que ostenta, desde 1981, la condición de Monumento Nacional. Fue inaugurado el 8 de septiembre de 1885 y forma parte de la excelsa trilogía de teatros cubanos nacidos en el siglo XIX, que integran, además, el Tomás Terry Adans de Cienfuegos y el Sauto de Matanzas. Por sus valores patrimoniales, ambientales y arquitectónicos, constituye una de las edificaciones con mayor expresividad dentro del conjunto urbano que rodea al parque Leoncio Vidal Caro de la capital villaclareña. Su construcción sería financiada por Marta Abreu de Estévez.

- **Pacata**. Timorata, tímida. De poco valor, insignificante. Mojigata, que tiene o manifiesta excesivos escrúpulos.

p. 34

- **Jarana**. *cub*. Burla que se hace a alguien, diciéndole algo en tono de broma o chiste. En Cuba también se conoce como bacha, bachata, bachateo, bonche, changa, chotería, cumbancha, cumbancheo, guaracha, guaracheo, guasa, guasanga, songa, vaciladera, vacile.

p. 35

- **Glorieta del Parque**. *lug*. Ubicada en el centro del parque Leoncio Vidal de Santa Clara. De arquitectura ecléctica, retoma algunos elementos neoclásicos. La actual glorieta delimita el mismo centro de la ciudad desde 1911. Se utiliza sobre todo por la Banda Municipal de Conciertos para ofrecer retretas nocturnas.

p. 37

- **Iglesia del Carmen**. *lug.* Fue fundada el 29 de julio de 1745 por los pobladores con el objetivo de recordar la fundación de la villa de Santa Clara. Esta ermita, que devino la actual parroquia, resume en su estructura arquitectónica elementos de tres siglos: XVIII, XIX y XX. En sus inicios fue una modesta construcción de madera y guano, característica de la época. Se situó junto al lugar de la fundación de la ciudad. ▧Q

- **Santa Clara**. *lug.* Capital de la provincia de Villa Clara y cabecera del municipio de igual nombre, es una ciudad localizada en las inmediaciones del centro geográfico de la República de Cuba. Es una imprescindible plaza cultural y significativo enclave industrial y científico del país. Está atravesada por los ríos Bélico y Cubanicay pertenecientes a la cuenca del río Sagua la Grande. La separan por carretera 267 km de La Habana, la capital cubana. Santa Clara fue fundada el 15 de Julio de 1689 por pobladores de la villa de San Juan de los Remedios, que huyen de su localidad de origen presumiblemente debido al asedio permanente de corsarios y piratas. El hecho tuvo lugar a orillas del río de la Sabana, hoy Bélico, a pocos metros del parque El Carmen, donde un monumento conmemorativo se levanta, desde 1951, alrededor de un tamarindo, heredero, según se cuenta, de aquel que viera a su sombra oficiar la misa fundacional del asentamiento. ▧Q

- **Capiro**. *lug.* Loma del Capiro. Elevación que forma parte de la cordillera del Escambray en la región central de Cuba. Altura natural ubicada al noreste de la ciudad de Santa Clara. El nombre «Capiro» fue dado por Cristóbal de Moya, antiguo dueño de los terrenos donde se encuentra situada, por su semejanza a una montaña de igual denominación visitada por él entre los cerros que circundan a la ciudad panameña de Portobelo. El acontecimiento quedaría plasmado en los escritos conservados de dos de los participantes en el viaje. Por su ubicación, la elevación ofrece magníficas visuales de la ciudad, al tiempo que posee notables valores paisajísticos dado su fuerte contraste dentro del contexto urbano. Ver un atardecer en la ciudad de Santa Clara desde la elevación, una vez recorrida su escalinata hasta la cima, es un regalo único que nos ofrece la ciudad. En la ladera sur hay una plantación de tamarindos que se conserva e incrementa desde hace varias décadas. Este es el árbol simbólico de la ciudad de Santa Clara y es representativo de su fundación. En sus laderas también existen plantas medicinales y hortalizas. ⌗Q

p. 41

- **Socarrón -a**. Denota la astucia o disimulo por parte de una persona, acompañados de burla encubierta. Es una palabra muy utilizada en Cuba.

p. 43

- **Chiforróber**. *cub*. Del inglés chiforrobe. Mueble vertical, generalmente cerrado con puertas, de menor altura que un escaparate. Generalmente con entrepaños, gavetas y una barra para colgar percheros, que se utiliza para guardar ropa. ⌗Q

p. 44

- **Máximo Gómez**. *pers*. (1836-1905). Fue un militar dominicano de la Guerra de los Diez Años (1868-1878) y el General en Jefe de las tropas revolucionarias en la Guerra de Independencia cubana. ⌗Q
- **Negrobueno**. Neologismo.

p. 48

- **Juan Bruno Zayas Alfonso**. *pers*. (1867-1896). Fue uno de los generales más jóvenes de la Guerra de Independencia que comenzó en 1895. Como otros mambises, prefirió luchar por la libertad de Cuba y abandonar su profesión de médico. ⌗Q
- **Club Juan Bruno Zayas**. Fue uno de los tantos clubes que se formaron como parte del movimiento insurreccional, particularmente en el período final de la Guerra de Independencia. Estos clubes tenían como misión apoyar la lucha por la libertad del colonialismo español, además de atesorar la documentación necesaria y las comunicaciones de las operaciones encubiertas. Los documentos rescatados —la mayor parte encriptados— de la labor de este club fueron recogidos en una publicación de 1961, *El club revolucionario Juan Bruno Zayas*,

preparado por Silvia Lubián, y dado a conocer bajo el sello editorial de la Dirección de Publicaciones de la Universidad Central de las Villas, en Santa Clara.

- **Banda Municipal**. Se trata de la banda musical de la ciudad de Santa Clara, fundada, según algunas fuentes, hacia 1902; sin embargo, existen documentos de archivo que afirman que fue en 1909 y que se oficializa en 1910. Q

- **El local esquinado en el teatro, donde venden infusiones y bebidas**. *lug*. El autor se refiere a la cafetería que actualmente se llama La marquesina, situada a un costado del Teatro La Caridad. Q

p. 49

- **Ñáñigos**. *cub*. Es el nombre que reciben los miembros de la Sociedad Secreta Abakuá, una sociedad masculina cubana, la única de su tipo existente en el continente americano. Vio la luz hacia el 1820 y encontró rápidamente adeptos entre los negros, esclavos o no, los mulatos, e incluso algunos blancos de extracción humilde. En los momentos de mayor hostilidad hacia los esclavos, se fundó como el objetivo de evadir la represión: una agrupación mutualista bajo la expresión más desarrollada de su conciencia social, la religiosa. Q

p. 50

- ***Lo que el viento se llevó***. *Gone with the Wind*, filme estadounidense de los géneros épico, histórico y romántico de 1939, adaptación de la novela homónima de 1936 de Margaret Mitchell. Filme producido por David O. Selznick y dirigido por Victor Fleming. Q

p. 52

- **Marquesa de Valle-Siciliana**. Doña Isabel de Alarcón y Lisón, II marquesa de la Valle Siciliana y de Renda en la provincia de Abruzo y Calabria, en Italia. Única heredera legítima de Hernando de Alarcón, cuyo mayorazgo fue fundado con los bienes de Italia que heredó. Casada en Guadalajara con Pedro González de Mendoza, en presencia del rey Francisco I de Francia, cuando en 1525 su padre, Hernando de Alarcón y Llanes, lo llevaba prisionero a Madrid. Tuvo siete hijos. El primogénito, Fernando de Alarcón y Mendoza, murió joven y su hijo, Fernando de Alarcón, fue el tercer marqués del Valle Siciliana y de Renda, al que sigue su hermano Pedro, IV marqués del Valle Siciliano. Q

p. 60

- **Mambises**. *cub.* Dicho de una persona participante en la insurrección independentista contra España producida en Cuba y en Santo Domingo en el siglo XIX, o partidario de ella. Q

p. 63

- **Quinqué**. Es un tipo de mechero circular, inventado por el físico suizo Aimé Argand. Se llamó quinquet primero en Francia, porque Antoine-Arnoult Quinquet, un farmacéutico de París introdujo algunas mejoras, como el tubo o chimenea de vidrio, y lo popularizó. Q

p. 65

- **En el parque**. *lug.* El autor se refiere al parque Leoncio Vidal de Santa Clara.
- **En los medios punto en los portales a su alrededor**. *lug.* Se refiere a los portales de los edficios que circundan el parque Leoncio Vidal, plaza principal de la ciudad. Q

p. 66

- **Biblioteca**. *lug.* El autor se refiere a la la Biblioteca Provincial Martí, de la ciudad de Santa Clara. Q

p. 69

- **Bacará**. Se trata de una castellanización de la palabra francesa baccarat. Cristal fino fabricado en la ciudad francesa de Baccarat. Q

p. 76

- **Pregón del tamalero y del vendedor de maní**. En Cuba, los pregones siempre han sido muy populares, y se han utilizado para vender un producto o mercancía. Es parte de la cultura histórica de la isla. Q
- **El resoplar del tren de caña.** El autor se ubica en el período de la cosecha de la caña de azúcar, cuando los campesinos recolectaban las

cañas del campo y luego eran transportadas en los vagones del tren, hasta el central azucarero más próximo. En este transitar, los niños recogían las cañas que se caían en la transportación, siendo este uno de sus juegos preferidos. Para mayor referencia, acudir al libro *Los ingenios de Marcel Molina. Una intrépida hazaña visual en el grabado cubano*, escrito por el historiador, profesor, curador y crítico de Arte Antonio Fernández Seoane, Obrador Ediciones, 2021. Q

- **…el color de la casa acogedora y colonial de mi otra abuela a quien llamábamos Mamía…** El autor recalca la tradición cubana donde la abuela era (es) el eje central de la familia… «Mamía, el centro de gravedad donde todos girábamos, unidos siempre hasta su muerte…».

- **…Sepultada en una fosa rodeada por una cerquita de hierro con una lira…** La lira es un elemento arquitectónico utilizado en la decoración de las rejas de ventanas y verjas, la define su ubicación central y simétrica en las decoraciones, y es característica de la etapa colonial en el centro del país. También utilizada en la arquitectura funeraria de la región. Q

p. 80

- **Manigua.** *am.* En las Antillas se le conoce como conjunto espeso de hierbas y arbustos tropicales. En Cuba, se le asocia mayormente a la lucha de los mambises en la manigua, en los campos cubanos, en la lucha por lograr la independencia en el siglo XIX. Q

p. 88

- **Barboteante.** Proviene del verbo barbotear. Barbullar, mascullar.

p. 89

- **Ochún.** *rel.* Oshun, Oxum u Ochun es una de las deidades de la religión yoruba. En la santería se sincretiza con la Virgen de la Caridad del Cobre, Q patrona de Cuba. Reina las aguas dulces del mundo, los arroyos, manantiales y ríos, personifica el amor y la fertilidad. Q

- **Changó.** *rel.* Shangó es el orishá de la justicia, de los rayos, del trueno y del fuego. En la santería se sincretiza con San Marcos y Santa Bárbara. Puede ser descrito bajo dos aspectos: histórico y divino. Pertenece al panteón yoruba. Q

- **Babalú**. *rel*. El autor se refiere a Babalú Ayé, orisha de la lepra, la viruela, las enfermedades venéreas y, en general de las pestes y miserias. Su nombre viene de Babàlúaíyé (padre del mundo).
- **Obatalá Aísa**. *rel*. Es uno de los siete orishas principales del panteón yoruba. A él se atribuye el nacimiento de la mayoría de los dioses africanos y el origen de todo lo que habita en la Tierra. En la religión yoruba es un dios notable y respetado. En la jerarquía de los orishas ostenta la mayor autoridad. En la santería se sincretiza con la Virgen de la Merced, patrona de Barcelona. Entre sus atributos está el de ser creador de la Tierra y escultor del ser humano, padre de todos los Orishas. 🔍

* Todas estas deidades y orishas hacen referencia a la religión yoruba, una serie de creencias y tradiciones espirituales originadas entre el pueblo yoruba, un grupo etnolingüístico originario del África Occidental (principalmente de Nigeria y Benín). A través de la diáspora africana ha extendido su influencia fuera de África en formas sincréticas como la Santería en el Caribe hispano y fuertemente instaurada en Cuba o el Candomblé en Brasil. La religión yoruba es solo una parte del complejo de mitos, canciones, historias y otros conceptos culturales que conforma la sociedad y la mitología yoruba. Dentro del sincretismo, y como parte de la transculturación, los esclavos traídos a Cuba temieron perder sus raíces, y a cada santo yoruba le dieron el nombre de un santo católico. Los esclavos venían además de diferentes partes de África, por lo cual cada uno de estos santos recibía un nombre diferente en las disímiles regiones del continente. 🔍

- **Yerbazal**. *cub*. De hierbazal: terreno en el que crece mucha hierba.

p. 90

- **Bulevar**. *lug*. Se refiere al bulevar de Santa Clara, que es la principal arteria comercial de la ciudad, ubicado en las inmediaciones del parque Leoncio Vidal Caro, en el centro de la urbe. En orden de aparición, constituye el tercer boulevard de Cuba luego de los construidos en las calles San Rafael y Obispo de La Habana, convirtiéndose, con su ejecución, en referente para los que con posterioridad se edificaron en el resto del país. Su inauguración data de 1990. Se ubica en lo que fuera la calle Santa Elena, conocida desde el siglo XIX, pero fundamentalmente a inicios del XX, por su marcado carácter comercial. La arteria, hoy nombrada Independencia, atraviesa la ciudad desde la carretera central en su salida hacia La Habana, hasta la avenida Liberación que conduce a Camajuaní, Remedios y Caibarién, lo cual la convertiría, *de facto*, en una de las más transitadas de la urbe villaclareña. Sus objetivos estuvieron orientados a la recuperación y preservación de los valores patrimoniales, así como a la puesta en valor del eje comercial como un sistema donde se fundieran tradiciones tangibles e intangibles, de una dinámica de fuerte arraigo en la memoria colectiva de la comunidad de Santa Clara. También era importante la erradicación del agudizado conflicto vehículo-peatón que aquejaba esta arteria comercial.

- **Ajiaco**. *cub.* Conjunto de muchas cosas diferentes, en este caso, mezcla de elementos arquitectónicos. Con este nombre se conoce, además, en Cuba, un plato típico que es preparado con diversas viandas hervidas y carne.

p. 91

- **Iglesia de Buen Viaje**. *lug.* Es un templo cristiano considerado la tercera edificación de su tipo más antigua de la ciudad. Está ubicado en la calle Unión, esquina a Buen Viaje.

- **Güiro**. *mús.* Instrumento musical muy popular en la Cuba, que tiene como caja una calabaza de güiro. También muy utilizado en el resto de las Antillas, Costa Rica y México. En Cuba es frecuente comparar la cabeza de una persona con el güiro, hasta ser, ambas palabras, sinónimas en el lenguaje popular.

- **Maraca**. *mús.* El autor se refiere a la maraca cubana, que, aunque es típica de nuestro ámbito sonoro, no es oriunda de Cuba, ya que pertenece a la familia maraquera universal. Los indios antillanos las sonaban en sus músicas. A la llegada de los españoles los aborígenes nuestros las tenían en sus areítos. Según Fernando Ortiz, «consiste en un receptáculo cerrado hecho de pericarpio de un fruto que sea resistente o de madera, conteniendo bolitas o corpúsculos de cualquier sustancia recia, y provisto generalmente de un asidero manual, de manera que al ser sacudido con la mano los pequeños objetos duros entrechocan y percuten el involucro sonoro» (cit. 1952, t. II, p. 34.) 🔲Q

- **Bongó**. *mús.* Instrumento musical de percusión procedente de la zona oriental de Cuba, que consiste en un tubo de madera cubierto en su extremo superior por un cuero bien tenso y descubierto en la parte inferior .🔲Q

- **Cencerro**. *mús.* Instrumento musical de percusión con forma de campana, generalmente sin badajo y con los lados rectos, que se toca golpeándolo con una baqueta. «El cencerro se usa especialmente en la salsa y otros ritmos americanos.» 🔲Q

p. 97
- **Mulato**. Dicho de una persona mestiza, nacida de mujer blanca y hombre negro, o de mujer negra y hombre blanco. Moreno. 🔲Q

p. 99
- **Calle Marta Abreu**. El autor se refiere a la calle que rinde homenaje a Marta de los Ángeles Abreu y Arencibia. pers. (1845-1909). Nacida de una familia acomodada, destinó su fortuna para obras de beneficencia y utilidades públicas en Santa Clara. Contribuyó con numerosos recursos financieros a la lucha por la independencia de Cuba. En 1874 se casó con el doctor y abogado Luis Estévez y Romero, quien apoyó también las actividades benéficas y patrióticas. Es considerada benefactora de la ciudad. Al celebrarse su centenario, el 24 de junio de 1945, sus conciudadanos le erigieron un monumento en el parque central de la ciudad. 🔲Q

p. 108
- **Instituto de Segunda Enseñanza**. *lug.* Una de las instituciones educacionales más prestigiosas de la ciudad de Santa Clara, ubicada en los alrededores del parque Leoncio Vidal. Actualmente su espacio está ocupado por el Instituto Preuniversitario «Osvaldo Herrera». 🔲Q
- **Puente solitario**. *lug.* El autor se refiere al puente de la Cruz. Es uno de los puentes de la ciudad que pasa por encima del río Cubanicay, entonces Monte, en el siglo XIX. En sus orígenes se dice que daba paso al camino de la villa hasta San Juan de los Remedios, y que en

sus inmediaciones los nuevos colonos descubrieron una rústica cruz de madera enterrada, alrededor de la cual la imaginación popular tejió una leyenda matizada de amor, celos familiares y crimen pasional. En 1861, con la construcción de un puente mucho más sólido, fue el momento de darle importancia a la cruz de madera y el nuevo puente fue bautizado como «Isabel II». En 1996, los vientos provocados por el ciclón Lili, a su paso por la ciudad, derribó la cruz y al año fue remplazada por una réplica en granito. Q

- **Bolero**. *mús.* El autor se refiere al «bolero cubano». Género cantable y bailable diferente por completo de su homólogo español, del que solo se conserva la nomenclatura genérica. Surge en el tercio final del siglo XIX a partir de la trova tradicional de Santiago de Cuba. Entre sus más tempranos cultores se considera a José Pepe Sánchez, el maestro, pionero en la definición de los caracteres estilísticos del género, y quien escribiera el primer bolero conocido, *Tristezas*. El bolero constituye, sin duda alguna, la primera gran síntesis vocal de la música cubana, que al traspasar fronteras registra permanencia universal. En el bolero tradicional es total la fusión de factores hispanos y afrocubanos, que aparecen por igual en la línea acompañante de la guitarra, y en la melodía. Q

p. 111

- **Diciembre de disparos**. Se refiere a la batalla de Santa Clara, una serie de eventos a finales de diciembre de 1958 que condujeron a la toma de la ciudad por los guerrilleros bajo el mando del comandante Ernesto Guevara. La acción fue muy importante en la lucha contra el gobierno del presidente Fulgencio Batista. Q
- **Parque del Carmen**. *lug.* Parque donde está enclavada la iglesia del mismo nombre. Está situado en lo alto de una colina donde se encuentra el monumento que perpetúa la fundación de Santa Clara, próximo al sitio donde se celebró la misa fundacional de la ciudad. Q

p. 112

- **Parque Vidal**. *lug.* El parque Leoncio Vidal Caro, está ubicado en el centro histórico urbano de la ciudad de Santa Clara. Es un símbolo de la cultura e identidad de los villaclareños. El 15 de julio de 1999, en conmemoración del 310 aniversario de la fundación de Santa Clara, fue declarado «Monumento Nacional». Q

p. 113

• ***Veinte años***. *mús*. Es un bolero de 1935, con letra de Guillermina Aramburú y música de María Teresa Vera, quien la cantó. Q

p. 115

• **Camaraderil**. De camaradería.

p. 117

• **Universidad**. *lug*. Se refiere a la Universidad Central «Marta Abreu» de Las Villas (UCLV). Fundada el 30 de noviembre de 1952, y ubicada al noreste de la ciudad de Santa Clara. Esta institución constituye el Centro de Educación Superior más importante de la región central de Cuba, y el más multidisciplinario. En la actualidad cuenta con 12 facultades, en las que se estudian 54 carreras que abarcan las ciencias humanísticas, las técnicas y las naturales. Hoy es referencia internacional y está adscripta al Ministerio de Educación Superior. Fue declarada Monumento Nacional el 29 de septiembre de 2008. El conjunto arquitectónico que conforma el campus universitario representó una solución funcional, armónica con los postulados del movimiento moderno, en la que predomina la relación entre la arquitectura y su entorno, haciendo énfasis en su interacción con la naturaleza. Lleva su nombre en honor de la filántropa Marta Abreu Arencibia. La institución universitaria abrió su primer curso académico el 30 de noviembre de 1952. Está ubicada en la Carretera a Camajuaní km 5 1/2, Santa Clara, Villa Clara, Cuba. Q

p. 118

• **Clarobscuro**: claroscuro o claro-obscuro.

p. 119

• **Fucilante**. Fucilante. Resplandeciente, brillante. Se dice del cuerpo que fulgura o destaca por su luminosidad. En su aplicación podríamos decir que contemplamos las estrellas fucilantes durante la noche. Entonces el término rutilante sería su sinónimo, ya que da la idea de brillante o resplandeciente.

- **Matraquilla**. Preocupación obsesiva o idea fija. Repetición insistente de algo, especialmente de una petición o de una pregunta, que causa molestia y fastidio. Probablemente la palabra llegó a Cuba a través de la emigración canaria.

p. 120

- **El niño de la bota**. La fuente, que contiene la escultura de «El niño de la bota infortunada» fue inaugurada en 1925, en el hoy llamado parque Leoncio Vidal. Su inclusión entre las obras del Parque fue iniciativa de Francisco López Leiva, coronel de la Guerra de 1895. En 1959 fue destruida y, transcurridos 11 años, Jesús Velazco Fernández rescató sus restos y los trasladó al Museo Provincial de Historia de Villa Clara. Fue reconstruida en bronce por el artista José Delarra y situada en el lugar que hoy ocupa en el 300 aniversario de la fundación de la ciudad, el 15 de julio de 1989. Q

p. 121

- **Guajiro -a**. *cub*. I. Persona que vive y trabaja en el campo y que viene de una zona rural de Cuba. II. Persona que se comporta con timidez e inhibición. III. Propio del campesino cubano. IV. Guajiro ñongo: campesino muy rústico. Q

p. 125

- **Instalaciones por divisas**. *cub*. El autor se refiere a los comercios que vendían productos en peso cubano convertible (CUC). Fue una de las dos monedas oficiales en Cuba, que circuló junto con el peso cubano, en el territorio nacional, entre 1994 y diciembre de 2020. En enero de 2021 se anuncia que el CUC dejará de circular y se apuesta por la moneda nacional (CUP) y la circulación de otra moneda no tangible denominada MLC. Q
- **Cobo**. *Strombus gigas*. Imagen poética utilizada por el autor. Cobo o caracol reina. Es un hermoso caracol marino o caracola. Molusco con un pie carnoso, muy blanco. Tiene una concha de 20 a 25 cm de diámetro, de color nacarado en su interior , que en uno de sus extremos

forma una espiral cónica. Es el mayor de las Antillas. En Cuba, los cobos forman colonias a lo largo del litoral costero de la playa Covarrubias. En la entrada de la bahía de bolsa conocida como la Jíbara abundan estos colosos de la naturaleza. Se ha podido precisar que los nativos que poblaron estas costas consumían en su dieta cobos siguas y otros moluscos. En estudios posteriores se determinó que el consumo de estos animales aporta al organismo grandes cantidades de nutrientes y abundantes cantidades de hierro asimiladas con facilidad por el organismo humano. 🔍

p. 127

- **Nudo de agua.** Imagen poética utilizada por el autor. Se le conoce también como «nudo de cinta», y es utilizado con frecuencia en la escalada para unir dos extremos de las correas juntos, por ejemplo al hacer una honda. Nudo muy utilizado por los bomberos. 🔍
- **Elementos arquitectónicos**: «Volveré a encontrar en Santa Clara **puertas** del siglo xix, señales del neoclásico tardío coronando el tope del **enrejado de ventanas,** y los numerosos **guardapolvos**...». «Y los **aleros**, que constituyen el elemento principal de mayor prestancia en las **fachadas** lisas de finales del xviii: uno de los más característicos en la ciudad es el **tornapunto** simplificado... Y la labor de la carpintería en los elementos decorativos en las **pilastras** con **capiteles** toscanos, tan exclusivos de Santa Clara...» 🔍
- **Plantas del parque.** 🔍
- **Calle Buen Viaje.** 🔍
- **Calle Maceo.** 🔍
- **Muy cerca de donde vive Alberto...** El autor se refiere a su propia casa.

p. 136

- **Melao.** En la fabricación del azúcar de caña, jarabe que se obtiene por evaporación del jugo purificado de la caña antes de concentrarlo al punto de cristalización en los tachos. 🔍
- **Bul.** *cub.* Bebida típica del oriente de Cuba. 🔍
- **José Urioste.** *pers.* Coronel del Ejército Libertador. Participó en la Guerra de los 10 años. Combatió en la Guerra del 68. Formó parte de la frustrada expedición de las naves Henry Burden y Mary Lowel, en

febrero de 1869. Fue uno de los 35 jinetes bajo el mando de este, realizaron la heroica hazaña de rescatar al General de Brigada Julio Sanguily de manos del enemigo. Pertenció al Regimiento Narciso, con el cual cruzó la trocha de Júcaro a Morón, el 6 de enero de 1875 para participar en la invasión a Las Villas. Recibió el ascenso a coronel el 13 de mayo de 1876.⌗Q

p. 138

- **Guaricandilla**. *cub*. Mujer que con facilidad accede a tener relaciones sexuales con hombres. Sinónimo de prostituta.

p. 143

- **Museo Provincial de Historia**. *lug*. En el siglo XIX fue un cuartel militar español. Al finalizar la Guerra de Independencia, en 1898, el lugar se mantiene abandonado hasta 1903 en que el cuartel pasa a ser sede de la guardia rural y la Jefatura de Las Villas. Constituyó por su capacidad defensiva el tercer cuartel militar del régimen de Batista. Durante la Batalla de Santa Clara en 1958 fue tomado por las tropas rebeldes. En 1970 abre sus puertas como Museo Provincial de Historia de Villa Clara. Posee una amplia colección de arte, historia social y natural de la provincia. ⌗Q

p. 145

- **Mentecata -o**. *cub*. Se aplica a la persona falta de sensatez o buen sentido. Insensato. Bobo o necio.

p. 146

- **Sándalo**. *bot*. *Santalum album*. El árbol del sándalo, es una especie botánica originaria de la India y otras partes de Asia, aunque se planta en otros lugares del mundo, en especial en América. Árbol de la familia de las santaláceas, de madera olorosa llamada del mismo modo, empleada en ebanistería selecta y en perfumería. La madera de sándalo destaca por su aroma cálido, amaderado, aterciopelado, muy sensual y ligeramente animal. Su olor cautivante y lechoso es delicado, pero resulta muy estable sobre la piel y en ocasiones se torna *gourmand* recordando levemente el aroma de la almendra.

El aroma del sándalo es muy utilizado para sintonizar con tu interior y crear armonía.▣Q

- **Vetiver**. *bot.* (*Chrysopogon zizanioides*). Planta gramínea cuya raíz es usada en perfumería por sus propiedades aromáticas. El autor alude a esta propiedad. El color del vetiver es verde, amaderado, oriental, amargo, seco, ceniciento, terroso y con un toque cítrico refrescante. Más utilizado en fragancias masculinas que femeninas. Planta también utilizada en el cuidado del medio ambiente, ya que ayuda a evitar la erosión y a purificar el agua. ▣Q

p. 147

- **Güira**. *bot. Crescentia cujete.* Árbol tropical de la familia de las bignoniáceas, de cuatro a cinco metros de altura, con tronco torcido y copa clara. De su corteza llena de pulpa blanca con semillas negras, hacen los campesinos de América tazas, platos y jofainas. También se le llama así a un tipo instrumento de percusión de la familia de los idiófonos propio de la República Dominicana y que es muy utilizado en Cuba. ▣Q

- **Lázaro**. *rel.* Se refiere a San Lázaro, el pobre mendigo representado como un anciano melenudo y barbudo que viste harapos y usa un par de muletas, con las piernas llenas de llagas y rodeado de perros. En el sincretismo cubano, Babalú Ayé. ▣Q

- **Olú Batá.** *rel.* Los tambores batá poseen un secreto o añá; son objetos de cultos especiales y solo deben ser tocados por hombres, a los que se les llama Olú-batá, quienes son especialmente iniciados para esta función. ▣Q

p. 148

- ***La decadencia del imperio cartaginés***. Óleo de Joseph Mallord William Turner (1775-1851), pintor inglés especializado en paisajes. Considerado una figura controvertida en su tiempo, hoy en día es visto como el artista que elevó el arte de paisajes a la altura de la pintura de historia. Aunque es renombrado por sus pinturas al óleo, Turner también es uno de los grandes maestros de la pintura paisajista británica en acuarela. Es considerado comúnmente como «el pintor de la luz». Turner unifica en sus imágenes escenas históricas con paisajes en los que da gran importancia a los efectos atmosféricos. En esta obra se alude a la caída del imperio cartaginés, por lo que sería la escena que acompañaría a *Dido construyendo Cartago*, pintada dos años antes. El crítico de arte del siglo xix John Ruskin aludió en sus estudios al simbolismo en la obra de Turner, identificando el colorido más rojizo empleado aquí con el «símbolo de la destrucción» y «el color de la sangre». Q

* **Trapalera -o.** *cub.* Persona que habla con engaños para tomar ventaja y conseguir lo que busca. Falsa, embustera, mentirosa, tramposa.
* **Farandulero -a.** Perteneciente o relativo a la farándula. Persona perteneciente al mundo de la farándula (ambiente nocturno). Actor teatral, especialmente de comedias. Charlatán, embaucador. En Cuba se utiliza para definir a las personas que llevan una vida poco ajustada a las convenciones sociales.

p. 149

* **Agua de Portugal.** Agua de colonia que al autor le hace disfrutar el olor a limpio y cítrico recordando aquel que llevaban antaño nuestras abuelas. Q
* **Tiepolo.** *pers.* Se refiere a Giambattista (o Giovanni Battista) Tiepolo, (Venecia, 5 de marzo de 1696-Madrid, 27 de marzo de 1770). Pintor y grabador italiano, considerado el último gran pintor de la era barroca. Es una de las figuras más importantes del rococó italiano, tanto por sus pinturas murales al fresco, como por las realizadas al óleo sobre lienzo. Q

p. 152
* **Los antiguos lavaderos públicos que Marta Abreu...** *lug.* Q

p. 153

* **Comercio de divisa.** *cub.* El autor se refiere a los comerciantes de monedas que hacen sus labores de forma ilegal, en el mercado negro, sin pasar por los bancos y las casas de cambio. Q

p. 156
* **Burujón.** *cub.* Gran cantidad de personas, animales o cosas, generalmente cuando están aglomeradas en un lugar.

- **El Condado**. *lug.* Es uno de los barrios más tradicionales de la ciudad de Santa Clara, fundado alrededor del año 1700, a partir de la compra de esas tierras por un conde español que nunca visitó Cuba y al cual le vendieron las peores tierras existentes entonces, no cultivables, sin embargo, su título nobiliario dio nombre al lugar. Su crecimiento es a partir de los pobres y obreros; en la etapa de la llamada seudorrepública (1902-1959) fue abrigo de delincuentes y prostitutas, además de los pobres de la ciudad. A partir de 1959, continuó creciendo como zona marginal ya que al barrio continuaron llegando emigraciones de zonas campesinas, sobre todo de Mataguá y Manicaragua.

p. 159

- **No dar pie con bola**. No acertar.

p. 165

- **Pascua**. *bot. Euphorbia pulcherrima*. Se refiere a la Flor de pascua.
- **Bienvestido.** *bot. Gliricidia sepium*. Árbol que en invierno pierde las hojas y se llena de racimos de flores de forma amariposada de color rosa. Su fruto es una vaina algo leñosa con semillas lenticulares. Proporciona una madera dura de color rojizo jaspeado. Se utiliza para cercas y setos vivos.
- **... el golpear de los cascos de los caballos que tiran de sus carretones sobre los adoquines de las calles...**
- **El Vedado**. *lug.* Es un reparto ubicado en el municipio Plaza de la Revolución, en la capital de Cuba, La Habana. Debe su importancia a ser una zona de gran desarrollo económico, social y cultural. Según el historiador Emilio Roig de Leuchsenring, la creación del barrio residencial comenzó en 1858, al aprobarse la parcelación de la estancia El Carmelo, propiedad de Domingo Trigo y Juan Espino, con un total de 105 manzanas. Con el fin del colonialismo español y la instauración de la República, el Vedado creció de manera inusitada por el asentamiento de jefes mambises que emplearon su paga para construirse una vivienda decorosa y, poco a poco, fueron llegando también los nuevos ricos que fomentaron sus fortunas a partir de los negocios con el gobierno y las relaciones con el nuevo y poderoso socio comercial que representaba Estados Unidos.

p. 171

- **Cafetería El Recreo.** *lug.* Establecimiento gastronómico que constituye el de más antigüedad en el entorno del parque Leoncio Vidal de Santa Clara.

p. 172

- **Jodedera.** *cub.* Acción reiterada de molestar a alguien.
- **Tuerca.** *cub.* Mujer homosexual.
- **Mercado del Sandino.** *lug.* Espacio físico de gran área donde se venden productos alimenticios. Está enclavado en el reparto del mismo nombre.
- **Pinchando.** *cub.* Trabajando.
- **Monumento al Tren Blindado.** *lug.*
- **Es de anjá.** *cub.* Se dice de alguien de temperamento muy fuerte.

p. 175

- **El Cacique.** *lug.* Caserío próximo al municipio de Placetas, ubicado en la provincia de Villa Clara.

p. 180

- **Estadio Sandino.** *lug.* El Estadio Augusto César Sandino es una de las instalaciones más importantes de la provincia de Villa Clara. Se terminó de construir en 1965 y está ubicado en Avenida Sandino y 6ta, en la ciudad de Santa Clara. Ha sido escenario de grandes acontecimientos culturales y deportivos. Es la casa del equipo de béisbol de la provincia que participa en la Liga Nacional de Béisbol Cubana.

p. 184

- **Saraos.** Personas de distinción para divertirse con baile o música.
- **Teatro Mágico.** Es una creación del autor de esta novela.

p. 186

- **Basamental.** Proviene de la palabra «basamento».

p. 194

- **Cabrón -a.** *cub.* Que actúa hábil y sagazmente.

- **Bicha -o**. *cub*. De inteligencia alerta, aguda y perspicaz.
- **Mosca muerta**. *cub*. Que se hace la inocente, pero sabe más de lo que dice que ignora.
- **Gangarria**. *cub*. Se refiere a un adorno femenino o pieza de bisutería cuando resulta recargado, llamativo y de dudoso gusto. 🔲Q
- **Escuchimizado -a**. Muy flaco y débil.
- **Río Cubanicay**. *lug*. Se refiere al río que atraviesa la ciudad de Santa Clara. Es el nombre de uno de los dos ríos entre los que se fundó la ciudad, el 15 de julio de 1689, por aquel entonces, llamados Arroyo de Sabana y Arroyo del Monte, más tarde bautizados Bélico y Cubanicay, respectivamente. La existencia de ríos dentro de la ciudad permitió la creación de **lavaderos públicos**, obras financiadas por la benefactora **Marta Abreu de Estévez**. 🔲Q

p. 196

- **Reinado de Heliogábalo**. El autor se refiere a Vario Avito Basiano, noble y sacerdote romano emperador de la dinastía Severa que reinó desde 218 hasta 222. Al convertirse en emperador tomó el nombre de Marco Aurelio Antonino Augusto, y solo fue conocido como Heliogábalo mucho tiempo después de su muerte. 🔲Q
- **Priápicos**. Perteneciente o relativo a Príapo, antigua divinidad grecorromana que se representaba como un pequeño hombre barbudo, normalmente mayor de edad, con un pene desproporcionadamente grande. Su mayor presencia estaba en el mundo rural, puesto que era el símbolo del instinto sexual, de la fecundidad masculina, y el protector de las huertas y jardines. En este sentido, la población rústica empleaba esta deidad y sus representaciones como fórmula mágica para neutralizar el mal de ojo, contra la envidia, y para potenciar la sexualidad. Según la mitología griega, Príapo era hijo de Dionisio, dios del vino y el éxtasis, y de Afrodita, diosa de la belleza, el amor y el deseo de los dioses más desinhibidos del panteón clásico. No en vano, otras leyendas le achacan su paternidad a Hermes, Pan, Zeus e incluso Adonis.

p. 198

- **Chachareo**. *cub*. Conversación animada entre dos o más personas.

- **Recostona -ón**. *cub*. Persona que suele descargar sus obligaciones y responsabilidades en otra.

p. 199
- **Pegar los tarros**. *cub*. Dícese de la persona que es infiel a otra.

p. 200
- **Danzones**. *cub*. El autor se refiere al «danzón». Género bailable cubano, derivado de la danza criolla. Su nombre viene, por aumentativo de danza, de un baile de figuras colectivo, formado por parejas provistas de arcos y ramos de flores, muy usual en la segunda mitad del siglo XIX. Miguel Faílde (1852-1921) fue el creador del primer danzón *Las alturas de Simpson*, estrenado el 1° de enero de 1879, en el Liceo de Matanzas. Más lento, cadencioso y variado que la contradanza o danza. Posteriormente, José Urfé buscó un nuevo elemento rítmico en el son oriental para estructurar su famoso danzón *El bombín de Barreto*, el cual, por la libertad expresiva de su último trío, definió la forma actual del danzón cubano. De esta manera se transformó la tradicional coreografía del danzón, de cierto rigor, por una más abierta, de variados pasillos. 🔍
- **Del vuelo de las alas obscuras y el chiflar de los negritos en las ramas de los árboles donde llegan, pasarán la noche**. Se refiere a un fenómeno peculiar que ocurre en el parque Leoncio Vidal de la ciudad. Unas aves de plumaje negro intenso y un tamaño que ronda entre 20 y 30 cm aproximadamente entre las puntas de sus alas abiertas, pernoctan en la arboleda del parque en las noches. Durante el día, en las primeras horas de la mañana parten en bandadas, en todos los sentidos, sobrevolando la ciudad y saliendo al campo para alimentarse. Si se visita el parque en la mañana y la tarde, no hay presencia de ellos. Al aparecer las primeras brumas de la tarde comienzan a regresar y ocupar las partes más altas de los edificios aledaños, bajando luego a los árboles con cantos repetidos por cientos de picos. Según se va haciendo de noche, el canto y la algarabía disminuyen, se duermen y se vuelven invisibles en el cielo de la noche, entre las hojas. 🔍

- **Exornación**. Acción y efecto de exornar. Adornar, hermosear. Amenizar o embellecer el lenguaje escrito o hablado con galas retóricas.
- **Poyo**. *arq*. Banco de piedra o de obra, especialmente cuando se encuentra adosado a una pared. En una de las formas más típicas y sencillas el poyo consistía en una simple piedra escuadrada de tamaño medio.
- **Despiezo**. *arq*. Acción y resultado de despiezar o despiezarse, en fragmentar o fraccionar una obra en diferentes partes que la compone.

p. 201
- **Traslapando**. Acción de traslapar. Solapar.

p. 203
- **Burro Perico**. Animal popular de la ciudad convertido en leyenda urbana. Se cuenta que recorría las empedradas calles de la ciudad con su andar lento y distraído, tocando delicadamente con uno de sus cascos delanteros a la puerta de alguna casa, donde seguramente con anterioridad y, de forma espontánea, le habían brindado pan.

p. 207
- **Portales vacíos alrededor del parque.**

p. 208
- **Azul prusia**. Se refiere al color «azul de Prusia»: ferrocianuro férrico de color azul subido, que se utiliza en pintura.

p. 210
- **Mollerúo -a**. *cub*. Se les dice a las personas fuertes.

p. 211
- **Noticia de su muerte, devorado por los tiburones…** El autor hace alusión a la crisis de los balseros de 1994. Al empeorar la situación económica de Cuba, durante la década de los noventa del siglo xx, las personas se lanzaban al mar en rústicas embarcaciones con el objetivo de llegar a los Estados Unidos de América, en un mar lleno de

tiburones y entre las fuertes corrientes que bañan el Golfo de México, llamado «el estrecho de la muerte». Muchos cubanos perdieron allí la vida, muchas familias perdieron allí a sus hijos. Es uno de los pasajes más tristes y desgarradores de la historia de Cuba.

p. 212

- **Barriotero** -a. *cub*. Persona que tiene modales groseros y comportamiento vulgar.
- **El reloj del antiguo Ayuntamiento**. Justo antes de cumplir 50 años de fundada, la villa tuvo su primer reloj. Colocado en la torre de la Iglesia Parroquial y de frente a la Plaza Mayor, creó en los habitantes de la joven población una costumbre que los acompañaría durante los siglos venideros. En 1820 se sustituyó por un reloj mecánico. Utilizando una poderosa campana de aproximadamente 700 kg de peso, el nuevo reloj se convirtió en uno de los símbolos favoritos de la villa. Un siglo después, el Ayuntamiento de la ciudad lo recolocó en el recién construido Palacio Municipal, coronando su frontispicio. Desde su nueva posición, la que habría de mantener hasta el día de hoy, en los alrededores del parque Vidal, se convirtió en un símbolo de la ciudad. En la actualidad la céntrica construcción que muestra el reloj en su fachada es sede de la emisora provincial de radio CMHW. A lo largo de su historia, el reloj villaclareño ha contado con la labor anónima de relojeros que, con su constante dedicación, han sido ejemplo de amor y entrega.
- **José Martí Pérez**. *pers*. (1853-1895). Fue un escritor y político republicano democrático, pensador, periodista, filósofo y poeta cubano. Creador del Partido Revolucionario Cubano y organizador de la Guerra del 95 o Guerra Necesaria. Su influencia en los cubanos es grande, al ser considerado como uno de los principales modeladores de la nacionalidad cubana tal como se conoce en la actualidad. Su prestigio se refleja en los títulos que popularmente se le conceden: «el apóstol de la independencia», «el maestro» y «héroe nacional». Martí es considerado además el precursor del Modernismo en Latinoamérica, un movimiento literario que se desarrollaría en el continente latinoamericano con Rubén Darío. Esto se observa especialmente en el Prólogo que escribe en sus Versos libres, donde defiende el valor

de la originalidad de la poesía nacida de las entrañas frente al metodismo de los poetas anteriores. La Casa Obrador rinde continuo tributo al Maestro y trabaja en aras de dar a conocer su legado y su obra.

p. 213

- **Pizpireta**. Alegre, vivaz y algo coqueta.
- **Sateando**. *cub*. De satear. Insinuársele una mujer a un hombre.

p. 217

- **Boj**. *bot*. *Buxus sempervirens*. Arbusto de la familia de las buxáceas, de unos cuatro metros de altura, con tallos derechos, muy ramosos, hojas persistentes, opuestas, elípticas, duras y lustrosas, flores pequeñas, blanquecinas, de mal olor, en hacecillos axilares, y madera amarilla, sumamente dura y compacta, muy apreciada para el grabado, obras de tornería y otros usos. La planta se emplea como adorno en los jardines.

p. 225

- **El Valbanera**. Fue un buque correo transatlántico de carga y pasaje, propiedad de la compañía de navegación Naviera Pinillos. Estaba dedicado principalmente al transporte de emigrantes entre España y Las Antillas. Su naufragio, el 9 de septiembre de 1919, debido a un ciclón tropical en el estrecho de la Florida, fue una de las tragedias navales más lamentables de la historia. Fue un suceso que conmovió a la sociedad cubana y española de la época.
- **Revista *Islas Canarias***. Revista decenal ilustrada, fundada en 1908, órgano de la colonia canaria en La Habana.

p. 231

- **Placetas**. *lug*. Es un municipio cubano, conocido como «la villa de los laureles» por la presencia de numerosas plantaciones de árboles de laurel en diferentes puntos de la ciudad cabecera. Encierra maravillosas historias en cada una de sus calles y edificaciones que la convierten en una ciudad especial. Cuenta con excelentes e inmejorables parques y paseos para la ciudadanía, llegando a ser un importante centro de ferrocarriles y está al pie de la Carretera Central. Se registra en esta ciudad el nacimiento del río Zaza, cuya cuenca recorre toda la extensión territorial. El municipio de Placetas se encuentra ubicado en la región central de Cuba, al suroeste de la provincia de Villa Clara.

p. 232
- **Combado**. Que tiene o ha adoptado forma curva.

p. 233
- *Parva Domus Magna Quies*. Institución social de hombres fundada en Uruguay en 1878, sin fines de lucro, donde la finalidad es la amistad, la tolerancia, la solidaridad. 🔍
- **Tareco**. *cub*. Despectivo. Objeto cualquiera, generalmente inútil o inservible. En Cuba: trastos, arretranco, tarantín, tarimaco, traste.

p. 238
- **Recontraputa**. *cub*. Mujer que practica la prostitución en exceso.

p. 239
- **Descuarejingarte**. *cub*. Viene de «descuajeringar»: Descomponer. Estar descuajaringado, estar extenuado.

p. 242
- **Villa Borghese**. *lug*. Es un gran parque en la ciudad de Roma que incluye diferentes estilos, desde el jardín a la italiana hasta grandes áreas de los edificios de estilo inglés, fuentes y estanques. Contiene en su interior varios edificios, museos y atracciones como la Villa Borghese Pinciana, sede de la famosa Galería Borghese, con obras maestras de Caravaggio, Rafael y Bernini. Es el tercer parque público más grande de la capital italiana, con 80 hectáreas. 🔍
- **Espejeante**. Espejear. Relucir o resplandecer como un espejo.

p. 243
- *Mors ultima ratio*. Máxima latina que significa «La muerte es la última razón». Se indica que con ella se pone fin a todo lo de este mundo.

p. 244

- ***La Forlane de Le tombeau de Couperin.*** Es una de las piezas que componen la suite *Le tombeau de Couperin* (*La tumba de Couperin*). La suite es una composición en seis partes para piano, compuesta por Maurice Ravel entre 1914 y 1917. Cuatro de ellas luego fueron orquestadas en 1919 por el mismo compositor. *La Forlane* (en *mi* menor) es una obra realizada a la memoria del teniente Gabriel Deluc (pintor vasco de San Juan de Luz). 🔍

- **Ciclón Lili.** Octavo huracán que pasó por Cuba en el año 1996, en el mes de octubre, considerado como uno de los más destructivos jamás visto. Miles de viviendas fueron afectadas, severos daños en la población y en la economía del país. Intensas lluvias dejó a su paso por varias provincias cubanas. En la lista de récords, el Lili ocupa el cuarto lugar entre los huracanes más grandes conocidos, teniendo en cuenta que la fuerza de sus vientos tenían rachas de casi 200 km/h. Como dato curioso agregamos que, en un período de cinco días, se programaron once misiones de reconocimiento aéreo y los aviones realizaron treinta y siete penetraciones al centro de la tormenta. 🔍

p. 245

- ***Estrellita****. mús.* Canción compuesta en 1912 por el compositor mexicano Manuel M. Ponce. El autor no registró la canción a su nombre, por omisión, por lo que al ganar fama internacional la obra no le aportó al autor ningún beneficio económico. La canción gozó de gran popularidad. «Alto, alto, desde el cielo / la estrellita se cayó / voy subiendo despacito / para no caerme yo.» 🔍

- **Manuel María Ponce.** *pers.* (1882-1948). Músico y compositor mexicano, que escribió música para guitarra, obras para piano, canciones, música de cámara y orquesta. Sus obras conocidas para piano y guitarra son mucho más numerosas que para otros instrumentos. Cabe destacar que casi la mitad de la música de Ponce es desconocida o se ha perdido. 🔍

p. 246

- **Calle Paseo. Vedado.** *lug.* Una de las avenidas más céntricas de la capital cubana. 🔍

p. 247

- **Mármol rojo del Languedoc**. *arq.* El mármol rojo del Languedoc o mármol encarnado, es de rojo bastante claro, mezclado de partes más claras producto de pólipos. Se encuentra en una región del sudeste de Occitania en el sur de Francia.

p. 253

- **Jinetera -o**. *cub.* Persona que consigue divisas foráneas haciendo negocios ilícitos con extranjeros.

p. 259

- **Inánimes**. Dicho de una persona sin vida o sin señal de vida.

p. 260

- *Estudio # 9 en fa menor, Opus 10,* **de Chopin**.

p. 265

- **Mayajigua**. *lug.* Es un pueblo ubicado en la región central de Cuba, específicamente en el noreste del municipio Yaguajay, el cual ocupa la parte norte de la provincia de Sancti Spíritus.

p. 266

- **Tarrúo, Aguantón -a**. *cub.* De tarrudo. En una pareja, persona que sufre la infidelidad del otro. Cornudo.
- **Caray**. Se usa para expresar contrariedad o disgusto.
- **Bretera -o**. *cub.* Persona dada al brete: confusión, enredo, alboroto, a veces ocasionado por la presencia de comentarios, discusión acalorada entre dos o más personas.
- **Ñoña -o**. *cub.* Dicho a una persona, especialmente a un niño(a) mimado(a) o consentido(a); aquellos que dependen de los padres sin independencia. Persona sumamente apocada y de corto ingenio.
- **Tati**. *cub.* Diminutivo cariñoso.

p. 267

- **Escaparate**. *cub.* En países como Cuba, República Dominicana y Venezuela representa un mueble con puertas y gavetas que sirve para colgar y guardar la ropa y otros objetos, similar a un armario.

p. 276

- **Música de Arnold Schönberg, *Noche transfigurada*.** *mús.* Noche transfigurada, Op. 4 (título original: *Verklärte Nacht*) es una composición de 1899, sexteto de cuerdas en un movimiento, del compositor austríaco Arnold Schönberg. Está considerada como su primera obra importante. Fue inspirado por el poema homónimo de Richard Dehmel, además de la gran inspiración que le proporcionó el conocer a Mathilde von Zemlinsky (la hermana de su profesor Alexander von Zemlinsky), con quien más adelante contraería nupcias. Schönberg compuso este complejo y apasionado sexteto tres semanas después de conocer a Mathilde. Q

- **Arnold Schönberg.** *pers.* (1874-1951). Fue un compositor, teórico musical y pintor austriaco de origen judío. Desde que emigró a los Estados Unidos, en 1934, adoptó el nombre de Arnold Schoenberg, y así es como suele aparecer en las publicaciones en idioma inglés y en todo el mundo. Junto a Stravinsky, se puede afirmar que fue el compositor más importante del siglo xx. Q

- **Compadre.** *cub.* Se usa para dirigirse a un hombre en tono de confianza. En Cuba: varón, bate, bróder, compay, ecobio, mayor, monstruo, paisa, pariente, tigre. En el caso de las mujeres, se les llama comadre.

- **Guagua.** *cub.* Vehículo automotor, destinado al transporte urbano e interurbano de personas. Ómnibus, autobús. Q

p. 277

- **Ernesto Lecuona.** *pers.* (1895-1963). Fue un intérprete y compositor de música cubano. Está considerado como uno de los músicos cubanos más destacados. Junto a Gonzalo Roig y Rodrigo Prats, forma la trilogía más importante de compositores del teatro lírico cubano, y en especial de la zarzuela. El aporte más importante de Lecuona al género teatral es la fórmula definitiva de la romanza cubana. Q

- ***Vals azul, Muñeca de cristal, y el pasodoble El currito de la Cruz.*** Son composiciones de Ernesto Lecuona. Q

- **Carajo.** *cub.* Se usa para expresar, de modo rotundo, negación o rechazo. Para expresar contrariedad o disgusto. Se utiliza también, al final de una narración, para enfatizar el carácter inusual o sorprendente de lo que se dice.

- **La verbena de la calle Gloria.** Es una fiesta tradicional de la ciudad de Santa Clara que celebra desde 1695, cada 12 de agosto. Se hace en honor a su patrona, la Gloriosa Virgen de Santa Clara de Asís. Estas fiestas se sucedieron durante todo el período colonial y neocolonial, aunque no de manera sistemática. En 1989, a propósito de las conmemoraciones del aniversario 300 de la fundación de Santa Clara, se revitaliza esta tradición, la cual desde entonces se desarrolla anualmente.
- **La ópera de Gluck, Orfeo y Eurídice.** *mús.* Ópera en tres actos del compositor alemán Christoph Willibald von Gluck, con libreto de Raniero di Calzabigi, que data de 1762 y basada en el mito de Orfeo. La ópera se basa en un tema de la mitología y utiliza danzas y coros.

p. 279

- **Jelengue.** *cub.* Situación en la que imperan la confusión y el desorden. Discusión acalorada entre dos o más personas.
- **Bobería.** *cub.* Sensación de desorientación o turbación que impide pensar con claridad. Sensación de somnolencia.
- **Coño.** *cub.* Se usa, por lo general, precedido de un sustantivo, para ponderar la magnitud o envergadura de lo expresado por este.
- **La banda municipal interpretando el danzón *Virgen de Regla*.**

p. 280

- **Guásima.** *cub. Guazuma ulmifolia.* uásima, guácima, caulote, cuaulote , tapaculo (del náhuatl) o majahua, es un árbol de mediano porte de la familia de las malváceas, nativo de América tropical. Los términos guásimo y guásima provienen de la voz taína guasuma. Es un árbol de porte bajo y muy ramificado que puede alcanzar hasta 20 metros de altura, con un tronco de 30 a 60 centímetros de diámetro recubierto de corteza gris. Se le atribuyen varias propiedades medicinales.
- **En el parquecito.** *lug.* Se trata del Parque de los Mártires. Se encuentra cercano al parque del Carmen, frente a la estación de tren de Santa Clara.
- **La fachada del paradero.** *lug.* El autor se refiere a la fachada de la Estación Central de Trenes de la ciudad. La estación de Santa Clara

o la estación de Santa Clara-Marta Abreu fue inaugurada en 1860 durante la época española de la Capitanía General de Cuba. En ese entonces, la estación se llamaba Paradero Villa Clara.

- **Decimista** *cub*. Persona que recita décimas. La décima cubana se deriva de la décima espinela española. Es una estrofa de diez versos octosílabos creada por el músico y poeta murciano Vicente Espinel en el año 1591. La décima en Cuba forma parte de la tradición oral de la décima cantada en el punto cubano y es mucho más que una mera manifestación cultural, es un evento en donde se dan cita hombres y mujeres para poner a prueba la oralidad, la espontaneidad y sobre todo el conocimiento de la vida cotidiana. En el ámbito específico de la creación literaria es una forma poética que arraigó de modo tal que hoy se considera el tipo de estrofa popular más representativo del folclor en varios países del nuevo continente. En nuestro país constituye el texto por excelencia del punto cubano, mediante el cual sus intérpretes han manifestado sus sentimientos más diversos. Amplia ha sido la gama temática abordada en décimas por los poetas desde sus orígenes.

- **Cabroncito -a**. Dicho de una persona, de un animal o de una cosa que hace malas pasadas o resulta molesto. Dicho de un hombre que padece la infidelidad de su mujer, y en especial si la consiente. En Cuba y México: dicho de una persona experimentada y astuta. En Cuba también se le nombra de esta manera a una persona disgustada, de mal humor.

- **Gao.** *cub*. Casa. Lugar en el que vive una persona.

- **Vejigo -a**. *cub*. Niños o muchachos (chama, chamaco(a), fiñe). Según el contexto, puede tener un matiz despectivo o afectivo.

p. 282

- **La marcha al cementerio**. *lug*. El autor se refiere a una tradición arraigada para los cubanos que consiste en acompañar al féretro partiendo de la funeraria, en lenta procesión, hasta el cementerio donde se le dará sepultura, en este caso, al cementerio de Santa Clara.

- **Holganza**. Descanso, quietud, reposo. Carencia de trabajo. Placer, contento, diversión y regocijo.

p. 283

- **Despachao**. *cub.* Despachado. En este caso específico se refiere a un hombre dotado de pene grande. Normalmente se les dice a las personas bien servidas. Ej: «estás bien despachao en la bodega».
- **Chaúcha**. *cub.* Comida para seres humanos. En Cuba se le conoce también como butuba, condumio, frita, grasa, iriampo, jama.

p. 284

- **Chismorreo**. Acción y efecto de chismorrear. Hablar de los demás, generalmente haciendo comentarios críticos o malintencionados. Contar a una persona» algo que otro ha hecho o dicho generalmente ocasionándole a este un perjuicio.
- **Machangos**. *cub.* Hombres holgazanes que no trabajan ni hacen nada de provecho.
- **Guajiranga** *cub.* Relativo a guajiro, del campo.
- **Dicharacho**. Se refiere a una frase o proverbio de dominio público.

p. 285

- **Tánganas**. *cub.* Recriminación en forma descompuesta con que se critica a una persona algo que ha dicho o hecho [E, Cu: número; Cu: espectáculo, guantanamera, mitin, sainete, *show*]. Se usa con los verbos armar, dar, formar y meter.
- **Está de vena**. *cub.* Estar inspirado para llevar a cabo alguna acción o tarea.

p. 286

- **Jodas**. *cub.* Acción de joder. Divertirse, generalmente en una fiesta o reunión informal. Burlarse de alguien diciéndole algo en tono de broma o chiste. Modo de desplazarse o de salir de un lugar alguien o algo muy rápidamente.

p. 288

- **Fulgencio Batista**. *pers.* (1901-1973). Militar y político cubano. Presidente de la República en dos ocasiones. Presidente constitucional entre 1940 y 1944. Su segundo período comenzó en el 1952, después de dar un golpe de estado, y terminó en el 1959, cuando fue derrocado por la revolución cubana de 1959.

- **Querubín**. *mús.* Héroe de *Las bodas de Fígaro*, ópera bufa en cuatro actos con música de Wolfgang Amadeus Mozart. Q

p. 289
- **Perucho Figueredo**. *pers.* (1818-1870). Abogado y militar independentista cubano, autor de la letra y la melodía de *La bayamesa*, marcha guerrera que se convirtió en el Himno nacional cubano. Q

p. 290
- **Chiveta**. *cub.* Ocupación, tarea o situación que provoca molestia o hastío. Dolor, candanga, candela, fastidieta, jeringa, jeringueta, jorobeta, jodedera.

p. 291
- **Maricón -na**. Marica. Insulto. Afeminado. Dicho de un hombre apocado, falto de coraje, pusilánime o medroso. Dicho de un hombre homosexual.
- **Fomento**. *lug.* Se refiere al poblado de Fomento, en la provincia de Sancti Spíritus. Q
- **Bronca**. *cub.* Riña o disputa ruidosa. Reprimenda severa. Palabras o expresiones insultantes y ofensivas que hieren la dignidad de una persona.
- **Calzoncillo**. *cub.* Prenda interior masculina, hecha con tejido de algodón que cubre desde la cintura hasta la mitad de los muslos.
- **Perseguidoras**. *cub.* Vehículo automotor que usa la policía para patrullar las calles. Coche patrulla. Carro patrullero, radiopatrulla. Q
- **Pandemónium**. Capital imaginaria del reino infernal. Pandemonio. Lugar en que hay mucho ruido y confusión.

p. 292
- **Vivien Leigh y Clark Gable**. *pers.* Actores del filme *Lo que el viento se llevó*. Q

p. 293
- **Teque**. *cub.* Conversación larga y tediosa [Cu: barretín, muela, trova]. Conversación que tiene por finalidad persuadir a alguien para que

crea, piense o haga algo determinado. Hablar excesivamente [Cu: dar muela, dar trova]. || [Cu: dar una muela, dar una trova].

p. 295
- ***The Farm**. mús.* Canción compuesta por Thomas Newman para el filme *Road to perdition* (*Camino a la perdición*). Filme dramático estadounidense de 2002, dirigido por Sam Mendes, o protagonizada por Tom Hanks, Jude Law, Paul Newman y Daniel Craig.

p. 297
- **Propalarse**. De propalar. Divulgar algo oculto.
- **El parque**. *lug.* Se refiere al parque Leoncio Vidal.
- **El boulevard**. *lug.* Se refiere al bulevar de Santa Clara.
- **Las tiendas de divisas**. *lug.* Ver **Instalaciones por divisas**.
- **Zafar**. Soltar o desatar algo. Descoser una costura o una prenda de ropa.

p. 300
- **Quemado de Güines**. *lug.* Uno de los municipios de la provincia de Villa Clara.
- **Guajirigallo**. *lug.* Escultura en barro del artista Oscar Rodríguez Lassaria, orgullo de los pobladores de Quemado de Güines. Su ubicación permite la visita diaria de los que viven o visitan este pueblo. Constituye un símbolo de cubanía al representar tres elementos esenciales de la cotidianidad y la cultura cubana. La escultura está compuesta por un porrón, la cabeza de un guajiro y las espuelas y la cola de un gallo.
- **Porrón**. Vasija de barro de vientre abultado para agua.
- **Seudorrepública**. En 1902 se creó oficialmente la República de Cuba, luego de lograr la independencia de España. En 1959, con la llegada del proceso revolucionario, en los libros de historia se comenzó a llamar a esta etapa de 57 años, la «seudorrepública», basándose en la tesis de que la isla no tenía una total independencia y que la república era falsa.
- **Jolongo**. *cub.* Saco hecho generalmente de tela, yute o loneta, con un dobladillo en la boca por donde corre una cuerda para cerrarlo o abrirlo.

- **Jevita**. *cub.* Novia, mujer. Usado especialmente por los hombres en Cuba.

p. 304
- **Pichón de guinea**. *cub.* El autor se refiere a un pichón de la gallina de guinea. 🔍

p. 306
- **Calle Gloria**. Ver la entrada sobre la **verbena de la calle Gloria**.

p. 309
- *La comparsa*, de Ernesto Lecuona. 🔍
- **La noche de Walpurgis**. Es una festividad pagana que se celebra la víspera de la fiesta cristiana de Santa Walpurga, una abadesa anglo-sajona del siglo VIII que estuvo como misionera en Alemania, y se celebra la noche del 30 de abril y el día del 1 de mayo. 🔍
- **Bayú**. *cub.* Prostíbulo. Sitio en el que hay mucho desorden. Situación en la que imperan la confusión y el desorden [Cu: bayuceo; arroz con mango].
- **Brunela**. *bot. Prunella vulgaris.* Consuelda. Planta herbácea de la familia de las borragináceas, vellosa, con tallo de 60 a 80 cm de altura, grueso y erguido, hojas ovales y pecioladas las inferiores, lanceoladas y envainadoras las superiores, flores en forma de embudo, en racimos colgantes, blancas, amarillentas o rojizas, y rizoma mucilaginoso que se emplea en medicina. 🔍

p. 313
- **Pirulí**. *cub.* Caramelo tradicional, delicia de los alimentos de forma cónica, con un palillo que sirve de mango. 🔍

p. 321
- **Güijes.** *cub.* Duende enano que, según la creencia campesina, aparece en los ríos. También conocidos en Cuba como: jigüe o chichiricú. Este ser se representa como un negrito diminuto, de grotescas facciones, ojos saltones y muy escurridizo. Se dice que habita en ríos

y charcas muy intrincadas, y en las noches aparecen para asustar a los viajeros. Siempre andan desnudos o cubiertos con bejucos. Los güijes son personajes característicos de la cultura cubana, en su literatura, en la música, las artes plásticas, filmes, series infantiles y dibujos animados. Sus recreadas historias y personajes son muy utilizados en el arte de la región central del país, especialmente, en la imaginería popular de los artistas de las artes plásticas de esta región. Los güijes son recurrentes en la obra pictórica de Alberto Anido Pacheco, autor de este libro. Otros ejemplos los podemos encontrar en la obra de los artistas populares del grupo Signos. ⌗Q

p. 326

- **América la ciega y Nieves**. *pers.* En Cuba existen estos personajes populares reales con los que se conmina a los niños a hacer una acción determinada con el efecto disuasivo de que, si no se hace, algunos de estos personajes vendrán a verlo tarde o temprano. La ciudad de Santa Clara históricamente ha estado llena de esos personajes: el Coco, Rufino, Arelis la loca, entre otros.
- **Camilo Zelaya**. *pers.* De procedencia filipina, fue discípulo de la Real Academia de Nobles Artes de San Fernando de Madrid. Tuvo a su cargo la pintura que ocupa el cielo raso del salón principal del Teatro La Caridad, con variedad de colores y escenas que representan tres personajes: el genio, la fama y la historia. ⌗Q

p. 335

- **«Donde hay ley hay injusticia»**, según Tolstoi. El autor se refiere a un pasaje del autor ruso León Tolstoi (Lev Nikoláievich Tolstói) que aparece en su libro *La guerra y la paz*.

p. 336

- **Sandy, el huracán**. El autor se refiere al huracán Sandy, que fue la decimoctava tormenta de la temporada y el más mortífero ciclón tropical de la temporada de huracanes de 2012 (entre el 22 de octubre y el 2 de noviembre). Este huracán afectó a países del área caribeña como Jamaica, Dominicana, Haití, Cuba, Bahamas, y Estados Unidos.

p. 342
- **Marcel Proust**. *pers.* (1871-1922). Fue un novelista, ensayista y crítico francés cuya obra maestra, *En busca del tiempo perdido*, compuesta de siete partes, apareció entre 1913 y 1927. Constituye una de las figuras cimeras de la literatura del siglo xx, enormemente influyente tanto en el campo de la literatura como en el de la filosofía y la teoría del arte.

p. 346
- **Cuenta propia**. *cub.* Es la figura legal creada en Cuba en los años noventa del siglo xx como forma de operación de los negocios particulares para vender sus productos y servicios.

p. 347
- **Fidel Castro**. *pers.* (1926-2016). Fue un político cubano. Después de derrocar a Fulgencio Batista en 1959, fue mandatario de Cuba, ejerciendo como primer ministro y presidente.

p. 350
- **Chamaco -a**. Niño, muchacho.

p. 367
- **Samuel Feijóo**. *pers.* (1914-1992). Escritor, etnólogo y artista. Fue conocido por su poesía y su narrativa, así como por su trabajo como dibujante y pintor. De formación autodidacta, comenzó a escribir y a publicar sus primeras narraciones y poemas con solo catorce años y ya se podía apreciar su inclinación por la recopilación y el estudio de narraciones populares. Alrededor de 1930 comenzó a escribir sus primeros libros de poesía y narrativa. Fue un estudioso apasionado del folclor cubano, tema que lo llevó a recorrer campos, pueblos y bateyes en busca de mitos, leyendas y tradiciones populares. Relevante es su recopilación de dicharachos, trabalenguas, refranes, adivinanzas, cuartetas, décimas antiguas e historias de campos, fruto de su laboriosidad etnológica. Desde los años 40, se inició en la pintura, que tiene como tema fundamental el paisaje rural. Fundó y dirigió las revistas *Islas* (1958-1968) y *Signos* (1969-1985), en las que las artes plásticas ocuparon un lugar representativo y en las que desarrolló

una importante labor editorial y de difusión de la cultura popular cubana tanto nacional como internacionalment. Ejerció el periodismo en rotativos como *El Mundo* y *Juventud Nacionalista*, y colaboró con notables revistas culturales, entre ellas *Bohemia, Carteles* y *Orígenes*. En el momento de la publicación de este libro, la Casa Obrador desarrolla un proyecto para la conservación de la memoria histórica de la revista *Signos* y preservar su legado.

p. 373

- **Robert Bresson**, en su película *El diario de un cura rural*. El filme está basado en la novela homónima de George Bernanos.
- *Diario de un cura rural*. Título original en francés, *Journal d'un curé de champagne*. Es un filme francés dirigido por Robert Bresson, estrenada en 1951. Está basada en la novela homónima de Georges Bernanos y fue el estreno de Claude Laydu en la que ha sido considerada una de las mejores actuaciones en la historia del cine. El filme ganó numerosos premios, incluyendo el Gran Prix en el Festival Internacional de Cine de Venecia.

p. 375

- **Casuchas de pasajes.** *arq.* Cuartería. Casa de vecindad, edificio o inquilinato de piezas habitacionales pequeñas, ocupadas en su mayor parte por familias con escasos recursos económicos que comparten generalmente un cuarto de baño y un patio comunes. También son reconocidas con este nombre en Chile, Nicaragua y República Dominicana.
- **Gente sin escrúpulo y bandoleras -os.** Atracadores, bandidos. Personas que acostumbran a cobrar un precio excesivo por una mercancía o un servicio. En el caso de las mujeres específicamente, dícese de mujeres que con facilidad acceden a tener relaciones sexuales con hombres: guaricandilla, piruja, virulilla.
- **Estamos fritas -os.** *am.* Hallarse en situación difícil, estar inutilizado o fracasado.

p. 377

- *Concierto en la menor para piccolo y cuerdas* de Antonio Vivaldi.

p. 378

- ***Shopping***. *cub.* Anglicismo utilizado en Cuba para definir las tiendas recaudadoras de divisas. Este término comenzó a aparecer en el habla popular cubana en la década de los noventa del siglo xx, a partir de la crisis económica denominada Período especial. Ver nota sobre el Período especial.

- **Duse**. El autor se refiere a la actriz italiana Eleonora Julia Amalia Duse, más conocida como Eleonora Duse (1858-1924), la más célebre actriz del teatro italiano de finales del siglo xix y principios del siglo xx. Alcanzó gran fama por interpretar los papeles del escritor noruego Henrik Ibsen, además de los clásicos franceses.

- **Eres de ampanga**. *cub.* Expresión cubana que designa a una persona severa, rigurosa e intransigente, de armas tomar. También llamada de anjá, de argolla, de arrancapescuezo, de encargo, de la punta del mango, de yuca y ñame.

- **No se encuentran ni en los centros espirituales**. *cub.* Expresión cubana que significa que algo es difícil de encontrar.

p. 381

- **Lumbersexual**. Nueva tendencia de moda en la sociedad, consiste básicamente en la modificación de la apariencia masculina para que se vea atractiva de una manera muy peculiar. Los hombres que se consideran lumbersexuales se caracterizan por tener una gran barba poblada, ropa rústica y un poco descuidada, camisa a cuadros y botas de excursión o de cuero, similar a la vestimenta que usan los leñadores típicos en los Estados Unidos.

- **La Ceibita**. *lug.* Un ejemplar de ceiba, árbol conocido como el coloso de los campos de Cuba, marca el sitio por donde penetró el Ejército Libertador a la ciudad, en la última guerra contra el colonialismo español, y resulta un sitio conocido por su ubicación, en medio de la Carretera Central.

p. 383

- **Parque de los Mártires**. *lug.* Ver entrada anterior sobre el parque.
- **Rescate de Sanguily**. Fue una acción militar durante la primera guerra de independencia cubana contra las fuerzas reales españolas,

conocida como la Guerra de los Diez Años, que fue llevada a cabo por el Mayor General independentista cubano Ignacio Agramonte y treintaicinco de sus mejores jinetes, el 8 de octubre de 1871. La acción se desarrolló en territorio camagüeyano. En la batalla se enfrentaron los treintaiséis jinetes cubanos a una tropa de infantería española de más de 120 hombres, resultando victoriosos los cubanos. Q

p. 386

- **San Judas Tadeo**. *rel.* Uno de los santos más venerados en Cuba, a quien muchos cubanos adoran con fervor, y piden su ayuda en causas difíciles y desesperadas buscando su protección. La tradición católica lo venera como el santo de estas causas. Fue uno de los discípulos de Jesús de Nazaret, es decir, uno de los doce apóstoles. Su nombre, Judas, significa «alabanzas sean dadas a Dios». En los Evangelios también lo nombran Judas de Santiago, o simplemente Tadeo. Al referirse a este santo lo más frecuente es mencionarlo como Judas Tadeo, diferenciándolo así de Judas Iscariote. La parroquia en la que se venera con más fuerza a en Cuba está ubicada en La Habana, en la calle San Nicolás, en el municipio Centro Habana. A pesar de que Tadeo es entre los apóstoles el menos mencionado en los evangelios, tiene muchos devotos y se considera un santo milagroso. Muchas personas llevan consigo cada día medallas y estampitas con su imagen. Su festividad se celebra cada 28 de octubre. Q
- **Santa Bárbara**. *rel.* Para los cubanos, Santa Bárbara encarna un poder enorme. Unos la ven como la venerable santa católica que fue decapitada a manos de su padre por defender su fe. Producto de la transculturación, otros la ven como Changó, uno de los orisha más populares del panteón yoruba que trajeron los esclavos africanos a la isla. De una u otra forma, es alabada fervorosamente por miles de devotos a lo largo y ancho del país. Su festividad se celebra cada 4 de diciembre. Q

p. 387

- **Papel crepé**. Papel utilizado en las artes aplicadas, mayormente empleado en elaboración de flores. Se compone de capas de papel que se pegan a través de un proceso de corrugado, proceso que da lugar a diferentes tipos de arrugas que son las que se utilizan para dar forma y texturas a los pétalos y hojas. En tiempos pasados, de uso muy popular en Cuba. 🔲Q

p. 391

- **Tomar un diez**. *cub*. Coger un diez. Descanso breve durante una actividad o un trabajo. Interrumpir brevemente la actividad que se está realizando para descansar.

p. 395

- **Perica**. *cub*. Mujer. También conocida como gallina, jeva, lea, material. Usado especialmente por los hombres con un matiz despectivo.

p. 396

- **Club Hermanas de Juan Bruno Zayas**. Ver referencia al Club Juan Bruno Zayas. 🔲Q
- **«Chiqui» Gómez-Lubián**. *pers*. (1937-1957). Agustín «Chiqui» Gómez-Lubián Urioste. Mártir villaclareño, considerado entre los jóvenes mártires de Cuba. 🔲Q
- **Julio Pino Machado**. *pers*. (1933-1957). Joven mártir cubano, que murió junto a Agustín Gómez Lubián, por la explosión de una bomba el 26 de mayo de 1957, cuando realizaba tareas clandestinas contra el régimen batistiano. 🔲Q
- **Juan Oscar Alvarado Miranda**. *pers*. (1938-1958). Joven intelectual y combatiente clandestino del Movimiento 26 de Julio asesinado a los 19 años. 🔲Q

p. 399

- **Peña Blanca**. *lug*. Forma parte de las diferentes elevaciones que rodean el poblado de Manajanabo, cercano a Santa Clara. Entre otras elevaciones se encuentran Cerro Calvo, Pelo Malo, la Sierra Alta del Agabama, la pequeña altura del Capiro, entre otras. En Peña Blanca, al suroeste, la piedra granítica que corona la loma de Peña Blanca, recuerda preguntar por la leyenda del cacique Cubanacán y su esposa Caonabá, o sobre los convites de las brujas en dicho lugar. 🔲Q

- **Cubanacán**. *pers.* En lengua siboney significa Centro de Cuba. Es el nombre del cacique que vivió en la región central del país, y de quien perduran varias leyendas.
- **Caonabá**. *pers.* Esposa del cacique Cubanacán.

p. 402

- **Monumento a las familias llegadas de Remedios**. *arq.* Monumento que perpetúa la celebración de la misa fundacional de la villa de Santa Clara, ubicado en el parque del Carmen, lugar histórico en lo alto de una colina próximo al sitio de fundación de la ciudad. .Q

p. 406

- **Mandados**. *am.* En Cuba, México y Nicaragua se le llama a la compra de los insumos necesario para la comida. En Cuba, esta compra de mandados, es decir, de insumos básicos se hace actualmente a través de una libreta de racionamiento. Q
- **Bodega**. *cub.* Las bodegas son pequeñas tiendas locales existentes en Cuba desde que fuera colonia española. A partir del 12 de marzo de 1962, mediante un decreto gubernamental, estas tiendas se transformaron y en las bodegas se comenzó a utilizar la «libreta de abastecimiento» hasta la actualidad, con un nuevo sistema de distribución y venta de alimentos que son parte de la canasta básica de alimentos en el país. Estos productos comenzaron a ser racionalizados. El sistema establece las raciones subsidiadas que cada persona puede adquirir de estos bienes y la frecuencia de los suministros. Este sistema se implementó a los ciudadanos cubanos residentes permanentes en la isla. A partir del 1 de enero de 2021, los productos vendidos en las bodegas, dejaron de ser subsidiados.Q
- **Hacer papelazos**. *cub.* Hacer el ridículo.

p. 407

- **SIM**. Servicio de Inteligencia Militar. Institución militar creada en Cuba, en 1934, por iniciativa del coronel Jaime Mariné con el objetivo de vigilar los movimientos internos del Ejército u otros que afectaran la seguridad del Estado y las instituciones públicas. Fue disuelta el 18 de febrero de 1959.

- **Botella de Felipe Segundo**. El autor se refiere a una botella de brandy, bebida espirituosa que utiliza esta marca. 🔍
- **Fiesta de quince**. Es un tipo de celebración que se realiza en Cuba y simboliza el momento en que una niña deja de serlo para presentarse como «mujer» ante la sociedad. Implica fiestas y una serie de regalos y fotos a la homenajeada. Son las «quinceañeras», muchachas que arriban a esa significativa edad y su familia lo celebra de varias maneras, según sus posibilidades económicas, día que se pretende quede para siempre en la memoria de la joven. Por lo general la velada termina en una gran fiesta. La fiesta de quince, es una tradición con un gran arraigo en Latinoamérica, cada país tiene su forma particular de celebrar. Los orígenes más remotos pueden rastrearse hasta las civilizaciones mayas y aztecas, en las que se hacían ceremonias religiosas para agradecer a los dioses por las jóvenes que llegaban a la adultez. Esta tradición llega a Cuba desde España, y con gran influencia francesa. 🔍
- **Danzoneras**. Viene de danzón, baile cubano.

p. 408

- **Golpe de estado**. Se refiere al golpe de Estado del 10 de marzo de 1952 encabezado por Fulgencio Batista en Cuba, quien guió al ejército cubano, e intervino en las elecciones que se realizarían el primero de junio de ese mismo año, llevando a cabo un pronunciamiento militar. 🔍
- **Ana Karenina por Greta Garbo**. Se trata del filme *Ana Karenina*, película estadounidense de 1935. Está basada en la novela homónima de León Tolstói y protagonizada por la actriz Greta Garbo. 🔍
- *Cinemascope*. Es un sistema de grabación caracterizado por el uso de imágenes amplias en las tomas de filmación, logradas al comprimir una imagen normal dentro del cuadro estándar de 35 mm, para luego descomprimirlas durante la proyección logrando una proporción que puede variar entre 2,66 y 2,39 veces más ancha que alta. 🔍

p. 409

- **Desembarco de Fidel en Oriente**. Se refiere a la llegada del yate Granma a las costas orientales cubanas, el 2 de diciembre de 1956, cerca de la playa Las Coloradas, en el municipio de Niquero. Con 82 expedicionarios a bordo y comandados por Fidel Castro, este hecho marcó el inicio de las luchas guerrilleras, que culminaran con el triunfo de la Revolución cubana, el 1 de enero de 1959. 🔲Q

- **Estar atacada -o**. *cub*. Estar en un estado nervioso o de duda.
- **Trancarme en la casa**. *cub*. Encerrarse en la casa.
- **Mujer de la vida**. *cub*. Prostituta.

p. 414

- **Gente ripiera**. *cub*. Gente baja, miserable.

p. 415

- *It is the Most Wonderful Time of the Year*. Es una canción de Navidad popular escrita en 1963 por Edward Pola y George Wyle. Fue grabada ese mismo año por el cantante pop Andy Williams para su primer álbum de Navidad, *The Andy Williams Christmas Album*. 🔲Q
- **…el bien de muchos a la opulencia de pocos…** El autor se refiere a la frase de José Martí: «Es preferible el bien de muchos a la opulencia de pocos».

p. 419

- **Ignacio Cervantes y su *Adiós a Cuba***. *mús*. Es una composición para piano de Ignacio Cervantes Kawanagh (1847-1905), virtuoso músico y compositor cubano, considerado la más importante influencia de la música cubana del siglo XIX. 🔲Q
- **Fotos panorámicas de la ciudad**. *lug*. 🔲Q

p. 423

- **«Hay en ti la fatiga de un ala mucho tiempo tensa»**. Verso de Dulce María Loynaz, poetisa cubana, de su libro *Poemas sin nombre XV*. Dulce María Loynaz (1902-1997). Poetisa, ensayista, periodista y abogada cubana. Es conocida como la más grande escritora cubana del siglo XX, galardonada con el Premio Nacional de Literatura (1987), y con el Premio Miguel de Cervantes (1992). 🔲Q

p. 428

- **Loynaz: «Entre tú y yo van quedando pocas diferencias; tú tienes una cansada ternura, y yo tengo un cansancio enternecido.»** Verso extraído de *Poemas sin nombre XLVII*, de Dulce María Loynaz.

p. 432

- **Puvis de Chavannes**. *pers.* El autor hace referencia a Pierre Cécile Puvis de Chavannes (1824-1898), pintor simbolista francés.

p. 434

- **Me corto la cabeza**. *cub.* Expresión utilizada en Cuba para decir que se está seguro de algo y dispuesto a ir hasta las últimas consecuencias en su afirmación.
- **De armas tomar**. Expresión que significa que alguien es de cuidado. Se trata de una persona que responde ante cualquier situación arriesgada de manera decidida y dispuesta.
- **De lo que pica el pollo**. *cub.* Expresión cubana que significa que se está perdiendo el tiempo con algo.

p. 435

- **Desbarrar**. Deslizarse, escurrirse. Discurrir fuera de razón. Errar en lo que se dice o hace.
- **De medio pelo**. *cub.* De calidad mala o regular.
- **Pullitas**. *cub.* Lanzar indirectas a alguien.

p. 440

- **Jabita**. *cub.* Bolso.

p. 445

- **Sanseacabó**. *cub.* Expresión para decir que algo se acabó, se terminó.

p. 451

- **Sinfonía Oxford**. El autor se refiere a la Sinfonía n.º 92 en *sol* mayor, Hoboken I/92, de Joseph Haydn. La obra presenta la forma típica en cuatro movimientos: 1. Adagio - Allegro spiritoso. 2. Adagio cantabile. 3. Menuetto: Allegretto. 4. Presto. La sinfonía recibe el sobrenombre de «Oxford» porque Haydn la dirigió en una ceremonia en 1791, en la que fue condecorado con el doctorado *Honoris Causa* por la Universidad de Oxford. El nombre es considerado en ocasiones un término erróneo, ya que la sinfonía había sido escrita realmente para una interpretación anterior en París. Haydn recibió el doctorado poco después de su primera llegada a Inglaterra y, debido a que no había terminado de componer ninguna de las Sinfonías de Londres que compondría a la larga para Inglaterra, Haydn llevó a la ceremonia la más reciente de sus sinfonías completas. 🔍

- **La duquesa de Alba, tan amada por Goya**. Referencia a María del Pilar Teresa Cayetana de Silva y Silva-Bazán (1762-1802). Fue una noble española, decimotércera duquesa de Alba de Tormes, cuya persona fue motivo de inspiración para Francisco José de Goya y Lucientes. Francisco de Goya (1746-1828) pintor y grabador español. 🔍

p. 454

- **En la noche más corta del año**. El autor se refiere a la noche del 21 de junio. En el hemisferio norte, cada año, ocurre en esta fecha el solsticio de verano, hecho que anuncia el arribo de la estación estival.

p. 455

- **La maja desnuda de Goya**. Hace referencia a una de las más célebres obras de Francisco de Goya. El cuadro es una obra por encargo pintada antes de 1800, en un período que estaría entre 1790 y 1800. 🔍

- **Catalina Lasa**. *pers.* Catalina Lasa del Río Noriega fue una cubana, matancera, que en 1898 contrajo matrimonio con Luis Estévez Abreu, hijo de la conocida mecenas y patriota cubana Marta Abreu. La joven pareja se casó en Estados Unidos. Al terminar la Guerra de Independencia se establecieron en La Habana. La joven ganó los más importantes concursos de belleza de 1902 y 1904. Sus ojos azules, su piel impecable y su gran personalidad hizo que se le conociera como «La Maga Halagadora». En 1905 conoció al acaudalado hacendado Pedro Baró, con quien comenzó una relación oculta. Poco tiempo después, los amantes fueron descubiertos en la suite que alquilaban en el Hotel Inglaterra. Catalina fue expulsada de su casa, acusada de bigamia y perdió la custodia de sus hijos. Baró y Catalina viajaron separados para no ser reconocidos hasta París. En el año 1917, durante el mandato del presidente cubano Mario García Menocal se aprobó la Ley de Divorcio en Cuba. Catalina Lasa pudo entonces divorciarse de su primer esposo y volver a La Habana. A su regreso, Baró comenzó a deshacerse en halagos para que el mundo viera la grandeza de su amor. Construyó para Catalina un palacete en El Vedado, en la avenida Paseo, entre 17 y 19. Se dice que fue hecho con arenas del Nilo y mármoles de Carrara. Catalina enfermó cuatro años después de vivir en el palacete. Murió en París, en los brazos de su esposo en 1930, a los 55 años, durante un viaje emprendido por razones de salud. El palacete sigue incólume en La Habana, a pesar de haber sido saqueado impunemente durante décadas. Es el símbolo arquitectónico más duradero y hermoso de un amor en Cuba. Y el divorcio de Catalina parece ser el primero que hubo en el país.

p. 456
- **Alfanje.** Especie de sable, corto y corvo, con filo sólamente por un lado, y por los dos en la punta.

p. 459
- **Paseo 406.** lug. Se refiere al palacete construido a **Catalina Lasa.**

p. 462
- **Colcha.** *cub.* Manta para cubrirse.

p. 463
- **Pinguero.** *cub.* Gigoló. Es un hombre joven que se ofrece sexualmente a una mujer a cambio de dinero. Normalmente la mujer es de mayor edad.

p. 464
- **Tritones.** Es la contraparte macho de la sirena, criatura legendaria con apariencia humana de cintura para arriba, y de pez de cintura para abajo, con un parecido humano. En ocasiones se describe con

un aspecto horrendo, en otras como un ser bellísimo. El término «sireno» es erróneo. 🔳Q

- **Dríades**. En la mitología griega, son las ninfas de los robles en particular y de los árboles en general. 🔳Q
- **Ciclaminos**. *bot*. (*Cyclamen hederifolium*). Es una planta herbácea, vivaz, de la familia de las primuláceas, con rizoma grande y en forma de torta, del que parten muchas raicillas, hojas radicales, de largos pecíolos, acorazonadas, obtusas, abigarradas de verde en el haz y rojizas en el envés, flores elegantes, aisladas, de corola con tubo purpurino y divisiones róseas, pendientes de un pedúnculo, primero erguido, y arrollado en espiral después de la fecundación, para esconder en tierra el fruto, que es seco, capsular y redondo, con varias semillas negras, menudas y esquinadas. Es espontánea en toda Europa, y el rizoma, que buscan y comen los cerdos, se emplea como purgante, generalmente en pomadas, pues es peligroso su uso interno. 🔳Q

p. 467
- **Moralina**. Moralidad inoportuna, superficial o falsa.

p. 471
- **Batistato**. *hist*. Se refiere al período en el cual gobernó Fulgencio Batista.

p. 473
- ***Mon ami***. Expresión en francés. En español, «mi amigo».
- **Período especial**. El llamado Período especial en tiempo de paz, en Cuba, fue un largo período de crisis económica que comenzó como resultado del colapso de la Unión Soviética en 1991. La depresión económica que supuso el período especial fue especialmente severa a comienzos y mediados de la década de los noventa. Se definió en principio por severas restricciones en hidrocarburos en forma de gasolina, diésel y otros combustibles derivados que hasta la fecha Cuba obtenía de sus relaciones económicas con la Unión Soviética. Este período transformó la sociedad cubana y su economía. 🔳Q

p. 474

- **Baches**. Pequeños desniveles en el suelo o en el pavimento, producido por la pérdida o hundimiento de la capa superficial. En Cuba se utiliza, «salir del bache», referido a «salir de una situación difícil».
- **Santaclareño**. *cub*. Gentilicio que denomina a los habitantes de Santa Clara, capital de la provincia de Villa Clara, ciudad cubana del centro del país donde se desenvuelve la historia del libro.

p. 476

- **Jabao -á**. *cub*. Persona de piel clara con pelo amarillo ensortijado. Ejemplo : Hijo de blanco y negro, que no es mulato.
- **Sonatas de Bach.** ⚲
- **Pasaje de Virgilio**. El autor se refiere a los pasajes de *La Eneida*, epopeya latina escrita por Virgilio en el siglo I a. C. por encargo del emperador Augusto con el fin de glorificar el Imperio atribuyéndole un origen mítico. ⚲

p. 478

- **Marqueses de Avilés**. Se refiere a la familia Avilés, cuyos títulos nobiliarios fueron dados en 1897 a doña María del Carmen González-Carvajal y Cabaña, Marquesa consorte de Pinar del Río, natural de La Habana. El fundador de esta familia en Cuba fue su padre don Manuel Antonio González-Carvajal y Fernández de la Buria, que había obtenido certificación de armas e hidalguía el 5 de abril de 1862. ⚲

p. 479

- **Al garete**. *cub*. Es una locución adverbial que significa «a la deriva». Puede usarse como sinónimo de estar extraviado, perdido, sin rumbo, sin plan definido, o con uno fracasado o malogrado.
- **No valen un quilo**. *cub*. Sin valor.
- **Aguanta como un toro**. *cub*. Expresión que indica que una persona es muy fuerte.

p. 481

- **Piruja**. *cub*. Prostituta.

p. 483
- **Recuerdo el párrafo de un libro: ...** El texto que continúa es creación del autor.

p. 485
- **Charles Chaplin**. *pers.* Actor, humorista, compositor, productor, guionista, director, escritor y editor británico. Adquirió gran popularidad en el cine mudo gracias a las múltiples películas que realizó con su personaje Charlot. Se le considera un símbolo del humorismo y del cine mudo. ▣Q

p. 488
- **Mima**. *cub.* Tratamiento cariñoso que se da a una persona del sexo femenino.
- **No tiene ni un quilo**. *cub.* No tiene dinero.

p. 489
- **Taburete**. *cub.* Un taburete es uno de los primeros muebles construidos para sentarse. Tiene muchas similitudes con una silla. Consiste en un solo asiento, para una persona, sin respaldo ni reposabrazos, en una base de tres o cuatro patas. Existen variantes con una, dos o cinco patas y algunas personas se refieren a estos taburetes como «sillas sin respaldo». Algunos taburetes modernos tienen respaldo. En Cuba, se le llama taburete a un mueble completamente diferente. Se trata de un asiento de estilo cuadrado muy robusto y con respaldo alto. Tanto el asiento como el respaldo están hechos con una banda ancha de cuero, preferentemente de cabra (o chivo) clavado a la madera con tachuelas de cabeza grande. Está diseñado para darle un uso contrario al del taburete clásico, típicamente se usa inclinado hacia atrás y recostado a una pared, con el objetivo de descansar y dormir un poco. Es muy utilizado en los campos cubanos o por las familias de origen campesino que migran hacia las ciudades. ▣Q

p. 491
- **Vals de Chopin.** ▣Q

p. 495

- ***El guardián de la noche.*** En este pasaje, el autor alude a un viaje imaginario hacia el Hades, donde se encuentra y dialoga con Perséfone, quien en la mitología griega es hija de Zeus y Deméter. La joven doncella, también llamada Kore, se casa con Hades y se convierte en la reina del Mundo de los muertos, además de ser una diosa. El autor coincide con James Frazer, Jane Ellen Harrison, mitólogos modernos y algunos otros investigadores que han etiquetado a Perséfone como una deidad de vida, muerte y resurrección.

- **Río Mnemosine**. Era el nombre de un río del Hades, opuesto al Lete, de acuerdo con una serie de inscripciones funerarias griegas del siglo IV a. C. escritas en hexámetros dactílicos. En estos mitos, las almas de los muertos bebían del río Lete para así no poder recordar sus vidas anteriores cuando reencarnaban. Los iniciados eran animados a beber del río Mnemósine cuando morían, en lugar de hacerlo del Lete. Estas inscripciones podrían estar relacionadas con una religión mistérica secreta, o bien con la poesía de Orfeo. Similarmente, a aquellos que deseaban consultar al oráculo de Trofonio en Beocia se les hacía beber alternativamente de dos fuentes llamadas «Lete» y «Mnemósine». Un procedimiento similar se describe en el mito de Er al final de *La República*, de Platón, personificación de la memoria en la mitología griega.

- **Jorge Arriagada**. (1943). Prolífero compositor chileno. Ha trabajado con la Sinfónica de Londres, la Filarmónica de Montecarlo, y la Sinfónica de París. Su producción de música para el cine es reconocida y abundante, con más de cien películas. Ha trabajado con varios directores cinematográficos, principalmente con Raúl Ruiz. Suya es la música de *La Virgen de los sicarios* (2000), de Barbet Schroeder, premiada en Venecia, y la de *Winter's Child* (1989), de Olivier Assayas. Su partitura para *Molière en bicicleta* (2013) de Philippe Le Guay, en tanto, fue nominada al César como mejor banda sonora.

Bibliografía

- Archivo Cubano. *archivocubano.org*
- Arte Historia. *artehistoria.com*
- Bolívar Aróstegui, Natalia. *Los Orishas en Cuba*. Ediciones Unión, 1990. La Habana, Cuba. 1990.
- Búho Gurú. *buho.guru/dict/cubano/*
- Cabrera, Lydia. *El diccionario lucumí de Lydia Cabrera.* https://www.lexonomy.eu/hdcicubadiccionariolucumi/4295
- Casanellas Cué, Liliana. «Tradición oral de la décima cantada en el punto cubano». En: *lacult.unesco.org/docc/*
- Colectivo de Autores. *Diccionario Enciclopédico de Historia Militar de Cuba*. Primera Parte (1510-1898). Tomo I. Biografías. Ediciones Verde Olivo: La Habana, Cuba. 2004.
- Concepto Definición. *conceptodefinicion.de*
- Corbitt, Duvon. «Reseña sobre el Club revolucionario Juan Bruno Zayas», en *Hispanic American Historical Review*. Volumen 46. Nro 1. Duke University Press: Estados Unidos. 1966.
- *Letras Latinas Publishers. letraslatinaspublishers.com*
- Diccionario de Lunfardo. todotango.com/comunidad/lunfardo
- Ecured. Enciclopedia cubana. *www.ecured.cu*
- El rincón de Mongo. raymond5803.wixsite.com/el-rincon-de-mongo
- Foro *Word Reference. forum.wordreference.com*
- González, Manuel Dionisio. «El indio de Cubanacán; o, Las brujas de Peña Blanca». Tercera edición. Imprenta J. Berenguer: Villa Clara, 1908. En: *bibacme.cligs.digital-humanities.de*
- Historia y genealogía. *palomatorrijos.blogspot.com*
- Laboulaye, M. C. *Enciclopedia tecnológica: diccionario de artes y manufacturas de agricultura.* Madrid, España, 1857.

- Máximas | Enciclopedia Jurídica Online. En: maximas.leyderecho.org
- Moliner, María. *Diccionario de uso del español*. Volumen I y II. 10a ed. Madrid, España: Editorial Gredos, 2016. 2,880 pp.
- Orovio, Helio. *Diccionario de la música cubana*. Biográfico y técnico. 1ª ed. C. de La Habana, Cuba: Editorial Letras Cubanas, 1981. 444 pp.
- Orovio, Helio. *Diccionario de la música cubana*. Biográfico y técnico. 2ª ed. C. de La Habana, Cuba: Editorial Letras Cubanas, 1992. 444 pp.
- Ortiz, Fernando. *Un catauro de cubanismos. Apuntes lexicográficos.* Extracto de la Revista Bimestre Cubana. 1ª ed. La Habana, Cuba. Editorial no identificada, 1923. 272 pp.
- Padrón Jomet, Silvia. *Signos, la verdadera historia*. Editorial Capiro, Santa Clara. 2011. ISBN 978-959-265-222-4.
- Pérez Artiles, Ricardo. «Nuestros ríos». En: *vanguardia.cu*
- Real Academia Española. *Diccionario de la Real Academia Española.* 23.ª ed. Edición del Tricentenario. Madrid, España: Editorial Espasa Calpe, 2014. 2,432 pp.
- Salsa Blanca. *salsablanca.com*
- Tristá Pérez, Antonia María; Cárdenas Molina, Gisela. *Diccionario ejemplificado del español de Cuba*. Tomos I (A-F) y Tomo II (G-Z). Instituto de Literatura y Lingüística; Editorial de Ciencias Sociales:La Habana, Cuba. 2016. 1,140 pp.
- *Umbral*. n° 70. octubre-diciembre de 2018. Dirección Provincial de Cultura Villa Clara. Santa Clara, Cuba. ISSN 1681-9845.
- Wikipedia. Enciclopedia en línea. *wikipedia.org*
- YouTube. *youtube.com*

Índice

El hilo del silencio

Más que el polvo

Espectadores de la sombra

Veranos